KB031409

문선(文選)역주 1

연구책임

허성도(許成道)는 서울대 중어중문학과 졸업. 동 대학원에서 박사 학위를 받음. 한국중국어문학회 회장, 한국중국언어학회 회장, 서울대 중앙도서관장, 서울대 중국어문학연구소 소장을 역임. 현재 서울대 중어중문학과 교수 및 중국 북경어언대학 해외객좌교수로 재직 중. 주요 저서로는 『現代 中國語 語法 硏究』와 『현대 중국어 어법의 이해』가 있음.

역자

김영문(金永文)은 경북 영양(英陽) 출생. 경북대 중문과 졸업. 서울대 중어중문학과 대학원에서 석・박사 학위를 받음. 경북대 인문과학연구소, 서울대 인문학연구원의 선임연구원으로 재직함. 현재 대구대와 충주대의 외래교수. 저역서로는 『노신의 문학과 사상』(공저, 백산서당), 『인물로 보는 중국 현대소설의 이해』(공역, 역락), 『루쉰과 저우쭈어런』(공역, 소명출판) 등이 있음.

김영식(金映植)은 전북 남원 출생. 전북대 중어중문학과 졸업. 서울대 중어중문학과 대학원에서 석・박사학위 취득. 서울대 인문학연구원의 선임연구원을 지냈으며, 현재 서울대, 강릉원주대, 성결대 등에서 강의. 역서로 『상군서(商君書)』(홍익), 『박물지(博物志)』, 『귀곡자(鬼谷子)』(지식을만드는지식) 등이 있음.

양중석(梁仲錫)은 경기도 수원 출생. 2003년 한양대 중문과를 졸업하고 서울대 중문과 대학원에 입학. 2005년에 「사기 열전의 중출사건 양상」으로 석사학위 취득. 같은 해 동 대학원 박사과정 진학 후 2007년 박사과정 수료. 현재 박사논문 준비 중.

염정삼(廉丁三)은 경기도 수원 출생. 서울대 중어중문학과 졸업. 동 대학원 중어중문학과 석・박사 학위 취득. 중국문자학 전공. 현재 서울대 인문학연구원 HK연구교수. 역서로 『설문해자주 부수자 역해(說文解字注 部首字 譯解)』(서울대 출판부)가 있으며 그 외 중국문자에 관한 다수의 논문을 발표함.

강민호(姜旼昊)는 경남 진주 출생. 서울대 중어중문학과를 졸업. 동 대학원에서 석사와 박사 학위를 취득. 서울대 중어중문학과 조교 역임. 현재 서울대, 서울시립대 등에서 강의. 박사학위 논문 『두보 배율 연구(杜甫 排律 硏究)』 외에 다수의 고전시 관련 소논문이 있음.

문선(文選)역주 1

초판1쇄발행 2010년 11월 25일
초판2쇄발행 2017년 11월 20일
옮긴이 김영문, 김영식, 양중석, 염정삼, 강민호 **연구책임** 허성도
펴낸이 박성모 **펴낸곳** 소명출판 **출판등록** 제13-522호
주소 서울시 서초구 서초동 1621-18 란빌딩 1층
전화 02-585-7840 **팩스** 02-585-7848 **전자우편** somyong@korea.com **홈페이지** www.somyong.co.kr

값 32,000원

ISBN 978-89-5626-492-9 94820
ISBN 978-89-5626-491-2 (전10권)

ⓒ 2010, 김영문, 김영식, 양중석, 염정삼, 강민호

잘못된 책은 바꾸어드립니다.
이 책은 저작권법의 보호를 받는 저작물이므로 무단전재와 복제를 금하며, 이 책의 전부 또는 일부를 이용하려면
반드시 사전에 소명출판의 동의를 받아야 합니다.

* 이 역서(譯書)는 2006년 정부의 재원으로 한국연구재단의 지원을 받아 수행된 것임(KRF-2006-322-A00084)을 밝힌다.

문선 역주 1

김영문
김영식
양중석
염정삼
강민호

소명출판

일러두기

1. 『문선(文選)』 역주본의 원문 저본은 『이선주 문선(李善注文選)』 호극가본(胡克家本)이다. 호극가본을 저본으로 택한 이유는 다음과 같다. 첫째, 『문선(文選)』 여러 판본 중에서 가장 선본(善本)에 속한다는 점. 둘째, 청(淸) 가경(嘉慶) 이래 가장 광범위하게 통용되어온 판본이라는 점. 셋째, 현재 하버드 대학에서 출판된 『문선주인서인득(文選注引書引得)』(중국어 번역본, 上海古籍出版社, 1990)과 일본 학자 사파육랑(斯波六郎)이 완성한 『문선색인(文選索引)』(日本京都大學 人文科學硏究所, 1957~1959년판)이 모두 호극가본을 저본으로 사용하고 있다는 점 등이다.
2. 그러나 이 역주본은 호극가본을 바탕으로 서울대학교 규장각본 『육신주 문선(六臣注文選)』을 일일이 대조하여, 그 문자 상의 이동(異同)을 표기하였다. 규장각본은 지금 전해지고 있는 어떤 『문선』 판본보다 오래된 『이선 주(李善注)』와 『오신 주(五臣注)』를 저본으로 완성된 최초의 『육가본(六家本)』으로 알려져 있다. 또 최근 중국 측 문선학 연구에 의하면 규장각본이 최초의 육가본인 『수주주학본(秀州州學本)』의 면모를 그대로 보존하고 있다는 결론에 도달하고 있다.
3. 이 역주본 원문의 표점 부호는 대부분 한국식 문장부호를 사용하여 새로 표기하였다.
4. 이 역주본에서는 원문과 역주 그리고 해설과 번역 부분에서 서명(書名)은 『 』로, 편명은 〈 〉로 표기하여 독서상의 편의를 제공하였다.
5. 역주의 표제자는 원문을 중시한다는 점에서 한자를 먼저 쓰고 괄호 속에 한글 발음을 병기하였지만, 역주의 설명 부분에서는 한글 해설이 위주가 되기 때문에 한글을 먼저 쓰고 괄호 속에 한자를 표기하였다.
6. 이 역주본에서는 중국의 인명과 지명, 일본의 인명과 지명 모두 한국 독자를 위해 일괄적으로 한국 한자음으로만 표기하였다.
7. 이 역주본의 체재는 '작자소개', '해제', '원문', '각주', '한글 번역'으로 나뉘어져 있다.
8. 이 역주본의 작자 소개는 『中國文學家大辭典』(臺北, 世界書局, 1981)과 아래 참고문헌 속의 해당 작자 소개 및, 인터넷상의 바이두백과(百度百科), 네이버(naver)백과 등의 자료를 두루 활용하였기 때문에, 따로 출처를 명기하지 않았다.
9. 이 역주본의 문체(文體) 해설은 맨 앞 「해제」 부문에서 일괄 처리하였고, 문체의 종류는 최근 문선학의 업적에 근거하여 모두 39종으로 나누었다.(「해제」 참조)
10. 이 역주본에서 주로 참고한 책은 다음과 같다.

陳宏天 등, 『昭明文選譯注』, 長春, 吉林文史出版社, 1988; 張啓成 등, 『文選全譯』, 貴陽, 貴州人民出版社, 1994; 周啓成, 朱宏達, 『新譯昭明文選』, 臺北, 三民書局, 1997; 張啓成, 徐達 등, 『昭明文選』, 臺北, 臺灣古籍出版社, 2001; 岡田正之, 佐久節, 『文選』(『國譯漢文大成』본), 東京, 國民文庫刊行會, 1923; 小尾郊一, 花房英樹, 『文選』(『全釋漢文大系』본), 東京, 集英社, 1974; 高橋忠彦, 『文選』, 東京, 學習硏究社, 1985; David R. Knechtges, *Wen Xuan*, Princeton University Press, 1982.

서울대학교 중국어문학연구소 연구총서 발간사

인문학의 목적은 진실한 사람의 모습과 진실한 삶의 양식을 찾아가는 것이다. 이러한 길은 다양하다. 나를 보고 나를 찾아가거나 타인을 보고 나를 찾아가기도 하며, 나와 타인을 보고 진실한 인류의 모습과 진실한 인류의 삶의 양식을 찾아가기도 한다. 외국어문학 연구는, 이러한 방법 중에서, 시간과 공간과 종족과 문화의 경계를 넘어선 곳에서 살아가는 다른 나라 사람들의 모습에서 또 하나의 진실한 사람의 모습과 삶의 양식을 찾아가는 분야이다.

이 길을 걷는 사람들은 가끔 외로움을 느끼며 심지어 절망감에 젖기도 한다. 연구의 대상인 그들은 우리에게 낯선 사람들이며, 그들에게도 우리는 낯선 사람들이기 때문이다. 그러므로 길을 함께 가면서도 영원히 손잡을 수 없고 영원히 마주 볼 수 없을 것 같다는 적막감은 외국어문학 연구자들에게 피할 수 없는 숙명인지도 모른다. 그러나 외국어문학 연구자들은 이러한 생경함 속에서도 이 길을 묵묵히 걷고 또 걷는다. 그것은 언젠가는 그들의 모습에서 그들의 정신적 문화적 기반을 찾을 수 있고, 그리하여 마침내 진실한 사람의 모습과 진실한 삶의 양식을 찾게 될 것이라는 믿음이 있기 때문이다.

중국은 역사적으로 언제나 우리 옆에 존재해온 나라이다. 우리와 그들이 같은 곳을 바라보고 걸어가든, 서로 다른 곳을 바라보고 걸어가든, 그들은 영원히 우리 옆에 있을 것이다. 두 개의 평행선에는 합쳐지지 않는 배타성도 있지만 마주보며 나아간다는 친밀성도 존재한다. 중국어문학 연구는 이와 같이 우리 옆에 있는 사람들의 삶의 진실성을 찾아간다. 이 연구 대상에는 그들이 말하고 생각한 것이 포함되며, 우리가 관찰하고 보아낸 것도 포함된다.

우리가 찾아낸 그들의 진실한 사람의 모습과 삶의 양식이 우리와 같을 때 느끼는 희열은 크다. 이는 두 문화권, 나아가 인류의 보편적 삶의 체계를 확인할 수 있기 때문이다. 그들의 진실한 사람의 모습과 삶의 양식이 우리와 다를 때 느끼는 희열도 또한 크다. 이는 우리에게 새로운 사유와 삶의 질서를 더해줄 수 있기 때문이다. 같음과 다름은 이와 같이 인류의 정체성을 찾아가는 동일한 길 위에 빛나는 모습으로 놓여있다. 이러한 같음과 다름의 기저구조를 찾아가는 것이 중국어문학 연구의 꿈이며 소망이다. 이제 이러한 꿈과 소망을 담아 『서울대학교 중국어문학연구소 연구총서』를 간행한다. 씨앗은 어둠 속에서 자란다. 씨앗은 넓은 땅을 필요로 하지 않는다. 그러나 광대하고 울창한 숲은 모두 한 알의 씨앗에서 움터 나온다. 『서울대학교 중국어문학연구소 연구총서』가 언젠가 우리의 삶을 풍요롭게 하고, 나아가 인류의 삶을 풍요롭게 하는, 작지만 단단한 한 알의 씨앗이 되기를 기대한다.

서울대학교 인문대학
중국어문학연구소

서문

중국 양(梁)나라 소명태자(昭明太子) 소통(蕭統)이 편집한 『문선(文選)』이, 중국 사회에 엄청난 영향을 주어온 중요한 서적일 뿐 아니라 우리나라 사회에도 역대로 많은 영향을 주어온 문집이라는 것을 의심하는 사람은 없다. 『문선(文選)』에는, 중국의 주(周)나라로부터 남북조 시대의 양(梁)나라에 이르는 동안의 130여 명의 작가, 750여 편의 시문(詩文)이 선택 수록되어 있다.

선집(選集)에는 선택의 관점과 기준이 작용한다. 그러므로 『문선(文選)』에는 그 시대의 문학적 · 철학적 · 역사적 가치관이 나타나 있다고 보아야 한다. 『문선(文選)』이 중요한 이유의 하나는 여기에 있다. 향후 『문선(文選)』의 연구가 심도 있게 진행된다면 우리는 당시의 지성사의 흐름을 찾아낼 수 있을 것이다. 『문선(文選)』에는 또한 주대부터 양대에 이르는 기간의 문학의 정수가 모여 있다. 이러한 『문선(文選)』의 중요성에도 불구하고 이 책의 방대함과 난해성으로 인하여 그 동안 국내에는 우리말 번역서가 존재하지 않았다.

서울대학교 인문대학 중국어문학연구소에서는 개인의 노력으로 번역하기 어려운 중요서적의 번역을 계획하고 있었는데, 그 가운데 『문선(文選)』의 번역이 가장 시급하다는 견해를 가지고 있었다. 이 시기에 마침 한국연구재단 인문사회분야의 기초연구과제로서 '문선역주(文選譯註) 사업'이 선정되었다. 이에 따라 본 연구소는 2006년 7월에 전임연구원 3명과 박사급 보조연구원 1명으로 역주 작업을 시작하였다.

이 역주사업은 전임연구원인 김영문 박사, 김영식 박사, 염정삼 박사와 박사 보조원인 양중석 군을 중심으로 진행되었다. 그러나 작업이 진행되는 도중에 염정삼 박사가 서울대학교 HK사업단으로 자리를 옮기면서 강민호 박사로 교체되는 일도 있었다. 그러나 염정삼 박사는 이 사업이 끝날 때까지 사업의 전반적인 기획과 조정 역할을 담당해주었고, 양중석 군은 궂은 일을 마다하지 않고 도와주었다.

이 역주 사업에서는 내용의 정확성을 기하기 위하여 번역문의 교열 작업을 병행하였다. 교열 작업은, 매 5개월간의 초역본을 한 단위로 묶은 후, 이를 대상으로 진행되었다. 교열 작업은 서울대학교 중문학과의 류종목 교수, 송용준 교수, 오수형 교수, 이영주 교수께서 맡아주셨다. 교열이 끝나면 교열 원고는 해당 번역자에게 전달되었으며, 해당 번역자는 교열의 결과를 반영한 2차 원고를 작성하였다. 이러한 작업은 2년 6개월 동안 계속되었고, 마침내 2008년 12월 말에 모든 작업이 완료되었다. 이 작업은 색인을 포함하여 원고지 25,000매에 해당하는 방대한 작업이었다.

이 사업이 시작될 때, 적지 않은 어려움이 있었다. 예산의 삭감으로 인하여 전임 연구원과 보조 연구원의 수를 줄여야 했던 일도 그 중의 하나였다. 그러나 이 사업에 참여한 연구원들은 이러한 어려움을 참아내며 이 사업이 끝날 때까지 걸음을 함께 해주었다. 강성위 박사와 김창환 박사는 중국어문학연구소의 연구원으로서 이 사업의 초기 단계의 기획안을 만들어 주었으며, 김월회 교수는 이 책이 출판될 수 있도록 도움을 주었다. 이 모든 분들에게 감사드린다. 특히 교열을 담당해 주신 네 분의 교수님들은 자신의 바쁜 시간을 할애하여 이 일에 땀과 정성을 쏟아 주셨다. 이 분들께도 머리 숙여 감사드린다. 그리고 이익이 보이지 않는 이 책의 출판을 기꺼이 맡아 주신 소명출판 박성모 대표님께도 함께 감사드린다.

이 책에는 이토록 수많은 因과 緣이 이어져 있다. 이러한 因과 緣이 다른 因과 緣을 낳고, 이들이 또 다른 因과 緣을 낳아서, 이 분야에 대한 연구가 찬연하게 빛나리라는 꿈과 소망이 언젠가 현실로 이루어지기를 기대한다.

2010년 6월
이 사업의 책임 연구원
허성도 삼가 씀

차례

卷四

卷五

卷六

새롭고 아름다운 '문(文)'의 향연

『문선(文選)』 해제(解題)

1. 1,500년 전의 중국 문장 컬렉션

『문선(文選)』은 지금부터 약 1,500년 전에 중국 남조(南朝) 양(梁)나라 소명태자(昭明太子) 소통(蕭統)의 주도로 편찬된 문장 선집이다. 그 편찬 시기는 지금까지도 논란이 많지만 대체로 527년에서 529년 사이인 것으로 알려져 있다. 『문선』에는 중국 고대 주(周)나라에서 남북조 시대 양(梁)나라까지의 130여 작가 750여 편의 시문(詩文)이 수록되어 있다. 그 시기에 이처럼 방대한 문장 컬렉션이 편찬되었다는 건 상상하기 어려운 일이지만, 아마도 산문과 운문을 총 망라한 문장 선집은 이 『문선』이 중국뿐만 아니라 세계 최초의 것으로 생각된다. 1,500년 전이라면 우리나라에서 백제의 무령왕릉이 조성되던 바로 그 시기이다. 흥미롭게도 백제의 무령왕릉도 『문선』이 편찬된 바로 그 나라, 중국 남조(南朝) 양(梁)나라의 무덤 양식을 본뜬 것이다. 같은 시기 고구려에는 안장왕이, 신라에는 법흥왕이 재위하고 있었다. 중국에서는 이후 남북조를 통일한 수(隋)나라를 거쳐 당(唐)나라에 이르면 '선학(選學)'이란 말이 생길 정도로 『문선』이 지식인의 문장과 문학 공부의 필수 교과서가 되었고, 이후 송(宋)나라 때는 "『문선』에 익숙해지면, 과거(科擧)에 절반은 급제다(文選爛, 秀才半)"라는 속담이 유행할 정도로 『문선』이 지식인의 필독서로 꼽혔다. 당(唐)나라 때 '선학(選學)'의 결과로 『이선 주(李善

注)』와 『오신 주(五臣注)』라는 『문선』에 대한 불후의 주석서들이 출판되었고, 이 주석서들은 송(宋)나라 이후 합쳐져서 『육신 주(六臣注)』로 불리게 되었다. 지금도 『문선』을 읽으려면 이들 주석서의 테두리를 벗어나기 어렵다. 이후에도 중국에서는 원(元) · 명(明) · 청(淸)을 거쳐 현대에 이르기까지 『문선』이 중국의 고대 문학과 문장 학습에 모범 교과서 및 필수 참고서로서의 역할을 끊임없이 이어오고 있다.

우리나라에 언제 『문선』이 들어왔는지는 분명하게 알 수 없지만, 이미 삼국통일 이전에 지식인 사이에서 널리 읽혔음을 알려주는 기록들이 남아 있다. 『구당서 · 고려열전(舊唐書 · 高麗列傳)』 기록에 의하면, 『문선』이 고구려 민간 교육기관이었던 경당(扃堂)에서 벌써 귀중한 문장 교과서로 인정받았고,[1] 『삼국사기 · 강수열전(三國史記 · 强首列傳)』의 기록에 의하면, 강수가 『문선』에 능통하여 한문으로 된 외교문서를 능수능란하게 지었다고 하였다.[2] 강수의 생년은 알 수 없지만 그가 태종무열왕 1년(654)에 당나라에서 온 난해한 국서(國書)를 쉽게 번역하고 유려한 답서를 지었다는 사실에 비추어보면 『문선』은 중국 양(梁)나라에서 편찬되고 나서 얼마 지나지 않아 우리나라에 전래되어 한문 문장의 교범으로 존중받았다는 사실을 알 수 있다. 또한 신라가 삼국통일을 하고 나서 신문왕 2년(682)에 국학을 설치할 때도 『문선』은 유가 경전인 『주역(周易)』 · 『상서(尙書)』 · 『모시(毛詩)』 · 『예기(禮記)』 · 『춘추좌전(春秋左傳)』 · 『논어(論語)』 등과 함께 그 주요 교과목으로 배정되었고,[3] 이어서 원성왕 4년(788) 독서삼품과를 통해 우수한 인재를 선발할 때도 유가 경전과 『문선』에 능통한 자를 상품(上品)으로 등용하였다.[4] 고려와 조선 시대에는 이미 당송(唐宋) 이후의 시문(詩文)이 크게 유행

---

1 『舊唐書』 卷一百九十九, 〈列傳〉 第一百四十九, 〈東夷〉, 高麗, 百濟, 新羅, 倭國, 日本.
2 『三國史記』 卷 第四十六, 〈列傳〉 第六 强首, 崔致遠, 薛聰.
3 『三國史記』 劵 第三十八, 〈雜志〉 第七, 職官 上.
4 『三國史記』 卷 第十, 〈新羅本記〉 第十, 元聖王, 昭聖王, 哀莊王, 憲德王, 興德王, 僖康王, 閔哀王, 神武王.

하였고 과거 시험에도 유가 경전 위주의 출제가 이루어져 상대적으로 『문선』의 가치가 크게 부각되지는 않았지만, 시부(詩賦)나 변문(騈文) 수련 또는 한문의 전고(典故) 습득을 위한 일상적인 필독서로서의 기능은 여전히 유지하고 있었다. 고려의 대학자인 최자(崔滋)나 이규보(李奎報)의 문장에서 『문선』의 영향을 찾아보는 것은 그리 어려운 일이 아니며, 특히 조선 시대에 들어와 서거정(徐居正)은 『문선』의 체제를 본받아 우리나라 고대 한문 문장 최대 컬렉션의 하나인 『동문선(東文選)』을 편찬하였다. 『동문선』은 신라시대 최치원으로부터 조선시대 정도전·권근 등에 이르기까지 500여 작가의 시문을 130권 45책에 수록하고 있어서 조선 전기 이전 우리나라 한문 문장을 집대성한 고전이라고 할 만 하다. 이어서 중종 때 신용개(申用漑) 등은 『속동문선(續東文選)』을, 숙종 때 송상기(宋相琦) 등은 『신찬동문선(新撰東文選)』을 편찬하여, 서거정의 『동문선』 이후의 시문을 다시 수집·정리하였다. 서거정이 『동문선』에서 55종이나 되는 문체 분류를 시도하면서 매우 다양한 시문을 선록(選錄)하고자 한 점이라든지, 당송(唐宋) 이래의 고문체보다는 귀족적인 변려체(騈儷體) 위주로 문장을 뽑은 점도 『문선』의 영향을 짙게 느끼게 하는 대목이다. 뿐만 아니라 신라시대 최치원의 『고운선생문집(孤雲先生文集)』 이래 고려와 조선을 거쳐 현재까지도 발간되고 있는 우리나라 선비들의 개인 한문 문집의 체제는 거의 모두 시(詩)와 부(賦)를 비롯한 운문에서 시작하여 소(疏)·서(序)·발(跋)·기(記)·서(書) 등의 산문을 거쳐 비문(碑文)·행장(行狀)과 제문(祭文)에 이르는 추모 문장으로 끝을 맺고 있다. 물론 운문과 산문의 배열순서는 각 문집마다 다소 차이가 있지만, 이들 문집의 편집 순서는 기본적으로 『문선』의 체제에 연원을 둔 것이다. 우리나라 조선시대 유학자들의 문집이 대체로 송(宋)나라 성리학자들의 문집 체제를 본받은 것이라 해도, 그 송대(宋代)의 문집 체제는 『문선』에서 연원하고 있음을 부정할 수 없다. 따라서 『문선』은 동아시아 전체의 고대 한문 문장이나 문학 학습에 있어서 매우 근원적인 규범의 하나로 작용하였을 뿐만 아니라, 더 나아가 이를 바탕으로 문장이나 문학 작품을 선록하고 편집하는 과정에서도 기본적인 틀거리로 제공되어왔던 셈이다.

2. '문(文)'이란 무엇인가?

『문선(文選)』이란 말 그대로 '문(文)'을 '선(選)'한 책이다. 즉 "문(文)을 뽑아놓은 책"이라는 의미이다. '문(文)'이라는 한자는 초등학생들도 다 아는 기초한자이므로, '문(文)'의 일차적인 의미인 '문자'·'무늬'·'문서'·'문장'과 관련된 글을 뽑아놓은 책이라는 뜻으로 쉽게 이해할 수 있다. 그러나 이는 너무 광범위하고 막연한 인식이라고 할 수 있다. 한자로 씌어진 수많은 문서와 문장 중에서 어떤 '문(文)'을 뽑았단 말인가? 또는 언뜻 현대적인 개념으로 '문(文)'은 흔히 '산문(散文)'을 가리키므로, 운문인 '시(詩)'를 배제한 중국 고대 문장 혹은 실용문 컬렉션이 아닌가 추정해볼 수도 있다. 그러나 지금도 한문 학습의 기본 교과서로 영향력을 발휘하고 있는 『고문진보(古文眞寶)』라는 책을 보면, 분명하게 '고문(古文)'이라는 제목을 달고 있음에도 불구하고 『후집(後集)』을 제외한 『전집(前集)』 전체가 200여 편에 달하는 중국 한시(漢詩) 컬렉션으로 이루어져 있다. 중국 고대의 '문(文)'이 현대적인 의미의 '산문(散文)'만을 가리키는 것이 아니며, 『문선』이란 책 제목에서의 '문(文)'도 그렇게 간단하게 규정되는 개념이 아님을 짐작할 수 있다. 또 중국문학이나 한문학에 조금 더 소양이 있다면, 『문선』에서의 '문(文)'이 한문의 방대한 전적(典籍) 중에서 경(經)·사(史)·자(子) 부문을 제외한 문학 작품을 의미함을 지적할 수도 있다.[5] 물론 틀린 인식은 아니지만 여기에도 '문

5 『문선』에는 기본적으로 경(經)·사(史)·자(子)의 부문의 문장을 선록(選錄)하지 않았지만, 사서(史書)의 논평 부문에 해당하는 '사론(史論)'과 '사술찬(史述贊)'은

(文)'의 의미와 관련된 복잡한 문제가 내재되어 있다. 지금 시중에 유통되고 있는 『중국문학사』나 『중국문학비평』 관련 저서의 상당수가 중국 남북조 시대에 문학에 대한 자각이 이루어져 다양한 문학 작품 선집과 문학 비평서가 나왔고, 그 중에서 가장 중요한 전적(典籍)이 바로 『문선』이라고 기술하고 있다. 말하자면 『문선』에서의 '문(文)'은 서양의 문학작품과 유사한 개념이라는 것이다. 대체로 서양문학의 개념에 비추어 중국문학의 발전 과정을 바라보고 있는 이러한 입장은 서양과 대등한 중국 문학의 자각 의식을 강조하는 측면에서는 유용하지만, 그것이 중국 문학의 실제적인 면모와 얼마나 부합하는지는 여전히 논란거리로 남아 있다. 예컨대 『문선』의 선록(選錄) 기준을 '능문(能文)'이라고 했을 때 이는 문학 형식 또는 문학 수사의 측면에서 '아름다운 문장'을 가리키는 경향이 강하여 서양에서 문학의 특징으로 거론되는 허구 또는 상상력의 자각과는 거의 무관하다고 할 수 있을 정도이다. 혹은 지금까지 가장 일반적인 『문선』의 선록 기준으로 제시되는 '침사(沈思)'와 '한조(翰藻)'를 예시해보더라도 사정은 그렇게 달라 보이지 않는다. '깊은 생각[沈思]'에서 우러나온 내용을 '아름다운 문장[翰藻]'으로 써낸다고 할 때, 여기에도 문학의 형상적 사유나 상상력에 대한 자각은 느껴지지 않기 때문이다. 실제로 당대(唐代)에 『문선』이 지식인의 필독서로 중시되고, 본격적으로 '문선학(文選學)'이 대두될 때도, 서양에서와 같은 문학 작품으로서의 가치보다는 사륙변려문(四六騈儷文)으로서의 실용적인 가치를 존중한 경향이 강하였고, 송대(宋代)에는 더더욱 과거시험 대비 모범 문장 교범으로서 가치를 더욱 존중하였다. 따라서 중당(中唐)과 북송(北宋)의 고문운동(古文運動) 추진자들은 『문선』 계열 변

여러 편 선록하고 있다. '사론'과 '사술찬'을 선록한 이유로 소통(蕭統)은 '깊은 생각[沈思]'이 '아름다운 문장[翰藻]'으로 귀속되기 때문이라고 하였다. 이는 객관적인 역사 사실을 다루는 사서(史書)의 일반 문장은 수사(修辭) 위주의 문장이 아니기 때문에 『문선』의 선록 대상이 될 수 없지만, 저자의 생각을 발휘하여 수사적 논평에 치중하는 '사론'과 '사술찬'은 『문선』의 선록 대상에 포함된다는 것을 의미한다.

문(騈文)의 수사(修辭)적 경향에 대대적인 비판을 가하면서, 한대(漢代) 이전의 꾸밈없고 질박한 고문(古文)의 전통을 회복하자고 강력하게 주장하였다. 이는 『문선』에서 배제된 경(經)・사(史)・자(子)의 옛 글쓰기 전통을 회복하자는 언설에 다름 아니다. 그렇다면 경(經)・사(史)・자(子)의 문장이 배제되었다고 해서 『문선』의 '문(文)'이 서양에서 말하는 문학의 본질과 일치한다고 할 수 있는가? 이에 대한 대답은 '그렇기도 하고 아니기도 하다'이다. 그렇다고 하는 것은 요컨대 『문선』은 '수사(修辭)에 뛰어난 문장[能文]'을 선록 기준으로 삼아 편찬된 책이므로, 여기에는 경전이나[經] 역사[史] 또는 사상[子] 부문의 문장이 포함되기가 어려웠기 때문에 자연스럽게 서양 문학의 개념과 합치되는 글이 실려 있다는 것이다. 예를 들어 특히 시(詩) 부문의 컬렉션들을 보면 분명 인간의 감정을 형상적으로 시화(詩化)한 작품이 대다수라고 할 수 있다. 이는 분명 서양 문학 작품의 내포와 일치하는 부분이다. 그러나 『문선』에는 이와 일치하지 않거나 서양 문학 개념의 적용이 애매한 문장도 많다. 예컨대 『문선』에 실린 〈모시서(毛詩序)〉나 〈상서서(尙書序)〉는 문학 작품인가? 또 실용문이라고 할 수 있는 상소문(表나 疏 등)이나 임금의 조칙(詔나 敎 등) 또는 개인의 편지글(書나 牋 등)은 문학 텍스트로 다룰 수 있는가? 또 더 결정적으로 『문선』에 무려 19권에 걸쳐 가장 방대한 양이 실려 있는 '부(賦)'는 서양 문학의 개념과 일치하는가? 이 모든 문제는 어쩌면 『문선』 연구의 새로운 분야와 연관된 것이기 때문에 이 짧은 소개의 글에서 전문적인 논의를 진행할 수는 없다. 다만 서양 문학의 입장에서 볼 때 『문선』의 '문(文)'은 상당 부분 그 내용보다는 형식적・수사적 입장에서 경(經)・사(史)・자(子)의 문장을 제외한 개념이며, 현대 서양 문학의 본질 및 내용과는 많은 차이가 있다는 점만 지적해두고자 한다.

그러므로 『문선』의 '문(文)'을 이해하기 위해서 문학의 독자성에 대한 자각이나, 서양 문학과 유사한 개념 찾기로 접근하는 것은 그리 타당한 입장이 아니라고 할 수 있다. 중요한 점은 『문선』의 '문(文)'을 이해하기 위해서는 『문선』 그 자체에서 출발해야 된다는 점이다. 흥미로운 점은 소통을 주축으로 한 『문선』 편찬자들이 중국 고대의 문장 중에서 경(經)·사(史)·자(子)를 제외하고, '아름다운 문(文)'을 뽑을 때 제일 중요하게 생각하고 가장 많이 뽑은 글이 바로 '부(賦)'라는 갈래이다. 『문선』에서 '부(賦)'는 맨 앞자리를 차지하고 있을 뿐만 아니라,[6] 양적인 측면에서도 전체 19권으로 『문선』 총 분량의 거의 1/3에 달한다.[7] 또 문장 부문에서도 '부(賦)'에서 발전한 사륙변려문(四六駢儷文)을 위주로 선록하였기 때문에, 『문선』의 '문(文)'은 '부(賦)'와 '변문(駢文)'이 거의 2/3 분량을 차지하고 있는 셈이다. 따라서 『문선』의 '문(文)'에 대한 이해는 바로 '부(賦)'를 이해하는 데서 출발해야 한다고 해도 과언이 아니다.

중국문학사에서 '부(賦)'란 문체는 '한부(漢賦)'라고 불릴 정도로 한(漢)나라를 대표하는 문체이다. '부(賦)'는 흔히 작가의 지나친 어용성과 문체 자체의 공허한 장식성 때문에 문학적으로 그리 긍정적인 평가는 받지 못하고 있지만, 『문선』에서 주목한 '부(賦)'의 특성은 바로 그 어용성과 장식성인 것으로 보인다. 『문선』 자체에서 이에 대한 몇 가지 근거를 제시할 수 있다. 첫째, '부(賦)'를 『문선』의 제일 앞부분에 실었고, '부(賦)' 중에서도 황제의 활동과 관련된 '경도(京都)'·'교사(郊祀)'·'전렵(畋獵)' 등을 맨 앞에 선록(選錄)하였다. 이는 지금의 시각으로는 작자의 어용성으로 비판받을 수밖에 없겠지만, 옛 왕조 시대에는 국가와 왕실의 번영과 정통성을 묘사하는 매우 중요한 창작 행위였다고 할 수 있다. 둘째, 한부(漢賦)의 선행 형태로 간주되는 굴원(屈原)의 초사(楚辭)를 '소(騷)'라는 문체로 분리하여 '시(詩)' 뒤에 배열하였다. 초사는 전국시대

6 중국문학사의 발전 맥락에서 보자면 '시(詩)'가 가장 앞서고, 그 다음이 '소(騷)'와 '부(賦)'이다. 그러나 『문선』에서는 '부(賦)'를 맨 앞에 두고 그 다음에 '시(詩)'를 또 '부(賦)'에서 '소(騷)'를 분리시켜, '시(詩)' 다음에 위치시키고 있다.

7 현재의 60권본으로 계산한 숫자인데 '부(賦)'가 거의 전체 『문선(文選)』 분량의 1/3을 차지한다.

초(楚)나라 민요나 무가(巫歌)에서 발원하여 굴원을 거치면서 장편의 형식으로 발전한 것으로 알려져 있고, 특히 〈이소(離騷)〉로 대표되는 초사의 주요 작품은 작자의 울분과 비애를 환상적이고 낭만적으로 묘사하는 특징을 가지고 있다. 쉽게 말하자면 초사가 작자의 울분과 비애를 주관적인 환상을 통해 승화시킨다면, 한부는 국가나 왕실 또는 현실 속의 각종 대상을 객관적이면서도 화려한 서술을 통해 포장한다고 할 수 있다. 그러므로 『문선』에서 '사부(辭賦)'를 분리하여 '부(賦)'를 맨 앞에 수록하고 '사(辭 : 騷)'를 시(詩) 뒤에 세 번째로 수록한 것은 국가와 왕실의 번영을 화려하게 장식하려는 통치자의 욕망이 개재되어 있는 셈이다. 셋째, 『문선』은 산문 선록에 있어서도 조(詔)·책(冊)·령(令)·교(敎)·문(文)·표(表)·상서(上書)·계(啓) 등과 같은 조정(朝廷)의 문서가 맨 앞자리를 차지하고 있다. 이는 현대적 의미의 문학적 독립성과는 별로 관계없는 장식적인 실용문에 불과하지만, 당시로서는 국가의 통치 행위와 관련된 매우 중요한 문체였다고 할 수 있다. 이렇게 본다면 소통을 중심으로 한 『문선』 편찬자들은 '경(經)'·'사(史)'·'자(子)'로 대표되는 옛 성현들의 질박한 글쓰기 방식이 아닌, 한부(漢賦) 이래로 발전해온 새롭고도 화려한 글쓰기 방식에 주목하고 있는 것이다. 이는 〈문선서(文選序)〉에서 이미 조잡한 '통나무 바퀴[椎輪]'가 '화려한 어가[大輅]'로 발전한다는 비유로 정당성이 부여되어 있다. 그렇다면 『문선』에서 이처럼 새롭고도 화려한 글쓰기 방식에 주목한 이유는 무엇인가? 이 물음에 대답하기 위해서는 한(漢)나라 초기 '부(賦)'가 발생·성행할 수밖에 없었던 역사·문화적 맥락을 꼼꼼히 따져보아야 한다. 그 맥락의 요처를 짚어보기 위해서 시대를 조금 거슬러 올라가는 수고로움을 감수할 수밖에 없다.

중국고대사를 분기할 때 가장 흔히 쓰이는 용어가 바로 선진(先秦) 시대와 진한(秦漢) 시대라는 용어이다. 말하자면 '선진(先秦)'이라는 어휘는 중국 최초의 통일제국인 진(秦)나라를 경계로 그 이전과 이후 시대가 정치 · 경제 · 사회 · 문화 등 각 부문에서 매우 큰 변화를 수반했음을 인정한 용어이다. 진시황이 전국시대 육국(六國)을 합병한 후 각국의 문자 · 도량형 · 바퀴폭 등을 통일시켰다는 것은 역사적 상식에 속하는 사실이다. 이는 제도적 · 문화적 차원에서 국가 사회의 근본적인 변화를 의미한다. 단명한 통일 국가인 진(秦)을 이은 한(漢)나라에서도 국가 사회의 모든 분야를 새로운 질서로 통합하기 위한 매우 다양한 문화적 흐름이 존재하고 있었다. 우선 한(漢)은 제도적 · 법률적 · 문화적 차원에서 이루어진 진(秦)의 통합 성과를 계승하면서, 이념적 측면에서는 진(秦)의 가혹한 법가 사상을 폐지하고, '문(文)'의 통치의 회복이라고 부를 수 있음직한 유가 사상을 통치의 전면에 내세웠다. 그 유가 사상은 한 마디로 '문(文)'의 철학이라고 할 수 있다. 후세의 통치자들이 유가의 성인 공자(孔子)에게 붙인 존호(尊號)도 바로 문선왕(文宣王)이다. 이때의 '문(文)'은 공자(孔子)가 찬탄한 바의 "찬란하도다, 문물제도여, 나는 주(周)를 따르겠다(郁郁乎, 文哉, 吾從周)"라고 할 때의 바로 그 넓은 의미의 문화(文化)에 바탕한 문물제도 및 사상 · 이념을 가리킨다. 이는 통시적으로 진(秦)나라의 정치를 무자비한 형벌 통치로 폄하하고 한(漢)나라의 건국에 정당성을 부여하는 이념 투쟁이었을 뿐만 아니라, 공시적으로는 진(秦)나라 이래 중국 북방에서 흥성하던 흉노족과의 경쟁에서도 제도적 우월성과 심리적 자부심을 담보할 수 있는 문화적 역량 과시였다고 할 수 있다. 이에 따라 한(漢)나라는 그 건국 초기부터 새로운 나라에 새로운 질서를 부여하고, 새로운 통합의 '무늬[文 : 문물제도]'를 아로새기기 위한 다방면의 흐름이 공적 · 사적 부문에서 모두 활발하게 전개되었다. 국가의 의전이나 제도는 숙손통(叔孫通)과 가의(賈誼) 등에 의해서 '유가적 질서[文]'가 부여되었고, 학문이나 사상은 동중서(董仲舒)를 중심으로 한 금문경학에 의해서 '천인합일(天人合一)의 원리[文]'가 부여되었다. 또 삼황오제 이래 한초(漢初)까지의 번잡한 역사는 사마천(司馬遷)의 『사기(史記)』에 의해 일목요연한 '서술

[文]'이 이루어졌고, 『시경(詩經)』이래 한 번도 정리된 적이 없었던 민간 가요는 한(漢) 무제(武帝)가 설립한 악부(樂府)라는 관청에서 그 음악적 분류에 따른 '연주와 가창 및 재창작[文]'이 이루어졌다. 뿐만 아니라 당시까지 전해져 오던 복잡하고 방대한 전적(典籍)은 유향(劉向)과 유흠(劉歆) 부자에 의해 『칠략(七略)』이라는 '체계적인 도서분류법[文]'으로 정착되었고, 진대(秦代)이후 소전(小篆)과 예서(隸書)로 문자 통일이 이루어진 한자는 후한(後漢) 허신(許愼)의 『설문해자(說文解字)』에 의해 매우 '아름다운 맥락 찾기[文]'가 이루어졌다. 말하자면 국가 사회 전반에 새로운 질서가 부여되고 새로운 무늬가 채색되었다고 해도 과언이 아니다. 이와 동일한 맥락에서 당시 황제의 통치 행위에 대해서도 새로운 글쓰기 방식에 의한 새로운 질서 부여가 절실하게 필요했던 셈이다. 이는 선진 시대와 같은 고졸(古拙)한 서술 방식이 아닌 새롭고 화려한 글쓰기 행위에 대한 시대적 요청이라고 할 수 있다. 즉 문화 국가로서의 물질적 풍요와 심리적 자부심을 담아낼 수 있는 새로운 문장 갈래의 탄생이 촉진되었다고 볼 수 있다. 반고(班固)는 〈양도부서(兩都賦序)〉에서 다음과 같이 진술하고 있다.

어떤 이는 아랫사람의 심정을 토로하여 풍유(諷諭)의 뜻을 나타내고 어떤 이는 윗사람의 은덕을 펼쳐 충효를 다하였다. 온화하게 찬양하며 후세에 그 업적이 밝게 드러나게 하였으니, 이 또한 〈아(雅)〉와 〈송(頌)〉의 가치에 버금가는 것이다. 그러므로 성제(成帝) 시대에 부(賦)를 평론하여 채록하였는데, 대체로 군주에게 상주(上奏)한 것이 천 편이 넘었다. 그 이후로 대한(大漢)의 문장(文章)은 광휘가 찬란하여 하(夏)·상(商)·주(周) 삼대(三代)와 문풍(文風)이 같아졌다(或以抒下情而通諷諭, 或以宣上德而盡忠孝. 雍容揄揚, 著於後嗣, 抑亦〈雅〉〈頌〉之亞也. 故孝成之世, 論而錄之, 蓋奏御者千有餘篇. 而後大漢之文章, 炳焉與三代同風).

요컨대 부(賦)의 가치를 경전으로 추앙받는 『시경(詩經)』의 가치와 거의 동등하게 인정하였고, 또한 부(賦)가 극성한 한(漢)나라의 문풍을 유가에서 성인의 시대로 숭배해마지 않는 하(夏)·상(商)·주(周) 3대의 그것과 동일시하고 있다. 실제로 생산력의 향상에 따른 물질적 풍요와 문화적 역량의 축적에 수반된 정신적 자부심은 한(漢)나라 전체에 새로운 기풍과 질서를 가져오게 하였고, 이를 화려하게 윤색하고 선양하는 새로운 글쓰기 방식으로 부(賦)라는 장르를 탄생시켰다고 할 수 있다. 성제(成帝) 시대에 이미 채록하여 상주한 부(賦)만 천 편이 넘었으니, 당시 지식인 사회의 부(賦) 열풍이 어느 정도였던가를 미루어 짐작할 수 있다. 이러한 열기에 힘입어 부(賦)의 제재는 황실과 궁정의 범위를 넘어 천지 자연 삼라만상의 모든 영역으로 확대되었고, 심지어 인간 내면의 희로애락까지 부(賦)의 창작 대상이 되었다. 『문선』에는 한대(漢代)이래 양대(梁代)까지 부(賦)의 종류를 무려 15가지로 세분하고 있다. 따라서 선진(先秦) 시대까지는 이름 없던 산천초목과 금수어류 및 온갖 사물들이 부(賦)의 창작 과정에서 처음으로 명명(命名)·호명(呼名)되면서 문화적 질서를 부여받기 시작하였다. '태초에 말씀이 있었다'는 서양 기독교의 경전 구절이나, '이름은 만물의 어머니'라는 노자(老子)의 경구를 떠올리지 않더라도, 무명의 사물에 이름을 부여하는 행위는 그 자체로 세계에 대한 재창조나 새로운 인식을 의미한다고 할 수 있다. 여기에서 더 나아가 부(賦)는 산문의 글쓰기 방식에도 새로운 틀을 제공하여 변문(騈文)이라는 화려한 문체를 탄생시켰고, 이는 남북조시대와 수·당(隋·唐)을 거쳐 송초(宋初)에 이르기까지 중국문학의 주도적인 문체로 후세 문학에 많은 영향을 끼쳤다. 비록 부(賦)가 묘사 기법의 지나친 수사(修辭)로 인해 글쓰기의 진정성이 훼손된다는 비판을 받기도 했지만, "모름지기 부(賦)를 잘 지을 수 있어야만, 비로소 큰 인재가 될 수 있다(會須能作賦, 始成大才士)"는[8] 언급에서도 알 수 있듯이, 부(賦)는 한대(漢代)에서 남북조 시대에 이르기까지 지식인이 습득하고 구사해야 하는 필수 문체였다고 할 수 있다.

소통을 중심으로 한 『문선』 편찬자들은 바로 이와 같은 부(賦)와 변문(騈文)의 새로운 글쓰기 전통에 주목하는 동시에 시(詩) 장르에 있어서도 한대(漢代)이래 새롭게 대두한 악부시 · 오언시 · 칠언시에 깊은 관심을 표시하였다.[9] 이는 앞에서 살펴본 바와 같은 부(賦)의 현실적 의미와 문장의 새로운 양식에 대한 문화적인 주목이라고 할 만한 것이었다. 말하자면 소통은 양(梁)나라 건국자의 태자로서 자기 나라의 건국을 정당화하고 그 새 나라에 새로운 문화적 질서를 부여하기 위해 새롭고 화려한 문장 형식에 적극적인 관심을 표명하고 있는 셈이다. 여기에다 당시 강력한 무력(武力)으로 장강(長江) 이북의 중원 땅에 할거하고 있던 북방 왕조와의 대결에서도 문화적 자부심을 확인하기 위하여 '문(文)'의 정당성 또는 우월성을 과시할 필요가 있었다고 할 수 있다. 소통은 〈문선서(文選序)〉에서 『주역(周易)』의 한 구절을 인용하면서 이에 대한 자부심을 다음과 같이 드러내고 있다.

> 『주역(周易)』에 이르기를 "천문(天文)을 관찰하여 시절의 변화를 살피고, 인문(人文)을 관찰하여 천하를 교화시킨다"고 하였으니, 문장의 시대 의의는 참으로 원대하다!(『易』曰 : "觀乎天文, 以察時變. 觀乎人文, 以化成天下." 文之時義遠矣哉!)

이처럼 하늘의 질서[天文]와 사람의 질서[人文]는 모두 '문(文)'으로 표상되고, 그것은 '화(化 : 조화, 교화)'하여 천하를 완성시킬 수 있다. 이에 '문(文)'이 갖고 있는 현실적 의미는 아주 먼 곳까지 퍼져나가 원대한 영

---

8 『北史』 卷五十六, 〈列傳〉 第四十四, 魏收, 魏長賢, 魏季景, 子澹, 魏蘭根, 族子愷.

9 이들 시 형식은 지금은 당대(唐代)의 근체시에 대비되는 고시(古詩)로 불리지만, 당시에는 『시경(詩經)』의 고시(古詩) 형식에서 벗어난 완전히 새로운 신시(新詩)였다고 할 수 있다.

향력을 발휘하게 된다는 것이다. 그러므로 〈문선서〉에 매우 분명하게 언급되어 있는 것처럼, 소통을 중심으로 한 『문선』의 편찬자들은 경(經)·사(史)·자(子) 부문의 문장을 맹목적으로 폐기 처분한 것이 아니다. 오히려 이들은 옛 성현들이 이루어놓은 '문(文)'의 질서인 경(經)·사(史)·자(子)의 불후성을 인정한 위에 한대(漢代)이래로 점차 화려하게 발전해온 새로운 '문(文)'의 질서를 열망했다고 할 수 있다. 이는 내적으로 한(漢)나라 이후 양(梁)나라까지 이어져온 문인들의 새로운 글쓰기가 옛 성현들의 글쓰기와 동등한 의미를 갖는다는 자부심의 발로인 동시에, 외적으로는 조야(粗野)한 북방 이민족의 무강(武强)함을 넘어서는 문화적 우월성의 표출이라고 할 만 하다. 그리하여 특히 중국 문인들의 새로운 글쓰기에 대한 자의식은 위진(魏晉) 시대에 이미 "문장은 국가 경영의 대사이며, 불멸의 업무이다(文章, 經國之大業, 不朽之盛事)"라는 조비(曹丕)의 유명한 언급으로 구체화되었고, 위진 시대 이후 본격적으로 개인 문집이나 각 문장 갈래의 선집 편찬을 촉진하였다. 실제로 중국의 전통 서적에 대한 사부(四部) 체제 즉 경(經)·사(史)·자(子)·집(集)으로 나누는 도서분류법도 진대(晉代)이래로 새롭게 개발된 것이다. 이 사부(四部) 도서분류 체제에서 흥미로운 점은 옛 성현의 문장인 경(經)·사(史)·자(子)의 갈래와 작자 개인의 문집인 집(集)을 도서 분류의 동등한 항목으로 인정했다는 사실이다. 이는 다시 말해 그 시대의 업무와 그 시대의 사물에 대한 그 시대 작자의 글쓰기 가치를 옛 성현의 그것과 동일한 가치로 인정했다는 말에 다름 아니다.

이런 측면에서 위의 서술을 종합해보면, 『문선』에서 '문(文)'의 대표적 문장으로 '부(賦)'를 주목한 이유를 몇 가지로 정리해볼 수 있을 듯하다. 그것은 첫째, '부(賦)'가 한대(漢代) 이래로 국가나 황실의 새로운 질서를 묘사하는 새로운 문장 갈래였다는 점이다. 소통도 양(梁)나라 건국 황제인 무제(武帝)의 태자로서 '부(賦)'에 대한 동일한 관심을 지니고 있었다고 할 수 있다. 둘째, 대외적으로 북방 이민족의 무(武)에 대해 문화적 우월성을 과시하는 입장으로서 '문(文)'에 대한 주목이다. 이는 한대(漢代)에는 북방 흉노족, 남북조 시대에는 장강 이북에 할거하고 있던 오호(五胡)에 대한 문화적 자부심의 발로라고 할 만하다. 특히 무력(武力)에서 오호(五胡)에 밀려 삶의 터전을 빼앗긴 남조인(南朝人)들의 입장에서는 자신들의 박탈감을 위안 받기 위한 문화적 정신승리법의 일종으로 '문(文)'에 대한 가치를 강조한 측면도 있었던 것으로 보인다. 셋째, 옛 성현의 글인 경(經)·사(史)·자(子)와 동일한 가치를 가지는 그 시대 작자의 글쓰기 의미에 대한 존중과 인정이다. 사실 초기 부(賦) 작자들은 황제와 권력자에게 매우 의존적인 신분이기는 했지만, 중국문학사에서 본격적으로 작자의 개인 이름을 걸고 아름다운 문장 짓기에 종사하였다. 또 아름다운 글쓰기에 대한 인식도 부(賦)로부터 본격화되었다고 할 수 있다. 이는 후대로 갈수록 지식인 자신의 글쓰기에 대한 자각과 분발을 촉진하였고 진대(晉代)에 와서는 중국의 전통적인 도서분류법인 사부(四部) 갈래의 하나로 개인 문집인 '집(集)'을 옛 성현의 글인 경(經)·사(史)·자(子)와 동등하게 배열하기에 이르렀다. 넷째, '부(賦)'의 수사성(修辭性)에 대한 주목이다. 즉 국가적 차원에서 국가와 황실의 통치 행위에 새로운 질서를 부여하기 위해서 옛 글쓰기 방식이 아닌 새롭고 화려한 글쓰기가 요청되었고, 개인적 차원에서도 경(經)·사(史)·자(子)와 같은 옛 성현의 질박한 글쓰기 방식을 뛰어넘는 작자 자신의 아름다운 창작이 요구되었다고 할 수 있다. 이상의 논의를 더욱 집약해본다면 소통을 비롯한 『문선』의 편찬자들이 주목한 '문(文)'은 중국의 전통적인 '문(文)'의 함의에 바탕을 두고 '새롭고 아름답게 씌어진, 그리고 문화적 아우라가 짙게 배어 있는 문장'이었던 셈이다. 그것은 대체로 한대(漢代)이래로 새롭게 발전한 문장 갈래인 부(賦)·변문(騈文)·악부시(樂府詩)·오언시(五言詩)·칠언시(七言詩) 등을 가리킨다. 이와 같은 '문(文)'에 대한 『문선』식 패러다임은 남북조와 수(隋)·당(唐)을 거쳐 송초(宋初)까지 문단의 주류로 기능하였고, 송대(宋

代) 이후는 『문선』에서 배제된 경(經)·사(史)·자(子)의 글쓰기 전통이 부활하면서 점차 수사보다는 내용 중심의 고문(古文)이 문단의 주류로 진입하게 된다. 그러나 『문선』에서 제기된 '문(文)'에 대한 새로운 인식이 송대(宋代) 이후 완전히 사라진 것은 결코 아니다. 우선 『문선』에서 새로운 장르로 관심의 대상이 된 오언시와 칠언시는 당대(唐代)에 근체시(近體詩)로 발전하여, 이후 동아시아 지식인의 필수적인 문학 수단으로 인정받으며 전통 문단의 주류 장르가 되었다. 또 『문선』이 내포하고 있는 미문(美文) 의식도 문장이나 문학의 각 갈래에 의식적·무의식적으로 스며들어 이후 문장이나 문학의 심미성 발달에 큰 영향을 끼쳤다. 그리고 이후 중국·한국·일본 등 동아시아 역사에서 끊임없이 편찬된 개인 문집들도 『문선』의 편집 체제에 연원을 둔 것이다. 특히 우리나라의 경우에는 조선 전기 서거정이 『문선』의 문장 의식과 편집 체제를 본받아 『동문선(東文選)』을 편찬하여 중국과 대등한 문화적 자부심을 드러내었다.

앞에서도 잠깐 언급한 바와 같이 '문(文)'에 대한 『문선』식 패러다임이 성행하던 당대(唐代)에 이미 『문선』을 전문적으로 연구하는 학문 분야가 태동하여 그것을 '문선학(文選學)' 또는 '선학(選學)'이라고 부른다고 하였다. 당대(唐代)의 '선학'은 특히 『문선』 원문에 대한 주석과 훈고가 주류를 이루어 『이선 주(李善注)』와 『오신 주(五臣注)』라는 불멸의 주석본을 남겼다. 이 두 가지 주석본은 송대(宋代)에 통합되어 『육신 주(六臣注)』로 불리게 되었고 지금까지도 『문선』 독해의 권위서로 인정받고 있다. 이처럼 『문선』 연구에 있어서 자구의 훈고와 주석 또는 판본 문제를 중점적으로 다루는 전통 학문을 '문선학(文選學)'이라고 부른다. 그러나 현대에 들어와 일본의 신전희일랑(神田喜一郎)·청수개부(清水凱夫) 등과 같은 일본의 '문선학' 연구자들은 일본에서 발견된 몇 가지 『문선』 사본 및 초본을 근거로 기존의 '문선학'을 비판하며 『문선』에 대한 새로운 학설을 제시하기 시작하였다. 이들은 『문선』의 편자, 『문선』의 선문(選文) 기준, 〈문선서(文選序)〉의 작자, 『문선』의 편찬 시기 등과 같이 이미 통설로 굳어진 『문선』의 모든 것을 회의하고 비판하는 데서 출발하고 있다. 이 계열의 문선 연구를 '신문선학(新文選學)'이라고 부르는 바, 이들의 적극적인 연구에 힘입어 『문선』이 사실은 소통 한 사람의 편찬이 아니라 유효작(劉孝綽) 등 소통 그룹이라고 부를 수 있는 일군의 학자들에 의해 공동으로 편찬된 것임이 밝혀졌고, 이외에도 『문선』의 선문(選文) 기준, 편찬 시기, 『문선』과 『문심조룡(文心雕龍)』 간의 문학관 비교 등의 부문에 독특하고 참신한 의견이 제기되었다. 1960년대 이래 지금까지도 『문선』에 관한 연구는 전통 '문선학'과 현대 '신문선학'의 논쟁을 둘러싸고 학문적 범위가 규정되고 있는 실정이다.

우리나라의 『문선』 연구는 아쉽게도 위와 같은 학문적 논쟁에 의미 있는 논점을 제공하지 못하였다. 1983년에 규장각소장 『육신주본 문선(六臣注本文選)』이 영인 출판되고,[10] 1984년에 영남중국어문학회에서 〈『문선』특집호〉 『중국어문학(中國語文學)』 학술지를 발간하면서,[11] 『문선』 연구에 토대가 마련되는 듯이 보였지만, 이러한 관심도 거의 일회성 열기에 그치고 말았다. 다만 중요한 점은 1983년에 공개된 규장각 소장 『육신주본 문선(六臣注本文選)』의 판본학적 가치가 원로 학자 김학주에 의해서 처음으로 발굴·인정되었다는 사실이다. 이는 기존 '문선학'의 내용까지도 바꿀 정도로 매우 중요한 의미를 지니고 있다. 특히 이 판본의 말미에 붙어 있는 후기(後記) 및 간기(刊記)는 중국이나 일본 판본에서는 알려져 있지 않은 이선 주(李善注)와 오신 주(五臣注) 그리고 육신 주(六臣注) 판본의 형성 과정에 대한 소상한 정보를 제공해주고 있어서 문선학 관계자들을 놀라게 하였다. 뿐만 아니라 2000년 부강(傅剛)은 위의 사실을 더욱 꼼꼼하게 연구하여 규장각본 『문선』이 중국 최초의 육신주본(六臣注本)인 수주 주학본(秀州州學本)의 면모를 그대로 보

10 金學主, 〈文選解題〉, 『奎章閣所藏六臣注本文選』, 서울, 도서출판다운샘, 1983.

11 嶺南中國語文學會, 『中國語文學』第8輯, 〈『文選』特輯號〉, 大邱, 1984.11.

존하고 있다는 사실을 밝혀내었다. 그러나 우리나라에 이렇게 뛰어난 『문선』 판본이 소장되어 있음에도 불구하고 문선학의 기타 부문에는 다양한 연구 업적이 발표되지 못하고 있다. 『문선』이 신라의 삼국통일 이전에 이미 우리에게 전래되어 거의 1500년에 가까운 독서 전통을 갖고 있음을 감안하면 이는 매우 아쉬운 상황에 틀림없다. 그러므로 이제 21세기 『문선』 연구에 우리의 학계가 어떻게 기여할 것인가를 진지하게 고민해야 할 시점이라고 할 수 있다. 물론 '문선학'이나 '신문선학'을 둘러싸고 벌어지고 있는 기존의 논쟁에 적극적으로 참여하는 것도 매우 중요한 일이지만, 이제 이와는 다른 『문선』 읽기와 『문선』 연구가 필요한 때로 생각된다. 이를 위해서 우리는 이제 『문선(文選)』의 '문(文)'이라는 글자가 내포하고 있는 다양한 의미의 자장을 『문선』 텍스트의 안팎으로 적극 심화・확장해야 할 것으로 보인다. 안으로의 심화는 『문선』에 선록된 문장들의 다채로운 '결'과 심도 깊은 의미를 상호 유기적으로 탐구하는 작업에 해당되고, 밖으로의 확장은 『문선』이라는 '문(文)'의 덩어리가 역사・사회・정치・경제・음악・미술・인생 등 인간 삶의 모든 부문과 갈마드는 폭넓은 문화적 양상을 창의적으로 탐색하는 작업에 해당된다. 이러한 연구 입장은 훈고나 판본 또는 편찬 기준이나 문학의식 연구라는 좁은 테두리에 갇혀 있던 기존의 '문선학'이나 '신문선학'의 한계를 단번에 뛰어넘는 개방적인 시야의 획득을 가능하게 해준다. 『문선』에 대한 이러한 연구 태도를 짐짓 '『문선』 문화학'이라고 불러도 무방할 것이다. 20세기가 침략과 전쟁으로 점철된 '무(武)'의 시대라면 21세기는 화해와 평화로 나아가는 '문(文)'의 세기가 되어야 하고 또 그렇게 될 조짐도 미약하나마 세계 여러 곳에서 감지되고 있다. 우선 한국발 '문화(文化)'의 파도인 한류(韓流)가 중국・일본・동남아를 휩쓸고 미국 할리우드까지 닿고 있으며, 중국에서는 2008년 베이징 올림픽 때 붉은 바탕에 흰 글씨로 '文'자 엠블럼을 만들어 기쁨에 겨워 춤추는 사람의 모습을 형상화하였다. 이는 어쩌면 '문(文)'의

복권이라고 불러도 무방할 상징적 사건이다. 또 2009년 연말부터 2010년 2월까지 세계를 강타한 3D 영화 〈아바타(Avatar)〉는 무력으로 판도라 행성을 침범한 지구인을 판도라인들이 자연과의 연대와 소통으로 물리친다는 의미심장한 메시지를 전달해주었다. 이러한 시절에 직접 '문(文)'이라는 제목을 달고 있는 『문선(文選)』이 우리를 향해 발산하는 문화적 아우라는 매우 의미심장한 향기를 담고 있는 것으로 보인다. 어쩌면 『문선』 편집의 당사자 소통도 『문선』이 담고 있는 다양한 '문(文)'의 결을 의식하고 있었던 것으로 느껴진다. 소통은 〈문선서〉의 마지막 부분에서 다음과 같이 조심스럽고 미묘한 언급을 하고 있다.

> 멀리 주(周)나라 때부터 지금의 성스러운 시대에 이르기까지 모두 30권을 만들어 다만 『문선(文選)』이란 이름을 붙여보았다(遠自周室, 迄於聖代, 都爲三十卷, 名曰『文選』云耳).

여기에서 주목해야 할 부분은 바로 문장 끝의 '云耳'라는 두 글자이다. '云耳'는 이런 서문류에 자주 쓰이는 겸양어인데, 우리말로는 '다만 ~할 뿐이다(따름이다)'로 번역되는 일종의 상투어라고 할 수 있다. 그러나 이 문장에서 '云耳'는 단순한 상투어의 의미를 뛰어넘는 매우 깊은 울림을 전해주고 있다. 소통이 이보다 조금 앞서 오언시(五言詩) 선집을 편찬하면서 『문장영화(文章英華)』라는 화려한 제목을 사용한 것과 비교해보면 더욱 더 이 '云耳'의 뉘앙스가 단순하지 않게 느껴진다. 『문선』은 『문장영화』에 선록된 오언시 뿐만 아니라 부(賦)와 변문(騈文)을 포함한 훨씬 방대하고 화려한 문장 선집임에도 불구하고 겨우 한 글자인 '문(文)'으로 『문선』 전체의 의미를 포괄하고자 한 것이다. 여기에는 주(周)나라에서 양(梁)나라까지의 다양한 문체를 어떻게 이름할 수 없어서 『문선』이란 명칭을 붙일 수밖에 없었다는 소통의 고충이 느껴지는 동시에, 또 은연중 '문(文)'이라는 글자로 통치자로서의 포부와 문화적 자부심을 드러내고자 하는 소통의 내면도 읽혀진다. 그처럼 새롭고도 화려한 문장들과 거기에 수반된 문화적 자부심을 '다만 문(文)이라는 한 글자로 이름 붙여 보았고, 그것으로 충분하다'는 것이다. 21세기의 '『문선』 문화학'은 『문선』의 '문(文)'이 품고 있는 이처럼 다양하고 폭넓은 '무늬'의 결을 탐색하면서, '문(文)'으로 세계를 '화(化)'하고자 한 소통(蕭統)의 꿈과 목하 평화를 향한 모든 인류의 미래 소망을 적극적으로 합일시키는 과정이 되어야 하리라고 생각된다. 우리의 『문선』 번역이 이와 같은 꿈의 프로젝트에 '다만 작은 디딤돌이 될 수 있기를 희망할 뿐이다.'

3. 『문선(文選)』 문장의 여러 갈래들

1) 『문선』 문체와 관련된 몇 가지 학설

『문선(文選)』에 선록(選錄)되어 있는 문장의 갈래가 몇 종류인가에 대해서 역대로 서로 다른 의견이 존재해왔다. 그 의견은 37종·38종·39종 설로 나뉘어진다. 37종설은 명(明)·청(淸)이래로 전승되어온 주요 『문선』 판본의 대부분이 37종으로 문체 분류를 하고 있다는 사실에 근거를 두고 있다. 실제로 명(明) 원록본(袁褧本)이나 청(淸) 호극가본(胡克家本), 우리나라의 규장각본(奎章閣本) 등은 모두 목록이나 본문의 문체 제목을 37종으로 분류하고 있다. 이는 대체로 현존 '이선본(李善本)'이나 '육신본(六臣本)' 계열의 『문선』 판본을 근거로 판단한 학설이다. 그러나 이 37종설에 대해 청대(淸代)에 이미 의문을 제기하는 학자들이 생겨나기 시작하였다. 그 이유는 〈문선서(文選序)〉에서 소통(蕭統)이 문장 선록(選錄) 순서를 언급하면서 다음과 같이 설명한 부분에 근거를 두고 있다.

무릇 문장의 차례를 배열하는 순서는 각각 같은 문체끼리 모았지만, 시(詩)와 부(賦)는 그 체제가 한결 같지 않아서 또 다시 종류별로 나누었다. 종류별로 나눈 작품 속에서는 각각 시대에 따라 서로 차례를 정하였다(凡次文之體, 各以彙聚. 詩賦體既不一, 又以類分. 類分之中, 各以時代相次).

위의 진술은 주로 시(詩)·부(賦)의 배열 순서를 설명하는 것이지만, 다른 문체의 배열 순서에도 같은 원칙이 적용되었을 것이라는 걸 미루어 짐작할 수 있다. 특히 호극가(胡克家)는 『문선고이(文選考異)』 권8 〈이서양태상박사(移書讓太常博士)〉 부분에서 진경운(陳景雲)의 의견을 인용하여 〈이서태상박사〉 제목 앞에 문체 분류 항목인 '이(移)'가 탈락되었다고 하였다. 다시 말해 문체 '서(書)' 부분에서 〈이서태상박사〉와 〈북산이문(北山移文)〉을 독립시켜 '이(移)'라는 문체로 따로 분류해야 한다는 것이다. 현대로 들어와서도 황계강(黃季剛)과 낙홍개(駱鴻凱)가 이에 대해 동일한 의견을 표시하였다. 최근 부강(傅剛)은 이들의 의견을 보충·설명하면서, 위에서 인용한 『문선』 분류 원칙과 배열 원칙을 그 근거로 제시하고 있다. 쉽게 말하자면 현존 이선본이나 육신본 『문선』 권 43의 '서(書)' 부분에는 혜숙야(嵇叔夜)의 〈여산거원절교서(與山巨源絶交書)〉, 손자형(孫子荊)의 〈위석중용여손호서(爲石仲容與孫皓書)〉, 조경진(趙景眞)의 〈여혜무제서(與嵇茂齊書)〉, 구희범(丘希范)의 〈여진백지서(與陳伯之書)〉, 유효표(劉孝標)의 〈중답유말릉소서(重答劉秣陵沼書)〉, 유자준(劉子駿)의 〈이서양태상박사(移書讓太常博士)〉, 공덕장(孔德璋)의 〈북산이문(北山移文)〉 등 모두 7편이 글이 앞의 순서대로 실려 있는데, 이중 유자준(劉子駿)은 전한(前漢)과 후한(後漢) 교체기의 학자 유흠(劉歆)이므로 남북조 시대 양(梁)나라 문인인 유효표의 뒤에 배열될 수 없다는 것이다. 실제로 문체의 성격으로 미루어보더라도 '서(書)'는 문인 간의 편지이고 '이(移)'는 일종의 격문이므로 동일한 문체로 보기 어려운 것이 사실이다. 위의 여러 학자들의 문제 제기는 매우 합리적인 근거를 갖고 있어서 지금까지 국내외 학계에서는 『문선』 문체가 38종이란 설을 정설로 인정해왔다.

그러나 위와 똑같은 원칙을 적용해보면 『문선』 권 44의 '격(檄)' 부분의 배열도 의심을 사기에 충분하다. 여기에는 사마장경(司馬長卿)의 〈유파촉격(喻巴蜀檄)〉, 진공장(陳孔璋)의 〈위원소격예주(爲袁紹檄豫州)〉와 〈격오장교부곡문(檄吳將校部曲文)〉, 종사계(鍾士季)의 〈격촉문(檄蜀文)〉, 사마장경(司馬長卿)의 〈난촉부로문(難蜀父老文)〉 등 5편의 글이 순서대로 실려 있는데, 같은 문체 안에서 진공장의 글은 나란히 배열하면서, 사마장경의 글은 분리해서 배열할 이유가 없으며, 또 사마장경은 전한(前漢) 무제(武帝) 때의 문인 사마상여(司馬相如)이므로 중국 삼국시대 위(魏)나라 사람인 종사계(鍾士季 : 鍾會)의 뒤에 배열할 수 없다는 것이다. 이러한 이유에 근거하여 『문선』의 문체가 39종이란 의견을 최초로 제기한 학자는 타이완(臺灣)의 유지성(游志誠)이다. 유지성은 이러한 이유 외에도 현존 최고의 '오신본(五臣本)'인 진팔랑본(陳八郎本)의 문체 분류가 39종이란 유력한 물적 근거도 제시하였다. 즉 진팔랑본(陳八郎本)의 문체 분류는 '서(書)'에서 독립된 문체로 '이(移)'가 설정되어 있을 뿐만 아니라, '격(檄)'에서 독립된 문체로 '난(難)'도 따로 설정되어 모두 39종으로 이루어져 있다는 것이다. 또 당말(唐末)에 완성된 것으로 보이는 일본의 『문선집주(文選集注)』본과 우리나라 성균관대학교 소장 '오신본(五臣本)'인 정덕기사본(正德己巳本)에도 '이(移)'와 '난(難)'이 모두 별도의 문체 항목으로 독립되어 있다. 그러므로 이상의 논의를 종합해보면 『문선』의 문체 분류를 39종으로 보는 것이 가장 합리적인 학설이라고 할 수 있다.

2) 〈문선서〉와 『문선』의 문체 분류 비교

『문선』의 문체 종류는 그렇다 치더라도 흥미로운 것은 『문선』 목록과 본문 배열에 사용된 문체의 종류와 소통이 〈문선서(文選序)〉에서 거론한 문체의 종류가 상당한 차이가 난다는 점이다. 우선 〈문선서〉에서 거론한 문체를 차례대로 열거해보면 다음과 같다.

부(賦), 소(騷), 시(詩), 송(頌), 잠(箴), 계(戒), 론(論), 명(銘), 뢰(誄), 찬(贊), 조(詔), 고(誥), 교(敎), 령(令), 표(表), 주(奏), 전(牋), 기(記), 서(書), 서(誓), 부(符), 격(檄), 조(弔), 제(祭), 비(悲), 애(哀), 답객(答客), 지사(指事), 삼언(三言), 팔자(八字), 편(篇), 사(辭), 인(引), 서(序), 비(碑), 갈(碣), 지(志), 장(狀), 찬론(讚論), 서술(序述) 등 총 40종.

그리고『문선』자체에 제시된 문체 명칭 및 배열 순서는 다음과 같다.

부(賦), 시(詩), 소(騷), 칠(七), 조(詔), 책(冊), 령(令), 교(敎), 책문(策文), 표(表), 상서(上書), 계(啓), 탄사(彈事), 전(牋), 주기(奏記), 서(書), 이(移), 격(檄), 난(難), 대문(對問), 설론(設論), 사(辭), 서(序), 송(頌), 찬(贊), 부명(符命), 사론(史論), 론(論), 연주(連珠), 잠(箴), 명(銘), 뢰(誄), 애(哀), 비문(碑文), 묘지(墓誌), 행장(行狀), 조문(弔文), 제문(祭文) 등 총 39종.

위에서 보듯 〈문선서〉에 실린 문체는 모두 40종이고,『문선』자체에 설정된 문체는 39종이다. 실제 차이는 1종밖에 나지 않지만 그 내용을 자세히 살펴보면 상당히 큰 차이가 있다는 것을 발견할 수 있다. 우선 〈문선서〉에 거론된 문체 중에서 계(戒)·고(誥)·서(誓)·비(悲)·지사(指事)·삼언(三言)·팔자(八字)·갈(碣)과 같은 문체는『문선』자체에 1편도 실려 있지 않고, 칠(七), 책(冊), 책문(策文), 계(啓), 탄사(彈事), 이(移), 난(難), 대문(對問), 연주(連珠) 등의 문체는『문선』에 실제로 실려 있으면서도 〈문선서〉에 언급조차 되지 않고 있다. 또 주(奏)와 기(記)는

『문선』에서 실제로 주기(奏記)로 합쳐져 있으며, 부(符)는 부명(符命), 조(弔)는 조문(弔文), 제(祭)는 제문(祭文), 답객(答客)은 설론(設論), 찬론(讚論)과 서술(序述)은 사론(史論)과 론(論), 조(弔)·제(祭)·비(碑)·갈(碣)·지(志)·장(狀)은 각각 조문(弔文)·제문(祭文)·비문(碑文)·갈문(碣文)·묘지(墓誌)·행장(行狀)으로 이름이 조금씩 바뀌어 있다. 〈문선서〉에 거론된 편(篇), 사(辭), 인(引)은 각각 시(詩) 부문의 실제 제목에서 따온 문체 이름으로, 편(篇)은 『문선』 권27 조식(曹植)의 〈악부(樂府)〉 4수에 포함된 〈명도편(名都篇)〉·〈미녀편(美女篇)〉·〈백마편(白馬篇)〉, 사(辭)는 권45의 〈추풍사(秋風辭)〉·〈귀거래사(歸去來辭)〉, 인(引)은 권27 조식(曹植)의 〈악부(樂府)〉 4수에 포함된 〈공후인(箜篌引)〉을 가리킨다. 〈문선서〉와 『문선』의 실제 문체 분류 및 그 수록 작품에 차이가 나는 이유에 대해서는 지금까지도 명확한 원인 규명이 되지 않고 있으므로 다만 몇 가지 추론을 해볼 수밖에 없다. 우선 당시 문인들 사이에서 문체 분류나 문체 명칭에 대해 확정된 합의가 이루어지지 않았다는 점을 들 수 있다. 조비(曹丕)는 〈전론 논문(典論論文)〉에서 4종(혹은 8종)으로, 육기(陸機)는 〈문부(文賦)〉에서 10종으로, 지우(摯虞)는 『문장유별론(文章流別論)』에서 11종으로, 안지추(顔之推)는 『안씨가훈·문장(顔氏家訓·文章)』에서 20종으로, 유협(劉勰)은 『문심조룡(文心雕龍)』에서 무려 20류 179종으로 나누었다. 후대로 갈수록 문체 분류가 더욱 자세해지는 것은 당연한 현상이지만, 문제는 소통(蕭統) 당시의 『문선』 편찬자들 사이에서도 문체에 관한 합의된 개념이나 명칭이 없었을 것이라는 사실이다. 이 때문에 같은 문장을 두고서도 서로 다른 문체 명칭이 사용되기도 하는 등, 〈문선서〉와 실제 『문선』에서는 서로 다른 문체 명칭이 사용될 수밖에 없었다고 볼 수 있다. 또 하나의 이유는 소통이 『문선』 편찬을 주도하기는 했지만 실제로 『문선』에 선록된 문장을 모두 자세하게 열람하지는 못했을지도 모른다는 추측을 해볼 수 있다. 당시 양(梁)나라 태자였던 소통은 『문선』 편찬을 전후하여 매우 불미스럽고 번잡한 일에 얽혀 있었다. 양(梁) 보통(普通) 7년(526) 11월 소통의 모친 정귀빈(丁貴嬪)이 죽자, 소통은 아버지가 생존해있는 상주였으므로 상례(喪禮)에 따라 1년의 복상(服喪)을 해야 했고, 또 복상 기간 이후에는 이른바 '엽아사건(獵鵝事件)'으로 엄청난 마음 고생에 시달려야 했다. 『남사(南史)』 권53 〈소명태자전(昭明太子傳)〉에 의하면 소통의 모친 정귀빈은 사후 양(梁) 무제가 정한 장지(葬地)에 묻혔는데, 당시 주(朱) 도사라는 자가 소통에게 정귀빈의 무덤이 풍수지리상 장자에게 불리하므로 거위를 잡아 묘소 곁에 묻으면 장래의 화를 면할 수 있다고 하였다. 이 말을 듣고 소통은 잡은 거위와 액막이 물건을 모친 정귀빈 무덤 곁에 묻었고, 이 사실을 몰래 알게 된 환관 포막지(鮑邈之)라는 자가 양(梁) 무제에게 태자 소통을 무고(誣告)하였다. 양(梁) 무제는 대노하여 무덤 곁에 묻은 거위와 기타 물건들을 파내고 이 사건에 관계된 사람들에게 가혹한 문초를 가하여 그 화가 태자에게까지 미칠 지경이었다. 다행히 서면(徐勉)의 적극적인 간언(諫言)으로 태자는 화를 면했고 주도사 한 사람을 참수하는 것으로 사건은 마무리 되었다. 그러나 이후 태자 소통은 부친 양(梁) 무제를 두려워하며 모든 일에 공포감을 가지게 되었다. 뿐만 아니라 『문선』 편찬이 거의 완성될 무렵인 중대통(中大通) 원년(529)에 소통의 막하에서 『문선』 편찬의 실무를 담당하고 있던 유효작(劉孝綽)이 역시 모친 상을 당하였다. 이후 불과 2년 뒤인 중대통(中大通) 3년(531)에 소통은 불의의 사고로 세상을 떠났다. 『문선』 편찬이 완성될 무렵 발생한 이런 몇 가지 번잡한 사정 때문에 소통은 『문선』에 선록된 문장의 종류와 내용을 꼼꼼하게 검토할 시간을 갖지 못한 상태에서 〈문선서〉를 쓸 수밖에 없었고, 이에 따라 〈문선서〉와 『문선』의 문체 분류와 명칭이 실제와 부합하지 않게 되었다고 볼 수 있다. 그러나 〈문선서〉와 『문선』의 이러한 차이에도 불구하고 『문선』이 제시한 문체 분류 기준과 문장선집으로서의 전체적인 틀은 이후 동아시아 문인들의 개인 문집 및 『동문선(東文選)』과 같은 국가의 통합 문장

선집의 기본 규범으로 작용하면서 강력한 영향력을 발휘하였다. 이제 『문선』 자체의 문체 분류 기준에 의거하여 그 39종 문체의 특징을 간략하게 소개하고자 한다.

(1) 부(賦)

부(賦)는 본래 『시경(詩經)』 육의(六義) 중에서 직서법을 가리키는 수사 용어였다. 그러나 문체로서의 부(賦)는 『시경』에 직접 연원을 둔 것이 아니고, 순경(荀卿) 〈부편(賦篇)〉의 체제와 『초사(楚辭)』의 특징을 확대 발전시켜서 완성된 것으로 추정하고 있다. 그러나 후대의 부(賦) 작자들은 흔히 부(賦)의 유구한 역사를 강조하기 위하여 부(賦)의 기원을 『시경』 육의(六義)에 연결시키곤 하였다. 형식은 산문과 운문의 중간 형태를 보이지만, 『문선』에서는 책 맨 앞에 부(賦)를 배열하여 운문으로서의 특징을 강조한 것으로 보인다. 구법(句法)이나 형식에는 엄격한 제한이 없으나 기본적으로 운(韻)을 달며 후대로 갈수록 4자 6자로 정제화하면서 변려문(騈儷文)으로 발전하였다. 부(賦)는 특히 한대(漢代)에 발전을 극하여 황실과 국가의 대사, 삼라만상과 인간 내면의 심리까지 모두 부(賦)의 창작 대상이 되었다. 한부(漢賦)의 발생 배경과 문화적 맥락에 대해서는 위의 해설을 참고하기 바란다. 대체로 장편 대부(大賦)와 단편 소부(小賦 : 서정부)로 나눌 수 있다. 장편 대부는 한(漢)나라 초기에 발생하여 남북조 시대까지 면면히 이어진 문체 양식인데, 특히 국가나 황실 또는 장대한 자연 경물을 길고 화려하게 읊어내는 특징을 가지고 있다. 또 단편 서정부는 전한(前漢) 중기 이후로 지식인의 내면 심리나 자연속의 여러 사물을 서정적으로 짧게 묘사하는 특징을 보인다. 특히 『문선』에서는 전체의 거의 1/3에 달하는 문장을 부(賦)의 선록에 할당하고 있다. 이는 소통을 위시한 『문선』의 편찬자들이 새롭고 화려한 문장을 선호하고 있었다는 사실을 알려준다. 또한 『문선』에서는 부

(賦)를 내용에 따라 경도(京都)・교사(郊祀)・경자(耕藉)・전렵(畋獵)・기행(紀行)・유람(遊覽)・궁전(宮殿)・강해(江海)・물색(物色)・조수(鳥獸)・지(志)・애상(哀傷)・논문(論文)・음악(音樂)・정(情) 등 15가지 체재로 세분하고 있다.

(2) 시(詩)

『문선』에서 선록한 시(詩)는 중국 고대 『시경』의 시를 제외한 당시의 신시(新詩)들이다. 특히 한대(漢代) 이래의 새로운 민요 양식인 악부시(樂府詩)와 그 악부시에서 발전되어 나온 오언고시(五言古詩), 그리고 악부시의 일부 특징과 초사(楚辭) 계열의 일부 특징을 흡수하여 이룩된 칠언고시(七言古詩)를 일부 선록하였다. 이는 당대(唐代)에 완성된 근체시(近體詩)의 선행 형태이므로 지금은 고시(古詩)라고 부르지만, 당시에는 사언(四言) 위주의 『시경』의 시에 비해 운(韻)이나 구법 또는 어휘면에서 완전히 새로운 양식이었다고 할 수 있다. 또 남북조 시대의 새로운 사언시(四言詩)도 다수 채록하였다. 시(詩)는 다시 내용에 따라 보망(補亡)・술덕(述德)・권려(勸勵)・헌시(獻詩)・응조시(應詔詩)・공연(公讌)・조전(祖餞)・영사(詠史)・백일(百一)・유선(游仙)・초은(招隱)・유람(遊覽)・영덕(詠德)・애상(哀傷)・증답(贈答)・행려(行旅)・군융(軍戎)・교묘(郊廟)・악부(樂府)・만가(挽歌)・잡가(雜歌)・잡시(雜詩)・잡의(雜擬) 등 23가지 체제(反招隱을 따로 분류하면 24 체제)로 세분하였다.

(3) 소(騷)

소(騷)는 굴원(屈原)의 〈이소(離騷)〉로 대표되는 초사체 문장을 가리킨다. 대체로 전국시대 말기 초(楚)나라 민간 음악인 초가(楚歌)와 무가(巫歌)에서 발전한 것으로 알려져 있다. 다양한 구법이 있지만 흔히 육언(六言)을 중심으로 배열되는 시구에 시흥을 돋우기 위한 혜(兮)자가 삽입되는 특징을 가지고 있다. 바로 뒤 시대인 한부(漢賦)의 완성에 큰 영향을 미쳐서 일반적으로 사부(辭賦)로 병칭된다. 그러나 『문선』에서는 사부(辭賦)를 소(騷)와 부(賦)로 분리하여 부(賦)를 『문선』의 제일 앞에 배치하고 소(騷)는 오히려 시(詩) 뒤에 배치하였다. 이는 시(詩) → 소(騷) → 부(賦)로 나아간 문학사의 문체 발전 규율에 위배된 배치 방식이다. 여기에서도 새롭고 화려한 문체를 선호한 『문선』 편찬자들의 의도를 명확하게 읽을 수 있다. 〈이소〉로 대표되는 소체(騷體)는 작자의 비분을 주관적인 환상을 통해 낭만적으로 승화시킨다면, 부체(賦體)는 묘사의 각종 대상을 객관적이면서도 화려한 서술을 통해 포장한다고 할 수 있다. 『문선』에는 굴원의 〈이소경(離騷經)〉·〈구가(九歌)〉·〈구장(九章)〉·복거(卜居)〉·〈어부(漁父)〉, 송옥(宋玉)의 〈구변(九辯)〉·〈초혼(招魂)〉·유안(劉安)의 〈초은사(招隱士)〉가 실려 있다.

(4) 칠(七)

칠(七)은 문체의 하나로서 칠체(七體)라고도 하며, 부체(賦體)의 한 형식이라 할 수 있다. 전한(前漢)의 매승(枚乘)이 처음으로 〈칠발(七發)〉을 지어 초사(楚辭)에서 한부(漢賦)로 나아가는 물꼬를 튼 것으로 알려져 있다. 초나라 태자가 병이 나자, 오나라 객이 그를 방문하여 일곱 가지 사실을 이야기해서 태자를 계발(啓發)시켜 병을 낫게 한다고 해서 '칠발(七發)'이란 제목이 붙여졌다. 이로부터 후인들이 그 문체를 모방해 풍권(諷勸)의 글을 짓는 것이 유행하여 '칠체'가 자리를 잡게 되었다. 예컨대 부의(傅毅)의 〈칠격(七激)〉, 장형(張衡)의 〈칠변(七辯)〉, 최인(崔駰)의 〈칠의(七依)〉, 최원(崔瑗)의 〈칠소(七蘇)〉, 조식(曹植)의 〈칠계(七啓)〉, 왕찬(王粲)의 〈칠석(七釋)〉, 장협(張協)의 〈칠명(七命)〉, 육기(陸機)의 〈칠미(七微)〉, 좌사(左思)의 〈칠풍(七諷)〉 등이 이어지게 되었다. 『문선』에서는 '칠'을 하나의 문체로 열거하였다. 『수서(隋書) · 경적지(經籍志)』에 『칠림(七林)』 10권이 수록되어 있었는데, '칠체'만을 전적으로 수집해 놓은 문집으로 보인다. 『문선』에는 매승(枚乘)의 〈칠발(七發)〉, 조식(曹植)의 〈칠계(七啓)〉, 장협(張協)의 〈칠명(七命)〉이 실려 있다.

(5) 조(詔)

황제가 내리는 명령 조서(詔書)를 조(詔)라고 한다. 『사기 · 진시황본기(史記 · 秦始皇本紀)』에 의하면 "명(命)은 제(制)라고 고치고 령(令)은 조(詔)로 고쳤다(命爲制, 令爲詔)"고 하였다. 조(詔)는 전국 시대까지 령(令)으로 칭해졌으므로 령(令)과 조(詔)는 거의 동일한 문체임을 알 수 있다. 『문선』에는 한(漢) 무제(武帝)의 〈조(詔 : 求賢詔)〉와 〈현량조(賢良詔)〉가 실려 있다.

(6) 책(冊)

본래 제왕이 신하를 책봉할 때만 쓰던 문체이다. 후세에는 점차 사용 범위가 넓어져서 축책(祝冊) · 입책(立冊) · 봉책(封冊) · 애책(哀冊) · 증책(贈冊) · 시책(諡冊) · 증시책(贈諡冊) · 제책(祭冊) · 사책(賜冊) · 면책(免冊) 등에 모두 사용되었다. 『문선』에는 조조(曹操)를 위왕(魏公)에 봉하는 〈책위공구석문(冊魏公九錫文)〉이 실려 있다.

(7) 령(令)

령(令)은 조령체(詔令體) 산문에 속한다. 조령문은 주대(周代), 진대(秦代) 이후 명(明) · 청대(清代)에 이르기까지 여러 가지 명칭으로 쓰였다. 일반적으로 조령은 군주의 통고 문건이다. 주의(奏議)가 상급자에게 올리는 문건인데 비하여 조령은 하급자에게 내리는 문건으로서 대비된다. 조령문에 해당하는 문건으로는 『상서(尙書)』 때부터 고(誥)·명(命)·서(誓) 등의 명칭이 있었고 전국시대에는 명(命)이나 령(令)이라고 칭하였다가 진시황(秦始皇) 때에 명(命)과 령(令)을 제(制)와 조(詔)로 고쳤다. 이중에서 령은 조(詔)와 비슷하지만 관리를 임명하거나 작위를 봉할 때, 그리고 상벌을 내릴 때 사용했다고 한다. 후세에는 천자(天子)의 조(詔)와 구별하기 위하여 황태자나 황후의 명령문을 령(令)으로 불렀다. 또 령(令)은 구두 명령, 명(命)은 성문화된 법령이라 하기도 하지만 별로 의미가 없는 분류이다. 『문선』에는 임방(任昉)의 〈선덕황후령(宣德皇后令)〉이 실려 있다.

(8) 교(敎)

교(敎)는 제후(諸侯)의 명령문을 뜻한다. 황제의 명령문인 조칙(詔勅)과 구별하여 부른다. 채옹(蔡邕)은 『독단(獨斷)』에서 "제후들의 명령을 교(敎)라고 한다(諸侯言曰敎)"라고 하였다. 『문심조룡(文心彫龍)』 조책(詔策)에서는 교(敎)는 '본받는다[效]'는 뜻이라고 하였다. 즉 제후가 명령을 내려서 백성들에게 본받게 하는 것이다. 『문선』에는 부량(傅亮)의 〈위송공수장량묘교(爲宋公修張良廟敎)〉와 〈위송공수초원왕묘교(爲宋公修楚元王墓敎)〉가 실려 있다.

(9) 문(文)

문체의 일종인 문(文)은 책문(策文)을 가리킨다. 흔히 대책(對策)으로 불린다. 군주가 정치의 방법이나 국가의 주요 업무 또는 경전의 의미 등을 신하에게 질문을 하고 신하가 그 질문에 대답하는 형식으로 군주에게 해결책을 제시하는 문장이다. 한(漢) 무제(武帝)때부터 책문(策問)

이라는 제도를 이용해서 추천받은 인재들의 지식수준을 검증했는데, 황제가 제출한 치국(治國)에 관련된 문제를 난이도에 따라서 갑(甲)·을(乙) 과로 나누고, 밀봉한 후에 추천받은 사람이 뽑아서 답을 하게 하였다고 한다. 『문선』에는 왕융(王融)의 〈영명구년책수재문(永明九年策秀才文)〉과 〈영명십일년책수재문(永明十一年策秀才文), 임방(任昉)의 〈천감삼년책수재문(天監三年策秀才文)〉이 실려 있다.

(10) 표(表)

표(表)는 신하가 군주에게 상주(上奏)하는 일종의 문체로, 진실한 속마음을 진술(陳述)하여 고(告)하는데 주로 쓰였다. 한(漢)의 제도에서는 신하가 천자에게 올리는 글에 장(章)·주(奏)·표(表)·박의(駁議) 네 가지가 있었다. 장(章)은 은혜에 감사하는 글이고, 주(奏)는 정사(政事)를 탄핵하여 검문(檢問)하는 글이며, 표(表)는 사정을 진술하여 상주하는 글이고, 박의(駁議)는 타인의 의론을 공격하고 비평하기 위해 올리는 글이다. 쉽게 말하면 대체로 표(表)는 상소문의 일종으로 자신의 충정(衷情)을 드러내어 제왕에게 일의 순서를 제시하는 글이라고 할 수 있다. 『문선』에는 공융(孔融)의 〈천예형표(薦禰衡表)〉, 제갈량(諸葛亮)의 〈출사표(出師表)〉, 조식(曹植)의 〈구자시표(求自試表)〉와 〈구통친친표(求通親親表)〉, 양호(羊祜)의 〈양개부표(讓開府表)〉, 이밀(李密)의 〈진정사표(陳情事表)〉, 육기(陸機)의 〈사평원내사표(謝平原內史表)〉, 유곤(劉琨)의 〈권진표(勸進表)〉, 장전(張悛)의 〈위오령사순구위제손치수총인표(爲吳令謝詢求爲諸孫置守冢人表)〉, 유량(庾亮)의 〈양중서령표(讓中書令表)〉, 환온(桓溫)의 〈천초원언표(薦譙元彦表)〉, 은중문(殷仲文)의 〈해상서표(解尙書表)〉, 부량(傅良)의 〈위송공지낙양알오릉표(爲宋公至洛陽謁五陵表)〉와 〈위송공구가증유전군표(爲宋公求加贈劉前軍表)〉, 임방(任昉)의 〈위제명제양선성군공제일표(爲齊明帝讓宣城郡公第一表)〉·〈위범상서양이부봉후제일표(爲范尙書讓吏部封侯第一表)〉·〈위소양주천사표(爲蕭揚州薦士表)〉·〈위저자의진양대형습봉표(爲褚諮議蓁讓代兄襲封表)〉·〈위범시흥작구립태재비표(爲范始興作求立太宰碑表)〉가 실려 있다.

(11) 상서(上書)

역시 군주에게 올리는 상소문의 일종이다. 표(表)가 흔히 자신의 심정을 직접 밝히기 위하여 대개 '신모언(臣某言)'으로 문장을 시작하는데 비해, 상서(上書)는 어떤 정책이나 사건에 대해서 군주에게 자신의 의견을 제시하는 것이 목적이기 때문에 흔히 '신문(臣聞)'으로 문장을 시작하는 것이 일반적이다. 『문선』에는 이사(李斯)의 〈상서진시황(上書秦始皇)〉, 추양(鄒陽)의 〈상서오왕(上書吳王)〉과 〈옥중상서자명(獄中上書自明)〉, 사마상여(司馬相如)의 〈상서간렵(上書諫獵)〉, 매승(枚乘)의 〈상서간오왕(上書諫吳王)〉과 〈상서중간오왕(上書重諫吳王)〉, 강엄(江淹)의 〈예건평왕상서(詣建平王上書)〉가 실려 있다.

(12) 계(啓)

계(啓)는 군주의 글이나 하사품을 받고 자신의 마음을 알리기 위해 올리는 상주문(上奏文)이다. 흔히 '신모계(臣某啓)'의 형식으로 문장을 시작한다. 표(表)나 상서(上書)가 군주의 조칙을 받지 않고도 직접 자신의 의견을 개진하는 것과는 다르다. 『문선』에는 임방(任昉)의 〈봉답칙시칠석시계(奉答敕示七夕詩啓)〉·〈위변빈사수변충정묘계(爲卞彬謝脩卞忠貞墓啓)〉·〈상소태부고사탈례계(上蕭太傅固辭奪禮啓)〉가 실려 있다.

(13) 탄사(彈事)

탄사(彈事)는 문체의 이름으로 탄주(彈奏), 탄장(彈章) 또는 탄문(彈文)이라고도 한다. 탄핵의 상주문(上奏文)은 백관(百官)들의 과실을 규탄하여 천자에게 재가하도록 독촉을 한 글이다. 육조시대에는 항상 어사중승(御史中丞)이 탄핵하여 상주했으며, 상주문을 탄사(彈事)라고 칭하였다. 『문심조룡(文心雕龍)·주계(奏啓)』에서는 "탄핵의 주장(奏章)은 법제를 밝히고 나라를 맑게 하려는 것이다. (…중략…) 한나라에서는 중승을 두어, 안찰하여 탄핵하는 일을 총괄하도록 하였다. 그러므로 직위가 탄핵을 맡아보는데 있는 사람은 그의 기를 숫돌에서 갈듯이 하여 반드시 붓 끝에 바람을 일게 해야 하고 죽간 위에 서리가 엉기게 해야 하는 것이다(若乃按劾之奏, 所以明憲淸國. …… 漢置中丞, 總司按劾. 故位在鷙擊, 砥礪其氣, 必使筆端振風, 簡上凝霜者也)"라고 밝히고 있다. 이처럼 서릿발 같은 탄사는 그 목적이 사악함을 바로잡는 데 있기 때문에 기세가 엄격하고 냉혹하다. 탄사(彈事)의 형식은 대체로 두 단락으로 나뉘어진다. 문장을 시작할 때는 '어사중승(御史中丞)'과 같은 탄핵 담당 관직명을 쓰고 바로 이어서 담당관의 성명을 밝혀서 탄핵의 투명성과 책임 소재를 명확히 한다. 또 그 바로 뒷부분에 '계수언(稽首言)'이라는 말로 탄핵을 시작하면서 간곡하고 절실한 심정을 전달한다. 그리하여 '계수언(稽首言)'으로 시작하는 전반부에 탄핵 대상의 죄상을 객관적으로 자세하게 열거한다. 이어서 후반부 결론 부분은 '신근안(臣謹案)'으로 시작하여 탄핵 대상에 부과될 형벌의 근거와 형벌의 종류를 제시한다. 『문선』에는 임방(任昉)의 〈주탄조경종(奏彈曹景宗)〉과 〈주탄유정(奏彈劉整)〉, 심약(沈約)의 〈주탄왕원(奏彈王源)〉이 실려 있다.

(14) 전(牋)

전(牋)은 군주나 태자 등과 같은 왕실 최고 권력층이나, 자신이 모시는 주군에게 올리는 편지 형식의 문체이다. 유협(劉勰)의 『문심조룡(文心雕龍)·서기(書記)』편에 의하면 군주에게 개인적인 의견을 표명하는 편지 형식으로 전(牋)을 사용하였고 특히 후한(後漢) 때 이르러 명품(名品)이 창작되었다고 한다. 현대의 범문란(范文瀾)은 전(牋)을 설명하면서 "공경을 표하면서도 두려워하지 않는 점이 표(表)와는 다르고, 간결하면서도 오만함이 없는 점이 서(書)와도 다르다(謂敬而不懾, 所以殊于表, 簡而無傲, 所以殊于書)라고 하였다. 『문선』에는 양수(楊脩)의 〈답임치후전(答臨淄侯牋)〉, 파흠(繁欽)의 〈여위문제전(與魏文帝牋)〉, 진림(陳琳)의 〈답동아왕전(答東阿王牋)〉, 오질(吳質)의 〈답위태자전(答魏太子牋)〉과 〈재원성여위태자전(在元城與魏太子牋)〉, 완적(阮籍)의 〈위정충권진왕전(爲鄭沖勸晉王牋)〉, 사조(謝朓)의 〈배중군기실사수왕전(拜中軍記室辭隋王牋)〉, 임방(任昉)의 〈도대사마기실전(到大司馬記室牋)〉과 〈백벽권진금상전(百辟勸進今上牋)〉이 실려 있다.

(15) 주기(奏記)

주기(奏記)는 왕공(王公)이나 공부(公府)의 책임자에게 자신의 의견을 개진하면서 올리는 문서이다. 요화(姚華)의 『논문후편·목록상(論文後編)·目錄上)』에서는 "주(奏)는 진상한다는 말이다. 천자에게 올리는 글을 주(奏)라 하고, 왕공(王公)에게 올리는 글을 주서(奏書)라 하고, 공부(公府)에 올리는 글을 주기(奏記)라고 하고, 한 고을의 장군에게 올리는 글을 주전(奏牋)이라 하며, 나머지는 백사(白事)라고 한다(於天子曰奏, 於王公曰奏書, 於公府曰奏記, 於郡將曰奏牋, 其他爲白事)"고 하였다. 『문선』에는 완적(阮籍)의 〈예장공(詣蔣公)〉이 실려 있다.

(16) 서(書)

서(書)는 그다지 격식을 갖추지 않은 비교적 자유롭고 일반적인 편지 양식이다. 친구나 친척 사이의 사적인 감정 전달, 스승과 제자 사이의 학문적인 질의 및 토론, 문인 간에 시문(詩文)을 증답(贈答)하면서 주고받는 문학 비평 등 매우 다양한 내용이 포함되어 있다. 중국뿐만 아니라 동아시아 역대 문인들의 문장 중에서 가장 많이 지어진 것이 바로 이 서(書)라는 문체이다. 『문선』에도 비교적 많은 서(書)가 선록되어 있다. 그 작자와 제목은 다음과 같다. 이릉(李陵)의 〈답소무서(答蘇武書)〉, 사마천(司馬遷)의 〈보임소경서(報任少卿書)〉, 양운(楊惲)의 〈보손회종서(報孫會宗書)〉, 공융(孔融)의 〈논성효장서(論盛孝章書)〉, 주부(朱浮)의 〈위유주목여팽총서(爲幽州牧與彭寵書)〉, 진림(陳琳)의 〈위조홍여위문제서(爲曹洪與魏文帝書)〉, 완우(阮瑀)의 〈위조공작서여손권(爲曹公作書與孫權)〉, 조비(曹丕)의 〈여조가령오질서(與朝歌令吳質書)〉·〈여오질서(與吳質書)〉·〈여종대리서(與鍾大理書)〉, 조식(曹植)의 〈여양덕조서(與楊德祖書)〉와 〈여오계중서(與吳季重書)〉, 오질(吳質)의 〈답동아왕서(答東阿王書)〉, 응거(應璩)의 〈여만공염서(與滿公琰書)〉·〈여시랑조장사서(與侍郎曹長思書)〉·〈여광천장잠문유서(與廣川長岑文瑜書)〉·〈여종제군묘군주서(與從弟君苗君胄書)〉, 혜강(嵇康)의 〈여산거원절교서(與山巨源絶交書)〉, 손초(孫楚)의 〈위석중용여손호서(爲石仲容與孫皓書)〉, 조지(趙至)의 〈여혜무제서(與嵇茂齊書)〉, 구지(丘遲)의 〈여진백지서(與陳伯之書)〉, 유준(劉峻)의 〈중답유말릉소서(重答劉秣陵沼書)〉.

(17) 이(移)

이(移)는 흔히 이문(移文)이라고 한다. 서로 다른 관청 간에 대등하게 주고받던 공문서이다. 주로 상이한 관청 끼리 대등한 입장에서 정책의 정당성을 놓고 비판과 성토를 하는 내용이 많아서 흔히 이(移)를 성토문의 일종으로 인식하지만 실은 공문서의 일종으로 보아야 한다. 실제로 유명한 이문(移文)의 하나인 〈북산이문(北山移文)〉도 종산(鍾山)의 산신령이 당시 해염현령(海鹽縣令)이 된 주자(周子)와 대등한 입장에서 그의 기회주의적 태도를 성토하는 내용으로 설정되어 있다. 지금까지 전해지고 있는 『문선』 〈이선주본〉이나 〈육신주본〉은 대부분 이(移)가 바로 위의 문체인 서(書)에 합병되어 있다. 그러나 청대(淸代) 호극가(胡克家)가 『문선고이(文選考異)』에서 이(移)를 독립된 문체로 다루어야 한다고 문제 제기를 한 이래 많은 학자들이 객관적이고 합리적인 증거로 이(移)의 독립성을 인정하였다. 문체 형식과 내용으로 보더라도 대표적인 편지글인 서(書)와 성토의 공문서인 이(移)를 서로 같은 문체로 취급할 수 없음은 너무나 자명한 사실이다. 문체(文體)로서 이(移)의 독립성에 관한 근거는 위의 해당 단락을 참고하기 바란다. 『문선』에는 유흠(劉歆)의 〈이서양태상박사(移書讓太常博士)〉와 공치규(孔稚珪)의 〈북산이문(北山移文)〉이 실려 있다.

(18) 격(檄)

격(檄)은 관청이나 군대에서 정벌・효유(曉喩)・성토를 위해 사용하던 문서이다. 이(移)가 대등한 관청 간에 사용하던 문서라면, 격(檄)은 주로 반란의 수괴나 복종하지 않는 개인 또는 집단에게 매우 강압적으로 통고하던 문서라고 할 수 있다. 흔히 문장 맨 앞에 효유나 성토 대상의 직함을 밝히는 것이 일반적이나 그렇지 않은 경우도 있다. 『문선』에는 사마상여(司馬相如)의 〈유파촉격(喩巴蜀檄)〉, 진림(陳琳)의 〈위원소격예주(爲袁紹檄豫州)〉와 〈격오장교부곡문(檄吳將校部曲文)〉, 종회(鍾會)의 〈격촉문(檄蜀文)〉이 실려 있다.

(19) 난(難)

난(難)은 상대방의 부족한 점이나 잘못된 점을 비평하면서 그것의 시정이나 교정을 요청하는 문서이다. 효유나 성토 위주의 격(檄)에 비해 논조가 부드럽다. 『문선』에 실린 난(難)은 이선 주본이나 육신주본 권44에 격(檄)과 같은 문체로 통합되어 있다. 그러나 진팔랑본(陳八郎本) 오신 주본이나 우리나라의 성균관대학소장 정덕기사본(正德己巳本) 오신 주본 그리고 일본의 『문선집주(文選集注)』본에는 모두 난(難)이 격(檄)과 다른 또 하나의 문체(文體)로 독립되어 있다. 또한 문장 배열 순서로 보더라도 전한(前漢) 초기에 해당하는 사마상여(司馬相如)의 〈난촉부로문(難蜀父老文)〉이 삼국 시대 위(魏)나라 종회(鍾會)의 〈격촉문(檄蜀文)〉 뒤에 배열될 수 없다. 타이완 학자 유지성(游志誠)이 처음 문제 제기를 한 이래 지금은 대부분의 학자들이 난(難)을 독립된 문체로 인정하고 있는 실정이다. 『문선』에는 사마상여의 〈난촉부로문(難蜀父老文)〉 1편만 실려 있다.

(20) 대문(對問)

대문(對問)은 일문일답(一問一答)을 통해 작자의 입장이나 관점을 논술하는 문체의 일종이다. 굴원(屈原)의 초사(楚辭) 작품으로 알려진 〈복거(卜居)〉와 〈어부(漁父)〉에도 일문일답의 문체 형식이 보인다. 『문선』에는 송옥(宋玉)의 〈대초왕문(對楚王問)〉이 실려 있다.

(21) 설론(設論)

설론(設論)의 '설(設)'은 '가설(假設)'이다. 임시로 설정(가정)한다는 의미를 갖는다. '론(論)'은 '쟁의(爭議)'이다. 서로 다투며 자신의 의견을 밝힌다는 뜻이다. 따라서 설론(設論)은 가상으로 문답의 상황을 설정하여 자신의 불우한 처지나 억울한 심정을 밝히는 문체라고 할 수 있다. 『문선』에는 동박삭(東方朔)의 〈답객난(答客難)〉, 양웅(楊雄)의 〈해조병서(解嘲幷序)〉, 반고(班固)의 〈답빈희병서(答賓戲幷序)〉가 실려 있다.

(22) 사(辭)

사(辭)는 초사(楚辭)에 포함시켜 운문으로 분류할 수도 있으나, 『문선』에서는 오히려 초사(楚辭)나 사부(辭賦)에서 분리시켜 산문 부문에 독립적인 문체로 수록하고 있다. 『문선』에 선록된 사(辭)는 두 수로 한(漢) 무제(武帝)의 〈추풍사(秋風辭)〉와 도연명(陶淵明)의 〈귀거래사(歸去來辭)〉가 그것이다. 대체로 이 두 작품의 제목에 공통으로 붙어 있는 '사(辭)'라는 글자를 취하여 문체의 명칭으로 삼은 것으로 보인다. 그러나 〈추풍사〉는 초사(楚辭)의 선행 형태인 초(楚)나라 민가(民歌)의 형식을 보존하고 있지만, 〈귀거래사〉는 사부(辭賦)의 한 형태인 단편 서정부의 특징을 갖고 있기 때문에 문체의 성격과 특징에 다소 차이가 있다. 대체로 서정적인 단편 사부(辭賦) 중에서 제목이 '사(辭)'로 끝나는 문장을 가리키는 것으로 볼 수 있다.

(23) 서(序)

서(序)는 문장이나 책의 창작 이유, 내용 및 체례 등을 설명하는 문장이다. 『사기(史記)』, 『한서(漢書)』 등에서 확인되듯 처음에는 책의 후반부에 있었으나, 위진(魏晉)이후에는 점차 책의 앞머리로 옮겨가는 경향을 보인다. 또 연회(宴會)나 시회(詩會)와 같은 특정한 행사의 전말을 서정적으로 소개하는 서(序)도 있다. 『문선』에는 복상(卜商)의 〈모시서(毛詩序)〉, 공안국(孔安國)의 〈상서서(尙書序)〉, 두예(杜預)의 〈춘추좌씨전서

(春秋左氏傳序)〉, 황보밀(皇甫謐)의 〈삼도부서(三都賦序)〉, 석숭(石崇)의 〈사귀인서(思歸引序)〉, 육기(陸機)의 〈호사부서(豪士賦序)〉, 안연년(顔延年)의 〈삼월삼일곡수시서(三月三日曲水詩序)〉, 왕융(王融)의 〈삼월삼일곡수시서(三月三日曲水詩序)〉, 임방(任昉)의 〈왕문헌집서(王文憲集序)〉가 실려 있다.

(24) 송(頌)

송(頌)은 인물이나 사업 또는 사물의 공덕을 찬양·미화하는 문체이다. 대체로 『시경(詩經)』의 송(頌)에 연원을 두어 사언(四言) 압운(押韻)으로 된 문장이 많으며, 또 흔히 사륙변려문(四六騈儷文)으로도 지어진다. 『문선』에는 왕포(王褒)의 〈성주득현신송(聖主得賢臣頌)〉, 양웅(楊雄)의 〈조충국송(趙充國頌)〉, 사잠(史岑)의 〈출사송(出師頌)〉, 유령(劉伶)의 〈주덕송(酒德頌)〉, 육기(陸機)의 〈한고조공신송(漢高祖功臣頌)〉이 실려 있다.

(25) 찬(贊)

찬(贊)도 찬양을 내용으로 하는 문체이다. 송(頌)과 구별하기 어렵지만 흔히 제목에 찬(贊)이라는 글자가 붙는다. 송(頌)이 비교적 공적인 성분이 강하다면, 찬(贊)은 그보다 사적인 성격이 강한 것으로 보인다. 전한(前漢) 사마상여(司馬相如)의 〈형가찬(荊軻贊)〉이 가장 이른 시기에 지어진 찬(贊)으로 알려져 있다. 찬(贊)도 송(頌)처럼 사언(四言)과 변문(騈文)으로 지어진 것이 많지만, 더러 산문체로 지어진 문장도 있다. 찬(贊)은 내용에 따라 세 가지 종류로 나누어 볼 수 있다. 첫째, 일반적인 찬(贊)이다. 인물이나 저작 또는 그림이나 글씨에 관한 찬양이다. 『문선』에 실려 있는 하후담(夏侯湛)의 〈동방삭화찬(東方朔畵贊)〉과 원굉(袁宏)의 〈삼국명신서찬(三國名臣序贊)〉이 대표적이다. 둘째, 슬픔을 표하는 찬(贊)이다. 죽은 사람을 애도하거나 그 사적을 추모하는 문체이다. 『문선』에 실려 있는 '애(哀)'와 유사한 문체로 볼 수 있다. 셋째, 사찬(史贊)이다. 『문선』에서는 사서(史書)는 선록하지 않으면서도 사서(史書) 편찬자가 역사적 인물이나 사실을 논평하는 글인 사론(史論)과 사찬(史贊)은 적극 선록하였다. 사론과 사찬은 『문선』에서 문체 사론(史論)과 사술찬(史述贊) 항목에 선록되어 있다.

(26) 부명(符命)

부명(符命)은 원래 하늘이 제왕에게 내려주는 천명(天命)의 징조이다. 『문선(文選)』에서 처음으로 문체의 이름으로 등장한다. 수록되어 있는 작품을 보면 하늘의 상서로운 조짐과 거기에 부응한 천자의 공덕을 기리고 있다. 『문선』에는 사마상여(司馬相如)의 〈봉선문(封禪文)〉, 양웅(楊雄)의 〈극진미신(劇秦美新)〉, 반고(班固)의 〈전인(典引)〉이 실려 있다.

(27) 사론(史論)

『춘추좌전(春秋左傳)』에서 시작된 사론(史論)의 형식은 『사기(史記)』를 거치며 본격화되었다. 『사기(史記)』에서 태사공왈(太史公曰)로 시작되는 사마천의 역사 논평이 바로 그것이다. 일반적으로 각 편의 문미(文尾)에 붙어 있지만 후대로 가면서 문두(文頭)에 붙는 경우도 있게 되었다. 『문선』에서 사서(史書)는 1편도 선록하지 않으면서도 사서(史書)에 포함된 사론(史論)과 사술찬(史述贊)은 여러 편 선록한 것은 사론의 수사성(修辭性)과 개별성을 중시한 때문인 것으로 보인다. 흔히 『문선』의 선록 기준으로 제시되는 '작자의 깊은 생각[沈思]'과 '문장 수사의 아름다움[翰藻]'은 기실 소통(蕭統)이 사론(史論)과 사찬(史贊)의 특징을 요약하여 말한 것이다. 『문선』에는 반고(班固)의 〈공손홍전찬(公孫弘傳贊)〉, 간보(干寶)의 〈진기론진무제혁명(晉紀論晉武帝革命)〉과 〈진기총론(晉紀總論)〉, 범엽(范曄)의 〈후한서황후기론(後漢書皇后紀論)〉·〈후한서이십팔장전론(後漢書二十八將傳論)〉·〈환자전론(宦者傳論)〉·〈일민전론(逸民傳論)〉, 심약(沈約)의 〈송서사령운전론(宋書謝靈運傳論)〉과 〈은행전론(恩倖傳論)〉이 실려 있다.

(28) 사술찬(史述贊)

사마천(史馬遷)의 『사기 · 태사공자서(太史公自序)』 말미에는 『사기』 전체를 총괄하는 130 수(首)의 사찬(史贊)이 나열되어 있다. 이는 각 편의 문두(文頭)나 문미(文尾)에 서술되는 사론(史論)과는 또 다른 체재이다. 사마천(史馬遷)의 『사기 · 태사공자서』와 반고(班固)의 『한서 · 서전(漢書 · 敍傳)』에는 모두 각 편의 문두(文頭)나 문미(文尾)에 서술되는 사론(史論)과는 별도로 전체 내용을 요약 · 정리하는 〈사술찬(史述贊)〉을 부가해놓고 있다. 그러나 범엽(范曄)의 『후한서(後漢書)』에서는 이러한 채제를 조금 변경하여, 각 본기와 열전 등의 사론(史論 : 論曰) 뒤에 다시 사술찬(史述贊 : 贊曰)을 다는 형식을 사용하고 있다. 그 형식과 내용은 모두 『사기 · 태사공자서』와 『한서 · 서전』처럼 해당 부분의 역사적 사실을 사언(四言) 운문으로 다시 요약 · 비평한 것이다. 『문선』에는 반고(班固)의 〈술고기 제일(述高紀 第一)〉·〈술성기 제십(述成紀 第十)〉·〈술한영팽노오전 제사(述韓英彭盧吳傳 第四)〉, 범엽(范曄)의 〈후한서광무기찬(後漢書光武紀贊)〉이 실려 있다.

(29) 론(論)

론(論)은 한문 문체 중에서 가장 일반적인 논문 형식이다. 정책 · 인물 · 역사 · 운명 · 기호 · 양생 · 흥망 등 논의할 수 있는 모든 주제는

론(論)으로 다루어질 수 있다. 자기 주장의 객관적인 근거와 논리성이 이 문체의 생명이라고 할 수 있다. 『문선』에는 가의(賈誼)의 〈과진론(過秦論)〉, 동방삭(東方朔)의 〈비유선생론(非有先生論)〉, 왕포(王褒)의 〈사자강덕론 병서(四子講德論 幷序)〉, 반표(班彪)의 〈왕명론(王命論)〉, 조비(曹丕)의 〈전론 논문(典論 論文)〉, 조경(曹冏)의 〈육대론(六代論)〉, 위소(韋昭)의 〈박혁론(博奕論)〉, 혜강((嵇康))의 〈양생론(養生論)〉, 이강(李康)의 〈운명론(運命論)〉, 육기(陸機)의 〈변망론 상하 이수(辯亡論 上下 二首)〉와 〈오등론(五等論)〉, 유효표(劉孝標)의 〈변명론(辯命論)〉과 〈광절교론(廣絶交論)〉이 실려 있다.

(30) 연주(連珠)

연주(連珠)는 문체의 이름이다. 마치 『시경(詩經)』의 '흥(興)'의 수법처럼 먼저 사물에 대한 묘사를 통해 서술하고자 하는 의리(義理)를 연상시킨 후 후반부에 작가가 의도한 의리의 내용을 은유적으로 표현한다. 화려한 수식과 다양한 전고(典故)를 대구의 형식에 담아 마치 연작(連作) 격언의 형태로 구슬을 꿰듯 작품을 완성해내므로 '연주(連珠)'라는 이름이 붙었다. 후한(後漢) 장제(章帝) 때부터 지어지기 시작하여 반고(班固)·가규(賈逵)·부의(傅毅) 등이 연주체(連珠體)의 글을 남겼고 특히 진(晉)의 육기(陸機)가 이 연주체를 더욱 발전시킨 것으로 인정되고 있다. 『문선』에는 육기의 〈연련주 오십수(演連珠 五十首)〉가 실려 있다.

(31) 잠(箴)

잠(箴)은 사람들에게 잘못을 경계하고 교훈을 권고하는 것을 내용으로 하는 문체의 일종이다. '잠(箴)'은 원래 '침(針)'과 통하기 때문에 사람들의 병폐를 방지하고 교정한다는 뜻을 가지고 있다. '명(銘)'도 '잠(箴)'

과 비슷한 성격을 지닌 문체이나, '잠(箴)'이 전적으로 경계의 내용을 위주로 하는데 비해 '명(銘)'에는 포숭(褒崇)과 찬양의 의미도 들어있다는 점에서 중요한 차이를 보이고 있다. 이러한 점 때문에 문체의 풍격에 있어서도 '잠(箴)'은 정확하고 절실한 특성을 드러내고 있고, '명(銘)'은 원만하고도 온화한 특성을 보여주고 있다. '잠(箴)'은 본래 상고시대부터 창작된 것으로 알려져 있으나 후대로 오면서 점차 쇠퇴하여 그렇게 뛰어난 작품은 많이 남아 있지 않다. 『문선』에는 장화(張華)의 〈여사잠(女史箴)〉이 실려 있다.

(32) 명(銘)

명(銘)은 문체의 일종으로, 고대에는 공적을 종(鐘)이나 정(鼎)에 새겼지만 진한(秦漢) 이후로는 비석에 새긴 것이 많다. 공덕이나 교훈을 쇠나 돌에 새겨 언행의 경계를 삼고자 하는 의도로 명(銘)을 지었다. 상대(商代)의 명문은 모두 간단하였지만 서주(西周) 이후로는 점차 장편이 많아졌다. 형식은 사언(四言) · 오언(五言) · 초사체(楚辭體) · 변문(駢文) 등 다양한 형식이 사용되었다. 비문(碑文)에 쓰이는 묘갈명(墓碣銘)과 무덤 곁에 묻는 묘지명(墓誌銘)은 『문선』에서 문체 분류가 따로 설정되어 있다. 잠(箴)과의 차이점은 바로 위의 항목을 참고하기 바란다. 『문선』에는 반고(班固)의 〈봉연연산명 병서(封燕然山銘幷書)〉, 최원(崔瑗)의 〈좌우명(座右銘)〉, 장재(張載)의 〈검각명(劍閣銘)〉, 육수(陸倕)의 〈석궐명(石闕銘)〉와 〈신각루명(新刻漏銘)〉가 실려 있다.

(33) 뢰(誄)

뢰(誄)는 사람이 죽은 후에 그의 생전의 행적을 서술하여 애도의 뜻을 나타내는 문장이다. 뢰(誄)란 '쌓다[累]'는 뜻으로, 죽은 사람의 덕행을 쌓아 열거하고 드러내어 후세에 전해지도록 하는 데에 목적이 있다. 체제는 대체로 죽은 사람의 생전의 언행을 선록(選錄)하여, '전(傳)'의 체(體)를 취하고 '송(頌)'의 문(文)을 써서, 영화로운 자취를 찬술(贊述)한 후 죽음을 애도하는 글로 끝을 맺는다. 조비(曹丕)는 〈전론 논문(典論論文)〉에서 "명(銘)과 뢰(誄)는 실제적이어야 한다(銘誄尙實)"라고 했고, 육기(陸機)는 〈문부(文賦)〉에서 "뢰(誄)는 감정이 얽혀 들어 슬픔을 드러내야 한다(誄纏綿而凄愴)"라고 한 것으로 보아, 뢰(誄)는 실제 행적을 바탕으로 깊고도 슬픈 감정을 드러내는 문체라고 할 수 있다. 대체로 제문(祭文)이 주로 고인(故人)의 1주기[小祥]나 2주기[大祥] 또는 구체적인 제사를 위해 지어지는 것임에 비해, 뢰문(誄文)은 흔히 사망의 소식을 듣고 바로 지어서 장례 기간 동안 고인의 행적을 추모하며 슬픔을 드러내는 문장이다. 시호(諡號)를 청하기 위한 용도로 쓰이기도 하였다. 『문선』에는 조식(曹植)의 〈왕중선뢰(王仲宣誄)〉, 반악(潘岳)의 〈양형주뢰(楊荊州誄)〉·〈양중무뢰(楊仲武誄)〉·〈하후상시뢰(夏侯常侍誄)〉·〈마견독뢰(馬汧督誄)〉, 안연지(顔延之)의 〈양급사뢰(陽給事誄)〉와 〈도징사뢰(陶徵士誄)〉, 사장(謝莊)의 〈송효무선귀비뢰(宋孝武宣貴妃誄)〉가 실려 있다.

(34) 애(哀)

애(哀)는 뢰(誄)나 제문(祭文)처럼 망자(亡者)를 애도(哀悼)하기 위해 짓는 문장의 일종이다. 애문(哀文)은 특히 젊어서 안타깝게 죽은 사람을 애도하는 글이다. 『문선』에 실린 애문(哀文)은 모두 여성의 사망을 슬퍼하고 있다. 『문심조룡(文心雕龍)·애조(哀弔)』에서는 "애란 의탁하는 것이다. 슬픔은 실로 마음에 의탁해서 나오기 때문에 '애'라 한 것이다. 문사로 슬픔을 풀어내되 눈물을 흘리지 않는 애도이기에, 애문(哀文)은 노인에게 쓰이지 않고 반드시 요절한 사람에게 베풀어진다(哀者依也. 悲實依心, 故曰哀也. 以辭遣哀, 蓋不淚之悼, 故不在黃髮, 必施夭昏)"라고 했다. 본래

애문을 쓸 때에는, 비통하고 애상(哀傷)한 감정에 중점을 두고서 사랑함과 안타까움을 표현한 문사(文辭)를 쓴다. 젊은 사람은 덕업(德業)을 이룰 시간이 충분치 않고 세상일을 감당할 힘이 부족하기 때문에, 죽은 사람의 총명함과 영리함을 주로 칭찬하거나 용모와 피부색 등에 대해 서술하며 애도한다. 『문선』에는 반악(潘岳)의 〈애영서문(哀永逝文)〉, 안연지(顔延之)의 〈송문원황후애책문(宋文元皇后哀策文)〉, 사조(謝朓)의 〈제경황후애책문(齊敬皇后哀策文)〉이 실려 있다.

(35) 비문(碑文)

비문(碑文)은 인물·건물·사업·공적 등을 기념하기 위해 비석에 새기는 글이다. 앞부분에 기념 대상의 경력이나 내력을 산문으로 기록하여 서문(序文)으로 삼고, 마지막 부분에 이를 종합하는 명문(銘文)을 새겨 비문을 완성한다. 명문(銘文)은 대부분 사언(四言)·오언(五言)·사부체(辭賦體)·변문(騈文) 등의 운(韻)을 단 문장으로 마무리하지만, 더러는 축약적인 산문 경구로 명문을 대신하는 경우도 있다. 비석의 머리가 네모난 것에 새기는 문장을 비문(碑文), 둥근 것에 새기는 문장을 갈문(碣文)이라고 구분하는 경우도 있지만 후대에는 거의 구분하지 않고 비문(碑文)·갈문(碣文)·비갈(碑碣)·비명(碑銘)·갈명(碣銘)·묘갈(墓碣)·비각(碑刻) 등으로 통칭해서 사용하고 있다. 『문선』에는 채옹(蔡邕)의 〈곽유도비문(郭有道碑文)〉와 〈진태구비문(陳太丘碑文)〉, 왕검(王儉)의 〈저연비문(褚淵碑文)〉, 왕건(王巾)의 〈두타사비문(頭陀寺碑文)〉, 심약(沈約)의 〈제고안륙소왕비문(齊故安陸昭王碑文)〉이 실려 있다.

(36) 묘지(墓誌)

묘지(墓誌)란 죽은 사람의 사적(事蹟)·덕행, 자손의 이름, 묘지(墓地)

의 지명, 생졸 연월일, 매장 연월일 등을 후세에 전하기 위해 금석(金石)에 기록해서 묘 곁에 매장하는 문체의 일종이다. 묘지는 동한(東漢) 시대의 묘전명(墓磚銘)에서 비롯되었다. 위진(魏晉) 시대에는 장례를 후히 치르는 것을 금지했기에 묘비(墓碑)는 사라지고 묘지(墓誌)가 성행하게 되었다. 현재 중국에서 묘지라고 명확히 칭할 수 있는 것으로는 유송(劉宋) 대명(大明) 8년(464) 유회민(劉懷民)의 묘지가 가장 이른 것이다. 묘지는 일반적으로 산문체의 서(敍)와 운문체의 명(銘)을 겸하고 있는데, 명(銘)이 있는 것을 특히 묘지명(墓誌銘)이라 한다. 『문선』에는 임방(任昉)의 〈유선생부인묘지(劉先生夫人墓誌)〉가 실려 있다.

(37) 행장(行狀)

행장(行狀)은 고인(故人)의 행적을 기록한 문체로서, 행술(行述), 행략(行略), 사략(事略) 등의 명칭으로 부르기도 한다. 최초의 용도는 고인을 위해 조정에 시호(諡號)를 청하거나, 사관(史官)에게 고인의 전(傳)을 짓도록 부탁하기 위한 것이었기 때문에 고인에 대한 객관적인 행적 묘사가 주를 이루고 있다. 『문선』에는 임방(任昉)의 〈제경릉문선왕행장(齊竟陵文宣王行狀)〉이 실려 있다.

(38) 조문(弔文)

조문(弔文)은 존경하는 인물이나 감회 깊은 유적지에 기대 자신의 감상을 풀어내는 제문(祭文)의 일종이다. 뇌문(誄文)이나 제문(祭文)이 주로 장례와 복상 기간 또는 정식적인 제사를 위해 지어지는 것임에 비해 조문은 그런 제한이 없다. 따라서 비교적 오랜 시간이 경과한 후에 추모와 회고의 감개(感慨)를 서술한 조문도 많다. 가의(賈誼)의 〈조굴원문(弔屈原文)〉이 지금까지 알려진 가장 이른 조문이다. 『문선』에는 가의(賈誼)의 〈조굴원문(弔屈原文)〉, 육기(陸機)의 〈조위무제문(弔魏武帝文)〉가 실려 있다.

(39) 제문(祭文)

제문(祭文)은 제사지낼 때 낭송하는 글이다. 제사지낼 때에 죽은 자를 애도하는 것도 있고, 푸른 하늘에 비가 오기를 기원하는 것도 있고, 행복을 구하는 것도 있고, 사악한 귀신을 쫓아내기를 기도하는 것도 있지만 『문선』에는 모두 죽은 자를 애도하는 것만 실었다. 비문(碑文)이나 묘지(墓誌)가 주로 고인의 행적과 공덕을 객관적으로 드러내는 것에 중점을 둔다면 제문(祭文)은 고인에 대한 애도와 감상이 위주가 된다. 비문과 묘지는 벽돌 · 금석(金石) · 목판 등에 새기는 문장이지만 제문은 제사 당일 낭독을 위해 지어지는 문장이다. 제문의 서두는 대체로 연(年) · 월(月) · 일(日) 표기에서 시작하여 제사 주관자의 관직과 성명을 밝히는 것으로 이어진다. 그리고 본문에서는 제사 대상을 밝히고 그에 대한 애도와 감상을 서술한다. 본문의 형식은 사언(四言) · 사부체(辭賦體) · 변문(騈文) 등의 운문(韻文)이 위주가 되지만, 당대(唐代) 한유(韓愈)의 〈제십이랑문(祭十二郎文)〉처럼 산문으로 지어진 제문도 있다. 제문의 말미는 슬픔을 표하는 '오호애재(烏呼哀哉)'나 제사 대상의 흠향을 바란다는 '상향(尙饗)'으로 끝을 맺는 것이 일반적이다. 『문선』에는 사혜련(謝惠連)의 〈제고총문(祭古冢文)〉, 안연지(顔延之)의 〈제굴원문(祭屈原文)〉, 왕승달(王僧達)의 〈제안광록문(祭顔光祿文)〉이 실려 있다.

4. 『문선(文選)』의 판본

1) 『문선(文選)』의 초기 판본 및 '이선 주본(李善注本)'

중국 남조(南朝) 양(梁)나라 소명태자(昭明太子) 소통(蕭統)과 그 주위의 문인 그룹에 편찬된 『문선』은 애초에 30권으로 판본이 이루어졌다. 그러나 『문선』 최초의 판본은 지금까지 전해지지 않기 때문에 그 본래 모습이 어떠했는지는 알 수 없다. 그러나 수(隋)나라를 거쳐 당(唐)나라 초기에 이르면 변문(駢文)의 성행과 함께 『문선』을 애호하는 학자들이 많아져서 전문적으로 『문선』을 연구하는 학문 분야가 성립되었고, 이를 '문선학(文選學)' 또는 줄여서 '선학(選學)'이라고 부르게 되었다. 수초(隋初)에 소통의 조카뻘에 해당하는 소해(蕭該)가 『문선음(文選音)』을 낸 이래 수말(隋末)·당초(唐初)에 걸쳐 조헌(曹憲)이 또한 『문선』을 연구하였고 허엄(許淹)·위모(魏模)·공손라(公孫羅)·이선(李善)·위경천(魏景倩)·이옹(李邕) 등과 같은 학자들이 조헌의 학문을 이어받았다. 이중 이선이 가장 큰 성취를 이루어 당(唐) 고종(高宗) 현경(顯慶) 3년(658)에 『문선』에 대한 방대한 주석을 완성하였다. 이것이 유명한 『문선 이선주(李善注)』이다. 이선은 방대한 주석으로 인해 책의 분량이 두 배로 늘어나자 본래 『문선』 30권을 60권으로 재편집하였다. 이선의 주석 작업은 한 번에 그치지 않고 사주(四注)까지 이어졌고, 주석에 인용된 서적은 무려 23류(類) 1,689종에 이르며, 그중에는 현재 전해지지 않는 서적도 다수 포함되어 있어서 고증학적으로 매우 고귀한 가치를 지니고 있다고 한다.[12] 같은 시기에 허엄(許淹)과 공손라(公孫羅) 등도 『문선』에 대한 주석서를 저술했다고 하나 지금까지 전해지지 않는다. 이와 관련하여 일본에서 발견된 금택문고본(金澤文庫本) 『문선집주(文選集注)』 사본

12 金學主, 〈文選解題〉, 『奎章閣所藏 六臣注本 文選』, 서울, 도서출판다운샘, 1983, 解題 부분 2면 참조.

에는 이선 주 뒤에 『초(抄)』와 『음결(音決)』이란 주석이 인용되어 있고, 이를 공손라의 저술로 인정하는 학자도 있지만 아직도 논란 중인 견해이므로 정설로 확정하기 위해서는 좀 더 진전된 논의가 필요하리라고 생각된다. 이선 주 최초의 각본(刻本)은 북송(北宋) 진종(眞宗) 경덕(景德) 4년(1007)에 판각을 시작하여 대중상부(大中祥符) 연간(1008~1016)에 완성된 국자감본(國子監本)이지만 이 판본은 현재 전해지지 않는다. 이어서 북송 국자감에서는 인종(仁宗) 천성(天聖) 3년(1025)에 교감을 마친 후 천성 7년에 주조를 완성하고, 천성 9년(1031)에 진정(進呈)한 이선 주 판본을 출간하였다. 이 판본이 국자감본인데 현재 북경도서관(北京圖書館)에 잔질(殘帙) 1권이 남아 있고, 대만(臺灣) 고궁박물원(故宮博物院)에 총 11권의 잔질이 남아 있다. 또한 남송(南宋) 순희(淳熙) 8년(1189)에는 무석(無錫) 학자 우무(尤袤)가 국자감본과는 또 다른 저본에 근거하여 상당히 우수한 이선 주본을 판각하였다. 이 판본을 학계에서는 우본(尤本)이라고 칭하는데 현재 북경도서관(北京圖書館)에 초각본이 완전하게 보존되어 있고, 1974년 중화서국(中華書局)에서 그 영인본을 출판하였다. 원(元) 장백안본(張伯顔本)과 명(明) 당번본(唐藩本)을 비롯한 여러 판본, 그리고 청(淸) 호극가본(胡克家本)이 모두 우본(尤本)을 모본(母本)으로 삼고 있다. 지금까지 청(淸) 호극가(胡克家)나 일본의 사파육랑(斯波六郞) 등의 견해에 근거하여 우본이 육신주본(六臣注本)에서 분리되어 나온 판본으로 간주하는 학설이 다수를 점하였으나, 근래 부강(傅剛)의 치밀한 연구에 의하면 우본의 저본은 국자감본의 저본과도 상이한 별도의 사본(寫本)이었을 가능성이 큰 것으로 알려지고 있다.[13]

13 傅剛, 『'文選'板本研究』, 北京, 北京大學出版社, 2000, 160~167면. 그러나 臺灣 文選學者 游志誠 등은 근래에도 여전히 尤袤本이 六臣本에서 분리되어 나온 판본임을 주장하고 있다. 游志誠, 『昭明文選斠讀』上冊, 臺, 駱駝出版社, 42면.

2) 『문선(文選)』 '오신 주본(五臣注本)'

또한 이선 주가 나오고 60년 뒤인 당(唐) 현종(玄宗) 개원(開元) 6년(718)에 여연제(呂延濟)·유량(劉良)·장선(張銑)·이주한(李舟翰)·여향(呂向)이 『문선』에 대한 새로운 주석을 완성하였다. 이 주석이 바로 이선 주와 쌍벽을 이루는 오신 주(五臣注)이다. 이선 주가 다양한 전적을 인용하여 전고와 사실의 용례 확인에 주안점을 두고 있는 데 비해, 오신 주는 『문선』 원문의 의미를 풀이하는 데 중점을 두고 있다. 또한 이선 주는 60권본으로 이루어졌지만, 오신 주는 『문선』의 본래 면모를 중시하여 다시 30권본으로 편집하였다. 오신 주가 진상되자 당(唐) 현종은 출처 확인에 그친 이선 주보다 의미 해설 위주의 오신 주가 훨씬 뛰어나다고 치하하고 견(絹)과 채(綵) 100단(段 : 50匹)을 상으로 내렸다.[14] 이후 자연스럽게 이선 주보다 오신 주를 중시하는 풍조가 생겨나서 북송(北宋) 시기까지 이어졌다. 이러한 분위기 속에서 이선 주보다 오신 주의 판각이 훨씬 일찍 행해져서 오대(五代) 후촉(後蜀)의 무소예(毋昭裔)가 최초의 오신 주 각본(刻本)을 내었다.[15] 이 판본도 물론 지금 전해지지 않는다. 또 우리나라 규장각본 말미에 실려 있는 심엄(沈嚴)의 〈오신본후서(五臣本後序)〉에 따르면 북송 이천(二川)과 양절(兩浙)에서 오신 주 각본을 판각했고, 다시 북송(北宋) 시기에 평창(平昌) 맹씨(孟氏)가 이 두 판본을 정밀하게 교정하여 오신 주본을 판각했다고 한다.[16] 이중 이천본(二川本)과 양절본(兩浙本)도 모두 전해지지 않는다. 그러나 평창 맹씨본은 현재 실전되기는 하였지만 이후 남송(南宋) 항주(杭州) 마포종가본(馬鋪鍾家本)과 최초의 육신주본(六臣注本)인 수주 주학본(秀州州學本)의 저본이 되었다. 항주본(杭州本)은 현재 마지막 두 권이 전해오는데, 29권이

---

14 唐 玄宗, 〈宣口勅〉, 위의 『奎章閣所藏 六臣注本 文選』 上卷, 五頁.

15 傅剛, 〈『文選』三十九類說考〉, 위의 『'文選'板本硏究』, 271면.

16 위의 『奎章閣所藏 六臣注本 文選』 下卷, 一四六一頁.

북경대학도서관에, 30권이 북경도서관에 소장되어 있고, 수주본(秀州本)은 원본이 실전이지만 그 본래의 면모가 우리나라 서울대학교 규각장본에 고스란히 전해지고 있는 것으로 알려져 있다.[17] 그리고 1981년 대만중앙도서관에서 30권 완질을 영인해냄으로써 전모가 밝혀진 진팔랑본(陳八郞本)도 오신 주 선본(善本)에 속한다. 남송(南宋) 소흥(紹興) 31년(1161)에 판각이 완성된 진팔랑본은 항주본이나 수주본과는 다른 저본을 쓴 것으로 보이며, 특히 기존의 이선본이나 육신본의 오류를 시정하는 부문에 유력한 물적 증거를 제시해주었다.[18] 그 중에서 유명한 것이 바로 『문선』의 문체 종류와 문체 명칭이다. 명·청(明·淸) 및 현대까지 전해져온 이선본과 육신본 『문선』의 대부분이 37류로 문체 분류를 하고 있지만, 진팔랑본 오신 주는 '서(書)'에서 '이(移)'를 독립시키고, '격(檄)'에서 '난(難)'을 독립시켜 모두 39류로 문체 분류를 하고 있다. 이와 관련하여 우리가 주목해야 할 또 하나의 판본은 우리나라 성균관대학교 소장 오신 주인 정덕기사본(正德己巳本)이다. 이 판본의 문체 분류도 진팔랑본과 마찬가지로 39류이다. 이선 주나 육신 주 판본이 형성되는 과정에서 본래 39류이었던 문체 분류가 37류로 착오가 생긴 것으로 추정되는 만큼, 성균관대학교 소장 오신 주의 저본은 지금 전하는 어떤 오신 주 판본보다 오래된 것일 가능성이 많다. 규장각본 『문선』의 저본이 수주 주학본으로 확인되고 있음을 감안해보면, 성균관대학교 소장 오신 주의 저본은 수주 주학본의 오신 주 저본인 평창 맹씨본일 가능성도 배제할 수 없다. 안타깝게도 성균관대학교 소장 오신 주 판본에는 자세한 간기(刊記)가 실려 있지 않아서 판본의 내력을 알 수 없다. 그러나 이에 대해서 이미 부강(傅剛)이 그 가능성을 제기한 바 있으므로,[19] 현존하는 다른 판본과의 치밀한 비교를 통해서 그 실증

17 위의 『'文選'板本硏究』.
18 오신 주의 판본 상황에 대해서는 위 傅剛의 『'文選'板本硏究』, 167~173면 참조.
19 위의 『'文選'板本硏究』, 257~258면.

적인 특징을 밝혀낼 수 있을 것이다.

3) 『문선(文選)』 '육가본(六家本)' 및 '육신본(六臣本)'

당(唐) 현종(玄宗)이 이선 주보다 오신 주가 더 우월하다는 판정을 내린 이래 만당(晩唐)과 오대(五代)를 거쳐 북송(北宋)에 이르기까지도 오신 주가 『문선』 주석과 해설의 우위를 점하였다. 그러나 당대(唐代)에 이미 이광예(李匡乂) 등이 오신 주의 비루함을 지적하고 또 북송의 대학자 소식(蘇植)이 오신 주를 신랄하게 비난하자 상황은 완전히 역전되어 이선 주가 『문선』 독해의 권위를 획득하게 되었다. 이러한 상황에서 『문선』 독서가나 연구가들은 이 두 가지 주석서가 서로 분리되어 있음으로써 참고와 비교에 불편함을 느끼기 시작했던 것으로 보인다. 따라서 북송(北宋) 이후 오신 주와 이선 주를 통합한 판본이 유행하기 시작하게 되었다. 북송 초기까지는 오신 주가 『문선』 독해의 권위를 점하고 있었으므로, 오신 주를 앞에 두고, 이선 주를 뒤에 배치한 판본이 먼저 판각되는데, 이를 학계에서는 '육가본(六家本)'이라고 칭한다. 그 뒤 이선 주의 우월성이 알려지면서 이선 주를 앞에 두고 오신 주를 뒤에 배치한 판본이 다시 등장하고, 학계에서는 이를 '육신본(六臣本)'이라고 부른다. '육가본'과 '육신본'을 통칭해서 '육신본'이라고 부르는 경우도 많지만, 여기에서는 판본을 세밀하게 분류하기 위해 두 가지를 분리하여 문선학 분야에서 통용되는 '육가본'과 '육신본'의 명칭을 그대로 사용하고자 한다.

육가본(六家本)은 최근까지도 북송(北宋) 정화(政和) 원년(1111)에 판각이 완성된 후, 남송(南宋) 함순(咸淳) 갑술년(甲戌年 : 1274)에 재판각한 중국 광도(廣都) 배씨(裵氏) 각본(刻本)을 최초의 판본으로 인정해왔다. 이 판본은 지금 잔질(殘帙) 26권이 대만 고궁박물원(臺灣故宮博物院)에 소장되어 있다. 그러나 1983년 우리나라의 규장각본이 영인・출판되면서 기존의 학설이 완전히 바뀌게 되었다. 즉 규장각본 말미에 오신 주와 이선 주의 전래 계보 및 수주(秀州) 주학(州學)에서 이를 통합 판각한 상황을 자세하게 전해주는 기록을 그대로 부기(附記)해두었기 때문이다. 이 기록에 의해 기존의 문선학에서 해결하지 못하던 오신 주와 이선 주의 초기 판각 상황 및 이 두 가지 판본의 통합 상황이 자세하게 밝혀지게 되었다. 이와 관련된 규장각본의 기록은 다음과 같다.

> 수주(秀州 : 지금의 嘉興) 주학(州學)에서 국자감본『문선』을 가지고 단락에 따라 순서에 맞추어 이선 주(李善注)와 오신 주(五臣注)를 편입시켰다. 거기에 인용된 경전(經典)과 사서(史書) 및 오가(五家)의 글은 모두 원본의 출처를 점검하고 그것을 대조・교감하여 써 넣었다. 섞이고, 잘못되고, 탈락되고, 덧붙여진 부분을 개정한 사례가 약 2만여 곳이나 된다. 두 주석서의 주(注)는 상세하거나 간략한 것을 막론하고 문장의 뜻이 조금이라도 다른 점이 있으면 모두 남김 없이 수록하였고, 그 사이에 문장의 뜻이 중첩되고 동일한 부분이 있으면 곧 한 가지만 남기고 생략하였다. 모두 60권이다. 원우(元祐) 9년(1094) 2월 일(秀州州學, 今將監本文選, 逐段詮次, 編入李善幷五臣注. 其引用經史及五家之書, 並檢元本出處, 對勘寫入. 凡改正舛錯脫剩, 約二萬餘處. 李家注, 無詳略, 文意稍不同者, 皆備錄無遺, 其間文意重疊相同者, 輒省去留一家. 摠計六十卷. 元祐九年二月 日).[20]

위 규장각본『문선』발문(跋文)에도 자세히 밝혀져 있는 바와 같이 수주(秀州) 주학(州學)에서 이선 주와 오신 주가 통합된 시기는 원우(元祐) 9년(1094)이고, 이 수주본(秀州本)이 바로 규장각본의 저본이 된다. 이 수주본은 지금 중국이나 일본 어느 곳에도 전하지 않고 우리나라 규장각본에 유일하게 전하는 판본이다.『문선』주요 판본의 판각 연대

20 위의『奎章閣所藏 六臣注本 文選』下卷, 1462면.

를 비교해보면, 현존 최고의 이선 주 판본인 국자감본은 1031년, 중국 최량의 이선 주 선본(善本)인 우무본(尤袤本)은 1189년, 또 중국 최량의 오신 주 판본인 진팔랑본(陳八郎本)은 1161년, 중국 최초의 육가본 판본으로 알려진 광도(廣都) 배택본(裵宅本)은 1111년이다. 그러나 규장각본 말미에 실려 있는 또 하나의 중요한 사료인 심엄(沈嚴)의 〈오신본후서(五臣本後序)〉에 따르면 수주본의 저본으로 사용된 오신 주는 평창(平昌) 맹씨본(孟氏本)인데, 〈오신본후서〉가 씌어진 연대가 천성(天聖) 4년(1026)이므로 규장각본의 오신 주 저본은 지금까지 전해지는 어느 판본보다 이른 시기의 것임을 확인할 수 있다. 또 수주본의 저본으로 사용된 이선 주도 규장각본 말미의 간기(刊記)에 의하면 1031년에 진정(進呈)된 국자감본이므로, 이것도 역시 중국에서는 그 일부만 전해지는 가장 오래된 이선 주 판본이다. 따라서 규장각본의 저본인 수주본은 지금까지 알려진 어느 판본보다 오래된 이선 주와 오신 주 판본을 사용한 육가본이며 또 지금까지 최초의 육가본으로 알려진 배택본보다 17년 앞서 완성된 판본임을 알 수 있다. 또 2000년 부강(傅剛)은 세심한 연구를 통하여, 조선의 판각 제도의 엄정함에 비추어 볼 때 규장각본을 『문선』 최초의 육가본인 수주본(秀州本)으로 불러도 무방하다는 결론을 내렸다.[21] 그러므로 또 다른 유명한 육가본인 광도 배택본(1111)과 명주본(明州本 : 1158년)도 수주본을 모본으로 형성되었을 가능성이 많다. 배택본은 앞에서 살펴본 바와 같고, 명주본은 현재 북경도서관에 두 가지 잔질(殘帙)이 남아 있다. 그 중 한 가지는 3권~5권, 9권~11권, 21권~23권, 27권~35권, 45~47권 등 모두 24권이 남아 있고, 또 다른 한 가지는 20권~28권으로 모두 9권이 남아 있다. 그리고 대만 고궁박물원에도 1권~50권 중 20~29권에 빠진 잔질(殘帙)이 전한다. 흥미롭게도 이 명주본의 완질은 일본 족리학교(足利學校)에 소장되어 있고 1975년

21 傅剛, 〈論韓國奎章閣本『文選』的文獻價値〉, 위의 『'文選'板本硏究』, 295~311면.

에 영인본이 출판되었다. 명주는 지금의 중국 절강성 영파시(寧波市) 남쪽으로 송(宋)나라 때 고려 및 일본과의 무역이 활발하게 이루어지던 곳이기 때문에 이곳을 통하여 명주본이 일본에 전해졌을 것으로 추측된다.[22]

앞에서도 잠깐 언급한 것처럼 육신본(六臣本)은 이선 주를 앞에 두고 오신 주를 뒤에 배치한 『문선』 통합본이다. 이는 북송 이후 이선 주가 더 많이 읽히게 되자 육가본(六家本) 판본에서 오신 주 뒤에 있던 이선 주의 위치를 바꾸어, 그것을 앞으로 끌어낸 것이다. 이는 오신 주보다 이선 주를 더 중시한 당시의 독서 경향을 반영한 현상이다. 그러므로 육신본은 모두 육가본의 주석 위치만 바꾼 것이므로 당연히 수주본(규장각본)의 방계 판본이라고 할 수 있다. 현재 학계에 잘 알려져 있는 육신본으로는 감주본(贛州本)과 건본(建本 : 建寧本)이 있다. 감주본은 남송(南宋) 소흥(紹興) 4년(1134) 전후에 판각된 판본이다. 처음에는 완질본이었으나 근대에 중간의 네 권을 상해(上海)로 운송하는 과정에서 배가 파손되이 잔질이 된 것으로 알려져 있다.[23] 지금은 대만의 중앙도서관에 그 판본이 보관되어 있다. 그리고 감주본을 모본으로 원(元) 대덕(大德) 3년(1299)에 다릉 진씨(茶陵陳氏 : 陳仁子) 고우서원본(古迂書院本)이 나왔다. 이후 명(明) 가정(嘉靖) 28년(1549) 전당(錢塘)의 홍편(洪楩)에 의해 판각된 『증보육신주문선(增補六臣注文選)』도 다릉진씨본을 번각한 것이다. 건본은 감주본에서 나온 판본으로 근대 서지학자 장원제(張元濟)의 『함분루진여서록(涵芬樓燼餘書錄)』에 의하면 경원(慶元) 연간(1195~1200)을 전후하여 판각이 완성된 것으로 알려져 있다. 현재 북경도서관에 완질이 보관되어 있고, 상해 함분루에 보관되어 있던 건본인 『함분루영인송간본육신주문선(涵芬樓影印宋刊本六臣注文選)』은 1919년 상무인서

22 傅剛, 〈刻本, (二) 明州本〉, 위의 『'文選'板本硏究』, 178면.

23 杜信孚, 漆身起는 『江西歷代刻書書』(江西人民出版社, 1994)에서 이 판본이 紹興 32년(1162)에 이루어진 것으로 보았다.

관(商務印書館)의 사부총간(四部叢刊) 초편(初編) 집부(集部)에 편입되어 축인본으로 다시 출판되었다.

4) 일본 소장 『문선(文選)』 사본(寫本) 및 초본(抄本)

현재 중국과 한국에 전해지고 있는 『문선』의 여러 각본(刻本) 이외에도 일본에는 매우 흥미로운 사본과 초본 여러 종이 전해지고 있다.[24] 사본은 본래의 저본을 그대로 베껴 쓴 것이고, 초본은 본래의 저본을 추려서 쓴 것이다. 그 중에서 가장 주목할 만한 몇 종을 다음에 간략하게 소개한다.

일본에 전해지고 있는 가장 중요한 사본은 바로 『문선집주(文選集注)』본이다. 본래 금택문고(金澤文庫)에 소장되어 있다가 뒤에 점차 흩어져서, 금택문고 외에도 동경(東京) 도변씨(渡邊氏), 장기(長崎) 원산씨(元山氏), 동양문고(東洋文庫), 동경 구조공(九條公), 경도(京都) 소천씨(小川氏) 등 일본 전국 여러 곳에 산재하게 되었다. 이 사본의 저본은 대체로 당말(唐末) 사본일 것으로 추정되며, 총 120권 중 잔질 24권이 전한다. 이 중 일부를 1918년 나진옥(羅振玉)이 영인하여 중국으로 반입, 『문선』 연구에 큰 도움을 주었다. 또 경도대학(京都大學) 문학부에서는 1935년 『영인구초본(影印舊抄本)』 총서로, 여러 곳에 산재해 있던 『문선집주』 사본을 취합하기 시작하여 1942년에 그 영인본 출판을 완료하였다. 흥미로운 점은 이 『문선집주』 사본에 지금까지 알려진 이선 주와 오신 주 외에도 『초(抄)』·『음결(音決)』·육선경(陸善經) 등의 주석이 함께 실려 있다는 점이다. 집주의 체제는 이선 주 → 『초(抄)』 → 『음결(音決)』 → 오신 주 → 육선경의 순서로 되어 있다. 『문선집주』 사본은 이선 주와 오신 주 이외의 초기 주석의 특징 및 아직 각본(刻本)으로 정립되기

24 中村宗彦의 『本邦古抄本〈文選〉卷一管見』(東京, 風間書屋, 昭和 58년(1983))에 의하면 일본에서 발견된 『문선』 초본은 총 16종인 것으로 집계되어 있다.

이전『문선』의 면모를 연구하는 부문에 막대한 도움을 주고 있다.

일본에서 가장 오래된『문선』초본은 삼조가본(三條家本)『오신 주문선(五臣注文選)』잔질 제20권이다. 이 초본은 본래 삼조가(三條家) 댁 소장이었으나 지금은 천리대학(天理大學) 부설 천리도서관(天理圖書館)에 소장되어 있다. 대체로 일본 평안조(平安朝 : 8세기말~12세기)의 초본으로 인정되고 있으며 저본은 당대(唐代) 사본일 것으로 추정된다.

그리고 현재 일본 황실 소장인 구조가구장(九條家舊藏)『문선』초본도 많은 문선 연구자들의 주목을 받고 있다. 이 초본은 백문(白文) 무주(無注)로 모두 22권이 전해지고 있다. 특히 이 초본은 역대로 수많은 일본 학자들에 의해 점독(點讀)이 이루어졌고 이들이 남긴 다양한 훈점(訓點)·방기(傍記)·표기(標記)·배기(背記) 등이 씌어져 있다. 또한 이들 학자들의 성명과 연대도 표기되어 있는데, 가장 이른 것이 일본 강화(康和) 6년(1099년 : 北宋 哲宗 元符 2년)의 것이고, 가장 늦은 것이 일본 정경(正慶) 2년(1333년 : 元 寧宗 元統 2년)의 것이다. 대체로 원문은 이선 주본에 의거하였고 체제는『문선』의 본래 면모인 30권본의 특징을 보존하고 있는 것으로 알려져 있다. 특히 이 초본은 거의 300년에 가까운 긴 세월동안 일본 학자들에 의해 독해가 이루어졌을 뿐만 아니라,『문선』에 대한 그들의 직접적인 견해가 담겨 있기 때문에, 실로『문선』연구의 타임캡슐이라고 부를 수 있을 정도로 귀중한 자료라고 할 수 있다.

이밖에도 천리도서관에는 관지원(觀智院本)『문선』초본 제26권도 소장되어 있다. 이 초본도 백문(白文) 무주(無注)본인데, 권말에 원덕(元德) 2년(1330) 중춘(中春)에 장엄사(莊嚴寺)에서 필사가 완료되었다는 표기가 남아 있다. 이 초본에도 다양한 방주(傍注)·표주(標注)가 기록되어 있고, 그 주석의 내용은 앞의『문선집주』사본에서 발췌한 것으로 보이는『초(抄)』와『음결(音決)』및 오신 주의 여향(呂向)·여연제(呂延濟)의 주(注)가 상당한 분량을 차지하고 있다.

일본의 신문선학은 대체로 일본에 전해지고 있는 다수의『문선』고

초본(古抄本) 자료에 기대어 발전했다고 할 수 있으며, 이는 중국 중심의 문선 연구를 자극하며 문선학의 새로운 경지를 개척했다고 해도 과언이 아니다. 현재 한・중・일 삼국에 소장되어 있는 『문선』 자료는 각각 서로 대체할 수 없는 독특한 면모를 지니고 있다. 이는 또한 자신이 가지지 못한 필수적인 자료를 상대방이 소장하고 있음을 의미한다. 다행스럽게도 근래 서로의 자료들이 폭넓게 개방됨으로써 문선학의 많은 문제가 속속 해결되고 있다. 앞으로도 더욱 개방적인 학문 교류를 통해 각국의 『문선』 자료가 비교・검토될 수 있기를 바라며, 또 서로의 학문적 견해를 존중하는 가운데 21세기 문선학의 새로운 분야가 창의적으로 개척되기를 희망한다.

김영문 집필

문선서

文選序

소통(蕭統)

□ 작자

소통(蕭統 : 501~531)은 중국의 남조(南朝) 양(梁)나라 무제(武帝)의 장남이다. 자(字)는 덕시(德施)이며, 시호(諡號)는 소명(昭明)으로, 흔히 소명태자(昭明太子)로 불린다. 소통은 양 무제 소연(蕭衍)이 아직 즉위하기 전 양양(襄陽 : 지금의 湖北省 襄陽縣)에서 태어났다. 어머니 정령광(丁令光 : 貴嬪)은 소연의 후실(後室)이었으나, 소통은 소연의 장남이었으므로, 양(梁)나라 건국 후 그의 처소는 수도 건강(建康:지금의 南京市)으로 옮겨졌고 곧 바로 황태자로 책봉되었다. 어려서부터 총명한 자질에다 심약(沈約)·서면(徐勉)·유협(劉勰) 등과 같은 당대의 석학에게 교육을 받아 아홉 살 때에 벌써 수안전(壽安殿)에서 『효경(孝經)』을 강의할 정도로 학문적 소양이 출중하였다. 이후에도 소통은 유효작(劉孝綽)·왕균(王筠)·은운(殷芸)·도흡(到洽)·육수(陸倕)·명산빈(明山賓)·하손(何遜) 등과 같은 수많은 학자를 동궁으로 초빙하여 학문과 문학 및 문장에 관한 심도 깊은 토론을 주재하였고, 또 동궁에 3만권에 달하는 장서를 비치하여 고금의 방대한 서적에 대한 폭넓은 소양과 안목을 길렀다. 이를 바탕으로 그는 고금의 명문 선집 출판을 주도하면서 『정서(正序)』 10권, 『문장영화(文章英華)』 20권, 『문선(文選)』 30권을 편찬하였다. 이중 『문선(文選)』 이외의 책은 모두 전하지 않는다. 또 문집 20권이 있었다고 하나 역시 전해지지 않고, 후세인들이 그 일문(逸文)을 모아 재편집한 『소명태자집(昭明太子集)』이 전한다. 그는 또 불교에도 관심이 깊어서 동궁에 혜의전(慧義殿)을 설치하고 불경을 수집하였으며, 이를 바탕으로 고승을 초빙하여 불교의 여러 문제를 토론하고 강론하였다.

또 소통은 15세에 이르러 관례(冠禮)를 치른 후에는 아버지 무제(武帝)로부터 정치・행정・법률 등 부문에서 상당한 실권을 넘겨받아 실제 통치자로서의 국가 경영에 직접 참여하였다. 그는 관대하고 자애로운 정사(政事)로 당시 백성들의 폭넓은 인심을 얻었다.

그러나 31세 되던 해(531년) 시종 및 궁녀들과 궁궐 후원에서 뱃놀이 도중 연못에 추락하여 깊은 상처를 입게 되었고, 이 상처가 악화되어 결국 같은 해 5월 7일 안타깝게 세상을 떠났다.

□ 해제

이 〈문선서(文選序)〉는 일반적으로 『문선』 편집을 주도한 소통(蕭統)의 저작으로 알려져 있다. 그러나 1960년대 이래 신전희일랑(神田喜一郎)・청수개부(清水凱夫) 등 일본의 신문선학(新文選學) 연구자들에 의해 소통의 측근인 유효작(劉孝綽)의 대작(代作)으로 의심받기도 하였다. 신문선학은 기존의 전통 문선학(文選學)이 '『문선』은 소명태자 소통의 편찬'이라는 사실을 의심하지 않고, 주로 훈고와 판본 연구에만 치중하였음을 비판하고, 『문선』의 편자, 『문선』의 선문(選文) 기준, 〈문선서(文選序)〉의 작자, 『문선』의 편찬 시기 등과 같은 이미 통념으로 굳어진

『문선』의 모든 것을 회의하고 비판하는 데서 출발하고 있다.[1] 20세기 중반 이래로 지금까지 지속된 신문선학의 활발한 연구와 토론에 의하여, 『문선』이 소통 한 사람에 의해 편찬된 것으로 믿고 있던 기존 문선학의 입장이 크게 흔들리게 되었으며, 〈문선서〉와 『문선』에 관한 새로운 학설이 끊임없이 제기되고 있다. 이러한 과정에서 〈문선서〉의 작자도 소통이 아니라 유효작이라고 의심하는 학자들이 생겨나기 시작하였다. 특히 청수개부(淸水凱夫) 등 일본의 신문선학 학자들은 일본에 전해지고 있는 고초본(古抄本) 〈문선서〉에 "(소명) 태자가 유효작에게 명령을 내려 서문을 짓게 했다고 한다(太子令劉孝綽作之云云)"라는[2] 방주(旁注)가 있음을 근거로, 〈문선서〉의 작자는 소통이 아니라 유효작이라는 결론을 내렸다. 뿐만 아니라 이들은 〈문선서〉에 표현된 문학관이 소통 자신의 『문집』에서 드러나고 있는 중도적・절충적 입장이 아니라, 당시 제・량(齊・梁) 문단에서 유행하던 새로운 문학관이 강하게 반영되어 있는 이유도, 유효작이 당시 문단의 영수 심약(沈約)의 영향을 매우 깊게 받은 영명체(永明體)의 대가였기 때문이라고 주장하고 있다. 그러나 이에 대한 반론도 만만치 않다. 2007년 대만(臺灣)의 임백겸(林伯謙)은 이와 관련된 논문을 발표하여 다음과 같은 반론을 펴고 있다.[3] 첫째, 〈문선서〉 자체에 "내가 국정을 살피고 군대를 위로하는 여가에 한가한 시간이 많아 지면(余監撫餘閑, 居多暇日)"이라는 소통 자신의 어투가 분명하게 드러나 있다. 둘째, 소통이 생애 후기에 매우 친밀하게 교류한 유효작(劉孝綽)・왕균(王筠)・하사징(何思澄)・유묘(劉杳) 등

1 이와 관련된 학설은 淸水凱夫, 〈答顧農先生幷論「新文選學」的課題與方法〉(周文海 編譯, 『「詩品」「文選」論文集』, 北京, 首都師範大學出版社, 1995); 宋緖連, 〈淸水凱夫與新文選學〉(『遼寧大學學報』 1995, 제4기); 林伯謙, 〈由「文選序」辨析選學若干疑案〉(『東吳中文學報』 제13기, 2007) 등의 논문에 자세하게 보임.

2 傅剛, 『文選版本硏究, 關于近代發現的日本古抄本無注三十卷本文選』, 北京, 北京大學出版社, 2000, 267면.

3 林伯謙, 〈由「文選序」辨析選學若干疑案〉, 『東吳大學學報』 第十三期, 2007.5, 75~107면.

이 모두 심약과 의기투합한 문인이어서, 소통도 이들의 영향을 받아 갈수록 중도적 문학관을 버리고 새로운 문학관으로 기울게 되었다. 따라서 〈문선서〉에 드러나고 있는 새로운 문학관도 소통의 후기 문학관을 반영한 것이다. 셋째, 소통과 유효작의 문체가 근본적으로 다르다는 것이다. 소통의 문체는 포용적이면서도 준일(俊逸)한 특징을 지니고 있어서 옛 성어(成語)나 전고(典故)를 인용할 때 자구를 바꾸지 않고 그대로 인용하는데 비해, 유효작의 문체는 재기(才氣)가 넘치고 신선 발랄하여 옛 성어나 전고를 인용할 때 거의 원문을 그대로 인용하지 않고 한 두 글자라도 자구를 바꾸어서 인용한다는 것이다. 따라서 〈문선서〉의 인용문을 보면 거의 대부분 원문을 그대로 인용하고 있고, 문체의 풍격이 장중하면서도 준일한 특징을 지니고 있기 때문에 〈문선서〉의 작자는 소통 자신이라는 것이다. 이 두 가지 입장은 아직도 명확한 결론에 도달하지 못하고 있다.

〈문선서〉에서 드러나고 있는 문학관은 흔히 "내용은 깊은 사색에서 나오고, 그 의미는 아름다운 문장으로 귀속된다(事出於沈思, 義歸乎翰藻)"는 〈문선서〉 자체의 구절을 들어 소통의 중도적 입장이 반영된 것으로 보는 것이 일반적이다. 그러나 이 구절은 사서(史書)의 찬론(讚論)과 서술(序述)의 특징을 가리키는 것이기 때문에, 『문선』 전체의 선문(選文) 기준으로 삼기에는 다소 편협한 감이 없지 않다. 또한 이 구절을 꼼꼼히 음미해보면, 결국 문장의 내용이 아무리 깊은 사색에서 우러나온 것이라 하더라도, 그 뜻이 '아름다운 문장(翰藻)'으로 귀속된 것이 아니면 선문(選文)의 대상에서 제외했다는 것을 쉽게 짐작할 수 있다. 따라서 〈문선서〉의 전체 문맥을 자세히 살펴보면 '能文爲本'이라는 구절이 『문선』의 선문(選文) 기준으로 제시되는 것이 훨씬 타당한 것으로 보인다. 뿐만 아니라 〈문선서〉가 한대(漢代) 이래로 통용되어온 도서분류 기준인 유흠(劉歆)의 『칠략(七略)』의 체제를 따르지 않고, 진대(晉代) 이래 새롭게 창안된 사부(四部) 도서 분류 체제에 따르면서 경(經)・사(史)

·자(子) 세 가지 부류를 『문선』 선록에서 제외시키고 있다는 점도 당시의 새로운 문학관을 반영한 태도라고 할 수 있다. 요컨대 〈문선서〉의 선문(選文) 기준은 중도적 문학관에서 점차 새로운 문학관으로 나아가던 소통의 후기 문학관 또는 소통 그룹의 새로운 문학적 경향을 담고 있는 셈이다.

〈문선서〉에 대한 주석은 당대(唐代) 『오신 주(五臣注)』가 최초의 것이고, 청대(清代) 완원(阮元)의 〈학해당제자소명태자문선서주(學海堂弟子昭明太子文選序注)〉와 또 민국(民國) 고보영(高步瀛)의 『문선이주의소(文選李注義疏)』 등이 대표적이다. 또 1962년 북경대학(北京大學) 중국문학사교연실(中國文學史教研室)에서 편찬한 『위진남북조문학사참고자료(魏晉南北朝文學史參考資料)』 2권(北京, 中華書局)과, 같은 시기에 왕력(王力)이 편찬한 『고대한어(古代漢語)』 2권(北京, 中華書局, 1962~1964) 및 1979년 곽소우(郭紹虞)가 주편한 『중국역대문론선(中國歷代文論選)』 1권(上海, 上海古籍出版社)에도 〈문선서〉에 대한 주석이 들어 있다.

〈문선서〉에 대한 현대 중국어 주석과 번역으로는 1957년 대만 『국어일보(國語日報)』 〈고금문선(古今文選)〉 301기(期)(1957.7.15)의 〈문선서〉 역주, 1960년 조총(趙聰)이 편찬한 『고문관지신편(古文觀止新編)』(香港, 友聯出版社)의 〈문선서〉 역주, 1988년 진굉천(陳宏天) 등이 편찬한 『소명문선역주(昭明文選譯注)』 1권(長春, 吉林文史出版社)의 〈문선서〉 역주, 1994년 장계성(張啓成) 등이 편찬한 『문선전역(文選全譯)』 제1권(貴陽, 貴州人民出版社)의 〈문선서〉 역주, 1997년 주계성(周啓成) 등이 주역(注譯)한 『신역소명문선(新譯昭明文選)』 1권(臺北, 三民書局)의 〈문선서〉 역주, 2001년 장계성(張啓成)·서달(徐達) 등이 역주(譯註)한 『소명문선(昭明文選)』 1권(臺北, 臺灣古籍出版社)의 〈문선서〉 역주 등이 있다.

〈문선서〉에 대한 일본어 주석과 번역으로는 1923년 강전정지(岡田正之)와 좌구절(佐久節)이 공역한 『문선』 1권(『國譯漢文大成』, 東京, 國民文庫刊行會)의 〈문선서〉 역주, 1974년 소미교일(小尾郊一)과 화방영수(花房英樹)

가 공역한 『문선』 1권(『全釋漢文大系』, 東京, 集英社)의 〈문선서〉 역주, 1974년 강촌번(岡村繁)과 곡구철웅(谷口鐵雄)이 공역한 『문학예술론집(文學藝術論集)』(『中國古典文學大系』, 東京, 平凡社)의 〈문선서〉 역주, 1985년 고교충언(高橋忠彦)이 번역한 『문선』 상권(東京, 學習研究社)의 〈문선서〉 역주, 1988년 흥선굉(興膳宏)과 천합강삼(川合康三)이 공역한 『문선』(『鑑賞中國の古典』, 東京, 角川書店)의 〈문선서〉 역주 등이 있고, 특히 2008년 복정가부(福井佳夫)는 기존의 〈문선서〉 역주를 상세하게 검토한 뒤 〈소통 「문선서」 찰기(蕭統「文選序」札記)〉(『中京大學文學部紀要』 通號 120호)를 발표하여 일본 학계의 〈문선서〉 번역을 집대성하였다.

〈문선서〉에 대한 영어 주석과 번역으로는 1957년 하이타워(James Robert Hightower)의 〈문선과 장르 이론(The Wen Hsűan and Genre Theory)〉(『*Harvard Journal of Asiatic Studies*』 20)에 포함된 〈문선서〉 역주, 1982년 넷취(David R. Knechtges)에 의해 번역된 『문선 또는 문학 정선집(*Wen Xuan or Selections of Refined Literature*)』 1권(Princeton University Press)의 〈문선서〉 역주 등이 있다. 이밖에도 유럽의 프랑스와 독일에서도 『문선』에 대한 몇 가지 번역이 이루어진 것으로 알려져 있다.

〈문선서〉에 대한 한국어 주석과 번역은 1975년 이동향(李東鄕)이 〈文選과 昭明太子 - 文選序를 中心으로〉(서울, 『中國文學報』 2호, 檀國大 中語中文學科)란 논문에서 최초로 초보적인 번역을 행하였고, 1984년에는 신홍철(申洪哲)이 〈「문선서」 주역(「文選序」 註譯)〉(大邱, 『中國語文學』 제8집 『문선』 特輯號, 嶺南中國語文學會)에서 아주 정밀한 역주 작업을 행하였다. 특히 신홍철의 역주 작업은 꼼꼼한 단락 구분과 상세한 각주 및 적절하고 아름다운 한국 현대어의 감각을 살린 것으로, 앞으로도 이 번역을 능가할 작업은 거의 불가능할 정도이다. 이 역주 작업에서도 신홍철의 업적에 많은 부분을 의지했지만 몇 부분에서는 기존의 학설을 종합하여 다른 의견을 제시했음을 밝혀둔다.

□ 역주

式觀元始,[4] 眇覿玄風,[5] 冬穴夏巢之時, 茹毛飮血之世,[6] 世質民淳, 斯文未作.[7] 逮乎伏羲氏之王天下也,[8] 始畫八卦,[9] 造書契,[10] 以代結繩之

---

4 式(식) : 발어사.

5 眇覿玄風(묘적현풍) : '묘(眇)'는 '묘(渺)', '원(遠)'과 통함. '적(覿)'은 '관(觀)'과 통함. '현풍(玄風)'은 까마득한 태고 시대의 풍속.

6 茹毛飮血(여모음혈) : '여(茹)'는 먹다, '모(毛)'는 털이 붙어 있는 짐승의 고기임. '음혈(飮血)'은 짐승의 생피를 마시는 것. 『예기·예운(禮記·禮運)』: "옛날 선왕(先王)들은 아직 집이 없어서, 겨울에는 동굴에 거주하고 여름에는 나뭇가지로 얽은 둥지에 거주하였다. 또 아직 불로 익히지 못하였으므로, 풀·나무의 열매와 새·짐승의 고기를 먹을 때, 생피를 마시고 털 붙은 고기까지 먹었다(昔者, 先王未有宮室, 冬則居營窟, 夏則居橧巢. 未有火化, 食草木之實, 鳥獸之肉, 飮其血, 茹其毛)". 공영달(孔穎達)은 『십삼경주소(十三經注疏)』에서 "비록 새와 짐승의 고기를 먹더라도 만약 배가 부르지 않는 자들은, 그 털까지 먹고서 배를 불린다(雖食鳥獸之肉, 若不能飽者, 則茹食其毛以助飽也)"라고 하였다. 『한어대사전(漢語大詞典)』에서는 '여모음혈(茹毛飮血)'을 "원시인들은 불을 사용할 줄 몰라서 털이 붙어 있고 피가 흐르는 채로 금수를 생식한다(原始人類不知用火, 連毛帶血生食禽獸)"라고 하였다. 오신 주(五臣注)에서는 '여(茹)'를 '온(蘊)'의 뜻으로 보아 '짐승의 털을 겹쳐서 깐다(蘊藉毛羽)'라고 하였다. 그러나 『예기·예운』의 해당 단락의 문맥을 살펴보면 '여(茹)'가 '먹다'의 의미로 쓰인 것이 확실하고, 또 공영달이 '먹다'로 이 구절에 주소(注疏)를 달기 이전에는 따로 각주를 달지 않은 것으로 보아, '여(茹)'가 '먹다'라는 본래의 뜻으로 쓰였다고 볼 수 있다. 따라서 이 번역본에서는 '여(茹)'의 본래 의미를 살리고, 또 공영달의 『십삼경주소』의 의견 그리고 『한어대사전』 및 『사해(辭海)』의 의견에 따라 '여(茹)'를 '먹다'의 뜻으로 번역한다.

7 斯文(사문) : 『논어·자한(論語·子罕)』에서 공자(孔子)가 말한 '사문(斯文)'은 이전 시대 선왕들의 찬란한 문물제도를 가리킴. 공자는 유학(儒學)을 집대성한 사람이기 때문에 후대에는 흔히 '사문(斯文)'이 유가의 학문을 가리키는 말로 쓰임. 그러나 이 단락에서는 '사문(斯文)'이 '아름다운 문장'의 뜻으로 쓰였음.

8 伏羲氏(복희씨) : 중국 신화에 나오는 삼황(三皇)의 한 사람. 여동생인 여와(女媧)와 결혼하여 인류를 낳았다고 함. 또 백성들에게 수렵과 목축을 가르쳤고 팔괘(八卦)도 그렸다고 함. 이 단락 '복희씨(伏羲氏)'에서 '유시문적생언(由是文籍生焉)'까지는 〈상서서(尙書序)〉의 첫 단락을 그대로 인용한 것임. 『문선』 권45에 〈상서서〉가 실려 있음.

9 始畫八卦(시획팔괘) : 중국 신화에 의하면 복희씨(伏羲氏)가 하수(河水)에서 용마(龍馬)가 그림[河圖]을 지고 나온 것을 보고 이에 근거하여 팔괘(八卦)를 그렸다고 함.(『주역·계사(周易·繫辭)』) '팔괘(八卦)'는 건(乾 : ☰)·태(兌 : ☱)·이(離 : ☲)·진(震 : ☳)·손(巽 : ☴)·감(坎 : ☵)·간(艮 : ☶)·곤(坤 : ☷)임.

10 書契(서계) : '서(書)'는 문자, '계(契)'는 나무에 글자나 숫자를 새겨 넣는 것. 따라서

政,[11] 由是文籍生焉.『易』曰[12]: "觀乎天文,[13] 以察時變. 觀乎人文,[14] 以化成天下." 文之時義遠矣哉! 若夫椎輪爲大輅之始,[15] 大輅寧有椎輪之質? 增氷爲積水所成, 積水曾微增氷之凜,[16] 何哉? 蓋踵其事而增華, 變其本而加厲. 物旣有之, 文亦宜然. 隨時變改, 難可詳悉.

저 원시 시대를 관찰하고, 태고의 풍속을 아득히 살펴보면, 겨울에는 동굴에 거주하고 여름에는 나무위에서 살던 때와, 털 붙은 고기를 먹고 짐승의 생피를 마시던 시대에는 세상은 질박하고 백성은 순수하였고 아름다운 문장은 아직 지어지지 않았다. 복희씨(伏羲氏)가 천하를 다스릴 때에 처음으로 팔괘(八卦)를 그리고 서계(書契)를 만들어 결승(結繩)의 정치를 대신하자, 이때부터 문자와 서적이 생겨나게 되었다.『주역(周易)』에 이르기를 "천문(天文)을 관찰하여 시절의 변화를 살피고, 인문(人文)를 관찰하여 천하를 교화시킨다"고 하였으니, 문장의 시대 의의는 참으로 원대하다! 대저 조잡한 통나무 바퀴가 커다란 어가(御駕)가 되었지만, 커다란 어가에 어찌 조잡한 통나무의 질박함이 남아 있겠는가? 겹겹으로 언 얼음은 물이 가득 고여서 이루어진 것이지만, 고인 물에는 두꺼운 얼음의 차가움이 없다. 무엇 때문인가? 대체로 어떤 일이 이어지면서 화려함도 증가하고 근본이 변화하면서 점점 그 정도가 심해지기 때문이다. 사물이 이미 그러하므로 문장도 또한 응당 그러하여, 시대에 따라 변하고 바뀌니 정말 그 이치를 상세하게 알기가

'서계(書契)'는 원시적인 최초의 문자를 가리킴.『석문(釋文)』: "'서(書)'는 문자이고, '계(契)'는 나무에 새겨 그 옆에 기록하는 것이다(書者文字, 契者, 刻木以書其側)".

11 結繩(결승) : 새끼줄 따위의 끈으로 매듭을 묶어 큰 일이나 작은 일을 표시하던 원시적인 기록 방법.

12 『易』曰(『역』왈) : 이 단락은『주역・분괘・상전(周易・賁卦・象傳)』에 나옴.

13 天文(천문) : 해[日]・달[月]・별[星辰]의 운행 질서.

14 人文(인문) : 시(詩)・서(書)・예(禮)・악(樂)을 포함한 전장제도(典章制度).

15 椎輪爲大輅之始(추륜위대로지시) : '추륜(椎輪)'은 통나무를 그대로 잘라서 만든 원시적인 바퀴. 바퀴살이나 바퀴테가 없는 조잡한 수레를 가리킴. '대로(大輅)'는 임금이 타는 화려한 수레.

16 微(미) : '무(無)'와 통함.

어렵다.

嘗試論之曰 : 〈詩序〉云[17] : "詩有六義焉,[18] 一曰風, 二曰賦, 三曰比, 四曰興, 五曰雅, 六曰頌." 至於今之作者, 異乎古昔. 古詩之體, 今則全取賦名. 荀・宋表之於前,[19] 賈・馬繼之於末.[20] 自茲以降, 源流寔繁.

17 〈詩序(시서)〉 : 〈모시서(毛詩序)〉를 가리킴. 특히 『국풍・주남・관저(國風・周南・關雎)』의 맨 앞에는 〈관저〉의 대의를 설명하는 앞 부분에 시의 발생・체재・특징・효용과 관련된 장편의 서문이 붙어 있는데 이를 〈모시・대서(毛詩・大序)〉라고 함. 이 〈문선서〉에 인용된 것은 바로 〈모시・대서〉임. 후한(後漢)의 정현(鄭玄)은 〈모시・대서〉의 작자를 공자의 제자 자하(子夏)라고 하였지만, 이에 대해 의심하는 학자들이 많음. 또 『모시』에는 매 편마다 그 시의 대의를 설명하는 '소서(小序)'도 붙어 있음. 『문선』 권45에 〈모시서〉가 실려 있음. 여기에서 〈모시서〉를 인용한 이유는 『문선』에 가장 많이 실려 있는 '부(賦)'에 유구한 정통성과 정당성을 부여하려는 의도로 보임.

18 六義(육의) : '육의'의 의미에 대해서 역대로 많은 학설이 존재해왔지만, 대체로 풍(風)・아(雅)・송(頌)은 시의 체재, 부(賦)・비(比)・흥(興)은 시의 수사법으로 보는 것이 일반적임. '풍(風)'은 주(周)나라 각 지방의 민요, '아(雅)'는 조정의 조회(朝會)나 연회(宴會)에 쓰이던 노래, '송(頌)'은 종묘의 제사에 쓰이던 음악, '부(賦)'는 직서법, '비(比)'는 비유법, '흥(興)'은 자연 경물에 빗댄 주관적인 연상 작용을 가리킨다고 봄.

19 荀・宋(순・송) : '순(荀)'은 순황(荀況)으로 흔히 순자(荀子)로 칭함. 유가(儒家)의 일파로 성악설(性惡說)을 주장하며 특히 교육과 예(禮)의 중요성을 설파함. 그의 언행을 기록한 것으로 알려진 『순자(荀子)』에는 〈부편(賦篇)〉이란 단락이 있는데 그 속에 〈예부(禮賦)〉・〈지부(知賦)〉・〈운부(雲賦)〉・〈잠부(蠶賦)〉・〈잠부(箴賦)〉 5편이 실려 있음. '송(宋)'은 흔히 굴원(屈原)의 제자로 알려진 초(楚)나라 사부(辭賦) 작가 송옥(宋玉)으로 『문선』 권13에 〈풍부(風賦)〉, 『문선』 권19에 〈고당부(高唐賦)〉・〈신녀부(神女賦)〉・〈등도자호색부(登徒子好色賦)〉가 실려 있음. 〈문선서〉에서는 순자(荀子) 계열의 부(賦)와 굴원(屈原) 계열의 소(騷)를 분리하여 서술하고 있음.

20 賈・馬(가・마) : '가(賈)'는 가의(賈誼). 전한(前漢) 낙양(洛陽) 사람으로 어려서부터 재주가 뛰어나 18세에 벌써 송시(誦詩)와 작문(作文)에 능통하였고, 20여 세에 문제(文帝)가 박사(博士)로 임명함. 다시 1년 만에 태중대부(太中大夫)가 되어 진(秦)의 율령과 제도를 개혁하여 한(漢)의 법률과 관제를 정비함. 그러나 건국공신인 강후(絳侯) 주발(周勃) 등 공경대부들이 가의의 재주를 시기하여 초(楚) 장사왕(長沙王)의 태부로 좌천시킴. 이 시기에 자신의 운명을 굴원(屈原)에 비유하여 〈복조부(鵩鳥賦)〉와 〈조굴원부(弔屈原賦)〉를 지었음. 『문선』 권7에 〈복조부〉가 실려 있음. '마(馬)'는 사마상여(司馬相如). 전한(前漢) 촉군(蜀郡) 성도(成都) 사람으로 전한 무제(武帝) 때의 유명한 사부(辭賦) 작자임. 무제(武帝)에게 부를 지어 바쳐

述邑居, 則有〈憑虛〉·〈亡是〉之作.[21] 戒畋遊, 則有〈長楊〉·〈羽獵〉之制.[22] 若其紀一事, 詠一物, 風雲草木之興, 魚蟲禽獸之流, 推而廣之, 不可勝載矣.

이제 시험 삼아 논의해보자. 〈모시서(毛詩序)〉에 이르기를 "시(詩)에는 육의(六義)가 있으니, 첫째 풍(風), 둘째 부(賦), 셋째 비(比), 넷째 흥(興), 다섯째 아(雅), 여섯째 송(頌)이다"라고 하였다. 오늘날의 작자에 이르러서는 옛날과 달라져서 고시(古詩)의 체재를 지금은 전부 부(賦)의 명칭에서 취하고 있다. 순황(荀況)과 송옥(宋玉)이 맨 앞에서 작품을 짓자, 가의(賈誼)와 사마상여(司馬相如)는 뒤에서 이를 계승하였다. 이때부터 근원에서 파생된 유파가 실로 다양해졌다. 도시의 거주지를 서술한 것으로는 '빙허공자(憑虛公子)'와 '무시공(亡是公)'이 나오는 작품이 있고, 사냥놀이를 경계한 것으로는 〈장양부(長楊賦)〉와 〈우렵부(羽獵賦)〉 같은 저작이 있다. 만약 한 가지 일을 기록하고 한 가지 사물만 읊은 것을 예로 든다면, 바람·구름·풀·나무의 흥취와 물고기·벌레·새·짐승의 종류를 다룬 작품들이 있다. 이를 미루어 넓혀나가면 모든 저작을 이루 다 기록할 수 없다.

낭(郎)이 되었으며, 정치적 재능을 발휘해 중랑장(中郎將)이 됨. 그의 대표작으로 『문선』 권7에 〈자허부(子虛賦)〉, 『문선』 권9에 〈상림부(上林賦)〉, 『문선』 권16에 〈장문부(長門賦)〉가 실려 있음.

21 〈憑虛(빙허)〉·〈亡是(무시)〉: '빙허(憑虛)'는 후한(後漢) 장형(張衡)의 〈서경부(西京賦)〉에 나오는 주인공. '무시(亡是)'는 전한(前漢) 사마상여의 〈상림부(上林賦)〉에 나오는 주인공. 〈문선서〉에서는 이 두 작품을 모두 '읍거(邑居)'의 사례로 거론하고 있음. 그러나 〈서경부〉는 '읍거(邑居)'에 해당하는 『문선』 권2 '경도(京都)' 실려 있지만 〈상림부〉는 『문선』 권8 '전렵(畋獵)'에 실려 있음.

22 〈長楊(장양)〉·〈羽獵(우렵)〉: '장양(長楊)'과 '우렵(羽獵)'은 전한 성제(成帝) 때의 유명한 사부 작자 양웅(揚雄)의 〈장양부(長楊賦)〉와 〈우렵부(羽獵賦)〉를 가리킴. 양웅은 촉군(蜀郡) 성도(成都) 사람으로 〈감천부(甘泉賦)〉·〈하동부(河東賦)〉·〈장양부(長楊賦)〉·〈우렵부(羽獵賦)〉 등의 부(賦)를 남김. 이중 〈감천부〉는 『문선』 권7에, 〈우렵부〉는 『문선』 권8에, 〈장양부〉는 『문선』 권9에 실려 있음.

又楚人屈原,[23] 含忠履潔, 君匪從流, 臣進逆耳, 深思遠慮, 遂放湘南.[24] 耿介之意旣傷, 壹鬱之懷靡愬. 臨淵有懷沙之志,[25] 吟澤有憔悴之容.[26] 騷人之文,[27] 自玆而作.

또 초(楚)나라 사람 굴원(屈原)은 충성심을 품고 고결함을 실천하다가 임금이 올바른 의견을 따르지 않자 신하로서 귀에 거슬릴 정도로 간언을 올리며 깊은 생각과 원대한 사고를 밝혔지만 결국 상강(湘江) 남쪽으로 추방되었다. 굳은 절개가 이미 상처를 받아 그 울분에 찬 마음을 호소할 수 없게 되자, 연못에 가까이 다가가 돌을 안고 투신할 마음을 품었고, 늪지대에서 시를 읊으며 초췌한 모습을 보여주었다. 〈이소(離騷)〉체 시인들의 문장은 이때부터 지어졌다.

詩者,[28] 蓋志之所之也. 情動於中, 而形於言. 〈關雎〉·〈麟趾〉,[29] 正始

23 屈原(굴원) : 중국 전국시대 초(楚)나라의 충신. 삼려대부(三閭大夫)를 역임하며 초(楚) 회왕(懷王)의 신임을 얻었으나 상관대부(上官大夫) 등의 참소를 받고 쫓겨나 울분에 젖어 〈이소(離騷)〉를 지음. 다시 양왕(襄王) 때 동정호(洞庭湖) 근처 상수(湘水) 가로 유배되었다가 멱라수(汨羅水)에 투신 자결함. 〈이소〉 이외에도 〈구가(九歌)〉·〈천문(天問)〉·〈구장(九章)〉 등의 작품이 있지만, 역대로 굴원의 작품과 관련된 진위 논란이 많음. 『문선』에서는 굴원의 초사를 부(賦)·시(詩)와 구별하여 '소(騷)'라는 문체로 따로 수록하였음. 『문선』 권32에 〈이소경(離騷經)〉과 〈구가(九歌)〉, 권33에 〈구장(九章)〉·〈복거(卜居)〉·〈어부(漁父)〉가 실려 있음.

24 湘南(상남) : 상수(湘水) 남쪽. 지금의 중국 호남성(湖南省) 장사(長沙) 지역임.

25 懷沙(회사) : 굴원의 초사 〈구장(九章)〉의 편명임. 모래를 품에 안다, 또는 돌을 품고 죽는다는 뜻으로 충신이 울분을 품고 투신 자결하는 것을 비유함.

26 憔悴(초췌) : 굴원의 초사 〈어부(漁父)〉에 "굴원이 이미 추방되어 강과 호수 가를 방랑하고, 소택지 가를 떠돌며 시를 읊으니, 안색은 초췌하고 신체는 야위었다(屈原旣放, 游於江潭, 行吟澤畔, 顔色憔悴, 形容枯槁)"라는 구절이 있음. 그러나 〈어부(漁父)〉는 역대로 굴원의 작품이 아닌 것으로 의심하는 학자들이 많음.

27 騷人(소인) : 『문선』에서는 굴원 계열의 초사 작가를 소인(騷人)이라고 부르고, 굴원·송옥(宋玉)·유안(劉安)을 이 계열에 포함시킴.

28 詩者(시자) 이하 4구 : 〈모시서(毛詩序)〉의 해당 구절을 그대로 인용한 것임. 위의 해당 각주 참조. 『문선』에서 작품을 수록할 때 왜 부(賦)를 맨 앞에 위치시키고 그 다음에 시(詩)를 놓았는가에 대해 역대로 많은 논란이 있었다. 여기에서 그 논란을 일일이 다 소개하는 것은 이 각주의 편집 범위를 넘어서는 일이므로 이에 관한 몇 가지 저작과 논문을 소개하는 것으로 그치고자 한다. 章學成, 『文史通義·校讎通

之道著.[30] '桑間'・'濮上',[31] 亡國之音表. 故風雅之道, 粲然可觀. 自炎漢中葉,[32] 厥塗漸異 : 退傅有〈在鄒〉之作,[33] 降將著〈河梁〉之篇.[34] 四言五言, 區以別矣. 又少則三字,[35] 多則九言, 各體互興, 分鑣並驅. 頌者,

---

義』, 〈漢志詩賦第十五之三〉(上海, 上海世紀出版集團, 2008); 駱鴻凱, 『文選學』(臺北, 華正書局, 1978); 河沛雄, 『漢魏六朝賦論集』(臺北, 聯經出版社, 1990); 韓暉, 〈『文選』京都賦置首的文化分析〉(『廣西師範大學學報・哲社版』 2004년 1기); 傅剛, 『『昭明文選』硏究』(北京, 中國社會科學出版社, 2000); 林伯謙, 〈由「文選序」辨析選學若干疑案〉(『東吳大學學報』第十三期, 2007.5).

29 〈關雎(관저)〉・〈麟趾(인지)〉 : '관저(關雎)'는 『시경・국풍・주남』의 첫 편명이고, '인지(麟趾)'는 〈인지지(麟之趾)〉로 『시경・국풍・주남』의 마지막 편명임.

30 正始之道(정시지도) : 〈모시서(毛詩序〉 : "〈주남〉과 〈소남〉은 시작을 바로잡는 길이요, 성왕(聖王) 교화의 근본이다(周南・召南, 正始之道, 王化之基)".

31 桑間・濮上(상간・복상) : 복수(濮水)라는 강가의 뽕나무 숲이라는 설과, '상간(桑間)'과 '복상(濮上)' 두 지명이라는 설이 있음. 이 구절은 앞의 〈관저(關雎)〉와 〈인지(麟趾)〉의 대구로 쓰이고 있으므로, '상간(桑間)'과 '복상(濮上)'을 두 지명으로 보거나, 또는 그 두 곳에서 발생한 두 가지의 시로 보는 것이 타당할 것으로 생각됨. 『예기(禮記)・악기(樂記)』 : "상간(桑間)과 복수(濮水)의 음악은 망국의 음악이다(桑間濮水之音, 亡國之音也)".

32 炎漢(염한) : 한(漢)나라는 음양오행 사상에서 화덕(火德)으로 나라를 세웠다고 하여 '염한(炎漢)'이라고 함.

33 退傅有〈在鄒〉之作(퇴부유〈재추〉지작) : '퇴부(退傅)'는 은퇴한 사부(師傅)란 의미로 전한(前漢)의 위맹(韋孟)을 가리킴. 위맹은 초(楚)의 원왕(元王), 그 아들 이왕(夷王), 그 손자 무(戊)의 사부를 역임함. 그러나 무(戊)가 황음무도하여 올바른 법도를 따르지 않자, 〈풍간시(諷諫詩)〉를 짓고 결국 벼슬에서 물러남. 이후 다시 추(鄒) 땅으로 옮겨가 4언 52구로 된 〈재추시(在鄒詩)〉를 지었음. 〈풍간시〉는 『문선』 권19에 〈재추시〉는 『문선』에 실려 있지 않고, 『한서・위현전(漢書・韋賢傳)』에 실려 있음.

34 降將著〈河梁〉之篇(항장저〈하량〉지편) : '항장(降將)'은 항복한 장수라는 뜻으로 전한(前漢) 무제(武帝) 때의 장수인 이릉(李陵)을 가리킴. 당시 이릉은 기도위(騎都尉)로 군사 5천명을 이끌고 흉노의 수십만 대군과 전투를 치름. 처음에는 이릉의 독전으로 연전연승하였으나, 나중에 중과부적에다 이광리(李廣利)의 원군이 도착하지 않아 패전 끝에 결국 흉노에 항복하였음. 그 뒤 흉노에 사신 온 소무(蘇武)와 우정을 나누며 자신의 심정을 밝힌 〈여소무시(與蘇武詩)〉(『문선』 권29)와 〈답소무서(答蘇武書)〉(『문선』 권41)를 증정했다고 함. 그러나 이들 작품은 후세 학자들의 연구에 의하여 위작(僞作)으로 밝혀짐. '하량(河梁)'은 〈여소무시〉 제3수에 나오는 구절임. "손을 잡고 다리 위로 오르는데, 나그네 저문 날 어디로 가야 하나?(攜手上河梁, 游子暮何之)".

35 少則三字(소즉삼자) 이하 2구 : 오신 주(五臣注)에서는 『문시(文始)』라는 책을 인용하여 3언시는 하후담(夏侯湛)에서 시작되었고, 9언시는 고귀향공(高貴鄕公)에

所以遊揚德業, 褒贊成功. 吉甫有'穆若'之談,[36] 季子有'至矣'之歎,[37] 舒布爲詩, 旣言如彼. 總成爲頌, 又亦若此. 次則箴興於補闕, 戒出於弼匡,[38] 論則析理精微, 銘則序事淸潤, 美終則誄發, 圖像則讚興. 又詔・誥・敎・令之流,[39] 表・奏・牋・記之列,[40] 書・誓・符・檄之品,[41] 弔・祭・悲・哀之作,[42] 答客・指事之制,[43] 三言・八字之文,[44] 篇・

서 시작되었다고 함. 하후담은 서진(西晉) 초기 문인으로 『문선』 권47에 그의 〈동방삭화찬(東方朔畵贊)〉이 실려 있음. 그의 3언시는 현재 전하지 않고, 현재 남아 있는 3언시로는 한대(漢代)의 〈안세방중가(安世房中歌)〉와 〈교사가(郊祀歌)〉 등이 있음. 또 9언시의 최초 창작자로 거론된 고귀향공은 위(魏)나라 고귀향공 조모(曹髦)로 역시 그의 작품은 전하지 않음. 현재 전해지는 9언시 작품으로는 송(宋) 사장(謝莊)의 〈명당가(明堂歌)〉 중에서 〈백제(白帝)〉 1수가 있음.

36 吉甫有'穆若'之談(길보유'목약'지담) : '길보(吉甫)'는 주(周) 선왕(宣王) 때의 현신인 윤길보(尹吉甫)임. 『시경・대아・증민(詩經・大雅・蒸民)』은 그의 작품으로 알려져 있으며, 이 시에 "윤길보가 노래를 지으니, 화목하기가 맑은 바람 같네(吉甫作誦, 穆如淸風)"이란 구절이 있음.

37 季子有'至矣'之歎(계자유'지의'지탄) : '계자(季子)'는 춘추시대 오(吳)나라 공자(公子) 계찰(季札)임. 『좌전・양공(左傳・襄公)』 29년에 계찰이 노(魯)나라로 가서 당시 종주국이었던 주(周)나라의 음악과 춤을 감상하는 내용이 실려 있음. 이때 계찰은 〈송(頌)〉 음악을 듣고는 '지극하도다(至矣)'라는 감탄을 하였음.

38 戒(계) : 『문심조룡・조책(文心雕龍・詔策)』에 인급된 '계칙(戒敕)'과 유사한 문체로 보이나, 『문선』에는 이 문체가 실려 있지 않음.

39 誥(고) : '조(詔)'와 유사한 임금의 명령문으로 보임. 『상서・주서(尙書・周書)』에 〈대고(大誥)〉・〈낙고(洛誥)〉 등의 글이 있음. 『문선』에는 이 문체가 실려 있지 않음.

40 奏(주) : 한대(漢代)에 임금에게 진정을 하는 문체. 『문선』 권 40의 '탄사(彈事)'와 '주기(奏記)'가 이에 해당하는 것으로 보임.

41 誓(서) : '격(檄)'과 유사한 문체로 보임. 『상서・주서(尙書・周書)』에 〈태서(泰誓)〉・〈목서(牧誓)〉 등의 글이 있음. 『문선』에는 이 문체가 실려 있지 않음.

42 悲(비) : 임방(任昉)의 『문장시(文章始)』(오신 주에서 인용한 『文始』)의 잔본으로 알려진 『문장연기(文章緣起)』에는 채옹(蔡邕)의 〈비온사문(悲溫辭文)〉이란 제목이 있음. 조문(弔文)이나 뇌문(誄文)과 유사한 문체로 추정됨. 『문선』에는 이 문체가 실려 있지 않음.

43 答客・指事(답객・지사) : '답객(答客)'은 『문선』 권45 〈설론(設論)〉에 실려 있는 동방삭(東方朔)의 〈답객난(答客難)〉을 가리킴. '지사(指事)'는 오신 주에서 『문선』 권45 양웅(揚雄)의 〈해조(解嘲)〉를 가리킨다고 하였음. 그러나 〈해조〉는 바로 앞 작품 〈답객난〉을 모방한 것이므로, 『문선』에는 〈지사〉류의 문체가 실려 있지 않은 것으로 보아야 함.

44 三言・八字(삼언・팔자) : 오신 주에서는 『문선』 권45 〈사(辭)〉류에 실려 있는 한

辭・引・序,[45] 碑・碣・誌・狀,[46] 衆制鋒起,[47] 源流間出. 譬陶匏異器,[48] 並爲入耳之娛. 黼黻不同,[49] 俱爲悅目之玩. 作者之致, 蓋云備矣!

시(詩)란 대체로 뜻이 나아가는 것으로, 감정이 마음속에서 움직여 말로 형상화 된다. 〈관저(關雎)〉에서 〈인지지(麟之趾)〉까지의 시에는 '정시(正始)'의 도리가 드러나 있고, 상간(桑間)과 복수(濮水)의 음악에는 망국의 소리가 나타나 있다. 따라서 풍(風)과 아(雅)의 도리는 찬란하여 참으로 볼 만하다. 한(漢)나라 중엽부터는 그 길이 점차 달라져서 은퇴한 사부(師傅) 위맹(韋孟)에게는 〈추(鄒) 땅에서[在鄒詩]〉란 작품이 있고, 항복한 장수 이릉(李陵)에게는 〈다리위에서[河梁]〉란 시편이 있게 되어, 사언시(四言詩)와 오언시(五言詩)가 구별되게 되었다. 또 적게는 석 자, 많게는 아홉 자까지 온갖 체재가 서로 일어나 그 길을 달리하며 나란히 치달렸다. 송(頌)이란 공덕(功德)을 드날리고 성취를 찬양하는 수단이다. 이에 윤길보(尹吉甫)에게는 '온화하도다[穆若]'라고 읊은 작품이 있고, 계찰(季札)에게는 '지극하도다[至矣]'라고 감탄한 작품이 있다. 감정을 펼쳐 시가 된 것은 이미 저 앞에서 말한 바와 같고, 성취를 모아 송이 된 것은 또한 지금 여기에서 예를 든 바와 같다. 그 다음으로 잠(箴)

(漢) 무제(武帝)의 〈추풍사(秋風辭)〉를 삼언의 예로, 또 『문선』 권27 〈시(詩)〉에 실려 있는 조비(曹丕)의 〈악부(樂府)〉를 팔언의 예로 들고 있지만, 그리 부합하지 않음. 따라서 『문선』에는 삼언과 팔언의 문장이 실려 있지 않은 것으로 보아야함.

45 篇・辭・引(편・사・인) : '편(篇)'은 『문선』 권27 조식(曹植)의 〈악부(樂府)〉 4수에 포함된 〈명도편(名都篇)〉・〈미녀편(美女篇)〉・〈백마편(白馬篇)〉, '사(辭)'는 『문선』 권45의 〈추풍사(秋風辭)〉・〈귀거래사(歸去來辭)〉, '인(引)'은 『문선』 권27 조식(曹植)의 〈악부(樂府)〉 4수에 포함된 〈공후인(箜篌引)〉임.

46 碑・碣(비・갈) : '비(碑)'는 네모난 비석, '갈(碣)'은 둥근 비석이라고 하나, 문체의 특징은 유사한 것으로 생각됨. '갈(碣)'은 『문선』에 한 편도 실려 있지 않음.

47 鋒起(봉기) : 봉기(蜂起)와 같음.

48 陶匏(도포) : '도(陶)'는 흙을 구워서 만든 악기인 '질나팔[壎]'을 가리키고 '포(匏)'는 박과 대나무로 만드는 생황[笙]을 가리킴.

49 黼黻(보불) : '보(黼)'는 고대 귀인의 예복에 수놓는 반흑(半黑) 반백(半白)의 도끼 모양의 자수. '불(黻)'도 고대 귀인의 예복에 수놓는 자수인데, 반흑(半黑) 반청(半青)으로 궁자(弓字) 모양을 수놓음. 따라서 '보불(黼黻)'은 흔히 귀인을 가리키는 말로 쓰이며, 아름다운 문장을 비유하기도 함.

은 결점을 보완하는 데서 생겨났고, 계(戒)는 국정을 바로잡고 보필하는 데서 출발하였다. 또 논(論)은 이치를 분석함이 정밀하고 미세하며, 명(銘)은 사적(事蹟)을 서술함이 맑고도 매끈하다. 죽은 사람을 찬미하는 데서 뇌(誄)가 발전하였고, 사람의 모습을 그리는 데서 찬(贊)이 일어났다. 또 조(詔)·교(敎)·영(令)과 같은 종류, 표(表)·전(牋)·기(記)와 같은 계열, 서(書)·서(誓)·부(符)·격(檄)과 같은 품목, 조(弔)·제(祭)·비(悲)·애(哀)와 같은 작품, 답객(答客)·지사(指事)의 체제, 삼언(三言)·팔자(八字)의 글, 편(篇)·사(辭)·인(引)·서(序)와 비(碑)·갈(碣)·지(誌)·장(狀) 등, 수많은 문체가 벌떼처럼 일어났고, 그 근원에서 파생된 체제가 간간이 출현하였다. 예를 들면 질나팔과 생황은 서로 다른 악기이지만 모두 귀로 들으면 즐거움을 느끼고, 도끼 무늬와 궁자(弓字) 무늬는 모양이 상이하지만, 모두 눈으로 보아 기쁨을 느끼는 것과 같다. 이에 작자의 지극한 마음이 모두 갖추어졌다고 할 만하다.

余監撫餘閑,[50] 居多暇日. 歷觀文囿, 泛覽辭林, 未嘗不心遊目想,[51] 移晷忘倦.[52] 自姬·漢以來,[53] 眇焉悠邈, 時更七代,[54] 數逾千祀. 詞人才子, 則名溢於縹囊.[55] 飛文染翰, 則卷盈乎緗帙.[56] 自非略其蕪穢,[57] 集

50 監撫(감무) : 태자의 직책으로 '국사를 감찰하고 군대를 위로하는(監國撫軍)' 일을 가리킴. 특히 양(梁) 무제(武帝)는 태자인 소통(蕭統)이 15세에 관례(冠禮)를 치른 이후 국정의 많은 업무를 태자에게 이양하였음.

51 心遊目想(심유목상) : 왕력(王力)의 『고대한어(古代漢語)』 4권 〈고한어통론 28·고한어의 수사(古漢語通論二十八·古漢語的修辭)〉에 예시된 도치법에 따르면, 이 구절은 본래 '목유심상(目遊心想)'으로 써야 하지만, 이럴 경우 글자의 평측(平仄)이 '仄平平仄'으로 되어 부조화를 이루기 때문에, '심유목상(心遊目想)'으로 써서 '平平仄仄'의 조화를 맞추었다고 함(王力 主編, 『古代漢語』 4권, 北京, 中華書局, 1999년 제3판, 1,377면).

52 移晷(이구) : 해그림자가 옮겨간다는 뜻으로 시간이 오래 되었음을 비유함.

53 姬(희) : 주(周)나라 왕실의 성임.

54 七代(칠대) : 주(周)·한(漢)·위(魏)·진(晉)·송(宋)·제(齊)·양(梁)의 일곱 왕조.

55 縹囊(표낭) : '표(縹)'는 청백색 비단. '낭(囊)'은 책을 넣는 자루.

56 緗帙(상질) : '상(緗)'은 담황색 비단. '질(帙)'은 책을 넣는 상자.

其清英, 蓋欲兼功, 太半難矣!

나는 국정을 살피고 군대를 위로하는 여가에 한가한 시간이 많아 지면 문장의 동산을 두루 살피고, 문사(文辭)의 숲을 널리 열람하면서 마음은 생각에 잠기고 눈은 즐거움에 젖어 많은 시간이 흘러도 싫증을 느끼지 않았다. 주(周)나라와 한(漢)나라 이래로 아득하게 긴 세월이 흘러, 시대는 칠대(七代)가 바뀌었고 햇수는 천년을 넘었다. 이에 시인과 재자(才子)들은 그 이름이 푸르스름한 자루에 넘치고, 탁월한 문장과 감동적인 글은 그 두루마리가 담황색 상자에 가득하다. 이제 그 중의 잡초를 솎아내고 그 깨끗한 꽃봉오리를 모아놓지 않는다면, 아마 노력을 두 배나 들인다 해도 그 태반도 읽어내기 어려울 것이다.

若夫姬公之籍,[58] 孔父之書, 與日月俱懸, 鬼神爭奧, 孝敬之准式, 人倫之師友,[59] 豈可重以芟夷,[60] 加之剪截? 老・莊之作,[61] 管・孟之流,[62] 蓋以立意爲宗, 不以能文爲本, 今之所撰, 又以略諸. 若賢人之美辭, 忠臣之抗直, 謀夫之話, 辯士之端, 氷釋泉湧, 金相玉振, 所謂坐狙丘,[63]

---

57 自非(자비) : 고대 한어(漢語)의 용법으로 '약불(若不)'의 의미임.

58 姬公之籍(희공지적) 이하 2구 : '희공(姬公)'은 주(周) 무왕(武王)의 동생인 '주공(周公)'. 주(周) 왕실의 성(姓)이 희씨(姬氏)이므로 '희공(姬公)'이라고 하였음. 주공은 형인 무왕(武王)과 함께 주(周)나라 건국공신임. 무왕이 죽고 어린 조카 성왕(成王)이 즉위하자, 섭정(攝政)이 되어 사심없이 나라를 다스려 주(周) 왕실을 반석 위에 올려 놓았음. 공자(孔子)가 가장 존경한 성현(聖賢)임. '공보(孔父)'는 공자(孔子). '보(父)'는 사람을 높여 부르는 존칭어. '희공지적(姬公之籍)'과 '공보지서(孔父之書)'는 모두 유가의 경전을 가리킴.

59 師友(사우) : 스승과 벗. 모두 삶에 지표가 되고 보탬이 되는 사람들임.

60 芟夷(삼이) : 잡초를 베어내고 땅을 평탄하게 다듬음. 문장을 고치고 삭제함을 비유함.

61 老・莊(노・장) : '노(老)'는 노자(老子), '장(莊)'은 장자(莊子).

62 管・孟(관・맹) : '관(管)'은 관자(管子), '맹(孟)'은 맹자(孟子). 이 두 구절은 모두 제자백가의 저작을 가리킴.

63 坐狙丘(좌저구) 이하 2구 : '저구(狙丘)'와 '직하(稷下)'는 모두 전국시대 제(齊)나라의 지명. 『문선』 권42에 실려 있는 조식(曹植)의 〈여양덕조서(與楊德祖書)〉 '전파훼오제(田巴毁五帝)' 부분의 이선 주(李善注)에는 다음과 같은 구절이 있다. "제

議稷下, 仲連之卻秦軍,[64] 食其之下齊國,[65] 留侯之發八難,[66] 曲逆之吐六奇,[67] 蓋乃事美一時, 語流千載, 槪見墳籍,[68] 旁出子史, 若斯之流, 又亦繁博. 雖傳之簡牘, 而事異篇章,[69] 今之所集, 亦所不取. 至於記事之

(齊)나라의 변론가 전파(田巴)라는 사람이 저구(狙丘)에서 변론하고, 직하(稷下)에서 의론을 펼치며 오제(五帝)를 폄훼하고 삼왕(三王)을 죄주자, 하루에도 수천 명이 감복하였다(齊之辯者曰田巴, 辯於狙丘, 而議於稷下, 毁五帝, 罪三王, 一日而服千人)". 이 말을 듣고 노중련(魯仲連)이 전파(田巴)를 찾아가서 쓸 데 없는 공리공담을 그만두라고 하자 전파가 더 이상의 궤변을 그만두었다고 함.

64 仲連之卻秦軍(중련지각진군) : '중련(仲連)'은 전국시대 노(魯)나라 사람으로 흔히 노련자(魯連子)로 칭함. 노중련이 마침 조(趙)에 있을 때 진(秦)이 조(趙)를 침공함. 이때 위(魏)의 사신 신원연(新垣衍)이 평원군(平原君)에게 진(秦)나라를 황제의 나라로 섬길 것을 권하자, 노중련이 신원연에게 차라리 동해 바다를 밟고 들어갈지언정 저 무도한 진(秦)을 황제의 나라로 섬길 수 없다고 함. 평원군은 노중련의 죽음을 불사한 기상과 용기에 감복하여 주위 제후국들과 연합하여 진(秦)에 맞서기로 결정하였고, 진(秦)은 이 소식을 듣고 포위를 풀고 물러감(『사기 · 노중련추양열전(史記 · 魯仲連鄒陽列傳)』).

65 食其之下齊國(이기지하제국) : 역이기는 박학다식하고 총명하며 사고가 기민하여 유방의 유세객으로 활동함. 초 · 한(楚 · 漢) 대립 시기에 한 고조(漢高祖)를 위해 제(齊)의 전광(田廣)을 설득하여 항복하게 함. 역이기가 전광을 설득하여 한(漢)에 투항하기로 약속을 받고 함께 술을 마시고 있었는데, 세 치 혀로 공을 세운 역이기를 시기한 한신(韓信)이 대군을 몰아 제(齊)를 공격하자, 전광은 역이기가 자신을 속였다고 생각하고 역이기를 솥에 삶아 죽임(『사기 · 역생육기열전(史記 · 酈生陸賈列傳)』).

66 留侯之發八難(유후지발난) : '유후(留侯)'는 한(漢) 건국의 일등공신 장량(張良). 한(漢) 고조(高祖) 유방(劉邦)이 형양(滎陽)에서 항우(項羽)에게 포위되었을 때, 역이기(酈食其)가 진(秦)에게 망한 육국(六國)의 후예들을 제후로 봉하고 옥새를 하사하면 이들이 한(漢)에 호응, 항우를 공격할 것이라는 계책을 내자, 장량이 그 불가함을 여덟 가지로 아뢰어 결국 옥새를 녹여 폐기하게 한 일을 가리킴(『사기 · 유후세가(史記 · 留侯世家)』).

67 曲逆之吐六奇(곡역지토육기) : '곡역(曲逆)'은 한(漢) 건국 일등공신 곡역후(曲逆侯) 진평(陳平). 진평은 한(漢)의 건국 과정에서 한 고조 유방에게 여섯 번이나 기이한 계책을 제시했지만, 그 내용은 비밀에 부쳐졌다고 함. 『한서 · 장진왕주전(漢書 · 張陳王周傳)』: "무릇 여섯 번이나 기이한 계책을 내었다(凡六出奇計)".

68 墳籍(분적) : 고대의 전적을 가리킴. '삼분오전(三墳五典)'이라고도 함. 『좌전 · 소공(左傳 · 昭公)』 12년에는 중국 고대의 가장 오래된 책으로 '삼분(三墳) · 오전(五典) · 팔삭(八索) · 구구(九丘)'를 들고 있음. 흔히 '삼분(三墳)'은 삼황(三皇)의 책, '오전(五典)'은 오제(五帝)의 책이라고 함.

69 篇章(편장) : 뒤에 나오는 '편한(篇翰)' · '편집(篇什)' 등의 용어와 함께 모두 아름다운 수식이 가해진 문장을 가리킴.

史, 繫年之書, 所以褒貶是非, 紀別異同, 方之篇翰, 亦已不同. 若其讚論之綜緝辭采,[70] 序述之錯比文華, 事出於沈思, 義歸乎翰藻, 故與夫篇什, 雜而集之.

대저 주공(周公)의 전적과 공자(孔子)의 서책 같은 종류는 해와 달과 함께 높이 걸려 있어서 귀신과 오묘함을 다툰다. 이는 효도와 공경의 준칙이며 인륜의 사표이니 어찌 다시 베어내고 가위질 할 수 있겠는가? 노자(老子)와 장자(莊子)의 저작, 그리고 관자(管子)와 맹자(孟子)의 종류는 대개 자신의 논리 수립을 위주로 하였지, 문장의 수식을 근본으로 삼지 않았기 때문에, 지금의 선집에는 또 이들 저작을 생략하였다. 또 예컨대 현인들의 아름다운 글, 충신들의 강직한 발언, 모사(謀士)들의 언설, 변론가들의 설법은 얼음이 녹고 샘물이 솟구치는 것 같고, 황금 바탕에 옥소리가 울리는 것과 같다. 이른바 저구(狙丘)에서 좌담하고 직하(稷下)에서 의론을 펼친 일이나, 노중련(魯仲連)이 진(秦)의 군대를 물리치고, 역이기(酈食其)가 제(齊)나라를 항복시킨 일, 그리고 유후(留侯) 장량(張良)이 여덟 가지 난제(難題)를 풀어낸 일, 곡역후(曲逆侯) 진평(陳平)이 여섯 번이나 묘책을 토로한 일은 대체로 그 사적이 한 시대를 아름답게 빛냈고, 또 그 말은 천년을 흘러 전해지고 있다. 또 그 대개의 사실은 옛 전적에 보이고, 또 따로 제자(諸子)와 사서(史書)에도 나타나 있다. 이와 같은 사례는 또한 번잡하고도 광범위하여 비록 죽간과 목책에 전해진다 해도, 그 일이 '아름다운 문장'과는 다르기 때문에 지금의 선집에는 역시 취하지 않았다. 사건을 기록한 역사 책들과 연대별로 편집해놓은 편년체 서적들은 옳고 그름을 찬양하고 배척하며, 같고 다름을 기록하여 구별짓는 까닭에 '아름다운 문장'에 견주어 보면

70 讚論(찬론) 이하 2구 : '찬론(讚論)'과 '서술(序述)'은 사서(史書)의 저자가 역사 사건이나 인물을 논평하는 형식의 문체임. 『문선』 권49~50에 실려 있는 '사론(史論)'과 '사술찬(史述讚)'이 여기에 해당함. 비록 사서(史書)에 속해 있기는 하지만, 화려한 수식과 비유를 통해 사실(史實)을 논평하고 있으므로 『문선』에 함께 선록해 넣었다는 의미임.

이미 동일하지 않다. 그러나 찬론(讚論)에 아름다운 문채(文彩)가 모여 있고, 서술(序述)에 화려한 문사(文辭)가 아로새겨져 있는 것과 같은 경우에는 거기에 담긴 내용이 깊은 사색에서 나왔고, 그 의미는 고운 수사(修辭)로 귀속되기 때문에 저들 '아름다운 문장'들과 함께 섞어서 편집하였다.

遠自周室, 迄於聖代,[71] 都爲三十卷,[72] 名曰『文選』云耳. 凡次文之體, 各以彙聚. 詩賦體既不一,[73] 又以類分. 類分之中, 各以時代相次.

멀리 주(周)나라 때부터 지금의 성스러운 시대에 이르기까지 모두 30권을 만들어 다만 『문선(文選)』이란 이름을 붙여보았다. 무릇 문장의 차례를 배열하는 순서는 각각 같은 문체끼리 모았지만, 시(詩)와 부(賦)는 그 체제가 한결 같지 않아서 또 다시 종류별로 나누었다. 종류별로 나눈 작품 속에서는 각각 시대에 따라 서로 차례를 정하였다.

김영문 역

71 聖代(성대) : 옛날에는 자신이 살고 있는 시대를 '성스러운 태평성대[聖代]'로 부름. 따라서 여기에서는 당연히 『문선』이 편찬된 남조(南朝) 양대(梁代)를 가리킴.

72 三十卷(삼십권) : 『문선』은 본래 편찬될 당시에 30권이었음. 그러나 당(唐)의 이선(李選)이 상세한 각주를 달면서 분량이 늘어나자 60권으로 재편집하였음. 이후에는 30권본보다 60권본이 대세를 이룸.

73 詩賦體既不一(시부체기불일) 이하 2구 : 『문선』에는 '시(詩)'보다 '부(賦)'가 먼저 실려 있고, 그 양도 가장 많음. 또 '부(賦)'는 내용에 따라 경도(京都) · 교사(郊祀) · 경자(耕藉) · 전렵(畋獵) · 기행(紀行) · 유람(遊覽) · 궁전(宮殿) · 강해(江海) · 물색(物色) · 조수(鳥獸) · 지(志) · 애상(哀傷) · 논문(論文) · 음악(音樂) · 정(情) 등 15가지 체재로 분류함. '시(詩)'는 다시 내용에 따라 보망(補亡) · 술덕(述德) · 권려(勸勵) · 헌시(獻詩) · 응조시(應詔詩) · 공연(公讌) · 조전(祖餞) · 영사(詠史) · 백일(百一) · 유선(游仙) · 초은(招隱) · 유람(遊覽) · 영덕(詠德) · 애상(哀傷) · 증답(贈答) · 행려(行旅) · 군융(軍戎) · 교묘(郊廟) · 악부(樂府) · 만가(挽歌) · 잡가(雜歌) · 잡시(雜詩) · 잡의(雜擬) 등 23가지 체제(反招隱을 따로 분류하면 24체제)로 분류함.

卷一

양도부 2수 병서

兩都賦 二首 幷序

반맹견(班孟堅)

□ 작자

반고(班固 : 32~92)는 자가 맹견(孟堅)으로 부풍(扶風) 안릉(安陵 : 오늘날의 陝西省 咸陽縣 서북) 사람이다. 23세 때 그의 아버지 반표(班彪)의 미완성 유고(遺稿) 『사기후전(史記後傳)』을 이어 쓰다가 국사(國史)를 사사로이 고친다는 밀고(密告)에 의해 옥에 갇혔다. 이에 아우 반초(班超)가 황제에게 상소하여 풀려나 난대영사(蘭臺令史)의 벼슬을 받았고 후에 낭(郎)으로 승진되었으며, 장제(章帝) 때 현무사마(玄武司馬)가 되어 항상 황제를 측근에서 모시었다. 20여 년간의 공을 들여 사학(史學)의 거작인 『한서(漢書)』를 완성했다. 또한 오경(五經)의 이동(異同)을 토론하는 백호관회의(白虎觀會議)에 참가하여 기록을 맡고서 토론의 결과를 정리해 〈백호통덕론(白虎通德論)〉을 이루었다. 반고는 동한 전기의 가장 유명한 사부가(辭賦家)로, 〈양도부(兩都賦)〉·〈유통부(幽通賦)〉·〈답빈희(答賓戲)〉 등을 지었다. 말년에는 화제(和帝) 때 대장군 두헌(竇憲)을 따라

중호군(中護軍)으로 흉노 정벌에 나섰다. 후에 두헌이 정쟁에서 실패하여 자결하자 낙양령(洛陽令)이 반고에게 사적인 원한을 품고서 죄명을 뒤집어 씌워 마침내 옥에서 죽었다.

□ 해제

〈양도부(兩都賦)〉는 〈서도부(西都賦)〉와 〈동도부(東都賦)〉 두 편으로 이루어진 반고(班固)의 대표적 문학작품이며, 『문선(文選)』에 수록된 경도(京都)를 노래한 작품 중 첫 번째 작품이다. 이 작품은 한(漢) 명제(明帝) 영원(永元) 중에 지어졌는데, 당시 동한(東漢)이 낙양(洛陽)에 도읍을 둔 지 얼마 안 된 시기였고 경도의 건설이 진행되고 있는 중이었다. 그런데 일부 인사들은 서한(西漢)의 수도인 장안(長安)을 그리워해 그곳으로 천도하자는 주장을 제기했으니 두독(杜篤)의 〈논도부(論都賦)〉가 대표적 문학작품이다. 이에 대해 반고의 〈양도부〉, 최인(崔駰)의 〈반도부(反都賦)〉, 부의(傅毅)의 〈낙도부(洛都賦)〉 등이 낙양에 도읍을 둘 것을 변호했던 작품이다.

반고는 낙양에 도읍을 둘 것을 주장했을 뿐만 아니라, 그의 건국이념까지도 드러내 유가의 인덕(仁德)과 예법(禮法)으로 통치할 것을 주장했다. 그래서 〈서도부(西都賦)〉에서는 서도(西都) 빈객의 입을 빌어 지난날 서경(西京)의 궁실(宮室)·원유(苑囿)의 호화로움과 화려함 및 황가(皇家) 생활의 사치스러운 일락(逸樂) 등을 과장되고 화려하게 묘사해 겉으로는 칭찬한 듯하지만 실은 풍자를 하였던 것이다. 이에 반해 〈동도부(東都賦)〉에서는 동도(東都) 주인(主人)의 입으로 동한 조정의 예의법도(禮儀法度)와 인의도덕(仁義道德)을 한껏 송양(頌揚)하여 모범을 보여주었다. 두 편의 부에서 하나는 반(反)이고 하나는 정(正)으로, 반고는 이 둘을 결합하여 하나의 완미(完美)한 작품을 이루었던 것이다. 〈양도부〉는 구성이 웅대하고 기세가 드높으며 내용은 충실하고 언어는 전아(典雅)하고

도 아름다워, 실로 부(賦) 가운데 명편(名篇)으로 평가되는 작품이다.

□ 역주

〈양도부(兩都賦)〉 서(序)

或曰 : "賦者, 古詩之流也."[1] 昔成康沒而頌聲寢,[2] 王澤竭而詩不作. 大漢初定, 日不暇給.[3] 至於武宣之世,[4] 乃崇禮官,[5] 考文章,[6] 內設金馬石渠之署,[7] 外興樂府協律之事,[8] 以興廢繼絶,[9] 潤色鴻業. 是以衆庶悅豫,

---

1 古詩之流(고시지류) : '고시(古詩)'는 『시경(詩經)』을 대표로 하는 고대의 시가(詩歌). '유(流)'는 유변(流變) 즉 흘러가서 변화된 것. 여기서는 변체(變體)를 가리킨다. '유(流)'를 지류(支流), 유파(流波)로 보는 설도 있다.

2 成康沒而頌聲寢(성강몰이송성침) : '성강(成康)'은 주대(周代)의 전성기를 가리킨다. '성(成)'은 주(周) 무왕(武王)의 아들인 성왕(成王)이고, '강(康)'은 성왕의 아들인 강왕(康王)이다. 성강(成康)의 시대에 예악이 제정되고 교화를 중시했으며 형벌이 사용되지 않았다 한다. '송(頌)'은 『시경』의 송시(頌詩)를 가리킨다.

3 日不暇給(일불가급) : 한대(漢代) 초엔 백성들의 생계를 돌아보기에 바빠, 예악(禮樂)과 문교(文敎)를 창도(倡導)할 여가가 없었음을 말한 것이다.

4 武宣之世(무선지세) : 서한(西漢)의 전성시기로, '무(武)'는 경제(景帝)의 아들 무제(武帝), '선(宣)'은 무제의 증손인 선제(宣帝).

5 禮官(예관) : 예의를 관장하는 관리.

6 文章(문장) : 예악 · 제도(制度) 등 한 나라의 문명을 형성하는 것.

7 金馬石渠(금마석거) : '금마(金馬)'는 금마문(金馬門). 한 무제가 대완마(大宛馬)를 얻어 말을 잘 살피는 동문경(東門京)에게 명해서 동상을 주조하게 하여 노반문(魯班門) 밖에 세워두게 했는데, 후에 노반문을 금마문으로 개명했다. 후에는 관서(官署)를 지칭하는 말로 쓰이게 되었다. '석거(石渠)'는 한대(漢代) 궁중의 도서를 수장하는 곳인 석거각(石渠閣). 미앙궁(未央宮) 북쪽에 있었으며 한초 소하(蕭何)가 지어 진(秦)에서 가져온 서적들을 수장했다.

8 樂府協律(악부협률) : '악부(樂府)'는 한대에 음악을 관장하던 관부(官府). 무제가 교사(郊祀)의 예(禮)를 제정해 악부를 세워서 궁정(宮廷) · 순행(巡行) · 제사(祭祀)에 필요한 음악을 관장케 하고 아울러 민가를 채집하였던 기관이다. '협률(協律)'은 한대(漢代)에 협률도위(協律都尉) · 협률교위(協律校尉) · 협률랑(協律郎)을 두어 음악을 관장하는 관원으로 두었는데, 이들을 간략히 일컬어 '협률(協律)'이라 했다. 음악의 율려(律呂)를 교정해서 화해(和諧)롭게 하는 것이라는 설도 있다.

9 興廢繼絶(흥폐계절) : 성강(成康) 시대 이후 이미 폐지되고 끊긴 예악제도를 진흥시키고 계승하는 것을 말한다.

福應尤盛. 白麟・赤雁・芝房・寶鼎之歌,[10] 薦於郊廟,[11] 神雀・五鳳・甘露・黃龍之瑞,[12] 以爲年紀. 故言語侍從之臣,[13] 若司馬相如・虞丘壽王・東方朔・枚皐・王褒・劉向之屬,[14] 朝夕論思, 日月獻納, 而公卿大臣御史大夫倪寬・太常孔臧・太中大夫董仲舒・宗正劉德・太子太傅蕭望之等,[15] 時時間作. 或以抒下情而通諷諭,[16] 或以

---

10 白麟・赤雁・芝房・寶鼎之歌(백린・적안・지방・보정지가) : 흰 기린[白麟]・붉은 기러기[赤雁]・궁전 안의 영지[芝房]・보배로운 정[寶鼎]은 모두 한(漢) 무제(武帝) 때에 출현한 상서로운 징조를 나타내는 사물이었다. 무제가 옹(雍)에 가서 흰 기린을 잡고 백린지가(白麟之歌)를 지었으며, 동해(東海)에 가서 붉은 기러기를 잡고 주안지가(朱雁之歌)를 지었으며, 감천궁(甘泉宮) 안에 아홉 줄기에 잎이 이어진 영지(靈芝)가 자라나 지방지가(芝房之歌)를 지었으며, 보배로운 정(鼎)을 얻어 보정지가(寶鼎之歌)를 지었다.

11 郊廟(교묘) : 교외(郊外)에 세운 종묘. 또한 '교(郊)'는 황제가 교외에서 천지에 제사 지내는 것을 말하며, '묘(廟)'는 조상에게 제사지내는 것을 말하기도 한다.

12 神雀・五鳳・甘露・黃龍(신작・오봉・감로・황룡) : 모두가 선제(宣帝) 때 출현한 상서로운 것들이다. 신령한 공작[神雀]들이 장락궁(長樂宮)에 모여 선제는 연호를 신작(神雀)으로 바꾸었으며, 오방(五方)의 봉황[五鳳]이 여러 차례 이르러 연호를 바꾸었고, 단 이슬[甘露]이 경사(京師)에 내려 연호를 바꾸었고, 누런 용[黃龍]이 신풍(新豊)에 나타나 연호를 바꾼 적이 있었다.

13 言語(언어) : 문사(文辭). 문학저작(文學著作)을 가리킨다.

14 司馬相如・虞丘壽王・東方朔・枚皐・王褒・劉向(사마상여・우구수왕・동방삭・매고・왕포・유향) : '사마상여(司馬相如)'는 서한(西漢)의 저명한 사부가(辭賦家)로 자가 장경(長卿). 무제 때에 부를 지어 바쳐 낭(郎)이 되었다. 〈자허(子虛)〉, 〈상림(上林)〉, 〈대인(大人)〉 등의 부가 있다. '우구수왕(虞丘壽王)'은 『한서(漢書)』에는 '오구수왕(吾丘壽王)'으로 되어 있다. 무제 때에 동군도위(東郡都尉)에 제수되었으며 시중중랑(侍中中郎)으로 옮겼다. 『한서・예문지(藝文志)』에 따르면 부가 15편이 있다고 하나 지금은 전해지는 것이 없다. '동방삭(東方朔)'은 무제 때에 태중대부(太中大夫)의 관직을 맡았고 기이한 계책과 익살스러운 말로 황제에게 접근했다. 〈답객난(答客難)〉, 〈비유선생론(非有先生論)〉, 〈칠간(七諫)〉 등의 작품이 있다. '매고(枚皐)'는 매승(枚乘)의 아들로 무제 때 낭(郎)에 제수되었다. 『한서・예문지』에 그의 부 120편이 있다고 기재되어 있으나 지금 대부분 전하지 않는다. '왕포(王褒)'는 선제 때에 간대부(諫大夫)가 되었으며 시부(詩賦)를 잘하였다. 〈성주득현신송(聖主得賢臣頌)〉, 〈통소부(洞簫賦)〉가 있다. '유향(劉向)'은 성제(成帝) 때에 광록대부(光祿大夫)를 맡았고 경전(經傳), 제자(諸子), 시부(詩賦) 등을 교열(校閱)하여 『별록(別錄)』을 완성해 중국 최초의 도서분류 목록을 만들었다. 그 밖에 『신서(新序)』, 『설원(說苑)』, 『열녀전(烈女傳)』 등을 편찬했다.

15 公卿大臣御史大夫(공경대신어사대부) 이하 : '어사대부(御史大夫)'는 한(漢)의 관명으로 지위는 승상 바로 다음이다. 탄핵과 규찰을 주관하고 도서비적(圖書秘籍)

宣上德而盡忠孝, 雍容揄揚, 著於後嗣, 抑亦〈雅〉〈頌〉之亞也. 故孝成之世,[17] 論而錄之,[18] 蓋奏御者千有餘篇. 而後大漢之文章, 炳焉與三代同風.

어떤 사람이 말하기를 "부(賦)는 고시(古詩)의 변체(變體)이다"라고 했다. 옛날에 주(周)의 성왕(成王)과 강왕(康王)이 죽고나자 찬송(讚頌)하는 노랫소리가 그쳤으며 선왕의 은택이 다하자 시도 지어지지 않게 되었다. 대한(大漢)의 천하가 막 평정되고 나서는 생계(生計)에 바빠 다른 일은 돌아볼 여가가 없었다. 무제(武帝)와 선제(宣帝)의 전성시대에 이르러서야 비로소 예악(禮樂)을 숭상하고 문장(文章)을 생각하게 되어 안으로는 금마문(金馬門)과 석거각(石渠閣)의 관서를 설치했으며, 밖으로는 음악을 관장하는 악부(樂府)와 관원(官員)인 협률(協律)에 관한 일들을 일으켜서, 폐지된 것을 진흥시키고 끊긴 예악제도를 계승하여 나라를 일으키는 대업(大業)을 광채가 나게 했다. 이 때문에 많은 백성들이 기뻐하고 즐거워했으며 복에 응하는 상서로운 징조들이 더욱 융성해졌

을 관장했다. 승상(丞相)・태위(太尉)와 합쳐 삼공(三公)이라 칭한다. '예관(倪寬)'은 인명으로, 『상서(尙書)』를 공부했으며 무제 때에 어사대부가 되었다. '태상(太常)'은 구경(九卿)의 하나로 종묘예의(宗廟禮儀)를 관장했다. '공장(孔臧)'은 인명. 공자의 후손으로 무제 때에 태상(太常)이 되었다. '태중대부(太中大夫)'는 의론(議論)을 관장하는 한대의 관명. '동중서(董仲舒)'는 『춘추(春秋)』를 공부하여 박사가 되었으며, 무제 때에 태중대부가 되었다. 『춘추번로(春秋繁露)』와 『동자문집(董子文集)』을 지었다. 제자백가들을 물리치고 오직 유학(儒學)만을 존숭할 것을 주장해 무제에 의해 받아들여져 이후 유학이 중국의 정통이 되게 하였다. '종정(宗正)'은 왕실 친족의 일을 관장하는 관명. '유덕(劉德)'은 어려서 황로술(黃老術)을 공부하였으며 소제(昭帝) 때에 종정이 되었고 태중대부로 옮겨갔다. 후에 선제(宣帝)를 옹립하는 일에 참여하여 양성후(陽城侯)로 봉해졌다. '태자태부(太子太傅)'는 서한 때에 태자를 보좌하고 이끄는 관명. '소망지(蕭望之)'는 한대의 저명한 경학가(經學家)로, 선제 때에 태자태부가 되어 태자(元帝)에게 경(經)을 가르쳤다.

16 諷諭(풍유) : 완곡한 방법으로 군왕에게 권면하는 것을 말한다.

17 孝成(효성) : 한(漢) 원제(元帝)의 아들 성제(成帝).

18 錄(록) : 목록을 만들어 편집한 것을 가리킨다. 성제(成帝)는 일찍이 알자(謁者)인 진농(陳農)에게 시켜 천하의 유서(遺書)들을 찾게 하였고, 모아진 책들을 유향(劉向)을 비롯한 여러 사람들에게 교감하게 했다. 이에 학자들이 교감을 마치면 그것들의 편목(篇目)을 분류하고 집록(集錄)하여 바쳤던 것이다.

다. 흰 기린[白麟]・붉은 기러기[赤雁]・궁전 안의 영지[芝房]・보배로운 정[寶鼎]이 출현해 제왕의 덕을 송축하는 노래가 교묘(郊廟)에 바쳐졌으며, 신령한 공작[神雀]・오방(五方)의 봉황[五鳳]・단 이슬[甘露]・누런 용[黃龍] 등 상서로운 것들이 나타나 그것들로 연호를 삼았다. 그리하여 사마상여(司馬相如)・우구수왕(虞丘壽王)・동방삭(東方朔)・매고(枚皐)・왕포(王褒)・유향(劉向) 등과 같은 문학으로 모시고 따르는 신하들이 아침저녁으로 토론하고 생각하여 날마다 달마다 황제에게 저작(著作)을 헌납했으며, 공경대신(公卿大臣)인 어사대부(御史大夫) 예관(倪寬)・태상(太常) 공장(孔臧)・태중대부(太中大夫) 동중서(董仲舒)・종정(宗正) 유덕(劉德)・태자태부(太子太傅) 소망지(蕭望之) 등이 때때로 틈을 내어 부(賦)를 지었다. 어떤 이는 아랫사람의 심정을 토로하여 풍유(諷諭)의 뜻을 나타내고 어떤 이는 윗사람의 은덕을 펴서 충효를 다하여서, 온화한 기풍으로 계발(啓發)하고 선양(宣揚)하였으니 이러한 부(賦)의 가치도 또한 〈아(雅)〉와 〈송(頌)〉에 버금가는 것이었다. 그러므로 성제(成帝) 시대에 시부(詩賦)들을 평론해서 목록을 만들어 편집해, 대개 군주에게 올렸던 것이 천여 편이었다. 그 이후로 대한(大漢)의 문장(文章)은 광휘가 찬란하여 하(夏)・상(商)・주(周) 삼대(三代)와 문풍(文風)이 같아졌다.

且夫道有夷隆, 學有粗密, 因時而建德者, 不以遠近易則.[19] 故皐陶歌虞,[20] 奚斯頌魯,[21] 同見采於孔氏, 列於『詩』『書』, 其義一也. 稽之上古則如彼,[22] 考之漢室又如此.[23] 斯事雖細, 然先臣之舊式,[24] 國家之遺

---

19 則(칙) : 문(文)을 논하는 원칙을 가리킨다.

20 皐陶歌虞(고요가우) : '고요(皐陶)'는 순(舜)의 신하로, 형옥(刑獄)의 일을 관장했다 한다. 그는 노래를 지어 우순(虞舜)을 송양(頌揚)한 적이 있었다. '우(虞)'는 유우씨(有虞氏)로 고제(古帝) 순(舜)을 가리킨다.

21 奚斯頌魯(해사송로) : '해사(奚斯)'는 춘추시대 노(魯)의 공자로, 이름은 어(魚)이며 '해사(奚斯)'는 그의 자. 일찍이 노의 희공(僖公)의 명을 받들어 강원(姜源)의 묘를 중수(重修)하여 신묘(新廟)가 완성되자 〈비궁(閟宮)〉 시를 지어 희공의 공덕을 송양했다.

美,[25] 不可闕也. 臣竊見海內清平, 朝廷無事, 京師修宮室,[26] 浚城隍,[27] 起苑囿,[28] 以備制度. 西土耆老,[29] 咸懷怨思, 冀上之睠顧, 而盛稱長安舊制, 有陋雒邑之議.[30] 故臣作〈兩都賦〉, 以極衆人之所眩曜, 折以今之法度. 其詞曰 :

또한 도(道)는 쇠퇴할 때가 있고 흥성할 때가 있으며 학문은 조잡한 것이 있고 정밀(精密)한 것이 있지만, 시세(時勢)에 순응해서 덕을 세우는 사람은 시대의 고금(古今)으로 글을 논하는 원칙을 바꾸지는 않는다. 그러므로 고요(皐陶)가 순임금을 노래한 것이나 해사(奚斯)가 노(魯)의 희공(僖公)을 송양(頌揚)한 것이나 똑같이 공자에 의해 채납(採納)되어 『시(詩)』와 『서(書)』에 열거된 것은 대업을 빛낸다는 의의에서는 한가지였다. 상고시대를 고찰해보면 저와 같고 서한(西漢)을 생각해보면 또한 이와 같다. 부를 짓는 이런 일은 비록 세미(細微)한 것이기는 하지만 그러나 선대 신하들의 옛 본보기들과 서한(西漢)의 남겨진 미정(美政)은 이지러져서는 안 된다. 내가 가만히 보건대, 천하는 태평하고 조정에는 일이 없으며 동도(東都) 낙양(洛陽)에서는 궁실(宮室)을 짓고 성지(城池)를 준설하며 원유(苑囿)를 일으켜서 수도로서의 체제를 갖추어가

22 彼(피) : 고요(皐陶) 등의 선례(先例)를 가리킨다.
23 此(차) : 사마상여(司馬相如)나 예관(倪寬) 등이 시부(詩賦)를 헌납한 일을 가리킨다.
24 先臣之舊式(선신지구식) : '선신(先臣)'은 사마상여 등의 여러 신하들을 가리킨다. '구식(舊式)'은 선대(先代)에 세운 모범을 가리킨다.
25 遺美(유미) : 서한(西漢) 대에 남겨진 아름다운 정사[美政]를 가리킨다.
26 京師(경사) : 동한의 수도 곧 동도(東都)인 낙양(洛陽)을 가리킨다.
27 城隍(성황) : 성지(城池) 곧 해자(垓字). 물이 없는 해자를 '황(隍)'이라 한다.
28 苑囿(원유) : 나무를 심고 울을 쳐 금수(禽獸)를 기르는 곳으로, 주로 제왕과 귀족들이 놀고 수렵하는 동산.
29 西土耆老(서토기로) : '서토(西土)'는 서한의 수도[西都]인 장안(長安)이 서쪽에 있기 때문에 붙여진 말. '기(耆)'는 옛날에 60세를 칭하여 '기(耆)'라 했는데, 여기서는 늙은이를 가리킨다.
30 雒邑(낙읍) : 낙읍(洛邑) 곧 낙양(洛陽). 한(漢) 광무제(光武帝)가 낙양에 도읍을 세우고 한(漢)은 화덕(火德)에 힘입은 것이라 생각해 물을 싫어하여 물수 변에 쓰는 낙양(洛陽)을 고쳐 '낙양(雒陽)'이라 했다.

고 있다. 그런데 서도(西都)의 늙은이들은 모두가 원망하는 마음을 품고 군주께서 돌아보시길 희망하고 장안(長安)의 옛 체제를 극력 칭송하며 낙양(洛陽)을 비천하게 여기는 의론(議論)이 있다. 그래서 나는 〈양도부(兩都賦)〉를 지어, 서도(西都) 여러 사람들의 눈부시게 빛나는 바의 사물들을 한껏 서술하고, 다시 지금 동도(東都)의 예의법도(禮儀法度)로 그들의 기를 꺾으려 한다. 그 문사(文詞)는 다음과 같다.

〈서도부(西都賦)〉

有西都賓問於東都主人曰 : "蓋聞皇漢之初經營也,[31] 嘗有意乎都河洛矣,[32] 輟而弗康, 實用西遷,[33] 作我上都.[34] 主人聞其故而睹其制乎?" 主人曰 : "未也. 願賓攄懷舊之蓄念, 發思古之幽情, 博我以皇道, 弘我以漢京."[35] 賓曰 : "唯唯.

한 서도의 빈객이 동도의 주인에게 다음과 같이 물었다. "듣자하니, 대한(大漢) 초에 경도(京都)를 건설하려 할 때 일찍이 황하(黃河)와 낙수(洛水) 사이의 낙양(洛陽)에 도읍을 두려는 뜻이 있었으나, 중지하고 그곳이 불안하다 여겨 이 때문에 서쪽으로 옮겨서 우리의 수도를 건설했다 합니다. 주인께서는 그 고사를 들어보신 적이 있으신지 또한 장안의 체제를 보신 적이 있으신지요?" 주인이 말했다. "아닙니다. 원하건대,

31 皇(황) : 크다[大].

32 河洛(하락) : 황하(黃河)와 낙수(洛水). 황하와 낙수 사이의 지역인 낙양(洛陽)을 가리킨다.

33 實用(실용) : 이 때문에. '시용(是用)'과 같다.

34 上都(상도) : 수도(首都). 여기서는 장안(長安)을 가리킨다. 한(漢) 고조 5년에 누경(婁敬)이 고조에게 관중(關中) 곧 장안에 도읍을 둘 것을 권했으나, 고조의 측근들이 산동 사람들이 많은 고로 낙양에 도읍을 두도록 권하자 그 뜻을 따르려는 뜻을 가졌다. 그러나 장량(張良)이 낙양에 도읍을 두면 불리한 점과 장안에 도읍을 두면 유리한 점을 들어 설명하자, 그날로 즉시 서쪽으로 옮겨 장안에 도읍을 두었다 한다.

35 漢京(한경) : 서도인 장안을 가리킨다.

빈객께서는 옛날을 그리워하는 쌓인 생각을 토로하시고 지난날을 생각하시는 깊은 심정을 펴셔서, (고조께서 도읍을 정하게 된) 큰 도[大道]로써 나의 지식을 넓혀주시고 서한(西漢) 경도(京都)의 정황으로써 나의 견문을 넓혀주시기를 바랍니다." 그러자 빈객이 대답했다. "예, 그러지요.

漢之西都, 在於雍州,[36] 實曰長安.[37] 左據函谷二崤之阻,[38] 表以太華終南之山,[39] 右界褒斜隴首之險,[40] 帶以洪河涇渭之川.[41] 衆流之隈, 汧湧其西.[42] 華實之毛,[43] 則九州之上腴焉,[44] 防禦之阻, 則天地之隩區焉.[45]

---

36 雍州(옹주) : 구주(九州) 가운데의 하나. 『이아(爾雅)·석지(釋地)』: "황하 서쪽을 옹주라 한다(河西曰雍州)". 여기서의 하(河)는 오늘날의 산서(山西)와 섬서(陝西) 사이의 황하를 가리킨다.

37 實(실) : 이[是][此].

38 函谷二崤(함곡이효) : '함곡(函谷)'은 함곡관(函谷關). 진(秦)의 동쪽 관문으로, 관(關)이 골짜기[谷] 가운데 있고 깊고 험하여 마치 함(函)과 같다고 해서 붙여진 이름. '이효(二崤)'는 하남성 서쪽에 있는 효산(崤山). 효(崤)에 두 개의 능(陵)이 있기 때문에 '이효(二崤)'라고 한 것이다.

39 太華終南(태화종남) : '태화(太華)'는 서악(西嶽)인 화산(華山). 섬서성 위남현(渭南縣) 동남쪽에 있다. 이 산의 서남쪽에 소화산(少華山)이 있기 때문에 또한 '태화(太華)'라고 한 것이다. '종남(終南)'은 장안 남쪽에 있는 종남산(終南山)으로, 남산(南山)이라고도 한다.

40 褒斜隴首(포사롱수) : '포사(褒斜)'는 포사곡(褒斜谷). 포사도(褒斜道)라고도 한다. 섬서성 서남쪽에 있는데, 남쪽 입구를 포곡(褒谷)이라 하고 북쪽 입구를 사곡(斜谷)이라 한다. 포사도(褒斜道)는 한(漢) 이후 오랫동안 진령(秦嶺) 남북으로 왕래하는 요로(要路)였다. '농수(隴首)'는 농산(隴山). 오늘날의 섬서성(陝西省) 농현(隴縣)에서 감숙성(甘肅省) 평량(平凉) 일대에 이른다. 산세가 험준해 섬감(陝甘)의 요해처(要害處)다.

41 洪河涇渭(홍하경위) : '홍하(洪河)'는 대하(大河). 황하(黃河)를 가리킨다. '경위(涇渭)'는 경수(涇水) 즉 경하(涇河)와 위수(渭水) 즉 위하(渭河).

42 汧(견) : 견수(汧水). 위하(渭河)의 지류로 오늘날에는 천하(千河)라고 한다. 감숙성 육반산(六盤山) 남록(南麓)에서 발원하여 섬서성 농현(隴縣) 천양(千陽)을 지나 위하로 흘러 들어간다. '견(汧)'을 물 이름으로 보지 않고 다음에 나오는 '유(流)'와 합쳐 '견류(汧流)'를 물의 흐름이 굽이진 곳에서 머물렀다 다른 물과 합쳐진 후에 흘러가는 것이라고 보는 설도 있다.

43 華實之毛(화실지모) : '화실(華實)'은 과수(果樹)의 열매. '모(毛)'는 초목. 초목의 외피(外皮)에 털[毛]이 나는 것과 같이 초목이 무성한 것을 말한다.

44 九州(구주) : 옛날에는 중국을 기(冀)·연(兗)·청(靑)·서(徐)·양(揚)·형(荊)·

是故橫被六合,[46] 三成帝畿.[47] 周以龍興, 秦以虎視, 及至大漢受命而都之也, 仰悟東井之精,[48] 俯協河圖之靈.[49] 奉春建策,[50] 留侯演成.[51] 天人合應,[52] 以發皇明,[53] 乃眷西顧, 實惟作京.[54]

한(漢)의 서도는 옹주(雍州)에 있으며 이곳을 장안(長安)이라고 합니다. 왼쪽으로 함곡관(函谷關)과 효산(崤山)의 험준함에 의탁하고 태화산(太華山)과 종남산(終南山)으로써 표지(標識)를 삼으며, 오른쪽으로 포사곡(褒斜谷)과 농수산(隴首山)의 험준함을 경계로 삼고 황하(黃河)와 경수(涇水) · 위수(渭水) 등 하천으로써 둘러싸여 있습니다. 여러 물의 흐름이 굽이져 쉬어가는 곳이며 견수(汧水)가 용솟음쳐서 서쪽으로 흘러가

예(豫) · 양(梁) · 옹(雍)이란 구주로 나누었다.

45 隩區(욱구) : 사방의 땅 가운데 거주할 만한 지역.

46 六合(육합) : 천지(天地)와 사방(四方).

47 三(삼) : 주(周) · 진(秦) · 한(漢) 삼대(三代)를 가리킨다.

48 東井之精(동정지정) : '동정(東井)'은 성좌(星座)의 이름으로 곧 정수(井宿). 은하수 동쪽에 있기 때문에 붙여진 이름이다. 『한서』의 기재에 따르면, 한(漢) 원년(元年) 10월 다섯 별[五星]이 동정(東井)이란 별자리에 모였다 한다. 고대의 점성가들은 이것을 유방(劉邦)이 제왕의 자리에 오를 징조라고 여겼다. '정(精)'은 동정(東井)이란 별자리에 모인 오성(五星)을 가리킨다.

49 協河圖之靈(협하도지령) : '협(協)'은 부합(符合)하다. '하도지령(河圖之靈)'은 하수(河水)에서 그림이 나오는 신령스러움. 『역(易) · 계사(繫辭)』: "하수에서 그림이 나오고 낙수에서 글이 나오니 성인이 이것을 본받았다(河出圖, 洛出書, 聖人則之)". 고대 미신에서는 이러한 현상을 제왕이 출현하는 징조로 간주했다. 여기서는 참위설(讖緯說)로 한 고조가 천명을 받아 장안에 도읍을 둔 것을 증명한 것이다.

50 奉春(봉춘) : 봉춘군(奉春君) 누경(婁敬). 『한서』의 기록에 따르면, 한 고조가 낙양에 도읍을 두려고 할 때 누경(婁敬)이 관중(關中)에 도읍을 둘 것을 권하였다. 그래서 고조가 장량(張良)에게 물으니 장량이 낙양의 불리한 점과 장안의 유리한 점을 설명하며 장안에 도읍을 둘 것을 권면하여, 고조가 받아들이고 마침내 누경을 봉춘군(奉春君)에 봉했다.

51 留侯演成(유후연성) : '유후(留侯)'는 고조의 책사인 장량(張良). 장량이 한을 도와 진초(秦楚)를 멸한 공으로 '유후(留侯)'에 봉해졌다. '연성(演成)'은 늘여 펴서 성공하게 하다.

52 天人(천인) : '천(天)'은 오성(五星)이 동정 별자리에 모인 길조를 말한 것이고, '인(人)'은 누경(婁敬)이 올린 양책(良策)을 말한 것이다.

53 皇(황) : 한 고조(高祖)를 가리킨다.

54 實惟(실유) : 이러한 까닭에[是以].

는 곳입니다. 과수(果樹)의 열매는 주렁주렁 열려 구주(九州) 중에 가장 비옥한 곳이며, 험준하여 방어의 요지라 하늘 아래에서 살기에 적합한 지역입니다. 이러한 까닭에 천지사방에 널리 이어져 통해 주(周)・진(秦)・한(漢) 삼대(三代)에 걸쳐 제왕의 도읍이 되었습니다. 주대(周代)는 이곳을 근거지로 삼아서 용과 같이 일어났고 진대(秦代)는 이곳을 바탕으로 하여서 호랑이 같이 동쪽을 넘봤으며 대한(大漢)이 천명을 받아 이곳에 도읍을 삼음에 이르러서는, 하늘을 우러러보고 동정(東井) 별자리에 오성(五星)이 모인 길조(吉兆)를 깨달았으며 땅을 굽어보고 하수(河水)에서 그림이 나오는 신령스러움에 부합하였던 것입니다. 그래서 봉춘군(奉春君) 누경(婁敬)이 (장안을 도읍으로 삼자는) 양책(良策)을 건의했고 유후(留侯) 장량(張良)이 그 제안을 늘여 펴서 큰 공을 이루었습니다. 하늘과 사람이 합하여 호응해서 황제의 밝은 지혜를 계발하니 서쪽 장안을 돌아보게 되어 이러한 까닭에 서경(西京)을 건설하게 되었던 것입니다.

於是睎秦嶺,[55] 睋北阜,[56] 挾灃灞,[57] 據龍首.[58] 圖皇基於億載, 度宏規而大起. 肇自高而終平, 世增飾以崇麗, 歷十二之延祚,[59] 故窮泰而極侈. 建金城而萬雉,[60] 呀周池而成淵.[61] 披三條之廣路,[62] 立十二之通門.[63]

---

55 秦嶺(진령) : 장안 남쪽의 종남산(終南山)을 가리킨다.

56 北阜(북부) : 장안 북쪽의 여러 산.

57 灃灞(풍파) : '풍(灃)'은 풍수(灃水). 섬서성 진령(秦嶺) 산중에서 발원해 장안 서북쪽을 거쳐 위수(渭水)로 흘러든다. '파(灞)'는 파수(灞水). 진령 북록(北麓)에서 발원해 장안 동쪽을 지나 파교(灞橋)를 거쳐 위수로 흘러든다.

58 龍首(용수) : 용머리 산, 곧 용수산(龍首山).

59 十二之延祚(십이지연조) : 12대(代)에 걸쳐 계속 이어진 황제의 자리. 즉 고조(高祖)・혜제(惠帝)・여후(呂后)・문제(文帝)・경제(景帝)・무제(武帝)・소제(昭帝)・선제(宣帝)・원제(元帝)・성제(成帝)・애제(哀帝)・평제(平帝).

60 金城而萬雉(금성이만치) : '금성(金城)'은 성벽의 견고함이 마치 쇠붙이를 주조하여 이룬 것과 같음을 형용하는 말. '이만치(而萬雉)'는 규장각본에는 '지만치(之萬雉)'로 되어 있다. '치(雉)'는 성벽의 척도의 단위로, 길이가 3장(丈) 곧 30자이고 높이가 1장(丈) 곧 10자인 것을 1치(雉)라 한다.

61 呀周池(하주지) : '하(呀)'는 (해자나 굴 같은 것의 안이) 텅 빈 모양. '지(池)'는 성지

內則街衢洞達, 閭閻且千,[64] 九市開場,[65] 貨別隧分.[66] 人不得顧, 車不得旋, 闐城溢郭, 旁流百廛. 紅塵四合,[67] 煙雲相連. 於是旣庶且富, 娛樂無疆. 都人士女, 殊異乎五方.[68] 遊士擬於公侯, 列肆侈於姬姜.[69] 鄕曲豪擧,[70] 遊俠之雄,[71] 節慕原嘗,[72] 名亞春陵,[73] 連交合衆, 騁騖乎其中. 若乃觀其四郊, 浮遊近縣, 則南望杜霸,[74] 北眺五陵,[75] 名都對郭, 邑

(城池) 곧 해자(垓字), 호성하(護城河).

62 三條(삼조) : 세 갈래 길, 곧 '정(丁)'자형의 도로.

63 十二之通門(십이지통문) : 천자의 열두 문은 열두 시진(時辰)과 통(通)한다. 천자가 거주하는 경도에 열두 성문을 건설하는 것은 열두 시진 모두 평안히 통행(通行)할 수 있다는 뜻을 상징한 것이다.

64 閭閻(여염) : 마을 골목. '여(閭)'는 원래 마을의 문[里門]이며, '염(閻)'은 골목의 문 즉 이중문(里中門).

65 九市(구시) : 당시 장안에는 아홉 개의 시장이 개설되었는데, 여섯 개의 시장은 도로 서쪽에 세 개의 시장은 도로 동쪽에 있었다.

66 隧(수) : 여기서는 시장 안의 점포가 늘어서 있는 도로를 뜻한다.

67 紅塵(홍진) : 번화한 저자거리에서 날아오르는 흙먼지.

68 五方(오방) : 동・서・남・북・중방(中方). 여기서는 각처(各處)를 가리킨다.

69 列肆侈於姬姜(열사치어희강) : '열사(列肆)'는 시장에 늘어선 점포라는 뜻이나, 여기서는 점포에서 물건을 파는 부녀자를 가리킨다. '희강(姬姜)'의 '희(姬)'는 주(周) 왕조의 성(姓)이고 '강(姜)'은 제(齊)나라의 성인데, 이 두 성은 서로 동혼(通婚)하였다. '희강(姬姜)'은 대국(大國)의 여자를 가리키며, 여기서는 귀부인을 가리킨다.

70 豪擧(호거) : 『후한서(後漢書)・반고전(班固傳)』에는 '호준(豪俊)'으로 되어 있다. 『회남자(淮南子)・진족훈(秦族訓)』: "그러므로 지혜가 만 명을 뛰어넘는 자를 영이라 하고, 천 명을 뛰어넘는 자를 준이라 하고, 백 명을 뛰어넘는 자를 호라 하고, 열 명을 뛰어넘는 자를 걸이라 한다(故智過萬人者謂之英, 千人者謂之俊, 白人者謂之豪, 十人者謂之傑)".

71 遊俠(유협) : 의를 중시하고 죽음을 가벼이 보는 사람. 주가(朱家)・곽해(郭解)・원섭(原涉) 같은 무리를 가리킨다.

72 原嘗(원상) : '원(原)'은 전국시대 조(趙)나라의 공자(公子) 평원군(平原君) 조승(趙勝). 혜문왕(惠文王)의 아우이며 조나라의 재상을 세 번이나 맡았다. 식객(食客)이 3,000명이었다고 한다. '상(嘗)'은 전국시대 제(齊)나라의 귀족인 맹상군(孟嘗君) 전문(田文). 객을 좋아해 문하에 식객이 수천 명이었다 한다.

73 春陵(춘릉) : '춘(春)'은 초(楚)나라의 춘신군(春申君) 황헐(黃歇). 초의 재상을 25년이나 맡아보았으며 식객이 3,000여 명이었다 한다. '능(陵)'은 전국시대 위(魏)나라의 귀족인 신릉군(信陵君) 위무기(魏無忌). 부절(符節)을 훔쳐 조(趙)나라를 구하고 진(秦) 군대의 포위를 풀었던 적이 있다. 식객이 3,000명이었다 한다.

74 杜霸(두패) : 한(漢) 선제(宣帝)의 능묘인 두릉(杜陵)과 한 문제(文帝)의 능묘인 패릉(霸陵).

居相承. 英俊之域, 紱冕所興,[76] 冠蓋如雲,[77] 七相五公.[78] 與乎州郡之豪傑, 五都之貨殖,[79] 三選七遷,[80] 充奉陵邑.[81] 蓋以強幹弱枝,[82] 隆上都而觀萬國也.[83]

이에 장안 남쪽의 진령(秦嶺)을 바라보고 북쪽의 여러 산들을 쳐다보며 풍수(灃水)와 파수(灞水)를 옆에 끼고 용수산(龍首山)에 의탁하였습니다. 제왕의 기업이 억만년에 이르길 도모하고 서도(西都) 건설의 웅대한 계획을 헤아려서 대규모로 토목공사를 일으켰습니다. 고조(高祖)로부터 시작해서 평제(平帝) 때에 끝마쳤는데 대대에 걸쳐 꾸밈을 더해 장려(壯麗)함을 더했으며, 12대(代)에 이어진 황위(皇位)를 거쳤기 때문에 뽐내는 맵시를 다하였고 사치스러움을 극도로 이루었습니다. 만 치

---

75 五陵(오릉) : 고제(高帝)의 장릉(長陵)·혜제(惠帝)의 안릉(安陵)·경제(景帝)의 양릉(陽陵)·무제(武帝)의 무릉(茂陵)·소제(昭帝)의 평릉(平陵)으로, 모두 장안 북쪽에 있다.

76 紱冕(불면) : 도장 끈과 관. 고관대작(高官大爵)을 가리킨다.

77 冠蓋(관개) : '관(冠)'은 예모(禮帽), '개(蓋)'는 수레 위를 덮어 햇빛을 가리는 덮개 곧 수레덮개. '관개(冠蓋)'는 달관귀인(達官貴人)을 가리킨다.

78 七相五公(칠상오공) : '칠상(七相)'은 위현(韋賢)·차천추(車千秋)·황패(黃霸)·평당(平當)·위상(魏相)·왕상(王商)·왕가(王嘉). 이 7인은 모두 승상 자리에 오른 적이 있었으며 오릉(五陵)에 이사하여 살았다. '오공(五公)'은 장탕(張湯)·두주(杜周)·소망지(蕭望之)·풍봉세(馮奉世)·사단(史丹). 이 5인은 모두 어사대부(御史大夫)나 장군에 오른 적이 있었으며 오릉 지역에 이사하여 살았다.

79 五都之貨殖(오도지화식) : '오도(五都)'는 낙양(洛陽)·한단(邯鄲)·성도(成都)·완(宛)·임치(臨淄)를 가리킨다. '화식(貨殖)'은 재물을 불리다, 장사하다. 여기서는 장사하는 사람, 상인을 가리킨다.

80 三選七遷(삼선칠천) : '삼선(三選)'은 앞에서 언급한 '칠상오공(七相五公)', '주군호걸(州郡豪傑)', '오도화식(五都貨殖)' 등 삼 등급에 뽑힌 사람. '칠천(七遷)'은 칠릉(七陵)으로 옮겨가는 것. 칠릉은 두패(杜霸) 이릉(二陵)과 오릉(五陵), 곧 두릉(杜陵)·패릉(霸陵)·장릉(長陵)·안릉(安陵)·양릉(陽陵)·무릉(茂陵)·평릉(平陵).

81 陵邑(능읍) : 황릉(皇陵)이 있는 현읍(縣邑).

82 強幹弱枝(강간약지) : '간(幹)'은 황제의 중앙정권을 비유하고 '지(枝)'는 제후의 지방 세력을 비유한다. 중앙의 힘을 강화시키고 제후의 지방 세력을 약화시키는 것을 뜻한다.

83 隆上都而觀萬國(융상도이관만국) : '상도(上都)'는 경도(京都)인 장안을 가리킨다. '관(觀)'은 보이다[示].

(雉)에 이를 만큼 높은 철옹성을 건축하였고 빙 둘러싼 성지(城池)를 텅 빌 만큼 준설하여 물을 대 못을 만들었습니다. 세 갈래 '정(丁)'자형의 큰 도로를 개통하였고 열두 개의 통행하는 성문을 세웠습니다. 성 안에는 대로(大路)들이 사방팔방으로 통하고 골목들은 근(近) 천 개에 이르렀으며, 아홉 개의 시장이 문을 열었는데 각종 물건이 다 있고 점포가 늘어서 있는 도로는 이리저리 나뉘어져 있습니다. 사람은 뒤를 돌아볼 수 없을 정도로 붐볐고 수레는 돌리지 못할 정도로 많았으며, 행인들이 성 안에 가득하고 외성(外城)[郭] 안에까지 넘쳐나 수많은 상점에 널리 유포(流布)되었습니다. 저자거리에서 날아오르는 붉은 흙먼지가 사방에 가득하였고 시중(市中)에서 나오는 연기와 하늘의 구름이 서로 이어질 정도였습니다. 이에 인구는 많았고 집집마다 부유하였으며 백성들의 환락은 한이 없었습니다. 서도(西都)의 남자와 여자들은 기타 지방 사람들과는 달랐습니다. 놀러 다니는 한량들의 옷차림은 공후(公侯)와 비길 만하였으며 늘어선 점포에서 물건 파는 부녀자들은 희씨(姬氏)・강씨(姜氏)의 대국 귀부인들보다 사치스러웠습니다. 향리(鄕里)의 호걸들과 유협(遊俠)의 영웅들은 절개에 있어서는 평원군(平原君)과 맹상군(孟嘗君)을 사모하였으며 명망에 있어서는 춘신군(春申君)과 신릉군(信陵君)에 버금가, 광범하게 교유하고 무리를 모아서 서도(西都) 안에서 사방으로 내달리곤 하였습니다. 만일 장안의 사방 교외(郊外)를 관망하고 부근의 현읍(縣邑)들을 돌아다녀 본다면, 남쪽으로는 두릉(杜陵)과 패릉(霸陵)이 보일 것이고 북쪽으로는 오릉(五陵)이 바라다보일 것이며, 이름난 도성이 교외의 성곽과 마주 대하고 있고 현성(縣城)의 주택들이 서로 호응하여 이어져 있을 것입니다. 그곳은 영웅준걸들이 사는 지역이며 고관대작(高官大爵)들이 일어나는 곳으로, 달관귀인(達官貴人)들이 구름같이 무리지어 왕래하고 7인의 승상(丞相)들과 5인의 공경(公卿)들이 있습니다. 이들은 주군(州郡)의 호걸(豪傑)들과 오도(五都)의 부유한 상인들과 함께, 세 등급에 뽑힌 사람들로서 칠릉(七陵) 지역으로 옮겨

져 황릉(皇陵)의 제사를 받드는 일을 담당했습니다. 아마도 이것으로 중앙의 힘을 강화하며 지방의 세력을 약화시키고 경도(京都)를 융성케 함으로 나라의 위엄을 만방에 보이려 했던 것일 것입니다.

封畿之內,[84] 厥土千里, 逴躒諸夏,[85] 兼其所有. 其陽則崇山隱天,[86] 幽林穹谷, 陸海珍藏,[87] 藍田美玉.[88] 商洛緣其隈,[89] 鄠杜濱其足,[90] 源泉灌注, 陂池交屬. 竹林果園, 芳草甘木,[91] 郊野之富,[92] 號爲近蜀. 其陰則冠以九嵕,[93] 陪以甘泉,[94] 乃有靈宮起乎其中.[95] 秦漢之所極觀, 淵雲之

---

84 封畿(봉기) : 옛날 황궁이 있던 경도(京都) 일대의 천리의 지역. 주로 경도에서 관할하는 지역을 가리키는 말로 쓰인다.

85 逴躒諸夏(탁락제하) : '탁락(逴躒)'은 탁월하다, 뛰어넘다. '제하(諸夏)'는 원래 주(周) 왕실이 봉해준 제후국인데, 여기서는 서한(西漢)의 경기(京畿) 이외의 각 번국(藩國)을 가리킨다.

86 崇山(숭산) : 높은 산. 장안의 남산을 가리킨다.

87 陸海(육해) : 물산(物產)이 풍요로운 고원(高原). 관중(關中) 일대가 바다와 같이 물산이 풍요로움을 말한 것이다. 높고 평평한 곳을 '육(陸)'이라 하는데 관중의 땅이 높기 때문에 이렇게 말하였다. '해(海)'는 만물이 생산되는 곳으로, 관중 산천의 물산이 풍요로워 이렇게 말한 것이다.

88 藍田(남전) : 섬서성 남전현(藍田縣) 동쪽에 있는 산 이름으로, 명옥산(名玉山)이라고도 한다. 좋은 옥이 이 산에서 생산된다.

89 商洛緣其隈(상락연기외) : '상락(商洛)'의 '상(商)'은 상현(商縣)으로 장안 동남쪽에 있으며, '낙(洛)'은 상락현(上洛縣)으로 상현 접경지역에 있다. '연기회(緣其隈)'의 '기(其)'는 앞에 나온 '높은 산[崇山]' 곧 장안의 남산을 받는 대명사다. '외(隈)'를 물가의 굽어 들어간 곳이라고 보는 설도 있으나, 산의 굽어 들어간 곳으로 풀이했다. 따라서 이 구절을 장안 남산의 굽이진 곳에 상현(商縣)과 상락현(上洛縣)이 있음을 말한 것으로 보았다.

90 鄠杜濱其足(호두빈기족) : '호두(鄠杜)'의 '호(鄠)'는 섬서성에 있는 호현(鄠縣)이며, '두(杜)'는 섬서성 인유현(麟游縣) 서북쪽에 있는 두양현(杜陽縣). '빈기족(濱其足)'은 호(鄠)·두(杜) 두 현이 장안 남산의 산기슭 가까이에 있음을 말한 것이다. '기(其)'는 앞에 나온 '높은 산[崇山]' 곧 장안의 남산을 가리킨다.

91 甘木(감목) : 달콤하고 맛있는 과실을 맺는 나무.

92 郊野(교야) : 여기서는 경도의 관할 구역[封畿] 남부를 말한다.

93 九嵕(구종) : 섬서성 예천현(醴泉縣) 동북쪽에 있는 산 이름으로, 높이 솟은 아홉 개의 봉우리가 있는데 산 남쪽의 기슭이 함양(咸陽)의 북쪽 비탈이다.

94 甘泉(감천) : 섬서성 순화현(淳化縣) 서북쪽에 있는 산 이름.

95 靈宮(영궁) : 감천산 위의 감천궁(甘泉宮)을 가리킨다. 진시황(秦始皇) 27년에 감천

所頌歎,[96] 於是乎存焉. 下有鄭白之沃,[97] 衣食之源. 提封五萬,[98] 疆埸綺分.[99] 溝塍刻鏤, 原隰龍鱗.[100] 決渠降雨, 荷插成雲.[101] 五穀垂穎, 桑麻鋪棻.[102] 東郊則有通溝大漕,[103] 潰渭洞河, 泛舟山東,[104] 控引淮湖, 與海通波. 西郊則有上囿禁苑,[105] 林麓藪澤,[106] 陂池連乎蜀漢.[107] 繚以周牆,[108] 四百餘里, 離宮別館,[109] 三十六所. 神池靈沼,[110] 往往而在. 其

전전(甘泉前殿)을 지었고 한 무제 때에 그것을 증광(增廣)하고 통천(通天)・고광(高光)・영풍(迎風) 등 여러 전(殿)을 건축했다.

96 淵雲(연운) : 왕포(王褒)의 자는 자연(子淵)으로 〈감천송(甘泉頌)〉을 지었으며, 양웅(揚雄)의 자는 자운(子雲)으로 〈감천부(甘泉賦)〉를 지었다.

97 鄭白(정백) : 정거(鄭渠)와 백거(白渠). 정거는 전국시대 한(韓)나라의 수공(水工)인 정국(鄭國)이 진(秦)나라를 위해 판 것으로, 경수(涇水)를 끌어들여 동쪽 낙하(洛河)로 흘러가게 해 300여 리에 걸쳐 40,000여 경(頃)의 전답을 관개하였다. 백거(白渠)는 한 무제가 중대부(中大夫) 백공(白公)의 건의를 받아 파게 된 수로(水路). 경수(涇水)를 끌어다 동남쪽으로 흐르게 해서 위수(渭水)로 흘러가게 해 200리에 걸쳐 4,500여 경(頃)의 전답을 관개했다.

98 提封(제봉) : 총계(總計), 통틀어 모두.

99 疆埸綺分(강역기분) : '강역(疆埸)'은 전계(田界). '기분(綺分)'은 비단무늬처럼 수없이 종횡으로 교차하다. '기(綺)'는 무늬가 있는 비단이며, '분(分)'은 규장각본에는 '분(紛 : 많다, 번잡하다)'으로 되어 있다.

100 原隰(원습) : 높고 평평한 땅을 '원(原)'이라 하고 낮고 습한 땅을 '습(隰)'이라 한다.

101 插(삽) : '삽(鍤)'과 통한다.

102 鋪棻(포분) : '향기를 발산하다'로 보는 설이 있고, '무성함을 펴다'로 보는 설이 있다. '포(鋪)'는 펴다[布], '분(棻)'은 '분(紛)'과 통하여 향기가 올라가는 모양으로 풀이하기도 하고 성(盛)한 모양, 번분(繁紛)한 모양으로 풀이하기도 한다.

103 東郊則有通溝大漕(동교즉유통구대조) : '동교(東郊)'는 봉기(封畿)의 동부(東部)를 말한다. '통구대조(通溝大漕)'는 여기서는 장안으로 통하는 옛 운하를 가리킨다. '통구(通溝)'는 막힘없이 통하는 인공 수로(水路), '대조(大漕)'는 넓고 깊은 거대한 운수(運輸) 수로(水路).

104 山東(산동) : 여기서는 효산(崤山) 혹은 화산(華山) 이동(以東) 지역을 가리킨다.

105 上囿禁苑(상유금원) : 상림금원(上林禁苑) 즉 상림원(上林苑)을 가리킨다. '유(囿)'와 '원(苑)'은 울을 쳐서 그 안에 나무를 심고 금수를 기르는 동산.

106 藪澤(수택) : 소택지(沼澤地)를 가리킨다. 물이 있는 못이 '택(澤)'이고 물이 없는 못이 '수(藪)'이다.

107 陂池連乎蜀漢(피지련호촉한) : '피지(陂池)'는 '피타(陂陀)'와 같은 뜻으로 지형이 비탈이 진 모양. '촉한(蜀漢)'은 촉군(蜀郡)과 한중군(漢中郡). '촉(蜀)'은 오늘날의 성도(成都)와 온강(溫江) 지역 일대이며, '한(漢)'은 오늘날의 섬서성 남정현(南鄭縣)에 속하는 지역.

108 周牆(주장) : 둘러싼 담장. '위장(圍牆)'과 같다.

中乃有九眞之麟,[111] 大宛之馬,[112] 黃支之犀,[113] 條支之鳥.[114] 逾昆侖,[115] 越巨海,[116] 殊方異類, 至於三萬里.

경도의 관할 지역은 그 땅이 사방 천리에 달하여, 면적은 중원(中原)의 여러 제후국들을 뛰어넘고 물산(物産)은 제후국들이 가진 것을 다 겸비하고 있습니다. 경도의 남쪽은 높은 산이 하늘을 가리고 있어 어둑어둑한 숲과 깊은 골짜기가 있고, 뭍과 바다의 온갖 진귀한 것들의 보물창고이며 남전산(藍田山)에서는 좋은 옥이 생산됩니다. 상현(商縣)과 낙현(洛縣)이 그 산의 굽어 들어간 곳을 에두르고 있고 호현(鄠縣)과 두양현(杜陽縣)이 그 산기슭에 근접해 있으며, 산에서 솟아난 샘물은 물줄기를 이루어 흘러가고 못과 연못은 종횡으로 서로 이어져 있습니다. 죽림(竹林)이건 과수원이건 향기로운 풀과 감미로운 나무들로 무성하고, 교외 들판의 풍요로움은 (하늘의 곳간이라는) 촉지(蜀地)와 가깝다고 불려졌습니다. 경도의 북쪽은 구종산(九嵕山)이 우뚝 솟아있고 감천산(甘泉山)이 떠받치고 있는데 신령스런 감천궁(甘泉宮)이 그 가운데 솟아있습니다.

---

109 離宮別館(이궁별관) : 옛날 제왕이 정식으로 지은 궁전 이외에 사냥이나 놀이 등을 위해 임시로 머물 수 있도록 지은 별궁.

110 神池靈沼(신지영소) : 이선(李善)이 인용한『삼진기(三秦記)』에 따르면, 한 무제 때에 장안 근교에 판 인공호인 곤명지(昆明池) 가운데 '신지(神池)'가 있는데 백록원(白鹿原)과 통하였다고 한다. '영소(靈沼)'는 아름다운 못. '영(靈)'은 아름답다.

111 九眞(구진) : 군 이름[郡名]. 기원전 3세기 말 남월(南越)의 조타(趙陀)가 설치했는데, 기원전 111년에 한(漢)으로 편입되었다. 관할지역은 오늘날 베트남의 청화(淸化)·하정(河靜) 두 성(省)과 의안성(義安省) 동부였다.

112 大宛(대완) : 옛날 서역의 나라 이름. 한혈마(汗血馬)의 산지로 유명했다.

113 黃支(황지) : 옛날의 나라 이름.『한서·평제기(平帝紀)』에 나온 문장에 대해 응소(應劭)가 밝힌 주에 따르면, 황지는 일남(日南)의 남쪽에 있으며, 경사(京師)로부터 30,000리 떨어진 곳이라 한다.

114 條支(조지) : 옛날 서역의 나라 이름. 오늘날의 이라크 경내에 있는 나라로 여겨진다.

115 昆侖(곤륜) : '곤륜(崑崙)'으로 쓰기도 한다. 신장과 티베트 사이에 있는 산 이름으로, 서쪽은 파미르 고원과 접해있고 동쪽으로는 청해성(靑海省) 경내로 뻗어있다.

116 巨海(거해) : 대해(大海). 이선(李善)의 주에서는 조지국(條支國)이 마주보는 서해(西海)로 보았다. 이곳은 지금의 페르시아만이라고 보는 설과 홍해(紅海)라고 보는 설이 있다.

진한(秦漢) 양대(兩代)에 가장 볼 만한 곳이었으며 왕자연(王子淵)과 양자운(揚子雲)이 기리고 찬탄하였던 바로, 〈감천송(甘泉頌)〉과 〈감천부(甘泉賦)〉가 지금에 이르기까지 그 궁전 안에 보존되어 있습니다. 아래에는 정거(鄭渠)와 백거(白渠) 농수로(農水路)로 관개한 비옥한 전답이 있는데, 그것이 백성들의 의식(衣食)의 원천이었습니다. 비옥한 전답은 통틀어 모두 오만 경(頃)으로, 전답의 경계(境界)가 비단무늬처럼 종횡으로 수 없이 얽혀져 있습니다. 봇도랑과 밭두둑은 땅에 새긴 도안(圖案)처럼 보이고 평원과 저습지(低濕地)의 전답은 용의 비늘처럼 즐비합니다. 봇도랑을 터서 전답에 관개하는 것이 비가 쏟아져 내리는 것 같으며, 삽을 메고 치수(治水)하러 가는 사람들이 구름 떼같이 몰려갑니다. 오곡이 이삭을 숙이고 뽕나무와 삼나무가 무성함을 자랑합니다. 동쪽 교외(郊外)에는 장안으로 통하는 운하와 큰 뱃길이 있어 위수(渭水)로 트이고 황하(黃河)로 통하며 효산(崤山) 이동(以東)까지 배를 띄우고 회수(淮水)와 대호(大湖)의 물을 통제하며 대해(大海)와 물결이 서로 통합니다. 서쪽 교외(郊外)에는 상림원(上林苑)이 있고 숲을 이룬 산록과 소택지(沼澤地)가 펼쳐졌는데 비탈을 이루면서 촉(蜀)과 한(漢) 지역에까지 이어져 있습니다. 담장으로 둘러싸인 길이는 400여 리에 이르며 황제의 임시 처소인 이궁(離宮)과 별관(別館)이 36개소입니다. 또한 신령한 연못[神池]과 아름다운 못[靈沼]이 가는 곳마다에 있습니다. 금원(禁苑) 안에는 곧 구진군(九眞郡)에서 바쳐온 진기한 기린과 대완국(大宛國)에서 보내온 준마와 황지국(黃支國)에서 가져온 코뿔소와 조지국(條支國)에서 진헌한 대조(大鳥) 등이 있습니다. 곤륜산(昆侖山)을 넘고 큰 바다를 건너서 타지방의 기이한 금수(禽獸)들이 3만 리를 지나 이르렀던 것입니다.

其宮室也, 體象乎天地,[117] 經緯乎陰陽.[118] 據坤靈之正位,[119] 仿太紫之

117 天地(천지) : 궁실은 일반적으로 위가 둥글고 아래가 네모진데, 둥근 것은 하늘의 형상을 본뜬 것이며 네모진 것은 땅의 형상을 본뜬 것이라 한다.

圓方.[120] 樹中天之華闕,[121] 豊冠山之朱堂.[122] 因瑰材而究奇, 抗應龍之虹梁.[123] 列棼橑以布翼,[124] 荷棟桴而高驤.[125] 雕玉瑱以居楹,[126] 裁金璧以飾璫. 發五色之渥彩, 光爓朗以景彰.[127] 於是左墄右平,[128] 重軒三階,[129] 閨房周通,[130] 門闥洞開.[131] 列鐘虡於中庭,[132] 立金人於端闈.[133]

---

118 經緯乎陰陽(경위호음양) : 천을 짤 때 남북으로 된 날실을 '경(經)'이라 하고 동서로 된 씨실을 '위(緯)'라 하는데, 여기서의 '경위(經緯)'는 궁실 건축의 구조를 가리킨다. '음양(陰陽)'은 햇빛의 향배(向背), 기후의 난냉(暖冷), 광선(光線)의 명암, 사계(四季)의 변화 등을 포함한 일월(日月) 운행의 규율(規律)을 가리킨다. 여기서는 궁실의 구조가 사계의 변화・명암(明暗)・난냉(暖冷) 등 음양의 법칙을 고려해 건축되었음을 가리킨다.

119 坤靈(곤령) : 지신(地神). 여기서는 땅, 지역(地域)을 가리킨다. '곤(坤)'은 땅[地].

120 太紫(태자) : 태미(太微) 별자리[星座]와 자미(紫微) 별자리. 태미 별자리는 방형(方形)을 나타내며, 고대인들은 천제(天帝)의 남궁(南宮)이라 여겼다. 자미 별자리는 원형(圓形)을 나타내며 고대인들은 천지의 정궁(正宮)이라 여겼다. 이 때문에 제왕들은 이러한 별의 형상을 본떠 궁전을 세웠다.

121 華闕(화궐) : 옛날 궁문(宮門) 곁에 세운 웅장하고 화려한 쌍궐(雙闕). '궐(闕)'은 궁전 앞 좌우에 하나씩 세운 높은 대(臺). 대(臺) 위에는 전망대인 누관(樓觀)을 세우며 양 대 사이에는 텅 비워두기 때문에 '궐(闕)'이라 한 것이다. 여기서 '화궐(華闕)'은 한(漢) 미앙궁(未央宮) 앞 북쪽의 현무궐(玄武闕)과 동쪽의 창룡궐(蒼龍闕)을 말한다.

122 冠山之朱堂(관산지주당) : '주당(朱堂)'은 미앙궁(未央宮)을 가리킨다. 소하(蕭何)가 용수산(龍首山)에 궁전을 건축했는데 궁전이 산 위에 있어 마치 산이 관을 쓰고 있는 듯하다 해서 일컬어진 말이다.

123 應龍(응룡) : 날개 있는 용의 일종.

124 棼橑(분로) : 누각의 들보와 서까래.

125 棟桴(동부) : '동(棟)'과 '부(桴)' 모두 마룻대로, 집의 용마루 밑에 서까래가 걸치게 된 나무.

126 瑱(진) : '전(磌 : 주춧돌)'과 통한다.

127 光爓朗以景彰(광염랑이영창) : '광염(光爓)'은 불꽃. 서까래 끝의 황금 옥이 햇빛을 반사해 나온 광휘를 가리킨다. '영(景)'은 그림자, 음영(陰影). '영(影)'과 같다. '경'으로 읽어 일광(日光)으로 보는 설도 있다.

128 左墄右平(좌척우평) : 오른쪽은 수레가 다니기 때문에 평평한 길이고 왼쪽은 사람이 다니기 때문에 층계로 되어 있는 것이다. '척(墄)'은 층층대, 계단.

129 重軒三階(중헌삼계) : '중(重)'이나 '삼(三)'은 실제의 수(數)라기보다 대략의 수로, 전각이 높은 것을 말하려 한 것이다. '삼계(三階)'는 여러 단으로 된 층계.

130 閨房(규방) : 안방, 소실(小室).

131 門闥(문달) : 궁문(宮門)을 가리킨다. '문(門)'은 큰 문을 가리키며, '달(闥)'은 궁중의 작은 문을 가리킨다.

仍增崖而衡閾,[134] 臨峻路而啓扉.[135] 徇以離宮別寢,[136] 承以崇臺閑館,[137] 煥若列宿, 紫宮是環.[138] 清涼・宣溫,[139] 神仙・長年, 金華・玉堂, 白虎・麒麟, 區宇若茲,[140] 不可殫論. 增盤崔嵬,[141] 登降炤爛,[142] 殊形詭制, 每各異觀. 乘茵步輦,[143] 惟所息宴.

서도(西都)의 궁실(宮室)은 체제는 천지에서 그 모양을 본뜨고 구조는 음양에서 그 법칙을 취했습니다. 지역의 바른 위치를 점유해서 태미(太微) 성좌(星座)의 방형(方形)과 자미(紫微) 성좌의 원형(圓形)을 본떴습니다. 하늘 한 가운데에 화려한 현무(玄武)・창룡(蒼龍) 쌍궐(雙闕)을 세웠

132 虡(거) : 편종(編鐘)을 걸어두는 나무 틀.

133 立金人於端闈(입금인어단위) : '금인(金人)'은 금속으로 만든 사람의 형상. 진시황은 천하의 병기를 모두 함양(咸陽)에 모아 종거(鐘虡)와 12명의 금인(金人)을 만들었는데 무게는 각각 1,000근으로 이것들을 궁중에 세워 두었다고 한다. '단위(端闈)'는 궁전의 정문(正門). 여기서는 궁문을 가리킨다.

134 增崖(층애) : 층층으로 높이 솟은 벼랑. '층(增)'은 '층(層)'과 통한다.

135 峻路(준로) : 대로(大路). '준(峻)'은 크다[大].

136 離宮別寢(이궁별침) : 황제가 순시나 놀이 등을 갈 때 쉴 수 있도록 만든 정궁(正宮) 이외의 행궁(行宮).

137 閑館(한관) : 조용한 관사. '한(閑)'을 '크다[大]'로 보는 설도 있다.

138 紫宮是環(자궁시환) : 여기서는 '이궁별침(離宮別寢)'과 '숭대한관(崇臺閑館)'이 미앙관(未央館)의 태극전(太極殿)을 둘러싸고 있음을 비유한 것이다. '자궁(紫宮)'은 천제(天帝)의 거실(居室)인 자미궁(紫微宮).

139 清涼・宣溫(청량・선온) 이하 4구 : 청량전(清涼殿), 선실전(宣室殿)과 온실전(溫室殿), 신선전(神仙殿), 장년전(長年殿), 금화전(金華殿), 옥당전(玉堂殿), 백호전(白虎殿), 기린전(麒麟殿). 이들 궁전 중에서 신선전만 빼고 모두 미앙궁(未央宮) 안의 궁전 이름이다. 신선전은 장락궁(長樂宮) 안의 궁전 이름.

140 區宇(구우) : 강역(疆域) 내. 방역(邦域)을 '구(區)'라 하고 사방상하(四方上下)를 '우(宇)'라 한다. 여기서는 경기(京畿) 안의 명승(名勝)을 가리킨다.

141 增盤崔嵬(층반최외) : '층반(增盤)'은 전각이 층층이고 빙빙 감도는 모양. '최외(崔嵬)'는 우뚝 솟은 모양.

142 登降(등강) : 높고 낮음[高低].

143 乘茵步輦(승인보련) : '승인(乘茵)'은 가마를 타다. '인(茵)'은 본래 수레 안에 까는 부드러운 자리이나 의미가 확대되어 네 사람이 메고 가는 귀인이 타는 가마. '보련(步輦)'은 손수레 타는 것으로 걷는 것을 대신한다는 뜻으로, 사람이 끄는 수레 곧 손수레를 타다. 응소(應劭)의 『한관의(漢官儀)』: "황후와 첩여는 손수레를 타고 나머지는 모두 가마를 탔다(皇后婕妤乘輦, 餘皆以茵)".(이선 주)

으며 용수산(龍首山)에 우뚝 솟은 붉은 빛 미앙궁(未央宮)을 성대히 꾸몄습니다. 진귀한 건축 자재를 써서 신기한 모양을 다하였으며 비룡(飛龍) 같은 모양에 무지개 같이 휘어진 대들보를 높이 올렸습니다. 서까래를 나란히 배열시켜 높은 처마가 새 날개를 펼치고 있는 듯하며, 마룻대를 등에 지고 있어 준마가 고개를 높이 치켜든 듯하였습니다. 옥으로 된 주춧돌을 새겨서 그 위에 기둥을 세웠고 황금 옥을 마름질해서 그것으로 서까래 끝을 장식하였습니다. 전당(殿堂)은 오색의 윤기 나는 색깔을 발산하며, 서까래 끝 황금 옥에 반사되어 나온 광휘는 찬란하여 음영(陰影)까지도 환하게 했습니다. 이곳에는 왼쪽은 사람이 오르는 층계(層階)이고 오른쪽은 수레가 다니는 평계(平階)이며, 난간은 겹겹이고 섬돌은 층층이며 규방은 사방으로 통해있고 궁문(宮門)은 활짝 열려있습니다. 정원 가운데에는 편종(編鐘)이 걸린 나무틀을 진열해 두었고 궁문 밖에 12동상을 세워 두었습니다. 층층의 낭떠러지에 기대어 문지방을 만들었고 대로(大路)를 맞대어 궁문의 문짝을 활짝 열어 두었습니다. 이궁(離宮)과 별전(別殿)으로 둘러싸였고 높은 누대(樓臺)와 조용한 관사(館舍)로 이어져, 늘어선 별들처럼 빛나면서 자미궁(紫微宮)을 에워싸고 있습니다. 청량전(淸涼殿), 선실전(宣室殿)과 온실전(溫室殿), 신선전(神仙殿), 장년전(長年殿), 금화전(金華殿), 옥당전(玉堂殿), 백호전(白虎殿), 기린전(麒麟殿) 등 경기(京畿) 안에 이 같은 궁전은 이루 다 말해낼 수 없습니다. 전각은 층층으로 휘감아 돌기도 하고 우뚝 솟아있기도 하며 높은 것 낮은 것들이 휘황찬란하며, 형태가 다르고 구조가 기이하여 하나하나가 제각기 특이한 모습들입니다. 후비(后妃)들은 신분에 따라 가마를 타기도 하고 손수레를 타기도 하며 유람하니, 이르는 곳마다 오직 휴식하며 즐길 만한 곳들입니다.

後宮則有掖庭椒房,[144] 后妃之室. 合歡・增城,[145] 安處・常寧, 茝若・椒風, 披香・發越, 蘭林・蕙草, 鴛鸞・飛翔之列. 昭陽特盛,[146] 隆乎孝成. 屋不呈材, 牆不露形, 裛以藻繡,[147] 絡以綸連.[148] 隨侯明月,[149] 錯落其間. 金釭銜璧,[150] 是爲列錢. 翡翠火齊,[151] 流耀含英, 懸黎垂棘,[152] 夜光在焉. 於是玄墀釦砌,[153] 玉階彤庭.[154] 碝磩彩緻,[155] 琳瑉青熒.[156] 珊瑚碧樹,[157] 周阿而生.[158] 紅羅颯纚,[159] 綺組繽紛.[160] 精曜華燭,[161] 俯

---

144 掖庭椒房(액정초방) : '액정(掖庭)'은 궁(宮) 이름으로 궁빈(宮嬪)이 거주하는 곳. 『한관의(漢官儀)』에 따르면, 첩여(婕妤) 이하는 모두 액정궁에 거주한다. '초방(椒房)'은 황후가 거주하는 궁전으로 산초나무와 진흙을 섞어서 방에 발랐기 때문에 붙여진 이름이다. 따스함・향(香)・다산(多産)의 뜻을 취한 것이다.

145 合歡・增城(합환・증성) 이하 6구 : 합환(合歡)・증성(增城)・안처(安處)・상녕(常寧)・채약(茝若)・초풍(椒風)・피향(披香)・발월(發越)・난림(蘭林)・혜초(蕙草)・원란(鴛鸞)・비상(飛翔)은 모두 한(漢) 궁전의 이름.

146 昭陽(소양) : 한 성제(成帝) 때에 황후 조비연(趙飛燕)이 살던 전각.

147 藻繡(조수) : 무늬가 있는 화려한 비단. 궁실 내벽을 광채가 나도록 아름답고 화려하게 장식하는 데 쓰인다.

148 綸連(윤련) : 채색 명주 끈을 짜서 이은 그물망. 궁전 벽을 장식하는 데 쓰인다. 규장각본에는 '편련(編連)'으로 되어 있다.

149 隨侯明月(수후명월) : 구슬의 이름. 『회남자(淮南子)』에 따르면, 큰 뱀이 상처가 난 것을 본 수후(隨侯)가 약을 발라 주었더니 나중에 그 뱀이 밤중에 큰 구슬을 입에 물고 와서 수후에게 보답해, 그 구슬을 '수후지주(隨侯之珠)'라 했다고 한다. 이 구슬이 곧 명월주(明月珠)이다.

150 金釭(금강) : 황금 등잔. 여기서는 궁실(宮室) 벽에 붙어 있는 둥그런 모양의 장식물.

151 翡翠火齊(비취화제) : '비취(翡翠)'는 비취빛 새 깃으로 궁실을 장식하는 것이라 보는 설도 있으나, 여기서는 경옥(硬玉)이라고도 불리는 비취빛 옥으로 보는 것이 좋을 듯하다. 전체가 벽록(碧綠)이면서 투명한 것을 가장 진귀하게 여기며 장식용으로 쓰인다. '화제(火齊)'는 화제주(火齊珠). 매괴주(玫瑰珠)라고도 한다.

152 懸黎垂棘(현려수극) 이하 2구 : 현려(懸黎)・수극(垂棘)・야광(夜光)은 모두 미옥(美玉)의 이름. 수극(垂棘)은 미옥이 나는 춘추시대 진(晉)의 지명으로 여기서는 미옥을 가리킨다. 야광(夜光)은 명주(明珠)이다.

153 玄墀釦砌(현지구체) : '현지(玄墀)'의 '현(玄)'은 "궁전의 땅을 검붉은 칠로 바르기 때문에 '현'이라 한 것이다(墀以髹漆, 故曰玄也)".(이선 주) '지(墀)'는 궁전의 땅. 계단 바닥이라는 설도 있다. '구체(釦砌)'는 금이나 옥을 박아 꾸민 궁전의 문지방. '체(砌)'는 문지방.

154 彤庭(동정) : 홍석(紅石)을 깐 정원. 붉은 칠을 한 정원이란 설도 있다.

155 碝磩彩緻(연척채치) : '연척(碝磩)'은 옥과 같은 아름다운 돌. '채치(彩緻)'는 광채가 나고 치밀하다.

156 琳瑉青熒(임민청형) : '임민(琳瑉)'은 옥의 이름. 옥과 같은 돌이라는 설도 있다. '청형(青熒)'은 아름다운 돌과 옥에서 발산하는 푸른빛[青光].

157 珊瑚碧樹(산호벽수) : '산호(珊瑚)'는 산호의 골격이 서로 이어져 나뭇가지 같은 모

仰如神.[162] 後宮之號, 十有四位,[163] 窈窕繁華, 更盛迭貴,[164] 處乎斯列者,[165] 蓋以百數.

후궁(後宮)은 액정(掖庭)과 초방(椒房)이 있는 곳으로 후비(后妃)의 거실입니다. 이 밖에도 합환(合歡)·증성(增城)·안처(安處)·상녕(常寧)·채약(茝若)·초풍(椒風)·피향(披香)·발월(發越)·난림(蘭林)·혜초(蕙草)·원란(鴛鸞)·비상(飛翔) 등 여러 전각(殿閣)들이 이어져 있습니다. 그 중에서도 소양전(昭陽殿)은 특별히 호화로운데 성제(成帝) 때에 더욱 융성했습니다. 방옥(房屋)은 잘 꾸밈으로 재목(材木)을 노출하지 않았고 네 벽은 원 모습을 드러내지 않았으니, 무늬 있는 화려한 비단으로 둘러싸였고 채색 명주 끈 그물망으로 둘러싸여 있습니다. 수후(隨侯)의 명월주(明月珠) 같은 구슬들이 그 사이에 뒤섞여 있는 듯 반짝거립니다. 벽에 붙어 있는 황금 등잔 꽂이는 벽옥(碧玉)을 머금고 있어 이게 마치 줄지어 늘어선 황금동전인 것 같아 보입니다. 비취옥(翡翠玉)과 화제주(火齊珠)가 빛을 번쩍이고 광택을 머금고 있으며, 현려(懸黎)·수극(垂棘)·야광(夜光) 등 미옥(美玉) 명주(明珠)들이 궁실 안에 장식되어 있습니다. 궁전 내에는 검붉은 칠을 전당(殿堂)의 지면(地面)에 발랐고 금옥(金玉)을 문지방에 박아 꾸몄으며, 백옥을 쌓아 만든 섬돌과 홍석(紅石)

양을 이루기 때문에 산호수(珊瑚樹)라고도 함. '벽수(碧樹)'는 아름다운 푸른색 돌을 새겨 만든 나무.

158 周阿(주아) : 궁전 사방 주위의 굽이진 모퉁이.

159 颯纚(삽사) : 긴 소매가 펄럭이는 모양.

160 綺組(기조) : 가는 비단으로 만든 의대(衣帶).

161 華燭(화촉) : 광채가 눈부시다, 광채가 나다.

162 俯仰(부앙) : 일거일동을 가리킨다.

163 十有四位(십유사위) : 14등급. 한(漢) 궁중의 비빈(妃嬪)의 작위는 모두 14등급으로 나뉜다. 즉 소의(昭儀)·첩여(婕妤)·경아(娙娥)·용화(傛華)·미인(美人)·팔자(八子)·충의(充依)·칠자(七子)·양인(良人)·장사(長使)·소사(少使)·오관(五官)·순상(順常)·무연(無涓). 소의(昭儀)의 관계(官階)와 봉록은 승상과 같으며 첩여는 상경(上卿)과 같다.

164 更盛迭貴(경성질귀) : '경(更)'이나 '질(迭)'의 뜻은 번갈아, 교대로.

165 斯列(사열) : 14등급의 작위를 가리킨다.

을 깐 정원이 있습니다. 또한 연척(碝磩) 등 색깔 있는 돌은 광채가 날 뿐 아니라 무늬가 치밀하며, 임민(琳瑉) 등 미옥(美玉)에서는 푸른빛이 감돌기까지 합니다. 나뭇가지 모양을 한 산호수(珊瑚樹)와 푸른색 돌로 새겨 만든 나무가 궁전 뜰 사방 모퉁이에 심어져 있는데 마치 살아있는 것 같습니다. 붉은 비단옷을 걸친 미인들이 긴소매를 펄럭이며 장식한 비단 의대(衣帶)가 어지러울 만큼 화려합니다. 단아한 풍채는 빛이 나고 아름다운 용모는 눈부시며 일거일동은 마치 신선이 인간 세상에 하강한 듯 합니다. 후궁들의 작호(爵號)는 14등급이 있으며 각 등급의 궁녀들은 아름답고 화려하며 하나하나가 존귀한데, 이 서열에 들어있는 자만도 대개 수백 인을 헤아릴 정도입니다.

左右庭中, 朝堂百寮之位,[166] 蕭曹魏邴,[167] 謀謨乎其上. 佐命則垂統,[168] 輔翼則成化[169] 流大漢之愷悌,[170] 蕩亡秦之毒螫.[171] 故令斯人揚樂和之聲,[172] 作〈晝一之歌〉,[173] 功德著乎祖宗,[174] 膏澤洽乎黎庶. 又有天祿石

166 朝堂百寮之位(조당백료지위) : '조당(朝堂)'은 소성(朝廷)과 같은 뜻으로 나라의 정치를 행하는 곳. '백료지위(百寮之位)'의 '위(位)'는 위치하는 곳.

167 蕭曹魏邴(소조위병) : '소(蕭)'는 유방(劉邦)을 도와 한 왕조를 세우는 데 첫째가는 공을 세웠던 승상 소하(蕭何). '조(曹)'는 소하에 뒤이어 상국(相國)이 되었던 조참(曹參). '위(魏)'는 선제(宣帝) 때 승상이었던 위상(魏相). '병(邴)'은 선제를 세우는 데 공을 세워 위상(魏相) 후임으로 승상이 되었던 병길(邴吉).

168 佐命則垂統(좌명즉수통) : 소하와 조참이 고조가 받은 천명을 도와 황통(皇統)을 후세에 잇게 한 것을 말한다.

169 輔翼則成化(보익즉성화) : 위상과 병길이 선제의 정치를 도와 태평성대를 이르게 함을 말한 것이다.

170 愷悌(개제) : 화락(和樂)하고 간이(簡易)함. 여기서는 한대에 행한 인덕(仁德)과 백성에 대한 관대하고 간편한 정책을 가리킨다.

171 毒螫(독석) : 해독(害毒). 여기서는 진(秦)의 정령(政令)이 백성들을 가혹하게 한 것을 말한다.

172 樂和之聲(낙화지성) : 화락지성(和樂之聲). '화(和)'는 중화(中和) 곧 정치의 화평함, '낙(樂)'은 낙직(樂職) 곧 관리들이 자기의 직위를 즐거이 다함. 익주자사(益州刺史) 왕양(王襄)이 백성들에게 풍화(風化)를 펴고자 하였는데 왕포(王褒)에게 뛰어난 재주가 있다는 말을 듣고 그를 청해 〈중화낙직선포시(中和樂職宣布詩)〉를 짓게 하고 사람들에게 이 시를 노래하게 했다 한다(『한서 · 왕포전(王褒傳)』).

渠,[175] 典籍之府, 命夫惇誨故老,[176] 名儒師傅,[177] 講論乎六藝, 稽合乎同異. 又有承明金馬,[178] 著作之庭, 大雅宏達,[179] 於茲爲群. 元元本本,[180] 殫見洽聞, 啓發篇章,[181] 校理秘文. 周以鉤陳之位,[182] 衛以嚴更之署,[183] 總禮官之甲科,[184] 群百郡之廉孝.[185] 虎賁贅衣,[186] 閹尹閽寺,[187]

---

173 畫一之歌(획일지가) : 『한서 · 조참전(曹參傳)』에 따르면, 소하가 죽은 후에 조참이 그에 뒤이어 승상이 되었는데 한결같이 소하의 규범만을 따르고 바꾼 것이 없자, 백성들이 다음과 같이 노래했다 한다. "소하가 법을 만드니 하나로 긋는 것같이 분명하도다. 조참이 그를 대신하니 이전 법을 지키어 잃은 것이 없었도다(蕭何爲法, 較若畫一. 曹參代之, 守而勿失)". '획일(畫一)'은 '공평하다', '분명하다'의 뜻이다.

174 祖宗(조종) : 고조(高祖)와 선제(宣帝)를 가리킨다.

175 天祿石渠(천록석거) : 천록각(天祿閣)과 석거각(石渠閣). 미앙궁(未央宮) 안에 있는 비서(秘書)와 전적(典籍)을 수장하던 누각의 이름으로, 천록각은 소하(蕭何)가 세웠으며 유향(劉向)과 양웅(揚雄)이 이곳에서 교서(校書)한 적이 있었다. 석거각은 소하가 세웠으며 선제(宣帝)가 감로(甘露) 3년에 이곳에서 여러 유학자들과 학술을 논한 적이 있었다.

176 故老(고로) : 원로구신(元老舊臣).

177 師傅(사부) : 태사(太師)와 태부(太傅). 태사와 태부는 천자를 가르쳐 덕업(德業)을 공경하여 닦도록 하는 직무를 맡아보았으며, 태보(太保)와 함께 삼공(三公)에 속하였다.

178 承明金馬(승명금마) : '승명(承明)'은 승명려(承明廬). 황제를 모시는 신하[侍臣]가 숙직하면서 머무는 방옥(房屋)으로, 석거각(石渠閣) 밖에 있다. '금마(金馬)'는 금마문(金馬門). 한 무제가 대원마(大宛馬)를 얻어 동문경(東門京)에게 구리로 말을 주조하여 노반문(魯班門) 밖에 세워두게 하였으며, 이름을 금마문(金馬門)으로 바꾸었다. 동방삭(東方朔) 등 문사들이 이곳에서 조서를 기다린 적이 있었다.

179 大雅宏達(대아굉달) : '대아(大雅)'는 재덕(才德)이 고상한 사람, 『시경 · 대아(大雅)』의 시를 지을 만큼 재주가 뛰어난 사람. '굉달(宏達)'은 지식이 깊고 넓으며 통달한 인사(人士).

180 元元本本(원원본본) : 원본(元本)을 얻다, 즉 학술의 근본정신이나 전적의 근본적인 취지를 얻는 것을 가리킨다.

181 篇章(편장) : 문장전적(文章典籍)을 가리킨다.

182 周以鉤陳之位(주이구진지위) : '주(周)'는 둘러싸다. '구진(鉤陳)'은 자미궁(紫微宮)을 지키는 여섯 개의 별 이름. 『진서(晉書) · 천문지(天文志)』: "구진 여섯 별은 모두 자미궁 안에 있다. …… 구진은 후궁이다(鉤陳六星, 皆在紫宮中. …… 鉤陳, 後宮也)". 따라서 '구진(鉤陳)'이란 말은 후궁(後宮)을 가리킨다. 여기서는 천상의 자미궁을 구진(鉤陳) 육성(六星)이 둘러싸고 있듯 한(漢)의 미앙궁을 후궁(後宮)이 감싸고 있는 형상을 말한 것이다.

183 嚴更之署(엄경지서) : 야경(夜警)을 돌면서 엄숙히 단속하는, (황제를 가까이서 모시는) 낭관(郎官)이 거처하는 관서.

陛戟百重,[188] 各有典司.

미앙궁 뜰 좌우는 조당(朝堂) 백관(百官)들이 위치한 곳으로, 소하(蕭何) · 조참(曹參) · 위상(魏相) · 병길(邴吉) 등 역대의 재상들이 그곳에서 책략을 꾀하였습니다. 그들은 천명을 도와 황통(皇統)을 후세에 전하고 시정(施政)을 보좌하여 교화를 이루어서, 대한(大漢)의 인덕(仁德)과 관대한 정책을 전파하고 망한 진(秦)나라의 해악을 소탕(掃蕩)하였습니다. 그래서 이 사람들로 하여금 화락(和樂)함의 노래를 송양(頌揚)케 하고 〈획일지가(畫一之歌)〉를 지어 부르게 해, 공덕이 조종(祖宗)들에게 드러났고 은덕이 백성들에게 두루 미치었습니다. 또한 전적을 수장하던 부고(府庫)로서 천록(天祿) · 석거(石渠) 두 누각(樓閣)이 있었으니, 정성을 다해 가르치는 저들 원로구신(元老舊臣)과 이름난 유학자 사부(師傅)들에게 명하여 육예(六藝)에 대해 강론케 하고 경전의 같고 다름에 대해 고찰(考察)하게 하였습니다. 그리고 또한 문사들이 저작(著作)하던 곳으로 승명려(承明廬)와 금마문(金馬門)이 있었으니, 재덕(才德)이 뛰어

184 禮官之甲科(예관지갑과) : '예관(禮官)'은 예의를 관장하는 관리로, 봉상(奉常)을 말한다. '갑과(甲科)'는 사책(射策)의 갑과(甲科). 사책이란 한대에 관료를 뽑는 고시과목의 이름이다. 시험문제를 내는 사람이 간책(簡策)에 써서 갑 · 을과(科)로 나누어 주면 응시자는 마음에 따라 답을 쓰는데, 시험출제자는 제목의 난이도와 답안의 우열에 따라서 갑 · 을을 정하며, 갑과에 든 사람은 입사(入仕)할 수 있었다.

185 百郡之廉孝(백군지렴효) : '백군(百郡)'은 한대(漢代)의 전군(全郡)을 개괄적으로 말한 것이다. '염효(廉孝)'는 효렴(孝廉). 한대(漢代)에 관리를 선발하는 두 과목으로, '효(孝)'는 효자를 가리키고, '염(廉)'은 청렴한 선비를 가리킨다. 한 무제 원광(元光) 원년에 군국(郡國)에 영을 내려 매년 효자와 청렴한 선비를 각각 한 사람씩 천거하게 했으며, 후에 정해진 제도가 되어 효렴(孝廉)으로 합쳐 불렀다.

186 虎賁贅衣(호분췌의) : '호분(虎賁)'은 제왕을 모시고 호위하는 관명으로, 한대에는 호분중랑장(虎賁中郎將) · 호분랑(虎賁郎)을 두었다. '췌의(贅衣)'는 옷을 관장하는 관명(官名)으로, '철의(綴衣)'라고도 한다. 제왕의 근신(近臣)이다.

187 閹尹閽寺(엄윤혼시) : '엄윤(閹尹)'은 환관의 우두머리. '혼시(閽寺)'는 궁문(宮門)을 여닫는 일을 관장하는 환관.

188 陛戟(폐극) : 궁전 섬돌에서 창을 들고 수위(守衛)하는 무사. 여기서는 미앙궁의 시위지신(侍衛之臣)으로서 안으로는 낭서(郎署)가 있고 밖으로는 위졸(衛卒)이 있음을 말한 것이다.

난 선비와 학문이 널리 통달한 인사들이 이곳에서 무리를 이루고 있었습니다. 그들은 학술의 근본을 궁구하여 모두 다 보고 두루두루 들었으며, 전적들을 상세히 해석하고 감춰진 문헌들을 교감(校勘) 정리(整理)하였습니다. 미앙궁(未央宮) 주위는 자미궁(紫微宮)을 둘러싼 구진(鉤陳) 여섯별의 방위(方位)처럼 후궁(後宮)들이 배치되어야 할 방위대로 둘러싸여 있고 또한 야경을 돌며 엄히 단속하는 관서로써 호위를 받고 있으며, 예관(禮官)의 시험을 거친 갑과(甲科)의 인재들이 모여 있고 전군(全郡)에서의 효렴(孝廉)에 뽑힌 선비들이 무리지어 있습니다. 또한 호분(虎賁)・췌의(贅衣)・환관의 장(長)・궁문지기, 그리고 겹겹으로 대열을 이룬 창 든 무사들이 제각기 다 맡은 바의 직책이 있습니다.

周廬千列,[189] 徼道綺錯. 輦路經營,[190] 修除飛閣.[191] 自未央而連桂宮,[192] 北彌明光而亘長樂,[193] 凌隥道而超西墉,[194] 掍建章而連外屬.[195] 設璧

---

189 周廬千列(주려천렬) : 많은 여사(廬舍)가 미앙궁을 둘러싸고 있음을 말한 것으로, '주려(周廬)'는 궁정의 숙위(宿衛)를 위해 사방 주위에 만들어둔 여사(廬舍). '여(廬)'는 숙직하는 자들이 머무르는 처소.

190 輦路經營(연로경영) : '연로(輦路)'는 천자의 수레가 항상 다니는 궁중의 대로(大路). '경영(經營)'은 빙빙 돌아서 오고가다, 순환하며 왕복하다.

191 修除飛閣(수제비각) : '제(除)'는 『후한서・반고전(班固傳)』에는 '도(涂)'로 되어 있으며, 길[道]이라는 설도 있고 누각을 오르는 계단 즉 층층대라는 설도 있다. '비각(飛閣)'은 각도(閣道), 곧 누각(樓閣) 간에 서로 통할 수 있도록 공중에 설치한 통행로인 구름다리.

192 自未央而連桂宮(자미앙이련계궁) : '미앙(未央)'은 한(漢) 고조 7년 소하(蕭何)가 나서서 지은 미앙궁(未央宮). 용수산(龍首山)에 기대어 전전(前殿)을 짓고, 동궐(東闕)・북궐(北闕)・무고(武庫)・태창(太倉) 등을 세웠다. 주위가 28리에 달하였다고 한다. '계궁(桂宮)'은 한 무제 때에 지은 것으로 주위가 10여 리에 달했으며 미앙궁 북쪽에 있었다.

193 北彌明光而亘長樂(북미명광이긍장락) : '명광(明光)'은 계궁(桂宮) 안에 있는 명광전(明光殿)도 있으나, 여기서는 무제 때에 지은 명광궁(明光宮)을 가리키는 것으로 보인다. 명광궁은 하나는 북궁(北宮)에 있는데 태초(太初) 4년 가을에 지었으며 남쪽으로 장락궁(長樂宮)과 이어져 있고, 하나는 감천궁(甘泉宮)에 있는데 무제가 신선을 추구하여 지은 것이다. 여기서는 전자를 가리키는 것으로 봐야 한다. '장락(長樂)'은 장안 북쪽에 있으며 본래는 진(秦)의 흥락궁(興樂宮)을 고조(高祖)가 고치고

門之鳳闕,[196] 上觚稜而棲金爵.[197] 內則別風之嶕嶢,[198] 眇麗巧而聳擢.[199] 張千門而立萬戶, 順陰陽以開闔.[200] 爾乃正殿崔嵬, 層構厥高, 臨乎未央.[201] 經駘盪而出馺娑,[202] 洞枍詣以與天梁.[203] 上反宇以蓋戴,[204] 激日景而納光. 神明鬱其特起,[205] 遂偃蹇而上躋,[206] 軼雲雨於太

장식을 가해 장락궁(長樂宮)이라 개명했다. 주위가 20리에 달했으며 안에는 장신(長信)・장추(長秋) 등의 전(殿)이 있었다. 한대 초에는 조회(朝會)하던 곳이었으나 후에는 태후(太后)의 거처가 되었다.

194 凌隥道而超西墉(능등도이초서용) : '등도(隥道)'는 각도(閣道), 즉 누각(樓閣) 간에 서로 통할 수 있도록 공중에 설치한 통행로, 구름다리. '서용(西墉)'은 서쪽 성벽[城牆].

195 掍建章而連外屬(혼건장이련외속) : '혼(掍)'은 혼동(混同)하다, 통달하다. '건장(建章)'은 한 무제 태초(太初) 원년에 세운 건장궁(建章宮)으로, 주위는 20여 리에 달하고 미앙궁 서쪽에 있다. '외속(外屬)'은 정궁(正宮) 외의 부속 건축물. '외촉'으로 읽어 외부와 이어져 있다는 뜻으로 풀이하는 견해도 있다.

196 璧門之鳳闕(벽문지봉궐) : '벽문(璧門)'은 건장궁(建章宮)의 정문. 문의 서까래를 옥벽(玉璧)으로 장식했기 때문에 붙여진 이름이다. '지(之)'는 연사(連詞) '여(與 : ~와)'와 같다. '봉궐(鳳闕)'은 건장궁의 동쪽 궐문(闕門)에 구리로 봉황(鳳凰)을 주조해 놓았기 때문에 붙여진 이름이다. 『한서』 : "건장궁은 그 동쪽이 봉궐로 높이가 20여 장이며, 그 남쪽은 옥벽으로 장식한 정문 등의 부속건물이 있다(建章宮, 其東則鳳闕, 高二十餘丈, 其南有璧門之屬)".(이선 주)

197 上觚稜而棲金爵(상고릉이서금작) : '고릉(觚稜)'은 궁전(宮殿)의 처마 모서리에 비조형(飛鳥形)으로 말아 올려진 기와 덮인 부분. '금작(金爵)'은 구리로 주조한 봉황. '작(爵)'은 '작(雀)'과 통한다.

198 別風(별풍) : 별풍궐(別風闕). 건장궁의 정문인 창합문(閶闔門) 안쪽에 세워진 궐(闕) 이름으로, 높이가 50장(丈)이나 되어 궁성(宮城) 담보다 높아 풍향(風向)을 식별(識別)할 수 있다 해서 붙여진 이름.

199 眇(묘) : 고원(高遠)한 모양.

200 陰陽(음양) : '음(陰)'은 저녁을 '양(陽)'은 아침을 가리킨다.

201 臨(임) : 높은 곳에서 내려다보다.

202 經駘盪而出馺娑(경태탕이출삽사) : '태탕(駘盪)'은 건장궁 안에 있는 태탕전(駘盪殿). 궁전 안의 봄 경물(景物)이 화창한 모습이라 하여 붙여진 이름이다. '삽사(馺娑)'는 건장궁 안에 있는 삽사전(馺娑殿). '삽사(馺娑)'란 말이 빨리 달리는 모양으로, 건장궁이 넓고 커서 말을 빨리 달려서 하루 만에야 비로소 돌아볼 수 있다 하여 붙여진 이름이다.

203 洞枍詣以與天梁(통예예이여천량) : '예예(枍詣)'는 건장궁 안에 있는 예예전(枍詣殿). '예예(枍詣)'는 아름다운 나무의 이름으로, 궁전 안에 이 나무들이 무성하게 자랐기 때문에 붙여진 이름이다. '이(以)'가 『후한서(後漢書)』에는 없는 것으로 봐서 후인이 첨가한 것으로 보인다. '천량(天梁)'은 건장궁 안에 있는 천량전(天梁殿). '천량(天梁)'이란 들보가 하늘에 이를 만큼 궁전이 높다 해서 붙여진 이름이다.

半,[207] 虹霓回帶於棼楣.[208] 雖輕迅與僄狡,[209] 猶愕眙而不能階. 攀井幹而未半,[210] 目眴轉而意迷, 舍欞檻而卻倚, 若顚墜而復稽. 魂恍恍以失度, 巡回塗而下低. 旣懲懼於登望,[211] 降周流以彷徨. 步甬道以縈紆,[212] 又杳窱而不見陽, 排飛闥而上出,[213] 若游目於天表, 似無依而洋洋.

미앙궁 주위에는 사방에 숙직하는 처소(處所)가 수없이 늘어서 있고, 순찰하는 도로가 비단의 무늬마냥 종횡으로 뒤얽혀 있습니다. 궁중대로[輦道]는 순환하며 왕복하고, 누각의 긴 층층대는 공중에 가설된 통행로[飛閣]로 이어져 있습니다. 길은 미앙궁으로부터 계궁(桂宮)에 이어지고 장락궁(長樂宮)을 거쳐서 북쪽으로 광명궁(光明宮)에서 끝나며, 각도(閣道)를 건너고 서쪽 성벽을 넘어서 건장궁(建章宮)과 통해있고 그 부속 건물과 이어져 있습니다. 옥벽(玉璧)으로 장식한 정문과 봉황의 궐문[鳳闕]을 설치하였으며, 그 봉궐(鳳闕) 처마 모서리 위에는 구리로 만든 봉황을 살게 해 두었습니다. 창합문(閶闔門) 안쪽에는 별풍궐(別風闕)이 우뚝 솟아 있는데 멀리서 바라보면 화려하고 교묘하여 땅에서 솟아난 듯이 보입니다. 건장궁에는 수천수만의 문호(門戶)를 설치하여 세웠으며

---

204 上反宇以蓋戴(상반우이개대) : '반우(反宇)'는 전당(殿堂)의 처마가 살짝 솟아오른 기와 막새. '개대(蓋戴)'는 덮다.

205 神明鬱(신명울) : '신명(神明)'은 건장궁 전전(前殿) 서북쪽에 있는 신명대(神明臺). 높이가 50장(丈)으로 한(漢) 무제(武帝)가 신선에게 제사 드렸던 곳이다. 대(臺) 위에 구리기둥을 세웠고 기둥 위에는 신선이 손바닥을 펴서 동반(銅盤)과 옥배(玉杯)를 받들고 신선의 이슬[仙露]을 받고 있다. '울(鬱)'은 높고 큰 모양.

206 偃蹇而上躋(언건이상제) : '언건(偃蹇)'은 높은 모양. '상제(上躋)'는 상승(上升).

207 軼雲雨於太半(질운우어태반) : '질운우(軼雲雨)'는 운우(雲雨)를 뛰어넘다, 초월(超越)하다. '태반(太半)'은 신명대의 대부분이 운우(雲雨) 위에 솟아있음을 말한 것이다.

208 棼楣(분미) : 누각(樓閣)의 동량(棟梁).

209 僄狡(표교) : 민첩하고 용맹스럽다.

210 井幹(정간) : 건장궁 안에 있는 정간루(井幹樓). 높이가 50여 장(丈)에 이르며 신명대(神明臺)의 각도(閣道 : 공중에 가설한 통행로)와 이어져 있다.

211 懲(징) : ~에 힘이 들다, 괴로워하다.

212 甬道(용도) : 양쪽 가에 담이 있는 통로. 누각 사이에 공중에 가설한 통로, 즉 각도(閣道)로 보는 설도 있다.

213 飛闥(비달) : 높은 누각 위의 작은 문.

아침과 저녁에 따라서 열리고 닫힙니다. 이에 건장궁의 정전(正殿)은 우뚝 솟아있고 층층의 누대(樓臺)는 그 높이가 미앙궁(未央宮)을 내려다 볼 정도입니다. 그 부근에는 네 개의 대전(大殿)이 있으니 태탕전(駘盪殿)을 지나서 삽사전(馺娑殿)으로 가게 되고 예예전(枍詣殿)을 뚫고 지나가서 천량전(天梁殿)에 이르게 됩니다. 살짝 솟아오른 처마 끝 위에 금빛 찬란한 기와를 덮으니 햇빛을 반사하여 전각(殿閣) 안이 빛으로 가득합니다. 신명대(神明臺)가 웅장하게 우뚝 솟아, 높은 누대(樓臺) 끝이 하늘로 올라가 그 태반(太半)이 비구름 위에 있어, 무지개가 누각의 들보에 휘감겨 있습니다. 비록 날렵하고 용맹한 자라 해도 놀라 휘둥그레 쳐다볼 뿐 한 층 한 층 오를 수가 없습니다. 정간루(井幹樓)에 오르길 채 반도 미치지 못해 두 눈은 아찔해지고 의식은 혼미해져, 누각 난간을 놓고 물러나 무얼 기대고자 해도 넘어져 떨어질 것 같아서 또다시 멈춥니다. 정신은 아득해져 평상시의 태도를 잃어 돌아갈 길을 찾아 낮은 곳으로 내려오게 됩니다. 누대에 올라서 바라보는 것이 이미 힘이 들고 두려운 나머지, 내려와서 사방 주위를 돌아다니며 배회합니다. 양측에 담이 있는 통로[甬道]를 걸어서 휘감아 돌아가면 또 깊숙한 곳엔 햇빛도 보이지 않아, 누각의 작은 문을 밀쳐 열고 위로 바라보면 하늘 밖으로 눈길을 돌려 보는 것 같고 의지할 데가 없어 공허하고 아득한 것 같은 느낌입니다.

前唐中而後太液,[214] 覽滄海之湯湯.[215] 揚波濤於碣石,[216] 激神嶽之嶈

214 前唐中而後太液(전당중이후태액) : '당중(唐中)'과 '태액(太液)'은 건장궁 부근의 인공호수의 이름. 태액지는 건장궁 북쪽에 있으며 상당히 넓어 호수 안에 봉래(蓬萊) · 방장(方丈) · 영주(瀛洲) · 호량(壺梁) 같은 동해바다의 신산(神山)을 모방한 산이 있다. '당중(唐中)'을 인공연못으로 보지 않고 정중(庭中)으로 보는 설도 있다.

215 滄海(창해) : 태액지(太液池)를 가리킨다.

216 碣石(갈석) : 본래는 해안(海岸)에 있던 산 이름으로, 진시황과 한 무제가 이곳에 와서 바다를 구경한 적이 있다고 한다. 여기서는 태액지 안에 있는 물가의 산을 가리킨다.

嶈.[217] 濫瀛洲與方壺,[218] 蓬萊起乎中央. 於是靈草冬榮,[219] 神木叢生.[220] 巖峻嶠崒, 金石崢嶸. 抗仙掌以承露,[221] 擢雙立之金莖,[222] 軼埃堨之混濁, 鮮顥氣之淸英.[223] 騁文成之丕誕,[224] 馳五利之所刑.[225] 庶松喬之群類,[226] 時遊從乎斯庭,[227] 實列仙之攸館, 非吾人之所寧.

앞에는 당중지(唐中池)이고 뒤에는 태액지(太液池)로, 푸른 바다의 물

---

217 嶈嶈(장장) : 파도가 산에 부딪쳐 내는 소리.

218 方壺(방호) : 방장산(方丈山)이라는 설이 있고, 방장산과 호량산(壺梁山)이라는 설이 있다.

219 靈草冬榮(영초동영) : '영초(靈草)'는 선초(仙草)로 불사약이다. '동영(冬榮)'은 겨울에도 무성하다, 겨울에도 꽃이 피다.

220 神木(신목) : 사계절 내내 푸르고 수명이 아주 긴 송백(松柏) 류의 나무. 옛날 사람들은 그 열매를 복용하면 장생할 수 있다고 여겼다. 여기서는 태액지의 선산(仙山)에서 자라는 불사약을 말하고 있다.

221 仙掌以承露(선장이승로) : 한 무제는 신명대(神明臺) 위에 동(銅) 신선을 세웠는데, 그 신선은 손바닥으로 그릇을 떠받치고 감로(甘露)를 받는 모습이었다.

222 雙立之金莖(쌍립지금경) : '쌍립(雙立)'은 신명대(神明臺)와 백량대(柏梁臺)가 서로 마주 대하고 서 있는 것을 가리킨다. 백량대는 무제(武帝) 원정(元鼎) 2년 봄에 세운 것으로, 그 위에도 신명대(神明臺)처럼 구리기둥과 이슬을 받는 신선의 손바닥 같은 것들이 있었다. '금경(金莖)'은 구리기둥을 가리킨다. 구리기둥 위에는 선인(仙人)의 손바닥에 이슬을 받는 그릇[承露盤]이 들려져 있다.

223 顥氣之淸英(호기지청영) : '호기(顥氣)'는 깨끗하고 맑은 기. '호(顥)'는 흰 모양. '청영(淸英)'은 정화(精華), 정수(精粹). 여기서는 호기(顥氣)가 엉겨서 된 감로(甘露)를 가리킨다.

224 騁文成之丕誕(빙문성지비탄) : '빙(騁)'은 펴다, 발휘하다. '문성(文成)'은 제(齊)나라 사람인 문성장군(文成將軍) 이소옹(李少翁). 방술(方術)로 이름이 나 무제(武帝)를 알현한 후에 문성장군에 봉해졌다. 무제에게 권하여 감천궁(甘泉宮)에 대(臺)를 짓고 실내에 천지태일제귀신(天地太一諸鬼神)을 그려놓고 제사도구를 갖추어서 신(神)과 통하게 하였다.

225 五利之所刑(오리지소형) : '오리(五利)'는 오리장군(五利將軍). 무제(武帝) 때에 방사(方士) 난대(欒大)가 방술로 오리장군에 봉해졌다. 그는 무제에게 불사약을 얻어 신선이 될 수 있다 속였는데 후에 망언이 드러나 피살되었다. '소형(所刑)'은 난대(欒大)가 피살된 원인, 즉 망언으로 군주를 속인 일을 가리킨다.

226 松喬(송교) : 적송자(赤松子)와 왕자교(王子喬) 두 신선을 가리킨다. 적송자는 신농(神農) 때의 우사(雨師)로 불 속에 들어가도 태워지지 않았으며 풍우(風雨)를 따라 오르내렸다 한다. 왕자교는 주(周) 영왕(靈王)의 태자(太子) 진(晉)으로 도사 부구공(浮丘公)이 그를 맞이하여 숭산(嵩山)에 올랐다 한다.

227 斯庭(사정) : 건장궁(建章宮)의 궁정(宮庭)을 가리킨다.

결이 넘실대는 것 같은 광경을 볼 수 있습니다. 태액지 안의 갈석산(碣石山)에서 파도가 일어나 신선의 산악에 부딪쳐 철썩거립니다. 물은 영주산(瀛洲山)과 방호산(方壺山)을 범람시키고 봉래산(蓬萊山)이 그 중앙에 솟아있습니다. 이 산에는 불사약인 선초(仙草)가 겨울에도 꽃을 피우고 신령한 나무[神木]가 무더기로 자라고 있습니다. 깎아지른 바위와 험한 봉우리는 험준함 그 자체이고 산상(山上)에는 금을 감춘 돌산이 치솟아 있습니다. (신명대(神明臺)와 백량대(柏梁臺) 위에다) 둘이 마주 대하고 서있는 구리기둥을 우뚝 세우고 신선의 손바닥을 높이 들려서 단이슬[甘露]을 받들었으니, 이슬은 인간세상의 티끌먼지의 혼탁함을 뛰어넘고 깨끗하고 맑은 기(氣)의 정수(精粹)를 신선하게 한 것입니다. 일찍이 이곳에서 문성장군(文成將軍) 이소옹(李少翁)의 큰 거짓말이 전개되었고, 오리장군(五利將軍) 난대(欒大)가 형을 당한 방술이 전개되었습니다. 대개는 적송자(赤松子)・왕자교(王子喬) 같은 신선의 무리들만 때때로 이 궁정(宮庭)에서 서로 따르며 유람할 뿐으로, 실로 여러 신선들만이 거주하는 곳이지 우리 같은 사람이 편안히 있을 곳은 아닙니다.

爾乃盛娛遊之壯觀, 奮泰武乎上囿,[228] 因玆以威戎誇狄,[229] 耀威靈而講武事.[230] 命荊州使起鳥,[231] 詔梁野而驅獸.[232] 毛群內闐, 飛羽上覆,

---

228 奮泰武乎上囿(분태무호상유) : '태무(泰武)'는 무력(武力)을 크게 드러내다. '태(泰)'는 '대(大)'와 같다. '상유(上囿)'는 황가(皇家)에서 일정한 지역에 울타리를 치고 그 안에 금수(禽獸)를 먹여 기르는 동산[苑囿]. 여기서는 상림원(上林苑)을 가리킨다.

229 威戎誇狄(위융과적) : '융(戎)'은 옛날 중국 서쪽에 있는 이민족(異民族)의 이름이며, '적(狄)'은 북방에 있는 이민족의 이름.

230 耀威靈而講武事(요위령이강무사) : '위령(威靈)'은 위풍(威風), 위력(威力). '강무사(講武事)'는 무사(武事)를 강습(講習)하다, 무예(武藝)를 훈련시키다.

231 荊州(형주) : 한 무제 때에 설치했던 13자사(刺史) 부(部) 가운데 하나로, 주요 관할 지역은 대략 지금의 호남(湖南)・호북(湖北) 두 성(省)이다. 여기서는 형주의 백성을 가리킨다.

232 梁野(양야) : 여기서는 양주(梁州) 들녘의 농민을 가리킨다. 양주는 중국 고대의 9주 가운데 하나로, 동쪽은 화산(華山)을 경계로 하고 남쪽은 장강에까지 이르렀으

接翼側足, 集禁林而屯聚.[233] 水衡虞人,[234] 修其營表.[235] 種別群分,[236] 部曲有署.[237] 罘網連紘, 籠山絡野, 列卒周匝, 星羅雲布. 於是乘鑾輿,[238] 備法駕,[239] 帥群臣, 披飛廉,[240] 入苑門. 遂繞酆鄗,[241] 歷上蘭,[242] 六師發逐,[243] 百獸駭殫.[244] 震震爚爚,[245] 雷奔電激. 草木塗地, 山淵反覆.[246] 蹂躪其十二三, 乃拗怒而少息. 爾乃期門佽飛,[247] 列刃鑽鍭,[248]

며 북쪽은 옹주(雍州)이고 서쪽은 잘 알려져 있지 않다. 고대에는 형주와 양주 일대에 조수(鳥獸)가 많은 것으로 이름이 났었다.

233 禁林(금림) : 금원(禁苑) 곧 제왕의 원유(苑囿). 여기서는 상림원을 가리킨다.

234 水衡虞人(수형우인) : '수형(水衡)'은 관직명. 한 무제가 원정(元鼎) 2년에 수형도위(水衡都尉)・수형승(水衡丞)을 두어 상림원을 관장하게 했다. '우인(虞人)'은 산택(山澤)을 관장하고 원유(苑囿)를 지키는 관리.

235 營表(영표) : 옛날에 대규모로 사냥을 나갈 때 우인(虞人)이 사냥하는 들에 풀을 베고 표지를 세워서 수렵하는 군영(軍營) 병사들의 위치를 정하는 것. '영(營)'은 군영(軍營), '표(表)'는 표지.

236 種別群分(종별군분) : 거졸(車卒)・기졸(騎卒)・보졸(步卒) 등 맡은 바 일의 종류대로 각기 나눠지는 것을 말한다.

237 部曲(부곡) : 옛날 군대의 편제(編制) 단위. 한대(漢代)의 군대는 장군마다 다 부(部)가 있었는데 대장군은 군영에 5부(部)가 있고 부에는 교위(校尉) 한 사람이 있으며 부 아래에는 곡(曲)이 있는데 곡에는 군후(軍侯) 한 사람이 있었다.

238 乘鑾輿(승란여) : '난여(鑾輿)'는 천자가 타는 수레. '난(鑾)'자는 잘못 들어간 글자이고 '승여(乘輿)'가 천자를 가리킨다는 설도 있다.

239 法駕(법가) : 여섯 필의 말이 끄는 황제의 마차.

240 飛廉(비렴) : 몸은 사슴 같고 뿔이 있으며 뱀 꼬리에 표범 같은 얼룩무늬가 있는, 전설에 나오는 신조(神鳥). 한 무제가 원봉(元封) 2년 장안(長安)에 비렴의 동상을 주조해 세운 비렴관(飛廉館)을 가리킨다.

241 酆鄗(풍호) : '풍(酆)'은 풍읍(酆邑)으로 주(周)의 문왕(文王)이 이곳에 도읍을 정했던 곳인데 오늘날의 섬서성 호현(戶縣) 동쪽에 있다. '호(鄗)'는 '호(鎬)'와 같은 지역으로, 주(周) 무왕(武王)의 국도(國都)였는데 오늘날의 섬서성 장안시의 서쪽에 있다.

242 上蘭(상란) : 상림원 안에 있는 상란관(上蘭觀). '관(觀)'이란 망루가 있는 높이 지은 집. 상란관은 오늘날의 섬서성 장안현 서쪽에 있는데, 한대의 황제들은 항상 이곳에 묵으면서 사냥을 했다.

243 六師(육사) : '육군(六軍)'과 같다. 주나라 때의 제도에서는 천자는 육군(六軍)을 거느리고 제후는 삼군(三軍)을 거느렸다.

244 殫(탄) : '탄(憚)'과 통한다.

245 震震爚爚(진진약약) : '진진(震震)'은 말발굽소리와 수레바퀴소리가 뇌성처럼 진동하는 것을 형용하는 의성어. '약약(爚爚)'은 칼날과 화살촉의 빛이 섬광처럼 번쩍이는 모양을 형용하는 의태어.

246 反覆(반복) : 산천이 극렬하게 요동치는 모양을 형용한 것이다.

要趹追蹤,[249] 鳥驚觸絲, 獸駭値鋒. 機不虛掎,[250] 弦不再控, 矢不單殺, 中必疊雙. 颮颮紛紛,[251] 矰繳相纏.[252] 風毛雨血, 灑野蔽天. 平原赤, 勇士厲, 猨狖失木, 豺狼懾竄. 爾乃移師趨險, 并蹈潛穢,[253] 窮虎奔突, 狂兕觸蹶. 許少施巧,[254] 秦成力折,[255] 掎僄狡, 扼猛噬,[256] 脫角挫脰, 徒搏獨殺. 挾師豹,[257] 拖熊螭,[258] 曳犀犛,[259] 頓象羆.[260] 超洞壑, 越峻崖, 蹶嶄巖, 鉅石隤, 松柏仆, 叢林摧. 草木無餘, 禽獸殄夷.

이에 황제께서 즐거이 유렵(遊獵)하는 장관(壯觀)을 성대하게 과시하고 상림원(上林苑)에서 힘을 떨쳐 무력(武力)을 크게 드러내심으로써, 한편으로는 융족(戎族)에게 위엄을 보이고 적족(狄族)에게 자랑을 하면서 또 한편으로는 위풍을 빛내시고 무예(武藝)를 훈련시키십니다. 형주(荊州) 백성들에게 명하여 새들을 쫓아 날아오르게 하고, 양주(梁州) 들녘의 농민들에게 영을 내려 짐승들을 내몰게 합니다. 짐승의 무리들은 상림원 안에 가득하고 나는 새들은 하늘을 뒤덮어, 날개를 서로 잇고

247 期門佽飛(기문차비) : '기문(期門)'은 관명(官名). 한 무제가 건원(建元) 3년에 미복(微服)을 하고 민산에 나다닐 때 곁에 둔 호위관. 평제(平帝) 때에 호분랑(虎賁郞)으로 이름을 바꾸었다. '차비(佽飛)'는 원래 고대의 용사의 이름이나 한 무제가 관명으로 삼았다. 주로 주살[弋]을 쏘는 일을 관장했다.

248 鑽鍭(찬후) : '찬(鑽)'은 '찬(攢)'과 통하여 모이다, 집중시키다. '후(鍭)'는 쇠살촉이 달린 화살로, 근거리 사격에 쓰인다.

249 要趹(요결) : '요(要)'는 '요(邀 : 가로막다)'와 통한다.

250 機(기) : 노기(弩機) 즉 여러 개의 화살이나 돌을 쏠 수 있게 고안된 쇠뇌의 발사장치의 틀.

251 颮颮(박박) : (화살 등이) 많이 나는 모양.

252 矰繳(증작) : 꼬리에 실을 매어 쏘는 화살 곧 주살[弋].

253 潛穢(잠예) : 깊은 덤불 더미. '잠(潛)'은 깊다, '예(穢)'는 덤불이 더부룩하게 자란 곳.

254 許少(허소) : 옛날의 민첩하기로 이름 난 사람.

255 秦成(진성) : 옛날의 이름 난 장사.

256 猛噬(맹서) : 사람과 가축을 잡아먹는 맹수.

257 師(사) : '사(獅)'와 통한다.

258 螭(이) : 일종의 맹수.

259 犛(모) : 모우(犛牛). 체구는 작으나 튼튼하며 털이 길고 색깔이 상당히 검은 중국 서남쪽 변경지역에서 나는 들소. 규장각본에는 '이(犛)'로 되어 있다.

260 羆(비) : 곰의 일종인 말곰. 곰보다 크며 털빛이 갈색인데 나무에도 잘 오른다.

발을 곁으로 돌릴 정도로 황상의 동산 숲[禁苑]에 모이고 풀숲에 모입니다. 원유(苑囿)를 관장하는 수형(水衡)과 우인(虞人)이 수렵하는 병사들의 군영(軍營) 위치의 표지를 세웁니다. 이에 맡은 일의 종류가 구별되며 사람들의 무리가 나뉘어지고 부곡(部曲)마다 전담하는 직책이 있게 됩니다. 그물들이 끈을 이어 산을 덮고 들을 둘러싸고 있으며, 늘어선 병졸들이 사방 주위를 둘러싸고 있음이 별들이 늘어서고 구름이 퍼져 있는 듯합니다. 수레에 오르신 황제께서 여섯 필의 말이 끄는 마차[法駕]를 준비시키고 군신들을 거느리고서, 비렴관(飛廉館) 문을 열고 행차하셔서 상림원 문에 진입하십니다. 마침내 풍(酆)과 호(鄗) 지역을 돌아서 상란관(上蘭觀)을 지나시니, 천자의 군대 육사(六師)가 분발하여 뒤좇자 모든 짐승들이 놀라 벌벌 떱니다. 우르릉 쿵쾅 번쩍번쩍, 말발굽소리와 수레바퀴소리가 뇌성(雷聲)처럼 지나가고 칼날과 화살촉이 번개처럼 번쩍입니다. 초목들이 인마(人馬)에 밟혀 땅에 문드러지고 산과 연못이 뒤집어지듯 요동칩니다. 병사들은 금수(禽獸)의 열 가운데 두셋을 짓뭉개버리고서야 노여움을 억제하고 잠시 휴식을 취합니다. 이에 기문(期門)과 차비(佽飛) 등 황제를 가까이서 모시는 무관(武官)들이 일제히 칼날을 들고 또한 화살을 집중시키며, 광분한 야수를 가로막기도 하고 종적을 따라 추격하기도 하면 새들은 놀라서 그물망에 걸리고 짐승들은 놀라서 칼날에 부딪칩니다. 쇠뇌[弩]의 틀에서 활은 헛되이 발사되지 않으며 실수하지 않기에 활시위는 다시 당겨지지 않고, 화살 하나로는 하나만 죽이지 않아 쏘았다 하면 반드시 둘을 맞힙니다. 공중에는 화살들이 수도 없이 어지러이 날아가고 실을 매어 쏘는 주살은 실들이 서로 얽힐 지경입니다. 짐승 털이 바람 따라 나르고 선혈(鮮血)이 비처럼 내려, 들판에 뿌려지고 하늘을 가립니다. 평원이 붉게 물들고 용사들이 맹렬하니, 각종 원숭이들이 나무에서 자취를 감추고 승냥이와 이리가 놀라서 숨습니다. 이어서 군대를 이동시켜 험한 곳으로 치달아 깊숙한 덤불 더미를 일제히 밟으면, 궁지에 몰린 호랑이가 내달려 돌진하고 미친 외뿔소가 이리저리 부딪치며 발길질을 합니다. 허소(許少) 같이 날랜 사람이 기교를 펴 보이고 진성(秦成) 같은 장사가 힘으로 제압하여, 민첩한 짐승을 끌어당기고 사람을 잡아먹는 맹수를 붙잡으며, 뿔을 뽑아버리고 목을 꺾어버리며 맨손으로 쳐서 혼자서 죽입니다. 사자와 표범을 겨드랑이에 끼고 곰과 맹수 이(螭)를 잡아끌고, 무소와 모우(牦牛)를 끌어당기며 코끼리와 말곰을 넘어뜨립니다. 깊은 골짜기를 뛰어넘고 험준한 낭떠러지를 건너뛰며 가파른 바위를 밟고 가면, 거대한 바위가 무너지고 송백의 큰 나무들이 쓰러지며 잡목 우거진 숲이 꺾입니다. 이리하여 초목은 남은 것이 없고 금수(禽獸)는 모조리 멸절됩니다.

於是天子乃登屬玉之館,[261] 歷長楊之榭,[262] 覽山川之體勢, 觀三軍之殺獲.[263] 原野蕭條, 目極四裔,[264] 禽相鎮壓,[265] 獸相枕藉. 然後收禽會衆, 論功賜胙. 陳輕騎以行炰,[266] 騰酒車以斟酌. 割鮮野食, 擧烽命釂. 饗賜畢,[267] 勞逸齊,[268] 大路鳴鑾,[269] 容與徘徊.[270] 集乎豫章之宇,[271] 臨

261 屬玉之館(촉옥지관) : '촉옥(屬玉)'은 오리같이 생긴 물새의 이름으로, 관(館) 위에 촉옥을 주조해 놓았기 때문에 붙여진 이름이다.

262 長楊之榭(장양지사) : '장양(長楊)'은 상림원(上林苑)에 있는 궁 이름. 흙을 높이 쌓아서 관망할 수 있게 만든 것을 대(臺)라 하는데, 대(臺) 위에 옥(屋)을 지은 것 곧 대 위의 정자를 '사(榭)'라 한다.

263 三軍(삼군) : 군대의 총칭으로 보(步)・거(車)・기(騎) 삼군을 가리킨다.

264 四裔(사예) : 사방의 먼 변방지역.

265 鎮壓(진압) : 겹겹이 쌓아 누르다.

266 行炰(행포) : 통째로 구운 고기를 전송(傳送)하다.

267 饗(향) : (술과 고기 등 음식으로) 사졸(士卒)들을 위로하다.

268 勞逸齊(노일제) : 수고롭게 사냥하는 경우도 있고 즐겁고 편안하게 노는 경우도 있음을 말한 것이다. 다른 견해로, 힘을 많이 써서 수고로운 자는 후(厚)한 상을 받고 힘을 적게 써서 편안한 자는 박(薄)한 상을 받기 때문에 똑같다는 설도 있으며, 수고롭게 많이 잡은 사람이나 그렇지 않아 적게 잡은 사람이나 구별이 없이 똑같았다는 설도 있다.

269 大路鳴鑾(대로명란) : '대로(大路)'는 천자의 수레. '노(路)'는 '노(輅)'와 통한다. 규장각본에는 '노(輅)'로 되어 있다. '난(鑾)'은 수레에 매달린 구리방울로, 수레가 갈

乎昆明之池,[272] 左牽牛而右織女, 似雲漢之無涯. 茂樹蔭蔚,[273] 芳草被堤,[274] 蘭茝發色,[275] 曄曄猗猗,[276] 若摛錦布繡, 燭燿乎其陂.[277] 鳥則玄鶴白鷺, 黃鵠鵁鸛, 鶬鴰鴇鶂,[278] 鳧鷖鴻雁,[279] 朝發河海, 夕宿江漢, 沈浮往來, 雲集霧散. 於是後宮乘輚輅,[280] 登龍舟.[281] 張鳳蓋,[282] 建華旗, 袪黼帷,[283] 鏡淸流, 靡微風,[284] 澹淡浮.[285] 棹女謳, 鼓吹震,[286] 聲激越,

---

때 방울이 흔들려 울리는 소리가 마치 난새[鸞]가 우는 것과 같기 때문에 '난(鑾)'을 '난(鸞)'으로 쓰기도 한다.

270 容與(용여) : 차분하고 느릿느릿한 모양, 편안하고 자득(自得)한 모양.

271 豫章之宇(예장지우) : '예장(豫章)'은 상림원(上林苑) 안의 곤명지(昆明池) 가운데에 있는 예장관(豫章觀). '우(宇)'는 처마. 여기서는 옥우(屋宇) 아래, 즉 실내를 가리킨다.

272 昆明之池(곤명지지) : 곤명지(昆明池). 한 무제 원수(元狩) 3년에 판 못으로, 장안 서남쪽에 있다. 둘레가 40리이고 면적이 332경(頃)으로 연못 가운데에는 견우(牽牛)・직녀(織女) 두 석상이 있다.

273 蔭蔚(음위) : 나무들이 무성한 모양.

274 被堤(피제) : 제방을 뒤덮다. 왕념손(王念孫)은 제방을 뒤덮는다는 뜻이 아니라 풀이 무성한 모양이라고 보았다.

275 蘭茝(난채) : 다년생의 향기로운 풀인 난초와 백채(白茝). '채(茝)'는 '지(芷)'로도 쓴다.

276 曄曄猗猗(엽엽의의) : '엽엽(曄曄)'은 무성한 모양, 꽃이 빛나는 모양. '의의(猗猗)'는 몹시 아름다운 모양.

277 燭燿乎其陂(촉요호기피) : '촉요(燭燿)'는 눈부시게 비치다. '피(陂)'는 지당(池塘). 여기서는 곤명지(昆明池)를 가리킨다.

278 鴇鶂(보역) : '보(鴇)'는 새의 일종인 능에. 모양이 기러기와 같으나 훨씬 크다. 초원지대에서 무리 지어 살며 다리가 강하고 튼튼해 잘 달린다. '역(鶂)'은 역새. 백로 비슷하며 높이 나는 큰 새이다.

279 鴻雁(홍안) : 기러기. 옛날 사람들은 기러기 중에 큰 것을 '홍(鴻)'이라 하였고 작은 것을 '안(雁)'이라 하였다.

280 後宮乘輚輅(후궁승잔로) : '후궁(後宮)'은 천자를 수행하는 비빈(妃嬪)을 가리킨다. '잔로(輚輅)'는 사람이 끄는 누워 잘 수 있는 수레 곧 와거(臥車)로, 휘장과 덮개가 있다. '노(輅)'는 천자의 수레.

281 龍舟(용주) : 용수선(龍首船), 용선(龍船).

282 鳳蓋(봉개) : 봉황을 수놓아 장식한 일산(日傘) 덮개.

283 袪黼帷(거보유) : '거(袪)'는 제거하다. 여기서는 펴다. '보유(黼帷)'는 자루 없는 도끼 모양의 흑백 문양을 번갈아 가며 수놓은 휘장.

284 靡(미) : 따르다[隨].

285 澹淡(담담) : 풍파(風波)에 따라 움직이는 모양.

286 鼓吹(고취) : 북방 민가(民歌)에서 나와 군중(軍中)의 음악이 된 악곡(樂曲)의 이름으로, 악기로는 북・징・퉁소・갈대피리 등이 사용되었다. 후에는 궁정에 들어가

警厲天,[287] 鳥群翔, 魚窺淵. 招白鷳,[288] 下雙鵠, 揄文竿,[289] 出比目.[290] 撫鴻罿,[291] 御繒繳,[292] 方舟并鶩, 俯仰極樂.[293] 遂乃風擧雲搖,[294] 浮遊溥覽.

이윽고 천자께서는 촉옥관(屬玉館)에 오르시고 장양궁(長楊宮) 안의 관망대 정자(亭子)를 지나, 산천의 모습과 형세를 관람하시고 휘하 군대가 사살하여 획득한 사냥물을 시찰하십니다. 들판은 쓸쓸하고 적막해 눈길을 사방 극히 먼 곳에까지 보내시니, 잡은 새들이 곳곳에 겹겹으로 쌓여 있고 죽은 짐승들이 쌓여서 서로 깔려있습니다. 그런 후에 사냥한 금수들을 거둬들이고서 장졸의 무리를 모아놓고 공적을 논하시고, 제사지내고 난 고기를 하사하십니다. 날랜 기병을 배치하여 통째로 구운 고기를 전달하고 술 실은 수레를 내몰아서 술을 따르게 합니다. 신선한 고기를 베어서 들판에서 드시고 봉화를 높이 들고 잔에 있는 술을 다 마시도록 명하십니다. 위로하여 포상하는 잔치가 끝나니 수고롭게 사냥한 사람이나 편안하게 논 사람이나 마찬가지로 대우를 받고서, 천자의 수레는 방울을 울리면서 느긋하게 천천히 앞으로 나아갑니다. 예장관(豫章觀)의 옥우(屋宇) 아래에 모여서 곤명지(昆明池)를 대하면, 왼쪽

천자와 신하들이 잔치하며 놀 때에 흔히 연주되었다.

287 警厲天(영려천) : '영(警)'은 큰 소리. '여(厲)'는 이르다.

288 招白鷳(초백한) : '초(招)'는 당기다, 들다. '백한(白鷳)'은 옛날의 활 이름. 『후한서 · 권40 · 반표열전(班彪列傳)』에는 '백한(白閑)'으로 되어 있다.

289 文竿(문간) : 비취새 깃으로 장식한 낚싯대.

290 比目(비목) : 비목어(比目魚) 즉 접어(鰈魚 : 가자미). 눈이 하나여서 두 마리가 합쳐져야 비로소 헤엄칠 수 있다고 전해지는 물고기이나, 실은 몸이 납작하고 두 눈이 모두 신체의 한쪽에 몰려 있다.

291 撫鴻罿(무홍동) : '무(撫)'는 가지다, 쥐다. '홍동(鴻罿)'은 큰 그물. '동(罿)'은 원래 수레 위에 쳐서 새를 잡는 그물이지만, 여기서는 물고기를 잡는 그물을 가리킨다.

292 御繒繳(어증작) : '어(御)'는 쥐다, 잡다, 사용하다. '증작(繒繳)'은 '증작(矰繳)'과 같다. 실을 매달아 쏘는 화살인 주살.

293 俯仰(부앙) : 부앙지간(俯仰之間), 곧 짧은 시간. '부어앙사(俯漁仰射)' 즉 고개를 숙여 물고기를 잡고 머리를 들어 새를 쏜다는 뜻으로 보는 견해도 있다.

294 風擧雲搖(풍거운요) : 배가 운항할 때 느끼는 기분이 마치 회오리바람이 높이 올라가고 흘러가는 구름이 두둥실 뜨는 것과 같음을 형용한 것이다.

엔 견우상(牽牛像)이 있고 오른쪽엔 직녀상(織女像)이 있으며 파도가 일면 은하수가 끝없이 펼쳐진 듯합니다. 무성한 나무들이 빽빽하고 향기로운 풀들이 제방을 뒤덮었으며, 난초와 백채(白茝)는 윤기가 나고 무성하고 몹시도 아름다워, 마치 비단을 깔아놓고 자수(刺繡)를 펼친 것과 같아 연못에 눈부시게 빛납니다. 조류에는 검은 학[玄鶴]·백로·누런 고니[黃鵠]·푸른백로[鵁]·황새[鸛]·재두루미[鶬鴰]·능에[鴇]·역새[鶂]·물오리[鳧]·갈매미[鷖]·기러기[鴻雁] 등이 있는데, 아침에 황하(黃河)나 해상(海上)에서 출발하여 밤에 장강(長江)이나 한수(漢水)에서 잠자지만, 항상 이 곤명지에 나타나서 물에 잠기기도 하고 뜨기도 하며 공중에서 왔다 갔다 하기도 하면서 구름같이 모이고 안개같이 흩어지곤 합니다. 이에 후궁(後宮)의 비빈(妃嬪)들이 와거(臥車)를 타고 용선(龍船)에 오릅니다. 봉황을 수놓은 일산(日傘) 덮개를 펴고 화려한 기(旗)를 세우며, 자루 없는 도끼 모양의 흑백 문양 휘장을 펴니 맑게 흐르는 물에 그림자가 비치며, 배는 미풍을 따라 물결대로 가벼이 흔들립니다. 노 젓는 여인들이 노래하고 고취곡(鼓吹曲)이 소리 높여 연주되어, 노랫소리는 격렬하고 높으며 큰 소리는 하늘에까지 이르니, 새들이 떼를 지어 비상하고 물고기들이 놀라 연못 속에 잠겨 살핍니다. 백한(白閑) 궁(弓)을 당겨 쌍쌍의 고니를 쏘아 떨어뜨리며 비취새 깃으로 장식한 낚싯대를 끌어당겨 비목어(比目魚)를 낚아냅니다. 물고기를 잡는 큰 그물을 쥐고 새를 잡는 주살을 잡고 두 배를 나란히 대고 함께 질주하니 짧은 순간이지만 즐거움을 극도로 누립니다. 그래서 마침내 회리바람같이 올라가고 구름같이 둥실 떠올라 흔들리는 기분으로, 둥실둥실 떠서 유람하며 두루두루 널리 구경합니다.

前乘秦嶺,[295] 後越九嵕,[296] 東薄河華,[297] 西涉岐雍,[298] 宮館所歷, 百有

295 秦嶺(진령) : 서쪽으로는 감숙(甘肅)·청해(靑海)의 변경에서 시작되어 동쪽으로는 하남(河南) 중부에 이르는데, 여기서는 장안의 남쪽에 있는 산인 종남산(終南

餘區. 行所朝夕,[299] 儲不改供.[300] 禮上下而接山川,[301] 究休祐之所用.[302] 采游童之歡謠, 第從臣之嘉頌.[303] 於斯之時, 都都相望, 邑邑相屬. 國藉十世之基, 家承百年之業, 士食舊德之名氏,[304] 農服先疇之畎畝,[305] 商循族世之所鬻, 工用高曾之規矩,[306] 粲乎隱隱,[307] 各得其所.

若臣者,[308] 徒觀迹於舊墟,[309] 聞之乎故老, 十分而未得其一端, 故不能

山)을 가리킨다.

296 九嵕(구종) : 장안 북쪽에 있는 산 이름.

297 華(화) : 옛날에 서악(西嶽)이라고 칭해졌던 화산(華山). 섬서성 동쪽에 있다.

298 岐雍(기옹) : 기산(岐山)과 옹수(雍水). 기산은 섬서성 기산현 동북쪽에 있으며, 『사기 · 봉선서(封禪書)』에서는 화산 서쪽의 7대 명산 가운데 하나로 열거하였다. 옹수는 섬서성 봉상현(鳳翔縣) 서북쪽에서 발원하여 부풍(扶風) · 무공(武功) 등의 현을 거쳐 위수(渭水)로 흘러 들어간다.

299 行所(행소) : 행재소(行在所). 곧 제왕이 거둥할 때에 머무는 곳. 의미상으로는 제왕이 비록 경도(京都)에 있지만 행적은 미치지 않은 곳이 없음을 말한 것이다.

300 儲不改供(저불개공) : 여기서는 황제가 유람하여 들르는 백여 곳의 궁관(宮館)들은 모두 황제와 신료들에게 필요한 많은 물자들이 각 궁관마다 갖추어져 있어, 공급하는 방식 등을 바꿀 필요가 없음을 말하고 있다.

301 禮上下而接山川(예상하이접산천) : '예(禮)'는 제사하다. '상하(上下)'는 천지. '접(接)'은 제사하다.

302 休祐之所用(휴우지소용) : '휴우(休祐)'는 아름다운 복. '소용(所用)'은 필요한 것.

303 第從臣之嘉頌(제종신지가송) : '제(第)'는 품평(品評)하여 순서를 정하다. '종신(從臣)'은 시종(侍從)하는 신하. 여기서는 한(漢)의 선제(宣帝)가 유람하면서 데리고 다녔던 왕포(王褒)나 장자교(張子僑) 같은 문학시신(文學侍臣)을 가리킨다.

304 舊德之名氏(구덕지명씨) : '구덕(舊德)'은 선대(先代)의 공덕(功德). '명씨(名氏)'는 한대(漢代)에 오래도록 벼슬한 자들은 항상 맡은 바의 관직으로 성씨를 삼았기 때문에, 성씨는 항상 이러한 사람들의 명호(名號)와 지위(地位)를 나타냈다. 예컨대 창씨(倉氏) · 고씨(庫氏) 등은 창고를 맡아보는 관리의 후예들로, 성씨는 그 사람들의 지위를 나타냈다.

305 服先疇之畎畝(복선주지견묘) : '복(服)'은 종사하다. 여기서는 경작(耕作)하는 것을 가리킨다. '선주(先疇)'는 선배(先輩), 선인(先人). '견묘(畎畝)'는 밭도랑과 밭이랑. 전(轉)하여 전답(田畓).

306 高曾之規矩(고증지규구) : '고증(高曾)'은 고조(高祖)와 증조(曾祖). 여기서는 조상을 가리킨다. '규구(規矩)'는 동그라미를 그리고 네모를 그리는 공구로, 여기서는 공구(工具)를 가리킨다.

307 粲乎隱隱(찬호은은) : '찬호(粲乎)'는 빛나는 모양, 광휘가 찬란한 모양. '은은(隱隱)'은 홍성한 모양.

308 臣(신) : 서도(西都) 빈객의 자칭이다.

309 舊墟(구허) : 구도(舊都). 장안(長安)을 가리킨다.

遍擧也."

앞으로는 진령(秦嶺)에 오르고 뒤로는 구종산(九嵕山)을 넘으며 동쪽으로는 황하와 화산(華山)에 이르며 서쪽으로는 기산(岐山)과 옹수(雍水)에 이르기까지, 지나치시는 궁관(宮館)이 백여 곳이 됩니다. 각 행재소(行在所)에는 아침저녁으로 풍부한 물자가 쌓여있어 황제께 제공하는 방식을 바꾸지 않습니다. 하늘과 땅에 제사하고 산천의 신에게 제사하며 아름다운 복을 구하는데 필요한 것을 다 합니다. 노는 아이들의 즐겁게 부르는 동요를 채집하며 문학시신(文學侍臣)들의 기리는 찬송을 품평하여 순서를 정합니다. 이러한 때에, 큰 도시들마다 서로 바라보며 작은 도시들마다 서로 이어져 있습니다. 제후번국(諸侯藩國)들은 10세(世)에 이르는 기업(基業)에 의지하고 대부세가(大夫世家)들은 백년에 이어지는 가업을 계승하며, 선비들은 선대의 덕(德)의 명호(名號)와 지위를 누리고 농부들은 선인(先人)들의 전답을 경작하며, 상인들은 가족 대대로 파는 것을 따르며 장인(匠人)들은 고조와 증조가 남긴 공구(工具)를 사용하여, 나라가 찬란하게 흥성하니 백성들이 각기 마땅한 지위를 얻습니다.

저 같은 자는 단지 옛 도읍지에서 오래된 자취만을 보았고 옛 노인들에게서 옛날의 성황(盛況)을 들었을 뿐으로, 열 개 가운데 하나도 알지 못할 것이기 때문에 두루 다 열거할 수는 없었습니다."

〈동도부(東都賦)〉

東都主人喟然而歎曰 : "痛乎風俗之移人也.[310] 子實秦人, 矜誇館室, 保界河山,[311] 信識昭襄而知始皇矣,[312] 烏睹大漢之云爲乎?[313] 夫大漢

---

310 痛(통) : 심하다, 대단하다.

311 保界(보계) : 믿다, 의뢰하다. '계(界)'는 '개(介)'의 가차자(假借字)로, '보(保)'나 '개(介)'는 모두 '믿다'는 뜻이다.

之開元也,[314] 奮布衣以登皇位,[315] 由數期而創萬代, 蓋六籍所不能談, 前聖靡得言焉. 當此之時, 功有橫而當天,[316] 討有逆而順民.[317] 故婁敬度勢而獻其說, 蕭公權宜而拓其制.[318] 時豈泰而安之哉?[319] 計不得以已也.[320] 吾子曾不是睹,[321] 顧曜後嗣之末造, 不亦暗乎? 今將語子以建武之治,[322] 永平之事,[323] 監於太淸,[324] 以變子之惑志.

---

312 識昭襄而知始皇(식소양이지시황) : '소양(昭襄)'은 진(秦)의 소양왕(昭襄王). 56년간 재위하는 동안 각 제후국들에 대해 원교근공책(遠交近攻策)을 시행했으며 백기(白起)를 장군으로 삼아 제후의 군대를 대파하였다. '시황(始皇)'은 진시황(秦始皇). 26년간 재위하였는데, 전기에는 6국을 겸병하고 천하를 통일했으며 봉건제도를 버리고 군현제를 실시했다. 문자를 통일하고 도량형을 통일하는 등 큰 치적이 있었다. 그러나 후기에는 폭정을 일삼아 분서갱유를 단행하고 과도한 세금 징수로 폭군이 되었다.

313 云爲(운위) : 소위(所爲). 여기서는 성취(成就)를 가리킨다.

314 開元(개원) : 개창(開創)하다, 시작하다.

315 布衣(포의) : 평민.

316 功有橫而當天(공유횡이당천) : '공(功)'은 '공(攻)'이 되어야 옳다. '유횡(有橫)'은 전횡하다. '유(有)'는 뜻이 없는 조사(助詞). '당천(當天)'은 응천(應天). 전설에 의하면 고조(高祖)가 천명을 받은 상서로운 징조로 오성(五星)이 동정(東井) 즉 정수(井宿)에 모였다 한다.

317 有逆而順民(유역이순민) : '유역(有逆)'은 패역(悖逆)하다. '유(有)'는 뜻이 없는 조사(助詞). '순민(順民)'은 고조가 함곡관(函谷關)에 들어갔을 때에 진나라 사람들이 술과 고기를 다투어 바친 것은 백성들의 마음에 따른 것임을 알 수 있다.

318 權宜而拓其制(권의이척기제) : '권의(權宜)'는 이치에 맞는가를 저울질해보다, 마땅함을 헤아려보다. 즉 객관적인 형세에 근거하여 그에 상응하는 책략을 취하는 것을 말한다. '척기제(拓其制)'는 궁실(宮室)의 규모와 체제를 확장하다. 『한서』의 기재에 따르면, 소하(蕭何)가 미앙궁(未央宮)을 지을 때에 고조가 그 궁실의 장려(壯麗)함을 보고서 크게 화를 냈으나, 웅장하고 화려하지 않으면 위엄을 드러낼 수 없고 또한 후대에 다시 손댈 필요가 없게 해야 한다는 소하의 말에 흔쾌히 따랐다 한다.

319 時豈泰而安之哉(시기태이안지재) : '시(時)'는 이것. '시(是)'의 통가자(通假字). '태(泰)'는 지나치게 심하다.

320 不得以已(부득이이) : 도읍을 장안에 두고 미앙궁을 웅장하고 화려하게 지은 것은 모두 형세의 필요에 따른 것이고 그렇게 하지 않을 수가 없었음을 말한 것이다.

321 吾子曾不是睹(오자증불시도) : '오자(吾子)'는 상대방에 대한 친숙한 호칭. '증(曾)'은 뜻밖에, 의외로. '부시도(不是睹)'는 이것을 보지 않다. 고대한어에서는 불(不)이나 미(未)같은 부정사 다음에 타동사가 나오고 그 타동사의 목적어로 대명사가 올 때에는 통상 부정사+대명사+타동사의 형태를 취한다. 여기서 '시(是)'는 대명사로 한초(漢初) 도읍을 정할 때의 부득이한 점을 가리킨다.

동도의 주인이 한숨을 쉬며 탄식하여 말했다. "풍속이 사람에게 영향을 끼치는 것이 참으로 대단하군요. 당신은 실로 진(秦)나라 사람이어서 궁실(宮室)을 자랑하고 산하(山河)의 험준함을 믿으시니, 이는 확실히 진(秦)의 소양왕(昭襄王)을 이해하고 진시황(秦始皇)을 아시긴 하나, 어찌 대한(大漢)이 이룩했던 찬란함을 보셨겠습니까? 대저 대한(大漢)이 개창(開創)했을 때에 고조(高祖)가 베옷을 입은 평민 신분에서 떨쳐 일어나서 황제의 자리에 올라, 여러 해의 전쟁을 거쳐 만대(萬代)에 이을 기업(基業)을 여셨으니, 이것은 육경(六經)이 이야기하지 못했던 것이고 전대(前代)의 성현도 언급하지 못했던 것입니다. 이때를 당해서 전횡하던 진조(秦朝)를 공격하여 하늘의 뜻에 응하고 패역(悖逆)한 폭군을 토벌하여 백성들의 마음에 순응했던 것입니다. 그래서 누경(婁敬)이 형세를 헤아려 관중(關中)에 도읍을 두자는 설(說)을 바쳤던 것이며 소하(蕭何)가 적절한 상황을 저울질해보아 궁실(宮室)의 체제와 규모를 확장했던 것입니다. 이것이 어찌 지나치게 꾸미고서도 마음을 편하게 가졌던 것이겠습니까? 헤아려보아 부득이해서였던 것이었습니다. 그런데 우리의 선생께서는 뜻밖에도 이러한 점을 보시지 못하고서 도리어 후대 자손들의 하찮은 건조물(建造物)을 자랑하시니 이 또한 사리에 어두우신 것이 아닙니까? 이제 선생께 건무(建武) 시기의 정치와 영평(永平) 연간의 사적을 이야기하여, 나라를 다스리는 정도(正道)를 관찰하게 해서 선생의 미혹된 생각을 바꾸고자 합니다.

往者王莽作逆,[325] 漢祚中缺,[326] 天人致誅,[327] 六合相滅.[328] 於時之亂,

322 建武(건무) : 동한 광무제(光武帝)의 연호(서기 25~56년).
323 永平(영평) : 동한 효명제(孝明帝)의 연호(서기 58~75년).
324 監於太淸(감어태청) : '감(監)'은 관찰하다. '태청(太淸)'은 천도(天道). 여기서는 나라를 다스리는 정도(正道) 또는 무위(無爲)의 교화(敎化)를 가리킨다.
325 王莽作逆(왕망작역) : '왕망(王莽)'은 서한 원제(元帝)의 왕황후(王皇后)의 조카. 원제의 손자 평제(平帝)가 황위를 이었을 때 겨우 9살이었기 때문에 왕황후가 태황태

生人幾亡, 鬼神泯絶,[329] 壑無完柩,[330] 郛罔遺室,[331] 原野厭人之肉,[332] 川谷流人之血. 秦項之災猶不克半,[333] 書契以來未之或紀.[334] 故下人號而上訴, 上帝懷而降監, 乃致命乎聖皇.[335] 於是聖皇乃握乾符,[336] 闡坤珍,[337] 披皇圖,[338] 稽帝文, 赫然發憤,[339] 應若興雲, 霆擊昆陽,[340] 憑怒

후(太皇太后)로서 조정을 맡아보면서 왕망에게 정사를 위임했다. 왕망은 정권을 전횡하여 평제를 죽이고 자신이 황제에까지 올라 국호(國號)를 신(新)으로 바꾸기까지 했다. 후에 녹림군(綠林軍)이 장안에 진격하자 장안의 군민(軍民)들이 폭동을 일으켜 왕망은 상인인 두오(杜吳)에게 피살되었다. '작역(作逆)'은 왕망이 황위를 찬탈하여 자신이 황제가 된 것을 가리킨다.

326 漢祚(한조) : 한조(漢朝)의 제위(帝位).

327 天人(천인) : 하늘의 뜻과 백성들의 마음.

328 六合(육합) : 상하사방(上下四方), 곧 천하(天下).

329 鬼神泯絶(귀신민절) : "사람이 신의 주인이다. 살아 있는 사람이 이미 없기 때문에 귀신도 역시 끊어진 것이다(人者, 神之主. 生人既無, 故鬼神亦絶也)".(李賢 주)

330 無完柩(무완구) : 완전한 관이 없다. 죽은 사람들이 많아 시신이 골짜기에 버려져 관에 넣어 장사지낼 수 없었음을 말한 것이다.

331 郛罔遺室(부망유실) : 집들이 모두 불태워졌음을 말한 것이다. '부(郛)'는 외성(外城) 즉 곽(郭).

332 厭(염) : 가득하다, 쌓이다.

333 秦項之災(진항지재) : 진왕(秦王)과 항우(項羽)가 일으킨 재난. 진(秦)의 소왕(昭王) 때 백기(白起)가 진나라의 군대를 거느리고 조(趙)나라를 공격해 장평(長平) 싸움에서 조나라의 투항한 병졸 40만 명을 구덩이에 묻었던 일이 있다. 진시황(秦始皇)은 여러 차례 육국에 대해 거병(擧兵)하여 무수한 사람들을 살상했다. 항우와 유방 간의 패권 싸움도 많은 사람들을 살상시켰다.

334 書契(서계) : 문자(文字).

335 聖皇(성황) : 동한의 개국 군주인 광무제(光武帝) 유수(劉秀)를 가리킨다.

336 乾符(건부) : 하늘이 내린 상서로운 징조, 하늘이 제왕이 될 사람에게 내리는 징표.

337 闡坤珍(천곤진) : '천(闡)'은 열다, 펴다. '곤진(坤珍)'은 지상에 나타난 상서로운 부절. 고보영(高步瀛)은 낙서(洛書)를 가리킨다고 보았다. 한대의 유생들은 낙서(洛書)는 곧 『홍범(洪範)』이라고 여겼는데, 이것은 제왕이 천명을 받는 상서로운 부절이다.

338 皇圖(황도) : 이현(李賢)의 설에 따르면, 다음 구(句)의 '제문(帝文)'과 함께 경전의 뜻을 견강부회하여 해설한 참위서(讖緯書) 중의 글이다. 하도(河圖)를 가리킨다는 설도 있다.

339 赫然發憤(혁연발분) : 벌컥 화를 내다. '혁연(赫然)'은 발끈 성내는 모양.

340 霆擊昆陽(정격곤양) : '정격(霆擊)'은 번갯불이 번쩍이듯 느닷없이 치다. '곤양(昆陽)'은 곤수(昆水) 북쪽에 있다 해서 붙여진 지명으로, 지황(地皇) 4년(서기 23)에 광무제 유수가 이곳에서 3천의 병력으로 왕망의 10만 대군을 섬멸시켰다.

雷震.[341] 遂超大河,[342] 跨北嶽,[343] 立號高邑,[344] 建都河洛.[345] 紹百王之荒屯,[346] 因造化之蕩滌,[347] 體元立制,[348] 繼天而作. 系唐統,[349] 接漢緒,[350] 茂育群生,[351] 恢復疆宇. 勳兼乎在昔,[352] 事勤乎三五,[353] 豈特方軌幷跡,[354] 紛綸后辟,[355] 治近古之所務,[356] 蹈一聖之險易云爾哉?[357]

---

341 憑怒(빙노) : 성노(盛怒). 기세(氣勢)가 맹렬함을 형용한 말이다.

342 大河(대하) : 황하(黃河).

343 跨北嶽(과북악) : '과(跨)'는 넘다. 점거하다는 뜻으로 보는 설도 있다. '북악(北嶽)'은 오악(五嶽) 중의 하나인 항산(恒山).

344 高邑(고읍) : 한대(漢代)의 지명으로 원래의 이름은 호(鄗)였으나 광무제가 이곳에서 즉위하고서 '고읍(高邑)'으로 바꾸었다. 오늘날의 하북성(河北省) 백향현(柏鄕縣) 북쪽에 있다.

345 河洛(하락) : 황하와 낙수(洛水) 사이. 곧 낙양(洛陽)을 가리킨다.

346 荒屯(황둔) : '황돈(荒頓)'과 같은 뜻으로, 황폐해지다. 여기서는 왕망의 난으로 인하여 중단되고 황폐해져버린 왕업(王業)을 가리킨다.

347 造化之蕩滌(조화지탕척) : '조화(造化)'는 천지(天地). '탕척(蕩滌)'은 깨끗이 씻어버리다. 여기서는 왕망(王莽)이 집정했을 때 많이 바꾸었던 구제도의 악법을 제거하는 것을 가리킨다.

348 體元(체원) : 천지의 덕을 본뜨다. '원(元)'은 천지만물의 본원인 원기(元氣). 고대 중국인들은 원기로부터 천지만물이 생성된다고 여겼다.

349 唐(당) : 요(堯) 임금. 처음에 도(陶)에 봉해졌다가 또 당(唐)에 봉해져 요임금을 도당씨(陶唐氏)라고 불렀다. 요임금의 재위 기간은 태평성대로 일컬어졌는데, 한대(漢代) 사람들은 한(漢) 황제의 본래 계통은 당요(唐堯)에게서 나왔다고 여겼다.

350 漢緒(한서) : 대한(大漢)의 공적. '서(緖)'는 공적(功績).

351 群生(군생) : 모든 살아있는 것들, 중생(衆生).

352 兼乎在昔(겸호재석) : '겸(兼)'은 겸하다, 포괄하다. 여기서는 뒤덮다, 뛰어넘다의 뜻으로 쓰였다. '재석(在昔)'은 선인(先人). 여기서는 전한(前漢)의 뛰어난 공적이 있는 군왕들을 가리킨다.

353 勤(근) : 고생하다. 여기서는 삼황오제보다도 더 고생하다, 즉 삼황오제보다도 뛰어나다.

354 方軌幷跡(방궤병적) : 수레를 나란히 하고 함께 나아가다. '방(方)'은 나란히 하다[幷], '궤(軌)'는 수레바퀴[車轍]로 여기서는 수레를 가리킨다. '병적(幷跡)'은 자취를 나란히 하다.

355 紛綸后辟(분륜후벽) : '분륜(紛綸)'은 함께 뒤섞이다, 혼잡(混雜)하다. '후벽(后辟)'의 '후(后)'나 '벽(辟)'은 군주.

356 近古(근고) : 근고시대의 군주를 가리킨다.

357 險易云爾哉(험이운이재) : '험이(險易)'는 원래 길의 험악함과 평탄함을 뜻하나, 여기서는 치란(治亂)을 비유하여 치세(治世)와 난세(亂世)를 다스리는 법이나 길을 가리킨다. '운이재(云爾哉)'는 문장 끝에 쓰여 의문의 어기를 나타낸다. 이 문장의

옛날에 왕망(王莽)이 반역을 일으켜 대한(大漢)의 황통(皇統)이 중단되었을 때, 하늘과 사람이 모두 책망을 하여 온 천하가 공동으로 소멸시켰습니다. 당시의 전란 중에 살아있는 사람들은 거의 없었고 귀신들도 멸절되었으며, 골짜기에는 제대로 된 관이 없었으며 성곽(城郭) 안에는 남아있는 집들이 없었고, 들판에는 사람들의 시체가 가득 쌓였고 시냇가 골짜기에는 사람들의 피가 흘러갔습니다. 진왕(秦王)과 항우(項羽)가 일으켰던 재난도 오히려 이 반에도 미치지 못했으며 문자(文字)가 생긴 이래로 아직까지 이런 참상을 기재한 적이 없었습니다. 그래서 천하의 백성들이 호곡(號哭)하며 상천(上天)에 호소하니 상제께서 불쌍한 마음을 품고 내려다 보사 이에 성황(聖皇) 광무제(光武帝)께 명령을 전하셨던 것입니다. 이에 성황(聖皇)께서 하늘이 내리신 상서로운 징표를 손에 쥐시고 땅에 나타난 상서로운 부절(符節)을 펴보시며, 황도(皇圖)를 펼쳐보시고 제왕을 예언한 제서(帝書)를 고찰하시고서, 벌컥 화를 내어 거병(擧兵)하시니 호응하는 백성들이 구름이 일어나는 것 같이 많아, 번갯불이 번쩍이듯 느닷없이 곤양(昆陽)을 들이치니 기세의 맹렬함은 천둥소리가 떨치는 듯 했습니다. 그리하여 마침내 기세를 몰아 황하를 건너고 북악(北嶽)인 항산(恒山)을 넘어 고읍(高邑)에서 황제의 존호(尊號)를 세우시고 낙양(洛陽)에 도읍을 세우셨습니다. 황폐해져버린 역대 왕들의 사업(事業)을 계승하고 천지의 신이 구제(舊制)를 씻으라는 뜻을 따랐으며, 천지의 덕을 본떠 제도를 세우고 하늘의 뜻을 계승해 일어나셨습니다. 멀리로는 당요(唐堯)의 전통을 계승하고 가까이로는 전한(前漢)의 공적을 이어 모든 생명체들을 번성하게 기르시고 사방의 강토를 넓히고 수복(收復)하셨습니다. 광무제의 공훈은 전대의 뛰어난 군주

요지는, 광무제의 위대한 업적은 일반적인 군주와 대등하게 볼 수 없으며 그가 시행했던 것은 지금까지 나왔던 군주와는 비교가 되지 않아 어떤 한 개별적인 성군(聖君)이 아니라 원고시대(遠古時代)부터 근세시대(近世時代)에 이르기까지 모든 성군들의 치세의 법을 겸했다는 것이다.

들을 뒤덮었고 사적(事迹)은 삼황오제보다도 뛰어넘었으니, 어찌 단지 보통 군주와 수레를 나란히 하고서 함께 나아가고 그러한 군주들 사이에 뒤섞여서, 근고시대(近古時代)의 군주들이 했던 일에 종사하고 일개 성군(聖君)만의 치란(治亂)의 길을 밟았다고 할 수 있겠습니까?

且夫建武之元, 天地革命,[358] 四海之內,[359] 更造夫婦,[360] 肇有父子, 君臣初建, 人倫實始,[361] 斯乃伏羲氏之所以基皇德也.[362] 分州土, 立市朝,[363] 作舟輿, 造器械,[364] 斯乃軒轅氏之所以開帝功也.[365] 龔行天罰,[366] 應天順人, 斯乃湯武之所以昭王業也.[367] 遷都改邑,[368] 有殷宗中興之

---

358 天地革命(천지혁명) : '천지(天地)'의 '지(地)'는 부차적인 단어이고 '천(天)'이 주가 되어, 하늘이 명을 바꾼다는 뜻이다. 여기서는 광무제가 즉위해 천지가 이 때문에 변혁된 것을 말한다. '혁명(革命)'은 변혁(變革)을 실시해 천명에 응하다.

359 四海(사해) : 온 천하를 가리킨다. 『이아(爾雅)』: "구이・팔만・육융・오적을 사해라 한다(九夷八蠻六戎五狄, 謂之四海)".

360 更造夫婦(갱조부부) : 부부 간의 바른 관계를 다시 세우다. 이것은 복희씨(伏羲氏)로 광무제를 비유한 것이다. 옛날에 삼강육기(三綱六紀)가 아직 세워지지 않고 백성들이 단지 그의 모친만을 알고 부친을 알지 못했을 때에, 복희씨는 부부(夫婦)・부자(父子)・군신(君臣) 등 인륜의 관계를 백성들에게 가르쳤는데, 서한(西漢) 말 대란(大亂)을 거치면서 인륜이 무너졌기 때문에 광무제가 다시 세운 것을 말한 것이다.

361 實始(실시) : 여기에서 시작되다[始於是]. '실(實)'은 이것[是].

362 伏羲氏之所以基皇德(복희씨지소이기황덕) : '복희씨(伏羲氏)'는 중국 신화에 나오는 인류의 시조. 전하는 바에 따르면 복희씨가 그의 누이 여와(女媧)와 결혼해서 인류가 시작되었다 하며, 그가 백성들에게 물고기를 잡고 수렵하며 목축하는 것을 가르쳤고, 또한 팔괘(八卦)도 그가 그린 것이라 한다. '소이(所以)'는 '용이(用以)'의 뜻이다. '황덕(皇德)'은 황제(皇帝)의 공덕(功德), 위대(偉大)한 공덕.

363 市朝(시조) : 물건을 교역하고 매매하는 장소, 곧 시장.

364 器械(기계) : '기(器)'는 예악(禮樂)의 도구를 가리키며, '계(械)'는 창・칼 등 병기(兵器)를 가리킨다.

365 軒轅氏(헌원씨) : 중국의 민족 조상인 황제(黃帝)의 이름. 성은 희(姬)이고 헌원(軒轅) 언덕에서 살았다 해서 호가 헌원씨(軒轅氏)이다. 유웅씨(有熊氏)라고도 한다. 일찍이 염제(炎帝)를 격파하고 치우(蚩尤)를 죽여 천자로 받들어졌다. 많은 발명들이 황제 시대에 시작되었다고 전해진다.

366 天罰(천벌) : 광무제가 왕망을 토벌한 것을 가리킨다.

367 湯武(탕무) : 상(商)의 탕왕(湯王)과 주(周)의 무왕(武王). 탕왕은 무도(無道)한 하

則焉,[369] 卽土之中,[370] 有周成隆平之制焉.[371] 不階尺土一人之柄,[372] 同符乎高祖, 克己復禮,[373] 以奉終始, 允恭乎孝文,[374] 憲章稽古, 封岱勒成,[375] 儀炳乎世宗.[376] 案六經而校德,[377] 眇古昔而論功, 仁聖之事旣

(夏)의 걸왕(桀王)을 토벌하여 하를 멸망시키고 상(商)을 세웠으며 박(亳)에 도읍을 두었다. 무왕은 포악한 상의 주왕(紂王)을 토벌해 상을 멸망시키고 주(周)를 세웠으며 호(鎬)에 도읍을 두었다. 여기서는 광무제를 탕무(湯武)에 비유한 것이다.

368 遷都改邑(천도개읍) : 광무제가 낙양(洛陽)에 도읍을 둔 것을 가리킨다. 구도(舊都) 장안의 입장에서 보면 천도한 것이 된다.

369 殷宗(은종) : 은인(殷人)의 조상. 은상(殷商)의 군주인 반경(盤庚)을 가리킨다. 반경은 탕임금의 9대손으로 즉위할 때에 국세가 쇠락했지만, 곤경을 벗어나고 자연재해를 면하기 위해 엄(奄 : 현재의 山東 曲阜)으로부터 은(殷 : 지금의 河南 安陽 서북쪽)으로 천도하여 국운이 흥왕하게 되었다.

370 卽土之中(즉토지중) : '즉(卽)'은 나아가다[就]. '토지중(土之中)'은 낙양(洛陽)을 가리킨다.

371 周成隆平之制(주성륭평지제) : '주성(周成)'은 주(周)의 성왕(成王). 무왕(武王)의 아들로 즉위했을 때에 나이가 어려 주공(周公)의 보필을 받았다. 동도(東都)인 낙읍(洛邑)을 건설했다. '융평(隆平)'은 승평(升平), 태평.

372 不階尺土一人之柄(불계척토일인지병) : 광무제가 한 자되는 토지나 한 사람의 부하도 없었던 필부(匹夫)에서 일어났던 것을 말한다. '계(階)'는 의지하다. '척토(尺土)'는 척촌(尺寸)의 봉토(封土). '일인지병(一人之柄)'은 한 사람을 다스리는 권력. '일인(一人)'을 천자 자칭으로 보는 설도 있다.

373 克己復禮(극기복례) : 광무제가 사치하고 싶은 욕망을 억제하고 예를 지키는 것을 중시한 것을 칭송하는 말이다.

374 孝文(효문) : 한(漢) 고조의 아들 문제(文帝). 재위 기간에 농경(農耕)을 중시하고 조세를 12년간 면해주어 경제가 빨리 발전했다. 청정무위(淸靜無爲)를 주장하고 생활이 소박하고 검소했다고 한다. 여기서는 광무제의 검소하고 소박한 생활태도가 효문제와 같음을 말한 것이다.

375 封岱勒成(봉대륵성) : '봉대(封岱)'는 태산(泰山)에 단(壇)을 쌓고 하늘에 제사지내다. '봉(封)'은 흙을 쌓아서 단을 만들어 하늘에 제사지내는 것이다. '대(岱)'는 태산(泰山). '늑성(勒成)'은 사업의 성공을 돌비에 새기다. '늑(勒)'은 새기다.

376 世宗(세종) : 한(漢) 무제(武帝)의 묘호(廟號). 무제는 문제(文帝)와 경제(景帝)의 사업을 이어 대내적으로는 경제와 정치상의 개혁을 단행했고 대외적으로는 거병(擧兵)하여 강토를 개척하는데 큰 공을 세웠다. 또한 유학을 존중하여 기타 제자백가들을 물리치고 인의(仁義)를 제창했으며, 태학(太學)을 세우고 오경박사(五經博士)를 두었다. 원봉(元封) 원년에 태산에 올라 제천(祭天) 의식을 거행하고서 돌비에 새기고 돌아왔다. 여기서는 광무제가 예의를 강구한 것이 무제와 같았음을 말한 것이다.

377 案六經而校德(안륙경이교덕) : '안(案)'은 '안(按)'의 가차자(假借字)로 의거하다, 비추어보다. '교(校)'는 비교하다, 따져보다, 계산하다.

該,[378] 而帝王之道備矣.

또한 건무(建武) 원년에 하늘이 명(命)을 바꾸는 변혁(變革)이 있어, 온 천하가 부부의 도(道)를 다시 정립하고 부자(父子)의 예가 온전해지기 시작했으며 군신의 관계가 처음으로 세워져 인륜이 여기에서 시작되었으니, 이것이 바로 복희씨(伏羲氏)가 황제의 공덕의 기초로 삼은 것이었습니다. 또한 국토를 그어 나누며 시장을 세우고 배와 수레를 만들며 예악(禮樂)의 도구와 병기(兵器)를 창조(創造)하는 것 등은, 이것이 바로 헌원씨(軒轅氏)가 제왕의 공훈을 열었던 것이었습니다. 하늘의 징벌을 공손히 받들어 행하고 위로는 하늘에 순응하고 아래로는 사람들의 마음을 따르는 것, 이것이 바로 상(商)의 탕왕(湯王)과 주(周)의 무왕(武王)이 제왕의 기업(基業)을 빛나게 했던 것이었습니다. 도읍(都邑)을 옮겨 바꾸어서 은(殷) 반경왕(盤庚王)이 중흥했던 준칙이 있었으며, 국토의 중앙인 낙양(洛陽)에 거(居)하여서 주(周) 성왕(成王)의 융성하고 태평했던 때의 제도가 있었습니다. 한 뼘 되는 봉토(封土)나 한 사람을 다스리는 권력에도 의지하지 않은 것은 고조(高祖)와 부합(符合)하고, 자신의 욕구를 극복하고 예의를 회복하여 시종(始終) 받들어 행함은 진실로 효문제(孝文帝)보다도 공경스럽고 근엄(謹嚴)했으며, 전대(前代)의 전장제도(典章制度)를 본받고 고대의 예의제도를 살피며, 태산(泰山)에 단을 쌓아 하늘에 제사지내고 성공을 돌비에 새긴 것은, 그 예의(禮儀)가 무제(武帝)보다도 더욱 빛났습니다. 육경(六經)에 의거하여 과거 제왕과의 덕행을 비교해보고 옛날 제왕들을 자세히 살펴 그 공적을 논해본다면, 광무제는 인자하고 성스러운 사업들이 이미 갖추어졌고 제왕의 도(道)도 구비되었던 것입니다.

至乎永平之際,[379] 重熙而累洽,[380] 盛三雍之上儀,[381] 修袞龍之法服.[382]

---

378 該(해) : 갖추어지다, 구비되다.

379 永平(영평) : 한(漢) 명제(明帝) 유장(劉莊)의 연호(서기 58~75년). 명제는 광무제

鋪鴻藻,[383] 信景鑠,[384] 揚世廟,[385] 正雅樂,[386] 人神之和允洽,[387] 群臣之序既肅. 乃動大輅,[388] 遵皇衢,[389] 省方巡狩,[390] 躬覽萬國之有無,[391] 考聲教之所被,[392] 散皇明以燭幽. 然後增周舊,[393] 修洛邑,[394] 扇巍巍,[395] 顯

의 아들로 18년간의 재위 시 법령을 분명히 하였고 유학을 중시했다.

380 重熙而累洽(중희이루흡) : 광무제가 이미 빛났는데 명제가 이를 이어받아 더욱 빛이 났기 때문에 '중희(重熙)'라 한 것이다. '누흡(累洽)'은 더욱 조화롭다, 더욱 화목하다.

381 盛三雍之上儀(성삼옹지상의) : '삼옹(三雍)'은 삼옹궁(三雍宮) 즉 벽옹(辟雍)·명당(明堂)·영대(靈臺)로, 제왕이 제사와 전례를 거행하고 정교(政教)를 밝히는 장소이다. 명제는 영평 2년 정월에 광무제를 명당에 제사지내고, 제사를 마치고서 영대에 올랐다. 그리고 3월에는 벽옹에 임해서는 최초로 대사례(大射禮)를 행했는데, 이런 것을 최고의 의례[上儀]라고 한 것이다.

382 袞龍之法服(곤룡지법복) : '곤룡(袞龍)'은 옛날 제왕이 입었던 용이 수놓아진 예복으로, 여기서는 의상의 장식을 가리킨다. '법복(法服)'은 예법에서 규정한 천자의 제복(制服). 영평 2년에 천자와 공경 및 열장(列將)들이 처음으로 의례에 맞는 옷을 입었다 한다.

383 鋪鴻藻(포홍조) : 굉대(宏大)한 문장(文章)을 벌여놓다. 여기서는 위엄 있는 조서(詔書)를 내리다는 뜻이다. '홍(鴻)'은 크다[大], '조(藻)'는 문조(文藻), 문장(文章).

384 信景鑠(신경삭) : '신(信)'은 펴다. 여기서는 신장(伸張)하다, 발양(發揚)하다. '경삭(景鑠)'은 큰 아름다움[大美].

385 揚世廟(양세묘) : 명제는 광무제의 사당[廟]을 존중하여 세조묘(世祖廟)라고 불렀다. '양(揚)'은 송양(頌揚)하다.

386 正雅樂(정아악) : 명제는 조서를 내려 교묘악(郊廟樂)을 바꾸어 태여악(太予樂)이라고 이름 붙였다. '아악(雅樂)'은 종묘나 조회(朝會)에서 사용하는 정악(正樂).

387 人神之和(인신지화) : 제사하여 받드는 묘신(廟神)과 살아있는 사람들 간의 화합된 관계를 가리킨다.

388 大輅(대로) : 천자의 수레.

389 皇衢(황구) : 천자의 수레가 왕래하는 정도(正道). '구(衢)'는 네거리, 큰길.

390 巡狩(순수) : 천자가 제후의 나라를 순회하며 시찰하는 것으로, '순수(巡守)'라고도 한다. '수(狩)'는 지방장관. 고대에는 천자가 5년에 한 번씩 순수를 하여 제후가 다스리는 곳을 시찰하였다.

391 有無(유무) : 풍속의 선악(善惡)을 말한다.

392 聲教(성교) : 성위(聲威)와 교화.

393 增周舊(증주구) 이하 2구 : 주(周) 성왕이 낙읍(洛邑)에 도읍을 두었지만, 후한의 명제(明帝)는 이것을 증수(增修)하였다. 여기서는 영평 3년에 북궁(北宮)과 여러 관부(官府)를 일으킨 것을 말한다.

394 洛邑(낙읍) : 낙양(洛陽).

395 扇巍巍(선외외) 이하 2구 : 낙읍 궁실의 규모와 기세가 모두 법도에 부합함을 말한 것이다. '선(扇)'은 드날리다, 돕다. '익익(翼翼)'은 잘 정돈되고 아름다운 모양, 장려

翼翼, 光漢京於諸夏,[396] 總八方而爲之極.[397] 於是皇城之內,[398] 宮室光明, 闕庭神麗,[399] 奢不可逾,[400] 儉不能侈.[401] 外則因原野以作苑,[402] 塡流泉而爲沼,[403] 發蘋藻以潛魚,[404] 豐圃草以毓獸,[405] 制同乎梁鄒,[406] 誼合乎靈囿.[407]

명제(明帝) 영평(永平) 연간에 이르러 더욱 빛이 나고 거듭 조화되어, 조정에서는 삼옹궁(三雍宮)에서 최고의 의례(儀禮)를 성대하게 거행하였고 황제께선 용을 수놓은 예복을 입었습니다. 위엄 있는 조서(詔書)를 내려 몹시 아름다운 덕을 드날리시고 세조(世祖)의 묘호(廟號)를 기리며 아악(雅樂)을 바르게 하시니, 사람과 신(神)의 화합된 관계가 진실로 융화되었고 여러 신하들의 서열 또한 이미 근엄해졌습니다. 이에 황제께서는 수레를 움직여 황제 대로(大路)를 따라 사방을 살피시고 제후들을 시찰하시면서, 몸소 각 제후국들의 민풍습속(民風習俗)을 보시

(壯麗)한 기세.

396 諸夏(제하) : 중원(中原)에 있는 각 제후국.

397 總八方而爲之極(총팔방이위지극) : '팔방(八方)'은 온 천하를 가리킨다. '극(極)'은 준칙, 표준. 여기서는 표지(標識)의 뜻이다. 낙읍의 건축 체제가 모두 법도에 맞아 천하의 준칙이 되었다고 보는 설도 있다.

398 於是(어시) : 규장각본에는 '시이(是以)'로 되어 있다.

399 闕庭(궐정) : 궁궐과 중정(中庭). 궁궐의 뜰로 보는 설도 있다.

400 奢不可逾(사불가유) 이하 2구 : 궁실과 궐정(闕庭)이 모두 예법에 맞아 사치를 하고 검소한 것이 적당했음을 말한 것이다.

401 侈(치) : 과분(過分)하다.

402 外則因原野以作苑(외즉인원야이작원) : '외(外)'는 동도(東都)의 성 밖을 가리킨다. '원(苑)'은 원유(苑囿) 즉 울타리를 치고서 그 안에 금수와 나무들을 기르는 동산.

403 塡(전) : '신(愼)'이 되어야 옳다. '신(愼)'은 '순(順)'과 통하여 소통하다. 규장각본에는 '순(順)'으로 되어 있다.

404 蘋藻(빈조) : 네가래와 개구리밥. '빈(蘋)'이나 '조(藻)' 둘 다 물풀의 이름으로, 옛날에는 이것을 취하여 제사에 썼다.

405 圃草(포초) : 광대(廣大)한 초원의 풀. '포(圃)'는 광대하다, 박대(博大)하다.

406 梁鄒(양추) : 옛날에 천자가 수렵하는 곳의 이름.

407 誼合乎靈囿(의합호령유) : '의(誼)'는 '의(義)'와 통하여 의의(意義). '영유(靈囿)'는 천자나 제후가 금수를 기르는 동산. '영(靈)'은 신성함을 형용하는 말이다. 옛날에 천자는 100리, 제후는 40리 사방의 '유(囿)'가 있었다. 『시경 · 대아 · 영대(靈臺)』 : "문왕께서 영유에 계시니 암사슴 수사슴이 엎드려 노네(王在靈囿, 麀鹿攸伏)".

고 성위(聲威)와 교화가 보급된 정황을 고찰하시며 황제의 광휘를 발산하시어 어두운 곳을 비추셨습니다. 그런 후에 주대(周代) 왕성(王城)의 옛 체제를 확충하고 낙양의 궁실을 증수(增修)하여, 높고 웅장한 자태를 드날리고 장려(壯麗)한 기세를 드러내어서, 대한(大漢)의 경성(京城)을 각 제후국들에 빛내고 온 천하를 거느리는데 그것으로 표시를 삼으셨습니다. 이에 황성(皇城) 안은 궁실들이 빛이나 밝았으며 궁궐과 중정(中庭)은 신기하고 화려했는데, 사치한 곳은 법도를 넘지 않았고 검소한 곳도 과분하지 않았습니다. 황성 밖은 들판의 지형에 맞추어 금수(禽獸)와 임목(林木)을 기르는 동산[苑囿]을 만들고, 흐르는 샘물을 소통시켜 못을 만들어서, 이곳에 물풀을 자라게 해 물고기를 숨게 하고 넓은 초원에 풀을 무성하게 해 짐승들을 기르셨으니, 옛날 천자가 양추(梁鄒)에서 사냥하던 제도와 같았고 문왕(文王)이 신령한 동산[靈囿]에서 짐승을 기르던 의의(意義)와 합치했습니다.

若乃順時節而蒐狩,[408] 簡車徒以講武,[409] 則必臨之以〈王制〉,[410] 考之以〈風〉〈雅〉.[411] 歷〈騶虞〉,[412] 覽〈駟鐵〉,[413] 嘉〈車攻〉,[414] 采〈吉日〉,[415] 禮

408 蒐狩(수수) : 천자나 제후가 시절에 따라 사냥하는 명칭으로서 봄 사냥을 '수(蒐)'라 하고 여름 사냥을 '묘(苗)'라 하며 가을 사냥을 '선(獮)'이라 하고 겨울 사냥을 '수(狩)'라 한다.

409 簡(간) : 검열(檢閱)하다.

410 臨之以王制(임지이왕제) : '임(臨)'은 처리하다. '왕제(王制)'는 여기서는 『예기(禮記)·왕제(王制)』 중에서 사냥에 관련된 규정을 가리킨다. 이 가운데는 "천자와 제후는 일이 없으면 해마다 세 번 사냥을 한다(天子諸侯無事, 則歲三田)"고 하면서 예(禮)로써 사냥하고 또한 과다하게 살상하지 말 것을 주장했다. 고대에 천자나 제후가 사냥을 한 것은 첫째는 제사를 위해서 둘째는 빈객을 위해서 셋째는 군주의 주방(廚房)을 채우기 위해서였다.

411 風雅(풍아) : 『시경』의 〈풍〉·〈아〉 중에 사냥에 관련된 시를 가리킨다. 예를 들면 다음에 언급하는 『시경·국풍(國風)』 중의 〈추우(騶虞)〉·〈사철(駟鐵)〉과 『시경·소아(小雅)』 중의 〈거공(車攻)〉·〈길일(吉日)〉이 그러한 예이다.

412 騶虞(추우) : 『시경·소남(召南)』의 편명. '추우(騶虞)'는 살아있는 것을 먹지 않는 어진 짐승의 이름. 시에서는 일정한 시절을 따라 사냥을 하고 추우(騶虞)같이 인자하여 짐승을 멋대로 잡거나 죽이지 말 것을 주장했다.

官整儀,[416] 乘輿乃出.[417] 於是發鯨魚,[418] 鏗華鐘,[419] 登玉輅,[420] 乘時龍.[421] 鳳蓋棽麗,[422] 和鑾玲瓏,[423] 天官景從,[424] 寖威盛容.[425] 山靈護野, 屬御方神,[426] 雨師汎灑,[427] 風伯淸塵.[428] 千乘雷起,[429] 萬騎紛紜, 元戎竟野,[430]

---

413 駟鐵(사철) : 『시경・진풍(秦風)』의 편명. 진(秦)의 양공(襄公)이 처음으로 제후가 되었을 때 사냥했던 것을 노래한 시다.

414 車攻(거공) : 『시경・소아(小雅)』의 편명. 주(周) 선왕(宣王)이 제후들을 동도(東都)에 모아 사냥을 통해 병거(兵車)와 보병을 선발했는데, 시인이 그 일을 기려 지은 시다.

415 吉日(길일) : 『시경・소아(小雅)』의 편명. 주 선왕이 사냥할 때에 하찮은 일을 신중히 하고 아랫사람을 잘 대하였기에 신하들이 힘을 다해 군주를 받들지 않음이 없음을 찬미한 시다.

416 禮官(예관) : 예의를 관장하는 관리.

417 乘輿(승여) : 천자를 가리킨다. 천자는 지극히 존귀한 사람이기 때문에 감히 직접 말하지 못하고 '승여(乘輿)'라고 지칭한 것이다.

418 鯨魚(경어) : 고래 모양으로 만든 종을 치는 공이[杵]. 포뢰(蒲牢)라는 해변에 사는 짐승은 평소에 바다의 큰 고래를 두려워 해 고래가 공격하면 크게 울기 때문에, 종소리가 크게 나도록 하기 위해 종 위에 포뢰를 만들고 고래 모양의 공이로 치게 했다.

419 華鐘(화종) : 전문(篆文)이 새겨진 종. 종에 전각(篆刻)의 문양이 있기 때문에 '화(華)'라고 한 것이다.

420 玉輅(옥로) : 옥으로 장식한 대로(大輅). 대로(大輅)는 천자가 타는 수레이다.

421 時龍(시룡) : 털 색깔이 일정한 시절에 맞는 준마. 여덟 자 이상의 말을 '용(龍)'이라 하며, 계절마다 각각의 털 색깔을 지닌 말을 선택해 사시(四時)의 색을 따르기 때문에 '시룡(時龍)'이라 한 것이다.

422 棽麗(임려) : 무성하게 덮어 가린 모양. 『후한서・반표전(班彪傳)』에 첨부된 반고(班固)의 〈동도부(東都賦)〉에는 표동(飄動)하다는 뜻인 '삽쇄(颯灑)'로 되어 있다.

423 和鑾玲瓏(화란령롱) : '화란(和鑾)'은 수레의 횡목(橫木)과 수레의 앞턱 가로나무[車軾]에 매단 구리방울. 횡목에 매단 것을 '난(鑾)'이라 하고 앞턱 가로나무에 매단 것을 '화(和)'라 한다. '영롱(玲瓏)'은 수레방울 소리.

424 天官景從(천관영종) : '천관(天官)'은 백관(百官). 『독단(獨斷)』: "백관 소리를 천관이라 한다(百官小吏, 曰天官)". '영종(景從)'은 영종(影從). 그림자가 몸을 따르듯이 바짝 좇는 것을 말한다.

425 寖威盛容(침위성용) : '침위(寖威)'는 위엄을 성대하게 하다. '침(寖)'은 '침(祲)'과 통하여 성(盛)하다, 성대하게 하다. '성용(盛容)'은 예용(禮容)을 융성하게 하다.

426 屬御方神(속어방신) : '속어(屬御)'는 속거지어(屬車之御) 즉 천자의 시종 수레를 모는 자. 속거(屬車)란 천자의 시종(侍從)의 수레. '어(御)'는 어자(御者), 곧 수레를 모는 자. '방신(方神)'은 사방의 신.

427 雨師汎灑(우사범쇄) : '우사(雨師)'는 강우(降雨)를 관장하는 신. '범쇄(汎灑)'는 두루 뿌리다.

428 風伯(풍백) : 바람의 신[風神].

戈鋋彗雲.[431] 羽旄掃霓,[432] 旌旗拂天. 焱焱炎炎,[433] 揚光飛文,[434] 吐爓生風,[435] 欱野歕山,[436] 日月爲之奪明, 丘陵爲之搖震. 遂集乎中囿, 陳師按屯.[437] 騈部曲,[438] 列校隊,[439] 勒三軍,[440] 誓將帥. 然後擧烽伐鼓, 申令三驅.[441] 輶車霆激, 驍騎電騖. 由基發射,[442] 范氏施御,[443] 弦不睼禽,[444] 轡不詭遇. 飛者未及翔, 走者未及去. 指顧倏忽, 獲車已實. 樂不極盤,[445] 殺不盡物. 馬踠餘足,[446] 士怒未渫. 先驅復路,[447] 屬車案節.[448] 於是薦三

---

429 千乘(천승) : 병거(兵車)가 많은 것을 형용하는 말이다.

430 元戎竟野(원융경야) : '원융(元戎)'은 거대한 전차. '원(元)'은 크다[大]. '경(竟)'은 가득하다.

431 戈鋋彗雲(과연혜운) : '과연(戈鋋)'은 창과 작은 창. '연(鋋)'은 쇠자루가 달린 단창. '혜(彗)'는 빗자루(로 쓸다).

432 羽旄(우모) : 오색의 새 깃털과 모우(旄牛 : 긴 털을 가진 소)의 꼬리 털. 이 두 가지를 깃대 끝에 묶어 장식으로 사용했다.

433 焱焱炎炎(염염염염) : '염염(焱焱)'은 불꽃. '염염(炎炎)'은 불빛.

434 揚光飛文(양광비문) : (창칼이) 광휘를 발하고 (정기가) 문채(文彩)를 날리다.

435 爓(섬) : 불꽃, 화염.

436 欱野歕山(합야분산) : 들의 기(氣)를 들이마시고 산의 기를 내뿜다.

437 按屯(안둔) : 군대를 멈추고 주둔하여 지키다.

438 部曲(부곡) : 고대 군대의 편제(編制) 단위. 한대(漢代)의 군대는 장군마다 다 부(部)가 있었는데 대장군은 군영에 5부(部)가 있고 부에는 교위(校尉) 한 사람이 있으며 부 아래에는 곡(曲)이 있는데 곡에는 군후(軍侯) 한 사람이 있다.

439 校隊(교대) : 고대 군대의 편제 단위로, 약 500인이 하나의 '교(校)'이고 100인이 하나의 '대(隊)'이다. 하나의 교(校)가 작게는 700인 많게는 1,200인이라는 설도 있다.

440 三軍(삼군) : 보군(步軍)・기군(騎軍)・거군(車軍) 3군을 가리킨다.

441 三驅(삼구) : 옛날에 사냥할 때 삼면(三面)만을 둘러싸고 나머지 한 면의 길을 열어 두어 금수(禽獸)들에게 도망할 길을 내줌으로써 인자(仁慈)함을 드러내는 사냥의 방법. 또 다른 설로는 옛날 사냥의 목적으로, 첫째 조상을 제사하기 위해서, 둘째 빈객을 대접하기 위해서, 셋째 군주의 주방을 채우기 위해서 사냥몰이를 하는 것이라는 주장도 있다.

442 由基(유기) : 양유기(養由基). 춘추시대 초나라의 대부로 활을 잘 쏘아 백 보 밖에서도 버들잎을 맞추었다고 한다.

443 范氏(범씨) : 우임금 때의 말을 잘 모는 사람.

444 弦不睼禽(현불제금) 이하 2구 : 옛날 사냥에서는 금수가 도망할 때 뒤에서 쏘아야 예에 맞았으며, 정면에서 마주보며 다가오는 것이나 측면으로 지나가는 것을 쏘지 않았다. '비(轡)'는 고삐를 쥐다, 수레를 몰다. '궤우(詭遇)'는 측면에서 활을 쏘는 것을 말한다.

445 極盤(극반) : 쾌락을 다하다, 즐거움을 다하다. '반(盤)'은 쾌락, 즐거움.

犧,[449] 效五牲,[450] 禮神祇, 懷百靈.[451]

적당한 시절을 따라 사냥을 하여서 병거(兵車)와 보졸(步卒)을 검열하시고 무예를 훈련시키는 것 같은 일은, 반드시 〈왕제(王制)〉에서 한 말을 따라 사냥을 시행하고 〈풍(風)〉과 〈아(雅)〉 중에 사냥에 관한 시를 참고하십니다. 『시경』에 나온 각 시(詩)들인 〈추우(騶虞)〉를 살펴보고 〈사철(駟鐵)〉을 열람하며 〈거공(車攻)〉을 찬미하고 〈길일(吉日)〉을 채택한 후, 예관(禮官)이 예의를 정돈하고서야 황제께서 나오십니다. 이에 고래 모양의 공이[杵]를 들어 전문(篆文)이 새겨진 화종(華鐘)을 쳐서 울리면 황제께서 옥으로 장식한 수레[大輅]에 올라 시절에 맞는 색깔의 준마를 타십니다. 봉황장식의 일산(日傘) 덮개는 아래로 드리워져 나긋나긋 흔들리고 수레에 매달린 방울은 난새[鸞] 울음처럼 딸랑거리는데, 백관(百官)들은 그림자처럼 바짝 뒤좇으며 위용(威容)도 성대하게 나아갑니다. 산신(山神)이 들판을 호위하고 사방의 신들이 수레를 몰고서 따르며, 우사(雨師)가 길에 비를 두루 뿌리고 풍백(風伯)이 티끌을 청소합니다. 수천의 병거(兵車)가 천둥이 우는 듯 기동하고 수만의 기병이 어지러이 앞 다퉈 나아가며, 거대한 전차가 들판에 가득하고 창과 단창이 구름을 쓸고 지나갑니다. 오색 새털과 모우(旄牛) 꼬리털로 장식한 깃대가 무지개를 쓸고 지나가고 정기(旌旗)가 하늘을 스치고 지나갑니다. 번쩍거리며 휘

---

446 馬踠(마원) : 말의 다리와 발굽 사이에 이어진 굽은 곳. 여기서는 말의 발을 가리킨다. '원(踠)'은 굽다.

447 先驅(선구) : 황제의 수레에 앞서 길을 깨끗이 하는 선행(先行)하는 수레.

448 屬車案節(속거안절) : '속거(屬車)'는 황제의 시종(侍從)의 수레. 진한(秦漢) 이래로 황제의 대가(大駕)의 속거는 81승(乘)이었다. '안절(案節)'은 고삐를 당겨 천천히 가다, 속도를 늦추다.

449 三犧(삼희) : 천(天)・지(地)・종묘(宗廟)의 제사에 쓰이는 짐승. '희(犧)'는 제사에 쓰이는 순색(純色)의 생축(牲畜).

450 五牲(오생) : 제사에 쓰이는 다섯 가지 짐승으로, 곧 순록[麋]・사슴[鹿]・노루[麕]・이리[狼]・토끼[兎]. '생(牲)'은 제사에 쓰이는 짐승으로 몸이 온전한 것만을 쓴다.

451 懷百靈(회백령) : 각종 신령을 초청하다. '회(懷)'는 '회유(懷柔)'의 뜻으로 곧 초청하여 위로하다. 여기서는 초청하여 공손하게 예를 다한다는 뜻이다.

황찬란하게 광휘를 발하고 문채(文彩)를 날리며, 창칼은 불꽃을 토해내고 정기는 바람을 일으키며, 인마(人馬)는 산야의 기를 들이마시고 내뿜어서 파동이 이니, 해와 달이 이 때문에 광휘를 빼앗기고 구릉도 이 때문에 요동치며 흔들립니다. 그리하여 마침내 황제께서는 원유(苑囿) 가운데에 장병들을 모아 군대를 진열시키고서 주둔합니다. 부(部)와 곡(曲)을 병렬시키고 각 부대단위인 교(校)와 대(隊)를 배열하며, 보(步)·기(騎)·거(車) 3군을 통솔하고 장수들에게 훈계합니다. 그런 후에 봉화를 높이 들고 북을 치고서, 삼면(三面)만을 둘러싸서 사냥몰이를 하고 나머지 한 면은 도망할 길을 열어주라는 명령을 선포하십니다. 이에 가뿐한 병거가 천둥처럼 들이치고 용맹스런 기병이 번개처럼 달려갑니다. 양유기(養由基) 같은 궁수(弓手)가 활을 쏘고 범씨(范氏) 같은 마부가 수레를 모는데, 정면에서 마주보며 날아오는 새에게는 활시위를 당기지 않으며 수레를 모는 사람은 측면으로 지나가는 짐승을 쏘지 않습니다. 날아가는 새는 아직 채 높이 날지도 않아서 떨어지고 도망가는 짐승은 아직 채 멀리 떠나지도 않아서 숨을 거둡니다. 단 한번 지휘하고 고개를 돌아보는 짧은 순간에 포획물을 실은 수레가 벌써 가득합니다. 즐거워하되 쾌락을 다하지는 않으며 사냥을 하되 사냥감을 다 죽이지는 않습니다. 말의 다리에는 아직도 힘이 남아있으며 병사들의 흥분은 아직도 다 발산되지 않았습니다. 황제의 행차에 앞서가는 수레가 귀로(歸路)에 오르고 시종(侍從)들의 수레는 속도를 늦춥니다. 이에 천(天)·지(地)·종묘(宗廟)의 제사에 쓰이는 짐승을 진헌(進獻)하고 순록[麋]·사슴[鹿]·노루[麐]·이리[狼]·토끼[兎] 등 다섯 가지 제사 짐승[五牲]을 바치며, 천신(天神)과 지신(地神)께 제례(祭禮)하고 온갖 신령을 초청해 공손히 제사하십니다.

覲明堂,[452] 臨辟雍,[453] 揚緝熙,[454] 宣皇風.[455] 登靈臺,[456] 考休徵,[457] 俯仰乎乾坤,[458] 參象乎聖躬.[459] 目中夏而布德,[460] 瞰四裔而抗稜,[461] 西蕩河源, 東澹海滑,[462] 北動幽崖,[463] 南燿朱垠.[464] 殊方別區,[465] 界絶而不鄰,[466] 自孝武之所不征,[467] 孝宣之所未臣,[468] 莫不陸讋水栗, 奔走而來

---

452 覲明堂(근명당) : '근(覲)'은 만나다, 회견하다. '명당(明堂)'은 천자가 제후를 접견하고 제사・교학 등을 행하는 궁전. '근(覲)'이 천자를 뵙는다는 뜻이 있어 '근명당(覲明堂)'을 명제(明帝)가 선황인 광무제를 제사하다는 뜻으로 보는 설도 있다. 특히 『동관한기(東觀漢記)』에는 영평(永平) 2년 정월에 황제가 광무제를 명당에서 제사지내고 이 예가 끝나자 영대(靈臺)에 올랐으며 3월에는 벽옹(辟雍)에 가서 대사례(大射禮)를 행했다는 기록이 보인다. 그러나 이 부(賦)에서 꼭 『동관한기(東觀漢記)』의 기록대로만 해석할 필요는 없다고 보여진다.

453 臨辟雍(임벽옹) : '임(臨)'은 이르다[至], 임하다. '벽옹(辟雍)'은 본래는 서주(西周)의 천자가 세운 태학(太學)이지만, 동한시대에는 제사를 지내고 정교(政教)를 폈던 곳이다.

454 緝熙(즙희) : 빛남, 밝음. 여기서는 빛나고 밝은 성덕(盛德).

455 皇風(황풍) : 황제의 풍교(風教), 황제의 풍범(豊範).

456 靈臺(영대) : 후한 광무제가 세운 것으로 낙양성 남쪽에 있다. 6장(丈)되는 높이의 이 대(臺)에 올라 기(氣)를 보고 별을 관찰해 길흉을 살폈다.

457 休徵(휴징) : 아름다운 징조, 상서로운 징조.

458 乾坤(건곤) : 하늘[天]과 땅[地].

459 參象乎聖躬(참상호성궁) : '참(參)'은 헤아리다, 대조하여 생각하다. '상(象)'은 천지(天地)의 상(象), 즉 건곤(乾坤)의 상. '성궁(聖躬)'은 황제 자신. 여기서는 황제가 천지를 관찰해서 얻은 상(象)을 자신의 덕과 비교해서 정치의 득실을 헤아리는 것을 말한다.

460 中夏(중하) : 중원(中原). 여기서는 중국을 가리킨다.

461 瞰四裔而抗稜(감사예이항릉) : '사예(四裔)'는 사방의 먼 변경지역. '항릉(抗稜)'의 '항(抗)'은 높이 들다, 드날리다. '능(稜)'은 신령스런 위엄.

462 澹(담) : 움직이다, 동요시키다.

463 幽崖(유애) : 아주 먼 북쪽의 땅인 유도(幽都). 전설에 따르면 해가 이곳에서 진다고 해 만물이 어둡기 때문에 붙여진 이름이다.

464 朱垠(주은) : 남방의 극히 먼 변경지방. 여기서는 황제의 인덕(仁德)과 신령스런 위엄이 사방팔방에까지 영향을 미침을 말한 것이다.

465 殊方別區(수방별구) : 원방이역(遠方異域).

466 界絶(계절) : 경계(境界)가 서로 붙어 있지 않다.

467 孝武(효무) : 서한(西漢)의 무제(武帝). 일찍이 위청(衛青)・곽거병(霍去病)・공손하(公孫賀)・조파노(趙破奴) 등을 파견해서 흉노를 쳤기 때문에 흉노족들이 멀리서도 두려워했다.

468 孝宣(효선) : 서한의 선제(宣帝). 재위기간에 현신(賢臣)을 임용하고 내정에 힘썼다. 당시 흉노에 내란이 일어나 남북으로 나뉘자 질지(郅支)와 호한야(呼韓邪) 두 선우(單于)가 모두 자식을 파견해 한의 조정에 와서 신하로서 복종함을 표시했다. 여기서는 서한의 융성함도 동한 명제의 인덕(仁德)과 위세(威勢)만은 못함을 말한

賓.[469] 遂綏哀牢,[470] 開永昌.[471] 春王三朝,[472] 會同漢京.[473] 是日也, 天子受四海之圖籍,[474] 膺萬國之貢珍, 內撫諸夏, 外綏百蠻.[475] 爾乃盛禮興樂, 供帳置乎雲龍之庭.[476] 陳百寮而贊群后,[477] 究皇儀而展帝容.[478] 於是庭實千品,[479] 旨酒萬鍾,[480] 列金罍, 班玉觴,[481] 嘉珍御,[482] 太牢饗.[483] 爾乃食舉〈雍徹〉,[484] 太師奏樂.[485] 陳金石,[486] 布絲竹,[487] 鍾鼓鏗鎗,[488]

것이다.

469 賓(빈) : 빈복(賓服), 즉 손님이 되어 복종하다. 변방의 멀리 떨어진 부족들이 후한의 조정에 순복(順服)하여 조공한 것을 말한다.

470 綏哀牢(수애뢰) : '수(綏)'는 안무(安撫)하다, 편안히 하다. '애뢰(哀牢)'는 고대 중국의 서남쪽에 있는 이민족의 이름. 명제 영평(永平) 12년(서기 69년) 애뢰왕 유모(柳貌)가 자식으로 하여금 한나라에 신하로서 복종하게 했다.

471 永昌(영창) : 한나라는 애뢰의 땅에 설치한 애뢰・박남(博南) 두 현(縣)과, 익주군(益州郡)의 서부도위(西部都尉)가 거느리는 여섯 현을 떼어 이들을 합해서 영창군(永昌郡)을 만들었다.

472 春王三朝(춘왕삼조) : '춘왕(春王)'은 『춘추(春秋)』에 실린 표현법으로, 예컨대 '원년, 봄 왕의 정월' 같은 기록법이다. '삼조(三朝)'는 정월 초하루. 정월 초하루가 세(歲)・월(月)・일(日)의 시작이기 때문에 '삼조(三朝)'라 한 것이다.

473 會同漢京(회동한경) : '회동(會同)'은 옛날 제후가 천자를 뵙는 것의 통칭. 일정한 때가 없이 뵙는 것을 '회(會)'라 하고 여럿이 함께 뵙는 것을 '동(同)'이라 한다. '한경(漢京)'은 동한의 경성(京城)인 낙양을 가리킨다.

474 天子(천자) : 동한의 명제(明帝)를 가리킨다.

475 百蠻(백만) : 중국 변방의 여러 만이(蠻夷) 즉 변방의 각 이민족들.

476 供帳置乎雲龍之庭(공장치호운룡지정) : '공장(供帳)'은 연회를 열기 위해 물건을 준비하고 휘장을 치다. '운룡(雲龍)'은 낙양에 있는 궁전의 문 이름. 운용(雲龍)으로 장식했기 때문에 붙여진 이름이다.

477 贊群后(찬군후) : '찬(贊)'은 이끌다, 인도하다. '군후(群后)'는 각 제후국의 왕들, 즉 번왕(藩王)들.

478 究(구) : 다하다[盡].

479 庭實(정실) : 궁정(宮庭) 안에 진열된 음식물.

480 鍾(종) : 술병, 주기(酒器).

481 班(반) : 순서에 따라 분배하다.

482 御(어) : 드리다, 올리다.

483 太牢饗(태뢰향) : '태뢰(太牢)'는 소・양・돼지의 세 가지 희생(犧牲)을 갖춘 제수(祭需) 또는 요리. 대성찬(大盛饌)의 뜻으로 쓰인다. 원래는 희생 제물을 담는 식기(食器)를 '뇌(牢)'라 하며 큰 것을 '태뢰(太牢)'라 하는데, 태뢰에는 소・양・돼지를 담았다. 이 때문에 연회나 제사 때의 소・양・돼지를 '태뢰(太牢)라고 한다. '향(饗)'은 드리다, 올리다.

484 食舉雍徹(식거옹철) : '식거(食舉)'는 식사할 때에 (음악을) 연주하다. 식사할 때에

管弦燁煜.[489] 抗五聲,[490] 極六律,[491] 歌九功,[492] 舞八佾,[493] 〈韶〉〈武〉備,[494] 泰古畢.[495] 四夷間奏, 德廣所及, 〈僸〉〈佅〉〈兜〉〈離〉,[496] 罔不具集. 萬樂備,[497] 百禮暨, 皇歡浹, 群臣醉, 降煙熅,[498] 調元氣.[499] 然後撞鐘告罷, 百寮遂退.

명당(明堂)에서 제후들을 접견하고 벽옹(辟雍)에 친히 임하셔서 정교

연주하는 음악으로 보는 설도 있는데, 한(漢)의 제도에 따르면 〈태여악(大予樂)〉을 연주했다 한다. '옹철(雍徹)'은 음악의 이름. '철(徹)'을 치우다는 뜻으로 보아 음식을 치울 때에 〈옹(雍)〉 음악을 연주한다고 해석하는 설이 있다.

485 太師奏樂(태사주악) : '태사(太師)'는 악관(樂官)의 장(長). '주악(奏樂)'은 음악을 연주하다. 여기서는 음악 연주를 지휘한다는 뜻이다.

486 金石(금석) : 종(鐘)·경쇠[磬] 등 금속이나 돌로 만든 악기류.

487 絲竹(사죽) : 거문고·비파 같은 현악기와 퉁소·생황 같은 관악기.

488 鏗鍧(갱굉) : 종과 북이 뒤섞여 웅장하게 나는 소리.

489 燁煜(엽욱) : 악기의 광휘가 빛나는 모양. 여기서는 성악(聲樂)의 소리가 성대하고 열정적이라는 뜻으로 보고 번역했다.

490 抗五聲(항오성) : '항(抗)'은 높이 들다. '오성(五聲)'은 궁(宮)·상(商)·각(角)·치(徵)·우(羽) 다섯 음계.

491 六律(육률) : 고대 악률(樂律)은 양률(陽律)과 음률(陰律)이 각 여섯씩 있어 합쳐서 12율이 된다. 양육(陽六)을 율(律)이라 하여 '육률(六律)은 황종(黃鍾)·태주(太蔟)·고선(姑洗)·유빈(蕤賓)·이칙(夷則)·무역(無射)이며, 음률(陰六)을 여(呂)라 하여 '육려(六呂)'는 대려(大呂)·협종(夾鍾)·중려(仲呂)·임종(林鍾)·남려(南呂)·응종(應鍾)이다. 율(律)과 여(呂)를 합칭하여 율려(律呂)라 한다.

492 九功(구공) : 육부(六府)와 삼사(三事)의 공덕. 즉 목(木)·화(火)·토(土)·금(金)·수(水)·곡(穀)을 다스리는 여섯 가지와, 몸을 바르게 하는 덕[正德]·백성을 이롭게 하는 씀씀이[利用]·백성을 두터이 하는 삶[厚生] 세 가지를 합한 아홉 가지의 공덕을 가리킨다. 여기서는 육부와 삼사의 공덕을 찬송하는 노래를 가리킨다.

493 八佾(팔일) : 옛날 천자의 무악(舞樂)으로, 8줄로 8명씩 64명이 추는 춤. 제후는 육일무(六佾舞)를 추고 대부는 사일무(四佾舞)를 추었다.

494 韶武(소무) : '소(韶)'는 순임금이 지었다는 악곡으로, '소(韶)'란 계승한다는 의미로 순임금이 요임금의 덕을 계승한 것을 노래한 것이다. '무(武)'는 주(周) 무왕(武王)의 악곡의 이름으로, 무왕이 은(殷)을 이긴 것을 노래한 것이다.

495 泰古(태고) : 상고시대(上古時代)의 음악을 가리킨다.

496 僸佅兜離(금매두리) : '금(僸)'은 북쪽 오랑캐 음악의 이름이며, '매(佅)'는 동쪽 오랑캐 음악의 이름이고, '두(兜)'는 남쪽 오랑캐의 음악 이름이며, '이(離)'는 서쪽 오랑캐 음악의 이름.

497 萬樂備(만악비) 이하 2구 : 모든 예악이 다 갖추어졌음을 말하고 있다.

498 煙熅(연온) : 천지간 음양(陰陽)의 두 기(氣)가 화합하는 모양. '인온(絪縕)'과 같다.

499 元氣(원기) : 만물이 생육(生育)하는 근본이 되는 기(氣).

(政教)를 펴시며, 빛나고 밝은 성덕(盛德)을 드날리고 황제의 풍교(風敎)를 펴십니다. 영대(靈臺)에 올라 상서로운 징조를 고찰하고, 하늘을 우러르고 땅을 굽어보아 황제 자신의 덕에 대해 천지의 상(象)과 부합하는 지를 헤아립니다. 중원을 바라보아 덕을 펴시며, 사방 먼 변경지방을 조망(眺望)하사 신령스런 위엄을 드날려서, 서쪽으로는 황하의 발원지를 뒤흔들고 동쪽으로는 바닷가를 들썩이며, 북쪽으로는 아주 먼 곳의 땅을 움직이고 남쪽으로는 극히 먼 붉은 변방을 비추십니다. 서로 다른 지방과 지역이며 국경(國境)도 떨어져 있고 이웃하지 않아서, 효무제(孝武帝) 이래로부터 정복하지 못하고 효선제(孝宣帝)도 아직 신하 삼지 못했던 자들이, 명제(明帝)의 위세로 말미암아 땅에서는 두려워하고 물에서는 벌벌 떨어, 스스로 달려와 빈객이 되어 복종치 않음이 없습니다. 이에 마침내 애뢰국(哀牢國)을 안정시키고 영창군(永昌郡)을 개설합니다. 봄 정월 초하루에 각국 제후들이 대한(大漢)의 경성에서 황제께 알현합니다. 이날 천자께선 온 천하의 지도와 호적을 접수하시고 만국이 조공한 진귀한 것들을 받으시고서, 안으로는 중원의 여러 제후국들을 쓰다듬어주고 밖으로는 각 이민족들을 안무(安撫)하여 주십니다. 그리고서 이내 예의를 성대하게 거행하고 아악(雅樂)을 크게 일으키어 운룡문(雲龍門) 뜰 안에 휘장을 갖추어 연회자리를 설치합니다. 백관들을 진열시켜놓고 각 제후국 왕들을 이끌고 들어서니 황제의 위의(威儀)를 다 보이고 제왕의 위용(威容)을 드러내십니다. 이에 궁정(宮庭)에 진열된 음식물은 수천 가지이고 맛있는 술은 수만 병이며, 황금 술그릇이 배열되고 옥 술잔이 순서대로 분배되며, 맛있고 진귀한 음식이 나오고 소·양·돼지의 성찬(盛饌)이 올라옵니다. 이어서 음식을 드실 때에 〈옹철(雍徹)〉의 음악을 연주하는데 악사(樂師)인 태사(太師)가 음악 연주를 지휘합니다. 편종(編鐘)·편경(編磬) 등의 악기를 진열하고 거문고·퉁소 같은 악기를 늘어놓으니, 종과 북의 소리가 크고 웅장하게 울리며 관악기와 현악기의 소리가 성대하고 열정적입니다. 오성(五聲)

을 높이 연주하며 육률(六律)을 극도로 드러내고, 구공(九功)의 덕을 노래하며 팔일무(八佾舞)를 추고, 〈소(韶)〉와 〈무(武)〉의 악곡(樂曲)이 갖추어지고 태고(太古) 때의 음악이 다 연주됩니다. 사방 오랑캐의 음악이 사이사이 연주된 것은 천자의 덕이 널리 미친 것을 나타내는 것으로, 〈금(僸)〉·〈매(佅)〉·〈두(兜)〉·〈이(離)〉라는 오랑캐 악곡들이 죄다 모이지 않은 게 없습니다. 온갖 음악들이 갖추어지고 모든 예의가 다 이르러, 황제의 기쁨이 두루 미치고 군신(群臣)들이 모두 취하니, 하늘에선 음양이 화합되는 상서로운 기(氣)를 내리시며 만물을 생육하는 원기(元氣)를 조화시킵니다. 그런 후에야 종을 쳐서 연회가 끝남을 알리니 백관들이 마침내 그때서야 물러갑니다.

於是聖上睹萬方之歡娛,[500] 又沐浴於膏澤,[501] 懼其侈心之將萌, 而怠於東作也,[502] 乃申舊章, 下明詔. 命有司, 班憲度, 昭節儉, 示太素.[503] 去後宮之麗飾, 損乘輿之服御,[504] 抑工商之淫業,[505] 興農桑之盛務, 遂令海內棄末而反本,[506] 背僞而歸眞.[507] 女修織紝,[508] 男務耕耘. 器用陶

---

500 聖上睹萬方之歡娛(성상도만방지환오) : '성상(聖上)'은 동한의 명제(明帝)를 가리킨다. '만방(萬方)'은 온 천하를 가리키는 말로 '만방(萬邦)'과 같다. 중원의 제후국을 포함하여 황제의 은택이 미치는 사방의 오랑캐 지역까지 모두 포함하는 말이다.

501 沐浴於膏澤(목욕어고택) : '목욕(沐浴)'은 은택을 흠뻑 누리다. '고택(膏澤)'은 성상(聖上)의 은혜(恩惠)를 가리킨다.

502 東作(동작) : 농사짓는 일, 농경(農耕). '동(東)'은 봄[春]으로, 농사짓는 일은 봄에 시작하기 때문에 붙여진 말이다.

503 太素(태소) : 박소(朴素).

504 乘輿之服御(승여지복어) : '승여(乘輿)'는 원래 천자의 수레와 말을 뜻하나 여기서는 천자를 가리킨다. 천자는 지극히 존귀한 사람이라 함부로 언급하지 못해 '승여(乘輿)' 또는 '거가(車駕)'라 칭했다. '복어(服御)'는 의복과 거마(車馬). 의복 및 거마와 그에 따른 장식물을 가리킨다.

505 淫業(음업) : 과분(過分)하고 무익한 업(業). 공상업(工商業) 같은 말단적인 업(業)을 가리킨다.

506 棄末而反本(기말이반본) : '말(末)'은 공상업(工商業)을 가리키고, '본(本)'은 농업을 가리킨다.

507 背僞而歸眞(배위이귀진) : '위(僞)'는 사치와 호화로움을 가리키고, '진(眞)'은 순수

袍, 服尙素玄. 耻纖靡而不服, 賤奇麗而弗珍. 捐金於山, 沈珠於淵. 於是百姓滌瑕蕩穢,[509] 而鏡至淸,[510] 形神寂漠,[511] 耳目弗營,[512] 嗜欲之源滅,[513] 廉耻之心生. 莫不優遊而自得, 玉潤而金聲.[514] 是以四海之內, 學校如林, 庠序盈門.[515] 獻酬交錯,[516] 俎豆莘莘,[517] 下舞上歌,[518] 蹈德詠仁.[519] 登降飫宴之禮旣畢,[520] 因相與嗟歎玄德.[521] 讜言弘說,[522] 咸含

함과 소박함을 가리킨다.

508 織紝(직임) : 방직(紡織)하다. '임(紝)'은 삼베나 비단을 짜는 실.

509 瑕(하) : 옥의 반점(斑點)으로, 과실(過失)을 비유한다.

510 鏡至淸(경지청) : 천도(天道)를 거울삼다. '경(鏡)'은 비추어보다, 거울삼다. '지청(至淸)'은 태청(太淸), 곧 도가(道家)에서 말하는 천도(天道).

511 寂漠(적막) : 사욕(私欲)이나 세속적인 생각이 없는 허정(虛靜)한 상태에 있는 것을 말한다.

512 弗營(불영) : (외물에) 현혹되지 않다, 빠지지 않다. 도가에서는 이목(耳目)이 외부적인 것에 빠지지 않으면 허정(虛靜)한 상태를 보지(保持)하게 되어, 몸은 마른 나무같이 되고 생각은 꺼져버린 재 같이 되어 도(道)와 하나가 될 수 있다고 말한다.

513 嗜欲(기욕) : 사치하고 싶은 욕구를 가리킨다.

514 玉潤而金聲(옥윤이금성) : 군자의 덕(品德)의 고상함이 금옥(金玉)과 같음을 형용한 것이다. 『맹자·만장하(萬章下)』: "공자를 집대성했다고 말한다. 집대성이라는 것은 (팔음을 합주할 때) 종을 울려 시작하고 경쇠를 쳐서 거둬들이는 것이다(孔子之謂集大成. 集大成者, 金聲而玉振之也)". '금(金)'은 종(鐘)이고, '성(聲)'은 펴다[宣], '옥(玉)'은 경쇠[磬]이고, '진(振)'은 거둬들이다[收]는 뜻이다. 여기서 금성옥진(金聲玉振)으로 공자의 덕행이 겸비(兼備)되었음을 비유한 것이다.

515 庠序(상서) : 고대의 학교 명칭으로 주나라 때에는 '상(庠)'이라 했고 은나라 때에는 '서(序)'라 했다. 여기서는 학생을 가리킨다. 또 다른 견해도 있는데, 한(漢)의 평제는 군국(郡國)에 학(學)을, 후국(侯國)에 교(校)를, 향(鄕)에 상(庠)을, 취(聚)에 서(序)를 세웠다 한다(『한서·평제기(平帝紀)』).

516 獻酬交錯(헌수교착) : 술을 진헌(進獻)하고 보답하는 예의가 서로 오고가다. '헌(獻)'은 주인이 손님에게 술을 올리는 것이고 '수(酬)'는 손님이 주인에게 되돌려 올리는 것이다. '교착(交錯)'은 계속 서로 오고가다.

517 俎豆莘莘(조두신신) : 연회의 예의가 성대함을 형용한 것이다. '조두(俎豆)'는 제사나 연회 때의 예기(禮器)로, '조(俎)'는 고기를 놓는 상이고 '두(豆)'는 포(脯) 또는 식물(食物)을 담는 그릇. '신신(莘莘)'은 많은 모양.

518 下舞上歌(하무상가) : 『예기』에 따르면, 당하(堂下)에 있는 사람은 춤추고 당상(堂上)에 있는 사람은 노래한다.

519 蹈德詠仁(도덕영인) : 동한 명제 때의 문교(文敎)의 성대한 상황을 설명한 것이다.

520 登降飫宴之禮旣畢(등강어연지례기필) : '등강(登降)'은 상하존비(上下尊卑). '어연(飫宴)'은 술 마시는 연회, 주연(酒宴). '어(飫)'는 신발을 벗지 않고 당에 오르는 것이고, '연(宴)'은 신발을 벗고서 자리에 오르는 것을 말한다.

和而吐氣, 頌曰 : '盛哉乎斯世!'[523]

이에 성상께서는 만방의 사람들이 기뻐 즐거워하며 또한 은택을 흠뻑 누리는 것을 보시고서, 사치스러운 마음이 장차 싹터 농사짓는 일에 태만할까 걱정이 되어, 이에 옛날의 전장제도(典章制度)를 거듭 펴서 밝으신 조서를 내리십니다. 담당관리에게 명하여 법도(法度)를 반포(頒布)하고, 절약과 검소함을 밝히며 소박함을 보이십니다. 후궁들의 화려한 장식을 제거하고 황제의 복장과 거마(車馬) 장식물을 감소시키며, 무익한 공상업을 억제하고 농업과 양잠의 성대한 업무를 진흥시켜, 마침내 천하 사람들에게 말단적인 직업을 버리고 본업으로 돌아오게 하며, 허위를 뒤로 하고 진정으로 돌아오게 하십니다. 여자들은 베 짜는 일을 하며 남자들은 밭갈이와 김매는 일에 힘씁니다. 그릇은 도기(陶器)나 표주박 같은 소박한 것을 쓰고 옷은 흰색과 검은색 같은 단순한 것을 숭상합니다. 곱고 아름다운 옷을 부끄러워하여 입지 않고 기묘하고 아름다운 장식물을 비천하게 생각하고 진귀하게 여기지 않습니다. 황금을 산에 내버리고 주옥(珠玉)을 못에 가라앉혀버립니다. 이에 백성들은 허물을 씻고 더러움을 씻어내어 천도(天道)를 거울삼으니, 육신과 정신은 적막하여 허정(虛靜)해지고 귀와 눈은 외물(外物)에 현혹되지 않아, 사치하고 싶은 욕구의 근원이 없어지고 청렴하고 부끄러워하는 마음이 생깁니다. 사람들은 마음 편히 스스로 만족해하고 덕행이 겸비되어서 옥같이 윤택하고 종같이 소리 나지 않은 자가 없습니다. 이러한 까닭에 온 나라 안에는 학교가 수풀같이 많이 들어섰고 학생들이 문에 가득했던 것입니다. 술을 진헌(進獻)하고 보답하는 예의가 서로 오고가

521 相與嗟歎玄德(상여차탄현덕) : '상여(相與)'는 서로 함께. '현덕(玄德)'은 까마득한 덕. 밖에 드러나지 않은 잠재적인 덕이라는 설과 자연스럽고 순박한 덕이라는 설이 있다.

522 讜言弘說(당언홍설) : '당언(讜言)'은 아름다운 말[美言], 좋은 말[良言]. '홍설(弘說)'은 굉론(宏論).

523 斯世(사세) : 이 시대. 동한 명제 영평(永平)의 시대를 가리킨다.

며 조두(俎豆)와 같은 예기(禮器)가 많이 벌이어 있고, 아랫사람은 춤추고 윗사람은 노래하며 황제의 인덕(仁德)을 가영(歌詠)과 무도(舞蹈)로 찬미합니다. 상하존비 간에 연회의 예의가 끝나고 나서 이로 인해 서로 함께 황제의 까마득한 덕을 찬탄합니다. 아름다운 말과 굉장한 논설로, 모두 다 중화(中和)의 덕을 품고 천지의 원기(元氣)를 토해내면서, '융성하도다, 이 시대가!'라고 송양(頌揚)합니다.

今論者但知誦虞夏之『書』,[524] 詠殷周之『詩』,[525] 講羲文之『易』,[526] 論孔氏之『春秋』,[527] 罕能精古今之淸濁,[528] 究漢德之所由. 唯子頗識舊典,[529] 又徒馳騁乎末流,[530] 溫故知新已難,[531] 而知德者鮮矣. 且夫僻界西戎,[532] 險阻四塞,[533] 修其防禦. 孰與處乎土中,[534] 平夷洞達,[535] 萬方

---

524 虞夏之書(우하지서) : 『상서(尙書)』 즉 『서경(書經)』 중의 〈우서(虞書)〉와 〈하서(夏書)〉를 가리킨다. 현전하는 『상서』 중에는 〈우서(虞書)〉·〈하서(夏書)〉·〈상서(商書)〉·〈주서(周書)〉 등의 부분이 있다.

525 殷周之詩(은주지시) : 『시경(詩經)』을 가리킨다. 『시경(詩經)』 가운데는 주시(周詩)와 〈상송(商頌)〉이 포함되어 있다. 〈상송(商頌)〉은 춘추시대 송(宋)나라의 조정과 종묘에서 사용된 악장(樂章).

526 羲文之易(희문지역) : '희(羲)'는 복희씨(伏羲氏), '문(文)'은 주(周) 문왕(文王)을 가리킨다. 전하는 바에 따르면 복희씨가 처음으로 팔괘(八卦)를 그렸고 주나라의 문왕이 은(殷)의 주왕(紂王)에 의해 유리(羑里)에 구금되었을 때에 팔괘에 의거해서 부연 설명하여 『역(易)』을 이루었다고 한다. 원래는 『연산(連山)』·『귀장(歸藏)』·『주역(周易)』 3종이 있었는데 지금은 다만 『주역』, 즉 『역경(易經)』만이 남아 있다.

527 孔氏之春秋(공씨지춘추) : 공자가 노나라의 역사에 근거해 중국 최초의 편년체 역사서인 『춘추(春秋)』를 지었다 한다. 이 책은 유가의 경전 가운데 하나이다.

528 淸濁(청탁) : 시비(是非), 선악(善惡). 연변(演變)을 가리키는 것으로 보는 설도 있다.

529 舊典(구전) : 서도(西都)의 제도를 가리킨다.

530 末流(말류) : 말대(末代)의 유속(流俗). 서도의 사치스러운 기풍을 가리킨다.

531 溫故知新(온고지신) : 이미 배운 지식을 잘 따져보고 연구하여 새로운 것에 대한 이해를 얻는 것을 말한다. 여기서는 서한의 역사적 경험을 흡수하여 동한의 당시 제도들을 인식하는 것을 가리킨다.

532 西戎(서융) : 중국 서북쪽에 있는 이민족의 총칭.

533 四塞(사새) : 사방의 요새(要塞). 진지(秦地)의 사방에 산관(山關)의 견고함이 있음

輻湊?[536] 秦嶺・九嵕, 涇渭之川, 曷若四瀆・五嶽,[537] 帶河溯洛, 圖書之淵?[538] 建章・甘泉, 館御列仙,[539] 孰與靈臺・明堂, 統和天人?[540] 太液・昆明, 鳥獸之囿, 曷若辟雍海流,[541] 道德之富? 遊俠逾侈,[542] 犯義侵禮, 孰與同履法度, 翼翼濟濟也?[543] 子徒習秦阿房之造天,[544] 而不知

을 가리킨다.

534 孰與處乎土中(숙여처호토중) : A+숙여(孰與)+B, 즉 A는 B와 (비교해서) 어느 것이 더 나은가? 라는 구조이다. '토중(土中)'은 대지(大地)의 중심. 여기서는 낙양의 지리적 위치를 말한 것이다.

535 平夷洞達(평이통달) : '평이(平夷)'는 평탄. '통달(洞達)'은 통달(通達), 사통팔달(四通八達).

536 輻湊(복주) : 수레의 바퀴살들이 바퀴통에 모이는 것같이 사물이 한곳으로 많이 모임. '복(輻)'은 바퀴살, '주(湊)'는 모이다.

537 四瀆・五嶽(사독・오악) : '사독(四瀆)'은 발원지에서 단독으로 대해(大海)로 흘러 들어가는 네 개의 큰 강, 곧 장강(長江)・황하(黃河)・회하(淮河)・제수(濟水). '오악(五嶽)'은 오방(五方)의 큰 산악, 곧 동쪽의 태산(泰山)・서쪽의 화산(華山)・남쪽의 형산(衡山)・북쪽의 항산(恒山)・중앙의 숭산(嵩山).

538 圖書(도서) : 하도(河圖)와 낙서(洛書). 『주역』과 『상서(尙書)・홍범(洪範)』의 내원과 관련된 유가의 전설이 있다. 『역(易)・계사상(繫辭上)』: "황하에서 도가 나오고 낙수에서 서가 나오니, 성인이 그것들을 본받으셨다(河出圖, 洛出書, 聖人則之)". 전설에 따르면, 복희씨(伏羲氏) 때에 용마(龍馬)가 황하에서 등에 〈하도(河圖)〉를 지고 나왔으며, 신령한 거북이 낙수에서 등에 〈낙서(洛書)〉를 지고 나왔다 한다. 일설에는 우임금이 홍수를 다스릴 때에 상제께서 그에게 홍범구주(洪範九疇) 즉 『상서・홍범』을 주었다 하는데, 유흠(劉歆)은 이것이 곧 〈낙서〉라고 여겼다.

539 館御(관어) : 유숙(留宿)케 하고서 모시다, 묵게 하고서 모시다.

540 統和天人(통화천인) : 하늘의 뜻[天意]과 인간의 일[人事]을 통일시키고 조화시키다. 영대(靈臺)를 세워서 별을 관찰하고 기(氣)를 보아 하늘의 뜻을 이해하고 인사(人事)를 조화시키며 명당(明堂)에서 제사지내고 중요한 전례를 행하여 하늘과 사람을 조화시키는 일을 했음을 말한 것이다.

541 辟雍海流(벽옹해류) : 교화가 널리 유포(流布)됨을 가리킨다. '벽옹(辟雍)'은 천자가 정교(政敎)를 펴서 밝히는 곳으로, 사방 주위가 물로 둘러싸여 있는데 이것은 교화의 전파가 물같이 흘러가고 도덕의 부요(富饒)함이 사해(四海)와 같다는 것을 상징한다.

542 逾侈(유치) : 지나치게 방종하다. '유(逾)'는 일반적인 규범을 넘다. '치(侈)'는 방종하다, 지나치다.

543 翼翼濟濟(익익제제) : '익익(翼翼)'은 공경하는 모양. '제제(濟濟)'는 예의에 맞는 위엄[威儀]이 많은 모양.

544 阿房(아방) : 주위가 300여 리에 이르는 진(秦)의 궁 이름. 혜문왕(惠文王) 때에 건

京洛之有制也, 識函谷之可關, 而不知王者之無外也."

지금 논의하는 자들은 단지 우(虞)와 하(夏)의 일을 기재한 『서경(書經)』을 송독(誦讀)하고, 〈상송(商頌)〉과 주시(周詩)를 수록한 『시경(詩經)』을 노래하며, 복희씨(伏羲氏)와 문왕(文王)이 창제한 『역(易)』을 이야기하고, 공자(孔子)가 지은 『춘추(春秋)』를 거론할 줄만을 알지, 예로부터 지금까지의 치도(治道)의 시비(是非)에 정통하고 대한(大漢)의 덕(德)이 말미암은 바를 탐구할 수 있는 자는 드뭅니다. 오직 선생만이 예전의 전장제도를 상당히 아시는데도 또한 단지 말류(末流)로만 치닫고 있는 것으로 보아, 옛 것을 잘 이해하고서 새로운 것을 아는 것[溫故知新]이 이미 어렵기에 지금의 성대한 덕을 아는 자는 드물 것입니다. 또한 서도(西都) 장안은 서쪽에 편벽되어 있고 서융(西戎)과 경계를 이루며 험준한 사방의 요새로써 그 방어를 구축하고 있는데, 동도(東都) 낙양은 국토의 중심에 위치해 있고 평탄하고 사방으로 통하여서 수레의 바퀴살들이 바퀴통으로 모이듯 만방이 다 각지에서 이곳으로 모이니 어느 곳이 더 낫겠습니까? 진령(秦嶺)·구종산(九嵕山)과 경수(涇水)·위수(渭水) 두 하천이 있는 서도(西都)가, 사독(四瀆)·오악(五嶽)과 띠처럼 두른 황하와 거슬러 오르는 낙수 및 〈하도(河圖)〉·〈낙서(洛書)〉가 나온 깊은 못이 있는 동도(東都)와 어찌 같겠습니까? 서도의 건장궁(建章宮)·감천궁(甘泉宮)에서 여러 신선들을 유숙(留宿)케 하고서 모시는 것이, 동도의 영대(靈臺)와 명당(明堂)에서 하늘의 뜻[天意]과 인간의 일[人事]을 통일시키고 조화시키는 것과 어느 것이 더 낫겠습니까? 태액지(太液池)·곤명지(昆明池)가 있고 조수를 기르는 동산이 있는 서도가, 벽옹(辟雍)에서의 교화가 물이 바다처럼 흘러가고 도덕이 부요(富饒)해진 동도와 어찌 같겠습니까? 서도의 유협(遊俠)들이 지나치게 방종하며 예의를 침범하는 것과, 동도 사람들이 모두 함께 법도를 준수하며 공경과 위엄의 자태가 많은

축하기 시작했으며 진시황 때에 증축하여 넓혔다.

것과는 어느 것이 더 낫겠습니까? 선생은 단지 진(秦)의 아방궁(阿房宮)이 하늘에 이를 만큼 높은 것만 익히 알뿐 동도의 경성 낙양에 비할 수 없는 제도가 있음을 모르시며, 함곡관은 빗장을 걸어 닫을 수 있다는 것만을 알지 천하에 왕노릇 하는 자는 안팎이 없다는 것을 모르십니다."

主人之辭未終, 西都賓矍然失容,[545] 逡巡降階,[546] 慄然意下,[547] 捧手欲辭. 主人曰："復位. 今將授子以五篇之詩." 賓旣卒業,[548] 乃稱曰："美哉乎斯詩! 義正乎揚雄,[549] 事實乎相如,[550] 匪唯主人之好學, 蓋乃遭遇乎斯時也.[551] 小子狂簡,[552] 不知所裁,[553] 旣聞正道,[554] 請終身而誦之."

동도 주인의 말이 아직 끝나지도 않았는데 서도의 빈객은 놀라 눈이 휘둥그래지고 얼굴빛이 변하더니, 뒷걸음질쳐서 섬돌을 내려가 겁에 질려 의기소침해져, 두 손을 받들고서 작별 인사를 하려 했다. 그러자 동도 주인이 말했다. "자리로 좀 되돌아가 주십시오. 지금 선생께 다섯 편의 시를 드리려 합니다." 빈객이 읽기를 마치고 나서야 이에 다음과

545 矍然(확연) : 깜짝 놀라서 보는 모양, 눈을 휘둥그렇게 하고 두리번거리는 모양. 두려워하는 모양이라는 설도 있다.

546 逡巡(준순) : 뒷걸음질치다, 뒤로 물러나다.

547 慄然意下(접연의하) : '접연(慄然)'은 두려워하는 모양. '의하(意下)'는 의기소침해지다, 낙담(落膽)하다, 사기가 떨어지다.

548 卒業(졸업) : 송독(誦讀)이 끝나다, 읽기를 마치다.

549 正乎揚雄(정호양웅) : '정(正)'은 아정(雅正)하다. '양웅(揚雄)'은 서한의 유명한 사부(辭賦) 문학가로, 촉군(蜀郡) 성도(成都) 사람이다. 성제(成帝) 때에 〈감천(甘泉)〉, 〈하동(河東)〉, 〈장양(長楊)〉, 〈우렵(羽獵)〉 4편의 부를 지어 바쳤다.

550 相如(상여) : 서한의 유명한 사부 문학가인 사마상여(司馬相如). 촉군(蜀郡) 성도(成都) 사람이다. 무제 때에 부를 지어 바쳐 낭(郞)이 되었다. 대표작으로 〈자허(子虛)〉·〈상림(上林)〉·〈대인(大人)〉·〈장문(長門)〉 부(賦) 등이 있다.

551 斯時(사시) : 명제(明帝) 때의 태평성세(太平盛世)를 가리킨다.

552 狂簡(광간) : 품은 뜻은 크나 일에는 소홀하고 거칠다. 여기서는 서도의 빈객이 서도의 궁실(宮室)과 사냥을 자랑하다 도리어 부끄러움을 느껴서 한 말이다.

553 裁(재) : 헤아려 자르다, 절제(節制)하다.

554 正道(정도) : 주인이 준 5언시 중의 사상내용을 가리킨다. 이 시들에서는 광무제와 명제 때의 예의와 상서로움을 찬미했기 때문에 '정도(正道)'라고 한 것이다.

같이 칭송하였다. "정말 아름답습니다, 이 시들은! 담긴 뜻이 양웅(揚雄)의 작품보다도 바르고 서사(敍事)가 사마상여(司馬相如)보다 더욱 진실하니, 이것은 단지 주인께서 학문을 좋아해서만이 아니라, 아마도 이런 태평성세를 만나서였기 때문일 것입니다. 저는 품은 뜻은 크지만 하는 일은 어리석어 절제할 줄을 몰랐는데, 시에서 말한 바른 도[正道]를 이미 듣고 보니 종신토록 이 시들을 송독(誦讀)하길 청하옵니다."

其詩曰:

【明堂詩】

於昭明堂![555] 明堂孔陽.[556] 聖皇宗祀,[557] 穆穆煌煌.[558] 上帝宴饗,[559] 五位時序.[560] 誰其配之?[561] 世祖光武.[562] 普天率土,[563] 各以其職.[564] 猗歟緝熙,[565] 允懷多福.[566]

---

555 於(오) : 찬미를 나타내는 감탄사.

556 陽(양) : 밝다.

557 聖皇宗祀(성황종사) : '성황(聖皇)'은 한(漢) 명제(明帝)를 가리킨다. '종사(宗祀)'는 조상을 제사지내다. 여기서는 명당에서 광무제를 제사지내는 것을 가리킨다.

558 穆穆煌煌(목목황황) : '목목(穆穆)'은 장엄하고 아름다운 모양. '황황(煌煌)'은 광휘가 찬란한 모양.

559 上帝宴饗(상제연향) : '상제(上帝)'는 천제태일(天帝太一)을 가리킨다. '연향(宴饗)'은 신령이 제물을 받아들이다.

560 五位時序(오위시서) : '오위(五位)'는 하늘에서 동·서·남·북·중앙의 오방(五方)을 주재하는 신인 오제(五帝)로 곧, 창제(蒼帝)·적제(赤帝)·황제(黃帝)·백제(白帝)·흑제(黑帝). 이들은 천제(天帝)의 보좌신(輔佐神)이다. '시서(時序)'는 순서대로 자리에 나아가다. '시(時)'는 이[是].

561 配(배) : 배향(配享)하다. 즉 천제(天帝)와 함께 배석(陪席)해 제사를 받다.

562 世祖(세조) : 광무제의 묘호(廟號).

563 普天率土(보천솔토) : 보천지하솔토지빈(普天之下率土之濱), 즉 온 하늘 아래와 땅이 연(沿)하고 있는 바닷가. 온 천하 사람들을 가리킨다. '솔(率)'은 따르다[循], 연(沿)하다

564 各以其職(각이기직) : 각기 그 맡은 직무를 다하다. 『효경(孝經)·성치(聖治)』편에 나오는 말로, 각 지방의 제후들이 각기 맡은 직무를 다해 공물을 바치고 황실에 와서 제사를 돕는다는 뜻이다.

565 猗歟緝熙(의여즙희) : '의여(猗歟)'는 찬미를 나타내는 감탄사. '즙희(緝熙)'는 빛나다, 밝다.

【辟雍詩】

乃流辟雍,[567] 辟雍湯湯.[568] 聖皇莅止,[569] 造舟爲梁.[570] 皤皤國老,[571] 乃父乃兄.[572] 抑抑威儀,[573] 孝友光明.[574] 於赫太上,[575] 示我漢行. 洪化惟神,[576] 永觀厥成.[577]

【靈臺詩】

乃經靈臺,[578] 靈臺既崇. 帝勤時登,[579] 爰考休徵.[580] 三光宣精,[581] 五行布序.[582] 習習祥風,[583] 祁祁甘雨.[584] 百穀蓁蓁,[585] 庶草蕃廡.[586] 屢惟豊

---

566 允懷(윤회) : '윤(允)'은 확실히, 진실로. '회(懷)'는 초래하다, 이르게 하다.

567 乃流(내류) : '내(乃)'는 뜻이 없는 어조사. '유(流)'는 벽옹(辟雍)을 둘러싸고 흐르는 물[流水]을 가리키는 것으로, 한(漢)의 교화가 사방에 유포됨을 상징한다.

568 湯湯(상상) : 물결이 출렁이는 모양.

569 莅止(이지) : 이르러 멈추다.

570 造舟爲梁(조주위량) : 배를 나란히 이어 부교(浮橋)를 만든다는 뜻이다. '양(梁)'은 교량(橋梁).

571 皤皤國老(파파국로) : '파파(皤皤)'는 머리털이 하얗게 센 모양. '국로(國老)'는 늙어서 관직을 사임하고 물러난 경대부(卿大夫).

572 乃(내) : 어조사.

573 抑抑威儀(억억위의) : '억억(抑抑)'은 삼가고 공손한 모양. '위의(威儀)'는 예의에 맞아 위엄이 있는 거동.

574 孝友(효우) : 부모를 잘 섬기는 것을 '효(孝)'라 하고 형제를 잘 섬기는 것을 '우(友)'라 한다.

575 太上(태상) : 천자.

576 洪化惟神(홍화유신) : '홍화(洪化)'는 굉대(宏大)한 덕. 큰 덕으로 백성을 교화하여 그 공(功)이 신(神)과 같음을 말한 것이다.

577 厥(궐) : 그[其].

578 經(경) : 측량하여 건물을 짓다, 기획하여 건축하다.

579 帝勤時登(제근시등) : '제(帝)'는 한(漢) 명제(明帝)를 가리킨다. '근(勤)'은 정치에 힘쓰는 것을 말한다. '시(時)'는 일정한 때에 따라, 적당한 때에.

580 爰考休徵(원고휴징) : '원(爰)'은 어조사. '휴징(休徵)'은 상서로운 징조, 아름다운 징조.

581 三光宣精(삼광선정) : '삼광(三光)'은 해와 달과 별[日月星辰]. '선정(宣精)'은 광휘를 드러내다. '정(精)'은 빛, 광휘.

582 五行(오행) : 목(木)・화(火)・토(土)・금(金)・수(水). 고대인들은 우주 만물이 모두 이 5종의 원소로 구성되었다고 여겼다.

583 習習祥風(습습상풍) : '습습(習習)'은 바람이 가볍게 스치는 모양. 미풍(微風)이 온

年,[587] 於皇樂胥.[588]

【寶鼎詩】

嶽修貢兮川效珍, 吐金景兮歊浮雲.[589] 寶鼎見兮色紛縕,[590] 煥其炳兮被龍文.[591] 登祖廟兮享聖神,[592] 昭靈德兮彌億年.[593]

【白雉詩】

启靈篇兮披瑞圖,[594] 獲白雉兮效素烏.[595] 嘉祥阜兮集皇都.[596] 發皓羽

화하게 부는 모양. '상풍(祥風)'은 좋은 바람, 온화한 바람.

584 祁祁甘雨(기기감우) : '기기(祁祁)'는 천천히, 느릿느릿. '감우(甘雨)'는 때맞추어 오는 비.

585 蓁蓁(진진) : 무성한 모양.

586 蕃廡(번무) : 우거지다, 무성하다.

587 惟(유) : 어조사.

588 樂胥(낙서) : 기쁨, 즐거움. '서(胥)'는 어조사.

589 歊浮雲(효부운) : '효(歊)'는 수증기 등이 올라가다. '부운(浮雲)'은 뜬 구름. 상서로운 구름[祥雲]을 뜻한다.

590 寶鼎見兮色紛縕(보정현혜색분온) : '보정(寶鼎)'은 보배로운 정. 『동관한기(東觀漢記)』에 따르면, 명제 영평 6년에 여강태수(廬江太守)가 보정(寶鼎)을 바쳤는데 왕락산(王雒山)에서 나왔다 한다. '분온(紛縕)'은 (색채가 어지러이 뒤섞여) 번성(繁盛)한 모양. 규장각본에는 '분운(紛紜)'으로 되어 있다.

591 煥其炳兮被龍文(환기병혜피룡문) : '환(煥)'은 빛나다. '병(炳)'은 광휘가 찬란하다. '용문(龍文)'은 보정(寶鼎)에 나타난 용 모양의 문양.

592 登祖廟兮享聖神(등조묘혜향성신) : '등(登)'은 올리다, 물건을 바치다. '조묘(祖廟)'는 세조(世祖)인 광무제(光武帝)의 사당. '향(享)'은 제사지내다. '성신(聖神)'은 천지(天地)의 신. 광무제의 신령을 가리킨다는 설도 있다.

593 昭靈德兮彌億年(소령덕혜미억년) : '소(昭)'는 드러내다, 밝히다. '미(彌)'는 끝나다[終], 두루 미치다.

594 启靈篇兮披瑞圖(계령편혜피서도) : '영편(靈篇)'은 신령한 편장(篇章). 위서(緯書)를 가리킨다. '서도(瑞圖)'는 상서로운 그림. 〈서응도(瑞應圖)〉·〈상서도(祥瑞圖)〉 같은 종류의 도적(圖籍)을 가리킨다. 옛날 사람들은 군주가 덕이 있으면 하늘에서 상서로운 것을 내려준다고 믿었다.

595 獲白雉兮效素烏(획백치혜효소오) : '백치(白雉)'는 흰 꿩. 상서롭다고 여기는 동물로, 광무제 때에 일남(日男)에서 흰 꿩을 바쳤다 하며, 명제 영평 10년에 흰 꿩이 나타났다는 기록이 있다. '효(效)'는 바치다. '소오(素烏)'는 흰 까마귀. 명제 때에 흰 까마귀를 잡았다 한다.

兮奮翹英,[597] 容絜朗兮於純精.[598] 彰皇德兮侔周成,[599] 永延長兮膺天慶.[600]

그 시들은 이러하였다.

【명당시(明堂詩)】

아아, 밝은 명당(明堂)이여! 명당은 몹시도 밝도다. 성스러운 황제께서 조상을 제사지내시니 예의가 장엄하시고 광휘가 찬란하도다. 천제께서 제물을 흠향(歆饗)하시고 다섯 신[五帝]께서 순서대로 자리로 나가시도다. 누가 하늘에 배향(配享)될 수 있겠는가? 세조(世祖) 광무제(光武帝)시로다. 온 천하 모든 제후들은 각기 맡은 직무를 다해 제사를 돕는도다. 아아, 덕이 더없이 밝으시니 반드시 무한한 행복을 이르게 하리로다.

【벽옹시(辟雍詩)】

청류(淸流)가 벽옹을 둘러싸고 흐르나니 벽옹 주위의 물결이 출렁대는도다. 거룩하신 황상께서 친히 임하시니 배를 나란히 이어 부교(浮橋)를 만들도다. 백발이 성성한 국가 원로들은 황상께는 아비 같고 형님 같으시네. 위엄 있으신 거동은 삼가고 공손하시며, 효도하고 우애하심은 빛나고 밝으시네. 아, 빛나신 천자께서 우리 대한(大漢)의 덕행

596 嘉祥阜兮集皇都(가상부혜집황도) : 『후한서』에는 이 구절이 없다. 아마도 후인이 덧붙인 것으로 보인다. '부(阜)'는 많다.

597 翹英(교영) : 백옥 같은 새 꼬리. 압운을 하기 위해 '영교(英翹)'를 도치했다. '영(英)'은 백옥, '교(翹)'는 새 꼬리.

598 容絜朗兮於純精(용결랑혜어순정) : '용(容)'은 용모, 자태. '순정(純精)'은 깃털이 순백(純白)으로 조금도 잡색(雜色)이 없는 것이다.

599 周成(주성) : 주(周)의 성왕(成王). 무왕(武王)의 아들로 즉위 초에 나이가 어려 주공(周公)이 섭정하면서 예악을 제정하고 동도 낙양을 건설했다. 성왕 때에 월상(越裳)에서 흰 꿩[白雉]을 바쳐왔다.

600 永延長兮膺天慶(영연장혜응천경) : '연장(延長)'은 연장하다, 늘이어 잇다. '응(膺)'은 받다[受]. '천경(天慶)'은 하늘이 내린 복.

을 보이시도다. 큰 덕으로 백성을 교화하심이 신(神)과 같으시니 그 공(功)이 이루어짐을 영원히 보리로다.

【영대시(靈臺詩)】

영대(靈臺)를 기획해 건축하니 누대(樓臺)가 이미 높이 솟았도다. 황제께서 정사에 힘쓰시고 때맞추어 대(臺)에 오르셔 상서로운 징조 살피시네. 해와 달과 별이 광휘를 발하고 오행(五行)이 순서대로 펼쳐지네. 온화한 바람 부드럽게 살랑대며 때맞추어 오는 비는 천천히 흩뿌리네. 온갖 곡식들이 무성하게 자라나고 여러 풀들이 번식해서 우거졌네. 누차 풍년이 드니 아, 황제의 큰 기쁨일세.

【보정시(寶鼎詩)】

산악은 공물(貢物)을 생산하고 하천은 진귀한 보배를 바치나니, 황금빛을 토해내고 상서로운 구름 피어오르도다. 보정(寶鼎)이 출현하니 오색이 분분(紛紛)히 아롱졌고, 광휘는 찬란하여 용무늬가 가득 퍼졌도다. 보정(寶鼎)을 종묘에 바쳐 거룩하신 신령께 제사하니, 조상의 신령한 덕 드러내어 억만 년 끝까지도 빛나리라.

【백치시(白雉詩)】

신령한 서책을 열어보고 상서로운 도적(圖籍)을 펴보고서, 흰 꿩을 잡고 흰 까마귀를 바쳤도다. 아름다운 상서로운 것들이 많이도 황도(皇都)에 모였도다. 흰 날개를 펴고 백옥 같은 꼬리를 떨치니, 자태는 깨끗하고 밝으며 순백(純白)의 색이로다. 황제의 덕을 드러내어 주(周) 성왕(成王)과 같으시니 영원히 황위(皇位)를 이으셔 하늘의 복을 받으소서.

김영식 역

卷二

서경부
西京賦

장평자(張平子)

□ 작자

장형(張衡 : 78~139)은 자가 평자(平子)로, 동한(東漢) 시대 남양군(南陽郡) 서악현(西鄂縣 : 지금의 하남성 남양시 북쪽) 사람이다. 어렸을 때부터 글을 잘 지었으며 오경(五經)·천문·역산(曆算)·기계제작에 정통했다. 안제(安帝) 때에 낭중(郎中)에 제수되었다가 다시 태사령(太史令)으로 자리를 옮겼다. 영화(永和) 초에 하간왕(河間王)의 상(相)이 되어 부임한 지 삼년 만에 대치(大治)를 이루었다. 그는 상서를 올려 물러나서 고향으로 돌아갈 것을 청했으나 순제(順帝)는 그를 상서(尙書)로 삼았다. 장형은 인격이 고상하였고 학식이 깊고 넓었으며 미신을 반대하고 과학을 제창했다. 『영헌(靈憲)』이란 책을 써서 천문학 지식의 재능을 드러냈으며 수력으로 가동하는 혼천의(渾天儀)와 후풍지동의(候風地動儀) 등 천지를 관측하는 계기를 제작하기도 했다. 장형은 한부(漢賦)의 4대가(사마상여·양웅·반고·장형) 가운데 한 사람이며 문학사상 중요한 위치를 차지하고 있다. 그의 〈동성가(同聲歌)〉와 〈사수시(四愁詩)〉는 5·7언시

창시기(創始期)의 중요한 작품이고, 〈귀전부(歸田賦)〉는 서정(抒情) 소부(小賦)의 한 격식을 열었다. 그의 대표작으로는 유명한 〈이경부(二京賦)〉와 유작 40여 편이 있고 후인이 엮은 『장하간집(張河間集)』이 남아있다.

□ 해제

〈이경부(二京賦)〉는 장형이 19세에 동도(東都)인 낙양에서 유학할 때에 처음 쓰기 시작했다. 당시 천하는 태평성대라 왕후대신(王侯大臣)들은 호화로운 사치생활을 하였는데 이 광경을 목격한 장형이 이 부를 써서 서한(西漢) 군신들의 사치스러움과 과도한 욕망을 드러내고 동한(東漢) 초의 검소하고 백성을 사랑하는 기풍을 기림으로써 당시의 폐단을 바로잡으려 했던 것이다. 10년에 이르는 각고의 노력과 구상 끝에 대략 영초(永初) 원년에야 비로소 한대(漢代)의 대부(大賦) 중에 궁원(宮苑)을 제재(題材)로 한 이 대작을 완성했다.

〈이경부〉는 반고(班固)의 〈양도부(兩都賦)〉의 기초 위에서 지어진 것이나 반고의 작품에 내심 만족하지 못해 겨뤄보려는 마음에서 글자마다 조탁하고 구절마다 단련하여 이뤄낸 거작이다. 〈이경부〉는 〈서경부(西京賦)〉와 〈동경부(東京賦)〉로 이루어져 있다. 여기서 다루는 〈서경부〉는 반고의 〈서도부(西都賦)〉와 마찬가지로, 한(漢) 고조(高祖)가 도읍을 정한 과정으로부터 서술하기 시작하여 그 후 각 방면에서 서경의 호화롭고 사치스러운 모습을 묘사했다. 그렇지만 〈서경부〉는 부의 수법인 포진(鋪陳)과 과장(誇張)의 수법을 더욱 많이 운용하였고 편폭도 〈서도부〉보다도 더욱 길다. 그 내용은 궁전의 웅장한 규모, 성곽 주택의 가지런한 모습, 시장의 번성함과 활기, 상인의 사기와 이익의 추구, 유협과 변사(辯士)들의 행위, 상림원(上林苑)과 곤명지(昆明池)의 모습, 사냥의 장면, 수상(水上) 놀이 및 음락(淫樂) 등 사회생활의 여러 가지 단면들을 세세하게 잘 반영했다. 이 때문에 사회사나 문화사 연구의 중요한 문헌 자료가 되기도 했다. 〈서경부〉는 옛날의 도읍인 서경을 그리워하는 허구적인 인물의 말을 통해, 표면적으로는 서경의 화려하고 사치스러운 면을 자랑하고 있지만, 실질적으로는 작자가 서한 군주의 방탕하고 무도(無道)한 생활을 드러내어 풍자할 목적으로 지은 작품인 것이다.

□ 역주

有憑虛公子者,[1] 心奓體忲,[2] 雅好博古,[3] 學乎舊史氏,[4] 是以多識前代之載.[5] 言於安處先生曰[6] : "夫人在陽時則舒,[7] 在陰時則慘,[8] 此牽乎天者也. 處沃土則逸,[9] 處瘠土則勞, 此繫乎地者也. 慘則尠於驩,[10] 勞則褊於惠,[11] 能違之者寡矣. 小必有之,[12] 大亦宜然. 故帝者因天地以致化,[13] 兆人承上敎以成俗.[14] 化俗之本,[15] 有與推移,[16] 何以覈諸?[17] 秦據雍而

1 憑虛公子(빙허공자) : 존재하지 않는 공자(公子)라는 뜻으로, 〈자허부(子虛賦)〉의 자허(子虛)와 같이 작가가 허구적으로 꾸며낸 인물이다. '빙(憑)'은 의거하다, 의탁하다. '허(虛)'는 없다[無]는 뜻이다.

2 心奓體忲(심치체태) : '치(奓)'는 사치하다. 호소영(胡紹瑛)은 '사(奢)'의 주문(籒文)이라고 보았다. '태(忲)'는 방자하다.

3 雅(아) : 평소[素].

4 舊史氏(구사씨) : 태사(太史), 즉 도서전적(圖書典籍)을 관장하는 사관(史官).

5 載(재) : 기재된 일.

6 安處先生(안처선생) : 작가가 허구적으로 만들어낸 인물이다. '안처(安處)'는 '하처(何處)'로 '안처선생(安處先生)'이란 어느 곳에도 실재하지 않는 사람이란 뜻이다.

7 陽時(양시) : 봄과 여름의 때.

8 陰時(음시) : 가을과 겨울의 때.

9 逸(일) : 안락하다, 편안하다. '편안함을 좋아하고 수고로움을 싫어하다'는 뜻으로 보는 견해도 있는데, 이럴 경우 같은 논리로 다음 구(句)에 나오는 '노(勞)'를 '부지런하고 소박하다'로 해석할 수 있다.

10 尠(선) : 적다. '선(鮮)'과 통하는 글자이다.

11 褊(편) : 편협(褊狹)되다. 여기서는 인색하다.

12 小必有之(소필유지) 이하 2구 : 서인(庶人)은 토지의 비옥함과 척박함에 따라 수고로움과 편안함이 다르고 제왕도 토질의 차이에 따라 강약(强弱)의 형세가 다름을 말한 것이다.

13 致化(치화) : 교화를 시행하다.

强,[18] 周卽豫而弱,[19] 高祖都西而泰,[20] 光武處東而約.[21] 政之興衰, 恒由此作.[22] 先生獨不見西京之事歟?[23] 請爲吾子陳之:

마음에 품은 뜻이 사치스럽고 태도가 방자했던 빙허공자(憑虛公子)라는 사람이 있었는데, 평소 옛것을 널리 아는 것을 좋아하여 태사(太史)에게 공부했기에 이전 시대의 기재된 일들을 많이 알고 있었다. 그가 안처선생(安處先生)에게 다음과 같이 말했다. "일반적으로 사람이 봄과 여름의 시기에는 마음이 펴져 유쾌해지고 가을과 겨울의 시기에는 근심하는데, 이것은 천기(天氣)의 변화와 관계있는 것입니다. 비옥한 땅에 살면 안락하고 척박한 땅에 살면 수고로운데, 이것은 땅의 영향과 관계가 있는 것입니다. 근심하면 즐거움이 적어지고 수고로우면 은혜를 베푸는데 인색하니, 이런 규율을 어길 수 있는 사람은 드뭅니다. 서민들은 반드시 이와 같음이 있고 제왕들도 또한 마땅히 그러합니다.

---

14 兆人承上教以成俗(조인승상교이성속) : '조(兆)'는 극히 많은 수를 가리키므로 '조인(兆人)'은 중인(衆人) 곧 백성을 뜻한다. 『관자(管子)·군신편(君臣篇)』: "군주는 법에 근거해 명령을 내고 백성은 군주를 따라서 풍속을 이룬다(君據法而出令, 百姓順上而成俗)".

15 化俗之本(화속지본) : '화속(化俗)'이 규장각본에는 '속화(俗化)'로 되어 있다. '본(本)'은 근본, 바탕. 앞에서 말한 '천지(天地)' 즉 천기(天氣)와 토질의 상황을 가리킨다.

16 有與推移(유여추이) : 천기나 토질의 변화에 따라 옮겨감을 말한 것이다. '추이(推移)'는 옮겨가다, 변화하다. 『회남자(淮南子)·제속편(齊俗篇)』: "법이라고 하는 것은 변화와 함께 옮겨가는 것이다(所以爲法者, 與化推移者也)".

17 諸(저) : 어기사로 '지호(之乎)'와 같다.

18 雍(옹) : 구주(九州) 가운데 하나로 대략 오늘날의 섬서(陝西)·감숙(甘肅)에서부터 청해(青海) 일대에 이르는 지역.

19 周卽豫而弱(주즉예이약) : 주(周) 평왕(平王)이 호경(鎬京)으로부터 낙읍(洛邑)으로 천도한 것이 동주(東周)인데, 주(周)의 왕실은 이로부터 쇠약해졌다. '즉(卽)'은 나아가다. 여기서는 옮겨가다. '예(豫)'는 구주 가운데 하나인 예주(豫州)로, 대략 지금의 하남(河南)과 호북(湖北) 북부이다. 낙읍은 예주에 속했다.

20 都西而泰(도서이태) : '서(西)'는 서경(西京)인 장안(長安)을 가리킨다. '태(泰)'는 사치스럽고 호화롭다.

21 東(동) : 동경(東京)인 낙양(洛陽)을 가리킨다.

22 此(차) : 토질의 비옥함과 척박함 같은 자연환경을 가리킨다.

23 事(사) : 서경인 장안의 성대한 상황을 가리킨다.

그러므로 제왕 노릇하는 사람은 천기(天氣)와 토질에 근거해서 교화를 시행하고 만백성들은 군주의 교화를 받들어서 풍속을 이룹니다. 풍속을 변화시키는 밑바탕은 천기(天氣)나 토질(土質)의 변화와 함께 옮겨지는 것이 있으니, 어떻게 그것을 검증할 수 있습니까? 진(秦)은 옹주(雍州) 땅에 웅거하여 강성해졌고 동주(東周)는 예주(豫州) 땅으로 옮겨가서 쇠약해졌으며, 한(漢) 고조(高祖)는 서경(西京)에 도읍을 두다보니 사치스러워졌고 광무제(光武帝)는 동경(東京)에서 살다보니 검약(儉約)해졌습니다. 정치의 흥성함과 쇠약함은 항상 이와 같은 조건으로 말미암아 생겼습니다. 선생께서만 홀로 서경(西京)의 성대한 상황을 못 보셨는지요? 청컨대 우리 선생을 위해 제가 진술을 해볼까 하옵니다.

漢氏初都, 在渭之涘.[24] 秦里其朔,[25] 寔爲咸陽.[26] 左有崤函重險,[27] 桃林之塞,[28] 綴以二華.[29] 巨靈贔屓,[30] 高掌遠蹠,[31] 以流河曲, 厥跡猶存. 右

---

24 在渭之涘(재위지사) : 서한의 수도인 장안(長安)이 위수(渭水) 물가에 있었기 때문에 한 말이다. '위(渭)'는 위수(渭水)로 황하의 주요한 지류 가운데 하나. 감숙성 위원현(渭源縣) 서북쪽에서 발원하여 섬서성을 거쳐 황하로 들어간다. '사(涘)'는 물가.

25 秦里其朔(진리기삭) : '이(里)'는 거(居)하다, 있다. '삭(朔)'은 북쪽.

26 寔爲咸陽(식위함양) : '식(寔)'은 이[是]. '실(實)'과 통한다. '함양(咸陽)'은 기원전 350년 진(秦) 효공(孝公)이 역양(櫟陽)으로부터 천도했던 곳.

27 左有崤函重險(좌유효함중험) : '좌(左)'는 동쪽을 가리킨다. '효함(崤函)'은 효산(崤山)과 함곡관(函谷關). 효산은 오늘날의 하남성 낙녕(洛寧) 서북쪽에 있는 산세가 아주 험한 산으로 남북으로 두 산이 대치하고 있는데, 중간에 있는 골짜기가 마치 함과 같이 움푹 들어가 있기 때문에 함곡(函谷)이라 이름이 붙여졌다.

28 桃林(도림) : 도림새(桃林塞) 또는 도원(桃原)이라고도 한다. 동관(潼關)으로부터 효함(崤函)에 이르는 곳을 총괄하여 도림새(桃林塞)라 한다. 새(塞)는 변방의 험준한 요해처 곧 요새.

29 綴以二華(철이이화) : '철(綴)'은 이어지다, 잇다. '이화(二華)'는 섬서성 동북쪽에 있는 태화산(太華山)과 소화산(少華山)을 가리킨다. 태화산은 곧 화산(華山). 태화산의 서쪽에 소화산이 있다.

30 巨靈贔屓(거령비희) : '거령(巨靈)'은 황하의 신[河神]을 가리킨다. '비희(贔屓)'는 대단히 힘쓰는 모양.

31 高掌遠蹠(고장원척) : 옛날 신화에 따르면 태화(太華)와 소화(少華) 두 산은 원래 하나의 산이었는데, 황하가 흘러갈 때 산에 막혀 빙 돌아 흐르니 황하의 신[河神]이

有隴坻之隘,[32] 隔閡華戎,[33] 岐梁汧雍,[34] 陳寶鳴雞在焉.[35] 於前則終南太一,[36] 隆崛崔崒,[37] 隱轔鬱律,[38] 連岡乎嶓冢.[39] 抱杜含鄠,[40] 欱灃吐鎬.[41] 爰有藍田珍玉,[42] 是之自出. 於後則高陵平原, 據渭踞涇,[43] 澶漫

손바닥으로 그 위를 쳐서 둘로 나누고 발로 그 아래를 밟아 둘로 분리시켜 황하물이 그 사이로 흘렀다고 한다. 산상(山上)에 하신(河神)의 손자국과 발자취가 오늘에까지 남아있다 한다. '장(掌)'은 손바닥으로 치다, '척(蹠)'은 밟다.

32 右有隴坻之隘(우유롱저지애) : '우(右)'는 서쪽. '농저(隴坻)'는 농산(隴山)의 별칭으로, 농판(隴坂)이라고도 한다. 육반산(六盤山) 남단에 있는데, 섬서성 농현(隴縣) 서북쪽에서 감숙성 평량(平涼) 일대까지 뻗쳐 있다. 산세가 험준하여 감숙・섬서의 요해처이다. '저(坻)'는 비탈, 산비탈[坂].

33 隔閡華戎(격해화융) : '격해(隔閡)'는 막다, 단절하다. '화융(華戎)'의 '화(華)'는 중국의 고칭(古稱)으로 화하(華夏), '융(戎)'은 중국의 서부에 있던 이민족의 이름으로 서융(西戎).

34 岐梁汧雍(기량견옹) : 모두 산 이름이다. 기산(岐山)은 장안 서쪽에 있는데, 산에 두 개의 갈래길이 있어 붙여진 이름이다. 양산(梁山)은 오늘날의 섬서성 건현(乾縣) 서북쪽에 있으며, 견산(汧山)은 오늘날 섬서성 농현(隴縣) 서남쪽에 있으며, 옹산(雍山)은 오늘날의 섬서성 봉상현(鳳翔縣) 서북쪽에 있다.

35 陳寶鳴雞在焉(진보명계재언) : '진보명계(陳寶鳴雞)'는 진(秦)의 문공(文公)이 사냥을 나가 진창산(陳倉山) 북쪽 산비탈 성에서 돌과 같이 생긴 보물을 얻어 그것을 제사지냈는데, 그 장소에 수탉과 같이 생긴 신(神)이 때때로 동쪽으로부터 유성과 같은 광휘를 내면서 날아와 머물렀으며, 닭같이 울어 그 신을 '진보(陳寶)'라고 이름 지었다 한다. 진창(陳倉)은 오늘날 섬서성 보계시(寶鷄市) 동쪽에 있다. '재언(在焉)'은 그곳에 있다. '언(焉)'은 어지(於之)의 합음자(合音字). 여기서는 농산(隴山) 동쪽에 있다는 뜻이다.

36 終南太一(종남태일) : '종남(終南)'은 진령(秦嶺) 산봉우리 가운데 하나로, 장안(長安) 남쪽에 있으며 남산(南山)이라고도 칭해진다. '태일(太一)'은 종남산의 주봉(主峰)으로 태백산(太白山)이라고도 하는데 무공현(武功縣) 남쪽에 있으며 장안으로부터 200리 떨어져 있다.

37 隆崛崔崒(융굴최줄) : '융굴(隆崛)'은 높이 솟아있는 모양. '최줄(崔崒)'은 산이 높고 험준한 모양. '최(崔)'는 높다, '줄(崒)'은 험준하다.

38 隱轔鬱律(은린울률) : '은린(隱轔)'은 산이 극히 높은 모양. '울률(鬱律)'은 산이 깊숙하고 험준한 모양, 산이 들쑥날쑥하며 평평하지 아니한 모양. 앞의 '융굴(隆崛)'과 '최줄(崔崒)'은 하나하나의 봉우리에 대해서 말한 것이고 여기서의 '은린(隱轔)'과 '울률(鬱律)'은 이어진 봉우리[連峰]를 개관(概觀)하여 말한 것이다.

39 嶓冢(파총) : 섬서성에 있는 산 이름.

40 抱杜含鄠(포두함호) : '포(抱)'나 '함(含)'은 종남산과 태일산이 둘러싸고 있는 형세를 가리킨다. '두(杜)'는 두릉(杜陵)으로 장안 남쪽 50리 되는 곳에 있다. 진(秦)나라 때에 두현(杜縣)을 두었는데 한(漢)의 선제(宣帝)가 이곳에 능(陵)을 쌓아 두릉이라 개명했다. '호(鄠)'는 현(縣)의 이름이다.

靡迤,[44] 作鎭於近.[45] 其遠則九嵕甘泉,[46] 涸陰沍寒,[47] 日北至而含凍,[48] 此焉淸暑.[49] 爾乃廣衍沃野,[50] 厥田上上,[51] 寔爲地之奧區神皐.[52] 昔者大帝說秦繆公而覲之,[53] 饗以鈞天廣樂,[54] 帝有醉焉, 乃爲金策,[55] 錫用

---

41 欱灃吐鎬(합풍토호) : '풍(灃)'은 풍수(灃水), '호(鎬)'는 호수(鎬水). 풍수는 진령(秦嶺) 산중에서 발원하여 북류하여 장안 북쪽에 이르렀다가 나중에 위수(渭水)로 흘러 들어간다. 호수는 남산(南山) 골짜기에서 발원하여 장안성 남쪽을 지나 곤명지(昆明池)로 흘러 들어갔다가 후에 북류하여 풍수로 흘러 들어간다. '호(鎬)'가 '호(滈)'로 되어 있는 곳도 있다.

42 藍田(남전) : 산 이름. 위수(渭水) 평원의 남쪽, 진령의 북쪽 산록에 남전산이 있는데 이곳에서 미옥(美玉)이 생산되기 때문에 옥산(玉山)이라고도 한다.

43 據渭踞涇(거위거경) : '거(踞)'는 의지하다[倚]. '경(涇)'은 경수(涇水). 육반산(六盤山) 동록(東麓)에서 발원하여 동남쪽으로 흘러 섬서 고릉현(高陵縣)에 이르러 위수로 흘러 들어간다.

44 澶漫靡迤(단만미이) : '단만(澶漫)'은 (지세가) 넓고 평탄한 모양, 완만하게 긴 모양. '미이(靡迤)'는 계속 이어져 펼쳐진 모양.

45 作鎭(작진) : 진수(鎭守 : 군대를 주둔시켜 요지를 지킴)가 되다.

46 九嵕甘泉(구종감천) : '구종(九嵕)'은 섬서성 예천현(醴泉縣) 동북쪽에 있는 산 이름. '감천(甘泉)'은 섬서성 순화현(淳化縣) 서북쪽에 있는 산 이름. 산상(山上)에 한(漢)의 감천궁(甘泉宮)이 있다.

47 涸陰沍寒(학음호한) : '학음(涸陰)'은 음기(陰氣)를 모으다. '호한(沍寒)'은 추위를 가둬두다.

48 日北至(일북지) : 태양이 북의 끝까지 이르다. 곧 하지(夏至)를 말한다.

49 淸暑(청서) : 더위를 제거하다, 피서(避暑)하다.

50 廣衍(광연) : 넓게 계속 이어진 모양.

51 厥田上上(궐전상상) : 『상서(尙書)・우공(禹貢)』에 보이는 말로, 옹주(雍州)의 토질이 가장 비옥하여 최상등급임을 말한 것이다.

52 寔爲地之奧區神皐(식위지지오구신고) : '식(寔)'은 '실(實)'과 같은 뜻으로, 이[是]. '진실로'라고 보는 견해도 있다. '오구(奧區)'는 깊숙한 지역, 내지(內地). 진(秦)의 땅이 험악하여 천하의 깊숙한 곳에 자리 잡은 지역임을 말한 것이다. '신고(神皐)'는 신령들이 모여 기쁨을 누리는 곳. '고(皐)'는 물가의 높은 곳.

53 說秦繆公而覲之(열진목공이근지) : '열(說)'은 기뻐하다. '진목공(秦繆公)'은 춘추시대 진나라의 군주로, 재위기간에 현인을 등용하고 정치에 힘써 춘추오패 가운데 한 사람이 되었다. '근지(覲之)'는 진의 목공이 병으로 누워 5일간 계속 잠을 자던 중 꿈에 상제(上帝)를 본 것을 말한다.

54 鈞天廣樂(균천광악) : 천상(天上)의 음악을 가리킨다. '균천(鈞天)'은 하늘의 중앙으로 천제가 사는 곳, '광악(廣樂)'은 광대한 음악.

55 金策(금책) : 금으로 장식한 책문(策文). 여기서 '책(策)'은 일종의 조명(詔命) 문서로, 옛날에 황제가 관리의 임명・관작의 수여・토지의 하사 등을 할 때 부신(符信)으로 삼았던 것이다.

此土, 而翦諸鶉首.[56] 是時也,[57] 幷爲强國者有六, 然而四海同宅西秦,[58] 豈不詭哉!

한(漢) 왕조가 처음 도읍을 둔 곳은 위수(渭水) 물가에 있었습니다. 진(秦)의 도읍은 그 북쪽에 있었는데, 그곳이 함양(咸陽)입니다. 동쪽으로는 효산(崤山)·함곡관(函谷關)의 중첩된 험준한 지역과 도림의 요새[桃林塞]가 있으며, 태화(太華)·소화(少華) 두 산으로 이어져 있습니다. 거대한 신령 하신(河神)이 있는 힘을 다 써서 높은 곳에서 손바닥으로 쳐서 둘로 나누고, 멀리서 산록(山麓)을 짓밟아 분리시켜 황하의 곡류(曲流)를 곧장 흐르게 했다는데, 그 자취가 아직도 산상(山上)에 남아있습니다. 서쪽으로는 농산(隴山)의 험준함이 있어 화하(華夏)와 서융(西戎)을 단절시키고, 기산(岐山)·양산(梁山)·견산(汧山)·옹산(雍山)들과 진보(陳寶) 신(神)이 닭울음소리를 내던 곳이 모두 이곳 농산(隴山) 동쪽에 있습니다. 앞에는 종남산(終南山)과 태일산(太一山)이 우뚝 솟아 높고 험준하며 연봉(連峰)들이 들쑥날쑥 치솟아 있는데, 산등성이가 파총산(嶓冢山)에까지 이어져 있습니다. 종남산과 태일산이 두릉(杜陵)을 껴안고 호현(鄠縣)을 둘러싸고 있으며 풍수(灃水)를 들이마시고 호수(鎬水)에다 물을 토해냅니다. 또한 남전(藍田)의 진귀한 옥이 있는데 이곳에서 생산됩니다. 뒤에는 높은 언덕과 평원이 위수(渭水)에 의탁하고 경수(涇水)에 의지하여 넓고 평탄하게 쭉 펼쳐져 있어서 서경(西京) 가까이에

---

56 翦諸鶉首(전저순수) : '전(翦)'은 다하다[盡], '순수(鶉首)'는 '메추라기의 머리'라는 뜻으로 남방에 있는 별자리 위치의 이름. 『한서(漢書)·지리지(地理志)』: "정성으로부터 유성에 이르는 것을 순수 성차라 하며 진의 분야이다(自井至柳, 謂之鶉首之次, 秦之分也)". 정성(井星)과 유성(柳星)은 주작칠성(朱雀七星)에 속한다. 고대에는 하늘 별자리의 위치[星次]에 근거하여 땅에다 그에 상응하는 구역을 나누었는데 이것을 분야(分野)라 한다. 하늘을 빙 둘러서 12성차(星次)를 만들었으며, 순수(鶉首)의 분야는 진(秦) 소속의 옹주(雍州)이다. 본문에서는 하늘의 순수(鶉首)의 구역에 해당하는 하계(下界)의 토지를 진의 목공에게 주었다는 뜻이다.

57 是時(시시) : 진 목공의 때를 가리킨다.

58 宅(택) : 살다[居].

군대의 주둔지가 됩니다. 멀리에는 구종산(九嵕山)과 감천산(甘泉山)이 있는데 음기를 모아 추위를 가둬둬, 하지(夏至) 때에도 얼음을 머금고 있어 이곳에서 피서를 합니다. 광대하게 이어진 비옥한 들판이 있는데 그 전답은 상급(上級) 중의 상급으로, 이곳이야말로 땅 중에서 깊숙이 감춰진 지역이며 신령들이 사는 고지(高地)입니다. 옛날 천제께서 진(秦)의 목공(繆公)을 기뻐하여 그를 회견하고서 천상의 음악으로 잔치를 베풀어주었는데, 천제께서 취하시자 이에 황금 책문(策文)을 만들어 하사하시고서, 옹주(雍州) 지역의 이 땅으로 하늘의 순수(鶉首) 별자리 구역에 해당하는 하계(下界)의 모든 토지를 다하게 하셨습니다. 이때 진(秦)과 함께 강국(强國)이 된 나라가 여섯이 있었지만, 온 천하가 결국 서쪽 진나라와 함께 살게 되었으니, 이것이 어찌 기이하지 않습니까!

自我高祖之始入也,[59] 五緯相汁,[60] 以旅於東井,[61] 婁敬委輅,[62] 幹非其議.[63] 天啓其心,[64] 人惎之謀.[65] 及帝圖時,[66] 意亦有慮乎神祇,[67] 宜其可

59 高祖(고조) : 한(漢)의 고조(高祖) 유방(劉邦).

60 五緯相汁(오위상협) : '오위(五緯)'는 오성(五星), 곧 목성・화성・토성・금성・수성. 28수(宿)는 하늘을 따라 왼쪽으로 돌아 경(經)이 되고, 오성은 오른쪽으로 돌아 위(緯)가 되기 때문에 '오위(五緯)'라 한 것이다. '협(汁)'은 '협(協)'과 통하여 화합하다, 조화롭다.

61 旅於東井(여어동정) : '여(旅)'는 배열하다, 늘어서다[列]. '동정(東井)'은 성좌(星座)의 이름으로, 곧 정수(井宿). 남방(南方) 7수(宿) 가운데 하나로 은하수 동쪽에 있기 때문에 붙여진 이름이다. 동정에 상응하는 지상(地上)의 지역은 옹주(雍州) 곧 진(秦)의 지역이다. 『한서』의 기재에 따르면, 한(漢) 원년(元年) 10월 다섯 별[五星]이 동정(東井)이란 별자리에 늘어섰는데 패공(沛公)이 이때 패상(霸上)에 이르렀다. 고대의 점성가들은 이것을 유방(劉邦)이 제왕의 자리에 오를 징조라고 여겼다.

62 婁敬委輅(누경위로) : '누경(婁敬)'은 한초(漢初) 제(齊)나라 사람으로 당시에는 일개 수졸(戍卒)에 불과했으나, 한 고조가 낙양에 도읍을 두려고 할 때 관중(關中)에 도읍을 둘 것을 건의했다. 공로가 인정되어 성을 유(劉)로 받았고 후에 관내후(關內侯)로 봉해졌다. '노(輅)'는 인력(人力)으로 끄는 수레의 앞에 댄 가로나무[橫木]. 여기서는 수레를 가리킨다.

63 幹非其議(간비기의) : '간(幹)'은 바로잡다[正]. '비(非)'는 비난하다, 부정하다. '의(議)'는 낙양(洛陽)에 도읍을 두자는 건의를 가리킨다.

64 天啓(천계) : 하늘의 계시. 오성이 동정 별자리에 모여 한 고조에게 진(秦)의 땅을

定,[68] 以爲天邑.[69] 豈伊不虔思於天衢?[70] 豈伊不懷歸於枌楡?[71] 天命不滔,[72] 疇敢以渝! 於是量徑輪,[73] 考廣袤,[74] 經城洫,[75] 營郭郛,[76] 取殊裁於八都,[77] 豈啓度於往舊![78] 乃覽秦制, 跨周法, 狹百堵之側陋,[79] 增九筵之迫脅.[80] 正紫宮於未央,[81] 表嶢闕於閶闔.[82] 疏龍首以抗殿,[83] 狀巍峨

도읍으로 삼도록 계발(啓發)시킨 것을 가리킨다.

65 人惎(인기) : 누경이 고조에게 가르친 것을 말한다. '기(惎)'는 가르치다, 교도하다.

66 帝圖時(제도시) : 한 고조가 도읍을 고려할 때를 말한다.

67 意亦(의역) : 또한. '억역(抑亦)'과 같은 뜻으로, '억(抑)'과 '의(意)'의 고자(古字)는 통하였다.

68 宜(의) : '의(儀)'와 통하여 헤아리다[度].

69 天邑(천읍) : 제왕의 도읍(都邑). 경도(京都)를 가리킨다.

70 豈伊不虔思於天衢(기이불건사어천구) : '이(伊)'는 발어사로 '유(惟)'와 같다. '천구(天衢)'는 천로(天路). 천읍(天邑)과 마찬가지로 천자가 있는 곳을 뜻한다. 지위와 명망이 높은 땅을 비유하여, 낙양(洛陽)을 가리킨다. '구(衢)'는 사통팔달의 대로.

71 枌楡(분유) : 흰 느릅나무, 즉 백유(白楡). 한 고조가 고향 풍(豊)에서 느릅나무 두 그루를 심어 토지신으로 삼은 고사에서 고향을 뜻함. 고조가 처음 거병했을 때에 느릅나무가 심어진 토지신을 모신 사당에서 기도를 했다 하는데, 풍읍(豊邑)은 낙양과는 가깝고 관중과는 멀었다.

72 滔(도) : '도(謟)'와 통하여, 의심하다.

73 徑輪(경륜) : 둥근 물체의 남북 긴의 길이, 원형의 면적, 직경과 둘레(길이).

74 廣袤(광무) : 네모난 물체의 가로와 세로, 방형(方形)의 면적. '광(廣)'은 횡(橫)을 말하고 '무(袤)'는 직(直)을 말한다.

75 城洫(성혁) : 성을 빙 둘러싼 못[城池], 곧 해자, 호성하(護城河). 넓이가 8자, 깊이가 8자인 해자를 '혁(洫)'이라 한다.

76 郭郛(곽부) : 성밖의 성 곧 외성(外城)을 '곽(郭)'이라 하고, 큰 곽을 '부(郛)'라 한다.

77 取殊裁於八都(취수재어팔도) : '재(裁)'는 체제, 격식. '팔도(八都)'는 팔방(八方).

78 啓度(계도) : '계(啓)'는 고찰하다, 살피다, 열다. 규장각본에는 '계(稽)'로 되어 있다. '도(度)'는 규격(規格), 제도(制度).

79 狹百堵之側陋(협백도지측루) : '협(狹)'은 경시하다. '백도(百堵)'는 크고 많은 궁실(宮室)들. 주(周)나라 선왕(宣王) 때 지은 궁실(宮室)들의 규모가 크고 그 수가 많음을 나타낸다. '도(堵)'는 담장의 뜻이나, 일도지실(一堵之室)의 도(堵)로 볼 수 있다. 1장(丈)을 판(板)이라 하고 5판(板)을 도(堵)라 한다. '측루(側陋)'는 낮고 누추하다. '측루(仄陋)'와 같다.

80 九筵之迫脅(구연지박협) : '구연(九筵)'은 주나라 때의 명당(明堂)의 높이. 아홉 자[尺]의 길이가 연(筵)이므로 '구연(九筵)'은 81자이다. 후에는 '구연(九筵)'으로 명당을 가리키기도 한다. '박협(迫脅)'은 협소하다, 협루(狹陋)하다.

81 正紫宮於未央(정자궁어미앙) : 하늘의 자궁(紫宮)을 본떠서 미앙궁(未央宮)을 지은 것을 말한다. '자궁(紫宮)'은 성궁(星宮)의 이름인 자미궁(紫微宮)으로, 15개의

以岌嶪.[84] 亘雄虹之長梁,[85] 結棼橑以相接.[86] 蔕倒茄於藻井,[87] 披紅葩之狎獵.[88] 飾華榱與璧璫,[89] 流景曜之韡曄.[90] 雕楹玉碣,[91] 繡栭雲楣.[92] 三階重軒,[93] 鏤檻文梍.[94] 右平左城,[95] 青瑣丹墀.[96] 刊層平堂,[97] 設切厓

별로 이루어졌다. 좌우 두 열로 나뉘어져 북극성을 중추로 하여 병풍처럼 둘러싸고 있는 모양을 하고 있다. 옛날 사람들은 자미성궁(紫微星宮)은 천제가 사는 곳이고 인간세계의 제왕의 궁실은 이것을 본뜬 것이라 생각했다. '미앙(未央)'은 한(漢)의 궁명(宮名).

82 表嶢闕於閶闔(표요궐어창합) : 미앙궁에 높은 궐문(闕門)을 만들어서 하늘의 창합문에 해당하는 것을 세우는 것을 말한다. '表(표)'는 나타내어 세우다. '요(嶢)'는 높다. '궐(闕)'은 궁문 밖 좌우에 쌍으로 세운 대(臺)의 누관(樓觀). 미앙궁에는 현무(玄武)・창룡(蒼龍)이란 두 궐(闕)이 있다. '창합(閶闔)'은 하늘에 있는 자미궁(紫微宮)의 문(門) 이름인데, 여기서는 미앙궁 정문을 가리킨다.

83 疏龍首以抗殿(소룡수이항전) : '용수(龍首)'는 장안 북쪽에 있는 산 이름. '항(抗)'은 높이 들다.

84 巍峨以岌嶪(위아이급업) : '위아(巍峨)'는 산이 높이 솟은 모양. '급업(岌嶪)'은 산이 높고 험준하여 위태로운 모양.

85 亘雄虹之長梁(긍웅홍지장량) : '긍(亘)'은 뻗치다, 걸치다. 한쪽 끝에서 다른 쪽 끝까지 횡으로 걸쳐있는 것을 말한다. '웅홍(雄虹)'은 수컷 무지개. 옛날에는 무지개를 용의 일종으로 생각하여, 수컷 무지개를 '홍(虹)'이라 하였고 암컷 무지개를 '예(蜺)'라 하였다. 수컷은 색깔이 선명하고 암컷은 좀 어두운 것이라 한다.

86 棼橑(분로) : '분(棼)'은 짧은 들보, 마룻대[棟]. '노(橑)'는 (마룻대에서 처마에 건너지르는) 서까래.

87 蔕倒茄於藻井(체도하어조정) : '체(蔕)'는 꽃이나 과일이 줄기와 이어진 부분으로, 여기서는 타동사로 쓰였다. '도하(倒茄)'는 연꽃을 거꾸로 하여 줄기가 위고 꽃이 아래인 형상을 나타낸 것이다. '하(茄)'는 연(蓮)의 줄기로, 옛날에는 '하(荷)'와 통용했다. '조정(藻井)'은 수초(水草)로 아름답게 꾸민 천장. 보통 방형(方形)의 나무를 교차해 정형(井形)을 만들고 그 위에 연꽃 등 각종 수생식물의 채색 도안을 그리거나 조각하여 꾸민 천장을 가리킨다.

88 披紅葩之狎獵(피홍파지압렵) : '피(披)'는 열다[開]. '압렵(狎獵)'은 '접렵(接獵)' 또는 '첩렵(捷獵)'과 같은 뜻으로, 꽃이나 잎이 겹치는 모양.

89 飾華榱與璧璫(식화최여벽당) : '화최(華榱)'는 채색한 서까래. '여(與)'는 '이(以)'와 같은 뜻이다. '벽당(璧璫)'은 옥으로 된 와당(瓦當 : 기와의 마구리). '당(璫)'은 곧 와당(瓦當 : 기와의 마구리)으로, 서까래 끝의 장식이다.

90 景曜之韡曄(경요지위엽) : '경요(景曜)'의 '경(景)'은 햇빛[日光], '요(曜)'는 빛[光]. '위엽(韡曄)'은 색채가 매우 선명한 모양, 빛나는 모양.

91 碣(석) : 주춧돌.

92 繡栭雲楣(수이운미) : '이(栭)'는 대들보를 받치는 기둥 위의 방형(方形)의 나무. 두공(斗栱) 또는 옥로(屋櫨)라고도 한다. '운미(雲楣)'는 구름 문양이 장식된 들보. '미(楣)'는 들보, 대들보.

陳.[98] 坻崿鱗眴,[99] 棧齴巉嶮.[100] 襄岸夷塗,[101] 修路峻險.[102] 重門襲固,[103] 奸宄是防.[104] 仰福帝居,[105] 陽曜陰藏.[106] 洪鐘萬鈞,[107] 猛虡趪趪.[108] 負

---

93 三階重軒(삼계중헌) : '삼계(三階)'는 삼층의 층계, 삼층 섬돌. 남면(南面) 즉 정면(正面)은 삼층 계단이며 동·서·북은 이층 계단이다. '삼(三)'을 실수(實數)로 보지 않으면, 여러 단으로 된 층계라고 볼 수도 있다. '중헌(重軒)'은 중첩된 난간, 이중의 난간. '헌(軒)'을 난간으로 보지 않고, 창이 있는 긴 회랑으로 보는 설도 있다.

94 鏤檻文梍(누함문비) : '누함(鏤檻)'은 정교하게 새겨진 난간. '비(梍)'는 처마 끝에 가로댄 나무[屋檐前板] 즉 평고대(平高臺).

95 右平左墄(우평좌척) : 전각의 계단은 오른쪽 즉 서쪽은 평평한 중에 경사가 져 천자의 수레가 위층으로 올라갈 수 있게 되어 있고 왼쪽 즉 동쪽은 층층의 계단으로 되어있어 사람이 오르내릴 수 있게 되어 있다. '척(墄)'은 층층대.

96 青瑣丹墀(청쇄단지) : '청쇄(青瑣)'는 고리 모양의 문양을 새겨 청색을 바른 것으로, 여기서는 궁전 문 위의 청색의 고리 모양의 문양을 가리킨다. '단지(丹墀)'는 궁전 앞의 홍색 돌계단, 또는 붉은 칠로 칠한 궁전의 지면(地面).

97 刊層平堂(간층평당) : '층(層)'은 겹치다[重]. '당(堂)'은 높다[高].

98 設切厓隒(설절애엄) : '설절(設切)'은 기초석(基礎石)을 쌓다, 섬돌을 쌓다. '절(切)'은 '체(砌 : 섬돌)'와 통한다. '애엄(厓隒)'은 산 가장자리. 여기서는 전당(殿堂) 터의 가장자리를 가리킨다. '애(厓)'는 언덕, 낭떠러지, 산 가[山邊], 끝. '엄(隒)'도 언덕, 낭떠러지, 높은 가[高邊].

99 坻崿鱗眴(지악린현) : '지악(坻崿)'은 전각의 터나 섬돌이 융기(隆起)한 모양. '지(坻)'는 전각의 섬돌. '악(崿)'은 융기한 모양. '인현(鱗眴)'은 끝이 없는 모양(전각의 계단이) 높은 모양. 여기서는 높은 계단을 전체적으로 본 모양을 형용하고 있다.

100 棧齴巉嶮(잔언참험) : '잔언(棧齴)'은 높은 모양이라는 설이 있으나, '언(齴)'이 이빨이 겉으로 드러나 보이는 모양이므로 여기서는 섬돌이 층을 이루면서 이빨처럼 배열되어 올라가는 모양. '참험(巉嶮)'은 가파르고 험한 모양.

101 襄岸夷塗(양안이도) : '양안(襄岸)'은 높은 섬돌. '양(襄)'은 높다, '안(岸)'은 섬돌[階]을 말한다. '이도(夷塗)'는 평탄한 길. 여기서는 섬돌 아래의 평지(平地)를 말한다.

102 修路(수로) : 전각으로부터 이어진 긴 길을 말한다. '수(修)'는 길다.

103 襲固(습고) : 거듭 단단하게 하다, 강화하다. '습(襲)'은 거듭, 거듭하여.

104 奸宄(간귀) : 사악한 짓을 하는 것을 '간(奸)'이라 하고, 보물을 훔친 것을 '귀(宄)'라 한다. 구적(寇賊)이 밖에 있는 것을 '간(奸)'이라 하고, 안에 있는 것을 '귀(宄)'라 한다는 설도 있다.

105 仰福帝居(앙복제거) : '복(福)'은 '부(副)'의 가차자로 같다, 서로 걸맞다. '제거(帝居)'는 천제가 사는 곳으로, 태미궁(太微宮)을 가리킨다.

106 陽曜陰藏(양요음장) : 미앙궁(未央宮)은 천상의 태미궁과 같아 맑을 때는 드러나고 흐릴 때는 모습을 감추는 것을 가리킨다.

107 洪鐘萬鈞(홍종만균) : '홍종(洪鐘)'은 대종(大鐘). '만균(萬鈞)'은 30만근. 30근(斤)을 '균(鈞)'이라 하므로 큰 종의 무게가 30만근이 나가는 것을 말한다.

108 猛虡趪趪(맹거황황) ; '맹거(猛虡)'는 종이나 경쇠를 거는 틀의 아랫부분에 맹수의

筍業而餘怒,[109] 乃奮翅而騰驤.[110] 朝堂承東,[111] 溫調延北, 西有玉臺, 聯以昆德. 嵯峨崨嶫,[112] 罔識所則.[113] 若夫長年神仙, 宣室玉堂, 麒麟朱鳥, 龍興含章, 譬衆星之環極, 叛赫戲以煇煌.[114] 正殿路寢,[115] 用朝群辟,[116] 大夏耽耽,[117] 九戶開辟.[118] 嘉木樹庭, 芳草如積. 高門有閌,[119] 列坐金狄.[120]

모양을 새겨 장식했기 때문에 일컫는 말이다. '거(虡)'는 종을 거는 가로나무[橫木]를 양쪽에서 지지해주는 기둥. '황황(趪趪)'은 용맹스런 모양, 힘쓰는 모양. '황(趪)'은 무용(武勇)이 있는 모양.

109 筍業(순업) : '순(筍)'은 옛날에 종이나 경쇠 등 악기를 거는 횡목(橫木)이며, '업(業)'은 횡목 위에 대는 큰 목판.

110 奮翅而騰驤(분시이등양) : '분(奮)'은 (날개를) 펼치다. '등(騰)'은 (말이) 뛰어오르다, '양(驤)'은 (말이 머리를 들고서) 내달리다. 악기를 거는 횡목[筍]에는 어류의 모양으로 장식을 하고, 악기를 거는 틀[虡]에는 호랑이나 표범 같은 맹수를 새기거나 또는 깃털[羽]로 장식을 하기 때문에 이렇게 표현한 것이다. 여기서는 짐승이 악기를 거는 횡목과 그 위에 대는 목판을 등에 지는 것만으로도 무거운데 남은 힘이 있어서 두 날개를 펼치고서 마치 뛰어오르고 내달릴듯한 모습을 하고 있음을 묘사한 것이다.

111 朝堂承東(조당승동) 이하 4구 : 조당(朝堂)·온조(溫調)·곤덕(昆德)은 모두 전(殿) 이름이고 옥대(玉臺)는 대(臺) 이름이며, 동·북·서는 미앙(未央) 정전(正殿)을 중심으로 하여 말한 것이다. '조당(朝堂)'은 정전 옆에 백관들이 나랏일을 하는 곳으로 국가의 대사가 이곳에서 의결된다.

112 嵯峨崨嶫(차아첩업) : '차아(嵯峨)'는 산이 높고 험준한 모양. '첩업(崨嶫)'은 산이 높고 험준한 모양.

113 所則(소칙) : 모델로 삼은 대상.

114 叛赫戲(반혁희) : '반(叛)'은 '환(煥 : 빛나다)'과 같다. '혁희(赫戲)'는 빛나고 밝은 모양.

115 正殿路寢(정전로침) : '정전(正殿)'은 한대(漢代)에 천자가 정사를 보는 곳. '노침(路寢)'은 정전(正殿). 주대(周代)에는 '노침(路寢)'이라 했고 한대에는 '정전(正殿)'이라 했다. 따라서 주대의 '노침'이 곧 한대의 '정전'이다.

116 群辟(군벽) : 여러 제후들.

117 大夏耽耽(대하탐탐) : '대하(大夏)'는 전(殿) 이름. 장락궁(長樂宮)의 정전(正殿)의 이름이 '대하(大夏)'이다. 큰 건물이라는 설도 있는데, 규장각본에는 '대하(大廈)'로 되어 있다. '탐탐(耽耽)'은 '침침(沈沈)'과 그 뜻이 같아, 궁실이 깊숙이 있는 모양.

118 九戶開辟(구호개벽) : '구호(九戶)'는 아홉 문. 옛날 제도에 천자가 사는 곳은 구실(九室)이 있으며 매 실(室)마다 하나의 호(戶)가 있어 모두 '구호(九戶)'가 되었다. '벽(辟)'은 열다[開].

119 高門有閌(고문유항) : '고문(高門)'은 미앙궁 안에 있는 궁전의 이름. 궁문(宮門)을 가리킨다는 설도 있다. '항(閌)'은 높고 큰 모양.

120 金狄(금적) : 오랑캐 복장을 한 동상, 금인(金人). 『사기·진시황본기(秦始皇本紀)』

우리 고조(高祖) 황제께서 처음으로 관중(關中)에 드셨을 때부터 오성(五星)이 상서롭게 서로 조화하여 동정(東井) 별자리에 늘어져 있어, 누경(婁敬)이 수레의 횡목(橫木)을 내려놓고 낙양(洛陽)에 도읍을 두자는 신하들의 건의를 바로잡고 비판했습니다. 하늘도 (오성의 배열된 징조로써) 고조의 마음을 계발시켰고, 사람도 고조에게 그 책략을 교도(敎導)했습니다. 고조께서 도읍을 결정하실 때에 이르러 또한 천지신령의 뜻을 고려하시어, 천하를 안정시킬 수 있는 곳을 헤아려서 관중(關中)을 제왕의 도읍으로 삼으셨습니다. 어찌 사통팔달의 낙양에다 도읍을 둘 것을 조심스레 생각지 않았겠습니까? 어찌 사당에 느릅나무가 심어진 그 고향에 돌아갈 생각을 하지 않았겠습니까? 그러나 하늘의 명은 의심할 수 없는 것이라 누가 감히 변경하겠습니까! 이에 원형 면적의 직경과 둘레를 측량하고 방형 면적의 가로와 세로를 고찰하여, 성을 빙 둘러싼 못[城池]을 파고 외성(外城)과 대곽(大郭)을 쌓으며, 팔방의 도읍에서 각기 다른 체제를 취했으니 어찌 단지 지난 옛날의 규격(規格)만을 고찰했겠습니까! 이에 진(秦)의 체제를 참고하고 주(周)의 규모를 뛰어넘어, 선왕(宣王) 때의 크고 많은 궁실들도 낮고 비루하다 여겨 경시했으며 높이가 구연(九筵 : 81자)에 달하는 명당(明堂)도 협소하다고 여겨 증축했습니다. 미앙궁(未央宮) 가운데에 자궁(紫宮)을 건립하고 미앙궁 정문에는 높은 쌍궐(雙闕)을 세웠습니다. 용수산(龍首山)을 평평하게 골라 궁전을 세웠으니, 그 모습이 아주 웅장하고 하늘 높이 치솟아 위태로울 지경입니다. 무지개 같이 휘어지고 채색된 긴 들보를 올려 걸쳤고, 마룻대와 서까래를 연결하여 이었습니다. 아름답게 꾸민 천장에는 거꾸로 드리워진 연꽃 줄기가 자라나고, 붉은 꽃들이 서로 겹쳐서 거꾸로 피어있습니다. 옥으로 된

: "시황제가 천하의 병기를 거두어 이를 녹여서 각기 무게가 천근이 나가는 동상 열 두 개를 만들어 궁 안에 두었다(始皇收天下兵, 銷以爲金人十二, 各重千斤, 致于宮中)". 『삼보구사(三輔舊事)』에 따르면, 동상을 장락궁(長樂宮)의 대하전(大夏殿) 앞에 두었다고 하는데, 이 부(賦)에서는 미앙궁에 둔 것으로 기술하고 있다.

와당으로 화려한 서까래를 장식하니 매우 밝고 빛난 광채를 발합니다. 기둥마다 문양을 새겼고 주춧돌은 옥으로 만들었으며, 대들보를 받치는 두공(斗栱)은 화려하게 꾸미고 대들보에는 구름 문양을 장식했습니다. 정면은 삼층 계단이며 난간은 이중으로 되었는데, 난간은 정교하게 새겨졌고 처마 앞 가로 나무[平高臺]는 무늬가 장식되어 있습니다. 전각 계단의 오른쪽은 평평한 중에 경사졌고 왼쪽은 층계로 되어 있으며, 궁전 문 위에 고리 문양이 새겨져 청색으로 칠해졌고 돌계단엔 붉은 칠이 발라졌습니다. 중첩된 곳을 깎아내고 높은 땅을 평평하게 하여 전각(殿閣) 터 가장자리에 기초석(基礎石)을 쌓았습니다. 전각의 섬돌은 높직하게 끝없이 이어지고 층층이 이빨처럼 가파르고 험하게 배열되어 있습니다. 높은 섬돌 아래의 평지(平地)에는 전각으로부터 길이 길게 이어졌는데 또한 험준합니다. 겹겹의 궁문들은 굳게 거듭 단속하여 간사한 자나 도둑을 방지합니다. 미앙궁을 우러러보면 천제가 사시는 궁궐과 같아서 맑을 때는 드러나고 흐릴 때는 모습을 감춥니다. (미앙궁 뜰 안의) 큰 종은 무게가 30만 근이나 나가는데 맹수를 새겨놓은 종 틀 위에 걸려 있습니다. 맹수는 악기를 거는 횡목(横木)[筍]과 그 위의 나무판[業]을 등에 지고서도 노여움이 남아있어 날개를 펼치어 뛰어오르고 내달릴듯한 모습을 하고 있습니다. 조당(朝堂)은 미앙궁 동쪽에 이어져 있으며 온조전(溫調殿)은 북쪽에 나열되어 있고, 서쪽에는 옥대(玉臺)가 있는데 곤덕전(昆德殿)으로 이어져 있습니다. 이들 건축물들은 높고 우뚝 치솟았는데 어느 것을 모델로 삼았는지를 알 수조차 없습니다. 장년(長年)・신선(神仙)・선실(宣室)・옥당(玉堂)・기린(麒麟)・주조(朱鳥)・용흥(龍興)・함장(含章) 등과 같은 제전(諸殿)들이 미앙궁을 둘러싸고 있는 것이, 마치 뭇별들이 북극성을 둘러싸고서 광채를 내어 휘황찬란한 것과도 같습니다. 정전(正殿)인 노침(路寢)은 여러 제후들을 조회하는 곳이며 대하전(大夏殿)은 깊숙한 곳에 자리하고 있는데 아홉 개의 문이 개방되어 있습니다. 좋은 나무들이 뜰에 심어져 있으며 향기로운 풀들이 군락을 이룬

듯 무성히 자라고 있습니다. 고문전(高門殿)은 높고 웅대한데 오랑캐 복식을 한 동상들을 그 앞에 진열해 앉혀두었습니다.

內有常侍謁者,[121] 奉命當御.[122] 蘭臺金馬,[123] 遞宿迭居. 次有天祿石渠,[124] 校文之處. 重以虎威章溝,[125] 嚴更之署.[126] 徼道外周,[127] 千廬內附.[128] 衛尉八屯,[129] 警夜巡晝. 植鎩懸瞂,[130] 用戒不虞.[131]

정전(正殿) 안에는 중상시(中常侍)와 알자(謁者)가 있어 조명(詔命)을 받들어 전하고 황제께서 쓰실 것을 올리는 일을 담당합니다. 난대(蘭臺)와 금마문(金馬門)의 관원들은 바꿔가며 숙직하고 돌아가며 머무릅니

121 常侍謁者(상시알자) : '상시(常侍)'는 중상시(中常侍). 황제를 따라다니면서 가까이에서 모시는 신하로 문서와 조령(詔令)을 관장한다. 동한시대에는 환관으로 바꾸어 썼다. '알자(謁者)'는 중알자(中謁者)라고도 하는데, 전례를 행할 때 의식을 인도하는 일을 맡는 관명이다. 춘추전국시대에 처음으로 두기 시작하였으며 한대(漢代)에 낭중령(郎中令)의 속관에 알자가 있다. 그 장관을 알자복야(謁者僕射)라 한다.

122 當御(당어) : (순서대로) 올리는 일을 담당하다. '어(御)'는 올리다, 드리다[進]. 군주에게 의복이나 음식 또는 비첩(妃妾) 등을 순서대로 올리는 것을 '어(御)'라고 한다.

123 蘭臺金馬(난대금마) : '난대(蘭臺)'는 본래는 서한시대에 궁정의 도서를 수장하는 곳으로, 어사중승(御史中丞)을 두어 관장케 했으나 후에는 난대영사(蘭臺令史)를 두어 도서를 교감(校勘)하고 주서(奏書)를 관장하는 일을 했다. '금마(金馬)'는 궁문(宮門)의 이름. 궁문 곁에 구리로 된 말이 있었기 때문에 붙여진 이름으로, 여기서는 금마문에 설치한 관서를 가리킨다.

124 天祿石渠(천록석거) : '천록(天祿)'과 '석거(石渠)' 모두 장서각(藏書閣)의 이름이다. 양웅(揚雄)과 유향(劉向)이 천록각에서 교서(校書)한 적이 있었다.

125 虎威章溝(호위장구) : '호위(虎威)'와 '장구(章溝)'는 둘 다 궁실을 두루 순찰하는 자들이 당직하며 잠자는 관서의 이름.

126 嚴更(엄경) : 야경(夜警)을 돌아 엄중히 단속함. '경(更)'은 해질녘부터 새벽까지 5등분한 야간의 시각.

127 徼道(요도) : 순찰하며 경계(警戒)하는 도로. '요(徼)'는 돌다, 순찰하다.

128 廬(여) : 위병(衛兵)이 당직하며 잠자는 집.

129 衛尉八屯(위위팔둔) : '위위(衛尉)'는 궁문을 경계하며 지키는 일을 담당하는 장관으로 구경(九卿) 가운데 하나. '팔둔(八屯)'은 궁정의 사방주위에 설치해둔 8곳의 위소(衛所) 또는 경위(警衛) 부대를 가리킨다. '둔(屯)'은 군대를 주둔시키고서 지키는 영지(營地) 곧 주둔지로 '팔둔(八屯)'은 '팔영(八營)'과 같다.

130 植鎩懸瞂(식쇄현발) : '쇄(鎩)'는 긴 창. '발(瞂)'은 방패.

131 不虞(불우) : 생각지 못한 일, 예상치 못한 일. '우(虞)'는 생각하다, 헤아리다.

다. 다음으로 천록각(天祿閣)과 석거각(石渠閣)이 있는데, 모두 문서를 교감하는 곳입니다. 또한 야경(夜警)을 돌아 엄중히 단속하는 관서인 호위(虎威)와 장구(章溝)가 있습니다. 순찰하는 도로가 궁 밖에서 둘러싸고 있으며 수천의 당직하는 처소가 궁 안에 딸려있습니다. 궁문 경계의 담담장관 위위(衛尉)가 거느리는 여덟 부대의 사졸(士卒)들이 주야로 순찰하며 경계(警戒)합니다. 긴 창을 세우고 방패를 걸어두고서 지키어 의외로 일어날 일을 경계합니다.

後宮則昭陽飛翔,[132] 增成合歡. 蘭林披香, 鳳皇鴛鸞. 群窈窕之華麗,[133] 嗟內顧之所觀.[134] 故其館室次舍,[135] 采飾纖縟,[136] 裛以藻繡,[137] 文以朱綠. 翡翠火齊,[138] 絡以美玉, 流懸黎之夜光,[139] 綴隨珠以爲燭.[140] 金戺

---

132 後宮則昭陽飛翔(후궁즉소양비상) 이하 4구 : '후궁(後宮)'은 비빈(妃嬪)들이 거주하는 곳으로 '내궁(內宮)' 또는 '후정(後庭)'이라고도 한다. 소양(昭陽)・비상(飛翔)・증성(增成)・합환(合歡)・난림(蘭林)・피향(披香)・봉황(鳳皇)・원란(鴛鸞)은 모두 미앙궁에 있는 전(殿)의 이름. '봉황(鳳皇)'의 '황(皇)'은 '황(凰)'과 같다.

133 窈窕(요조) : 아름다운 모양. 후궁의 비빈들을 형용한 말이다.

134 內顧(내고) : 내궁(內宮)을 돌아보다, 안으로 돌아보다.

135 故其館室次舍(고기관실차사) : '고(故)'는 '부(夫)'와 같다. '관실(館室)'은 궁실(宮室). '차사(次舍)'는 휴게소. 여기서는 위병들의 '별관' 정도의 뜻이다. '차(次)'는 궁을 숙직하며 지키는 자들이 있는 곳이고, '사(舍)'는 쉬며 머리감는 곳.

136 纖縟(섬욕) : 섬세하고 아름답다, 섬세하고 화려하다.

137 裛以藻繡(읍이조수) : '읍(裛)'은 두르다, 둘러싸다. '조(藻)'는 무늬.

138 翡翠火齊(비취화제) : '비취(翡翠)'는 비취빛 새 깃으로 궁실을 장식하는 것이라 보는 설도 있으나, 여기서는 경옥(硬玉)이라고도 불리는 비취빛 옥으로 보는 것이 좋을 듯하다. 비취옥은 전체가 벽록(碧綠)이면서 투명한 것을 가장 진귀하게 여기며 장식용으로 쓰인다. '화제(火齊)'는 석주(石珠)의 일종인 화제주(火齊珠). 매괴주(玫瑰珠)라고도 한다.

139 懸黎(현려) : 밤에도 촛불처럼 빛이 난다고 하는 미옥의 이름. 『전국책・진책삼(秦策三)』: "양나라에 현려가 있고 초나라에 화벽이 있는데 모두 천하의 명기이다(梁有懸黎, 楚有和璧, 而爲天下名器)".(이선 주)

140 隨珠(수주) : 수후지주(隨侯之珠)라는 구슬의 이름. 『회남자(淮南子)』에 따르면, 큰 뱀이 상처가 난 것을 본 수후(隨侯)가 약을 발라 주었더니 나중에 그 뱀이 밤중에 큰 구슬을 입에 물고 와서 수후에게 보답해, 그 구슬을 수후지주(隨侯之珠)라 했다 한다. 이 구슬이 곧 명월주(明月珠)이다.

玉階, 彤庭煇煇.[141] 珊瑚琳碧,[142] 瓀瑉璘彬,[143] 珍物羅生,[144] 煥若崑崙.[145] 雖厥裁之不廣,[146] 侈靡踰乎至尊. 於是鉤陳之外,[147] 閣道穹隆.[148] 屬長樂與明光, 徑北通乎桂宮.[149] 命般爾之巧匠,[150] 盡變態乎其中.[151] 後宮不移,[152] 樂不徙懸, 門衛供帳,[153] 官以物辨.[154] 恣意所幸, 下輦成燕. 窮年忘歸, 猶弗能遍, 瑰異日新, 殫所未見.

후궁에는 소양(昭陽)·비상(飛翔)·증성(增成)·합환(合歡)·난림(蘭林)·피향(披香)·봉황(鳳皇)·원란(鴛鸞) 등 여러 전(殿)들이 있습니다. 그곳에는 아리따운 비빈(妃嬪)들이 화려하게 꾸미고서 무리지어 있으며 내궁(內宮)을 돌아다보면 하나하나가 찬탄을 자아내게 합니다. 궁실과 위병들의 별관은 섬세하고 화려하게 채색으로 장식되었고, 무늬 있

141 煇煇(휘휘) : 붉게 빛나는 모양.

142 琳碧(임벽) : '임(琳)'과 '벽(碧)'은 둘 다 옥돌[玉石]의 이름. '벽(碧)'은 청색의 아름다운 옥돌.

143 瓀瑉璘彬(연민린빈) : '연민(瓀瑉)'의 '연(瓀)'과 '민(瑉)'은 둘 다 옥 비슷한 아름다운 돌. '인빈(璘彬)'은 옥빛이 교차(交叉)하는 모양, 광채가 빈분(繽紛)한 모양. '인(璘)'은 옥의 광채.

144 羅生(나생) : 나열되다, 배열되다.

145 崑崙(곤륜) : 신화에 나오는 높고 험준한 산 이름.

146 厥裁(궐재) : 후궁의 규모. '궐(厥)'은 그[其].

147 鉤陳(구진) : 본래는 별 이름으로 자미궁(紫微宮) 안에 있기 때문에, 후궁(後宮)을 비유하는 말로 쓰인다. 여기서는 미앙궁(未央宮)의 후궁을 가리킨다.

148 閣道穹隆(각도궁륭) : '각도(閣道)'는 누각(樓閣) 간에 서로 통할 수 있도록 공중에 설치한 통행로로 비각(飛閣)이라고도 한다. '궁륭(穹隆)'은 길고 굽은 모양.

149 桂宮(계궁) : 장락궁 북쪽에 있는 궁 이름.

150 般爾(반이) : 노반(魯般)과 왕이(王爾)로, 둘 다 뛰어난 장인(匠人)의 이름. 노반(魯般)은 공수반(公輸般)으로 '반(般)'은 '반(班)'과 통한다. 왕이(王爾)는 어느 시대 사람인지 분명히 알려져 있지 않다.

151 其(기) : 각도(閣道)를 가리킨다.

152 後宮不移(후궁불이) : 황제가 어디로 유람을 가든 그곳에 침식과 연회를 베풀 모든 것이 구비되어 있어 후궁을 옮길 필요가 없음을 말한 것이다.

153 門衛供帳(문위공장) : '문위(門衛)'는 궁문의 경계(警戒), 호위(護衛). '공장(供帳)'은 연회를 열기 위해 물건을 준비하고 휘장을 치는 것.

154 官以物辨(관이물변) : 황제가 필요한 물건들은 모두 담당관원을 두어 준비하게 한다는 뜻. '변(辨)'은 식별하다, 구별하다. 규장각본에는 '판(辦 : 갖추다)'으로 되어 있다.

는 비단으로 둘러싸였으며 붉은색 푸른색으로 꾸며져 있습니다. 비취옥(翡翠玉)과 화제주(火齊珠) 등 미옥(美玉)으로 둘러싸 놓았으며, 현려(懸黎)라는 미옥은 밤에도 빛을 내고 수후(隨侯)라는 구슬을 점철시켜 촛불로 삼았습니다. 황금으로 문지방을 만들었고 옥으로 섬돌을 이루었으며 붉은 칠한 궁중 뜰은 붉게 빛납니다. 산호·임옥(琳玉)·벽옥(碧玉)과 연석(瓀石)·민석(瑉石)이 광채가 현란하며, 이런 진귀한 것들이 궁중에 쭉 나열돼 있어 마치 곤륜산(崑崙山)같이 빛나고 있습니다. 비록 후궁 제전(諸殿)의 규모는 넓지 않으나 사치스러움과 화려함은 황제보다도 낫습니다. 또한 후궁(後宮) 밖으로는 누각(樓閣) 간에 구름다리가 (무지개처럼) 길고 굽이지게 가설되어, 장락궁(長樂宮)과 명광궁(明光宮)에 이어지고 곧장 북쪽으로 계궁(桂宮)에까지 통해있습니다. 공수반(公輸般)과 왕이(王爾) 같은 빼어난 장인에게 명하여 그 가운데에 형태와 변화 등 기교를 다하게 하였습니다. (황제께서 유람하시는 곳마다 모든 것이 갖추어져 있어) 후궁이 옮겨질 필요가 없었으며 악기들이 옮겨져 내걸릴 필요가 없었고 궁문의 호위나 연회를 위한 휘장 설치 등, 담당관원이 황제께서 필요한 것들을 준비합니다. 황제께서 마음대로 행차하시는 곳에서 수레에서 내리시면 곧바로 잔치자리가 이루어집니다. 해[年]가 다하도록 돌아갈 줄을 몰라도 여러 궁을 두루 다 돌아볼 수가 없을 정도이며, 진기하고 이상한 것들이 날마다 새롭게 바뀌는데 전부 다 일찍이 보지 못했던 것들입니다.

惟帝王之神麗, 懼尊卑之不殊.[155] 雖斯宇之旣坦,[156] 心猶憑而未攄,[157] 思比象於紫微,[158] 恨阿房之不可廬.[159] 覛往昔之遺館,[160] 獲林光於秦

155 尊卑(존비) : 천자와 신하를 가리킨다.

156 坦(탄) : 크다[大].

157 憑而未攄(빙이미터) : '빙(憑)'은 답답하다, 번민하다. '만(懣)'과 같은 뜻이다. '터(攄)'는 펴다[舒], 후련하다.

158 比象於紫微(비상어자미) : '비상(比象)'은 본뜨다. '자미(紫微)'는 천제(天帝)의 거실

餘.[161] 處甘泉之爽塏,[162] 乃隆崇而弘敷.[163] 既新作於迎風,[164] 增露寒與儲胥. 托喬基於山岡, 直墆霓以高居.[165] 通天訬以竦峙,[166] 徑百常而莖擢.[167] 上辬華以交紛,[168] 下刻陗其若削.[169] 翔鶤仰而不逮,[170] 況青鳥與黃雀![171] 伏欞檻而頫聽,[172] 聞雷霆之相激.[173] 柏梁既災,[174] 越巫陳方,[175]

(居室)인 자미궁(紫微宮).

159 阿房之不可廬(아방지불가려) : 당시 아방궁은 이미 허물어졌기 때문에 살 수 없었다. '아방(阿房)'은 진(秦)의 황궁.

160 覛(맥) : 구하다, 찾다. '멱(覓)'과 같다.

161 林光(임광) : 진(秦)의 이궁(離宮)의 이름. 감천궁(甘泉宮)과 임광궁은 본래 진나라의 두 궁인데, 한대에 이르러 임광궁을 감천궁에 병합시켜 규모를 확대했다 한다. 감천궁은 본래 진시황이 지은 것이고 임광궁은 호해(胡亥)가 세운 것이다.

162 甘泉之爽塏(감천지상개) : '감천(甘泉)'은 오늘날의 섬서성 순화(淳化) · 운양(雲陽) 현 사이에 있는 감천산. '상개(爽塏)'의 '상(爽)'은 밝다, '개(塏)'는 높은 땅, 높고 건조한 땅.

163 弘敷(홍부) : '홍(弘)'은 확대(擴大)하다. '부(敷)'는 확전(擴展)하다.

164 新作於迎風(신작어영풍) : 바람을 맞이하는 곳[迎風]에다 관(館)을 새로 짓다, 곧 영풍관을 새로 짓다.

165 直墆霓(직체예) : '직(直)'은 마주 대하다. '체예(墆霓)'는 대단히 높은 모양. 여기서는 높은 산을 가리킨다.

166 通天訬(통천초) : '통천(通天)'은 감천궁(甘泉宮) 안에 있는 대(臺) 이름. 한(漢) 무제(武帝) 원봉(元封) 2년에 지었는데, 대의 높이는 30장(丈)이고 장안성(長安城)을 바라볼 수 있다. '초(訬)'는 높다.

167 徑百常(경백상) : '경(徑)'은 고도(高度)를 가리킨다. 8자[尺]가 심(尋)이고 배심(倍尋)이 '상(常)'이므로, 16자[尺] 곧 한 장(丈) 여섯 자가 '상(常)'이다. 따라서 '백상(百常)'은 484.8m이나 실제의 수(數)라기보다는 대(臺)가 극히 높다는 것을 말한 것이다.

168 辬華(반화) : 무늬가 알록달록하며 화려하다. '반(辬)'은 '반(斑)'의 옛글자이다.

169 刻陗(각초) : 험준하다. '초(陗)'는 '초(峭 : 가파르다)'와 같다.

170 鶤(곤) : 곤계(鶤鷄)라는 큰 새. 『목천자전(穆天子傳)』에 따르면, 곤계는 팔백 리를 날아간다고 한다.

171 靑鳥與黃雀(청조여황작) : '청조(靑鳥)'와 '황작(黃雀)'은 모두 작은 새의 일종.

172 伏欞檻(복령함) : '복(伏)'은 기대다[憑]. '영함(欞檻)'은 격자창(格子窓)으로 꾸민 대(臺) 위의 난간.

173 激(격) : 소리가 높다.

174 柏梁既災(백량기재) : 백량대(柏梁臺)는 한 무제 원정(元鼎) 2년에 지어진 누대(樓臺)로 미앙궁에 있었지만 태초(太初) 원년에 화재로 소실되었다.

175 越巫陳方(월무진방) : '월(越)'은 고대의 민족 이름으로 '월(粵)'과 통한다. 백량대가 소실되고 난 후에 월(粵)의 무당 용지(勇之)가 무제에게 말하기를, 월의 풍속에는 화재가 나면 다시 크게 궁실을 지어서 화재가 날 징조를 억누른다고 진술하여, 무

建章是經,[176] 用厭火祥.[177] 營宇之制,[178] 事兼未央.[179] 圜闕竦以造天,[180] 若雙碣之相望.[181] 鳳騫翥於甍標,[182] 咸溯風而欲翔.[183] 閶闔之內,[184] 別風嶕嶢.[185] 何工巧之瑰瑋, 交綺豁以疏寮.[186] 干雲霧而上達,[187] 狀亭亭以苕苕.[188] 神明崛其特起,[189] 井幹疊而百增.[190] 跱遊極於浮柱,[191] 結重

제는 마침내 장안성(長安城) 밖에 건장궁(建章宮)을 다시 지었다.

176 建章(건장) : 무제(武帝) 태초(太初) 원년에 지은 궁 이름. 미앙궁 서쪽에 있으며 장안성 밖에 있다.

177 厭(엽) : (기도나 주술로 화가 일어나지 않도록) 누르다, 진압하다.

178 營宇之制(영우지제) : '영우(營宇)'는 건장궁을 짓는 것을 가리킨다. '제(制)'는 체제, 규모.

179 兼(겸) : 배(倍), 갑절.

180 圜闕(환궐) : 둥그런 궐 곧 원궐(圓闕). '환(圜)'은 '원(圓)'과 같다. 건장궁은 둘레가 수리(數里)에 달했고 전(殿)의 동쪽에 특별히 20여장(丈) 높이의 봉궐(鳳闕)을 세웠으며 또한 동문 북쪽에는 높이가 25장(丈)되는 원궐(圓闕)을 세우고 위에 구리로 된 봉황을 만들어 놓았다.

181 雙碣(쌍갈) : '갈(碣)'은 하북(河北) 창려(昌黎) 북쪽에 있는 갈석산(碣石山). 대소(大小) 두 개가 있어서 '쌍갈(雙碣)'이라고 한 것이다. '갈(碣)'을 원형의 석비(石碑)로 보는 설도 있어, '쌍갈(雙碣)'은 '원궐(圓闕)'을 가리킨다고 해석할 수도 있다. 궐(闕)은 반드시 두 개가 쌍을 이루고 있기 때문에 '쌍갈(雙碣)'이라고 한다.

182 鳳騫翥於甍標(봉건저어맹표) : '봉(鳳)'은 원궐(圓闕) 위의 구리로 만들어 놓은 봉황을 가리킨다. '건저(騫翥)'는 날개를 펴고 날아오르려는 모양. 용마루 꼭대기에 만들어 놓은 구리 봉황이 바람을 받아 날아갈 듯한 모습을 나타낸 것이다. '건(騫)'은 '헌(鶱 : 나는 모양)'이 되어야 옳다. '맹표(甍標)'는 용마루 꼭대기 끝. '표(標)'는 꼭대기 끝.

183 溯(소) : 향(向)하다.

184 閶闔(창합) : 건장궁(建章宮)의 정문(正門) 이름. 본래는 하늘의 문[天門]을 '창합(閶闔)'이라고 하는데, 제왕의 궁전은 하늘을 본뜨기 때문에 황궁의 정문을 '창합(閶闔)'이라고 한 것이다.

185 別風(별풍) : 별풍궐(別風闕). 건장궁의 정문인 창합문(閶闔門) 안쪽에 세워진 궐(闕) 이름으로, 높이가 50장(丈)이나 되어 궁성(宮城) 담보다 높아 풍향(風向)을 식별(識別)할 수 있다 해서 붙여진 이름.

186 交綺豁以疏寮(교기활이소료) : '기(綺)'는 무늬가 있는 비단. '활(豁)'은 텅 빈[空] 모양. '소료(疏寮)'는 조각해서 뚫어 놓은 투명한 작은 창.

187 干(간) : 범(犯)하다.

188 亭亭以苕苕(정정이초초) : '정정(亭亭)'은 우뚝 솟은 모양. '초초(苕苕)'는 높고 아득한 모양.

189 神明(신명) : 건장궁 전전(前殿) 서북쪽에 있는 신명대(神明臺). 높이가 50장(丈)으로 한(漢) 무제(武帝)가 신선에게 제사 드렸던 곳이다. 대(臺) 위에 구리기둥을 세

欒以相承.[192] 累層構而遂隮,[193] 望北辰而高興. 消雰埃於中宸,[194] 集重陽之淸澂.[195] 瞰宛虹之長鬐,[196] 察雲師之所憑.[197] 上飛闥而仰眺,[198] 正睹瑤光與玉繩.[199] 將乍往而未半,[200] 怵悼慄而慫兢.[201] 非都盧之輕趫,[202] 孰能超而究升?[203] 馺娑駘盪,[204] 燾奡桔桀,[205] 枍詣承光,[206] 睽罛

웠고 기둥 위에는 신선이 손바닥을 펴고서 동반(銅盤)과 옥배(玉杯)를 받들고 신선의 이슬[仙露]을 받고 있다.

190 井幹疊而百增(정간첩이백층) : '정간(井幹)'은 건장궁 안에 있는 정간루(井幹樓). 한(漢) 무제(武帝)가 세운 것으로, 높이가 50여장(丈)에 이르며 신명대(神明臺)의 각도(閣道 : 공중에 가설한 통행로, 구름다리)와 이어져 있다. '층(增)'은 '층(層)'과 통용된다.

191 跱遊極於浮柱(치유극어부주) : '치(跱)'는 두다[置], 안치하다. '유극(遊極)'은 용마루 위의 들보. 관중(關中) 지방에서는 '양(梁 : 들보)'을 '극(極)'이라 한다. '부주(浮柱)'는 들보를 받치는 나무기둥.

192 欒(난) : 두공(斗栱) 위에 있는 것으로, 들보를 받치는 기둥 위의 곡형(曲形)의 나무.

193 層構(층구) : 층층의 누(樓), 한 층 한 층의 옥우(屋宇). '구(構)'는 누우(樓宇).

194 雰埃於中宸(분애어중신) : '분애(雰埃)'는 안개와 티끌. 땅위의 더러운 기(氣)를 가리킨다. '중신(中宸)'은 하늘과 땅이 만나는 곳, 높은 하늘. 여기서는 누대의 높은 집을 가리킨다.

195 重陽(중양) : 하늘을 가리킨다. 하늘은 양(陽)이고 또한 아홉 겹[重]이기 때문에 '중양(重陽)'이라 한 것이다. 하늘이 양(陽)이고 청(淸) 또한 양(陽)이기 때문에 '중양(重陽)'이라는 설도 있다.

196 鬐(기) : 물고기의 등지느러미. 여기서는 무지개가 물고기의 긴 등지느러미와 같음을 가리킨다.

197 雲師(운사) : 이름이 풍륭(豊隆)이라는 구름의 신.

198 飛闥(비달) : 높은 누대(樓臺) 상의 작은 문. 여기서는 신명대(神明臺)의 제일 높은 곳에 있는 작은 방을 가리키는 것으로 보인다. '비(飛)'는 높다[高].

199 瑤光與玉繩(요광여옥승) : '요광(瑤光)'과 '옥승(玉繩)' 모두 별의 이름. 북두칠성의 일곱 번째 별(자루 끝에 있는 별)이 '요광(瑤光)'이며, 옥형(玉衡 : 북두칠성의 다섯 번째의 별)의 북쪽에 있는 작은 두 별의 이름.

200 往(왕) : 높은 대에 오르는 것을 가리킨다.

201 慫兢(종긍) : 놀랍고 무서워서 조심하는 모양.

202 都盧之輕趫(도로지경교) : '도로(都盧)'는 옛날의 나라 이름. 합포(合浦) 남쪽에 있으며 그 나라 사람들은 높은 곳을 잘 올라간다고 한다. '교(趫)'는 재빠르다, 힘차다.

203 究升(구승) : 꼭대기까지 올라가다. '구(究)'는 끝까지 다하다.

204 馺娑駘盪(삽사태탕) : 모두 한대(漢代)의 궁전 이름. '삽사(馺娑)'는 건장궁 안에 있는 삽사전(馺娑殿). '삽사(馺娑)'란 말이 빨리 달리는 모양으로, 건장궁이 넓고 커서 말을 빨리 달려서 하루 만에야 비로소 돌아볼 수 있다 하여 붙여진 이름이다. '태탕(駘盪)'은 건장궁 안에 있는 태탕전(駘盪殿). 궁전 안의 봄 경물(景物)이 화창한 모

庨豁.[207] 橧桴重棼,[208] 鍔鍔列列.[209] 反宇業業,[210] 飛檐巘巘.[211] 流景內照,[212] 引曜日月.[213]

오직 제왕의 궁실(宮室)만이 신묘하고 아름다운 법인데 (후궁이 이와 같았으니) 존귀함과 비천함이 구별되지 않을까 두려웠습니다. 그러나 비록 이런 궁실들이 크기는 하였지만 마음은 여전히 답답하고 후련하지 않아, 천제께서 사시는 자미궁(紫微宮)을 본떠 건축할까를 생각도 했고 아방궁(阿房宮)에는 살 수 없음을 한스러워했습니다. 이에 옛날의 남겨진 별관을 찾은 끝에 과거 진(秦)이 남긴 임광궁(林光宮)을 얻었습니다. 그 궁은 감천산(甘泉山)의 밝고 건조한 높은 땅에 자리 잡고 있어서 더욱 높여서 확장했습니다. 영풍관(迎風館)을 새로 짓고 나서 또 노한관(露寒館)과 저서관(儲胥館)을 증축했습니다. 산꼭대기에다 의탁해 높은 터를 닦았고 치솟은 산을 마주 대하고서 높은 곳에 웅거(雄踞)하고 있습니다. 통천대(通天臺)가 높다랗게 우뚝 솟았는데 높이가 백상(百常 : 484.8m)에 달하여 유난히 두드러져 보입니다. 대(臺)의 상반부는 무늬

습이라 하여 붙여진 이름이다.

205 嶕嶢桔桀(도오길걸) : '도오(嶕嶢)'와 '길걸(桔桀)'은 모두 높고 험하며 깊숙한 모양.

206 枍詣承光(예예승광) : '예예(枍詣)'는 건장궁 안에 있는 예예전(枍詣殿). '예예(枍詣)'는 아름다운 나무의 이름으로, 궁전 안에 이 나무들이 무성하게 자랐기 때문에 붙여진 이름이다. '승광(承光)'은 건장궁 안에 있는 승광전(承光殿).

207 睽罛庨豁(규고효활) : '규고(睽罛)'나 '효활(庨豁)' 둘 다 건물이 높고 넓으며 깊은 모양.

208 橧桴重棼(층부중분) : '층부(橧桴)'의 '층(橧)'은 '층(增)'과 통하여 중첩되다. '부(桴)'는 마룻대로, 집의 용마루 밑에 서까래가 걸치게 된 나무. '중분(重棼)'은 '열분(列棼)'과 같다. 즉 나란히 배열된 서까래. '분(棼)'은 누각의 짧은 들보[楝].

209 鍔鍔列列(악악열렬) : '악악(鍔鍔)'과 '열렬(列列)'은 높이 솟은 모양. '악(鍔)'은 '악(崿)'과 통한다.

210 反宇業業(반우업업) : '반우(反宇)'는 전당(殿堂)의 처마가 살짝 솟아오른 기와 막새. '업업(業業)'은 (집이) 높고 큰 모양.

211 飛檐巘巘(비첨얼얼) : '비첨(飛檐)'은 처마 끝이 날듯 한 기세로 위로 들려있는 것. '얼얼(巘巘)'은 높고 긴 모양.

212 流景(유영) : 번쩍이는 광휘, 흘러 움직이는 빛 그림자. '영(景)'은 '영(影)'의 옛글자이다.

213 引曜日月(인요일월) : (처마의 기와 막새에 비친) 해와 달의 빛을 이끌어 전(殿) 안을 비추다.

가 알록달록 화려하게 뒤섞여져 있고 하반부는 가파르고 험준하여 마치 칼로 깎아놓은 듯합니다. 높이 비상한다는 큰 새 곤계(鶤鷄)가 날아올라보지만 거기에 미치지 못하니 하물며 청조(靑鳥)나 황작(黃雀) 같은 작은 새야 어떻겠습니까! 통천대(通天臺) 위의 난간에 기대어서 고개를 숙여 들어보면 천둥소리가 대(臺) 아래에서 격하게 울리는 것을 들을 수 있습니다. 백량대(柏梁臺)가 불에 타고 나서 월(越)의 무당이 화재를 피할 방법을 진헌하여, 건장궁(建章宮)을 지어 법술(法術)로써 화재의 징조를 눌렀습니다. 건장궁의 건축 규모는 그 공정(工程)이 미앙궁의 갑절입니다. 원궐(圓闕)이 우뚝 솟아 하늘에까지 이르니 마치 두 갈석산(碣石山)이 서로 마주 바라보는 것과 같습니다. 원궐(圓闕) 위 구리 봉황들이 용마루 꼭대기 끝에서 날개를 펴고 모두 바람을 향하여 비상(飛翔)하려고 하고 있습니다. 건장궁(建章宮)의 정문(正門)인 창합문(閶闔門) 안에 별풍궐(別風闕)이 우뚝 솟아 있습니다. 어찌도 그리 공교로움이 기이하고 아름다운지, 고운 무늬로 얽어 짜서 시원스레 창을 냈습니다. 궐문은 구름과 안개를 뚫고서 하늘로 올라갔으며 그 모양은 우뚝 솟아 높고 아득하기만 합니다. 신명대(神明臺)가 높이 우뚝 솟아 있고 정간루(井幹樓)가 중첩되어 백 층에 이릅니다. 떠받치는 기둥위에다 들보를 놓고 겹겹의 굽은 나무를 연결하여 서로 지탱하게 했습니다. 이렇게 한 층 한 층의 누(樓)를 포개어 마침내 위로 올라가, 북극성을 마주하여 높이 쌓아올렸습니다. 누대 높은 곳에서 땅의 안개나 먼지를 없애고 하늘의 맑고 깨끗한 중양(重陽)의 기(氣)를 모았습니다. 물고기의 긴 등지느러미 같이 휘어진 둥근 무지개를 내려다 볼 수 있고, 구름의 신이 하늘가에서 기대고 있는 것을 관찰할 수도 있습니다. 높은 누대(樓臺) 위의 작은 문에 올라 우러러 바라보면, 요광(瑤光)과 옥승(玉繩) 별들을 바로 목도할 수 있습니다. 겨우 막 누대(樓臺)에 오르기 시작해 아직 반도 이르지 않았는데 두렵고 떨려서 조심하느라 어쩔 줄 모르게 됩니다. 그러니 도로국(都盧國) 사람들같이 날쌔고 힘찬 자가 아니라면 누가 초연히 꼭대기까지 올라갈 수 있겠습니까? 삽사전(馺娑殿)과 태탕전(駘盪殿)은 위태로울 만큼이나 높고 깊숙한 곳에 자리 잡고 있으며, 예예전(枍詣殿)과 승광전(承光殿)도 몹시 높고도 넓습니다. 이에 중첩된 마룻대와 나란히 배열된 서까래들이 몹시도 높이 솟아 있습니다. 살짝 솟아오른 처마 모퉁이 끝이 높고도 웅장하며, 날아갈 듯 위로 치켜 올려진 처마가 높고 길게 이어져있습니다. 전 안을 비추는 번쩍이는 광휘는 처마에 반사되는 일월(日月)의 빛입니다.

天梁之宮,[214] 寔開高闈, 旗不脫扃,[215] 結駟方蘄.[216] 櫟輻輕騖,[217] 容於一扉.[218] 長廊廣廡,[219] 連閣雲蔓,[220] 閈庭詭異, 門千戶萬. 重閨幽闥,[221] 轉相踰延,[222] 望窈窱以徑廷,[223] 眇不知其所返. 旣乃珍臺蹇産以極壯,[224] 墱道邐倚以正東,[225] 似閬風之遐坂,[226] 橫西洫而絶金墉.[227] 城尉

214 天梁(천량) : 건장궁 내에 있는 궁 이름.

215 旗不脫扃(기불탈경) : '경(扃)'은 수레 위의 깃대를 흔들리지 않도록 고정시키는 가로나무[橫木]. 황제가 궁문을 출입할 때에 수레에 곰과 호랑이로 장식된 깃발을 세우는데 궁문이 낮으면 수레 위 가로나무[扃]를 열어 기(旗)를 눕혀서 통과해야 하는데, 여기서는 궁문이 높고 크기 때문에 그럴 필요가 없음을 말한 것이다.

216 結駟方蘄(결사방기) : '결(結)'은 나란히 하다[連]. '사(駟)'는 네 필의 말이 끄는 수레 곧 사마(駟馬). '방(方)'은 나란히 하다[幷]. '기(蘄)'는 말의 재갈[馬銜]. 여기서는 말을 가리킨다.

217 櫟(역) : 기물(器物)을 치거나 긁어 소리가 나게 하는 것을 '역(櫟)'이라 한다. 여기서는 말을 빨리 달리도록 수레의 바퀴살[輻]을 쳐서 소리를 내는 것을 말한다. '역(轢)'으로 되어 있는 판본도 있다.

218 容於一扉(용어일비) : 여기서는 궁문이 넓은 것을 말한 것이다.

219 長廊廣廡(장랑광무) : 천량궁의 사방주위에 곁채[廊廡]들이 이어져 있는 것을 말한 것이다. '낭(廊)'은 전당(殿堂) 주위의 집, 곁채. '무(廡)'는 정전(正殿)을 둘러싸고 있는 집, 곁채.

220 閣(각) : 각도(閣道) 즉 누각(樓閣) 간에 서로 통할 수 있도록 공중에 설치한 통행로.

221 闥(달) : 궁중의 작은 문.

222 轉相踰延(전상유연) : 서로 사방으로 통하여 이어져 있음을 뜻한다. '유연(踰延)'은 '통련(通連)'과 같은 뜻으로, 주위 사방이 서로 통하고 서로 이어지다.

223 窈窱(교조) : '요조(窈窕)'와 같은 뜻으로, 깊숙한 모양.

224 珍臺蹇産(진대건산) : '진대(珍臺)'는 장안성 동쪽에 있는 대(臺) 이름. '건산(蹇産)'은 우뚝 솟은 모양.

不弛柝,[228] 而內外潛通.[229] 前開唐中,[230] 彌望廣潒,[231] 顧臨太液,[232] 滄池漭沆.[233] 漸臺立於中央,[234] 赫昈昈以弘敞.[235] 淸淵洋洋,[236] 神山峨峨,[237] 列瀛洲與方丈, 夾蓬萊而駢羅.[238] 上林岑以壘嵬,[239] 下嶄巖以喦齬.[240] 長風激於別隯,[241] 起洪濤而揚波, 浸石菌於重涯,[242] 濯靈芝以朱柯,[243] 海若遊於玄渚,[244] 鯨魚失流而蹉跎.[245] 於是采少君之端信,[246] 庶

---

225 墱道邐倚(등도리의) : '등도(墱道)'는 각도(閣道) 곧 누각 간의 공중 통행로. '이의(邐倚)'는 도로가 꼬불꼬불하고 높았다 낮았다 하는 모양. '이(邐)'는 연속하다.

226 閬風(낭풍) : 신선이 산다고 전해지는 곤륜산(崑崙山) 위에 있는 산 이름.

227 金墉(금용) : 서쪽의 성벽. 오행(五行)에 있어서 서쪽은 '금(金)'에 해당한다.

228 城尉不弛柝(성위불이탁) : '성위(城尉)'는 성을 지키는 교위[守城校尉]. '이(弛)'는 '이(弛 : 느슨하다, 해이하다, 그만두다)'와 같다. '탁(柝)'은 야경을 돌 때 두드리는 나무, 곧 딱딱이.

229 潛通(잠통) : 몰래 통하다, 말없이 통하다. '잠(潛)'을 '묵(默)'과 같은 뜻으로 보아 '입을 다물고 말없이'로 보는 설이 있다.

230 唐中(당중) : 건장궁(建章宮) 서쪽에 있는 못 이름으로 그 넓이가 수십 리에 이른다고 한다.

231 彌望廣潒(미망광탕) : '미망(彌望)'은 시야가 미치는 곳까지 바라보다. '광탕(廣潒)'은 물이 넓고 끝없이 펼쳐져 아득한 모양. '탕(潒)'은 '탕(蕩)'과 같다.

232 臨太液(임태액) : '임(臨)'은 높은 곳에서 내려다 보다. '태액(太液)'은 건장궁 북쪽에 있는 못 이름.

233 滄池漭沆(창지망항) : '창지(滄池)'는 푸르른 연못 물. '창(滄)'은 '창(蒼)'과 통하여 청색(靑色). '망항(漭沆)'은 물이 깊고 넓은 모양.

234 漸臺(점대) : 태액지 가운데에 있는 누대의 이름으로, 높이가 20여 장(丈)이다.

235 昈昈(호호) : 문채(文彩)가 있는 모양, 광채가 성(盛)한 모양.

236 淸淵(청연) : 건장궁 북쪽에 있는 연못인 청연해(淸淵海). 곧 태액지(太液池)를 말한다.

237 神山(신산) : 신화에 나오는 영주(瀛洲) · 봉래(蓬萊) · 방장(方丈) 삼신산(三神山)을 상징하여 태액지 안에 만든 산을 가리킨다.

238 駢羅(병라) : 병렬(幷列)하다.

239 林岑以壘嵬(임잠이루죄) : '임잠(林岑)'은 험준한 모양. '누죄(壘嵬)'는 높고 험준한 모양.

240 嶄巖以喦齬(참암이암어) : '참암(嶄巖)'은 험준한 모양. '암어(喦齬)'는 산의 바위가 이빨과 같이 가지런하지 않은 모양.

241 長風激於別隯(장풍격어별도) : '장풍(長風)'은 대풍(大風). '별도(別隯)'의 '별(別)'은 '편(遍 : 두루, 온)'과 통한다. '도(隯)'는 '도(島 : 섬)'와 같으며, 물속에 만들어 놓은 산을 가리킨다. '별도(別隯)'를 '떨어져 있는 섬'으로 보는 견해도 있다.

242 浸石菌於重涯(침석균어중애) : '석균(石菌)'은 바다 가운데 신산(神山)에서 자라는 신초(神草)의 이름. '중애(重涯)'는 물가[水邊].

欒大之貞固,[247] 立修莖之仙掌,[248] 承雲表之淸露. 屑瓊蕊以朝飡,[249] 必性命之可度.[250] 美往昔之松喬,[251] 要羨門乎天路.[252] 想升龍於鼎湖,[253] 豈時俗之足慕?[254] 若歷世而長存, 何遽營乎陵墓?

---

243 濯靈芝以朱柯(탁령지이주가) : '영지(靈芝)'는 바다 가운데 선산(仙山)에서 자라는 신선이 먹는 선초(仙草)의 이름. '주가(朱柯)'는 영지(靈芝)의 붉은색 줄기를 가리킨다. '가(柯)'는 풀의 줄기나 나무의 가지.

244 海若遊於玄渚(해약유어현저) : '해약(海若)'은 해신(海神)의 이름. '현저(玄渚)'는 깊은 물가. 여기서는 깊은 물속을 가리킨다.

245 蹉跎(차타) : 실족(失足)하여 넘어지다. 뒤집어져 나아가기 어려운 것을 말한다.

246 少君之端信(소군지단신) : '소군(少君)'은 한(漢) 무제(武帝) 때의 방사(方士)였던 이소군(李少君). 부뚜막 신에게 제사 드리고 오곡을 먹지 않으며 수명을 연장하고 늙는 것을 물리치는 술법으로 무제(武帝)를 움직여서 신임을 받았다. '단신(端信)'은 정직하고 믿음직하다. '단(端)'은 정직하다. 여기서는 비꼬는 말로 쓰였다.

247 欒大之貞固(난대지정고) : '난대(欒大)'는 무제(武帝) 때에 방술로 오리장군(五利將軍)에 봉해졌던 방사(方士). 무제에게 불사약을 얻어 신선이 될 수 있다 속여 후에 망언이 드러나 피살되었다. '정고(貞固)'의 '정(貞)'은 바르다, '고(固)'는 (바른 도를) 고수(固守)하다. 이 말도 역시 풍자하는 말로 쓰였다.

248 修莖(수경) : 높고 긴 구리기둥. 신명대(神明臺) 상의 거대한 구리기둥을 가리키는데, 끝에는 구리로 된 신선이 손바닥을 펴고 승로반(承露盤)과 옥배(玉杯)를 받들고서 하늘에서 내리는 감로(甘露)를 받는 모습을 형상화했다.

249 瓊蕊(경예) : 경옥(瓊玉)의 꽃술 즉 옥의 꽃. 경수(瓊樹)에서 피는 꽃은 옥의 가루와 같이 생겼다는 전설이 있다.

250 必性命之可度(필성명지가도) : '필(必)'은 (반드시 그렇게 될 줄로) 믿다. '도(度)'는 여러 세대를 뛰어넘어 죽지 않다. 여기서는 신선이 되는 것을 가리킨다.

251 松喬(송교) : 적송자(赤松子)와 왕자교(王子喬) 두 신선을 가리킨다. 적송자는 신농(神農) 때의 우사(雨師)로 불 속에 들어가도 태워지지 않았으며 풍우(風雨)를 따라 오르내렸다 한다. 왕자교는 주(周) 영왕(靈王)의 태자(太子) 진(晉)으로 도사 부구공(浮丘公)이 그를 맞이하여 숭산(嵩山)에 올랐다 한다.

252 要羨門(요선문) : '요(要)'는 맞이하다, 약속하다. '선문(羨門)'은 옛 신선의 이름. 『사기 · 시황본기(始皇本紀)』에 따르면, 진시황이 사람을 시켜 이 신선을 찾게 했다는 기록이 있다.

253 升龍於鼎湖(승룡어정호) : 황제(黃帝)가 용을 타고서 정호(鼎湖)에서 승천한 것을 말한다. '정호(鼎湖)'는 지명. 『사기 · 봉선서(封禪書)』의 기재에 따르면, 황제(黃帝)가 수산(首山)의 구리를 취하여 형산(荊山) 아래에서 정(鼎)을 주조하는데, 정이 주조되고 나자 용이 수염을 드리우고 내려와서 황제를 맞이하니, 황제가 올라타고 군신(群臣)과 후궁 70여 명이 따라갔는데 후세에 그곳을 정호(鼎湖)라 했다고 하는 이야기를, 제(齊)나라 사람 공손경(公孫卿)이 한(漢) 무제(武帝)에게 들려주자, 한무제가 듣고서 대단히 흠모했다 한다.

254 時俗(시속) : 진세(塵世), 속된 인간세계.

천량궁(天梁宮)에는 높은 궁문이 활짝 열려있어 황제의 수레가 지날 때에 수레에 꽂은 기(旗)를 눕힐 필요가 없으며, 네 필의 말이 끄는 수레[駟馬]를 나란히 병렬하고서 왕래합니다. 말을 재촉하려 수레의 바퀴살[輻]을 쳐서 날쌔게 달려가도 궁문의 문짝 하나만 열어두면 통과할 수 있습니다. 천량궁 주위에는 긴 낭옥(廊屋)과 넓은 곁채들이 이어져 있고 각도(閣道)들이 이어져 마치 구름 떼처럼 뻗어있으며, 담장과 정원은 기이하고도 각각 다르며 문호(門戶)는 천만(千萬)을 헤아릴 정도입니다. 깊숙한 내실(內室)과 겹겹의 궁문(宮門)은 휘돌아서 서로 통하고 이어져 있어, 깊숙한 궁실(宮室)을 바라보고서 샛길로 질러가는데 길이 아득하여 어떻게 돌아가야 할 지를 모를 정도입니다. 진대(珍臺)는 우뚝 솟아 극히 장엄하며 누각 간의 구름다리는 굽었다 곧았다 높았다 낮았다 하면서 정동(正東)으로 향해 있는데, 그 모양이 낭풍산(閬風山)의 긴 비탈과 흡사하며 서쪽 해자(垓字)를 가로질러 뛰어넘고 서쪽 성벽을 넘어갑니다. 성을 지키는 교위(校尉)는 쉬지 않고 딱딱이를 치며 야경을 돌면서 성 안팎으로 말없이 돌아다니고 있습니다. 누대 앞에는 당중지(唐中池)를 파놓았는데 멀리 바라봐도 물은 넓고 끝없으며, 고개를 뒤로 돌려 태액지(太液池)를 내려다봐도 푸르른 연못은 광대하고 아득하기만 합니다. 점대(漸臺)가 태액지 가운데에 우뚝 솟았는데 광채가 붉게 빛나며 높고도 또한 넓습니다. 북쪽의 연못 청연해(淸淵海)는 넓고 넓으며 삼신산(三神山)은 높고도 큰데, 영주산(瀛洲山)과 방장산(方丈山)이 나열되어 있고 봉래산(蓬萊山)이 그 사이에 끼어 나란히 놓였습니다. 그 산들의 위는 높고 험준하며 아래는 이빨처럼 들쭉날쭉합니다. 큰 바람이 온 섬에 맹렬하게 불어 커다란 파도를 일으켜 물결을 날리니, 물가에 있는 석균(石菌)이란 신초(神草)가 잠기고 영지(靈芝)의 붉은색 줄기가 물에 씻기며, 바다의 신(神) 해약(海若)은 깊은 물속에서만 노닐고 고래는 물의 흐름을 잃어 뒤집혀 나아가지 못합니다. 이에 방사(方士) 이소군(李少君)의 정직하고 믿음직한 진언(進言)을 받아들이고 난대

(欒大)의 곧고 정도(正道)를 고수하는 말을 갈망해서, 신선의 손바닥을 형상화한 높은 구리기둥을 세우고 구름 밖의 맑은 이슬을 받들게 했습니다. 경옥(瓊玉)의 꽃을 가루로 만들어서 아침밥으로 복용하고서 생명의 한계를 뛰어넘을 수 있다고 믿었습니다. 옛날의 신선 적송자(赤松子)와 왕자교(王子喬)를 찬미하고 구름 끝 하늘 길에서 신선 선문(羨門)을 만나기로 약속했습니다. 그러나 황제(黃帝)가 정호(鼎湖)에서 용을 타고 승천한 것을 생각하는 게 어찌 속된 인간세계에서 사모할 만한 것이겠습니까? 만일 세세대대(世世代代)에 걸쳐서 길이 생존할 수 있다면 어찌 서둘러 무덤을 만들 필요가 있겠습니까?

徒觀其城郭之制, 則旁開三門, 參塗夷庭,[255] 方軌十二,[256] 街衢相經.[257] 廛里端直,[258] 甍宇齊平.[259] 北闕甲第,[260] 當道直啓. 程巧致功,[261] 期不陁陊, 木衣綈錦,[262] 土被朱紫.[263] 武庫禁兵,[264] 設在蘭錡,[265] 匪石匪

---

255 參塗夷庭(삼도이정) : '삼도(參塗)'는 세 길. 성곽의 각 면에 세 개의 문이 열려 있고 하나의 문은 세 길과 통하여 있기 때문에 '삼도(參塗)'라 한 것이다. '이정(夷庭)'은 평탄하고 곧다. '정(庭)'은 바르다[正].

256 方軌十二(방궤십이) : '방궤(方軌)'는 수레를 나란히 하다. '궤(軌)'는 수레바퀴 사이의 거리로 고제(古制)에서는 8자로 정했는데, 여기서는 수레를 가리킨다. '방궤십이(方軌十二)'는 수레를 나란히 하고서 갈 수 있는 넓은 길이 12개인 것을 말한 것이다. 장안성은 각 면마다 3개의 문이 있어 4면 12개의 문이 모두 큰 길로 통해 있다.

257 相經(상경) : 서로 날실[經]과 씨실[緯]이 교차하는 모양을 이루다.

258 廛里(전리) : 옛날 성시(城市)의 주택구역의 총칭. 서인(庶人)·농·공·상인 등이 사는 곳을 '전(廛)'이라 하고 사대부들이 사는 곳을 '이(里)'라 한다.

259 甍宇(맹우) : '맹(甍)'은 용마루, '우(宇)'는 집의 처마.

260 北闕(북궐) : 미앙궁(未央宮)의 북궐을 가리킨다. 당시에 상서(上書)하거나 알현하기를 청하는 자는 모두 북궐에 이르러서 했는데, 여기서는 북궐 가까운 곳으로서 공후(公侯)들이 모여 사는 곳을 가리킨다.

261 程巧致功(정교치공) : '정교(程巧)'는 빼어난 장인(匠人)을 고르다. '정(程)'은 견주어 헤아리다. '교(巧)'는 공장(工匠). '치공(致功)'은 공부(功夫)를 다하다. 곧 전력으로 시공(施工)하다. '치(致)'는 다하다[盡]. '공(功)'은 공부(功夫) 즉 공부(工夫), 공정부역(工程夫役).

262 衣綈錦(의제금) : '의(衣)'는 입다, 두르다. '제금(綈錦)'은 무늬가 눈부신 비단을 뜻하나, 여기서는 나무 위의 가해진 눈부신 무늬를 비유한다. '제(綈)'는 올이 굵고 거

董,[266] 疇能宅此?

장안(長安)의 성곽이 만들어진 것을 볼 것 같으면 각 면에 세 개의 문이 열려 있고, 문 앞의 세 길은 평탄하고 곧아 수레를 나란히 하고서 12대가 갈 수 있으며, 성안의 거리는 날실과 씨실이 서로 교차하는 모양입니다. 주택구역은 단정하고 곧으며 용마루와 처마의 높낮이는 가지런하고 평평합니다. 미앙궁 북궐(北闕) 일대의 제일가는 주택들은 대로(大路)를 향해 곧바로 문을 열어두고 있습니다. 빼어난 장인(匠人)을 골라 전력으로 시공(施工)해서 기울어지거나 붕괴하지 않도록 했고, 기둥이나 서까래 등의 나무는 눈부신 비단을 두른 것 같으며, 집과 담을 쌓은 토석(土石)은 붉은빛과 보랏빛 옷을 덮은 것 같습니다. 무기 창고 안의 궁중의 병기(兵器)는 전통(箭筒)과 쇠뇌틀 등에 배치되어 있는데, 석현(石顯)이나 동현(董賢) 같은 무리가 아니라면 누가 이런 저택에 살 수가 있겠습니까?

爾乃廓開九市,[267] 通闤帶闠.[268] 旗亭五重,[269] 俯察百隧.[270] 周制大胥,[271]

친 명주. '금(錦)'은 무늬 있는 비단.

263 土(토) : 집과 담을 쌓는 토석(土石)을 가리킨다.

264 武庫禁兵(무고금병) : '무고(武庫)'는 미앙궁 안에 무기를 쌓아둔 창고. '금병(禁兵)'은 궁중에서 소용되는 병기, 천자의 병기(兵器).

265 蘭錡(난의) : 무기를 걸어두거나 넣어두는 기물(器物)을 가리킨다. '난(蘭)'은 '난(籣 : 쇠뇌의 화살을 넣어 등에 지는 전통)'과 통하며, '의(錡)'는 쇠뇌를 걸어 놓는 틀, 곧 쇠뇌틀.

266 匪石匪董(비석비동) : '석(石)'은 석현(石顯). 제남(濟南) 사람으로 자가 군방(君房)이다. 원제(元帝) 때에 중서령(中書令)이 되었으며 원제가 병에 들자 정사의 실권을 장악해 모든 일을 결정했다. '동(董)'은 동현(董賢). 운양(雲陽) 사람으로 자는 성경(聖卿)이다. 애제(哀帝)가 그의 미모 때문에 총애하여 황문랑(黃門郞)을 제수하였다. 애제는 그를 위해 대저택을 북궐(北闕) 아래에 지어주었는데 기교를 다해 건축하였고 눈부신 비단으로 기둥을 감았으며, 무기고 안에 있는 황제의 무기가 모두 그의 저택에 있었다 한다.

267 廓開九市(곽개구시) : '곽(廓)'은 크다. '구시(九市)'는 장안의 9개의 집시(集市). 여섯 개는 길 서쪽에 있었으며 3개는 길 동쪽에 있었다.

268 通闤帶闠(통환대궤) : 여기서는 각 시장마다 주위에는 담장이 있지만 각 면(面)에

今也惟尉.[272] 瑰貨方至, 鳥集鱗萃,[273] 鬻者兼贏,[274] 求者不匱.[275] 爾乃商賈百族,[276] 裨販夫婦.[277] 鬻良雜苦,[278] 蚩眩邊鄙.[279] 何必昏於作勞?[280] 邪贏優而足恃.[281] 彼肆人之男女, 麗美奢乎許史.[282]

이에 성안에 아홉 개의 집시(集市)를 크게 열었는데, 시장의 담을 빙 돌아 통하게 하였고 시장의 문을 서로 이어지게 했습니다. 깃발을 꽂

문이 있어 각 시장끼리 서로 통하였음을 말한 것이다. '환(闤)'은 시장의 담. '대(帶)'는 이어지다. '궤(闠)'는 시장의 문.

269 旗亭(기정) : 시장 내에 있는 누각 즉 시루(市樓). 시장 내의 누각 위에 깃발을 세워 두어 표지로 삼았기 때문에 붙여진 이름이다.

270 隧(수) : 시장 내의 양 곁에 점포가 늘어선 거리.

271 大胥(대서) : 주대(周代)에 시장을 관장하는 관리로 사시(司市)·서사(胥師) 등이 있었는데, 여기서는 서사(胥師)를 가리킨다. 그 관직을 존귀하여 여겨 앞에다 '대(大)' 자를 붙여 '대서(大胥)'라 한 것이다.

272 尉(위) : 한대(漢代)에 시장의 물가를 관장하는 관리. "그러나 시장에는 장승은 있고 위는 없으니 대개는 장승을 위라고 통칭한 것일 따름이다(然市有長丞而無尉, 蓋通呼長丞爲尉耳)".(이선 주)

273 鱗(인) : 어류.

274 兼(겸) : 배(倍), 갑절.

275 求者(구자) : 물건을 구매하는 자.

276 商賈百族(상고백족) : '상고(商賈)'는 상인. 돌아다니면서 파는 것이 '상(商)'이고 앉아서 파는 것이 '고(賈)'다. '백족(百族)'은 백류(百類). '백성(百姓)'으로 보는 설도 있으며, 성 안이나 밖에 살면서 시장에 출입하며 장사하는 사람으로 보는 설도 있다.

277 裨販(비판) : 소상인 또는 소규모로 차린 장사. '비(裨)'는 작다[小].

278 鬻良雜苦(육량잡고) : 물건을 팔 때 먼저 좋은 것을 보여주고서 가격이 정해지고 나면 나쁜 것을 끼워 파는 것을 말한다.

279 蚩眩邊鄙(치현변비) : '치현(蚩眩)'의 '치(蚩)'는 속이다, '현(眩)'은 어지럽히다, 미혹시키다. '변비(邊鄙)'는 변방 먼 곳에 사는 순박한 사람을 가리킨다. '비(鄙)'는 변읍(邊邑).

280 昏(민) : '민(暋)'과 통하여 애쓰다, 노력하다.

281 優而足恃(우이족시) : '우(優)'는 풍후(豊厚)하다. '시(恃)'는 믿다, 의뢰(依賴)하다.

282 奢乎許史(사호허사) : '사(奢)'는 뛰어나다[勝]. '허사(許史)'의 '허(許)'는 허황후(許皇后) 가문을 가리키고, '사(史)'는 사량제(史良娣) 가문을 가리킨다. 허황후는 한(漢) 선제(宣帝)의 후비(后妃)이고 원제(元帝)의 모친. 그 가문의 4인이 제후로 봉해졌다. 사량제는 선제(宣帝)의 조모(祖母)로, 그의 오빠인 공(恭)은 선제가 즉위했을 때는 이미 죽었다. 그래서 공(恭)의 장자(長子)를 낙릉후(樂陵侯)에, 차자(次子)를 장릉후(將陵侯)에, 삼자를 평대후(平臺侯)에 그리고 장자의 아들 단(丹)을 무양후(武陽侯)에 봉했다.

아둔 시장 안의 누각(樓閣)은 5층인데 그곳에서 시장의 모든 거리들을 굽어 살펴볼 수 있습니다. 주(周)나라 제도에서 시장을 관리하던 대서(大胥) 벼슬은 오늘날엔 단지 장승도위(長丞都尉)로 통칭합니다. 진기한 물품들이 사방에서 이르니 마치 새들이 나무에 모이고 어류가 연못에 모이는 것과 같은데, 파는 사람이 이익을 갑절로 남겨도 사려는 사람이 그치지 않고 이어집니다. 이에 돌아다니면서 팔거나 좌판을 벌여 장사하는 각양각색의 사람들과 소규모로 판매하는 사내나 아줌마들도 있습니다. 또한 좋은 것을 판다고 보여주고서 나쁜 것을 끼어 넣기도 하고, 멀리 변방에서 온 순박한 사람들을 속이고 미혹시키기도 합니다. 사기를 쳐서 생기는 이익이 두둑하여 살아가기에 충분하니, 어찌 수고로운 일을 하는 데 힘쓸 필요가 있겠습니까? 그래서 저 남녀 장사꾼은 그 화려함이 허씨(許氏)나 사씨(史氏) 두 가문의 사람들보다도 뛰어납니다.

若夫翁伯濁質,[283] 張里之家,[284] 擊鍾鼎食,[285] 連騎相過,[286] 東京公侯,[287] 壯何能加? 都邑遊俠,[288] 張趙之倫,[289] 齊志無忌,[290] 擬跡田文,[291] 輕死

283 翁伯濁質(옹백탁질) : '옹백(翁伯)'은 한나라 때의 부상(富商). '탁질(濁質)'의 '탁(濁)'은 한나라 때 부상의 가문인 탁씨, '질(質)'도 역시 부상의 가문인 질씨.

284 張里(장리) : 한나라 때 마의(馬醫)였던 부호(富豪)의 이름.

285 擊鍾鼎食(격종정식) : 호사스러움을 드러내기 위하여 정(鼎)을 늘어놓고서 식사하며 식사할 때 종을 치고 주악(奏樂)한 것을 말한다. '종(鍾)'은 고대의 악기, '정(鼎)'은 발이 세 개이고 귀가 둘인 솥.

286 連騎相過(연기상과) : '연기(連騎)'는 교유함이 넓어 수레와 기마(騎馬)가 계속 이어짐을 말한다. '과(過)'는 방문하다.

287 東京(동경) : 동한의 경도(京都)인 낙양(洛陽)을 가리킨다.

288 都邑遊俠(도읍유협) : '도읍(都邑)'은 장안을 가리킨다. '유협(遊俠)'은 목숨을 경시하고 의를 중시하며 다른 사람의 곤란함을 해결하는데 용감히 나서는 사람.

289 張趙(장조) : 장안의 유명한 호협(豪俠)인 장금(張禁)과 조방(趙放).

290 無忌(무기) : 전국시대 위(魏)의 신릉군(信陵君) 무기(無忌)는 3,000명의 선비들을 보살폈다 한다.

291 田文(전문) : 전국시대 제(齊)의 맹상군(孟嘗君) 전문(田文)은 3,000명의 식객을 거느렸다 한다.

重氣, 結黨連群, 寔蕃有徒,[292] 其從如雲. 茂陵之原,[293] 陽陵之朱,[294] 趫悍虓豁,[295] 如虎如貙,[296] 睚眥蠆芥,[297] 屍僵路隅.[298] 丞相欲以贖子罪,[299] 陽石汙而公孫誅. 若其五縣遊麗,[300] 辯論之士, 街談巷議, 彈射臧否,[301] 剖析毫釐,[302] 擘肌分理.[303] 所好生毛羽,[304] 所惡成創痏.[305]

---

292 蕃(번) : 많다[多].

293 茂陵之原(무릉지원) : '무릉(茂陵)'은 한 무제의 무덤으로 서한의 5릉 가운데의 하나. 장안에서 80리 떨어져 있는데 그 곳에 일만 호의 백성들을 이주시켜 현(縣)을 설치했다. '원(原)'은 한대(漢代)의 유명한 협객인 원섭(原涉)으로, 자(字)가 거선(巨先)이다. 겉모습은 온화하고 어질며 겸손하였으나 마음속엔 살기를 가득 품고 있어 작은 원한 때문에 많은 사람을 죽였다.

294 陽陵之朱(양릉지주) : '양릉(陽陵)'은 한 경제(景帝)의 능묘. 장안에서 45리 떨어져 있는데, 그 곳에 5,000호를 이주시켜 현을 설치했다. '주(朱)'는 한나라 때 장안의 대협객인 주안세(朱安世).

295 趫悍虓豁(교한효활) : '교한(趫悍)'은 날쌔고 용맹하다. '효활(虓豁)'은 사납고 제멋대로다. 몹시 화가 난 모양이라는 설도 있다. '효(虓)'는 범이 성내어 울다.

296 貙(추) : 모양은 범 비슷하며 크기는 개 정도 되는 맹수의 이름.

297 睚眥蠆芥(애자채개) : '애자(睚眥)'는 (작은 원한 때문에) 눈을 부릅뜨고 흘겨보다. '채개(蠆芥)'는 가시. '체개(蔕芥)'와 같은 뜻으로 마음에 쌓인 작은 원한이나 불쾌함을 가리킨다.

298 路隅(노우) : 길 가. '우(隅)'는 곁.

299 丞相欲以贖子罪(승상욕이속자죄) 이하 2구 : 『한서 · 공손하전(公孫賀傳)』을 보면 다음과 같은 내용이 나온다. 한(漢) 무제(武帝) 때에 승상 공손하(公孫賀)의 아들 경성(敬聲)이 태복(太僕)이란 관직에 있으면서 군대의 돈을 전용하다 일이 발각되었는데, 마침 양릉의 협객 주안세(朱安世)를 체포하라는 조서가 내렸는데도 잡지 못하자, 공손하는 주안세를 체포한 대신 자식의 죄를 사면해 줄 것을 무제에게 요청하여 허락을 받아냈다. 그런데 후에 주안세가 체포되어 감옥에서 상서하여, 경성이 무제의 딸인 양석공주(陽石公主)와 사통(私通)하고 또한 무당으로 하여금 무제를 저주하게 한 사실을 고하니, 이로 인해 공손의 부자가 죽임을 당하였다. '오(汙)'는 명성이 더럽혀지는 것을 가리킨다.

300 五縣遊麗(오현유려) : '오현(五縣)'은 다섯 능묘(陵墓)가 있는 현(縣). 장안 가까이에 있는 장릉(長陵) · 안릉(安陵) · 양릉(陽陵) · 무릉(茂陵) · 평릉(平陵)의 다섯 현(縣)으로, 각기 고제(高帝) · 혜제(惠帝) · 경제(景帝) · 무제(武帝) · 소제(昭帝)의 무덤이 있는 곳이다. '유려(遊麗)'는 무리를 지어 한가롭게 돌아다니다. '여(麗)'는 여행하다, 떼를 지어 가다.

301 彈射臧否(탄사장비) : '탄사(彈射)'는 말로 다른 사람을 지적하다. '장비(臧否)'는 선악, 잘잘못, 포폄(褒貶).

302 毫釐(호리) : 자나 저울 눈의 호(毫)와 이(釐). 가늘고 작은 것을 비유한다. '호(毫)'는 척도(尺度) 또는 분량의 단위로 1리(釐)의 10분의 1.

옹백(翁伯)과 탁씨(濁氏)·질씨(質氏) 그리고 장리(張里)의 가문 같은 부호들은 종을 치고 주악(奏樂)하면서 정(鼎)을 늘어놓고 식사를 하였고, 기마(騎馬)가 연이어 방문하였으니 동도(東都)의 공후(公侯)들도 그 성대함이 어찌 이보다 더할 수가 있겠습니까? 또한 서도 장안의 유협(遊俠)들로서 장금(張禁)과 조방(趙放) 같은 무리들은 신릉군(信陵君) 무기(無忌)와 그 뜻을 나란히 하였고 맹상군(孟嘗君) 전문(田文)에게 그 자취를 본받아, 죽음을 경시(輕視)하고 의기(義氣)를 중시했으며 당파를 맺고 무리를 지었는데, 진실로 그 무리가 많았고 따르는 자들이 구름 떼와도 같았습니다. 무릉현(茂陵縣)의 원섭(原涉)과 양릉현(陽陵縣)의 주안세(朱安世)는 날쌔고 용맹하며 사납고 방자하여 호랑이 같고 맹수 추(貙)와 같아, 가시 같은 작은 원한에도 눈을 흘기며 시체로 만들어 길가에 넘어뜨립니다. 승상 공손하(公孫賀)가 양릉(陽陵)의 협객 주안세(朱安世)를 체포해서 자식의 죄를 사면코자 하였으나, 양석공주(陽石公主)의 명성이 더럽혀져 오히려 공손씨 부자(父子)가 죽임을 당했습니다. 무리지어 한가롭게 돌아다니거나 논변(論辯)을 일삼는 다섯 현(縣)의 사족(士族)과 같은 자들은, 큰 길거리에서 이야기하고 작은 골목에서 논의하며 잘잘못을 지적하고, 또한 호리(毫釐)처럼 세세한 것까지 분석하며 피부결을 나누듯이 사리를 분석하여서, 자기들이 좋아하는 사람은 하늘처럼 받들어 올리고 싫어하는 사람은 비판을 가하여 상처자국을 생기게 합니다.

郊甸之內,[306] 鄉邑殷賑,[307] 五都貨殖,[308] 既遷既引.[309] 商旅聯槅,[310] 隱

303 擘肌分理(벽기분리) : 세밀하게 분석함을 비유한다. '벽(擘)'은 쪼개다, 분석하다. '기(肌)'는 피부. '이(理)'는 피부와 살 사이의 틈, 피부의 결.

304 生毛羽(생모우) : 털과 깃이 나면 날 수 있기 때문에, 하늘처럼 높이 받든다는 뜻이다.

305 創痏(창유) : 창상(創傷)으로 생긴 흉터. 여기서는 논변을 일삼는 사람들에 의해 중상(中傷)을 당해 생긴 마음의 상처가 마치 구타당하고 창상으로 인해 생긴 흉터와 같음을 가리킨 것이다. '유(痏)'는 멍, 타박상.

隱展展,[311] 冠帶交錯,[312] 方轅接軫.[313] 封畿千里,[314] 統以京尹.[315] 郡國宮館, 百四十五. 右極盩厔,[316] 幷卷酆鄠,[317] 左暨河華, 遂至虢土. 上林禁苑,[318] 跨谷彌皐,[319] 東至鼎湖,[320] 邪界細柳.[321] 掩長楊而聯五柞,[322]

---

306 郊甸(교전) : 성읍(城邑) 밖을 '교(郊)'라 하는데, 50리 떨어진 곳을 근교(近郊)라 하고 100리 떨어진 곳을 원교(遠郊)라 한다. 또한 원교 밖으로써 황제가 머무는 경성(京城)에서 200리 떨어진 곳을 '전(甸)'이라 한다.

307 殷賑(은진) : 많다, 부요(富饒)하다.

308 五都貨殖(오도화식) : '오도(五都)'는 낙양(洛陽) · 한단(邯鄲) · 완(宛) · 임치(臨淄) · 성도(成都) 5대 도시를 가리킨다. 낙양을 중(中)이라 하고 나머지 4대 도시는 각기 동 · 서 · 남 · 북을 써서 칭한다. '화식(貨殖)'은 재물을 불리다, 장사하다. 여기서는 장사하는 사람, 상인을 가리킨다.

309 旣遷旣引(기천기인) : 저 곳으로 옮기는 것을 '천(遷)'이라 하고 이곳으로 들여오는 것을 '인(引)'이라 한다.

310 商旅聯槅(상려련혁) : '상려(商旅)'는 옮겨 다니며 장사하는 사람. '연혁(聯槅)'은 장사하는 사람들의 수레가 많아 마소의 멍에가 서로 이어짐을 말한다. '혁(槅)'은 마소의 목에 얹는 기구 곧 멍에로, 여기서는 수레를 가리킨다.

311 隱隱展展(은은전전) : 무거운 짐을 실은 수레소리의 의성어.

312 冠帶(관대) : 사대부나 관리를 가리킨다.

313 軫(진) : 수레의 뒤에 있는 가로나무로, 수레를 가리킨다.

314 封畿(봉기) : 옛날 황궁이 있던 경도(京都) 일대의 지역. 경도에서 관할하는 지역을 주로 가리키는 말로 쓰인다. '봉(封)'은 경계, '기(畿)'는 경도에서 관할하는 땅.

315 京尹(경윤) : 경도 지역의 행정장관인 경조윤(京兆尹).

316 右極盩厔(우극주질) : '우(右)'는 서쪽. '극(極)'은 종점(終點), 끝. '주질(盩厔)'은 한무제 때에 우부풍(右扶風)에 속했던 현(縣) 이름. 오늘날에는 '주지(周至)'라고 표기한다.

317 酆鄠(풍호) : 풍현(豊縣)과 호현(戶縣)을 가리킨다. 호현은 한대 초기에 설치하였으며, 풍(豊)은 풍읍(豊邑)으로 호현(戶縣) 동쪽에 있다.

318 上林禁苑(상림금원) : 상림원(上林苑)을 가리킨다. 진(秦)나라 때에 위수(渭水) 남쪽 들판에 구원(舊苑)이 있었는데 이름이 상림원이었다. 이것을 한 무제 때에 더욱 확대하여 동산 안에 곤명지(昆明池)와 태액지(太液池)를 파고 건장궁(建章宮)을 지어, 궁전 · 원림(園林)을 대자연과 잘 어울리는 황제의 향락지로 만들었다. 외부인이 멋대로 드나드는 것을 금지하였기 때문에 '금원(禁苑)'이라 한 것이다.

319 彌(미) : 가리다, 덮다.

320 鼎湖(정호) : 오늘날 섬서성 남전현(藍田縣) 남쪽에 있는 지명. 앞의 '승룡어정호(升龍於鼎湖)' 구(句)에도 보인다.

321 邪界細柳(사계세류) : '사(邪)'는 비스듬하다. '사(斜)'와 통한다. '세류(細柳)'는 장안 서북쪽에 있는 지명.

322 掩長楊而聯五柞(엄장양이련오작) : '장양(長楊)'은 장양궁(長楊宮). 본래는 진(秦)의 궁전이었으나 한대(漢代)에 다시 꾸몄는데, 궁 안에 수양버들이 있었기 때문에

繞黃山而款牛首,[323] 繚垣綿聯,[324] 四百餘里.[325] 植物斯生,[326] 動物斯止, 衆鳥翩翻, 群獸駓騃.[327] 散似驚波, 聚以京峙,[328] 伯益不能名,[329] 隸首不能紀.[330] 林麓之饒,[331] 於何不有? 木則樅栝椶柟, 梓棫楩楓, 嘉卉灌叢,[332] 蔚若鄧林.[333] 鬱蓊薆薱,[334] 橚爽櫹槮,[335] 吐葩揚榮,[336] 布葉垂陰. 草則葴莎菅蒯,[337] 薇蕨荔芁,[338] 王芻莔臺,[339] 戎葵懷羊,[340] 苯䔿蓬茸,[341]

붙여진 이름. '오작(五柞)'은 한(漢)의 이궁(離宮)의 이름. 궁 안에 다섯 그루의 아름드리 떡갈나무가 있었기 때문에 붙여진 궁 이름이다.

323 繞黃山而款牛首(요황산이관우수) : '황산(黃山)'은 우부풍(右扶風)의 괴리현(槐里縣)에 있는 궁 이름. 산 이름으로 보는 설도 있다. '관(款)'은 이르다[至]. '우수(牛首)'는 산 이름.

324 繚垣綿聯(요원면련) : '요원(繚垣)'은 '요긍(繚亘)'이 되어야 옳다. '요(繚)'는 두르다, '긍(亘)'은 뻗치다, 이어지다. '면련(綿聯)'은 '연면(聯綿)' 곧 '연면(連綿)'과 같은 뜻으로, 끊이지 않고 이어지다.

325 四百餘里(사백여리) : 상림원의 주위를 말한 것이다.

326 斯(사) : 상림원을 가리킨다.

327 駓騃(비애) : 짐승이 질주하는 모양.

328 京峙(경치) : 높은 언덕. 물 가운데의 작은 섬으로 보는 설도 있다. '경(京)'은 높은 땅.

329 伯益(백익) : 순임금 때의 산택(山澤)을 관장하였던 관리로, 동식물에 이름을 붙였다.

330 隸首不能紀(예수불능기) : '예수(隸首)'는 계산을 잘했다는 황제(黃帝)의 신하. '기(紀)'는 '기(記)'와 통하여 기재하다, 계산하다.

331 林麓(임록) : 수목이 무성하게 자란 산기슭. 여기서는 산림(山林)을 가리킨다.

332 嘉卉灌叢(가훼관총) : '훼(卉)'는 여기서는 초목을 가리킨다. '관총(灌叢)'은 무성한 모양.

333 鄧林(등림) : 과보(夸父)가 태양과 달리기를 하다가 도중에 목이 말라 죽었는데 그가 버린 지팡이가 등림(鄧林)이 되었다는 신화 속의 숲 이름. 여기서는 상림원의 나무들이 몹시 무성함을 비유적으로 말한 것이다.

334 鬱蓊薆薱(울옹애대) : '울옹(鬱蓊)'은 초목이 무성한 모양. '애대(薆薱)'는 초목이 무성한 모양.

335 橚爽櫹槮(숙상소삼) : '숙상(橚爽)'은 나무가 높고 커서 잘 생긴 모양. '소삼(櫹槮)'은 나무가 높고 큰 모양.

336 吐葩揚榮(토파양영) : '파(葩)'와 '영(榮)'은 꽃.

337 葴莎菅蒯(침사관괴) : '침(葴)'은 쪽풀, 마람(馬藍). '사(莎)'는 방동사니과에 속하는 다년생 풀인 사초. 그 뿌리는 향부자(香附子)라 하여 약재로 쓴다. '관(菅)'은 벼과에 속하는 다년생 풀인 솔새. 삿갓이나 도롱이를 만들고 지붕을 이는데 쓰인다. '관모(菅茅)'라고도 한다. '괴(蒯)'는 기름사초. 사초과에 속하는 큰 다년초이다.

338 薇蕨荔芁(미궐려항) : '미(薇)'는 고비. 고비과에 속하는 양치류(羊齒類)의 다년초. '궐(蕨)'은 고사리. '여(荔)'는 백합과에 속하는 다년초인 염교. '항(芁)'은 풀이름. 잎이 부들[蒲] 같고 무리지어 자란다.

彌皐被岡.[342] 篠簜敷衍,[343] 編町成篁,[344] 山谷原隰,[345] 泱漭無疆.[346]

경성(京城)의 교외(郊外) 200리 안에는 향읍(鄕邑)들이 많이 있어, 5대 도시[五都]에서 장사하는 사람들은 재물을 옮겨가기도 하고 들여오기도 합니다. 행상하는 사람들의 짐을 실은 수레가 계속 이어져 '삐거덕 삐거덕' 소리를 내며, 관을 쓰고 띠를 두른 관리들이 뒤섞여 왕래하고 병렬로 나란히 선 수레가 앞뒤로 이어집니다. 경도에서 관할하는 지역 천리의 땅은 경조윤(京兆尹)이 통솔합니다. 각 군국(郡國)에 분산된 이궁(離宮)과 별관(別館)은 145개 소(所)가 있습니다. 서쪽은 주질(盩厔) 현을 끝으로 하여 풍(酆)・호(鄠) 두 현(縣)을 함께 포괄하고 있으며, 동쪽은 황하(黃河)와 화산(華山)에까지 이르고 마침내는 옛날 괵국(虢國)의 영토에까지 뻗어있습니다. 황제가 유렵(遊獵)하는 상림원(上林苑)은 골짜기를 뛰어넘고 구릉(丘陵)들을 뒤덮으면서, 동쪽으로는 정호(鼎湖)에까지 이르고 서북쪽으로는 비스듬하게 세류(細柳)를 경계로 삼고 있습니다. 장양궁(長楊宮)을 가려 숨기고 오작궁(五柞宮)과 이어져 있으며, 황산(黃山)을 휘감고 곧바로 우수산(牛首山)까지 이르니, 에두르고 뻗어가고 이어지는 경계가 400여 리에 이릅니다. 식물들이 이곳에서 자라고 동물들이 이곳에서 머물러 쉬며, 여러 새들은 훌쩍 날아오르고 뭇 짐승들

---

339 王芻莔臺(왕추명대) : '왕추(王芻)'는 속칭 녹욕초(菉蓐草)라고 하는 조개풀[菉]. '명(莔)'은 백합과의 다년초인 패모(貝母). 뿌리는 작은 조개[貝]처럼 생겼고 잎은 부추처럼 생겼다. '대(臺)'는 식물의 이름인 사초. 일명 부수(夫須)라고 한다.

340 戎葵懷羊(융규회양) : '융규(戎葵)'는 꽃이 무궁화[木槿] 같이 생긴 풀로 촉규(蜀葵)라고도 한다. '회양(懷羊)'은 향기로운 풀이름.

341 苯蓴蓬茸(분준봉용) : '분준(苯蓴)'은 풀이 무성한 모양. '봉용(蓬茸)'은 풀이 우거진 모양.

342 彌皐(미고) : '미(彌)'는 가득하다[滿], 덮다[覆]. '고(皐)'는 물가의 고지(高地). '피(被)'는 덮다.

343 篠簜敷衍(소탕부연) : '소탕(篠簜)'은 조릿대와 왕대 곧 소죽(小竹)과 대죽(大竹). '부연(敷衍)'은 널리 퍼져있다.

344 編町成篁(편정성황) : '편(編)'은 이어지다[連], '황(篁)'은 죽림(竹林).

345 原隰(원습) : 고원과 저습지. 너른 평원과 저습지라고 볼 수도 있다.

346 泱漭(앙망) : 넓은 모양, 끝이 없이 넓은 모양.

은 내달립니다. 흩어질 때에는 놀란 파도 같고 모여들 때에는 높은 언덕을 이루는 것 같아, 백익(伯益)도 그 이름을 다 알지 못하며 예수(隷首)도 그 수효를 계산하지 못합니다. 수풀이 우거진 산기슭은 풍요로우니 그 무엇이 없겠습니까? 나무는 전나무[樅]·향나무[栝]·종려나무[椶]·녹나무[柟]와, 가래나무[梓]·두릅나무[棫]·편(楩)나무·단풍나무[楓] 등이 있으며, 아름다운 초목들이 무성하게 군락(群落)지어 등림(鄧林)과 같이 울창합니다. 빽빽하고 번성하며 장대(長大)하게 자라나서, 꽃망울을 토해내고 꽃송이를 드날리며 잎을 펼쳐서 그늘을 드리웁니다. 풀은 마람[葴]·사초[莎]·솔새[菅]·기름사초[蒯]와, 고비[薇]·고사리[蕨]·염교[荔]·향초[芫]와, 녹욕초[王芻]·패모[莔]·부수[臺]와, 융규(戎葵)·회양(懷羊) 등이 있는데, 무성하게 우거져 물가의 높은 곳에 가득하고 산언덕을 뒤덮고 있습니다. 조릿대[小竹]와 왕대[大竹]가 널리 퍼져 밭두둑까지 이어져서 대밭[竹林]을 이루었으며, 산과 골짜기로부터 평원과 저습지까지 넓고 넓어 끝이 없습니다.

乃有昆明靈沼,[347] 黑水玄阯,[348] 周以金堤, 樹以柳杞.[349] 豫章珍館,[350] 揭焉中峙,[351] 牽牛立其左,[352] 織女處其右. 日月於是乎出入, 象扶桑與濛汜.[353] 其中則有黿鼉巨鼈,[354] 鱣鯉鱮鮦, 鮪鯢鱨鯊, 脩額短項, 大口

347 昆明靈沼(곤명영소) : 한 무제 원수(元狩) 3년에 장안 서남쪽에 주위 40리, 면적 332경(頃)에 달하는 인공호인 곤명지(昆明池)를 팠다. '영소(靈沼)'는 신령한 연못, 아름다운 연못. '영(靈)'을 아름답다는 뜻으로 보는 설도 있다.

348 黑水玄阯(흑수현지) : 곤명지 안의 조그만 섬을 말한 것으로, 물빛이 검기 때문에 '현지(玄阯)'라 한 것이다. '지(阯)'는 '지(沚 : 물 가운데의 조그만 섬)'와 통한다.

349 杞(기) : 냇버들, 고리버들. 버드나무의 일종으로 홍피류(紅皮柳)라고도 한다.

350 豫章(예장) : 본래는 나무이름인데, 여기서는 관(觀)의 이름이다. 상림원 안에는 예장관(豫章觀)이 있는데, 예장(豫章)의 큰 나무로 지었기 때문에 붙여진 이름이다.

351 揭(게) : 높고 높이.

352 牽牛立其左(견우립기좌) 이하 2구 : '견우(牽牛)'와 '직녀(織女)'는 본래 별이름이나 여기서는 곤명지에 있는 두 석상(石像).

353 扶桑與濛汜(부상여몽사) : '부상(扶桑)'은 신화에 등장하는 나무의 이름으로, 태양이 떠오르는 곳이라 한다. '몽사(濛汜)'는 신화에 나오는 연못의 이름으로, 여기서

折鼻,[355] 詭類殊種. 鳥則鷫鷞鴰鴇,[356] 駕鵝鴻鶤,[357] 上春候來,[358] 季秋就溫,[359] 南翔衡陽,[360] 北棲雁門.[361] 集隼歸鳧,[362] 沸卉軿訇,[363] 衆形殊聲, 不可勝論.

상림원에는 또한 곤명지(昆明池)란 신령한 못이 있는데, 검은 물 가운데에 작고 검은 섬이 있으며, 주위는 쇠 같은 단단한 제방으로 둘러싸였고 제방위에는 버드나무와 냇버들 나무를 심었습니다. 진기한 예장관(豫章觀)이 높이 못 가운데 솟아 있는데, 견우상(牽牛像)이 그 왼쪽에 서 있고 직녀상(織女像)이 그 오른쪽에 있습니다. 해와 달이 이곳에서 뜨고 져서 마치 부상(扶桑)과 몽사(濛汜)에서 뜨고 지는 것과 같습니다. 못 가운데에는 큰 자라[黿]·악어·거별(巨鱉)과, 철갑상어·잉어·연어·가물치와, 다랑어·도롱뇽·자가사리·문절망둥어 등의 어류가 있는데, 어떤 것은 이마가 길고 목이 짧으며 어떤 것은 주둥이가 크고 코를

는 태양이 지는 곳을 가리킨다. '몽(濛)'은 물 이름으로 '몽(蒙)'으로도 쓰며 '사(汜)'는 물가 끝.

354 黿鼉巨鱉(원타거별) : '원(黿)'은 큰 자라. '거별(巨鱉)'의 '별(鱉)'은 모양이 거북과 비슷한 자라.

355 折鼻(절비) : 코가 코끼리 코와 같이 위 아래로 또는 구부릴 수도 있다는 뜻이다.

356 鷫鷞鴰鴇(숙상괄보) : '숙상(鷫鷞)'은 목이 길고 털빛이 초록색인 기러기 모양의 새. 서방을 지킨다는 신조(神鳥)다. '보(鴇)'는 모양이 기러기 같으나 훨씬 큰 새인 능에.

357 駕鵝鴻鶤(가아홍곤) : '가아(駕鵝)'는 거위. '곤(鶤)'은 닭의 일종인 곤계(鶤鷄).

358 上春候來(상춘후래) : '상춘(上春)'은 맹춘(孟春) 곧 음력 정월(正月)을 가리킨다. '후래(候來)'는 시절에 맞추어 오다.

359 季秋(계추) : 가을의 세 번째 달 곧 음력 9월을 가리킨다.

360 衡陽(형양) : 지금의 호남시(湖南市)의 이름. 구성(舊城)의 남쪽에 회안봉(回雁峰)이 있는데 전하는 바에 따르면 기러기가 이곳에 이르러서 더는 남쪽으로 날아가지 않는다 한다.

361 雁門(안문) : 오늘날의 산서성(山西省) 대현(代縣) 서북쪽에 있는 안문산(雁門山)을 가리킨다. 『산해경』의 곽박 주에 따르면 기러기가 이 산 사이에서 나오기 때문에 붙여진 이름이라고 한다.

362 集隼歸鳧(집준귀부) : '집준(集隼)'의 '집(集)'이 '분(奮)'으로 되어 있는 판본도 있다. '준(隼)'은 매의 일종으로 매보다 좀 작은 송골매. '부(鳧)'는 오리과에 속하는 야생의 오리[野鴨], 들오리.

363 沸卉軿訇(비훼병굉) : '비훼(沸卉)'나 '병굉(軿訇)'은 둘 다 새들이 힘을 떨치어 신속히 날아가는 소리. '굉(訇)'은 여러 가지 큰 소리의 형용.

구부릴 수도 있는 등, 각기 종류가 다르고 기이합니다. 조류에는 숙상(鷫鷞) · 재두루미 · 능에[鴇]와, 거위[鴐鵝] · 큰기러기[鴻] · 곤계[鶤] 등이 있는데, 초봄에 시절에 맞추어 날아왔다가 늦가을에 따뜻한 곳을 가니, 남쪽으론 형양(衡陽)으로 날아가고 북쪽으론 안문(雁門)에서 깃듭니다. 떼 지어 모여 가는 송골매들과 돌아가는 들오리들이 푸드득거리며 힘차게 날아가니, 모양도 여러 가지고 소리도 서로 달라 이루 다 설명할 수가 없습니다.

於是孟冬作陰,[364] 寒風肅殺,[365] 雨雪飄飄,[366] 氷霜慘烈, 百卉具零, 剛蟲搏摯.[367] 爾乃振天維,[368] 衍地絡,[369] 蕩川瀆,[370] 簸林薄,[371] 鳥畢駭, 獸咸作. 草伏木棲,[372] 寓居穴託. 起彼集此,[373] 霍繹紛泊,[374] 在彼靈囿之中,[375] 前後無有垠鍔.[376] 虞人掌焉,[377] 爲之營域,[378] 焚萊平場, 柞木翦

364 孟冬(맹동) : 겨울의 첫 번째 달인 음력 10월.

365 肅殺(숙살) : 한기(寒氣)가 격렬함을 말한다.

366 雨雪(우설) : 눈이 내리다[下雪]. '우(雨)'는 공중에서 흩어 떨어지다.

367 剛蟲搏摯(강충박지) : '상충(剛蟲)'은 사나운 금수(禽獸). 여기서는 매나 개 등을 가리킨다. '박지(搏摯)'는 '박지(搏鷙)'와 같은 뜻으로, 사납게 치다[猛擊].

368 振天維(진천유) : '진(振)'은 정리하다, (그물 등을) 치다. '유(維)'는 밧줄. 여기서는 그물.

369 衍(연) : 펴다.

370 川瀆(천독) : '천(川)'은 큰 물[大水]이고 '독(瀆)'은 작은 도랑.

371 簸林薄(파림박) : '파(簸)'는 흔들다, 요동하다. '임박(林薄)'은 초목이 무성한 수풀.

372 草伏木棲(초복목서) 이하 2구 : 금수들이 사람에게 쫓겨 다급해지자 취하는 행동을 묘사한 것이다.

373 起彼集此(기피집차) : '피(彼)'는 상림원의 다른 장소이고, '차(此)'는 예정되어 있는 사냥터를 가리킨다.

374 霍繹紛泊(곽역분박) : '곽역(霍繹)'은 금수가 날아가고 도망치는 모양. '곽(霍)'은 흩어지다, 빠르다. '분박(紛泊)'은 어지러운 모양.

375 靈囿(영유) : 주(周)의 문왕(文王)에게 '영유(靈囿)'가 있었는데, 그 옛터가 곧 한(漢)의 상림원 가운데에 있었다. 여기서는 상림원(上林苑)을 가리킨다. '영(靈)'은 아름답다. '유(囿)'는 울타리를 쳐서 금수를 기르는 곳으로 천자는 100리, 제후는 40리에 달했다.

376 垠鍔(은악) : 끝, 가. '은(垠)'은 땅의 끝. '악(鍔)'은 '악(崿 : 낭떠러지)'과 통한다.

377 虞人(우인) : 산택(山澤)을 관장하고 원유(苑囿)를 지키는 관리.

棘.[379] 結罝百里,[380] 迒杜蹊塞,[381] 麀鹿麌麌,[382] 駢田偪仄.[383]

이에 초겨울이 되어 음기(陰氣)가 일어나고 차가운 바람이 살을 에듯 매서우며 눈이 펄펄 흩날리고 얼음과 서리가 혹독해져서 온갖 풀들이 다 떨어지면, 곧 매나 개 같은 금수(禽獸)가 사납게 공격하는 사냥철이 됩니다. 이에 하늘을 가리는 큰 그물을 치고 땅을 뒤덮는 그물을 펴서 대천(大川)과 도랑을 진동시키고 초목이 무성한 수풀을 뒤흔들면, 새들은 다 놀라 도망치고 짐승들은 모두 달아납니다. 그리하여 풀 섶에 엎드리기도 하고 나무사이에 숨기도 하며 잠시 다른 곳에 있기도 하고 굴에 몸을 맡기기도 합니다. 금수들을 저쪽에서부터 몰아 이쪽으로 모이게 하니, 이리 날아가고 저리 도망쳐 어지러이 뒤섞이는데, 저 아름다운 동산 상림원(上林苑) 안은 전후좌우가 끝이 없습니다. 우인(虞人)이 원유(苑囿)를 관장하여 사냥하는 구역을 정리해서 잡초를 불태우고 사냥터를 평평하게 고르며, 나무를 베어내고 가시나무를 잘라냅니다. 그리고 백리에 걸쳐 그물을 연결하고 모든 길들을 막아놓으니, 사슴들이 우글거리고 짐승들이 무리지어 빽빽이 모입니다.

天子乃駕彫軫,[384] 六駿駮.[385] 戴翠帽,[386] 倚金較.[387] 璿弁玉纓,[388] 遺光

378 營域(영역) : (사냥터의) 구역을 다스리다. 사냥터라는 주장도 있다. '영(營)'은 다스리다, '역(域)'은 구역, 지역.
379 柞(작) : 떡갈나무, 베어내다. 규장각본에는 '사(槎 : 베다)'로 되어 있다.
380 罝(저) : 짐승을 잡는 그물.
381 迒杜蹊塞(항두혜색) : 짐승들이 도망가는 길을 막다. '항(迒)'은 짐승이 다니는 길, '혜(蹊)'는 좁은 길, 소로.
382 麀鹿麌麌(우록우우) : '우록(麀鹿)'은 암사슴. '우우(麌麌)'는 사슴들이 떼를 지어 모이는 모양.
383 駢田偪仄(병전핍측) : '병전(駢田)'은 모이다, 무리지어 모이다[群集]. '전(田)'은 '전(闐 : 가득하다)'과 통한다. '병전(駢闐)'은 '병전(駢塡)'으로도 쓴다. '핍측(偪仄)'은 빽빽이 모이다, 밀집(密集)하다. '핍(偪)'은 '핍(逼)'과 통한다.
384 彫軫(조진) : 아름답게 꾸민 수레. '조(彫)'는 새겨서 채색그림으로 장식하다, '진(軫)'은 수레의 뒤에 있는 가로나무[横木]로 수레를 뜻한다.
385 駮(박) : 호랑이 같은 검은 무늬가 있는 백마.

儵爚.[389] 建玄弋,[390] 樹招搖,[391] 棲鳴鳶,[392] 曳雲梢.[393] 弧旌枉矢,[394] 虹旃蜺旄.[395] 華蓋承辰,[396] 天畢前驅.[397] 千乘雷動, 萬騎龍趨. 屬車之箠,[398] 載獫猲獢,[399] 匪唯玩好, 乃有秘書.[400] 小說九百,[401] 本自虞初, 從容之

---

386 翠帽(취모) : 물총새 깃으로 장식한 수레덮개

387 金較(금교) : 황금으로 장식한 차교(車較). '교(較)'는 수레 위의 상자처럼 된 부분의 양측 널빤지에 댄 가로나무로, 여기에 몸을 기댈 수 있으며 뿔과 같이 굽은 나무 갈고리가 있다.

388 璿弁玉纓(선변옥영) : '변(弁)'은 모자. 여기서는 말 머리에 씌우는 것, 말 모자[馬冠]. '영(纓)'은 말 가슴걸이, 곧 말 가슴에 걸어 안장에 매는 가죽 끈.

389 遺光儵爚(유광숙약) : '유광(遺光)'은 광채를 발하다. '숙약(儵爚)'은 빛나는 모양.

390 玄弋(현익) : 북두(北斗)의 자루 끝에 있는 별 곧 북두의 여덟 번째 별이름으로 천창(天槍)과 소요(招搖) 사이에 있다. 여기서는 현익성(玄弋星)을 그린 기(旗)를 가리킨다.

391 招搖(소요) : 현익성 남쪽에 있는 별 곧 북두의 아홉 번째 별이름으로, 여기서는 소요성(招搖星)을 그린 깃발을 가리킨다.

392 棲(서) : 서식하다. 여기서는 깃발에 그린 것을 가리킨다.

393 雲梢(운초) : 구름무늬가 그려진 기치(旗幟)를 가리킨다. '초(梢)'는 깃발 아래 드리워진 장식물로, '소(旓)'와 통한다.

394 弧旌枉矢(호정왕시) : '호정(弧旌)'의 '호(弧)'는 별이름. '호정(弧旌)'은 호성(弧星)의 도형을 그린 군기로, 천자의 군대가 토벌함을 상징한다. '왕시(枉矢)'는 별이름. 여기서는 이 별의 도형을 그린 기를 가리키는데, 요사스러움을 항복시키는 군대를 상징한다.

395 虹旃蜺旄(홍전예모) : '홍전(虹旃)'은 무지개를 그린 기. '홍(虹)'은 수컷 무지개이고 '전(旃)'은 굽은 자루가 있는 적색의 기. '예모(蜺旄)'의 '예(蜺)'는 암컷 무지개이고 '모(旄)'는 이우(犛牛)의 꼬리로 장식한 기.

396 華蓋承辰(화개승진) : '화개(華蓋)'는 별이름. 아홉 개의 별이 덮개 모양과 같이 생겼는데, 자미성궁(紫微星宮)에서 제왕의 자리를 비호하여 덮어 가리고 있다. 여기서는 천자의 수레덮개를 가리킨다. '진(辰)'은 북극성.

397 天畢(천필) : 별이름으로 곧 필수(畢宿). '필(畢)'은 새나 토끼를 사냥할 때 긴 손잡이가 달린 작은 그물. 여기서는 이 별로 수렵에 쓰이는 그물을 상징하는 뜻을 취한 것으로, 천필성(天畢星)을 그린 기를 가리킨다.

398 屬車之箠(속거지추) : '속거(屬車)'는 황제를 모시고 따라가는 수레. '추(箠)'는 부거(副車) 곧 바꿔 타기 위해 예비로 따르는 수레.

399 獫猲獢(염갈효) : '염(獫)'은 주둥이가 긴 개, '갈효(猲獢)'는 주둥이가 짧은 개로, 모두 사냥개를 나타낸다.

400 秘書(비서) : 도참과 신선방술 등의 책을 가리킨다.

401 小說九百(소설구백) 이하 2구 : '소설(小說)'은 봉건통치자들이 하찮게 여기는 민간에 유행하는 설화(說話)로, 여기서는 우초(虞初)의 『주설(周說)』을 가리킨다. 『한서(漢書)·예문지(藝文志)』에는 『우초주설』이 943편이라고 기록하고 있다. 우초

求, 寔俟寔儲.[402] 於是蚩尤秉鉞,[403] 奮鬣被般,[404] 禁禦不若,[405] 以知神奸, 螭魅魍魎,[406] 莫能逢旃.[407] 陳虎旅於飛廉,[408] 正壘壁乎上蘭.[409] 結部曲,[410] 整行伍,[411] 燎京薪,[412] 駭雷鼓,[413] 縱獵徒, 赴長莽.[414] 迾卒淸

(虞初)는 하남(河南) 사람으로 한 무제 때의 방사(方士)였는데 말을 타고 누런 옷을 입고 다녀 황거사자(黃車使者)라 불리었다. 설종(薛綜)은 그의 주에서 소설(小說)을 무당이 푸닥거리하는 법술이라고 설명했다.

402 寔俟寔儲(식사식저) : '식(寔)'은 '시(是)'와 같다. '사(俟)'는 기다리다, '저(儲)'는 갖추다[具], 준비하다.

403 蚩尤(치우) : 신화에 나오는 동방 구려족(九黎族)의 영수로, 형제가 81명이 있었다 한다. 쇠붙이로 병기를 만들었으며 구름과 비를 부를 수 있었다 하는데 후에 황제(黃帝)와 탁록(涿鹿)에서 싸워서 패하여 죽임을 당했다. 치우는 원래 황제(黃帝)가 행차할 때에 그에 앞서 나아가 길을 열었던 황제의 신하였다.

404 奮鬣被般(분렵피반) : '엽(鬣)'은 긴 수염, '반(般)'은 '반(斑 : 알록달록한 무늬)'과 통하는 글자로 호랑이 가죽옷 또는 호랑이 무늬를 그린 옷을 가리킨다.

405 不若(불약) : 불순(不順). 좋지 않은 것이나 그런 사람을 가리킨다.

406 螭魅魍魎(이매망량) : 괴이한 짓을 벌이는 각종 귀신을 가리킨다. '이(螭)'는 짐승의 모양을 한 산신(山神). '매(魅)'는 괴물, 사물의 요정. '망량(魍魎)'은 산천의 요정(妖精) 특히 물신[水神].

407 旃(전) : '지언(之焉)'의 합음자(合音字).

408 陳虎旅於飛廉(진호려어비렴) : '호려(虎旅)'는 용감한 군대. 여기서는 황제를 호위하는 금군(禁軍)을 가리킨다. '호려(虎旅)'를 호분씨(虎賁氏)의 군대로 보는 설과, 호분씨와 여분씨(旅賁氏)로 보는 설이 있다. 호분씨는 천자가 외출할 때 앞뒤를 호위하는 관명으로, 한대에는 호분중랑장(虎賁中郞將) · 호분랑(虎賁郎)이 있었다. 여분씨는 천자의 수레를 호위하는 역이다. '비렴(飛廉)'은 전설에 나오는 신조(神鳥)의 이름. 한 무제가 원봉(元封) 2년 장안(長安)에 비렴의 동상을 주조해 세운 비렴관(飛廉館)을 가리킨다.

409 正壘壁乎上蘭(정루벽호상란) : '정(正)'은 정돈하다, 수리하다. '누벽(壘壁)'은 본래는 12개로 이루어져 있는 별 이름으로, 옛사람들은 천자 군대의 영루(營壘)라고 생각했다. 여기서는 금군(禁軍)의 영루(營壘)를 가리킨다. '상란(上蘭)'은 상림원 안에 있는 상란관(上蘭觀). '관(觀)'이란 망루가 있는 높이 지은 집이다.

410 部曲(부곡) : 옛날 군대의 편제(編制) 단위. 한대(漢代)의 군대는 장군마다 다 부(部)가 있었는데 대장군은 군영에 5부(部)가 있고 부에는 교위(校尉) 한 사람이 있으며 부 아래에는 곡(曲)이 있는데 곡에는 군후(軍侯) 한 사람이 있다.

411 行伍(항오) : 고대 군대의 편제로, 25인이 '항(行)'이고 5인이 '오(伍)'이다.

412 燎京薪(요경신) : '요(燎)'는 타다, 태우다. '경신(京薪)'은 높이 쌓은 장작더미. 높이 쌓은 것을 '경(京)'이라 한다.

413 駭(해) : 북을 치다.

414 長莽(장망) : 깊숙하고도 먼 풀숲.

候,[415] 武士赫怒,[416] 緹衣韎韐,[417] 睢盱拔扈.[418] 光炎燭天庭,[419] 囂聲震海浦,[420] 河渭爲之波蕩, 吳嶽爲之陁堵.[421] 百禽㥄遽,[422] 騤瞿奔觸,[423] 喪精亡魂,[424] 失歸忘趨, 投輪關輻,[425] 不邀自遇.[426] 飛罕潚箾,[427] 流鏑㩶爆.[428] 矢不虛舍, 鋋不苟躍.[429] 當足見蹍,[430] 値輪被轢, 僵禽斃獸, 爛若磧礫.[431] 但觀罝羅之所羂結,[432] 竿殳之所揘畢,[433] 叉蔟之所攙捔,[434]

---

415 迾卒淸候(열졸청후) : '열졸(迾卒)'은 길을 치우고 경호를 담당하는 사졸(士卒), 벽제(辟除)하는 사졸. '열(迾)'은 막다 즉 존귀한 사람의 수레가 나아갈 때에 길을 치우고 통행을 금하는 것이다. '청후(淸候)'는 길을 치우고 기다리다.

416 赫怒(혁노) : '혁(赫)'은 크게 성을 내는 모양.

417 緹衣韎韐(제의매겹) : '제의(緹衣)'는 무사의 복장인 붉은색 옷. '매겹(韎韐)'은 모수(茅蒐) 풀을 써서 적황색으로 물들인 폐슬(蔽膝 : 무릎을 덮기 위해 의복 앞에 두른 大巾) 곧 무사의 복장.

418 睢盱拔扈(휴우발호) : '휴우(睢盱)'는 눈을 부릅뜨고 보다, 즉 눈에 보이는 사람이 없는 모양. '발호(拔扈)'는 교만함과 자부심을 가지며 위엄을 갖고 씩씩한 모양, 또는 전횡하는 모양. '발(拔)'과 '발(跋)'은 서로 통하는 글자였다.

419 燭天庭(촉천정) : '촉(燭)'은 밝히다. '천정(天庭)'은 천정(天廷), 즉 높은 하늘.

420 囂聲震海浦(효성진해포) : '효성(囂聲)'은 떠들썩한 소리. '해포(海浦)'는 바다로 통하는 강어귀.

421 吳嶽爲之陁堵(오악위지타도) : '오악(吳嶽)'은 두 산의 이름으로 오산(吳山)과 악산(嶽山). 섬서성 농현(隴縣) 서남쪽에 있는 일명 악산이라고도 하는 오산(吳山)이라는 설도 있다. '타도(陁堵)'는 붕괴하다, 무너지다. '도(堵)'는 '도(屠 : 무너지다)'의 통가자(通假字)로 보인다.

422 百禽㥄遽(백금능거) : '금(禽)'은 여기서는 금수의 뜻으로 쓰였으며, '능거(㥄遽)'는 놀라 어쩔 줄 모르다.

423 騤瞿(규구) : 눈을 크게 뜨고 황급히 뛰어가는 모양.

424 喪精亡魂(상정망혼) : '정(精)'은 정신, '망(亡)'은 잃다.

425 關輻(관복) : (금수가 너무 놀라) 수레의 바퀴살 속으로 들어가다. '관(關)'은 들어가다[入].

426 邀(요) : 가로막다.

427 飛罕潚箾(비한축삭) : '한(罕)'은 새를 잡는 긴 자루가 달린 작은 그물. '축삭(潚箾)'은 새가 그물에 걸리는 모양.

428 流鏑㩶爆(유적박박) : '적(鏑)'은 화살촉. 여기서는 화살을 가리킨다. '박박(㩶爆)'은 금수가 화살에 맞았을 때 나는 소리.

429 鋋不苟躍(연불구약) : '연(鋋)'은 쇠자루가 달린 짧은 창. '약(躍)'은 던져서 찌르다.

430 見蹍(견전) : 밟히다. '전(蹍)'은 밟다.

431 爛若磧礫(난약적력) : '난(爛)'은 어지러이 흩어져 있는 모양. '적(磧)'은 자갈밭, '역(礫)'은 자갈.

432 罝羅之所羂結(저라지소견결) : '저라(罝羅)'는 새와 짐승을 잡는 그물. '저(罝)'는 짐

徒摶之所撞拯,[435] 白日未及移其晷,[436] 已獮其什七八.[437]

천자께서 이에 아름답게 꾸민 수레에 오르시니, 백색 바탕에 검은 무늬가 있는 여섯 필의 준마가 수레를 끕니다. 물총새 깃으로 장식한 수레덮개를 펼쳤으며 황금으로 장식한 차교(車較)에 몸을 기대십니다. 미옥(美玉)으로 장식한 마관(馬冠)과 가슴걸이 끈이 번쩍번쩍 광채를 냅니다. 앞장 선 수레에 현익성(玄弋星) 기를 꽂고 또한 소요성(招搖星) 기를 세워 천제를 상징하였고, 우는 솔개가 그려진 기를 드날리고 구름무늬가 장식된 기치를 휘날립니다. 또한 호성(弧星)의 도형을 그린 군기와 왕시성(枉矢星)의 도형을 그린 기가 있고, 수컷 무지개를 그린 기와 암컷 무지개를 그린 기가 있습니다. 화개성(華蓋星)이 북극성을 받들어 비호하듯 천자 수레의 덮개가 천자를 가려주고 있으며, 사냥 그물을 상징하는 천필성(天畢星)을 그린 깃발이 앞장서 달립니다. 천 대의 병거(兵車)가 천둥치듯 이동하고 만 필의 기마(騎馬)가 용과 같이 뛰어올라 내달립니다. 천자를 모시고 따르는 예비수레에는 각종 사냥개를 싣고 가며, 단지 즐기고 애호하는 것들만이 아니라 신선과 방술(方術)에 관한 비장(秘藏)의 도서들도 있습니다. 그 중에 소설(小說) 900여 편은 본래 한(漢)의 방사(方士) 우초(虞初)부터 시작된 것인데, 천자께서 한가하실 때에 찾으시면 대령시키고 준비해두기 위해서입니다. 이에 치우(蚩尤)같은 무사가 도끼를 들고서 긴 수염을 떨치며 호랑이 가죽옷을

승 그물, '나(羅)'는 새 그물. '견결(羂結)'의 '견(羂)'은 목을 졸라매어 죽이다, 올무로 잡아매다. '결(結)'은 묶다, 동이다.

433 竿殳之所揘畢(간수지소황필) : '수(殳)'는 길이가 1장(丈) 2척(尺)의 팔각 몽둥이. '황필(揘畢)'은 치다[擊], 때리다.

434 叉蔟之所攙捔(차족지소참각) : '차족(叉蔟)'은 옛날에 사물을 찌르는 도구 곧 작살. '족(蔟)'은 '착(簇)'이 되어야 옳다는 설이 있다. '참각(攙捔)'은 찌르다, 찔러 꿰다.

435 徒摶之所撞拯(도박지소당별) : '도박(徒摶)'은 맨손으로 치다. '별(拯)'은 쳐서 넘어뜨리다.

436 晷(구) : 해그림자.

437 獮(선) : 사냥하다. 가을에 하는 사냥을 말한다.

입고 길을 여는데, 불길(不吉)한 것을 금지하고 막고서 귀신의 간사한 농간을 알아내니, 이(螭)·매(魅)·망(魍)·량(魎) 등 각종 귀신들은 아무도 만날 수 없습니다. 황제를 호위하는 금군(禁軍)을 비렴관(飛廉館) 앞에 진열시키고 상란관(上蘭觀) 밖에서 군영 보루를 수리합니다. 부대를 집결하고 항오(行伍)를 정돈하며, 높이 쌓은 장작더미를 태우고 뇌성처럼 울리는 큰 북을 치면서, 사냥하는 무리들을 풀어놓으니 광활한 풀숲으로 달려갑니다. 천자를 경호하는 사졸들은 길을 치우고 기다리며 무사들은 수렵에 대한 의욕으로 살기가 등등한데, 위에는 붉은색 상의를 걸치고 아래에는 적황색 무릎가리개를 입고서, 두 눈을 부라려 부릅뜨고서 자랑스럽게 한껏 무용(武勇)을 드러냅니다. 광염이 중천(中天)을 밝히고 어지럽게 뒤섞인 함성이 바다로 통하는 강어귀를 진동시켜, 황하(黃河)와 위수(渭水)가 이 때문에 파도가 일렁이고 오산(吳山)과 악산(嶽山)도 이 때문에 무너집니다. 온갖 금수들이 놀라 어쩔 줄 몰라 하며 허둥지둥 뛰어가다 부딪치고, 혼비백산하여 어디로 가야할지를 모르다 다급해서 수레바퀴에 몸을 던지기도 하고, 틈이 있는 바퀴살 속으로 들어가기도 하니 가로막지 않아도 제 스스로 걸려듭니다. 그물을 들어올리기만 해도 새들이 걸려들고 나는 화살은 '파박'하며 사냥물에 적중합니다. 화살은 다 적중하여 헛되이 발사되지 않으며 단창도 헛되이 던져지지 않습니다. 발에 걸려 짓밟히며 수레바퀴에 부딪쳐 치이고, 넘어져 죽은 금수들이 자갈밭의 자갈처럼 어지러이 흩어져 있습니다. 그물로 졸라매고 묶으며 장대와 몽둥이로 내리치고 작살로 찌르며 맨손으로 쳐서 넘어뜨리는 광경들만 보이는데, 밝은 해가 아직 그림자를 옮기지도 않았건만 이미 십 중 칠팔을 사냥하였습니다.

若夫游鷮高翬,[438] 絶阬逾斥,[439] 毚兎聯猭,[440] 陵巒超壑, 比諸東郭,[441]

---

438 游鷮高翬(유교고휘) : '교(鷮)'는 꿩의 일종. '휘(翬)'는 새가 훨훨 나는 모양.

439 絶阬逾斥(절강유척) : '강(阬)'은 토산 또는 언덕이라는 뜻도 있으나 '항(沆)'과 통하

莫之能獲. 乃有迅羽輕足,[442] 尋景追括,[443] 鳥不暇擧, 獸不得發, 靑骹摯於韝下,[444] 韓盧噬於緤末.[445] 及其猛毅髬髵,[446] 隅目高匡,[447] 威慑兕虎, 莫之敢伉, 乃使中黃之士,[448] 育獲之儔,[449] 朱鬟鬠髽,[450] 植發如竿,[451] 袒裼戟手,[452] 奎踽盤桓.[453] 鼻赤象,[454] 圈巨狿,[455] 摣狒蝟,[456] 批窳

여 큰 못[大澤]. '척(斥)'은 못, 작은 못[小澤].

440 聯猭(연천) : 달리다, 도망치다.

441 東郭(동곽) : 잘 달리는 토끼인 동곽준(東郭逡)을 가리킨다. 『전국책·제책(齊策)』의 기록에 따르면, 한국노(韓國盧) 즉 한자노(韓子盧)는 천하의 잘 달리는 개이고 동곽준은 해내(海內)의 교활한 토끼로, 동곽준이 도망치면 한자노가 쫓을 수 없다 한다.

442 迅羽輕足(신우경족) : '신우(迅羽)'는 사냥하는 매를 가리키고 '경족(輕足)'은 사냥개를 가리킨다.

443 尋景追括(심영추괄) : '영(景)'은 그림자의 뜻인 '영(影)'과 같고, '괄(括)'은 활줄에 끼우는 화살 끝 부분으로 여기서는 화살을 가리킨다.

444 靑骹摯於韝下(청교지어구하) : '청교(靑骹)'는 정강이뼈가 푸른 매. 이러한 매가 사냥을 잘 한다고 알려져 있다. '교(骹)'는 경골(脛骨 : 정강이 뼈)과 발 사이의 가는 부분이다. '지(摯)'는 치다[擊]. '구(韝)'는 사냥할 때 사냥매를 그 위에 앉힐 수 있도록 가죽으로 만들어 팔뚝에 두르는 띠.

445 韓盧噬於緤末(한로서어설말) : '한로(韓盧)'는 한자로(韓子盧) 또는 한국로(韓國盧)라는 사냥개로, '노(盧)'는 흑색이라는 뜻이다. '설(緤)'은 개를 묶는 줄.

446 猛毅髬髵(맹의비이) : '맹의(猛毅)'는 사납고 용맹스럽다. '비이(髬髵)'는 맹수가 성이 나서 갈기를 곤두세우는 모양.

447 隅目高匡(우목고광) : '우목(隅目)'은 눈을 치뜨고 노려보다, 눈에 각(角)을 세우다. '고광(高匡)'은 깊은 눈자위, 깊은 눈동자. 맹수가 화를 내어 무섭다는 것을 말하는 것이다.

448 中黃(중황) : 고대의 용사(勇士)로 이름난 사람이었던 중황백(中黃伯).

449 育獲(육획) : 고대의 용사였던 하육(夏育)과 오획(烏獲).

450 朱鬟鬠髽(주마제좌) : '주마(朱鬟)'는 붉은 띠로 머리를 꾸미다. 여기서는 붉은 띠로 이마를 묶는 것. '제좌(鬠髽)'는 드러낸 상투나 쪽. '제(鬠)'는 상투를 드러내다. '좌(髽)'는 부인이 상중(喪中)에 머리를 묶는 것[結髮].

451 植發(식발) : 두발을 묶어서 곧게 세우다.

452 袒裼戟手(단석극수) : '단석(袒裼)'은 웃통을 벗다, 웃옷을 벋어 어깨를 드러내다. '극수(戟手)'는 끝이 갈라진 창[戟]처럼 맨손으로 팔꿈치를 구부리다.

453 奎踽盤桓(규우반환) : 짐승을 포박할 때의 걸음 법을 형용하는 말로, '규우(奎踽)'는 양발을 벌리다. '반환(盤桓)'은 빙빙 돌다.

454 鼻赤象(비적상) : '비(鼻)'는 코를 잡다, 코를 잡아끌다. '적상(赤象)'은 큰 코끼리[大象].

455 狿(연) : 거대한 야수인 만연(蟃蜒). 전설에 따르면 이 짐승은 몸길이가 100심(尋)이

狻.[457] 揞枳落, 突棘藩, 梗林爲之靡拉,[458] 樸叢爲之摧殘.[459] 輕銳僄狡趫捷之徒,[460] 赴洞穴, 探封狐,[461] 陵重巘,[462] 獵昆駼,[463] 杪木末,[464] 擭獑猢,[465] 超殊榛,[466] 撣飛鼯.[467] 是時後宮嬖人昭儀之倫,[468] 常亞於乘輿.[469] 慕賈氏之如皐,[470] 樂〈北風〉之同車,[471] 盤於遊畋,[472] 其樂只且![473]

라고 한다. 옛날에 1심은 8자였다.

456 狒蝟(비위) : '비(狒)'는 짐승의 몸과 사람의 얼굴을 가진 '비비'라는 짐승으로 몸에는 털이 있으며 사람을 잡아먹는다. '위(蝟)'는 자위(刺蝟) 곧 고슴도치.

457 扺窳狻(자유산) : '자(扺)'는 잡다, 포착(捕捉)하다. '유산(窳狻)'의 '유(窳)'는 알유(窫窳)라는 짐승으로, 추(貙)와 비슷한데 사람을 잡아먹는다 한다. '산(狻)'은 사자(獅子).

458 梗林爲之靡拉(경림위지미랍) : '경림(梗林)'은 가시가 있는 초목의 수풀. '미랍(靡拉)'은 훼손되다, 상하다.

459 樸叢(박총) : 더부룩하게 무더기로 자라는 수목, 무더기로 자라는 작은 나무들. '박(樸)'은 총생(叢生)하다, 더부룩하게 나다.

460 輕銳僄狡趫捷之徒(경예표교교첩지도) : '경예(輕銳)'는 날쌔다. '표교(僄狡)'는 신속하고 용맹하다. '교첩(趫捷)'은 재빠르다, 걸음이 빠르다.

461 封狐(봉호) : 대호(大狐). '봉(封)'은 크다[大].

462 巘(헌) : 위가 크고 아래가 작은 산. 여기서는 산을 가리킨다.

463 昆駼(곤도) : 말과 같이 생겼는데 높은 곳을 잘 올라간다는 짐승의 이름.

464 杪(초) : 나무 끝. 여기서는 동사로 쓰여 나무 끝에 오르다(나무 끝에서) '가로막고서 삽나'라고 보는 설도 있다.

465 擭獑猢(획참호) : '획(擭)'은 잡다, 쥐다. '참호(獑猢)'는 몸은 검고 띠와 같은 흰 허리를 가진 원숭이와 유사한 짐승. '참호(獑胡)'라고도 쓴다.

466 殊榛(수진) : 큰 개암나무. '수(殊)'는 크다.

467 飛鼯(비오) : 날다람쥐. 오서(鼯鼠)・이유(夷由)・비생(飛生)이라고도 한다.

468 嬖人昭儀之倫(폐인소의지륜) : '폐인(嬖人)'은 황제에게 총애를 받는 사람. '폐(嬖)'는 (황제가) 사랑하다. '소의(昭儀)'는 후궁(後宮)의 관명(官名)으로, 비빈(妃嬪)의 제 1급이다. '윤(倫)'은 무리.

469 乘輿(승여) : 황제가 타는 수레.

470 賈氏之如皐(가씨지여고) : 『좌전・소공(昭公) 28년』의 기록에 따르면, 가국(賈國)의 못생긴 대부(大夫)가 아름다운 처를 얻은 지 3년이 되어도 여자가 말하지 않고 웃지 않자, 가대부가 그녀를 위해 소택지(沼澤地)로 수레를 몰고 가서 꿩을 사냥하자 비로소 웃었다는 고사가 있다. 여기서 가씨(賈氏)는 가대부의 처를 가리킨다. '여고(如皐)'는 소택지(沼澤地)에 가다. 지명으로 보는 설도 있다.

471 北風之同車(북풍지동거) : 『시경・패풍(邶風)・북풍(北風)』: "점잖고 나를 좋아하는 이와 손잡고 함께 수레타고 떠나야지(惠而好我, 攜手同車)" 여기서는 '동거(同車)' 2자(字)의 뜻을 취하여, 황제와 수레를 함께 타고 사냥 나가는 것을 말한 것이다.

472 盤於遊畋(반어유전) : '반(盤)'은 즐기다[樂]. '유전(遊畋)'은 유렵(遊獵) 곧 놀러나가고 사냥하다. '전(畋)'은 사냥하다.

이리저리 노니는 꿩이 높이 훨훨 날아서 큰 못[大澤]을 건너고 작은 연못을 넘으며, 교활한 토끼가 달아나 산등성이를 오르고 골짜기를 건너는 경우에는, 잘 달리는 토끼 동곽준(東郭逡)에 비견되어 아무도 그것들을 잡을 수 없습니다. 이에 재빠른 사냥매와 날쌘 사냥개가 조수(鳥獸)의 그림자를 찾고 화살을 뒤좇아 가니, 새가 날아오를 새가 없고 짐승이 채 달아나지도 못해, 푸른 정강이뼈를 가진 사냥매가 어느덧 가죽으로 된 팔뚝 띠 아래에서 포획물을 쳐서 쓰러뜨리고 한국로(韓國盧)라는 사냥개가 이미 줄 끝에서 사냥물을 씹어 먹습니다. 맹수가 사납고 무섭게 갈기를 곧추세우고 눈을 치뜨고 노려보아 그 위세가 외뿔소와 호랑이를 위협할 정도여서 아무도 그것들과 감히 대적하지 못할 때에 이르면, 중황(中黃)과 같은 용사나 하육(夏育)과 오획(烏獲) 같은 무리를 파견하니, 이들은 붉은 띠로 이마를 묶어 혹 상투를 드러내거나 혹 머리털을 묶어서 장대처럼 두발을 곧게 세우며, 웃통을 벗어 어깨를 드러내고 갈라진 창[戟]처럼 팔꿈치를 구부리고서 맹수를 포박하려 두 발을 벌리고서 빙빙 돕니다. 그리하여 마침내 큰 코끼리의 코를 잡아끌고 거대한 야수 만연(蟃蜒)을 우리에 들여 가두고, 비비(狒狒)와 고슴도치를 잡으며 알유(窫窳)라는 짐승과 사자(獅子)를 사로잡습니다. 탱자나무 울타리와 마찰되고 가시나무 울타리와 접촉이 되어, 가시가 많은 수풀이 이 때문에 훼손되었고 무더기로 자란 작은 나무들이 이 때문에 꺾여 쓰러집니다. 날쌔고 용맹하며 재빠른 무사들이 동굴 속으로 들어가 큰 여우를 찾으며, 겹겹의 산을 올라 곤도(昆駼)를 사냥하며, 나무 끝에 올라가 참호(獑猢)를 잡으며, 큰 개암나무를 뛰어넘어 날다람쥐를 잡습니다. 이때에 후궁 중에 황제의 총애를 받는 소의(昭儀) 등의 비빈(妃嬪)들이 항상 황제의 수레 뒤에서 따릅니다. 그녀들은 옛날 가국(賈國) 대부의 부인이 사냥하는 것을 구경하려 소택지에 간 것을 부러워하

473 只且(지차) : 감탄의 뜻을 나타내는 어조사(語助辭).

며, 〈북풍(北風)〉 시에서 노래한 것처럼 황제와 수레를 함께 타는 것을 즐겨하여, 유렵(遊獵)하는 것을 즐기니 얼마나 즐겁겠습니까!

於是鳥獸殫, 目觀窮,[474] 遷延邪睨,[475] 集乎長楊之宮.[476] 息行夫,[477] 展車馬,[478] 收禽擧胔,[479] 數課衆寡.[480] 置互擺牲,[481] 頒賜獲鹵.[482] 割鮮野饗, 犒勤賞功.[483] 五軍六師,[484] 千列百重, 酒車酌醴, 方駕授饔.[485] 升觴擧燧,[486] 旣釂鳴鐘.[487] 膳夫馳騎,[488] 察貳廉空.[489] 炙炰夥,[490] 淸酤敍,[491] 皇恩溥,[492] 洪德施, 徒御悅,[493] 士忘罷.[494]

---

474 目觀窮(목관궁) : '목관(目觀)'은 눈으로 보는 감상. '궁(窮)'은 극치에 이르다[極], 다하다[盡].

475 遷延邪睨(천연사예) : '천연(遷延)'은 물러나다, 퇴각하다. '사예(邪睨)'는 좌우를 살피다. '사(邪)'는 '사(斜)'와 통하며 '예(睨)'는 곁눈질하다.

476 長楊之宮(장양지궁) : 장양궁은 상림원(上林苑)에 있다.

477 行夫(행부) : 사냥하는 사졸(士卒)을 가리킨다.

478 展(전) : 정리하다, (수습하여) 진열하다.

479 胔(자) : 본래는 부패하려고 하는 고기를 뜻하나, 여기서는 죽은 금수(禽獸)를 가리킨다.

480 衆寡(중과) : 많고 적음, 수량.

481 置互擺牲(치호파생) : '호(互)'는 고기를 거는 시렁, 틀. '파생(擺牲)'은 짐승의 몸을 갈라 걸어두다. '파(擺)'는 가르다, 빼개다[捭].

482 頒賜獲鹵(반사획로) : '반사(頒賜)'는 상으로 나눠주다. '획로(獲鹵)'는 사로잡은 금수를 가리킨다. '노(鹵)'는 '노(虜)' 곧 '노(擄 : 사로잡다)'와 통한다.

483 犒(호) : 술과 음식 등으로 위로하다.

484 五軍六師(오군육사) : 사냥에 참여한 금군(禁軍)을 가리킨다. '오군(五軍)'은 한대(漢代)의 오영(五營)을 가리키고, '육사(六師)'는 육군(六軍)으로 『주례(周禮)』에 따르면 천자는 육군을 거느렸다.

485 饔(옹) : 익힌 음식. 여기서는 밥과 고기 음식 등을 가리킨다.

486 升觴(승상) : 술잔을 들어올리다, 술을 권하다.

487 釂(조) : (잔에 있는 술을) 다 마시다.

488 膳夫(선부) : 황궁의 음식을 관장하는 관명.

489 察貳廉空(찰이염공) : '찰(察)'이나 '염(廉)'은 살피다, 시찰하다. '이(貳)'는 음식물이 두 배가 된 것이고 '공(空)'은 음식물이 빠졌거나 부족한 것을 말한다.

490 炙炰(자포) : '자(炙)'는 구운 고기음식, '포(炰)'는 삶은 고기음식 또는 통째로 구운 고기음식.

491 淸酤敍(청고지) : '청고(淸酤)'는 좋은 술, 미주(美酒). '지(敍)'는 많다.

492 溥(부) : 넓다, 광대(廣大)하다, 널리 미치다.

이즈음에는 새와 짐승들이 다 잡히고 눈으로 보는 기쁨도 극에 달하니, 퇴각하며 좌우를 곁눈질하여 살피면서 장양궁(長楊宮)에 모입니다. 사냥했던 사졸(士卒)들을 쉬게 하고 수레와 말을 정돈시키고서, 사냥한 새들을 거둬들이고 죽은 짐승들을 수습하여 그 수량을 계산하고 조사합니다. 고기를 거는 시렁을 안치하여 짐승의 몸을 갈라 걸어두고, 사로잡은 금수(禽獸)들을 상으로 나누어 줍니다. 또한 신선한 고기를 갈라 들판에서 잔치를 열어 대접하고, 수고한 자들을 위로하고 공 있는 자들을 상줍니다. 사냥에 참여한 금군(禁軍)의 장사(將士)들이 수많은 대열을 이루고 겹겹으로 무리 지어 모이니, 술 실은 수레로 달콤한 술[甘酒]을 보내줘서 따르고 수레를 나란히 몰고 다니면서 익힌 음식을 나누어 줍니다. 횃불을 들어 올리고서 술을 권하며, 술을 다 마시고 나면 종을 울립니다. 음식담당관은 말을 타고 달리면서 음식물이 넘치는지 부족한지를 살피고 시찰합니다. 굽거나 삶은 고기음식이 풍성하고 맛있는 술이 많으며, 황제님의 은택이 널리 미치고 큰 덕이 베풀어지니, 수레를 끄는 자와 말을 모는 자들이 기뻐하고 장사(將士)들도 피곤함을 잊습니다.

巾車命駕,[495] 回旆右移.[496] 相羊乎五柞之館,[497] 旋憩乎昆明之池.[498] 登豫章,[499] 簡矰紅,[500] 蒲且發,[501] 弋高鴻,[502] 掛白鵠,[503] 聯飛龍.[504] 磻不特

493 徒御(도어) : '도(徒)'는 손수레를 끄는 자, '어(御)'는 말을 모는 자.

494 罷(피) : 피곤함. '피(疲)'와 통한다.

495 巾車命駕(건거명가) : '건거(巾車)'는 건거(巾車)를 관장하는 관명(官名). '건거(巾車)'란 포장을 친 수레. '명가(命駕)'는 어자(御者)에게 수레를 몰라고 명하다.

496 旆(패) : 대기(大旗).

497 相羊乎五柞之館(상양호오작지관) : '상양(相羊)'은 멈칫거리며 배회하는 모양. '상양(徜徉)'과 같다. '오작지관(五柞之館)'은 오작관으로 상림원 가운데에 있다.

498 昆明之池(곤명지지) : 곤명지는 상림원 가운데에 있다.

499 豫章(예장) : 관(觀)의 이름으로 곤명지 가운데에 있다.

500 簡矰紅(간증홍) : '간(簡)'은 살피다, 고르다. '증홍(矰紅)'은 붉은 줄을 묶어 새를 쏘는 화살 곧 주살.

絓,[505] 往必加雙.[506] 於是命舟牧,[507] 爲水嬉. 浮鷁首,[508] 翳雲芝,[509] 垂翟葆,[510] 建羽旗. 齊栧女,[511] 縱櫂棹歌,[512] 發引和,[513] 校鳴葭.[514] 奏〈淮南〉,[515] 度〈陽阿〉,[516] 感河馮,[517] 懷湘娥,[518] 驚魍魎,[519] 憚蛟蛇.[520] 然後

---

501 蒲且(포차) : 옛날 초(楚)나라의 활을 잘 쏘았다는 사람.

502 弋(익) : (주살로) 쏘다, 쏘아 맞추다.

503 掛(괘) : 화살이 적중해서 화살에 묶인 실이 새에 연결되어 걸리는 것을 말한다.

504 飛龍(비룡) : 물오리.

505 磻不特絓(반불특괘) : 새를 단지 한 마리만 잡는 것이 아니라 반드시 쌍으로 잡는 것을 말한다. '반(磻)'은 돌멩이에 실을 매어 새를 쏘는 돌살촉, 즉 주살에 쓰는 돌로 만든 살촉. '특(特)'은 하나[一], 홀로[獨]. '괘(絓)'는 '괘(挂 : 걸다)'와 같은 뜻으로 여기서는 '명중하다'

506 往(왕) : (돌살촉을) 쏘다.

507 舟牧(주목) : 배를 관장하는 관리

508 鷁首(익수) : 뱃머리, 곧 배를 가리킨다. 옛날에 뱃머리에 익조(鷁鳥)의 머리를 그렸기 때문에 붙여진 말이다. '익(鷁)'이라는 물새는 역풍을 만나도 물러서 날 수가 있다고 여겨졌기에, 어려움이 평이하게 바뀌기를 희망하여 항상 뱃머리에 익조를 그려놓았던 것이다.

509 翳(예) : (장식으로써 그림을 그려) 덮어 가리다.

510 翟葆(적보) : 꿩 꽁지깃으로 장식한 일산(日傘) 덮개[傘蓋]. '보(葆)'는 새 깃의 장식.

511 栧女(예녀) : 노를 젓는 여자.

512 縱櫂歌(종도가) : '종(縱)'은 소리 내어 노래하다. '도가(櫂歌)'는 노를 두드리면서 부르는 뱃노래로 '도가(棹歌)'와 같다. 짧은 노를 '도(棹)'라 하고 긴 노를 '도(櫂)'라 한다.

513 發引和(발인화) : 한 사람이 노래하면 나머지 사람이 화답하는 것을 말한다. '발(發)'은 한 사람이 영도(領導)하여 노래하는 것이고, '화(和)'는 여럿이 따라하는 하는 것을 가리킨다.

514 校鳴葭(교명가) : '교(校)'는 소리를 조절해 급하게 부는 것. '가(葭)'는 일종의 관악기로 '가(笳 : 갈대 잎을 말아서 부는 피리)'와 통한다.

515 淮南(회남) : 악곡의 이름으로, 〈회남왕(淮南王)〉 곡이라는 설이 있다. 회남왕이 신선이 되어 사라진 것을 회남소산(淮南小山) 등이 이 곡을 지어 그리워 한 것이라는 말이 있다.

516 度陽阿(도양아) : '도(度)'는 곡에 맞추어 가창(歌唱)하다. '양아(陽阿)'는 초(楚)의 악곡(樂曲)의 이름.

517 河馮(하빙) : 황하의 신[河伯]인 빙이(馮夷).

518 湘娥(상아) : 상수(湘水)의 여신인 아황(娥皇)과 여영(女英). 아황과 여영은 요임금의 두 딸로 순임금에게 시집갔는데, 후에 순임금이 창오(蒼梧)에서 죽었다는 말을 듣고서 상수에 몸을 던져 죽어 상수의 신이 되었다 한다.

519 魍魎(망량) : 물신[水神], 물의 정령(精靈).

520 蛟蛇(교사) : 교룡(蛟龍). 또는 교(蛟)와 뱀[蛇]. '교(蛟)는 물속에 사는 용과 비슷한 동물이다.

釣魴鱧, 纚鰋鮋, 摭紫貝,[521] 搏耆龜, 搤水豹, 馽潛牛.[522] 澤虞是濫,[523] 何有春秋! 擿漻澥,[524] 搜川瀆, 布九罭,[525] 設罜麗,[526] 摷昆鮞,[527] 殄水族,[528] 蘧藕拔,[529] 蜃蛤剝.[530] 逞欲畋魰,[531] 效獲麑麇.[532] 摎蓼浶浪,[533] 乾池滌藪,[534] 上無逸飛,[535] 下無遺走.[536] 擭胎拾卵,[537] 蚳蝝盡取.[538] 取樂今日, 遑恤我後!

수레를 관장하는 관리[巾車]가 출발을 명하니 큰 기(旗)를 돌려 서쪽으로 이동해 갑니다. 오작관(五柞館)에서 멈칫거리며 배회하다가 곤명

---

521 紫貝(자패) : 옥과 같은 하얀 바탕에 껍질에 보라색 점무늬가 있는 희귀한 조개.

522 馽潛牛(칩잠우) : '칩(馽)'은 잡다, (앞발 두 개를 묶어서) 붙들어 매다. '잠우(潛牛)'는 물소의 일종으로 물속에서 생활하는 소 비슷한 짐승. 일명 침우(沈牛)라고도 한다.

523 澤虞是濫(택우시람) : '택우(澤虞)'는 소택(沼澤)을 관리하는 관명. '남(濫)'은 (그물을 오래 물속에 담갔다가) 물고기를 잡다, 또는 (큰 어망을 사용하여) 물고기를 마구 잡다.

524 擿漻澥(적료해) : '적(擿)'은 수색(搜索)하다, 찾다. '요해(漻澥)'는 작은 물, 작은 시내.

525 九罭(구역) : 주머니가 달려 작은 고기나 작은 새우를 잡는 그물코가 작은 어망.

526 罜麗(주록) : '주(罜)'는 작은 어망(魚網). '녹(麗)'은 잔챙이 그물, 잡어(雜魚)를 잡는 작은 어망.

527 昆鮞(곤이) : '곤(昆)'은 물고기 새끼. '이(鮞)'는 작은 물고기.

528 水族(수족) : 물속에서 자라는 동물의 통칭.

529 蘧藕(거우) : 연꽃과 연뿌리. '거(蘧)'는 '거(蕖 : 연, 특히 연꽃)'와 통한다.

530 蜃蛤剝(신합박) : '신합(蜃蛤)'의 '신(蜃)'은 큰 조개를 말하고 '합(蛤)'은 작은 조개를 말한다. '박(剝)'은 껍질을 버리고 살을 취하다.

531 逞欲畋魰(영욕전어) : '영(逞)'은 다하다[盡], 극도로 하다[極]. '어(魰)'는 '어(漁)'와 같은 글자이다.

532 麑麇(예오) : '예(麑)'는 사슴 새끼, '오(麇)'는 순록의 새끼

533 摎蓼浶浪(교료노랑) : '교료(摎蓼)'나 '노랑(浶浪)' 둘 다 놀라서 동요하는 모양. '교로(摎蓼)'로 읽어 수색(搜索)하다는 뜻으로 보는 설도 있다.

534 乾池滌藪(건지척수) : '건(乾)'은 마르게 하다, 텅 비게 하다. '척(滌)'은 씻어 깨끗하게 하다. '수(藪)'는 큰 못[大澤].

535 上無逸飛(상무일비) : '상(上)'은 공중. '일비(逸飛)'는 도망하여 벗어난 새를 가리킨다. '일(逸)'은 달아나다, 도망하다.

536 下無遺走(하무유주) : '하(下)'는 지상이나 수중을 가리킨다. '유주(遺走)'는 달아나는 짐승.

537 胎(태) : (짐승의) 태아, 새끼.

538 蚳蝝(지연) : '지(蚳)'는 젓을 담가 먹는 개미알, '연(蝝)'은 날개가 나지 않은 어린 누리[幼蝗]로, 먹을 수 있다 한다.

지(昆明池)로 돌아가 휴식합니다. 예장관(豫章觀)에 올라 붉은 실끈의 주살을 살펴 골라서, 포차(蒲且) 같은 신궁(神弓)이 활을 쏘아 높이 나는 큰 기러기를 맞추며, 백조를 맞춰 실이 걸리고 아울러 물오리에도 실이 연결됩니다. 주살에 쓰이는 돌살촉은 단지 한 마리만 명중하는 것이 아니라 쏘았다 하면 반드시 쌍으로 맞춥니다. 이어서 배를 관장하는 관리에게 명하여 수상유희(水上遊戲)를 준비하게 합니다. 익조(鷁鳥)의 머리가 그려진 배를 띄우고 선체(船體)에는 구름과 지초(芝草)를 그려 덮어 가렸으며, 꿩 꽁지깃으로 장식한 햇빛가리개를 드리우고 새 깃으로 장식한 정기(旌旗)를 세웠습니다. 가지런히 노 젓는 여인들이 뱃노래를 소리 높여 노래하는데, 한 사람이 선창(先唱)해서 여러 사람의 화답을 이끄는 중에, 갈대 피리를 울려 반주를 넣습니다. 〈회남(淮南)〉곡을 연주하고 〈양아(陽阿)〉곡을 부르니, 황하의 신인 빙이(馮夷)를 감동시키고 상수(湘水)의 여신들을 생각에 잠기게 하며, 물의 정령(精靈)인 망량(魍魎)을 놀라게 하고 물속의 신물(神物)인 교룡(蛟龍)을 두려워하게 합니다. 그런 후에 방어와 가물치를 낚아내고 메기와 드렁허리를 그물로 잡으며, 보라색 조개를 주워 모으고 신통(神通)한 늙은 거북을 잡으며, 바다표범을 잡으며 물소를 잡아 묶습니다. 소택(沼澤)을 관리하는 택우(澤虞)가 마구 그물질을 하여 잡으니, 어찌 봄과 가을을 가림이 있겠습니까! 작은 시내를 샅샅이 찾고 하천과 봇도랑을 두루 수색하며, 그물코가 촘촘한 어망을 치고 작은 어망을 설치하며, 물고기 새끼나 작은 물고기까지도 죄다 잡고 각종 수중 생물을 멸족시키며, 연꽃과 연뿌리는 뽑히고 크고 작은 조개들은 껍질이 벗겨집니다. 하고 싶은 것을 맘껏 다하여 사냥하고 물고기 잡으며, 사슴새끼와 순록새끼를 포획하는 데까지 효과를 거둡니다. 사방의 금수들이 놀라 동요하여 연못을 텅 비게 하고 대택(大澤)을 씻어 깨끗하게 하니, 위로는 도망가는 새가 없고 아래로는 달아나는 짐승이 없습니다. 짐승의 새끼를 잡고 새알을 주워 담으며 개미알과 어린 황충(蝗蟲)까지도 모두 취합니다. 단지 눈앞의 즐거움만을 취할 뿐 이후의 일을 어찌 돌아볼 틈이 있겠습니까!

旣定且寧, 焉知傾陁? 大駕幸乎平樂, 張甲乙而襲翠被.[539] 攢珍寶之玩好,[540] 紛瑰麗以奓靡.[541] 臨迥望之廣場,[542] 程角觝之妙戲.[543] 烏獲扛鼎,[544] 都盧尋橦.[545] 衝狹燕濯,[546] 胸突銛鋒.[547] 跳丸劍之揮霍,[548] 走索

539 張甲乙而襲翠被(장갑을이습취피) : '갑을(甲乙)'이란 휘장에는 갑장(甲帳)·을장(乙帳)과 같은 분류가 있기 때문에 한 말이다. '습(襲)'은 가려 덮다. '취피(翠被)'는 물총새 깃으로 장식한 덮개.

540 攢珍寶之玩好(찬진보지완호) : 한 무제는 수후지주(隨侯之珠)와 화씨지벽(和氏之璧) 같은 것으로 장막을 꾸몄다 한다. '찬(攢)'은 한 곳에 모으다, '완호(玩好)'는 가지고 놀면서 감상하며 애호하는 물건.

541 紛(분) : 섞어놓다, 어지러이 흩어져 있다.

542 迥望(형망) : 시야가 넓고 멀리 미칠 만큼 광장이 넓고 평탄한 것을 말한다. '형(迥)'은 멀다[遠].

543 程角觝之妙戲(정각저지묘희) : '정(程)'은 헤아리고 살피다. 여기서는 감상하다. '각저(角觝)'는 좁은 뜻으로는 서로 뿔을 부딪치면서 다투는 유희(遊戲)이며, 넓은 뜻으로는 각종 기예를 모아 서로 경쟁하며 우승을 다투는 놀이로, 악무(樂舞)·잡기(雜技)·환술(幻術)·무예(武藝) 등의 연기가 있다. 한나라 때에는 이것을 또한 산악(散樂) 혹은 백희(百戲)라고도 칭하였다. 무제 원봉(元封) 3년에 각저희를 만들었는데 300리 안의 사람들이 모두 이것을 보러 왔다고 한다.

544 烏獲扛鼎(오획강정) : '오획(烏獲)'은 진(秦) 무왕(武王) 때의 역사(力士)로 높은 관직에 올랐다. '강정(扛鼎)'은 정(鼎)을 들어올리는 백희(百戲)의 종목 가운데 하나.

545 都盧尋橦(도로심동) : '도로(都盧)'는 나라 이름으로 이 나라 사람들은 몸이 민첩하여 높은 곳에 잘 올라간다고 한다. '심동(尋橦)'은 한대 잡기(雜技)의 이름. 현존하는 한대(漢代)의 그림에 따르면, 한 사람의 머리끝에 장대를 세우고 그 장대에 1~3명의 사람이 장대에 올라가 연기를 하는 기예이다. '동(橦)'은 나무 장대.

546 衝狹燕濯(충협연탁) : '충협(衝狹)'은 백희(百戲) 중 잡기(雜技)의 하나. 대자리를 둥그렇게 말아서 창을 그 가운데 꽂아두고 연기자가 돌진하여 몸을 던져 그 가운데를 통과하는 기예이다. '연탁(燕濯)'은 백희(百戲) 중 잡기(雜技)의 하나. 마치 제비가 물위를 스치고 지나가면서 점을 찍는 것처럼 팔을 벌려 몸을 앞으로 뛰어 쟁반의 물을 뛰어넘어가는 기예이다.

547 銛(섬) : 날카롭다, 예리하다.

548 跳丸劍之揮霍(도환검지휘곽) : '도환검(跳丸劍)'은 탄환이나 단검 같은 것을 두 손으로 번갈아 신속하게 계속 던지고 잡는 기예의 이름. 많게는 일곱 개의 칼이나 열한 개의 탄환을 가지고 묘기를 부린다. '도(跳)'는 가지고 놀다[弄]. '휘곽(揮霍)'은 탄환이나 검이 올라가고 내려가는 모양.

上而相逢.[549] 華嶽峩峩,[550] 岡巒參差,[551] 神木靈草,[552] 朱實離離.[553] 總會仙倡,[554] 戲豹舞羆, 白虎鼓瑟,[555] 蒼龍吹篪.[556] 女娥坐而長歌, 聲淸暢而蜲蛇. 洪涯立而指麾,[557] 被毛羽之襳襹.[558] 度曲未終,[559] 雲起雪飛, 初若飄飄,[560] 後遂霏霏.[561] 複陸重閣,[562] 轉石成雷, 礔礰激而增響,[563] 磅磕象乎天威.[564]

천하가 이미 안정되고 또한 편안하니 나중에 기울어지고 붕괴하리라는 것을 어찌 알겠습니까? 황제의 수레가 평락관(平樂觀)에 납시어 갑장(甲帳) · 을장(乙帳)의 장막을 치고 물총새 깃으로 장식한 덮개를 덮

---

549 走索(주삭) : 잡기 가운데 하나로, 도환검(跳丸劍) 기예를 연출할 때 발로 줄을 밟고 공중에서 줄을 타고 건너가는 기예. 긴 줄을 기둥 양 끝에 묶고 그 줄을 팽팽하게 유지하고서 두 사람이 각기 한쪽 끝에서 다른 쪽 끝을 향해 서로 건너가는 기예이다.

550 華嶽峩峩(화악아아) : '화악(華嶽)'은 서악(西嶽)인 화산(華山). 여기서는 무대의 세트로 만들어 놓은 가산(假山)을 가리킨다. '아아(峩峩)'는 높고 큰 모양.

551 岡巒(강만) : 언덕과 산.

552 神木靈草(신목영초) : 인공 산상에 꽂아 만든 물체를 가리킨다. '신목(神木)'은 송백(松柏) 같이 수명이 긴 나무를 가리키고 '영초(靈草)'는 영지류(靈芝類)를 가리킨다. 옛날 사람들은 이 영지를 먹으면 장생(長生)할 수 있다 여겼다.

553 離離(이리) : 과실이 주렁주렁 늘어진 모양.

554 仙倡(선창) : 신선으로 분장한 잡기예인(雜技藝人)을 가리킨다.

555 鼓瑟(고슬) : '고(鼓)'는 켜다, 연주하다. '슬(瑟)'은 큰 거문고. 금(琴)과 비슷하며 보통 12줄이다.

556 蒼龍吹篪(창룡취지) : '창룡(蒼龍)'은 사람이 용으로 분장한 것이다. '지(篪)'는 가로로 부는 관악기인 저. 대나무로 만들며 길이가 한 자 네 치이다.

557 洪涯(홍애) : 삼황(三皇) 때의 악공(樂工)으로 전해지는 사람. 여기서는 광대가 홍애로 분장한 사람을 가리킨다.

558 襳襹(섬시) : 깃옷 즉 우의(羽衣)가 휘날리는 모양.

559 度曲(도곡) : 곡보(曲譜)에 따라 노래하다.

560 飄飄(표표) : 눈이 내리는 모양.

561 霏霏(비비) : 어지러이 계속 날리는 모양.

562 複陸重閣(복륙중각) : '복륙(複陸)'은 복도(複道). '육(陸)'은 '도(道)'의 뜻이다. 복도란 각도(閣道)와 같은 뜻으로, 누각(樓閣) 간에 서로 통할 수 있도록 공중에 설치한 통행로인데, 상하 이중으로 된 통로를 말한다. '중각(重閣)'은 '복륙(複陸)'과 같은 뜻이며, '각(閣)'은 각도(閣道).

563 礔礰(벽력) : 급격하고 요란한 천둥소리로, '벽력(霹靂)'의 이체자.

564 磅磕(방개) : 천둥소리의 의성어.

습니다. 장막 가운데 진귀하고 보배로운 완호물(玩好物)들을 모아놓았고 진기하고 아름다운 것들이 또한 어지러이 흩어져 있어, 몹시 사치스럽고도 낭비적이기까지 합니다. 멀리까지 바라보이는 넓은 광장에 황제께서 친히 임하셔서 기예(技藝)를 다투는 기묘한 유희를 감상하십니다. 오획(烏獲)같은 역사(力士)가 정(鼎)을 들어올리고 도로국(都盧國) 사람이 장대에 올라갑니다. 백희(百戲)에는 충협(衝狹)이 있고 연탁(燕濯)이 있으며, 가슴으로 날카로운 칼끝과 충돌하는 연기자도 있습니다. 탄환과 단검을 연속해 위로 던져 번갈아가며 잡으니 탄환과 단검들이 계속해 오르내리며, 공중에 매달린 줄 위를 걸어가면서 두 사람이 서로 만나기도 합니다. 인공의 서악(西嶽) 화산(華山)이 높이 치솟았고 언덕과 산이 기복(起伏)을 이루고 있는데, 산에는 신령한 초목이 있고 붉은 과실이 주렁주렁 늘어져 있습니다. 신선으로 분장한 광대들이 모두 모여 희롱하는 표범과 춤추는 말곰을 연기하며, 백호가 큰거문고를 연주하고 푸른 용이 저[篪]를 붑니다. 여영(女英)과 아황(娥皇)이 앉아서 길게 빼어 노래하니 노랫소리가 맑게 퍼져 맴돕니다. 삼황(三皇) 때의 악공(樂工) 홍애(洪涯)가 서서 지휘하는데 휘날리는 깃옷[羽衣]을 입었습니다. 노래가 채 끝나지 않았는데도 구름이 일어 눈이 날리니, 처음에는 하늘거리며 내리는 것 같더니만 나중에는 마침내 어지러이 펄펄 휘날립니다. 상하 이중으로 된 구름다리에서 돌을 굴려 천둥 같은 소리를 내어, 급한 천둥소리가 맹렬해져 울리는 소리를 더하니 우르릉거리는 소리가 마치 하늘이 노함을 상징한 듯합니다.

巨獸百尋,[565] 是爲曼延.[566] 神山崔巍,[567] 欻從背見. 熊虎升而拏攫,[568]

---

565 百尋(백심) : 80장(丈) 곧 800자[尺]. 8자가 '1심(尋)'이다.

566 曼延(만연) : 짐승의 이름이자 서한의 백희(百戲) 가운데 하나. '만연(漫衍)'으로도 쓴다.

567 神山(신산) : 인공으로 꾸민 산을 가리킨다.

568 拏攫(나확) : 서로 붙잡고 싸우다.

猿狖超而高援. 怪獸陸梁,[569] 大雀踆踆.[570] 白象行孕, 垂鼻轔囷.[571] 海鱗變而成龍, 狀蜿蜿以蝹蝹.[572] 含利颬颬,[573] 化爲仙車, 驪駕四鹿,[574] 芝蓋九葩.[575] 蟾蜍與龜,[576] 水人弄蛇.[577] 奇幻儵忽, 易貌分形.[578] 吞刀吐火, 雲霧杳冥. 畫地成川, 流渭通涇. 東海黃公,[579] 赤刀粵祝,[580] 冀厭白虎, 卒不能救. 挾邪作蠱,[581] 於是不售.[582] 爾乃建戲車, 樹脩旃.[583] 侲

569 陸梁(육량) : 뛰어 달리는 모양.

570 大雀踆踆(대작준준) : '대작(大雀)'은 큰 새[大鳥]. 타조를 가리킨다. '준준(踆踆)'은 달려가는 모양, 걸음이 더디고 무거운 모양.

571 轔囷(인균) : 굽히다, 구부리다. 코끼리 코가 아래로 늘어뜨려진 모양이라는 설도 있다.

572 蜿蜿以蝹蝹(완완이윤윤) : '완완(蜿蜿)'은 꿈틀꿈틀 거리는 모양. '윤윤(蝹蝹)'은 뱀이나 용이 굼틀거리며 가는 모양.

573 含利颬颬(함리하하) : '함리(含利)'는 전설에 나오는 신묘한 짐승의 이름으로, 금을 토해내기 때문에 '함리(含利)'라는 이름이 붙었다 한다. '하하(颬颬)'는 입을 벌리고 기를 토해내는 모양. 물을 머금었다가 토해내어 안개를 만들어 내는 모양으로 보는 설이 있다.

574 驪(여) : 병렬시키다.

575 芝蓋九葩(지개구파) : 영지로 수레덮개를 만들었는데 그 덮개에는 아홉 개의 꽃 모양이 있는 것을 말한다. '구(九)'는 많다는 것을 형용하며, '파(葩)'는 꽃.

576 蟾蜍(섬여) : 두꺼비는 천년을 산다는 거북과 함께 장수하는 영물로 여겨졌다.

577 水人(수인) : 오늘날의 광동(廣東)과 광서(廣西) 일대에 거주하는, 물에 능한 종족인 이인(俚人)을 가리킨다.

578 分形(분형) : 분신(分身). 마술사가 한 몸을 여러 사람으로 보이도록 만드는 것을 말한다.

579 東海黃公(동해황공) : 백희 가운데의 하나. 동해(東海) 바닷가의 황공(黃公)이 어렸을 때에 환술(幻術)에 능하여 뱀과 호랑이를 제어(制御)할 수 있었으며 항상 적금도(赤金刀)를 차고 다녔었는데, 노쇠해져서 과도하게 술을 마시며 생활하다 하루는 동해 가에 백호(白虎)가 나타나자 황공이 적금도를 들고 달려가서 제압하려 했지만 법술이 이미 행해지지 않았기에 호랑이에게 죽임을 당했다는 내용이다(『서경잡기(西京雜記)』 권3).

580 粵祝(월축) : 월(粵) 지방 사람의 주문(呪文)을 써 귀신을 몰아내고 맹호를 물리치는 법술.

581 挾邪作蠱(협사작고) : '협사(挾邪)'는 사악한 술법을 숨기다, 사악함을 의지하다. '고(蠱)'는 저주 등의 방법으로 남에게 해를 가하는 것인데, 여기서는 독약으로 남을 해치는 것.

582 不售(불수) : 행해지지 않다. '수(售)'는 행(行)하다.

583 旃(전) : 기, 깃대.

僮程材,[584] 上下翩翻.[585] 突倒投而跟絓,[586] 譬隕絶而復聯.[587] 百馬同轡,[588] 騁足幷馳.[589] 橦末之伎, 態不可彌,[590] 彎弓射乎西羌,[591] 又顧發乎鮮卑.[592]

거대한 짐승 중에는 길이가 100심(尋)에 달한 만연(曼延)도 있는데 이것을 연출한 것이 만연희(曼延戱)입니다. 높고 험준한 신산(神山)이 홀연히 뒤로부터 나타나고, 곰과 호랑이가 올라가서 움켜잡고 싸우며 원숭이가 뛰어넘으며 높이 기어 올라갑니다. 괴수들이 팔딱팔딱 달려가며 타조가 뒤뚱뒤뚱 달려갑니다. 흰 코끼리가 가면서 젖을 먹이고 코를 늘어뜨리고서 말았다 폈다 합니다. 큰 바닷물고기가 순식간에 변해서 용이 되는데 그 모양이 꿈틀꿈틀 대며 올라갑니다. 신묘한 짐승 함리(含利)가 '훅'하고 금을 토해내니 순식간에 변하여 신선의 수레가 되며, 네 마리의 사슴을 병렬시켜 수레를 모는데 영지로 만든 수레덮개에는 많은 꽃이 피어난 듯 눈부십니다. 두꺼비와 거북을 분장하여 함께 춤추고 물에 능한 이족(俚族) 사람이 뱀을 가지고 연기합니다. 기이한 변환이 순식간에 이뤄지며 용모를 바꾸고 분신술(分身術)까지 씁니다. 칼을 삼키고 불을 토해내며 구름과 안개를 일으켜 어두컴컴해집니다. 땅

584 侲僮(진동) : 어린아이, 또는 착한 동자.

585 翩翻(편번) : 비상(飛翔)하는 모양.

586 倒投而跟絓(도투이근괘) : '도투(倒投)'는 몸을 거꾸로 하여 떨어지는 모양. '괘(絓)'는 걸다, 달다[挂].

587 隕絶(운절) : 추락하다.

588 百馬同轡(백마동비) 이하 2구 : 어린아이가 장대 위에서 연기하는 자세를 묘사했다. '백마(百馬)'는 많은 말을 뜻한다.

589 騁足(빙족) : 힘껏 달리다, 진력하여 달리다. '빙(騁)'은 달리다, 질주하다.

590 彌(미) : 극진(極盡)하다, 다하다.

591 西羌(서강) : 서쪽의 강족(羌族). 한나라 때에 지금의 감숙성 일대에서 살던 이민족의 이름.

592 鮮卑(선비) : 동호(東胡)의 한 지파(支派)로, 한대(漢代) 초에는 요동(遼東)에서 살다 후한 때에 흉노(匈奴)의 옛 땅으로 이주한 이민족의 이름. 한나라 때에는 강(羌) · 선비(鮮卑) 등 이민족이 한과 불화하여 항상 공격을 해왔기 때문에 이러한 연기를 한 것이다.

을 그으니 시내가 이루어져 위수(渭水)로 흘러가고 경수(涇水)와 통하게 합니다. 동해(東海) 바닷가의 황공(黃公)이 붉은 칼[赤刀]을 들고 월(粵) 지방의 주문을 외워 백호(白虎)를 진압하기를 바랐으나 끝내 자신을 구하지 못한 것도 연기합니다. 사악한 술법을 숨기고서 해 끼치는 일을 하기에 술법이 행해지지 않습니다. 그리하여 잡기(雜技)를 연출하는 수레를 만들고 그 위에 긴 깃대를 꽂습니다. 어린아이가 깃대 위에서 재주를 드러내어 올라갔다 내려갔다 하며 마음대로 펄펄 납니다. 돌연 거꾸로 해서 몸을 내던졌다가 발꿈치가 장대에 걸리는 것이 마치 떨어졌다가 다시 장대에 연결되는 것 같습니다. 여러 말들을 하나의 고삐로 몰고서 진력하여 함께 달려가는 자세를 장대 위에서 연출합니다. 장대 끝에서의 기예는 그 자태의 변화가 끝이 없어, 활을 당겨 서쪽의 강족(羌族)에게 쏘고 또다시 고개를 돌려 동쪽의 선비족(鮮卑族)에게 발사합니다.

於是衆變盡,[593] 心酲醉,[594] 盤樂極,[595] 悵懷萃.[596] 陰戒期門,[597] 微行要屈.[598] 降尊就卑,[599] 懷璽藏紱, 便旋閭閻,[600] 周觀郊遂.[601] 若神龍之變

593 衆變(중변) : 여러 가지의 변환(變幻).

594 酲醉(정취) : 만족하다, 도취하다. '정(酲)'은 배부르다[飽].

595 盤樂(반락) : 놀며 즐김. '반(盤)'은 즐기다.

596 萃(췌) : 모이다, 이르다.

597 期門(기문) : 관명(官名). 한 무제가 건원(建元) 3년에 미복(微服)을 하고 민간에 나다닐 때 곁에 둔 호위관. 원래의 뜻은 농서(隴西) 북쪽의 양가(良家)의 자제로써 말 타고 활 잘 쏘는 자와 '전문(殿門)에서 만나기로 약속하다'는 뜻이다.

598 微行要屈(미행요굴) : '미행(微行)'은 존귀한 신분을 숨기고서 나다니다, 미복(微服)하고서 즉 변장하고서 다니다. '요굴(要屈)'은 지존(至尊)이 비천한 자와 같은 행색을 하다. 황제가 외출할 때 황제의 수레를 쓰지 않는 것을 '요(要)'라 하고, 존귀한 신분으로 아랫사람과 함께 섞이는 것을 '굴(屈)'이라 한다.

599 降尊就卑(강존취비) : 황제의 미행(微行)을 가리킨다.

600 便旋閭閻(편선려염) : '편선(便旋)'은 배회하다, 마음대로 돌아다니다. '여염(閭閻)'의 '여(閭)'는 마을의 문[里門]이고 '염(閻)'은 마을 가운데의 문[里中門]으로, 향리(鄉里)를 가리킨다.

601 郊遂(교수) : 교외지역을 가리킨다. 성밖을 '교(郊)'라 하고 교외(郊外)를 '수(遂)'라

化,[602] 章后皇之爲貴.[603] 然後歷掖庭,[604] 適驩館.[605] 捐衰色, 從嬿婉.[606] 促中堂之陿坐,[607] 羽觴行而無算.[608] 秘舞更奏, 妙材騁伎.[609] 妖蠱豔夫夏姬,[610] 美聲暢於虞氏.[611] 始徐進而羸形,[612] 似不任乎羅綺,[613] 嚼清商而卻轉,[614] 增嬋娟以此豸.[615] 紛縱體而迅赴,[616] 若驚鶴之群罷.[617] 振朱

한다.

602 神龍之變化(신룡지변화) : 고대 중국인들은 용을 네 가지 영물(靈物) 가운데의 하나로 생각하여 신룡(神龍)이라 하였으며 황제를 비유했다. 용은 마음대로 커졌다 작아졌다 하며 길어졌다 짧아졌다 하고 어둡게도 하고 밝게도 하는 존재로, 춘분에 하늘에 올라가고 추분에 연못에 잠긴다고 생각했다. 여기서는 천자가 용포를 입고 조당에 앉아있기도 하고 변장하여 옥새를 품고서 민간에 드나드는 것이 마치 신룡이 변화한 것과 같음을 나타낸 것이다.

603 后皇(후황) : 황제. 천자를 '후(后)' 또는 '원후(元后)'라 한다.

604 掖庭(액정) : 비빈(妃嬪)이 사는 궁중의 방사(房舍). 후궁(後宮)에는 액정(掖庭)·초방(椒房) 및 후비지실(后妃之室) 등이 있다.

605 驩館(환관) : 황제가 총애하는 비빈이 거하는 곳.

606 嬿婉(연완) : 아름답다. 미녀를 가리킨다.

607 促中堂之陿坐(촉중당지협좌) : '촉(促)'은 가까이하다, 접근하다. '협좌(陿坐)'는 '협좌(狹坐 : 비좁게 앉음)'와 같다.

608 羽觴(우상) : 머리와 꼬리 양쪽이 새의 두 날개같이 생기고 몸체가 새 모양을 한 술잔.

609 妙材騁伎(묘재빙기) : '묘재(妙材)'는 재주가 출중한 무녀(舞女)를 가리킨다. '빙(騁)'은 힘껏 발휘하다.

610 妖蠱豔夫夏姬(요고염부하희) : '요고(妖蠱)'는 (자태와 용모가) 요염하여 사람을 홀리다. '염(豔)'은 아리땁다. 여기서는 '뛰어나다'는 뜻이다. '하희(夏姬)'는 춘추시대 정(鄭) 목공(穆公)의 딸이자 진(陳)의 대부 어숙(御叔)의 부인이다. 몹시 아름다웠으나 품행이 바르지 않아 진(陳) 영공(靈公)의 군신(君臣)들과 사통(私通)했다. 여기서는 춤추는 기녀(伎女)를 하희에 비유하여 찬미하는 중에 은근히 풍자한 것이다.

611 虞氏(우씨) : 한대(漢代)의 노래 잘하는 노(魯)나라 사람으로, 노랫소리가 우렁차 대들보 위의 먼지를 날렸다고 한다.

612 羸形(이형) : 수척하고 유약한 형체, 가냘픈 몸.

613 羅綺(나기) : 가볍고 얇은 비단으로 만든 무의(舞衣)를 가리킨다.

614 嚼清商(작청상) : '작(嚼)'은 토해내다, 노래를 부르다. '청상(淸商)'은 악곡의 이름.

615 嬋娟以此豸(선연이차치) : '선연(嬋娟)'은 아름다운 모양. '차치(此豸)'는 자태가 요염한 모양.

616 紛縱體而迅赴(분종체이신부) : '종체(縱體)'는 무용하는 중에 몸을 던지는 모양, 또는 몸매가 가볍게 들리는 모양. '종(縱)'은 어깨를 으쓱거리며 뛰어오르다. '신부(迅赴)'는 신속히 리듬에 맞추어 서로 지나가는 모양. 여기서는 군무(群舞)의 동작을 묘사한 것이다.

617 罷(파) : 물러가다, 돌아가다[歸].

屣於盤樽,[618] 奮長袖之颯纚.[619] 要紹修態,[620] 麗服颺菁. 眳藐流眄,[621] 一顧傾城.[622] 展季桑門,[623] 誰能不營?[624] 列爵十四,[625] 競媚取榮, 盛衰無常, 唯愛所丁.[626] 衛后興於鬒髮,[627] 飛燕寵於體輕.[628] 爾乃逞志究欲,[629] 窮身極娛.[630] 鑒戒〈唐〉詩,[631] "他人是媮"自君作故, 何禮之拘? 增

---

618 盤樽(반준) : 배반(杯盤). 곧 연회자리[宴席]를 가리킨다.

619 颯纚(삽사) : 소매가 긴 모양, 긴 소매가 펄럭이는 모양. '삽리(颯纚)'라고 읽어야 한다는 설이 있다.

620 要紹修態(요소수태) : '요소(要紹)'는 여자의 자태와 용모가 아름다운 모양, 교태가 있는 모양. '수태(修態)'는 아름다운 자태를 잘 짓다.

621 眳藐流眄(명막류면) : '명막(眳藐)'의 '명(眳)'은 눈썹과 속눈썹 사이 곧 눈두덩. '막(藐)'은 쳐다보는 모습이 아름답다. '유면(流眄)'은 눈동자를 굴려 보다, 곁눈질하다[斜視].

622 一顧傾城(일고경성) : 『한서・외척전(外戚傳)』의 이연년(李延年) 노래에서 나온다. "북방에 아름다운 사람이 있으니 절세미인으로 우뚝 섰도다. 한 번 돌아보면 성을 기울게 할 만하고 다시 돌아보면 나라를 기울어지게 할 만하도다. 성을 기울게 하고 나라를 기울게 한다는 것을 어찌 모를까 만은 미인은 다시 얻기가 어려워서인 것이로다!(北方有佳人, 絕世而獨立. 一顧傾人城, 再顧傾人國. 寧不知傾城與傾國, 佳人難再得!)". 이 시로부터 '경국(傾國)'과 '경성(傾城)'은 절세의 미녀를 형용하는 말이 되었다.

623 展季桑門(전계상문) : '전계(展季)'는 춘추시대 노(魯) 희공(僖公)의 대부로, 성은 전(展)이고 이름은 금(禽)이며 자가 계(季)다. 유하(柳下)를 식읍(食邑)으로 하였기 때문에 유하계(柳下季)라고 한다. 시호가 혜(惠)였기 때문에 유하혜(柳下惠)라고도 하였다. '상문(桑門)'은 중, 사문(沙門).

624 營(영) : (춤추는 여자들의 묘기에) 미혹되다, 빠지다.

625 列爵十四(열작십사) : 한대 후궁(後宮)의 여관(女官)은 황후 이하로부터 14등급이 있었다.

626 丁(정) : 만나다, 조우하다.

627 衛后(위후) : 한(漢) 무제(武帝)의 위황후(衛皇后)로, 자가 자부(子夫)이다. 위자부(衛子夫)가 무제에게 사랑을 받아 머리꾸미개를 풀자, 무제는 그녀의 까만 머리털을 좋아하게 되었고 후에는 아들을 낳아 황후로 봉해졌다.

628 飛燕寵於體輕(비연총어체경) : 전설에 따르면 조비연(趙飛燕)은 몸이 가볍고 허리가 가늘어 손바닥 위에서도 춤을 출 수 있었다 한다. 후에 성제(成帝)의 총애를 받아 황후로 봉해졌다.

629 逞志究欲(영지구욕) : '영지(逞志)'는 뜻대로 하다. '구욕(究欲)'은 사욕(私欲) 곧 욕정(欲情)을 다하다. '구(究)'는 다하다, 극도로 하다.

630 窮身(궁신) : 종신(終身), 곧 생을 다하다.

631 鑒戒唐詩(감계당시) 이하 2구 : 『시경・당풍(唐風)・산유우(山有樞)』: "그대는 옷을 두고도 걸치지도 끌지도 않는도다. …… 만약 그대가 죽으면 다른 사람 좋은 일

昭儀於婕妤,[632] 賢既公而又侯.[633] 許趙氏以無上,[634] 思致董於有虞.[635] 王閎爭於坐側,[636] 漢載安而不渝.[637]

이에 각종 변환(變幻)의 연기가 다 끝나자 황제의 마음은 만족해지고, 즐거움이 극에 달하자 또다시 아쉬운 마음이 듭니다. 그리하여 호위를 담당하는 기문(期門)에게 살며시 알리고서 신분을 감추어 천한 행색으로 나가십니다. 존귀한 신분을 낮추어 비천한 자로 꾸미고 옥새(玉璽)를 품고 그 끈을 숨기고서, 성내(城內) 마을을 자유자재로 돌아다니며 성밖 교외를 두루 구경하십니다. 신룡(神龍)이 변화막측한 것같이

만 하리(子有衣裳, 弗曳弗婁 …… 宛其死矣, 他人是媮)". 이 시는 희공(僖公)이 급시행락(及時行樂)하지 못함을 풍자한 것이라는 설이 있으며(『모시서(毛詩序)』에서는 진의 소공이라 기록), 시 전체의 내용은 재물에 인색하지 말고 매일매일 즐겨야지 그렇지 않으면 죽은 후에는 재물이 전부 다른 사람에게 돌아간다고 말하고 있다. '유(媮)'는 '유(愉 : 기쁘게 하다, 즐기다)'와 통한다.

632 增昭儀於婕妤(증소의어첩여) : 한(漢)의 성제(成帝)는 조비연의 자매를 총애하여 다 첩여(婕妤)로 봉하였는데 조비연이 황후가 되자 그의 동생을 소의(昭儀)로 승격시켰다. 첩여(婕妤)는 비빈(妃嬪)의 칭호로 그 지위는 소의(昭儀) 아래이다.

633 賢既公而又侯(현기공이우후) : 동현(董賢)이 남색(男色)으로 애제(哀帝)에게 총애를 받아 가문의 사람들이 모두 고관이 된 것을 가리킨다. 동현은 고안후(高安侯)로 봉해졌고 후에 또 대사마위장군(大司馬衛將軍)이 되었다. 대사마는 삼공(三公)의 직위로, 동현은 이 때에 나이가 겨우 22세였다. '공(公)'이나 '후(侯)'는 작위의 이름이다.

634 許趙氏以無上(허조씨이무상) : 한(漢)의 성제(成帝)가 처음에는 허미인(許美人)을 총애하였는데 후에 조비연 자매가 총애를 독차지하여 허미인을 황후로 세우지 못하도록 하니, 천하의 누구도 조비연 자매 위에 두지 않겠노라고 황제가 약속한 것을 가리킨다.

635 思致董於有虞(사치동어유우) : 애제(哀帝)가 동현(董賢)의 친족들에게 술자리를 마련하고서 중상시(中常侍) 왕굉(王閎)이 곁에 있을 때에, 동현에게 웃으면서 "요임금이 순임금에게 선양(禪讓)한 것을 내가 본받고자 하는데 어떻소?(我欲法堯禪舜, 何如?)"라고 말했던 것을 가리킨다. 이 말을 들은 왕굉은 황제에게 "천자께서는 희언을 하시지 마십시오(天子無戲言)"라고 하자 황제는 입을 다물고 기뻐하지 않았다는 기록이 있다(『한서·영행전(佞幸傳)』). 애제의 이 말은 곧 제왕자리를 동현에게 선양하고 싶다는 의미이다. '유우(有虞)'는 유우씨(有虞氏) 곧 순임금으로, 우순(虞舜)이라고도 한다.

636 爭(쟁) : '쟁(諍 : 간하다)'과 통한다.

637 載(재) : 연대. 여기서는 국운(國運)을 가리킨다.

황제의 존귀함을 드러냅니다. 그런 후에 비빈(妃嬪)이 거하는 후궁(後宮)의 액정(掖庭)을 지나 총애하는 자가 있는 별관으로 가십니다. 나이 들어 쇠락한 여색을 버리고 곱고 아름다운 미녀를 따릅니다. 여러 사람들이 당(堂) 가운데에 바짝 붙어 비좁게 들어앉아서 새 모양의 술잔[羽觴]을 헤아릴 수 없을 정도로 주고받습니다. 희기(稀奇)한 춤이 돌려가면서 진헌(進獻)되고 재주가 출중한 무녀(舞女)가 기예를 힘껏 펼칩니다. 요염하여 매혹시키는 자태는 저 하희(夏姬)보다도 뛰어나고 아름다운 노랫소리는 우씨(虞氏)보다도 유창합니다. 처음엔 천천히 앞으로 나아가는데 가냘픈 몸은 가벼운 비단 옷을 감당치 못할 것 같더니만, 청상(淸商) 곡을 부르며 물러나면서 몸을 돌리니 아리땁고 요염한 자태를 더합니다. 그러다 갑자기 현란하게 몸을 솟구치면서 리듬에 맞추어 재빨리 지나가니 마치 놀란 학들이 떼를 지어 물러가는 것과 같습니다. 연회자리에서 붉은 무용신발을 발돋움하여 춤추며 펄럭이는 긴소매를 휘날립니다. 교태가 있는 데다가 아름다운 자태를 잘 지으며 고운 옷은 화려한 꽃무늬를 드날립니다. 아름다운 눈으로 곁눈질해 사람을 호리니 한 번 돌아보면 나라를 기울어지게 할 만합니다. 청렴한 선비 유하혜(柳下惠)나 불문(佛門)의 승려라 할지라도 누가 미혹되지 않을 수 있겠습니까? 줄지은 후궁(後宮)의 작위가 14등급이나 되는데 서로 아름다움을 다투어 영화(榮華)를 쟁취하며, 운명의 성쇠(盛衰)는 무상하여 오직 황제의 총애만을 만나는 길뿐입니다. 위황후(衛皇后)는 아름다운 까만 머리털 때문에 영화를 누리게 되었고 조비연(趙飛燕)은 몸이 가벼워 춤을 잘 추었기 때문에 총애를 받았던 것입니다. 황제께서는 이내 마음 닿는 대로 사욕(私欲)을 다하시며 종신(終身)토록 환락(歡樂)을 극도로 누립니다. 〈당풍(唐風)〉 시에서의 "(재물을 즐기지 않고 죽으면) 다른 사람 좋은 일만 하리"라는 뜻을 거울삼아 스스로 경계(警戒)합니다. 군주로부터 이러한 선례를 만들었으니 아랫사람들이 어찌 예법에 구속될 필요가 있겠습니까? 그래서 성제(成帝)는 조비연의 동생에게 첩여

(婕妤) 위에 또다시 소의(昭儀)를 더하여 봉해주었고, 동현(董賢)은 애제(哀帝)의 총애를 받아 삼공(三公)의 지위에 오르고 또한 제후로도 봉해졌습니다. 성제는 조비연 자매에게 더 이상 위에 오를 사람이 없을 것이라는 말로 허락하였고, 애제는 동현을 선양받은 순임금과 같은 자리에 이르게 할까 생각했습니다. 다행히도 왕굉(王閎)이 자리 곁에서 간언(諫言)을 하였기에 한(漢)의 국운(國運)이 안정되고 바뀌지 않았던 것입니다.

高祖創業, 繼體承基.[638] 暫勞永逸, 無爲而治,[639] 耽樂是從,[640] 何慮何思! 多歷年所,[641] 二百餘期.[642] 徒以地沃野豊, 百物殷阜, 巖險周固,[643] 衿帶易守,[644] 得之者强, 據之者久. 流長則難竭, 柢深則難朽. 故奢泰肆情,[645] 馨烈彌茂.[646]

고조께서 대업(大業)을 열고 자손들이 황위(皇位)를 이어 기업(基業)을 계승해왔습니다. 잠시 수고로웠지만 영원히 편안해져, 자손들은 인위

638 繼體(계체) : 적자(嫡子)가 제왕의 자리를 계승하다, 자리를 잇다.

639 無爲而治(무위이치) : 『논어 · 위령공』: "인위적인 노력이 없이도 잘 다스린 사람은 아마도 순임금이지 않겠는가?(無爲而治者, 其舜也與?)". 여기서는 고조가 창업(創業)한 이후에 황위를 잇는 후세의 군주는 백성들을 번거롭게 할 필요가 없으며 안정되게 잘 지키기만 하면 천하를 다스리는 것이 가능하다는 것을 말한 것이다. '무위(無爲)'는 아무런 작위(作爲)가 없는 것, 일부러 애쓰는 것이 없는 것.

640 耽樂是從(탐락시종) : '탐락(耽樂)'은 주색(酒色)이나 유락(遊樂)에 빠져 마음껏 즐김. '종(從)'은 추구하다, 따르다. '종(縱)'과 통하는 것으로 보아 '방종하다'로 보는 설도 있다.

641 年所(연소) : 연수(年數).

642 二百餘期(이백여기) : 서한(西漢)은 고조가 건국하고서부터 왕망(王莽)이 한(漢)을 찬탈하기까지 모두 214년이었기 때문에 '이백여기'라는 표현을 쓴 것이다. '기(期)'는 기년(期年) 곧 만 일주년을 뜻한다.

643 巖險周固(암험주고) : 왼쪽에는 효산(崤山)과 함곡관(函谷關)이 있고 오른쪽에는 농산(隴山)이 있으며 앞에는 종남산(終南山)이 있고 뒤에는 고릉(高陵)이 있음을 말한 것이다.

644 衿帶(금대) : 의금(衣襟)과 요대(腰帶). 산이 옷깃 같고 둘러싸고 강이 허리띠 같이 둘러싼 요해처를 비유한다. '금(衿)'은 '금(襟 : 옷깃)'과 같다.

645 奢泰(사태) : 사치가 과도하다, 사치가 너무 지나치다.

646 馨烈(형렬) : 향기로운 사업. '열(烈)'은 사업, 큰 사업.

적 노력이 없이도 세상은 잘 다스려졌으니, 유락(遊樂)에 빠져 즐기는 것만을 추구하지 무엇을 염려하고 무엇을 근심하겠습니까! 한(漢)나라는 연수(年數)를 오래 거쳐 200여 년이나 되었습니다. 단지 토지가 비옥하고 들판이 풍요로운 것만으로도 온갖 물산이 성(盛)하고 많을 뿐만 아니라, 바위는 험악하고 사방 주위는 공고하여 마치 옷깃과 허리띠 같이 서경(西京)을 둘러싸고 있어 지켜내기가 쉽기 때문에, 이곳을 얻은 자는 강성해지고 이곳을 점거한 자는 오래도록 유지할 수 있습니다. 강물의 물줄기가 길면 물이 마르기 어려운 법이며 나무뿌리가 깊으면 썩기 어려운 법입니다. 그렇기 때문에 사치가 너무 지나치며 정욕을 제멋대로 부려도 향기로운 대업이 더욱 번성한 것입니다.

鄙生生乎三百之外,[647] 傳聞於未聞之者, 曾仿佛其若夢,[648] 未一隅之能睹. 此何與於殷人屢遷?[649] 前八而後五.[650] 居相圮耿,[651] 不常厥土. 盤庚作誥,[652] 帥人以苦. 方今聖上,[653] 同天號於帝皇,[654] 掩四海而爲

647 鄙生生乎三百之外(비생생호삼백지외) : '비생(鄙生)'은 겸사(謙辭)로 빙허공자(憑虛公子) 자칭. '삼백(三百)'은 전한(前漢)의 고조로부터 작자가 때까지 대략 300년이기 때문에 한 말이다.

648 曾(증) : 아직도[尙], 이에[乃].

649 此何與於殷人屢遷(차하여어은인누천) : 낙양으로 천도하려는 것이 은이 여러 차례 천도(遷都)한 것과 어떠한가? 곧 비슷하다고 말한 것이다. '하여(何與)'는 '하여(何如)'와 같은 뜻으로, 규장각본에는 '하이(何異)'로 되어 있으며 이 뜻이 더 분명하다. '차(此)'는 동한이 장안에서 낙양으로 천도한 것을 가리킨다.

650 前八而後五(전팔이후오) : '전팔(前八)'은 은(殷)의 시조인 설(契)로부터 탕왕(湯王)까지 여덟 번 천도하여 비로소 박(亳)에 거하게 된 것을 말하며, '후오(後五)'는 탕왕부터 반경왕(盤庚王) 사이까지 다섯 번 천도하여 비로소 은(殷)에 거하게 된 것을 말한다.

651 居相圮耿(거상비경) : 천도하여 상(相)에서 살다가 후에 수재(水災)로 도읍이 파괴되어 경(耿)으로 옮긴 것을 말한다. 상왕(商王)인 하단갑(河亶甲)이 효(囂)로부터 상(相)으로 천도하였고, 하단갑의 아들인 상왕(商王) 조을(祖乙)은 상(相)이 하수(河水)로 파괴되자 또다시 경(耿)으로 천도했다. '상(相)'은 옛날의 지명으로 오늘날의 하남성 탕음현(湯陰縣)에 있다. '경(耿)'은 옛 지명으로 오늘날의 하남성 온현(溫縣) 동쪽에 있다. '비(圮)'는 허물어지다, 파괴되다. 여기서는 수재(水災)를 가리킨다.

家.[655] 富有之業, 莫我大也.[656] 徒恨不能以靡麗爲國華, 獨儉嗇以齷齪,[657] 忘〈蟋蟀〉之謂何.[658] 豈欲之而不能,[659] 將能之而不欲歟?[660] 蒙竊惑焉,[661] 願聞所以辯之之說也."[662]

비천한 이 사람이 개국으로부터 삼백 년 후에 살아가면서, 지금껏 듣지 못한 서경(西京)의 성대한 일에 대해 전해 듣고서는, 아직도 마치 꿈속에 있는 것과 같은 기분인데, 아직 한 모퉁이조차 다 보지 못했습니다. 지금 장안을 떠나 낙양에 도읍을 두는 이것이 은나라 사람이 여러 차례 천도한 것과 어찌 다르겠습니까? 그들은 전에 여덟 번 옮겼고 나중에 다섯 번이나 옮겼습니다. 천도하여 상(相)에서 살다가 후에 수재(水災)로 도읍이 파괴되어 경(耿)으로 옮겼으니, 그 땅을 항상 지킬 수가 없어서였던 것입니다. 반경왕(盤庚王)이 권면의 글[誥]을 짓고서 백성들을 거느려서 천도하다가 고통을 맛보았습니다. 지금의 성상(聖上)께서는 하늘과 호칭을 함께하여 황제로 칭하시고 사해(四海) 안을 포괄하

652 盤庚作誥(반경작고) : 반경왕(盤庚王)이 백성들을 거느리고 은(殷)으로 천도하려고 하자, 신민(臣民)들이 무리지어 원망하며 옮기려하지 않자 반경왕은 권면하는 글인 고(誥)를 지어서 회유(誨諭)하여 〈반경(盤庚)〉 3편을 지었다. '고(誥)'는 옛날에 군주가 아랫사람들에게 훈계나 권면을 하는 글이나 문서.

653 方今聖上(방금성상) : 여기서는 동한의 화제(和帝)를 가리킨다.

654 同天號(동천호) : 하늘과 호칭을 함께 하다. 하늘을 황천(皇天)이라고 하는데 한(漢)의 천자에게 황제(皇帝)라고 부르기 때문에 한 말이다.

655 掩(엄) : 덮다, 포괄하다.

656 我(아) : 이 부를 쓸 당시의 한(漢) 왕조 곧 동한(東漢).

657 齷齪(악착) : 도량이 좁아 작은 절개[小節]에 구속되다.

658 蟋蟀(실솔) : 『시경 · 당풍(唐風)』 중의 편명으로 그 시구(詩句)는 다음과 같다. "지금 내가 즐기지 않으면 세월은 덧없이 가버리리(今我不樂, 日月其邁)". 『모시서(毛詩序)』에서는 때맞추어 즐기지 않고 지나치게 검소한 것이 예의에 맞지 않다 하여 이를 풍자한 것이라 했다.

659 之(지) : (서경의 화려하고 사치스러운 생활로) 가다, 나아가다.

660 將能之而不欲歟(장능지이불욕여) : '장(將)'은 선택의 뜻을 표시하는 단어. '불욕(不欲)'은 동경(東京)을 떠나고 싶지 않다, 바라지 않다.

661 蒙竊(몽절) : 빙허공자 자칭의 겸사(謙辭)로, '몽(蒙)'은 우매함, 어리석음. '절(竊)'은 자기를 가리키는 겸사로 '몰래'.

662 說(설) : 설명. 상대방의 견해를 가리킨다.

여 집으로 삼으셨습니다. 넉넉한 부(富)가 있는 웅대한 기업(基業)으로서 오늘날 우리 왕실보다 더 큰 것은 없습니다. 다만 사치와 화려함을 국가의 광영(光榮)으로 삼지 못하는 것을 한스러워할 따름으로서, 지금 동경(東京)의 삶은 단지 검소함과 인색함으로 작은 절개에 매여 있으니 〈실솔(蟋蟀)〉 시가 무엇을 말하는지를 잊은 것입니다. 서경의 화려하고 사치스러운 생활로 나아가고 싶지만 할 수 없어서인 것입니까? 아니면 그럴 수는 있지만 동경을 떠나고 싶지 않아서인 것입니까? 어리석은 저는 이점을 이해하지 못하겠습니다. 분별 있는 설명을 듣고 싶습니다."

김영식 역

卷三

동경부
東京賦

장평자(張平子)

□ 작자

권2의 〈서경부(西京賦)〉의 작자 소개 참조.

□ 해제

〈동경부(東京賦)〉는 〈이경부(二京賦)〉의 하편(下篇)으로, 반고(班固)의 〈서도부(西都賦)〉와 같이 동한(東漢) 초의 광무제(光武帝)·명제(明帝)의 성덕(盛德)을 노래하고 이들의 근검절약과 백성을 사랑한 유가사상을 드러낸 작품이다. 다만 〈동도부(東都賦)〉와 비교해서 〈동경부(東京賦)〉는 규모가 크고 제재가 광범위하다. 동경의 지리위치와 궁실의 건축으로부터 시작해서 국가의 여러 전례(典禮) 등을 서술하면서, 동한 초 황제들의 예악을 높이고 법도를 숭상하는 면을 잘 묘사함으로써 작자 자신의 정치적 이상을 표현했다. 작품 곳곳에 전아(典雅)하고 고오(古奧)한 문사(文辭)가 많고 가송체(歌頌體)를 사용하는 등 어려운 부분들이 있어, 한대(漢代)의 대부(大賦)가 일반 독자들로부터 멀어지게 하는 요인이 되었다는 평이 있다.

□ 역주

安處先生於是似不能言,[1] 憮然有間,[2] 乃莞爾而笑曰 : “若客所謂末學膚受, 貴耳而賤目者也! 苟有胸而無心, 不能節之以禮, 宜其陋今而榮古矣![3] 由余以西戎孤臣,[4] 而悝繆公於宮室,[5] 如之何其以溫故知新,[6] 研覈是非, 近於此惑![7]

안처선생(安處先生)이 이에 말을 하지 못하는 것처럼 잠시 넋을 잃고 멍하니 있더니만, 비로소 빙그레 웃으며 다음과 같이 말했다. “객(客)과 같은 말씀은 이른바 뿌리가 없는 학문이고 천박한 견해로써 귀로 듣는 것만을 중시하고 눈으로 보는 것을 경시하는 것입니다! 진실로 상상만을 기대고서 사고(思考)하지 않으며 예법의 표준으로 절제하지 못한다면, 당연히 현재를 비루하게 여기고 옛날을 영화로이 여길 것입니다!

---

1 安處先生(안처선생) : 작가가 설정한 가상적 인물로, 빙허공자(憑虛公子)가 이야기한 서경(西京)의 호화로움과 사치는 예의와 도덕을 잃은 것이라고 비판함으로써 〈동경부(東京賦)〉를 시작하고 있다.

2 憮然(무연) : 멍한 모양, 놀란 모양.

3 陋今而榮古(누금이영고) : ‘금(今)’은 동경을 가리키고 ‘고(古)’는 서경을 가리킨다.

4 由余以西戎孤臣(유여이서융고신) : ‘유여(由余)’는 춘추시대 서융(西戎)의 현신(賢臣). 본래는 진인(晉人)이었으나 도망하여 서융으로 들어가 융왕(戎王)을 도왔는데, 융왕이 그에게 진(秦)을 방문하도록 파견했다. 진의 목공(穆公)이 그에게 궁실(宮室)을 보여주고 삼휴대(三休臺)로 데리고 올라가자, 서융의 군왕은 백성들의 노고를 염려하며 이처럼 백성을 수고롭게 하고 재물을 들이는 일은 하지 않는다고 말함으로써 목공을 부끄럽게 했다 한다. ‘고신(孤臣)’은 고루지신(孤陋之臣) 곧 견문이 좁고 무식한 신하.

5 悝繆公(회목공) : ‘회(悝)’는 해학하다, 조롱하여 놀리다. ‘회(詼)’와 통한다. ‘목공(繆公)’은 진(秦) 목공(穆公). ‘목(繆)’은 ‘목(穆)’과 통한다.

6 溫故知新(온고지신) : 『논어 · 위정(爲政)』 : “옛 것을 잘 익히어 새 것을 알면 스승이 될 수가 있을 것이다(溫故而知新, 可以爲師矣)”. 여기서는 역사적 지식을 복습하면 현실을 인식하는 데 도움이 될 수 있다는 것을 가리킨다.

7 此惑(차혹) : 진목공이 유여에게 궁실과 삼휴대를 자랑한 것을 가리킨다.

유여(由余)는 견문이 좁고 무식한 서융(西戎)의 신하로서 진(秦)에 사신으로 가서 화려하게 지은 궁실(宮室)에 대해 목공(穆公)을 조롱하였는데, 어찌하여 당신은 온고지신(溫故知新)하고 시비(是非)를 살피는 사람으로서 이같이 목공처럼 사리에 밝지 못합니까!

周姬之末,[8] 不能厥政, 政用多僻.[9] 始於宮鄰,[10] 卒於金虎.[11] 嬴氏搏翼,[12] 擇肉西邑.[13] 是時也, 七雄幷爭,[14] 競相高以奢麗, 楚築章華於前,[15] 趙建叢臺於後.[16] 秦政利觜長距,[17] 終得擅場,[18] 思專其侈, 以莫己若. 乃構阿房,[19] 起甘泉,[20] 結雲閣,[21] 冠南山.[22] 征稅盡,[23] 人力殫, 然後收以

---

8 周姬之末(주희지말) : '주희(周姬)'는 주(周) 왕조를 가리킨다. 주 왕조의 군왕은 성이 '희(姬)'였다. '말(末)'은 서주 말년의 왕 즉 여왕(厲王)·유왕(幽王)을 가리킨다.

9 僻(벽) : 치우치다, 바르지 않다.

10 宮鄰(궁린) : 유왕(幽王)이 궁실(宮室)을 가까이해 총비(寵妃)인 포사(褒姒)에게 빠져서 국정을 돌보지 않다가 마침내 불행한 일을 당한 것을 말한다. 유왕은 후에 여산(驪山) 아래에서 피살되어 서주(西周)는 망하고 평왕(平王)이 동으로 천도하여 이로부터 제후들에게 의지하여 주 왕실은 쇠퇴하게 된다.

11 金虎(금호) : 진국(秦國)을 가리킨다. 서방은 오행(五行) 중에서 금(金)이고 그 신(神)은 태백(太白)이며 그 짐승은 백호(白虎)이다. 이선(李善)과 유량(劉良)은 소인(小人)으로 풀이했다.

12 嬴氏搏翼(영씨박익) : '영씨(嬴氏)'는 진국(秦國)을 가리킨다. 진나라 왕은 성이 '영(嬴)'이다. '박익(搏翼)'은 날개를 달다. '박(搏)'은 '부(附)'와 같다는 설이 있는가 하면 '부(傅)'가 옳을 것이라는 설도 있다.

13 擇肉(택육) : 제후(諸侯)를 택하여 삼키다, 곧 병탄(倂呑)하다.

14 七雄(칠웅) : 전국시대 때의 진(秦)·초(楚)·제(齊)·연(燕)·한(韓)·위(魏)·조(趙) 일곱 나라를 가리킨다.

15 章華(장화) : 춘추시대에 초(楚) 영왕(靈王)이 지은 대(臺) 이름.

16 叢臺(총대) : 전국시대에 조(趙) 무령왕(武靈王)이 지은 대(臺) 이름.

17 秦政利觜長距(진정리취장거) : '진정(秦政)'은 진시왕(秦始王) 영정(嬴政)을 가리킨다. '이취장거(利觜長距)'는 투계(鬪鷄)를 비유한 표현으로, 진(秦)의 군대가 사납고 용맹하기 때문에 한 말이다. '취(觜)'는 (닭의) 부리, '거(距)'는 수탉의 발 뒤에 예리하게 돌출되어 싸울 때에 상대를 찌르는 뒷발톱, 즉 며느리발톱.

18 擅場(천장) : 투계장(鬪鷄場)에서 승자가 다른 상대들을 물리치면 온 마당을 독점한 것처럼 진나라가 육국(六國)을 병탄하고 천하를 통일한 것을 비유한다.

19 阿房(아방) : 진(秦)의 궁 이름인 아방궁(阿房宮). 진시황은 상림원(上林苑) 가운데에 146개 소(所)의 이궁(離宮)·별관(別館)을 지었으며, 2세인 호해(胡亥)는 아방

太半之賦,[24] 威以參夷之刑.[25] 其遇民也, 若薙氏之芟草,[26] 旣蘊崇之,[27] 又行火焉. 惵惵黔首,[28] 豈徒跼高天,[29] 蹐厚地而已哉? 乃救死於其頸.[30] 敺以就役,[31] 唯力是視.[32] 百姓弗能忍, 是用息肩於大漢,[33] 而欣戴高祖.

주(周) 왕조 말년, 왕들이 정치를 잘하지 못하여 나라의 정사는 그로 인해서 정도에서 벗어나 편벽(偏僻)됨이 많았습니다. 궁실을 가까이 하여 여색에 빠짐으로써 기울어지기 시작해 최후에는 서방의 호랑이 같

전(阿房殿)을 지었는데 동서로 3리(里) 남북으로 300보(步)에 이르는 규모로, 아래에는 5장(丈)의 기(旗)를 세울 수 있었으며 산의 언덕[阿]에 있었기 때문에 '아방(阿房)'이라 불렀다 한다.

20 甘泉(감천) : 본래는 산 이름으로, 그곳에 감천궁(甘泉宮)을 지었다. 감천궁은 일명 운양궁(雲陽宮)이라고도 한다.

21 結雲閣(결운각) : '결(結)'은 잇다[連]. '운각(雲閣)'은 진(秦) 2세 호해(胡亥)가 지은 누각의 이름으로, 높이가 구름과 같다고 해서 붙여진 이름이다.

22 冠南山(관남산) : '관(冠)'은 덮다. '남산(南山)'은 종남산(終南山). 진령(秦嶺) 주봉(主峰)의 하나로 장안 남쪽에 있다.

23 征稅(정세) : 전무(田畝)에 따라 징수하는 조세(租稅). '정(征)'은 세(稅).

24 太半之賦(태반지부) : 백성들 수입의 3분의 2를 거둬들이는 세금. '태반(太半)'은 3분의 2를 말하며, '부(賦)'란 인구(人口) 수에 따라 징수하는 군부(軍賦).

25 參夷之刑(삼이지형) : 삼족을 멸하는 형벌. '삼(參)'은 '삼(三)'과 통하며, '이(夷)'는 멸하다, 멸망시키다.

26 薙氏(체씨) : 산택(山澤) 등의 제초(除草)를 관장하는 관리.

27 蘊崇(온숭) : 퇴적(堆積)하다.

28 惵惵黔首(접접검수) : '접접(惵惵)'은 두려워하는 모양. '검수(黔首)'는 진(秦)에서는 백성을 검은 머리에 아는 것이 없다는 뜻의 '검수(黔首)'로 칭하였다. '검(黔)'은 검다[黑].

29 跼高天(국고천) 이하 2구 : '국고천(跼高天)'과 '척후지(蹐厚地)'는 두려워 마음을 졸이는 모양. '국(跼)'은 허리를 구부리다, '척(蹐)'은 발소리를 죽여 살살 걷다.

30 救死於其頸(구사어기경) : 목에서 죽음을 구해내다. 즉 적이 칼을 목에 씌워두어 사경(死境)에서 조급하게 벗어나고 싶어 함을 말한 것으로, 목이 잘릴 위험만을 밤낮으로 방비한다는 뜻이다.

31 敺(구) : '구(驅)'의 옛글자.

32 唯力是視(유력시시) : 오직 백성들의 노동력만을 볼뿐 백성들의 사활(死活)에 대해 관심을 쓰지 않는다는 말이다.

33 是用息肩(시용식견) : '시용(是用)'은 이 때문에, 이로 인하여. '시이(是以)'와 같다. '식견(息肩)'은 부담을 내려놓다. 즉 몸을 의탁하다는 뜻이다.

은 진(秦)나라의 손에서 끝이 났습니다. 영씨(嬴氏)의 진(秦)나라는 호랑이가 날개를 단 것처럼 주변 제후국들의 군읍(郡邑)을 병탄(倂呑)하였습니다. 이때에 전국칠웅들은 함께 투쟁을 벌이면서도 높고 사치스러운 궁전을 경쟁적으로 지었으니, 초(楚)나라가 먼저 장화궁(章華宮)을 축조하였고 조(趙)나라가 뒤이어 총대전(叢臺殿)을 지었습니다. 진시왕(秦始王) 영정(嬴政)은 날카로운 부리와 긴 뒷발톱을 가진 투계(鬪鷄)처럼 마침내 싸움판을 독점하여, 그 사치스러움을 전적으로 혼자만 누릴 것을 생각해 어느 누구도 자기만 같지 못하게 했습니다. 그리하여 아방궁(阿房宮)을 짓고 감천전(甘泉殿)을 세웠는데 궁전은 운각(雲閣)과 이어져 있고 종남산(終南山)을 덮고 있습니다. 조세(租稅)의 징수가 바닥나고 백성들의 노동력도 다하자 그 후엔 진시황은 수입의 3분의 2를 거두는 태반세(太半稅)를 징수하였고 납부하지 못하면 삼족을 멸하는 형벌로 위협했습니다. 그가 백성들을 대함에 있어서는 마치 제초관(除草官)이 풀을 베어서 한 군데에 모아놓고 불태우는 것과 같았습니다. 두려워 떠는 백성들이 어찌 단지 높은 하늘 아래에서 허리를 구부리고 두터운 땅에서 살살 걸을 뿐이겠습니까? 밤낮으로 목이 잘릴 위험만을 걱정하여 방비할 뿐이었습니다. 그런데도 관부(官府)에서는 백성들을 내몰아서 노역에 나아가게 하며 다만 소와 말 같은 노동력만을 보았습니다. 백성들은 진(秦)의 폭정을 참을 수가 없어 이 때문에 대한(大漢)의 왕조에 짐을 내려놓고서 기꺼이 고조(高祖) 황제를 추대(推戴)하였던 것입니다.

高祖膺籙受圖,[34] 順天行誅,[35] 杖朱旗而建大號.[36] 所推必亡, 所存必固.

---

34 膺籙受圖(응록수도) : 제왕이 친히 도록(圖籙)을 받아 시운(時運)에 응하여 일어나는 것을 가리킨다. '녹(籙)'이나 '도(圖)'는 도참류(圖讖類)의 글로, 무당이나 방사(方士)가 만든 일종의 은어(隱語)나 예언서(豫言書). '녹(籙)'은 오행(五行)이 상극(相克)하는 순서에 따라 왕조가 교체되는 것을 기록한 미래기(未來記), '도(圖)'는 천신(天神)이 차례대로 천자가 될 자의 성격을 예언한 글. '응(膺)'은 '응(應 : 응하다, 받다)'과 같다.

掃項軍於垓下,[37] 紲子嬰於軹塗.[38] 因秦宮室, 據其府庫. 作洛之制,[39] 我則未暇. 是以西匠營宮,[40] 目翫阿房,[41] 規摹踰溢,[42] 不度不臧.[43] 損之又損之, 然尙過於周堂.[44] 觀者狹而謂之陋, 帝已譏其泰而弗康.[45]

고조 황제께서 천자가 될 것이란 예언서인 도록(圖籙)을 받으시고, 천명에 따라 뱀을 죽이고 군대를 일으켜, 붉은색 기치를 들고 대한(大漢)의 명호(名號)를 세웠습니다. 한군(漢軍)이 추격하는 사람은 반드시 멸망시켰고 보존시킬 사람은 반드시 공고(鞏固)하게 했습니다. 해하(垓

35 順天行誅(순천행주) : 고조가 천명에 순응하여 뱀을 도막내어 죽이고서 군대를 일으킨 것을 가리킨다. 『한서 · 고제기(高帝紀)』에 따르면, 큰 뱀이 길을 막고 있어 고조가 칼을 빼어 뱀을 두 도막으로 내어 길을 열었다는 기록이 있다. 그 후 어떤 노파가 길에서 울면서 자기의 아들 백제자(白帝子)가 뱀으로 변하여 길에 있었는데 적제자(赤帝子)가 도막을 내어버려 울고 있노라는 말을 듣고서, 고조가 감동이 되어 군대를 일으키고 깃발을 모두 적색으로 했다고 한다.

36 杖朱旗而建大號(장주기이건대호) : '주기(朱旗)'는 붉은색 기. 『한서 · 고제기(高帝紀)』에 따르면, 고조가 패(沛)에서 군대를 일으켜 소와 양을 잡아 그 피로써 깃발과 북에 발랐다 한다. '대호(大號)'는 한왕(漢王)의 호(號)를 가리킨다.

37 掃項軍於垓下(소항군어해하) : '해하(垓下)'는 오늘날의 안휘성 영벽현(靈璧縣) 동남쪽에 있는 지명. 한군과 제후의 군대가 해하에서 항우의 군대를 포위하자, 항우는 밤에 한군(漢軍)의 사방에서 초나라 노랫소리가 나는 것을 듣고 형세가 이미 기운 것을 알고서, 수백의 기병을 거느리고 도망치면서 싸우다 중과부적으로 결국 오강(烏江)에서 자결한 것을 가리킨다.

38 紲子嬰於軹塗(설자영어지도) : '설(紲)'은 매다, 묶다. '자영(子嬰)'은 진시황의 장자인 부소(扶蘇)의 아들. 환관인 조고(趙高)가 이세(二世)를 죽이고 자영을 세웠는데 황제란 칭호를 떼고 64일간 진왕으로 칭해졌다. 유방의 군대가 패상(霸上)에 이르자 자영은 백마가 끄는 흰 수레를 타고 끈으로 목을 묶고서 '지도(軹塗)'라는 정자 곁에서 유방에게 항복했다. '지도(軹塗)'는 정자의 이름으로 곧 지도(軹道). 지금의 섬서성 서안시(西安市) 북동쪽에 있다.

39 作洛(작락) : 주(周)는 도읍을 호경(鎬京)에 두었으나 성왕(成王) 때에 이르러 주공(周公)이 낙양(洛陽)을 동도(東都)로 삼으니, 후세에는 낙양 대읍(大邑)을 건설하는 것을 '작락(作洛)'이라 칭하였다.

40 西匠(서장) : 진나라의 옛 장인들을 가리킨다.

41 翫(완) : 습관이 되다.

42 規摹(규모) : (건물의) 구조와 격식.

43 臧(장) : 좋다[善], 아름답다.

44 周堂(주당) : 주대(周代)의 궁실을 가리킨다.

45 譏其泰(기기태) : '기(譏)'는 비평하다. '태(泰)'는 호화롭다, 과분하다.

下)의 싸움에서 항우(項羽)의 군대를 일소하고 '지도(軹道)'라는 정자 곁에서 진왕(秦王) 자영(子嬰)을 결박했습니다. 한초(漢初)에는 진(秦)의 궁전을 그대로 쓰고 옛 진(秦)의 곳간을 의탁했습니다. 동도(東都) 낙양(洛陽)의 건설을 제정하는 것에 대해 우리 고조께서는 아직 돌아볼 겨를이 없으셨습니다. 이러한 까닭에 진(秦)의 장인(匠人)들이 궁전을 지을 때에 아방궁과 같은 사치스러운 궁전만을 보는 것이 눈에 익어서, 구조가 지나치고 과분하여 법도에 맞지도 않고 완미(完美)하지도 않았습니다. 그래서 고조께서 궁전을 줄이고 또 줄였지만 여전히 주대(周代) 궁전의 규모를 뛰어넘었습니다. 보는 사람들은 궁전을 비좁고 초라하다고 생각했지만, 고조황제께서는 그것이 지나치게 호화롭고 사는 데 편안하지 않다고 비평하신 적이 있었습니다.

且高旣受命建家,[46] 造我區夏矣.[47] 文又躬自菲薄,[48] 治致升平之德. 武有大啓土宇,[49] 紀禪肅然之功.[50] 宣重威以撫和戎狄, 呼韓來享.[51] 咸用

46 建家(건가) : 국가를 세우다.

47 區夏(구하) : 황제(黃帝)의 자손들이 모여 사는 제하(諸夏)의 지역 곧 중국(中國)을 가리킨다. '구(區)'는 구역, '하(夏)'는 화하(華夏).

48 文又躬自菲薄(문우궁자비박) : '문(文)'은 한(漢) 문제(文帝), '비박(菲薄)'은 검약(儉約)하다. 『한서 · 문제기(文帝紀)』에 따르면, 문제가 한 번은 노대(露臺)를 지으려고 하여 장인을 불러 값을 계산해보니 100금의 값이 든다기에 100금이면 중인(中人) 10가정의 재산인데 무엇 때문에 대(臺)를 짓겠는가라고 했다는 기록이 보인다. 한(漢) 문제와 경제(景帝) 때는 태평성대로 일컬어진다.

49 大啓土宇(대계토우) : 강토(疆土)를 크게 개척하다. 무제(武帝)는 원정(元鼎) 6년에 월(越) 땅을 평정하여 남해(南海) 등 9군(郡)을 두었고, 원삭(元朔) 2년에 하남(河南)의 땅을 거둬들여 삭방(朔方) · 오원군(五原郡) 등을 두었기 때문에 한 말이다.

50 紀禪肅然之功(기선숙연지공) : '기(紀)'는 기재하다[記]. '선숙연(禪肅然)'은 원봉(元封) 원년에 무제(武帝)가 태산(泰山)에 가서 봉선대전(封禪大典)을 거행한 것을 말한 것이다. '봉(封)'은 태산에서 단을 쌓고 하늘에 제사하는 것을 말하고, '선(禪)'은 양보산(梁父山)에서 터를 마련하여 산천의 신에게 제사한 것을 말한다. '숙연(肅然)'은 산 이름으로 양보산(梁父山)에 있다. 무제는 일찍이 숙연산에서 땅에 제사한 적이 있었는데, 이 문장에서는 '선숙연(禪肅然)'이라고 말했지만 실은 태산에서 하늘에 제사지내는 것까지도 포함한 것이다.

51 呼韓來享(호한래향) : '호한(呼韓)'은 선제(宣帝) 때에 흉노의 호한야(呼韓邪) 선우

紀宗存主,[52] 饗祀不輟,[53] 銘勳彝器,[54] 歷世彌光. 今舍純懿而論爽德,[55] 以『春秋』所諱而爲美談,[56] 宜無嫌於往初,[57] 故蔽善而揚惡,[58] 祇吾子之不知言也.[59]

또한 고조께서는 천명을 받아 국가(國家)를 세우시고 나서 또 우리 중원(中原) 지역을 통일하셨습니다. 문제(文帝)께서도 또한 몸소 친히 검소하고 절약하여 다스림이 태평성세의 덕을 불러왔습니다. 무제(武帝)께서는 강토(疆土)를 크게 개척하시고 태산에서 하늘에 제사지내고 숙연산(肅然山)에서 땅에 제사한 공(功)을 기재한 것이 있습니다. 선제(宣帝)께서는 막중한 위엄으로 서융(西戎)과 북적(北狄)을 위무(慰撫)하며 화해하시고 흉노의 호한야(呼韓邪) 선우(單于)로 하여금 와서 조공을 진헌케 하였습니다. 이분들은 모두 이런 까닭으로 종(宗)이라는 호칭으로 기록되고 신주(神主)가 영구히 보존됐으며, 제사를 모심이 끊이지 않았고, 종묘의 제기(祭器)에 공훈을 새겨 여러 대(代)를 지나도 더욱 빛났습니다. 지금 공자께서는 이분들의 고상하고 아름다운 덕행을 버리

(單于)로, 그가 자식을 한의 조정에 파견해 신하로서 복종함을 표시했던 적이 있었다. '향(享)'은 드리다, 진헌하다.

52 紀宗存主(기종존주) : 한대(漢代)에 고제(高帝)를 태조(太祖)로, 문제(文帝)를 태종(太宗)으로, 무제(武帝)를 세종(世宗)으로, 선제(宣帝)를 중종(中宗)으로 모셨다. 예의에 따르면, 천자는 5대가 지나면 그 묘당(廟堂)을 폐하지만 이들 네 황제를 제사하는 묘당은 영구히 폐하여지지 않았고 그 신위(神位)가 보존되었다. '기종(紀宗)'은 황제가 죽은 후에 '종(宗)'으로써 기록된 것을 말한다. '주(主)'는 신주(神主)이다. 황제가 죽으면 나무에 새겨 신주를 만들어서 묘당에 안치하고서 제사를 지낸다.

53 饗(향) : 향수(享受)하다, 누리다.

54 彝器(이기) : 종(鐘)·정(鼎)과 같은 종묘의 제기(祭器).

55 舍純懿而論爽德(사순의이론상덕) : '순의(純懿)'는 고상하고 아름다운 덕행. '순(純)'은 크다[大], '의(懿)'는 아름답다[美]. '상덕(爽德)'은 덕을 잃다, 과실. 사치하고 화려하게 꾸민 것을 가리킨다.

56 春秋所諱(춘추소휘) : 『춘추』에서는 군주의 큰 과실을 말하는 걸 회피하였다.

57 往初(왕초) : 서한(西漢)을 가리킨다.

58 蔽善而揚惡(폐선이양악) : '선(善)'은 앞에서 언급한 네 황제의 성덕(盛德)을 가리키며, '악(惡)'은 법도를 넘어 사치를 부린 것을 가리킨다.

59 祇(지) : '단지'의 뜻을 가진 '지(祇)'가 되어야 옳다.

고서 덕을 잃은 사소한 과실을 논하시고, 『춘추(春秋)』에서 언급하길 꺼려하는 것으로 미담(美談)을 삼으시는데, 마땅히 지난 서한(西漢)의 사치스러움에 대해 싫어함이 없기 때문에 선을 덮고 악을 드러내니, 단지 공자께서는 말씀하시는 법을 모르신 것입니다.

必以肆奢爲賢, 則是黃帝合宮,[60] 有虞總期,[61] 固不如夏癸之瑤臺,[62] 殷辛之瓊室也.[63] 湯武誰革而用師哉?[64] 盍亦覽東京之事以自寤乎?[65] 且天子有道, 守在海外.[66] 守位以仁, 不恃隘害. 苟民志之不諒, 何云巖險與襟帶![67] 秦負阻於二關,[68] 卒開項而受沛.[69] 彼偏據而規小, 豈如宅中

60 黃帝合宮(황제합궁) : '황제(黃帝)'는 소전(少典)의 아들로 성은 공손(公孫)이었다. 헌원(軒轅) 언덕에 살았기 때문에 헌원씨(軒轅氏)라 불렀다. 또한 희수(姬水)에서 살아 성을 희(姬)로 바꾸었다. 유웅(有熊)에 나라를 두었기 때문에 유웅씨(有熊氏)라고도 한다. 염제(炎帝)를 격파하고 치우(蚩尤)를 죽여 제후들에게 천자(天子)로 숭앙되었다. '합궁(合宮)'은 황제(黃帝)의 궁실(宮室) 이름. 황제는 풀로 명당(明堂)을 덮었다 한다.

61 有虞總期(유우총기) : '유우(有虞)'는 우순(虞舜) 곧 순임금. 성이 요(姚)이고 씨가 유우(有虞)이며 이름이 중화(重華)이다. '총기(總期)'는 순임금의 궁실 이름으로 곧 총장(總章). 순임금도 풀로 명당을 덮었다 한다.

62 夏癸之瑤臺(하계지요대) : '하계(夏癸)'는 하나라 최후의 군왕이었다는 걸왕(桀王). 이름이 이계(履癸)였다 한다. 음란함과 폭정을 일삼았기에 성탕(成湯)이 군대를 일으켜 정벌했다. '요대(瑤臺)'는 하나라 걸왕의 궁실 이름. 백성들의 재물을 긁어모아 이 궁실을 지었다 한다.

63 殷辛之瓊室(은신지경실) : '은신(殷辛)'은 은(殷) 왕조 최후의 군왕이었던 주왕(紂王). 주왕은 제을(帝乙)의 아들로 이름이 수(受)였으며 제신(帝辛)이라 불렀다. 주(周)의 무왕(武王)에게 멸망되었다. '경실(瓊室)'은 은(殷) 주왕(紂王)의 궁실 이름. 이 궁실 가운데는 극히 호화로웠던 옥문(玉門)이 있었다 한다.

64 湯武誰革(탕무수혁) : '탕무(湯武)'는 상(商) 왕조를 세운 탕왕(湯王)과 주(周) 왕조를 세운 무왕(武王). '수(誰)'는 어째서[何]. '혁(革)'은 혁명(革命) 곧 천명(天命)을 바꾸다. 옛날에는 새로 군왕이 될 사람은 하늘의 명을 받아야 한다고 생각했기 때문에 성(姓)을 바꾸고 왕조를 바꾸었는데, 이것을 혁명(革命)이라고 했다.

65 寤(오) : '오(悟)'와 통하여 '깨닫다'. 규장각본에는 '오(悟)'로 되어 있다.

66 守(수) : 제후가 천자를 위해서 강토를 지켜주기 때문에 '수(守)'라고 한 것이다.

67 襟帶(금대) : 목을 두르는 깃과 허리를 두르는 띠. 산이 둘러싸 옷깃 같고 강이 둘러싸 띠 같은 요충지를 비유하는 말로, 지형이 험악하여 굳게 지킬 수 있음을 가리킨다.

68 負阻於二關(부조어이관) : 유방(劉邦)과 항우(項羽)가 진(秦)을 공격할 때에, 유방

而圖大![70]

반드시 제멋대로 사치하는 것을 현명하다고 여긴다면 이는 황제의 합궁(合宮)과 우순(虞舜)의 궁실(宮室)인 총기(總期)가 진실로 하(夏) 걸왕(桀王)의 궁실인 요대(瑤臺)나 은(殷) 주왕(紂王)의 경실(瓊室)만 못합니다. 그런데 상(商)의 탕왕(湯王)과 주(周)의 무왕(武王)이 어째서 혁명(革命)을 하고 군대를 일으켰습니까? 어찌 또한 동경(東京)의 검약(儉約)한 것을 보시고서 스스로 깨닫지 못하십니까? 그리고 또한 천자에게 도가 있으면 사해(四海) 밖까지 방어할 수 있습니다. 군주의 자리를 지키는 것은 인(仁)으로써 해야 하지 험한 지형의 요해를 믿어서는 안 됩니다. 진실로 백성들의 품은 뜻이 신실하지 않다면, 바위가 험악하여 사방이 견고하고 산과 강이 옷깃과 띠같이 둘러싸서 지키기 쉽다는 말을 어찌 운운하겠습니까! 진나라는 두 관(關)의 험악함을 믿었지만, 결국에는 함곡관(函谷關)을 항우(項羽)에게 열어주었고 무관(武關)에서는 패공(沛公)을 받아들였습니다. 저 서경은 한쪽으로 치우쳐서 자리 잡고 있어서 책략을 꾀함이 협소하니, 동경이 천하의 중심에 자리 잡고서 원대함을 도모할 수 있는 것과 어찌 같겠습니까!

昔先王之經邑也,[71] 掩觀九隩,[72] 靡地不營. 土圭測景,[73] 不縮不盈.[74] 總

은 무관(武關)으로 들어갔고 항우는 함곡관(函谷關)으로 들어갔다.

69 沛(패) : 유방은 '패(沛)'에서 군대를 일으켰는데, 군중들이 그를 패공(沛公)으로 옹립했다.

70 宅中(택중) : 천하의 중심에 자리 잡다. 여기서는 동경(東京) 낙양(洛陽)을 가리킨다.

71 先王之經邑(선왕지경읍) : '선왕(先王)'은 주(周) 성왕(成王)을 가리킨다. '읍(邑)'은 낙읍(洛邑).

72 掩觀九隩(엄관구오) : '엄관(掩觀)'은 두루 보다. '엄(掩)'은 두루, 다[盡]. '구오(九隩)'는 구주(九州) 안. '오(隩)'는 사람이 살 수 있는 곳.

73 土圭測景(토규측영) : '토규(土圭)'는 옛날에 해그림자[日影]를 재거나 사시(四時)를 바로잡고 토지를 재는 데 쓰는, 옥(玉)으로 된 기구(器具). '측영(測景)'은 해그림자를 재다. '영(景)'은 '영(影)'과 통하며, 규장각본에는 '영(影)'으로 되어 있다.

74 不縮不盈(불축불영) : 해그림자와 규(圭)의 길이가 서로 같아 짧지도 않고 길지도 않아 그 곳이 곧 천하의 중앙에 위치한 것임을 말한 것이다. 토규(土圭)는 규(圭)와

風雨之所交,[75] 然後以建王城.[76] 審曲面勢[77] : 泝洛背河,[78] 左伊右瀍.[79] 西阻九阿,[80] 東門于旋.[81] 盟津達其後,[82] 太谷通其前.[83] 回行道乎伊闕,[84] 邪徑捷乎轘轅.[85]

표(表) 두 부분으로 이루어져 있는데, 한 자 다섯 치 길이의 규(圭)와 여덟 자 길이의 표(表)를 사용하여 하짓날에 해그림자를 측량해서 만일 규와 해그림자가 서로 같으면 그곳이 정중앙이라는 말이 된다. 만일 해그림자가 규보다 길면 너무 북쪽에 가깝고 규가 해그림자보다 길면 너무 남쪽에 가깝다는 말이 된다. '축(縮)'은 짧다[短], '영(盈)'은 길다[長].

75 總風雨之所交(총풍우지소교) : '총(總)'은 총괄(總括)하다. '풍우지소교(風雨之所交)'는 풍우가 모이는 것. 옛날 사람들은, 땅이 동쪽에 가까우면 바람이 많고 서쪽에 가까우면 비가 많으며 중앙에 위치하면 바람과 비가 만나는 곳으로서 바람과 비가 적당하게 된다고 여겼다. 또한 사시(四時)가 만나고 풍우가 만나며 음양이 조화를 이루는 곳이 왕성(王城)을 세울 곳이라 여겼다.

76 王城(왕성) : 제왕의 도성(都城)으로, 주대(周代)의 동도(東都) 낙읍(洛邑)을 가리킨다. 지금의 하남성 낙양시(洛陽市) 서쪽에 있다.

77 審曲面勢(심곡면세) : 지형의 고저곡직(高低曲直 : 높고 낮고 굽고 곧음)과 좌우면배(左右面背 : 왼쪽인가 오른쪽인가 향하고 있는가 등지고 있는가 하는 점)등의 형세를 살피다.

78 泝洛背河(소락배하) : '소(泝)'는 향(向)하다, '낙(洛)'은 낙수(洛水), '하(河)'는 황하(黃河). 낙수는 섬서성 북부에서 흘러나와 하남성 낙양을 거쳐 이수(伊水)에 모였다가 황하로 흘러들어간다.

79 左伊右瀍(좌이우전) : '이(伊)'는 이수(伊水)로 낙양을 흘러 지나간다. '전(瀍)'은 전수(瀍水)로 하남성 북서쪽 곡성산(穀城山)에서 발원하여 낙양성 동쪽을 지나 낙수로 흘러 들어간다.

80 九阿(구아) : 아홉 굽이의 산비탈이란 뜻을 지닌, 긴 산비탈의 이름으로 곧 구곡판(九曲阪). '아(阿)'는 언덕, 굽다[曲].

81 東門于旋(동문우선) : '우선(于旋)'은 산비탈의 이름. 비탈의 모양이 구불구불 굽이졌기 때문에 붙여진 이름이다. 성고(成皐) 남서쪽 십수 리에 있는데 선문(旋門)이라고도 하는 것으로 보아 그 지형이 문(門)과 같이 생긴 것으로 보인다. 동한(東漢) 팔관(八關) 가운데 하나이다.

82 盟津(맹진) : 낙양 북쪽에 있는 지명으로 곧 맹진(孟津). 주(周) 무왕이 상(商)의 주왕(紂王)을 정벌하고 800명의 제후들과 이곳에서 회맹(會盟)했다고 하여 '맹진(盟津)'이라 불린 것이다.

83 太谷(태곡) : 산골짜기의 이름으로 곧 대곡(大谷). 대곡구(大谷口)라고도 한다. 오늘날의 낙양시 남쪽에 있다.

84 回行道乎伊闕(회행도호이궐) : '회행(回行)'은 구불구불한 대로(大路). '행(行)'은 길, 도로. '도(道)'는 좇다, 따르다. '이궐(伊闕)'은 오늘날 낙양시 남쪽에 있는 지명. 산 이름으로 보는 견해도 있다. 이곳에 있는 두 산이 서로 마주 대하고 있어 멀리서 바라보면 마치 궐(闕)과 같이 생겼다 한다. 이수(伊水)가 그 사이를 지나 북으로 흘

옛날 주(周) 성왕(成王)께서 낙읍(洛邑)을 측량하여 건설하실 때에, 구주(九州)를 두루 살펴보시어 측량해보지 않은 곳이 없었습니다. 옥(玉)으로 된 측량기인 토규(土圭)로 이곳에서 해그림자를 측정하니, 해그림자가 규(圭)의 길이와 같아 짧지도 않고 길지도 않았습니다. 사시(四時)와 풍우(風雨)가 모이는 것을 총괄하여 살펴보시고서 그런 후에야 이곳에 제왕의 도성[王城]을 건설하셨습니다. 지형이 굽은 곳인지 곧은 곳인지 또는 향하고 있는 곳인지 등지고 있는 곳인지 등의 형세를 살펴볼 것 같으면, 이곳은 낙수(洛水)를 바라보고 있고 황하(黃河)를 등지고 있으며, 이수(伊水)가 왼쪽에 있고 전수(瀍水)가 오른쪽에 있습니다. 서쪽에는 아홉 굽이의 긴 산비탈이 험하게 펼쳐졌고 동쪽에는 굽이진 선문(旋門) 비탈이 있습니다. 뒤는 맹진(盟津)과 이어졌고 앞은 태곡(太谷)과 통하여 있습니다. 구불구불한 대로(大路)가 이궐(伊闕)과 통해있고, 경사진 산길이 환원산(轘轅山)을 구불구불 돌며 빠른 길로 지나갑니다.

大室作鎭,[86] 揭以熊耳.[87] 底柱輟流,[88] 鐔以大岯.[89] 溫液湯泉,[90] 黑丹石緇.[91] 王鮪岫居, 能鱉三趾.[92] 宓妃攸館,[93] 神用挺紀.[94] 〈龍圖〉授羲,[95]

러가기 때문에 '이궐(伊闕)'이라 한 것이다.

85 轘轅(환원) : 하남성 언사현(偃師縣) 남동쪽에 있는 산 이름. 산길이 험악하고 꼬불꼬불 열두 굽이가 져 '환원(轘轅)'이라고 한 것이다.

86 大室作鎭(태실작진) : '태실(大室)'은 중악(中嶽)인 숭산(嵩山)의 다른 이름으로 곧 태실산(太室山). 하남성 등봉현(登封縣) 남쪽에 있다. '진(鎭)'은 어느 한 지역의 가장 크고 중요한 명산 또는 주산(主山).

87 揭以熊耳(게이웅이) : '게(揭)'는 겉[表], 밖에 있다. '웅이(熊耳)'는 하남성의 낙수(洛水)와 이수(伊水) 사이에 있는 산 이름. 두 봉우리가 곰의 귀와 같다 해서 붙여진 이름이다.

88 底柱(저주) : 오늘날의 하남성 삼문협시(三門峽市)에 있는 산 이름.

89 鐔以大岯(심이대비) : '심(鐔)'은 검수(劍首), 칼끝. 여기서는 지세가 칼끝과 같이 험악함을 비유한 것이다. '대비(大岯)'는 하남성 준현(浚縣) 남서쪽에 있는 산 이름.

90 溫液湯泉(온액탕천) : '온액(溫液)'은 온천에서 흘러나오는 물. '탕천(湯泉)'은 온천.

91 黑丹石緇(흑단석치) : '흑단(黑丹)'은 일명 석흑(石黑)이라고도 하고, 남인(南人)들은 화미석(畵眉石)이라고도 한다. 왕자(王子)의 덕이 산언덕에까지 이르면 흑단(黑丹)이 나온다는 말이 있다. '석치(石緇)'는 일종의 검은 돌인 치석(緇石). 압운을

〈龜書〉畀姒.[96] 召伯相宅,[97] 卜惟洛食.[98] 周公初基,[99] 其繩則直.[100] 萇弘魏舒,[101] 是廓是極. 經途九軌,[102] 城隅九雉.[103] 度堂以筵,[104] 度室以

위해 도치하여 썼다.

92 能鱉(능별) : 전설에 나오는 일종의 발이 셋 달린 자라[三足鱉]. 발이 셋 달린 자라를 '능(能)'이라 한다는 설이 있고, '능(能)'자는 '웅(熊)'이라는 설도 있다.

93 宓妃攸館(복비유관) : '복비(宓妃)'는 전설에 등장하는 낙수(洛水) 여신의 이름. 복희(伏羲)의 딸로 낙수에 빠져 죽어 이곳의 여신이 되었다 한다. '유관(攸館)'의 '유(攸)'는 소(所)와 같으며, '관(館)'은 살다[居].

94 神用挺紀(신용정기) : 『좌전(左傳)·선공(宣公) 3년』에 따르면, 주(周) 성왕(成王)이 구정(九鼎)을 겹욕(郟鄏) 즉 낙읍(洛邑)에 옮기고서 왕조의 햇수를 점치니 700년이 나왔고 세대를 점치니 30대가 나왔다고 한다. 실제로 주 왕조는 36왕 867년을 유지했다. '정(挺)'은 특별히 뽑아내다.

95 龍圖(용도) : 즉 〈하도(河圖)〉. 복희(伏羲)가 천하를 다스릴 때에 용마(龍馬)가 황하(黃河)에서 솟아나왔는데, 그 무늬를 본받아 팔괘(八卦)를 그렸으니, 이것을 〈하도(河圖)〉라 했다 한다. 또한 전설에 의하면 요임금이 황하(黃河)를 유람할 때 용마(龍馬)가 황하에서 그림을 지고 나왔다고 하여 이것을 〈용도(龍圖)〉라 한 것이다.

96 龜書畀姒(귀서비사) : '귀서(龜書)'는 신령한 거북이 낙수(洛水)에서 등에 지고 나왔다는 〈낙서(洛書)〉. '비(畀)'는 주다. '사(姒)'는 하(夏) 왕조를 세운 우(禹) 임금의 성씨.

97 召伯相(소백상) : '소백(召伯)'은 성이 희(姬) 이름이 석(奭)인 소공(召公). 무왕의 신하로 봉지(封地)가 소(召)에 있었기 때문에 소공(召公) 또는 소백(召伯)이라 칭해졌다. '상(相)'은 살피다, 보다.

98 食(식) : '식묵(食墨)'의 약칭으로 길조(吉兆)를 가리킨다.

99 周公(주공) : 주(周) 문왕(文王)의 아들인 희단(姬旦). 무왕(武王)을 도와 은(殷) 주왕(紂王)을 정벌하였고 노(魯)를 봉읍으로 받았다. 무왕 사후에 성왕(成王)이 아직 어려 주공이 섭정을 하였다. 7년 만에 주(周)의 낙읍을 건설했다.

100 繩(승) : 건축 시공용의 줄자를 가리킨다.

101 萇弘魏舒(장홍위서) : '장홍(萇弘)'은 주(周) 경왕(景王)과 경왕(敬王)의 대신(大臣)이었던 유문공(劉文公) 소속의 대부였고, '위서(魏舒)'는 춘추시대 진(晉) 무제(武帝) 때의 사도(司徒)였다. 두 사람은 함께 주(周)의 왕성(王城)을 넓혀 건설하는 일을 주재했다.

102 經途九軌(경도구궤) : '경도(經途)'의 '경(經)'은 남북, '도(途)'는 대도(大道). '구궤(九軌)'는 대도(大道)가 넓어 아홉 대의 수레가 동시에 지나갈 수 있는 것을 가리킨다. '궤(軌)'는 수레바퀴의 자국, 차철(車轍).

103 城隅九雉(성우구치) : '성우(城隅)'는 성루(城樓). 성의 모퉁이나 휘어진 곳에 있기 때문에 '성우(城隅)'라 한 것이다. '구치(九雉)'는 성벽의 높음을 말한 것이다. '치(雉)'는 성벽의 면적을 계산하는 단위로, 방장(方丈)을 도(堵)라 하고 삼도(三堵)를 '치(雉)'라 하는데, 1치(雉)의 담장은 길이가 3장(丈) 높이가 1장(丈)의 면적이다.

104 筵(연) : 아홉 자 길이의 대자리[竹席].

几.[105] 京邑翼翼,[106] 四方所視. 漢初弗之宅, 故宗緒中圮. 巨猾間舋,[107] 竊弄神器. 歷載三六,[108] 偸安天位. 於時蒸民, 罔敢或貳,[109] 其取威也重矣!

숭산(嵩山)으로 나라를 지키는 주산(主山)을 삼고 웅이산(熊耳山)으로 밖을 둘러싼 병풍을 삼았습니다. 저주산(底柱山)이 황하의 흐름을 끊고 대비산(大岯山)이 칼끝처럼 험하게 솟아있습니다. 온천에서는 뜨거운 샘물이 흘러나오고 산언덕엔 각종 검은색 단석(丹石)을 함유하고 있습니다. 큰 다랑어가 산 동굴에서 살며 발이 셋 달린 자라 능별(能鱉)도 있습니다. 이곳은 낙수(洛水)의 여신 복비(宓妃)가 사는 곳이며, 신령이 이 때문에 주(周) 왕조의 연한(年限)을 특별히 예고했던 곳입니다. 용마(龍馬)가 황하에서 나와 〈하도(河圖)〉를 복희(伏羲)에게 주었으며, 신령한 거북이가 낙수에서 등에 지고 나온 〈낙서(洛書)〉를 하우(夏禹)에게 주었습니다. 소공(召公)이 도읍을 둘 곳을 살피고서 점을 쳐보니 오직 낙읍(洛邑)만이 길조였습니다. 주공(周公)이 처음 기초를 닦을 때 줄자로 곧게 측량했습니다. 장홍(萇弘)과 위서(魏舒)가 주(周)의 왕성(王城)을 넓혀 건설하여, 규모를 확대하고 공력을 다했습니다. 남북의 대도(大道)는 넓어서 아홉 대의 수레가 함께 지날 수 있으며, 성루(城樓)는 아홉 치(雉)에 이를 만큼 높이 치솟았습니다. 아홉 자 길이의 연(筵)으로 명당(明堂)을 재어 건축했고 일곱 자 길이의 궤(几)로 궁실(宮室)을 재어 건축했습

105 几(궤) : 제사나 잔치에서 음식을 얹어놓는 일곱 자 길이의 상[俎几], 곧 조(俎).

106 京邑翼翼(경읍익익) : '경읍(京邑)'은 대읍(大邑)으로, 낙양을 가리킨다. '경(京)'은 크다[大]. '익익(翼翼)'은 장엄하고 웅장한 모양.

107 巨猾間舋(거활간흔) : 평제(平帝)가 어려서 일찍 죽는 바람에 태후(太后)가 정권을 잡은 틈을 타, 원제(元帝) 황후의 조카였던 왕망(王莽)이 황위를 찬탈한 것을 말한 것이다. '거활(巨猾)'은 극히 교활한 사람. 곧 왕망(王莽)을 가리킨다. 왕망의 자가 거군(巨君)이었기 때문에 '거활(巨猾)'의 '거(巨)'라는 표현을 쓴 것이다. '간(間)'은 엿보다, 틈타다. '흔(舋)'은 '흔(釁 : 틈)'과 같다.

108 三六(삼륙) : 18년. 왕망이 황위를 찬탈한 18년을 가리킨다.

109 貳(이) : 두 마음. 거역하려는 마음을 가리킨다.

니다. 낙양 대읍(大邑)은 말할 수 없이 웅대하여 사방에서 주시하는 바였습니다. 한초(漢初)에 이곳에 도읍을 두어 살지 않아서 종묘의 적통(嫡統)이 중간에 끊어졌습니다. 몹시 교활한 왕망(王莽)이 한(漢) 왕실의 미약한 틈을 타 제왕의 보좌(寶座)를 훔쳐 희롱했습니다. 18년의 세월을 지내면서 천자의 자리를 도둑질해 안일하게 지냈습니다. 이때에 많은 백성들은 그에게 감히 거역할 마음이 없었으니, 그가 위협을 가함이 심해서였습니다!

我世祖忿之,[110] 乃龍飛白水,[111] 鳳翔參墟.[112] 授鉞四七,[113] 共工是除.[114] 欃槍旬始,[115] 群凶靡餘. 區宇乂寧,[116] 思和求中. 睿哲玄覽,[117] 都茲洛

---

110 世祖(세조) : 동한(東漢)의 광무제(光武帝) 유수(劉秀). 세조는 묘호(廟號)이다.

111 龍飛白水(용비백수) : 광무제가 군대를 일으켜 신(新)의 왕망 정권에 반대한 것을 가리킨다. '용비(龍飛)'란 황제의 거병(擧兵)이나 즉위를 비유한다. '백수(白水)'는 지명으로, 광무제는 남양(南陽) 백수향(白水鄕)에서 태어났는데, 예언서에서는 '백수진인(白水眞人)'이라 일컬었다.

112 參墟(삼허) : 하북(河北)을 가리킨다. 하북은 하늘의 분야에서는 '삼허(參墟)'에 속한다. 여기서 삼(參)이란 별자리 이름인 삼수(參宿)로, 이는 땅의 분야에서는 서방(西方)에 속한다. 삼허(參墟)는 곧 진(晉)을 말하기도 한다. 삼(參)은 진성(晉星)으로 광무제는 왕망을 한단(邯鄲)에서 주살했는데, 한단은 춘추시대에 진(晉)에 속했었다.

113 授鉞四七(수월사칠) : '수월(授鉞)'은 장수에게 출정을 명할 때에 도끼를 건네주는 의식. '사칠(四七)'은 광무제의 창업을 도운 28명의 장수를 가리킨다.

114 共工(공공) : 옛날 요임금의 신하로, 환두(驩兜)·삼묘(三苗)·곤(鯀)과 함께 4흉(凶)으로 지목되었던 사람. 후에 순임금에 의해 유주(幽州)로 추방되었다. 또한 신화에 따르면, 전욱(顓頊)과 제왕의 자리를 다투다 화가 나서 부주산(不周山)을 들이받았던 자로, 여기서는 왕망을 비유한다.

115 欃槍旬始(참창순시) : '참창(欃槍)'은 혜성(彗星)의 별명(別名). 옛날 사람들은 혜성이 재난(災難)을 주관하는 것으로 생각했다. 그래서 이 별이 나타나면 재앙이 온다고 말하곤 했다. '순시(旬始)'는 본래는 별 이름이나, 천상의 요기(妖氣)로서 재앙을 상징한다.

116 區宇乂寧(구우예녕) : '구우(區宇)'는 온 천하. '구(區)'는 강역(疆域), '우(宇)'는 상하사방(上下四方)을 가리킨다. '예녕(乂寧)'은 안녕(安寧)하다, 안정되다.

117 睿哲(예철) : 재주와 슬기가 뛰어난 사람, 성명(聖明)한 사람. 황제에 대한 공경스런 어투이다.

宮.[118] 曰止曰時,[119] 昭明有融.[120] 旣光厥武,[121] 仁洽道豊. 登岱勒封,[122] 與黃比崇.[123]

우리의 세조(世祖) 광무황제(光武皇帝)께서 분노하셔서, 백수향(白水鄕)에서 천룡(天龍)이 날아오르듯 거병(擧兵)하시고, 하북(河北)에서 봉황이 비상하듯 왕씨(王氏)를 주벌(誅伐)하셨습니다. 28명의 장수에게 도끼를 주시니 공공(共工) 같은 악인을 제거하였습니다. 재앙을 상징하는 혜성(彗星)의 요기(妖氣)가 소탕(掃蕩)되니, 난을 일으킨 흉악한 자들이 하나도 남은 자가 없게 되었습니다. 온 천하가 안정되니 황제께서는 음양의 조화를 생각하시고 천하 중심의 도읍지를 추구하셨습니다. 밝고 슬기로우신 황제께서 심원(深遠)하게 살펴보시고 이 낙양성(洛陽城)에 도읍을 두기로 하셨습니다. 이곳에 자리 잡고 살면 반드시 밝은 덕이 길이 융성할 것입니다. 화란(禍亂)을 평정하신 그 무덕(武德)도 이미 빛내어 공을 천하에 드러내셨고, 인의(仁義)의 도(道)도 두루미치고 풍성해졌습니다. 태산(泰山)에 올라 하늘에 제사지내고 공(功)을 새기니, 황제(黃帝)와 그 숭엄함을 비교할 만하였습니다.

逮至顯宗,[124] 六合殷昌.[125] 乃新崇德,[126] 遂作德陽.[127] 启南端之特闈,[128]

---

118 洛宮(낙궁) : 낙양궁(洛陽宮). 여기서는 낙양성(洛陽城)을 가리킨다.

119 曰時(왈시) : '왈(曰)'은 어조사. '시(時)'는 이[是].

120 融(융) : 길다, 장구(長久)하다.

121 旣光厥武(기광궐무) : 광무(光武)라는 시호의 의미를 설명한 것이다. 시호를 짓는 법에 따르면, 공(功)이 천하에 이르는 것을 '광(光)'이라 하고 화란(禍亂)을 평정한 것을 '무(武)'라 했다.

122 登岱勒封(등대륵봉) : '대(岱)'는 태산(泰山). '늑(勒)'은 돌에 공명(功名)을 새기다. '봉(封)'은 태산에 흙을 쌓아 제단을 만들어 하늘에 제사지내며 하늘의 공에 보답하는 것을 말한다. 여기서는 광무제가 건무(建武) 32년 태산에 봉선(封禪)한 일을 말한 것이다.

123 黃(황) : 황제(黃帝).

124 顯宗(현종) : 명제(明帝)의 묘호(廟號).

125 六合(육합) : 상하와 사방(四方). 천하를 두루 가리키는 말이다.

126 乃新崇德(내신숭덕) : '숭덕(崇德)'은 숭덕전(崇德殿). 낙양의 남궁(南宮)에 있었다.

立應門之將將.[129] 昭仁惠於崇賢,[130] 抗義聲於金商.[131] 飛雲龍於春路,[132] 屯神虎於秋方.[133] 建象魏之兩觀,[134] 旌六典之舊章.[135] 其內則含德・章臺,[136] 天祿・宣明, 溫飭・迎春, 壽安・永寧. 飛閣神行,[137] 莫我能形.[138] 濯龍・芳林,[139] 九谷・八溪.[140] 芙蓉覆水,[141] 秋蘭被涯.[142]

광무제 때 본래 있었기 때문에 '신(新)'이라고 한 것이다.

127 遂作德陽(수작덕양) : '덕양(德陽)'은 덕양전(德陽殿). 낙양의 북궁(北宮)에 있었다. 명제 때에 비로소 건립되었기 때문에 '작(作)'이라고 한 것이다.

128 南端之特闈(남단지특위) : 낙양에는 남단문(南端門)이 있었는데 단문(端門)은 남쪽의 정문(正門)이다. '특(特)'은 우뚝 솟다, '위(闈)'는 궁중의 문.

129 應門之將將(응문지장장) : '응문(應門)'은 중문(中門), '장장(將將)'은 엄정(嚴正)한 모양.

130 昭仁惠於崇賢(소인혜어숭현) : '숭현(崇賢)'은 남궁 숭덕전(崇德殿)의 동문(東門) 이름. 동방(東方)은 오행에서 목(木)으로 인(仁)을 주관해 봄이 만물을 자라나게 하듯 천자의 인혜(仁惠)의 덕을 밝힌 것을 말한 것이다.

131 抗義聲於金商(항의성어금상) : '금상(金商)'은 남궁 숭덕전(崇德殿)의 서문(西門) 이름. 서방(西方)은 오행에서 금(金)으로 의(義)를 주관하며 음(音)은 상(商)으로, 마치 가을의 기(氣)가 만물을 죽이듯 천자의 덕의(德義)의 소리를 드날림을 말한 것이다. '항(抗)'은 드날리다.

132 飛雲龍於春路(비운룡어춘로) : '운룡(雲龍)'은 북궁 덕양전(德陽殿)의 동문 이름. '춘로(春路)'는 동방은 계절에 있어서 봄이므로 곧 동방의 길이다.

133 屯神虎於秋方(둔신호어추방) : '신호(神虎)'는 북궁 덕양전(德陽殿)의 서문 이름. '추방(秋方)'은 서방(西方). 서방은 계절에 있어서 가을이다.

134 象魏之兩觀(상위지양관) : '상위(象魏)'는 즉 상궐(象闕)로 궁정 밖 궐문(闕門). 옛날에 궁정 문밖에는 두개의 대(臺)가 있었는데, 그 위에다 위가 둥그렇고 아래가 방형(方形)으로 된 쌍을 이룬 누관(樓觀) 곧 망루(望樓)를 지어놓았으며 문(門)은 그 양 곁에 있었는데, 가운데는 비워두어 길로 삼았다. 이곳에 법령을 내걸어 공포를 했다.

135 旌六典之舊章(정륙전지구장) : '정(旌)'은 표명하다, 나타내다. '육전(六典)'은 치전(治典)・교전(敎典)・예전(禮典)・정전(政典)・형전(刑典)・사전(事典). '전(典)'이란 국가의 제도, 법칙으로 곧 나라의 대법(大法). '구장(舊章)'은 옛날의 전장제도(典章制度) 곧 법령조장(法令條章).

136 其內則含德・章臺(기내즉함덕・장대) 이하 4구 : 함덕(含德)・장대(章臺)・천록(天祿)・선명(宣明)・온칙(溫飭)・영춘(迎春)・수안(壽安)・영녕(永寧) 등은 모두 전각(殿閣)의 이름으로, 응문(應門) 곧 중문(中門) 안에 있다.

137 飛閣神行(비각신행) : '비각(飛閣)'은 전각(殿閣) 간에 통행할 수 있도록 공중에 설치한 통행로 곧 각도(閣道). 궁전 간의 각도가 서로 연결되어 공중에 높이 설치되었기 때문에 '비(飛)'라고 한 것이며, 비각으로 다니는 사람을 볼 수 없기 때문에 마치 선선처럼 다닌다 해서 '신행(神行)'이라 한 것이다.

渚戲躍魚,[143] 淵游龜蠵.[144] 永安離宮,[145] 脩竹冬青. 陰池幽流,[146] 玄泉洌淸. 鵯鶋秋棲,[147] 鶻鵃春鳴.[148] 雎鳩麗黃,[149] 關關嚶嚶. 於南則前殿靈臺,[150] 龢驩安福.[151] 謻門曲榭,[152] 邪阻城洫.[153] 奇樹珍果, 鉤盾所職.[154] 西登少華,[155] 亭候修敕.[156] 九龍之內, 寔曰嘉德.[157] 西南其戶,[158]

---

138 莫我能形(막아능형) : 내가 묘사할 수 있는 것이 없다. '무유아능형(無有我能形)'과 같다. '형(形)'은 형상(形狀)하다, 묘사하다, 나타내다.

139 濯龍 · 芳林(탁룡 · 방림) : '탁룡(濯龍)'은 연못 이름. 북궁 가까이에 있는 동산으로 보는 설도 있다. '방림(芳林)'은 궁원(宮苑)의 이름.

140 九谷 · 八溪(구곡 · 팔계) : 둘 다 물고기를 기르는 못 이름.

141 芙蓉(부용) : 연꽃.

142 秋蘭(추란) : 향초의 이름. 물가에서 자라며 가을에 꽃을 피운다.

143 渚(저) : 연못의 물가를 말한다.

144 蠵(휴) : 큰 거북의 일종.

145 離宮(이궁) : 황제가 정궁(正宮) 이외에 임시로 거주하는 궁실. 정궁과 분리되어 있다는 뜻을 지니고 있다.

146 陰池(음지) : 대나무에 가리워진 연못.

147 鵯鶋(비거) : 아조(雅鳥) 또는 비조(鵯鳥)라고도 하는 새 이름. 까마귀처럼 생겼는데 작으며 배 아래가 흰색이다.

148 鶻鵃(골주) : 고지새. 산까치처럼 생겼는데 작으며, 꼬리는 짧고 청흑색(靑黑色)이다.

149 雎鳩麗黃(저구려황) : '저구(雎鳩)'는 물수리. 왕구(王鳩)라고도 하며 속칭 어응(魚鷹)이라고도 하는, 물고기를 잡아먹는 물새. '여황(麗黃)'은 꾀꼬리[鶯], 곧 황려(黃麗).

150 前殿靈臺(전전령대) : '전전(前殿)'은 군주가 정사를 처리하는 대전(大殿), 정전(正殿). '영대(靈臺)'는 남궁(南宮)에 있는 전(殿) 이름. 규장각본에는 '운대(雲臺)로 되어 있으며, 전사(傳寫) 과정에서 잘못된 것으로 보는 설이 있다.

151 龢驩安福(화환안복) : '화환(龢驩)'과 '안복(安福)' 둘 다 덕양전 남쪽에 있는 전(殿) 이름. '화(龢)'는 '화(和)'의 고자(古字)이고 '환(驩)'은 '환(歡)'의 고자.

152 謻門曲榭(이문곡사) : '이문(謻門)'은 즉 선양문(宣陽門). 문안에 빙실(氷室)이 있다. '사(榭)'는 높은 대(臺) 위에 나무로 지은 정자.

153 邪阻(사조) : '사(邪)'는 비스듬하다[斜], '조(阻)'는 의지하다, 기대다.

154 鉤盾(구순) : 관청의 이름. 이곳의 관리가 원유(苑囿)의 과수(果樹)를 관장한다.

155 少華(소화) : 섬서성 화산(華山) 남서쪽에 있는 소화산(少華山). 여기서는 서쪽 동산 중에 있는 작은 산을 가리킨다.

156 亭候(정후) : 본래는 적의 정황을 감시하는 망루이나, 여기서는 소화산 상의 조망할 수 있는 망루(望樓). '후(候)'는 염탐하다, 망보다.

157 寔曰嘉德(식왈가덕) : '식(寔)'은 이[是]. '가덕(嘉德)'은 구룡문(九龍門) 안에 있는 전(殿) 이름.

158 西南其戶(서남기호) : 전사(殿舍)의 문이 많아 혹 서쪽에도 있고 혹 남쪽에도 있음을 가리킨다.

匪雕匪刻. 我后好約,[159] 乃宴斯息.[160] 於東則洪池淸籞,[161] 淥水澹澹.[162] 內阜川禽,[163] 外豊葭菼. 獻鱉蜃與龜魚,[164] 供蝸䗪與菱芡.[165] 其西則有平樂都場,[166] 示遠之觀. 龍雀蟠蜿,[167] 天馬半漢.[168] 瑰異譎詭, 燦爛炳煥. 奢未及侈,[169] 儉而不陋. 規遵王度, 動中得趣.[170] 於是觀禮, 禮擧儀具.[171]

명제(明帝) 때에 이르러서는 천하 사방이 부유하고 번창했습니다. 그리하여 남궁(南宮) 숭덕전(崇德殿)을 새롭게 단장하고 마침내 북궁(北宮) 덕양전(德陽殿)을 건립했습니다. 궁 남쪽에 우뚝 솟은 정문(正門)을 열었

---

159 我后(아후) : 동한 명제(明帝)를 가리킨다. '후(后)'는 군주를 가리킨다.

160 乃宴斯息(내연사식) : '연(宴)'은 편안하다[安], 편안히 쉬다. '사(斯)'는 어조사(語助詞).

161 洪池淸籞(홍지청어) : '홍지(洪池)'는 낙양성 동쪽에 있는 연못 이름. '홍지(鴻池)'라고 쓰기도 한다. '어(籞)'는 주위에 대나무를 엮어 울타리를 쳐 놓고 사람들의 왕래를 금한 금원(禁苑). 새를 기르는 곳이라는 설도 있다.

162 澹澹(담담) : 물결이 요동치는 모양.

163 阜川禽(부천금) : '부(阜)'는 많다. '천금(川禽)'은 자라나 조개류의 수생동물(水生動物).

164 蜃(신) : 작은 조개를 '합(蛤)'이라 하고 큰 조개 즉 대합(大蛤)을 '신(蜃)'이라 한다.

165 供蝸䗪與菱芡(공와비여릉검) : '와(蝸)'는 고둥[螺]. '비(䗪)'는 긴맛 조개의 일종이다. '능검(菱芡)'의 '능(菱)'은 마름, '검(芡)'은 가시연 곧 수련(睡蓮) 과에 속하는 일년생 수초.

166 平樂都場(평락도장) : '평락(平樂)'은 대관(臺觀)의 이름으로 평락관(平樂觀). '도장(都場)'은 공연 등을 위한 넓은 마당, 광장. '도(都)'는 모이다, 군집하다.

167 龍雀蟠蜿(용작반완) : '용작(龍雀)'은 전설에 나오는 신조(神鳥)로, 곧 비렴(飛廉). 비렴은 몸이 사슴 같고 뿔이 있으며 뱀 꼬리에 표범 같은 얼룩무늬가 있는, 전설에 나오는 신조(神鳥)의 이름이다. 한 무제가 원봉(元封) 2년 장안(長安)에 비렴의 동상을 주조해 비렴관(飛廉館)에 세웠었는데, 명제(明帝)가 영평(永平) 5년에 이 비렴과 천마(天馬) 동상을 장안에서 가져와 서문 밖 평락관에 세웠던 것이다. '반완(蟠蜿)'은 선회(旋回)하며 날아오르려는 모양.

168 天馬半漢(천마반한) : '천마(天馬)'는 구리로 주조한 말 곧 동마(銅馬)를 가리킨다. '반한(半漢)'은 '반소한(半霄漢)'의 뜻으로, 구리로 주조한 말[銅馬]이 천마(天馬)처럼 공중을 달리는 기세를 나타낸 것이다.

169 奢未及侈(사미급치) 이하 2구 : 모두가 예(禮)에 맞음을 말한 것이다.

170 動中得趣(동중득취) : 거동이 예제(禮制)에 부합됨을 가리킨 것이다. '동(動)'은 거동, '중(中)'은 들어맞다, '득취(得趣)'는 득례(得禮)의 뜻이다.

171 擧(거) : 완전히 갖추어지다, 온전하다.

고, 장엄한 중문(中門)을 세웠습니다. 숭덕전의 동문(東門)인 숭현문(崇賢門)은 황제의 어질고 은혜로운 덕을 드러내고, 숭덕전의 서문(西門)인 금상문(金商門)은 황제의 의로운 덕의 명성을 드날립니다. 덕양전의 동문인 운룡문(雲龍門)은 동방으로 통하는 길에 날아갈 듯이 세워져있고, 덕양전의 서문인 신호문(神虎門)은 서쪽 방향으로 자리 잡고 있습니다. 궁정 밖 궐문(闕門)에는 누대(樓臺) 위에 두 개의 누관(樓觀)을 세워서, 그 곳에 나라의 대법(大法)인 육전(六典) 등 이전의 법령조장(法令條章)을 밝혀두었습니다. 궁안에는 또 함덕(含德)·장대(章臺)·천록(天祿)·선명(宣明)·온칙(溫飭)·영춘(迎春)·수안(壽安)·영녕(永寧) 등 여덟 개의 전(殿)이 있습니다. 전각(殿閣) 사이를 통행할 때는 높은 각도(閣道)로 신선처럼 다니기 때문에 나는 그 모습을 묘사할 수 없습니다. 궁 안에는 탁룡지(濯龍池)와 방림원(芳林園) 및 물고기 기르는 연못인 구곡(九谷)·팔계(八溪)가 있습니다. 부용(芙蓉)이 수면을 덮고 추란(秋蘭)이 물가를 덮습니다. 물가에서는 물고기가 뛰놀며 연못 깊은 곳에서는 거북이들이 헤엄치며 놉니다. 이궁(離宮)인 영안궁(永安宮)엔 긴 대나무가 겨울에도 푸르릅니다. 그늘진 연못물은 지하 깊은 곳에서 흘러나온 것이고 깊은 샘물은 차고 또한 맑습니다. 가을에는 비거새[鵯鶋]가 나무에 서식하며 봄에는 고지새[鶻鵃]가 바삐 웁니다. 물가에서는 물수리[雎鳩]가 나무 끝에서는 꾀꼬리가 구욱구욱하고 꾀꼴꾀꼴하며 웁니다. 남쪽에는 정사를 보는 정전(正殿)과 운대전(雲臺殿) 및 화환전(龢驩殿)·안복전(安福殿)이 있습니다. 선양문(宣陽門) 안에는 빙실(氷室)이 있으며, 위에는 굽은 정자가 있고 아래에는 성벽을 기대어 구불구불 이어진 해자가 있습니다. 동산에 있는 기이한 나무와 진기한 과실들은 구순(鉤盾)이란 관청에서 관장합니다. 동산 서쪽의 소화산(少華山)에 오르니 망루(望樓)가 수리되어 정돈돼 있습니다. 구룡문(九龍門) 안을 지나면 이곳이 가덕전(嘉德殿)입니다. 가덕전의 서남쪽엔 문들이 많은데, 무늬를 조각하지도 새기지도 않았습니다. 우리의 황제께선 검약함을 좋아하셔서 이곳에서 편안히 쉬셨습니다. 성(城) 동쪽에는 홍지(洪池)라는 금원(禁苑)이 있는데 맑은 물결이 출렁입니다. 못 안에는 자라와 대합 같은 수생동물(水生動物)이 번다(繁多)하고 못 밖에는 갈대와 물억새들이 가득 자라고 있습니다. 이곳에서 자라와 대합 및 거북과 물고기를 진헌(進獻)하고, 고둥과 조개 및 마름과 연밥 등을 바칩니다. 성 서쪽에는 평락관(平樂觀)이라는 대 광장이 있어, 먼 곳에서 공연을 보러 온 사람들에게 보여줍니다. 구리로 주조한 신조(神鳥) 비렴(飛廉)이 선회(旋回)하며 날아오를 듯하고, 동마(銅馬)가 내달리는 기세는 마치 천마(天馬)처럼 하늘 반쯤 솟구쳐 있습니다. 기이하고도 환상적이며 휘황찬란한 모습입니다. 모든 건축물들이 호화롭지만 사치스럽지는 않고 검박(儉朴)하지만 조루(粗陋)하지는 않습니다. 규범은 선왕의 법도를 따랐으며 거동은 예제(禮制)에 부합되었습니다. 이 방면에서 예(禮)를 본다면, 예법(禮法)도 온전하였고 예의(禮儀)도 완비되었던 것입니다.

經始勿亟, 成之不日. 猶謂爲之者勞, 居之者逸. 慕唐虞之茅茨,[172] 思夏后之卑室.[173] 乃營三宮,[174] 布教頒常.[175] 複廟重屋,[176] 八達九房.[177] 規天矩地, 授時順鄉.[178] 造舟淸池,[179] 惟水泱泱.[180] 左制辟雍,[181] 右立

172 唐虞之茅茨(당우지모자) : '당우(唐虞)'는 당요(唐堯)와 우순(虞舜), 곧 요임금과 순임금. '모자(茅茨)'는 띠풀[茅草]로 궁실의 지붕을 덮는 것을 말한다.

173 夏后(하후) : 하우(夏禹) 곧 하나라의 우임금.

174 三宮(삼궁) : 즉 명당(明堂) · 벽옹(辟雍) · 영대(靈臺)를 가리키며, 삼옹궁(三雍宮)이라고도 한다.

175 常(상) : 구전(舊典), 곧 옛날의 제도와 법칙.

176 複廟重屋(복묘중옥) : 명당(明堂)의 동량(棟梁) · 처마 · 지붕 등이 이중으로 된 것임을 가리킨다. '복묘(複廟)'는 서까래 · 추녀 등이 이중의 건축구조로 된 묘당(廟堂). '중옥(重屋)'은 이중 추녀[重檐]로 된 집으로, 명당묘옥(明堂廟屋)을 말한다.

177 八達九房(팔달구방) : 명당이 구주(九州)를 본떠 9개의 방[室]을 두고 각 방[室]마다 8개의 창(窓)이 있는 것을 가리킨다.

178 授時順鄉(수시순향) : 사시(四時)의 각 계절에 따라 명당의 각 방향의 실옥(室屋)을 사용하여 정령(政令)을 반포하는 것을 가리킨다. '수시(授時)'는 천시(天時)를 기록해서 백성들에게 고하다, 역서(曆書)를 반포하여 시행하다. 여기서는 '시절에 따라

靈臺.[182] 因進距衰,[183] 表賢簡能. 馮相觀祲,[184] 祈褫禳災. 於是孟春元日, 群后旁戾.[185] 百僚師師, 於斯胥洎.[186] 藩國奉聘,[187] 要荒來質.[188] 具惟帝臣,[189] 獻琛執贄.[190] 當覲乎殿下者, 蓋數萬以二.[191] 爾乃九賓重,[192] 臚人列.[193] 崇牙張,[194] 鏞鼓設. 郎將司階,[195] 虎戟交鎩.[196] 龍輅充庭,[197]

[隨時]'의 뜻으로 쓰였다. '향(鄉)'은 방향[方]이다.

179 造舟淸池(조주청지) : '조주(造舟)'는 배를 이어서 다리를 만드는 것을 말하는 것으로, 오늘날의 부교(浮橋)를 말한다. '청지(淸池)'는 벽옹(辟雍)을 둘러싼 연못을 가리킨다.

180 泱泱(앙앙) : 연못의 물이 깊고 넓은 모양.

181 辟雍(벽옹) : 고대의 학궁(學宮). 본래는 서주(西周)의 천자가 세운 태학(太學)이지만, 동한시대에는 제사를 지내고 정교(政敎)를 펴서 밝히는 곳이다. 사방 주위가 물로 둘러싸여 있는데 이것은 교화의 전파가 물같이 흘러가고 도덕의 부요(富饒)함이 사해(四海)와 같다는 것을 상징한다.

182 靈臺(영대) : 후한 광무제가 세운 것으로 낙양성 남쪽에 있다. 6장(丈)되는 높이의 이 대(臺)에 올라 기(氣)를 보고 별을 관찰해 길흉을 살폈다.

183 因進(인진) : 여기서는 벽옹에서 대사례(大射禮)를 거행하여 인재를 뽑아 거용(擧用)하는 것을 가리킨다.

184 馮相觀祲(빙상관침) : '빙상(馮相)'은 주나라 때 천문을 관장하는 관명인 빙상씨(馮相氏). '빙(馮)'은 타다, 오르다[乘]는 뜻이고 '상(相)'은 보다는 뜻으로, 높은 누대에 올라 천문을 본다는 뜻이 있다. '침(祲)'은 재앙을 초래하는 요사스러운 기[妖氣].

185 群后旁戾(군후방려) : '군후(群后)'는 공경제후(公卿諸侯). '방려(旁戾)'는 사방에서 이르다. '방(旁)'은 사방[方], '여(戾)'는 이르다, 도착하다, 어그러지다.

186 胥洎(서기) : 정월 초하루에 백관들이 일제히 조정에 와서 하례(賀禮)함을 말한 것이다. '서(胥)'는 다, 모두 . '기(洎)'는 '기(暨)'와 같은 글자로 이르다, 미치다.

187 藩國奉聘(번국봉빙) : '번국(藩國)'은 왕실의 울타리가 되는 나라, 곧 제후국. '봉빙(奉聘)'은 부르는 명을 받들어 입궁하여 황제께 알현하는 것을 가리킨다.

188 要荒(요황) : 왕성(王城) 밖의 먼 지방으로, 요복(要服)과 황복(荒服)을 가리킨다. 옛날에 경도(京都) 천리 이내의 땅을 왕기(王畿) 곧 환(寰)이라 하였으며, 왕기 밖은 매 500리마다 한 구획을 이루어 순서에 따라 후복(侯服), 전복(甸服), 수복(綏服), 요복(要服), 황복(荒服)이라 했다.

189 具(구) : 모두, 다[俱].

190 執贄(집지) : 옛날의 예제(禮制)에서는 객과 주인이 상견할 때에 예물을 주어야만 했다. '지(贄)'는 폐백, 예물.

191 數萬(수만) : '수(數)'를 동사로 보아 '만 명을 헤아리다'라는 설과, '수만 명'이라는 설이 있다.

192 九賓重(구빈중) : '구빈(九賓)'은 옛날 조회(朝會)의 대전(大典)에서 두었다는 아홉 빈객[九賓]. 그것에 대한 설은 몇 가지이나 그 중의 하나는, 공(公)・후(侯)・백(伯)・자(子)・남(南)・고(孤)・경(卿)・대부(大夫)・사(士)이다. '중(重)'은 많다.

雲旗拂霓.[198] 夏正三朝,[199] 庭燎晢晢.[200] 撞洪鍾, 伐靈鼓,[201] 旁震八鄙,[202] 軯磕隱訇,[203] 若疾霆轉雷,[204] 而激迅風也.[205] 是時稱警蹕已,[206] 下雕輦於東廂.[207] 冠通天,[208] 佩玉璽, 紆皇組,[209] 要干將,[210] 負斧扆, 次

---

193 臚人(여인) : 곧 홍려(鴻臚). 전례(典禮)를 거행할 때에 진행순서를 보고하고 영(令)을 전하는 일을 관장하는 사람. 여기서는 대홍려(大鴻臚)와 그 속리(屬吏)를 가리킨다. '여(臚)'는 전하다.

194 崇牙(숭아) : 종(鐘)과 북[鼓] 등 악기를 걸어두는 나무시렁의 상단에 톱니처럼 새겨 놓은 장식으로, 이곳에 악기를 걸어둔다. 여기서는 악기걸이 틀을 가리킨다.

195 郎將司階(낭장사계) : '낭장(郎將)'은 곧 호분중랑장(虎賁中郎將)으로, 제왕을 모시고 호위하는 관명. '사계(司階)'는 섬돌을 맡아본다는 말로 곧 호분중랑장이 호분병(虎賁兵)을 이끌고 섬돌을 끼고 서있는 것을 가리킨다.

196 交鎩(교살) : 칼날을 교차시키다. '살(鎩)'은 칼날이 있는 긴 창.

197 龍輅(용로) : 천자가 타는 큰 수레. 8척(尺)의 말을 '용(龍)'이라 한다. '노(輅)'는 천자의 수레.

198 雲旗(운기) : 구름에까지 이를 정도로 높은 기. 곰과 호랑이 문양이 그려진 깃발이 구름에까지 닿을 정도로 높이 세워졌음을 나타낸다.

199 夏正三朝(하정삼조) : '하정(夏正)'은 하력(夏曆) 정월(正月)의 약칭. 한대에는 하력(夏曆)을 사용했다. '삼조(三朝)'는 정월 초하루로, 한 해의 세(歲)·월(月)·일(日)의 시작이기 때문에 붙여진 말이다.

200 庭燎晢晢(정료절절) : '정료(庭燎)'는 궁정 안에 밝게 빛나는 횃불. '료(燎)'는 화톳불, 한데 놓은 불. '절절(晢晢)'은 몹시 밝은 모양.

201 伐靈鼓(벌령고) : '벌(伐)'은 치다[擊]. '영고(靈鼓)'는 육면고(六面鼓).

202 旁震八鄙(방진팔비) : '방(旁)'은 널리, 두루. '팔비(八鄙)'는 사방(四方)과 사각(四角), 곧 팔방.

203 軯磕隱訇(팽개은굉) : 종과 북을 형용하는 소리.

204 轉雷(전뢰) : 끊이지 않고 계속되는 천둥소리.

205 迅風(신풍) : 빠른 바람.

206 稱警蹕(칭경필) : '칭(稱)'은 아마도 연문(衍文)으로 보인다. '경필(警蹕)'은 옛날에 제왕이 출입하는 것을 일컬었는데, 좌우에서 시위(侍衛)하는 것을 '경(警)'이라 하고 사람을 막아 길을 깨끗이 한 것을 '필(蹕)'이라 한다.

207 下雕輦於東廂(하조련어동상) : '조련(雕輦)'은 문양을 조각하여 장식한 수레. '연(輦)'은 황제가 타는 손으로 끄는 수레. '동상(東廂)'은 전(殿) 동측의 방.

208 通天(통천) : 황제의 관(冠)인 통천관(通天冠).

209 皇組(황조) : 큰 인장(印章) 끈. '황(皇)'은 크다[大].

210 要干將(요간장) : '요(要)'는 '요(腰)'와 통한다. '간장(干將)'은 칼 이름. 춘추시대 오나라 사람 간장(干將)과 막야(莫邪)가 칼 두 자루를 주조하여, 하나를 '간장(干將)'이라 이름하고 다른 하나를 '막야(莫邪)'라 이름하고서 자웅(雌雄) 두 자루의 칼을 오나라 왕 합려(闔閭)에게 바쳤다 한다(『오월춘추(吳越春秋)·합려내전(闔閭內傳)』).

席紛純.[211] 左右玉几, 而南面以聽矣.

궁실을 짓기 시작할 때 서두르시지 않았으며 완공하는 날도 한정하시지 않았습니다. 황제께서는 오히려 짓는 사람만이 수고롭고 그곳에서 사는 사람은 편안할 것이라고 여기셨습니다. 요임금과 순임금의 초가집을 우러르셨고 하(夏)의 우임금의 누추한 궁실(宮室)을 생각하셨습니다. 그리하여 명당(明堂)·벽옹(辟雍)·영대(靈臺) 세 궁전을 지으셨고, 교화(敎化)를 펴며 옛날의 전장제도(典章制度)를 반포하셨습니다. 명당(明堂)의 동량(棟梁)·처마·지붕 등은 모두 이중이고, 여덟 개의 창(窓)이 있는 방[室]이 모두 아홉 간(間)입니다. 명당의 상부(上部)는 하늘을 규범으로 삼아 둥글고 하부(下部)는 땅을 본떠 네모졌으며, 황제는 각 계절에 따라 각 방향의 실옥(室屋)에서 정령(政令)을 반포합니다. 맑은 연못 위에 배를 연결해 다리[浮橋]를 놓았는데, 물은 깊고 또한 광대(廣大)합니다. 왼쪽에는 인재를 가르칠 벽옹(辟雍) 학궁(學宮)을 지었으며, 오른쪽에는 하늘의 기상을 관측할 영대(靈臺)를 세웠습니다. 후진들을 믿어 발탁하고 노쇠한 사람을 물리치며, 현량(賢良)한 사람을 표창하고 유능한 사람을 선발합니다. 영대(靈臺)에서는 천문을 보는 빙상씨(馮相氏)가 요사스러운 기(氣)를 관찰하며, 나라를 위해 하늘에 복을 기원하고 재앙을 물리칩니다. 이에 정월 초하루에 공경제후(公卿諸侯)들이 사방에서 이릅니다. 백관(百官)들은 서로 스승으로 여겨 본받고, 모두 이곳에 하례(賀禮)하러 이릅니다. 제후국에서는 부르심의 명을 받들어 입조(入朝)하여 알현하고, 요복(要服)·황복(荒服) 같은 변방 먼 지역에서도 인질을 보내옵니다. 모두가 황제의 신하들로 진귀한 보배를 드리기도 하고 폐백(幣帛)을 손에 들기도 합니다. 궁전(宮殿) 아래에서 마땅히 배알(拜謁)해야 할 자가 대략 두 줄로 늘어서 만 명을 헤아릴 정도입니다. 그리하여 이내 구빈(九賓)들이 궁정 한 측에 많이 서고, 대홍

211 次席紛純(차석분순) : '차석(次席)'은 대자리[竹席]의 일종. '분순(紛純)'은 끈으로 테두리를 두르다, 즉 편직물(編織物)로 가를 두르다.

려(大鴻臚)와 그 속리(屬吏)들이 궁정 다른 한 측에 열을 지어 섭니다. 이때에 악기를 걸어두는 나무틀이 설치되고 큰 종[鏞]과 북이 진열됩니다. 호분중랑장(虎賁中郞將)이 창을 들고서 섬돌을 끼고 서있으며, 호분(虎賁)의 병사가 긴 칼날의 창을 서로 교차시켜 들고 있습니다. 황제의 큰 수레들이 궁전 뜰에 가득 찼고, 곰과 호랑이 문양이 그려진 기(旗)가 구름무지개를 스칠 만큼 높습니다. 하력(夏曆)으로 정월(正月) 초하룻날, 궁정(宮廷) 안의 화톳불이 대낮처럼 밝습니다. 큰 종을 치고 육면(六面)의 큰북[六面鼓]을 울리니, 사방팔방을 널리 진동시키고 웅웅웅 두둥둥거려, 마치 빠른 천둥소리가 끊이지 않고서 우르릉 쾅쾅거리며 빠른 바람이 세차게 내몰아치는 것과도 같습니다. 이때에 황제께서 알현을 다 받고서 거둥할 준비가 끝나자, 동쪽 방으로부터 조각하여 장식한 수레로 내려오십니다. 통천관(通天冠)을 쓰시고 옥새를 차셨으며, 큰 인장 끈을 앞뒤로 매시고 간장(干將) 보검을 허리에 차셨고, 도끼 문양을 수놓은 병풍을 등에 기대시고서 무늬로 테두리를 넣은 대자리 위에 앉으십니다. 좌우는 옥으로 장식한 작은 상으로, 남쪽을 향해 앉아 정사를 들으십니다.

然後百辟乃入,[212] 司儀辨等.[213] 尊卑以班, 璧羔皮帛之贄旣奠.[214] 天子乃以三揖之禮禮之.[215] 穆穆焉, 皇皇焉, 濟濟焉, 將將焉, 信天下之壯

212 百辟(백벽) : 여러 제후. '벽(辟)'은 군주.

213 司儀辨等(사의변등) : '사의(司儀)'는 빈객(賓客)을 접대하는 예의를 주관하는 관명(官名). '변등(辨等)'은 등급을 분별해서 제후들을 맞이한 것을 말한다. 공(公)은 상등(上等)이고, 후(侯)와 백(伯)은 중등이고, 자(子)와 남(南)은 하등이다.

214 皮帛(피백) : 곧 속백(束帛 : 비단 다섯 필을 각각 양끝에서 말아 한 묶음으로 한 것). 겉면을 호랑이나 표범 가죽으로 장식을 했기 때문에 '피백(皮帛)'이라 한 것이다.

215 三揖(삼읍) : 천읍(天揖) · 시읍(時揖) · 토읍(土揖)을 가리킨다. 천읍은 천자가 동성(同姓)에 대해 손을 밀어 약간 높여서 읍하는 것이고, 시읍은 혼인관계가 있는 이성(異姓)에 대해 손을 밀어 평평히 들어서 읍하는 것이며, 토읍은 친척관계가 없는 사람에 대해 손을 밀어 약간 낮추어 읍하는 것이다.

觀也. 乃羨公侯卿士,[216] 登自東除.[217] 訪萬機,[218] 詢朝政, 勤恤民隱,[219] 而除其眚. 人或不得其所, 若己納之於隍.[220] 荷天下之重任, 匪怠皇以寧靜.[221] 發京倉,[222] 散禁財, 賚皇寮,[223] 逮輿臺.[224] 命膳夫以大饗,[225] 饔餼浹乎家陪.[226] 春醴惟醇, 燔炙芬芬. 君臣歡康, 具醉熏熏.[227] 千品萬官,[228] 已事而踆, 勤屢省,[229] 懋乾乾.[230] 清風協於玄德,[231] 淳化通於自然.[232] 憲先靈而齊軌,[233] 必三思以顧愆. 招有道於側陋,[234] 開敢諫之直

216 羨(선) : 이끌다.

217 東除(동제) : 동쪽 섬돌. 제도에 따르면, 천자는 가운데 섬돌을 따라 대전(大殿)에 오르고 제후들은 동·서쪽 섬돌을 따라 대전에 오르므로, 여기서 '동제(東除)'는 동·서쪽 섬돌을 가리킨다.

218 萬機(만기) : 제왕이 일상적으로 처리해야 할 번잡한 정무(政務). '만기(萬幾)'와 같으며, '기(機)'는 조짐, 기미.

219 恤民隱(휼민은) : '휼(恤)'은 근심하다, 걱정하다. '민은(民隱)'은 백성들의 고통.

220 隍(황) : 성 밖으로 둘러 판 물이 없는 못, 물 없는 해자.

221 皇(황) : '황(遑 : 한가하다)'과 통한다.

222 京倉(경창) : 큰 창고. '경(京)'은 크다.

223 賚皇寮(뇌황료) : '뇌(賚)'는 하사하다, 주다. '황료(皇寮)'는 백관(百官).

224 輿臺(여대) : 고대에는 사람을 10등급으로 분류했는데, '여(輿)'는 6등급이고 '대(臺)'는 10등급이다. 여기서는 비천한 사람, 노역하는 사람을 가리킨다.

225 膳夫(선부) : 천자와 후비의 음식을 관장하는 관명.

226 饔餼浹乎家陪(옹희협호가배) : '옹희(饔餼)'는 죽은 희생(犧牲)과 산 희생, 익힌 음식과 날 음식. '옹(饔)'은 익힌 고기 음식, 또는 죽은 희생. '희(餼)'는 살아있는 희생(犧牲). '가배(家陪)'는 제후와 공경(公卿)의 가신, 배신(陪臣)을 가리킨다.

227 熏熏(훈훈) : 화열(和悅)한 모양, 화락(和樂)한 모양.

228 千品萬官(천품만관) : 수많은 관원(官員). '품(品)'은 관리들의 등급을 가리킨다.

229 勤屢省(근루성) 이하 2구 : 천자가 빈객들에게 당부하는 말로 보고 번역했다. 이와는 달리, 천자가 스스로 자신을 살피고 자강불식(自强不息)하는 것으로 보는 설도 있다.

230 懋乾乾(무건건) : '무(懋)'는 힘쓰다, 노력하다. 규장각본에는 '무(茂)'로 되어 있다. '건건(乾乾)'은 쉬지 않고 부지런히 힘쓰는 모양, 자강불식(自强不息), 또는 공경하여 삼가는 모양.

231 清風協於玄德(청풍협어현덕) : '청풍(清風)'은 황제의 맑고 은혜로운 풍교(風教). '협(協)'은 같다[同]. '현덕(玄德)'은 천덕(天德).

232 自然(자연) : 천연(天然), 곧 신명(神明).

233 憲先靈(헌선령) : '헌(憲)'은 본받다. '선령(先靈)'은 옛 성현의 신령. 요임금과 순임금을 가리킨다.

234 側陋(측루) : 재덕(才德)이 있지만 비천한 지위에 있는 사람.

言. 聘丘園之耿絜,[235] 旅束帛之戔戔.[236] 上下通情,[237] 式宴且盤.[238]

그런 후에 여러 제후들이 비로소 알현하러 들어오니, 의례(儀禮)를 주관하는 사의(司儀)가 등급을 구별합니다. 존귀함과 비천함에 따라 반차(班次)가 정해지고, 벽옥(璧玉)・새끼 양・가죽으로 장식한 속백(束帛)의 예물들이 놓여집니다. 천자께서는 이에 삼읍(三揖)의 예로써 그들에게 답례하십니다. 위의(威儀)가 융성하시고, 장중하고도 기백이 넘치시며, 천천히 움직이되 절도가 있으시고, 인자하고 환하신 용모이시니, 진실로 천하의 장관이십니다. 이에 천자께서는 공(公)・후(侯)・경(卿)・사(士)들을 동쪽과 서쪽 섬돌을 따라 대전(大殿)에 오르도록 이끄십니다. 수만 가지의 번잡한 정무(政務)를 물으시고 조정 정사(政事)의 득실을 자문하시며, 백성들의 고통을 마음을 다해 근심하시어, 그 고통들을 제거하십니다. 누군가가 혹 적절한 자리를 얻지 못하면 자신이 그를 깊은 구덩이에 밀어 넣은 것같이 생각하십니다. 천하를 다스리는 중대한 임무를 지고 있으시므로, 게으르거나 한가하게 지냄으로 안일을 탐하거나 편안함을 추구하지 않으십니다. 나라의 큰 곡물창고를 열고 대궐의 재물을 나누어주며, 위로는 백관(百官)들에게 하사하시고 아래로는 비천한 사람들에게까지 미칩니다. 궁중 음식을 관장하는 선부(膳夫)에게 큰 잔치를 열도록 명하시니, 익히거나 생으로 된 음식들이 왕후(王侯)의 가신(家臣)들에까지 두루 미칩니다. 달콤한 봄술 맛이 진하고 구운 고기 향

---

235 丘園之耿絜(구원지경결) : '구원(丘園)'은 산언덕과 전원, 곧 소박하고 자연스러운 곳으로 은거의 땅을 가리킨다. '경결(耿絜)'은 정결(貞潔)하고 청백(淸白)하다, 맑고 깨끗하다. 지조가 있고 청백(淸白)한 선비를 가리킨다. '결(絜)'은 '결(潔)'과 통한다.

236 旅束帛之戔戔(여속백지전전) : '여(旅)'는 진열하다, 벌여놓다. '속백(束帛)'은 옛날에 현인을 초빙할 때 쓰이는 예물. 비단[帛] 5필이 '속(束)'이다. '전전(戔戔)'은 가득 쌓인 모양.

237 上下(상하) : 윗사람과 아랫사람, 곧 군주와 신하를 가리킨다.

238 式宴且盤(식연차반) : '식(式)'은 '용(用)'과 같다. '연(宴)'은 편안하다, 안정되다. '반(盤)'은 즐겁다.

이 진동합니다. 군주와 신하들이 기뻐 즐거워하며 모두 술에 취해 화기애애합니다. 수많은 관원(官員)들이 일을 마치고서 물러나니, 부지런히 늘 자신을 살피고 노력해서 계속 발전하라고 천자께서 당부하십니다. 황제의 맑은 풍교(風教)는 하늘의 덕[天德]과 같으며, 순후(淳厚)한 교화(教化)는 신명(神明)과 통합니다. 옛 성현들을 본받아 그 궤적을 따라서 동일하게 다스리시며, 어떤 일이든 반드시 세 번은 생각함으로써 허물을 돌아보아 피하십니다. 곁으로 밀려나 비천한 자리에 있는 사람 중에서 도(道)가 있는 사람을 불러 임용하시고, 조정 득실을 감히 간언할 수 있는 직언(直言)의 길[言路]을 열어두십니다. 산림과 전원에 은거하는 지조 있고 청백(淸白)한 선비를 초빙하시는데, 진열된 초빙의 예물들이 산더미처럼 쌓여있습니다. 군주의 심정이 아랫사람과 통하고 아랫사람의 심정이 군주와 서로 통하니, 나라가 이로써 안정되고 또한 즐겁습니다.

及將祀天郊,[239] 報地功,[240] 祈福乎上玄,[241] 思所以爲虔. 肅肅之儀盡, 穆穆之禮殫. 然後以獻精誠, 奉禋祀,[242] 曰 : '允矣, 天子者也.' 乃整法服,[243] 正冕帶.[244] 珩紞紘綖,[245] 玉笄綦會.[246] 火龍黼黻,[247] 藻繂鞶厲.[248]

---

239 祀天郊(사천교) : 하늘에 제사지내다. '천교(天郊)'는 하늘에 제사지내는 예(禮)로, '교(郊)'는 제천(祭天)의 이름.

240 報地功(보지공) : 지난 한 해 동안 토지의 공(功)에 보답한다는 뜻으로, 땅에 제사지내다. 옛날에 천자는 동지에 남교(南郊)에서 하늘에 제사지냈고, 하지에 북교(北郊)에서 땅에 제사지냈다.

241 祈福乎上玄(기복호상현) : '기(祈)'는 (복을) 빌다, 기도하다, 구하다. '상현(上玄)'은 상천(上天). 옛날 사람들은 하늘은 검고[玄] 땅은 누렇다[黃]고 생각했기 때문에, '상천(上天)'을 '상현(上玄)'이라고 했다.

242 禋祀(인사) : 천신(天神)에게 드리는 제사의 일종으로, 희생물(犧牲物)과 옥백(玉帛)을 장작더미 위에 올려놓고 불로 태워 연기가 위로 올라가게 해서 하늘에 고한다는 것을 나타내는 제사이다.

243 法服(법복) : 예법에 규정된 표준 예복(禮服).

244 冕帶(면대) : 예관(禮冠)과 띠, 또는 예관의 띠. '면(冕)'은 천자의 예관인 평천관(平天冠)으로 길이는 1자 6치, 넓이는 8치로, 앞은 둥글고 뒤는 네모졌으며 주옥으로 장식한다. 교(郊) 제사나 종묘의 제사를 거행할 때 쓴다. '대(帶)'는 면류관(冕旒冠) 양측에 채색 비단으로 장식한 큰 띠를 가리킨다.

結飛雲之給輅,[249] 樹翠羽之高蓋. 建辰旒之太常,[250] 紛焱悠以容裔.[251] 六玄虯之弈弈,[252] 齊騰驤而沛艾.[253]

교외(郊外)에서 하늘과 땅에 제사지내려는 것에 대해서는, 상천(上天)에 복을 빌고 공경을 할 방법을 생각해서인 것입니다. 그러기에 공경함과 엄숙함의 의례(儀禮)를 다하고, 단정함과 장엄함의 예의를 다합니다. 그런 후에 정성을 바쳐서 제물(祭物)을 태워 연기를 올리는 제사를

---

245 珩紞紘綖(형담굉연) : '형(珩)'은 면류관 상의 장식용 옥. '담(紞)'은 (면류관 같은 데에 장식으로 다는) 귀막이옥을 매단 끈으로, 이것을 양 곁에 늘어뜨렸다. '굉(紘)'은 면류관의 끈. '연(綖)'은 면류관 덮개. 면류관 위를 덮는, 검은 헝겊을 바른 것. 이상의 네 가지는 모두 면류관 상의 장식이다.

246 玉笄綦會(옥계기회) : '옥계(玉笄)'는 옥비녀[玉簪]. '기(綦)'는 왕관의 가죽 고깔 상의 옥으로 된 장식. 가죽 고깔 상의 이음매에 오색 빛 옥 12개를 꿰어 연결해서 장식으로 삼는 것을 '기(綦)'라 한다. '회(會)'는 가죽 고깔 상의 이음매.

247 火龍黼黻(화룡보불) : 옷에 불꽃·용·보(黼)·불(黻)이 수놓아진 문양을 가리킨다. '보(黼)'는 고대 예복 상에 흑백의 빛으로 자루가 없는 도끼 모양을 수놓은 것이며, '불(黻)'은 고대 예복 상에 반흑반청(半黑半靑)의 빛으로 '기(己)'자 두 개를 서로 반대로 하여 수놓은 것이다.

248 藻繂鞶厲(조률반려) : '조률(藻繂)'은 옥을 받치는 가죽 끈. '조(藻)'는 나무판자로 만드는데, 겉은 가죽으로 싸서 그 표면 위에 물 풀[水藻]의 문양을 그려놓은 것이며, '율(繂)'은 옥을 매는 끈. '반려(鞶厲)'는 옷에서 아래로 드리워진 끈.

249 給輅(겁로) : 황제가 나다닐 때 시종(侍從)하는 수레, 곧 부거(副車). 한대(漢代)에 황제의 부거는 36승(乘)이었다. 부거의 수레덮개에는 물총새 깃털을 꽂아 마치 구름이 휘날리는 것과 같은 모양을 이룬 것을 말한 것이다.

250 辰旒之太常(신류지태상) : 일종의 태상(太常)이라고 하는 기(旗). '신(辰)'은 깃발에 그려놓은 일(日)·월(月)·성(星)을 가리키며, '유(旒)'는 주옥을 꿰어놓은 면류관 끈. 깃발에 일(日)·월(月)·성(星)을 그려놓고 12개의 면류관 끈을 늘어뜨린 정기를 '태상(太常)'이라 한다.

251 焱悠以容裔(염유이용예) : '염유(焱悠)'는 흔들리며 춤추는 모양. 바람이 정기에 불어 분분히 흔들려서 마치 불꽃이 춤추는 것과 같음을 가리킨 것이다. '염(焱)'은 불꽃, '유(悠)'는 바람에 따라 흔들리다. '용예(容裔)'는 높고 낮은 모양, 곧 깃발이 요동치는 모양. 물결이 요동치는 것과 같은 것을 '용예(溶滴)'라 한다.

252 六玄虯之弈弈(육현규지혁혁) : '육현규(六玄虯)'는 천자가 출행할 때 모는 여섯 필의 검은 말. 일곱 자의 말을 '규(虯)'라 한다. '혁혁(弈弈)'은 높고 크며 몹시 아름다운 모양. '혁혁(奕奕 : 크다, 아름답다)'과 통한다.

253 騰驤而沛艾(등양이패애) : '등양(騰驤)'은 뛰다, 도약하다. '패애(沛艾)'는 말이 질주할 때 머리를 들고 움직이는 모양.

봉행하고, '진실입니다! 천제(天帝)의 아들입니다!'라고 하늘에 고합니다. 그리고서 예복(禮服)을 다시 정리하고 예관(禮冠)과 띠를 단정히 합니다. 면류관(冕旒冠) 상의 장식용 옥[珩]·귀막이옥을 매단 끈[紞]·면류관 끈[紘]·면류관 덮개[綖] 등은 더할 나위 없이 화려하고, 각종 미옥(美玉)들이 옥비녀에서 치렁치렁 늘어져 있습니다. 예복(禮服)에는 불꽃·용·보(黼)·불(黻)의 문양들이 수놓아져 있고 긴 끈들이 늘어져 있습니다. 높이 세워진 수레덮개에 물총새 깃을 꽂아, 휘날리는 구름과 같은 부거(副車)들로 이어져 있습니다. 일(日)·월(月)·성(星)을 그려놓고 12개의 면류관 끈을 늘어뜨린 태상(太常)이란 정기(旌旗)를 세우니, 바람이 불어 정기(旌旗)가 어지러이 흔들려서 마치 불꽃이 춤추는 것 같고 물결이 요동치는 것 같습니다. 천자께서 타신 여섯 필의 검은 말들은 건장하고 빼어나서 가지런히 땅을 박차고 뛰어올라 머리를 들고 앞으로 질주합니다.

龍輈華轙,[254] 金錽鏤鍚.[255] 方釳左纛,[256] 鉤膺玉瓖.[257] 鑾聲噦噦,[258] 和鈴鉠鉠.[259] 重輪貳轄,[260] 疏轂飛軨.[261] 羽蓋威蕤,[262] 葩瑤曲莖.[263] 順時

254 龍輈華轙(용주화의) : '용주(龍輈)'는 용의 머리를 새겨놓은 수레의 끌채[車轅]. '화의(華轙)'는 화려한 장식 무늬가 있는 말의 고삐고리. 수레끌채 끝의 횡목(橫木)을 형(衡)이라 하는데, 여기에 고리를 만들어 뒤 말의 여섯 개 고삐를 꿰도록 한 것을 '의(轙)'라 한다.

255 金錽鏤鍚(금맘루양) : '금맘(金錽)'은 말의 머리에 씌우는 말머리 장식[馬冠]. '맘(錽)'은 말머리의 장식. '누양(鏤鍚)'은 청동에 새겨 말 이마 중앙에 장식하는 말머리의 장식. '양(鍚)'은 말의 이마에 대는 금속제 장식.

256 方釳左纛(방흘좌도) : '방흘(方釳)'은 수레끌채 양쪽에 꿩 꼬리를 꽂아두는 장식도구. '흘(釳)'은 말 머리의 장식. '좌도(左纛)'는 옛날 황제의 수레에 설치한 장식물. 소꼬리나 꿩꼬리로 제작하여 수레끌채 끝의 횡목 왼쪽에 설치했기 때문에 붙여진 이름이다. '도(纛)'는 쇠꼬리로 장식한 큰 기(旗).

257 鉤膺玉瓖(구응옥양) : '구응(鉤膺)'은 말 가슴걸이 곧 흉대(胸帶). '옥양(玉瓖)'은 마대(馬帶) 상의 옥으로 된 장식. '양(瓖)'은 말의 뱃대끈의 장식.

258 鑾聲噦噦(난성홰홰) : '난(鑾)'은 수레끌채 끝의 횡목에 매달아둔 쇠방울. '홰홰(噦噦)'는 말에 단 방울소리.

259 和鈴鉠鉠(화령앙앙) : '화령(和鈴)'은 수레 앞턱의 가로나무에 매단 쇠방울. '앙앙

服而設副,[264] 咸龍旂而繁纓.[265] 立戈迤戞, 農輿輅木.[266] 屬車九九,[267] 乘軒幷轂[268]琫弩重旃,[269] 朱旄靑屋.[270] 奉引旣畢,[271] 先輅乃發. 鸞旗皮軒,[272] 通帛綪旆.[273] 雲罕九斿,[274] 闟戟轇輵. 髾髦被繡,[275] 虎夫戴鶡.[276]

(鉠鉠)'은 비교적 작은 방울소리.

260 重輪貳轄(중륜이할) : '중륜(重輪)'은 두 바퀴가 중첩되다. 따라서 수레의 바퀴통도 역시 이중으로 되었음을 말한 것이다. '할(轄)'은 바퀴를 굴대에 끼고 벗어나지 않게 하려고 굴대머리에 내리지르는 큰 못, 곧 수레의 비녀장.

261 疏轂飛軨(소곡비령) : '소곡(疏轂)'은 무늬를 새긴 수레바퀴통을 가리킨다. '소(疏)'는 새기다[鏤]. '비령(飛軨)'은 수레의 굴대[軸] 양 끝의 장식물. 이 장식물은 넓이가 여덟 자인 붉은 명주에다 왼쪽엔 청룡, 오른쪽엔 백호를 그려놓아 굴대 끝에 매어 장식물로 삼는다.

262 羽蓋威蕤(우개위유) : '우개(羽蓋)'는 물총새 깃으로 장식한 수레덮개. '위유(威蕤)'는 깃털이 아래로 축 늘어진 모양, 깃털이 어지러이 퍼져있는 모양.

263 葩瑵曲莖(파조곡경) : 수레 산개(傘蓋)의 기둥이 굽어있고 기둥 끝에 꽃 모양의 장식물이 있는 것을 말한다. '파조(葩瑵)'는 금으로 꽃 모양을 만든 것이다. '파(葩)'는 꽃 모양의 금장식.

264 順時服而設副(순시복이설부) : 오시(五時)에 따라서 수레와 의복의 색깔이 각각 달랐음을 말한다. '시복(時服)'은 오시(五時)의 의복(衣服). 고대에는 각각의 계절에 따라 각각 의복의 색깔이 달랐다. 입춘(立春)에는 백관들이 청색(靑色)의 옷을 입었고, 입하(立夏)에는 적색 옷을 입었으며 입추 이전 18일은 황색 옷을 입었고 입추에는 백색 옷을 입었으며, 입동에는 흑색 옷을 입었다. 수레와 말도 역시 이와 같이 꾸몄다. '부(副)'는 부거(副車).

265 龍旂而繁纓(용기이반영) : '용기(龍旂)'는 교룡(交龍)의 문양을 그려 넣은 기(旗). '반영(繁纓)'은 왕후(王侯)가 쓰는 말의 복대(腹帶) 장식, 곧 말의 뱃대끈과 가슴걸이. '반(繁)'은 '반(鞶 : 말의 큰 띠)'과 통하며, '영(纓)'은 말 가슴걸이, 곧 말 가슴에 걸어 안장에 매는 가죽 끈.

266 農輿輅木(농여로목) : '농여(農輿)'는 경작용 수레. '노목(輅木)'은 천자가 친경(親耕)할 때 타는 수레로, 수레와 말에 수식이 없기 때문에 '목(木)'이라 한 것이다. 압운을 위해 '목로(木輅)'를 '노목(輅木)'으로 바꾸어 놓았다.

267 屬車(속거) : 황제를 모시고 따르는 자들이 타는 수레 곧 부거(副車).

268 乘軒幷轂(승헌병곡) : '헌(軒)'은 대부(大夫) 이상이 타는 휘장이 있는 수레. '병곡(幷轂)'은 수레가 나란히 나아가다. 수레가 세 줄을 이루고 나란히 나아가기 때문에 '병곡(幷轂)'이라 한 것이다.

269 琫弩重旃(복노중전) : '복(琫)'은 수레 위에 활과 쇠뇌[弩]를 놓아두는 가죽 주머니. '전(旃)'은 자루가 굽은 적색의 기(旗).

270 靑屋(청옥) : 푸른 비단으로 안감을 만든 수레덮개.

271 奉引(봉인) : 어가(御駕)를 인도하는 수레, 또는 어가 앞에서 인도하는 자. 일반적으로 공경(公卿)이 담당한다.

272 鸞旗皮軒(난기피헌) : '난기(鸞旗)'는 난새[鸞]를 수놓은 천자 수레에 꽂은 기. 깃털

駙承華之蒲梢,[277] 飛流蘇之騷殺.[278] 總輕武於後陳,[279] 奏嚴鼓之嘈囐.[280] 戎士介而揚揮,[281] 戴金鉦而建黃鉞.[282] 淸道案列,[283] 天行星陳.[284] 肅肅習習,[285] 隱隱轔轔.[286] 殿未出乎城闕,[287] 旆已反乎郊畛.[288]

수레 끌채에 용의 머리를 새기고 말 고삐고리에는 화려하게 무늬를 장식하였으며, 말머리에 각종 금속 장식물을 매달아 놓았습니다. 수레

로 엮은 붉은색 기로, 천자의 수레가 출발하면 의장(儀仗)으로써 먼저 출발한다. '피헌(皮軒)'은 호랑이 가죽으로 만든 수레[虎皮車]로, 대부 이상이 타며 어가를 위해 앞에서 달리는 수레이다.

273 通帛綪旆(통백천패) : '통백(通帛)'은 (천자의 수레에 쓰이는) 자루가 굽은 적색의 기. '천패(綪旆)'는 붉은 기. '천(綪)'은 '천(蒨 : 풀이름인 꼭두서니)'과 같다. 꼭두서니 풀은 붉은 빛을 내는 염료로 쓰인다.

274 雲罕九斿(운한구유) : '운한(雲罕)'과 '구유(九斿)'는 모두 천자가 출행할 때 선도하는 정기(旌旗)의 별명.

275 髶髦(용모) : 머리털을 풀어헤치고 앞장서 달려가는 무사(武士).

276 戴鶡(대할) : 할새의 꽁지깃을 관에 쓰다. 할새는 죽을 때까지 싸우는 새로, 무사들에게 용맹하라고 관에 씌워줬다.

277 駙承華之蒲梢(부승화지포초) : '부(駙)'는 예비의 말, 부마(副馬). '승화(承華)'는 황가(皇家)의 마구간. '포초(蒲梢)'는 대완(大宛)에서 나는 천리마의 이름.

278 流蘇之騷殺(유소지소살) : '유소(流蘇)'는 오색털이 함께 섞인 말 이마 장식물. '소살(騷殺)'은 아래로 늘어진 모양.

279 總輕武於後陳(총경무어후진) : '경무(輕武)'는 고대의 전차인 날랜 수레 곧 경거(輕車). '후진(後陳)'은 뒤에 진열하다, 또는 후열(後列)의 군대. '후진(後陣)'으로도 쓴다.

280 嚴鼓之嘈囐(엄고지조잘) : '엄고(嚴鼓)'는 빠르게 재촉하는 북소리. '조잘(嘈囐)'은 떠들썩한 북소리.

281 揮(휘) : '휘(徽)'와 통하는 글자로, 작지만 상징이 되는 표지. 옛날 병사들은 어깨 위에 제비꼬리 같은 군대의 휘장(徽章) 곧 군휘(軍徽)를 장식으로 달았다.

282 戴金鉦而建黃鉞(대금정이건황월) : '금정(金鉦)'은 금속악기인 징. 행군할 때 이 징을 치면 군사는 정지한다. '황월(黃鉞)'은 황금으로 장식한 도끼. '월(鉞)'은 본래 고대의 병기이나 후세에는 제왕의 의장으로 쓰였다.

283 淸道案列(청도안렬) : '청도(淸道)'는 천자가 나다닐 때 행인들을 금지시켜 길을 정리하는 것이다. '안렬(案列)'은 행렬(行列)을 정(定)하다.

284 天行星陳(천행성진) : 천자가 출행(出行)할 때 각 부분이 가지런히 질서가 있는 광경을 비유한 것이다.

285 習習(습습) : 나아가는 모양.

286 隱隱轔轔(은은린린) : '은은(隱隱)'은 많다, 중다(衆多)하다. '인린(轔轔)'은 수레소리.

287 殿未出乎城闕(전미출호성궐) : '전(殿)'은 대오(隊伍)의 후미, 후군(後軍). '성궐(城闕)'은 성문 양쪽의 누대(樓臺) 위의 망루(望樓)인 누관(樓觀)을 말한다.

288 旆(패) : 전대(前隊)의 정기(旌旗).

끌채에는 꿩꼬리와 쇠꼬리를 꽂아 장식했고, 말 가슴걸이에는 옥으로 장식을 했습니다. 수레끌채 끝 횡목 상의 방울에선 쩔렁쩔렁 소리가 울려나고, 수레 앞턱 가로나무에 매단 쇠방울[和鈴]에선 딸랑딸랑 소리가 납니다. 수레의 두 바퀴는 중첩되었고 수레의 비녀장은 이중으로 되었으며, 수레의 바퀴통엔 무늬를 새겨놓았고 수레굴대의 양 끝에는 채색 명주를 매어두었습니다. 물총새 깃으로 장식한 수레덮개는 깃털이 어지러이 축 쳐졌고 수레 산개(傘蓋)의 굽은 자루의 상단은 황금 꽃송이들로 장식되어 있습니다. 오시(五時)에 따라서 수레와 의복의 색깔이 각각 달랐으며, 모든 정기(旌旗)에는 교룡(交龍)을 그려 넣었고 말 가슴걸이는 가죽 끈으로 장식했습니다. 수레에 창[戟]을 세우고 긴창[長矛]을 비껴 꽂았는데 천자의 경작용 수레는 대단히 소박합니다. 황제를 모시고 따르는 속거(屬車)가 81승(乘)이며, 경대부들이 타는 수레도 세 줄로 나란히 나아갑니다. 수레 위의 가죽 주머니엔 활과 쇠뇌[弩]를 놓아두었고 자루가 굽은 적색 기는 수풀처럼 겹겹이 서있으며, 붉은색 모우(旄牛) 꼬리로 기를 장식했고 푸른색 비단으로 수레덮개의 안감을 대었습니다. 받들어서 어가(御駕)를 인도하는 수레의 배정이 끝나고 나서야 선행하는 수레가 비로소 출발합니다. 난기(鸞旗)를 꽂은 호피거(虎皮車)가 길을 열어 선도하고, 자루가 굽은 붉은색 기가 펄럭입니다. 운한(雲罕)과 구유(九斿) 등 각종 정기가 배열했는데 어지러이 들쭉날쭉 뒤섞여서 휘날립니다. 머리털을 풀어헤친 무사(武士)가 비단옷을 입고 앞장서 달리며, 호랑이처럼 용맹한 무사가 머리에 할새의 꼬리털을 꽂고 양쪽에서 지킵니다. 황궁 마구간의 포초(蒲梢)라는 천리마를 부마(副馬)로 삼았는데, 이삭처럼 축 쳐진 말 이마 장식물이 바람에 휘날립니다. 싸움하는 날랜 수레[輕武]를 후진(後陣)에 모아놓았으며, 북을 급속히 울리니 빠르고 요란한 북소리가 천지를 진동합니다. 병사들은 갑옷을 입고 어깨에 군대휘장[軍徽]을 날리며, 금속악기 징을 들고 있고 황금도끼를 곧게 세웠습니다. 행인을 금지시켜 길을 정리하고 행렬(行列)

을 정(定)하였으며, 천자의 출행(出行)하시는 대오는 마치 하늘의 별들이 나열된 듯합니다. 병사들은 장엄하고 엄숙하게 행진하며 많은 병거(兵車)들에서 삐거덕거리는 소리가 납니다. 대오(隊伍)의 후미가 아직 성문 밖 누관(樓觀)을 나서지도 않았는데, 전대(前隊)의 정기(旌旗)가 이미 성밖 교외 지역을 돌아섰습니다.

盛夏后之致美,[289] 爰敬恭於明神.[290] 爾乃孤竹之管,[291] 雲和之瑟.[292] 雷鼓鼝鼝,[293] 六變旣畢.[294] 冠華秉翟,[295] 列舞八佾.[296] 元祀惟稱,[297] 群望咸秩.[298] 颺槱燎之炎煬,[299] 致高煙乎太一.[300] 神歆馨而顧德,[301] 祚靈主

289 夏后之致美(하후지치미) : '하후(夏后)'는 하(夏)의 우임금을 가리킨다. 『논어 · 태백(泰伯)』: "공자께서 말씀하셨다. 우임금에 대해 나는 비난할 데가 없다. 먹는 음식은 초라했는데도 귀신에게 정성을 다하였도다(子曰 : 禹, 吾無間然矣. 菲飮食, 而致孝乎鬼神)". '치(致)'는 다하다[盡].

290 明神(명신) : 옛날 신에 대한 존칭(尊稱).

291 孤竹(고죽) : 옛날의 나라 이름. 백이(伯夷)와 숙제(叔齊)는 이 고죽 나라 사람이었다.

292 雲和(운화) : 산 이름. 좋은 나무가 생산되어 이것으로 큰 거문고[瑟]를 만들면 그 소리가 청량(淸亮)하나고 한다.

293 雷鼓鼝鼝(뇌고연연) : '뇌고(雷鼓)'는 팔면의 북[八面鼓]. '연연(鼝鼝)'은 북소리가 빈번하고 멀리 퍼져나가는 형용.

294 六變(육변) : 악장(樂章)이 여섯 차례 바뀌는 것을 말한다. 옛날에 신들에게 제사드릴 때에 악장이 여섯 차례 바뀌어야 제전(祭典)이 비로소 이루어졌다. 전설에 따르면, 한 번 바뀌면 산천의 신이 나타나고, 두 번 바뀌면 산림의 신이 나타나고, 세 번 바뀌면 구릉(丘陵)의 신이 나타나고, 네 번 바뀌면 분연(墳衍)의 신이 나타나고, 다섯 번 바뀌면 지신(地神)이 나타나고 여섯 번 바뀌면 천신(天神)이 나타난다고 한다.

295 冠華(관화) : 춤추는 사람이 머리에 쓰는 일종의 화관(華冠). 이 관은 철(鐵)로 만드는데, 큰 구슬 아홉 개로 장식을 한다.

296 八佾(팔일) : 옛날 천자가 전용(專用)하는 악무(樂舞). 가로와 세로 여덟 명씩 64명이 추는 춤이다. 제후는 육일무(六佾舞)를 추고, 대부는 사일무(四佾舞)를 춘다.

297 元祀惟稱(원사유칭) : '원사(元祀)'는 큰 제사. 하늘과 땅에 제사하는 것을 가리킨다. '칭(稱)'은 거행하다.

298 群望咸秩(군망함질) : '군망(群望)'은 산천의 여러 신[衆神]들에게 제사하다. '망(望)'은 산천의 신에게 드리는 제사를 말한다. '함질(咸秩)'은 모두 순서가 있다.

299 槱燎之炎煬(유료지염양) : '유료(槱燎)'는 (신에게 제사할 때) 장작을 모아놓고 불태우다. 이렇게 제사할 때에 장작더미 위에는 생체(牲體)와 기타 제물을 놓는다. '염양(炎煬)'은 화염이 맹렬하다, 불이 세차게 타오르다.

以元吉.[302]

하(夏)의 우임금이 제사에 아름다움을 다한 것을 찬미하며 이에 하늘의 신명(神明)에게 공경하는 마음을 갖습니다. 그리하여 고죽(孤竹) 나라에서 나는 피리를 불고, 운화산(雲和山)의 좋은 나무로 만든 금슬(琴瑟)을 취주(吹奏)합니다. 팔면(八面)의 큰북을 둥둥 울리니 하늘까지 진동하고, 주악(奏樂)도 여섯 차례 바뀌어 신(神)을 맞는 의식(儀式)이 끝납니다. 이어서 춤꾼이 화관(華冠)을 머리에 쓰고 꿩 꼬리를 손에 들고서 열을 지어 팔일무(八佾舞)를 춥니다. 하늘과 땅에 제사 드리는 대전(大典)이 거행되니, 산천의 여러 신[衆神]들이 모두 순서대로 제사를 받습니다. 제사드릴 때 장작개비를 모아 불태우니 화염이 맹렬하게 치솟아 올라가고, 높이 올라간 연기는 천제(天帝) 태일(太一)이 계신 곳에까지 이릅니다. 천제(天帝)께서 제품의 향기를 받으사 천자의 덕을 돌아보시고, 영명하신 군주에게 큰 복을 내리십니다.

然後宗上帝於明堂,[303] 推光武以作配.[304] 辯方位而正則,[305] 五精帥而來摧.[306] 尊赤氏之朱光,[307] 四靈懋而允懷.[308] 於是春秋改節, 四時迭代,

300 致高煙乎太一(치고연호태일) : '치고연(致高煙)'은 높은 연기를 올라가게 하다. 하늘은 높고 멀기 때문에 접근할 수 없어, 천자는 연기를 올라가게 하는 것으로 그 정성을 다하는 것이다. '태일(太一)'은 천신(天神) 중 가장 존귀한 자의 이름, 곧 천황대제(天皇大帝). '태일(泰一)'이라고도 쓴다.

301 歆馨(흠형) : 제사의 향기를 받다, 곧 제사를 받아들이다. '형(馨)'은 향기.

302 祚靈主以元吉(조령주이원길) : '조(祚)'는 보답하다, 복을 내리다. '영주(靈主)'는 천자를 가리킨다. '원길(元吉)'은 큰 복. '원(元)'은 크다.

303 宗上帝(종상제) : '종(宗)'은 존숭하여 제사지내다. '상제(上帝)'는 천상(天上)의 태미궁(太微宮) 중의 오제(五帝).

304 配(배) : 합쳐서 제사지내는 것, 곧 배제(配祭). 여기서는 천상의 오제와 합쳐서 제사지내는 것을 말한다.

305 方位(방위) : 사방(四方)과 중앙의 위치를 가리킨다. 생체(牲體)와 옥백(玉帛) 등의 예물은 각 방위의 색에 따른다. 동방은 청색, 남방은 적색, 중앙은 황색, 서방은 백색, 북방은 흑색이다.

306 五精帥而來摧(오정솔이래최) : '오정(五精)'은 오방성(五方星)의 신. 오방성은 곧 오제의 표상이다. '솔(帥)'은 좇다, 따르다[循]. '최(摧)'는 이르다.

蒸蒸之心, 感物曾思,[309] 躬追養於廟祧,[310] 奉蒸嘗與禴祠.[311] 物牲辯省,[312] 設其楅衡.[313] 毛炰豚胉,[314] 亦有和羹. 滌濯靜嘉,[315] 禮儀孔明. 萬舞奕奕,[316] 鐘鼓喤喤.[317] 靈祖皇考,[318] 來顧來饗. 神具醉止,[319] 降福穰穰.[320]

그런 후에 명당에서 천상의 오제(五帝)를 존숭하여 제사지내고, 광무황제를 추앙(推仰)하여 배제(配祭)를 드립니다. 사방(四方)과 중앙의 위치를 분별하여 제사의 법칙을 바르게 따르니 오제의 정령(精靈)께서 서로 좇아 명당에 이르십니다. 적제(赤帝)의 화덕(火德)을 특별히 존숭하니 나머지 사제(四帝)의 신령들도 기뻐하며 믿고 안심하십니다. 이에

---

307 赤氏之朱光(적씨지주광) : '적씨(赤氏)'는 오제 중 남방의 적제(赤帝). '주광(朱光)'은 화덕(火德)을 나타낸다. 한(漢)은 화덕으로, 적제가 통솔한다. 그래서 유방(劉邦)을 적제자(赤帝子)라고 일컬었다.

308 允懷(윤회) : '윤(允)'은 믿다[信], '회(懷)'는 편안하다[安].

309 感物(감물) : 각 시절을 잘 타는 산물(産物). 봄에는 부추 · 알[卵], 여름에는 보리 · 물고기, 가을에는 기장 · 육포, 겨울에는 벼 · 기러기로, 효자는 이런 새 산물들로 조상에게 제사하고 싶어 한다는 것이다.

310 廟祧(묘조) : 사당, 종묘. '조(祧)'는 원조(遠祖)를 합사(合祀)하는 사당.

311 蒸嘗與禴祠(증상여약사) : 사계절에 드리는 제사의 명칭. 봄제사는 '사(祠)', 여름제사는 '약(禴)', 가을제사는 '상(嘗)', 겨울제사는 '증(烝)'이다. '증(蒸)'은 '증(烝)'과 같다.

312 物牲辯省(물생변성) : '물생(物牲)'은 제사를 드릴 때 쓰는 생축제물(牲畜祭物). '변(辯)'은 '편(遍 : 두루)'의 가차자.

313 楅衡(복형) : (사람에게 닿는 것을 막기 위해) 쇠뿔에 묶는 가로나무[横木].

314 毛炰豚胉(모포돈박) : '모포(毛炰)'는 털을 제거하고 통째로 굽다. '돈박(豚胉)'은 돼지 갈비 살.

315 靜(정) : 깨끗하다[淨].

316 萬舞(만무) : 종묘제사에 쓰이는 춤. 고대에는 문무(文舞)와 무무(武舞)로 나뉘었는데, 문무는 손에 우모(羽旄)를 들고 춤을 추었으며, 무무는 손에 방패와 도끼를 들고 춤을 추었다. 이 두 가지의 춤이 모두 제사에 쓰였다. 단지 방패와 도끼만을 들고 춤을 추었다는 설도 있다.

317 喤喤(황황) : 조화로운 종고(鐘鼓) 소리를 형용한 것이다.

318 靈祖皇考(영조황고) : '영조(靈祖)'는 선조의 신령. '황고(皇考)'는 돌아가신 부친에 대한 존칭, 모친에 대한 존칭은 '황비(皇妣)'라 한다.

319 神具醉止(신구취지) : 『시경 · 소아 · 초자(楚茨)』 : "신들이 모두 취하여 신주가 자리에서 일어납니다(神具醉止, 皇尸載起)". '지(止)'는 어조사.

320 穰穰(양양) : 풍성하다, 많다.

봄·가을의 계절이 바뀌고 사철이 돌아가면서 바뀌니, 효성스런 마음을 가지신 천자께서 각 계절을 잘 느끼게 해주는 생산물을 생각해내고서, 몸소 종묘에서 조상들이 양육해주신 은혜를 추념해, 봄제사 사(祠), 여름제사 약(禴), 가을제사 상(嘗), 겨울제사 증(烝)을 받듭니다. 제사용의 생축제물(牲畜祭物)을 두루 살펴보시고서 쇠뿔에 묶는 가로나무를 설치합니다. 털을 제거하고 구운 돼지 갈빗살도 있고, 또한 여러 맛을 조화시켜 만든 국도 있습니다. 제기(祭器)를 씻어 깨끗하고 아름다우며 제사의 예의 또한 몹시 밝습니다. 종묘제사에서 추는 춤은 성대하고, 종과 북의 조화로운 소리는 웅장합니다. 선제(先帝)와 부황(父皇)의 신령이 자손들을 돌아보시고서 오셔서 제물을 흠향하십니다. 신령들이 모두 취하셔 복을 풍성히 내려주십니다.

及至農祥晨正,[321] 土膏脈起.[322] 乘鑾輅而駕蒼龍,[323] 介馭間以剡耜.[324] 躬三推於天田,[325] 修帝籍之千畝.[326] 供禘郊之粢盛,[327] 必致思乎勤己.

---

321 農祥晨正(농상신정) : '농상(農祥)'은 별 이름으로 곧 방성(房星). '신정(晨正)'은 방성이 정월 초춘(初春)의 새벽에 남방의 하늘에 나타난 것을 말하는 것으로, 입춘일(立春日)을 가리킨다. 방성이 입춘일에 남방에 보이면 농사를 시작할 때가 온 것이다.

322 脈起(맥기) : 토맥(土脈)이 일어나 다시 굳어지지 않는 것을 말한다.

323 乘鑾輅而駕蒼龍(승란로이가창룡) : '난로(鑾輅)'는 황제가 타는 수레. '창룡(蒼龍)'은 청색의 말. 여덟 자 말을 '용(龍)'이라 한다.

324 介馭間(개어간) : '개(介)'는 황제를 보위하는 갑옷을 입은 무사[甲士]. '어간(馭間)'은 황제가 친경(親耕)하려고 수레에 탈 때, 황제는 왼쪽에 앉고 갑사는 오른쪽에 앉으며 수레를 모는 사람[御者]이 중간에 앉는다. 농기구를 갑사(甲士)와 어자(御者) 중간에 놓는 것을 가리킨다. '어(馭)'는 수레를 모는 사람, 곧 어자(御者).

325 躬三推於天田(궁삼퇴어천전) : '궁삼퇴(躬三推)'는 천자가 친히 쟁기를 세 번 밀다. '삼퇴(三推)'는 옛날에 제왕이 농사를 장려한다는 뜻을 나타내기 위하여, 매년 한 차례씩 친경하는 예를 거행했는데 논에서 쟁기를 잡고 세 번을 미는 것을 말한다. 천자는 삼퇴(三推), 삼경(三卿)은 오퇴(五推), 경(卿)과 제후는 구퇴(九推)를 했다. '천전(天田)'은 원래는 별 이름이었으나, 후에는 황제가 친경하는 전(田)을 가리킨다.

326 帝籍之千畝(제적지천무) : '제적(帝籍)'은 옛날 황제가 친히 경작하는 적전(籍田). 적전(籍田)이란 군주가 친히 경작하는 경지(耕地)라는 뜻이다. '적(籍)'을 '적(藉)'으로도 쓴다. '천무(千畝)'는 주(周) 제도에서 천자는 적전 1,000무(畝)를 경작하고 제후는 100무를 경작하였다. 무(畝)란 전답의 면적단위로, 사방 여섯 재[尺]를 1보(步)

兆民勸於疆埸,[328] 感懋力以耘耔.[329] 春日載陽,[330] 合射辟雍.[331] 設業設虡,[332] 宮懸金鏞.[333] 鼖鼓路鼗,[334] 樹羽幢幢.[335] 於是備物, 物有其容.[336] 伯夷起而相儀,[337] 后夔坐而爲工.[338] 張大侯,[339] 制五正,[340] 設三乏,[341]

라 하고 100보(步)를 1무(畝)라 한다.

327 禘郊之粢盛(체교지자성) : '체교(禘郊)'는 국도(國都)의 남교(南郊)에서 하늘에 제사하는 것. '체(禘)'란 군주가 시조를 하늘에 배향(配享)하는 큰 제사 드리는 것. '자성(粢盛)'은 제기(祭器) 안에 담는 기장[黍稷]을 가리키는 말로 제품(祭品), 제물. 서직(黍稷)을 '자(粢)'라 하고 제기 안에 있는 것을 '성(盛)'이라 한다.

328 兆民勸於疆埸(조민권어강역) : '조민(兆民)'은 백성의 수가 극히 많다는 뜻으로, 수많은 백성을 가리킨다. 만과 억의 곱이 '조(兆)'로, 천자는 조민(兆民)을 거느리고 제후는 만민(萬民)을 거느린다. '강역(疆埸)'은 전답의 경계[田界]. 여기서는 농전(農田) 사이를 가리킨다.

329 懋(무) : 힘쓰다.

330 載(재) : 즉(則).

331 合射辟雍(합사벽옹) : 『후한서 · 명제기(明帝紀)』의 기록에 따르면, 영평(永平) 2년 3월 명제가 벽옹에 가서 처음으로 대사례(大射禮)를 행하였다고 한다. '사(射)'는 활 쏘는 기술로, 고대 육예(六藝) 가운데 하나인데 이를 통해서 예교(禮敎)를 행하였다.

332 設業設虡(설업설거) : '업(業)'은 옛날 악기걸이에 딸린 장식용 큰 판자인데, 이곳에 톱니 모양 같은 것을 새겨 종 · 북 · 경쇠 등을 걸어두었다. '거(虡)'는 편종이나 편경을 거는 큰 나무틀인데, 횡목(橫木)인 것을 '순(簨)'이라 하고 직목(直木)인 것을 '거(虡)'라 한다.

333 宮懸金鏞(궁현금용) : '궁현(宮懸)'은 옛날 종이나 경쇠 등의 악기는 틀에 매달아 걸었는데[懸], 매달아 거는 형식은 신분에 따라 달라서, 제왕은 사면(四面)에 매달아 걸어 궁실[宮] 사면의 벽을 상징했기 때문에, '궁현(宮懸)'이라 이름 한 것이다. '용(鏞)'은 큰 종.

334 鼖鼓路鼗(분고로도) : '분고(鼖鼓)'는 길이가 여덟 자짜리인 큰 북[大鼓]. '노도(路鼗)'는 소고(小鼓)의 일종으로 제사지낼 때에 쓰이는 북의 이름. '도(鼗)'는 자루를 잡고 북을 좌우로 돌리면 좌우의 끈에 단 구슬이 치게 된 북, 일명 땡땡이.

335 樹羽幢幢(수우당당) : '수우(樹羽)'는 종 걸이 틀의 횡목(橫木) 상에 새 깃을 꽂아서 장식으로 한 것을 가리킨다. '당당(幢幢)'은 새털로 번성(繁盛)하게 장식한 모양, 새털이 늘어진 모양.

336 容(용) : 의용(儀容), 법도(法度), 장식(裝飾).

337 伯夷起而相儀(백이기이상의) : '백이(伯夷)'는 요순(堯舜) 시대 때 예관(禮官). '상의(相儀)'는 의식을 돕다. '의상(儀相)이 되다'로 보는 설도 있다.

338 后夔(후기) : 순임금의 신하로 음악을 관장하는 관리.

339 侯(후) : 활을 쏘는 표적으로 거는 베[射布], 곧 과녁.

340 五正(오정) : 다섯 방위[五方]의 정색(正色). 베[布]에 다섯 방위[五方]의 정색(正色)을 칠하여 큰 사포(射布) 위에 걸어 둔다. 즉 정 중앙은 적색이고 순서에 따라 밖으

罪司旌.[342] 弁夾旣設,[343] 儲乎廣庭.[344]

농상(農祥)의 별[房星]이 정월 입춘에 남방에 나타나게 되면 땅이 윤택해지고 토맥(土脈)이 일어나 농사짓는 때가 됩니다. 천자께서 청색 말 창룡(蒼龍)을 모는 난로(鑾輅)라는 수레를 타시고, 갑사(甲士)와 어자(御者) 중간에 날카로운 쟁기보습을 놓고 친경(親耕)하러 가십니다. 천자께서 몸소 경작하시는 전지(田地)에서 쟁기를 세 번 미시고, 1,000무(畝)에 달하는 황제의 적전(籍田)을 가십니다. 적전(籍田)에서 나오는 것으로써 남교(南郊)에서 하늘에 제사하는 제물을 바치고, 신령께 반드시 자신을 부지런히 하겠노라는 생각을 알리십니다. 억조창생들은 전답의 경계 구역에서 권면을 받아, 감동되어서 김을 매고 흙을 북돋는 농사일에 힘을 다합니다. 봄이 되면 햇볕이 따뜻해져 천자는 제후들과 벽옹(辟雍) 학궁에서 대사례(大射禮)를 거행해 예교(禮敎)를 행하십니다. 톱니 모양을 새긴 큰 판자[業]를 설치하고 악기를 거는 큰 나무틀[虡]을 안치하여, 나무틀 사면(四面)에는 큰 종을 매달아 걸어둡니다. 북 걸이 틀에는 또한 여덟 자짜리 큰 북과 작은 북도 걸려있으며, 그 위에는 오색의 새 깃을 번성하게 꽂아 장식해 두었습니다. 이에 각종 의례(儀禮)의 물품들을 다 갖춰 두었고 각 의례 물품들마다 그 법식에 따른 꾸밈이 있습니다. 백이(伯夷) 같은 사람이 일어나 의식(儀式)을 도왔으며, 후기(后夔) 같은 사람이 앉아서 악공(樂工)이 됩니다. 거대한 과녁을 펼쳐

로 백색, 청색, 황색, 흑색의 오환(五環)으로 이루어져 있다.

341 三乏(삼핍) : 화살을 막아주는 세 개의 기구(器具). 즉 화살이 과녁에 적중했는지의 여부를 알려주는 사람을 가려 보호해 주기 위한 설비로, 가죽으로 만들어 안에 숨어 있게 한다. 세 개의 과녁에 쏘기 때문에 세 개의 설비가 필요한 것이다.

342 罪司旌(비사정) : '비(罪)'는 가리다, 막아주다. '사정(司旌)'은 기를 들고 있다 화살이 과녁에 맞으면 '획(獲)'이요 하면서 기를 올려 알려주는 일을 담당하는 사람. 화살이 과녁에 맞지 않으면 기를 내려 알려준다.

343 弁夾(병협) : 과녁에 박힌 화살을 빼는 공구(工具). 화살이 과녁의 높은 곳에 맞으면 사람의 손이 닿지 않아 이 공구로 빼야 한다.

344 儲乎廣庭(저호광정) : 벽옹궁 안의 넓은 정원에 활 쏘는 설비를 갖춰두어 황제를 기다리고 있음을 가리킨다. '저(儲)'는 기다리다.

걸었고 과녁 중심을 오방(五方)의 색깔에 따라 오환(五環)으로 제작했으며, 화살을 막는 세 개의 기구(器具)를 설치해서, 기를 들고 과녁에 맞았는지의 여부를 알려주는 사람[司旌]을 엄호합니다. 과녁에 박힌 화살을 빼는 병협(幷夾)도 이미 진열되어, 벽옹궁 안의 넓은 정원에서 천자를 기다립니다.

於是皇輿夙駕,[345] 䢪於東階,[346] 以須消啓明.[347] 掃朝霞, 登天光於扶桑.[348] 天子乃撫玉輅,[349] 時乘六龍.[350] 發鯨魚,[351] 鏗華鍾,[352] 大丙弭節,[353] 風后陪乘.[354] 攝提運衡,[355] 徐至於射宮.[356] 禮事展,[357] 樂物具,

345 皇輿夙駕(황여숙가) : '황여(皇輿)'는 황제가 타는 수레. 즉 다음에 언급할 옥로(玉輅). '숙가(夙駕)'는 일찍이 수레를 몰고 출행(出行)하다.

346 䢪(차) : 수레를 멈추다, 수레를 물려 당전(堂前)에 대다.

347 須消啓明(수소계명) : '수(須)'는 기다리다. '계명(啓明)'은 계명성(啓明星), 곧 금성(金星). 해가 뜨기 전에 동방에서 빛나는 별.

348 登天光於扶桑(등천광어부상) : '천광(天光)'은 일광(日光). '부상(扶桑)'은 전설에 나오는 동방의 신목(神木). 해가 이곳에서 떠오른다고 한다.

349 撫玉輅(무옥로) : '무(撫)'는 기대다. 의미가 확대되어 '(수레를) 타다'는 뜻으로 쓰인다. '옥로(玉輅)'는 옥으로 장식한 천자의 대로(大輅). 대로(大輅)는 천자가 타는 수레이다.

350 時乘六龍(시승륙룡) : '시승(時乘)'은 각 시절에 따라 그 색깔에 맞는 말을 골라 탄다는 뜻이다. 예컨대 봄에는 푸른색 말을 타고 여름에는 적색 말을 타는 것과 같은 것이다. '육룡(六龍)'은 여섯 필의 준마.

351 發鯨魚(발경어) : '발(發)'은 들다[擧]. '경어(鯨魚)'는 고래 모양으로 만든 종을 치는 공이[杵]를 가리킨다. 포뢰(蒲牢)라는 해변에 사는 짐승은 평소에 바다의 큰 고래를 두려워 해 고래가 공격하면 크게 울기 때문에, 종소리가 크게 나도록 하기 위해 종 위에 포뢰를 만들고 고래 모양의 공이로 치게 했다.

352 華鐘(화종) : 전문(篆文)이 새겨진 종. 종에 전각(篆刻)의 문양이 있기 때문에 '화(華)'라고 한 것이다.

353 大丙弭節(대병미절) : '대병(大丙)'은 수레를 잘 몰았다고 전해지는 신선의 이름. '미절(弭節)'은 리듬에 맞추어 천천히 가다.

354 風后(풍후) : 황제(黃帝) 때의 재상이었다고 전해지는 사람.

355 攝提運衡(섭제운형) : '섭제(攝提)'는 대각성(大角星) 좌우에 있는 별 이름. 왼쪽 세 별을 '좌섭제'라하고 오른쪽 세 별을 '우섭제'라고 한다. '형(衡)'은 별 이름으로 북두(北斗)의 다섯 번째인 옥형(玉衡). 다섯 번째에서 일곱 번째 별을 두병(斗柄)이라고 하는데, 두병은 때로는 옥형이라고 칭해지기도 한다. 여기서는 황제의 수레 상에

〈王夏〉闋,[358] 〈騶虞〉奏.[359] 決拾旣次,[360] 彫弓斯彀.[361] 達餘萌於暮春,[362] 昭誠心以遠喩. 進明德而崇業,[363] 滌饕餮之貪欲.[364] 仁風衍而外流, 誼方激而遐騖.[365] 日月會於龍狵,[366] 恤民事之勞疚.[367] 因休力以息勤,[368] 致歡忻於春酒.[369] 執鑾刀以袒割,[370] 奉觴豆於國叟.[371] 降至尊以訓

섭제성이 옥형을 따라 운행하는 도형을 그려놓은 것을 가리킨다.

356 射宮(사궁) : 벽옹(辟雍)을 말한다.

357 禮事展(예사전) : 대사(大射)의 예의(禮儀)가 전개되다. '예사(禮事)'를 예기(禮器)로 보고 '전(展)'을 '진열되다'로 보는 설도 있다.

358 王夏闋(왕하결) : 옛날 악장(樂章)의 이름. 대사례에서 군왕이 출입할 때 처음 연주되는 음악이다. '결(闋)'은 곡이 끝나다.

359 騶虞(추우) : 악장의 이름. '추우(騶虞)'는 또한 살아있는 것을 먹지 않는 어진 짐승의 이름이기도 하다. 따라서 군왕이 활을 쏠 때에는 〈추우〉의 악장을 연주해서 대사(大射)는 살상(殺傷)을 위주로 하지 않는다는 것을 보여준 것이다.

360 決拾旣次(결습기차) : '결습(決拾)'의 '결(決)'은 활 쏠 때 오른쪽 엄지손가락에 끼어 활줄을 당길 때 사용하는 기구, 곧 깍지. 상아뼈로 만든다. '습(拾)'은 활을 쏠 때 왼쪽 소매를 걷어매는 띠, 곧 팔찌. '차(次)'는 손가락이 나란히 순서가 있음을 가리킨다. '차(佽 : 나란하다, 가지런하다)'와 통한다.

361 彫弓斯彀(조궁사구) : '조궁(彫弓)'은 무늬를 새겨 장식한 활. '구(彀)'는 활을 당기다.

362 達餘萌(달여맹) : 옛날 사람들은 천자의 어진 마음과 행위가 자연계에 영향을 미쳐 새싹까지도 돋아나게 할 수 있다고 생각했다. '여맹(餘萌)'은 늦봄에 최후로 싹이 트는 생물을 가리킨다.

363 崇業(숭업) : '숭(崇)'은 일으키다[興], '업(業)'은 사업(射業), 즉 사례(射禮)를 가리킨다.

364 饕餮(도철) : 전설에 등장하는 탐식(貪食)하는 악한 짐승. 여기서는 욕심 많고 남을 해치는 악인을 가리킨다. 재물을 탐하는 것을 '도(饕)'라 하고 먹는 것을 탐하는 것을 '철(餮)'이라 한다.

365 誼方激(의방격) : '의방(誼方)'은 의도(義道) 곧 도의(道義). '의(義)'자를 '의(誼)'로 표기하는 경우가 많다. '방(方)'은 도(道). '격(激)'은 떨치다, 감화하다.

366 日月會於龍狵(일월회어룡방) : 해와 달이 용의 꼬리 별[龍狵]에 모인다는 것은 하력(夏曆)으로 10월을 말한다. '용방(龍狵)'은 별 이름으로, 동방 창룡(蒼龍) 7수(宿) 가운데의 미성(尾星). '방(狵)'은 용의 꼬리.

367 民事之勞疚(민사지로구) : '민사(民事)'는 농사짓는 일, 농사(農事). '노구(勞疚)'는 노병(勞病). 수고로움을 가리킨다.

368 休力(휴력) : 노동자에게 휴식하게 하다.

369 春酒(춘주) : 겨울에 담가 봄에 숙성하기 때문에 '봄술[春酒]'이라고 한 것이다.

370 執鑾刀以袒割(집란도이단할) : '난도(鑾刀)'는 손잡이 끝에 방울을 장식한 칼. '단할(袒割)'은 옛날에 어른을 공경하는 예(禮)로써 천자가 웃옷을 벗어 왼쪽어깨를 드러내고서 손수 칼을 잡고 희생(犧牲)의 고기를 가르는 것을 가리킨다.

371 觴豆(상두) : 음식의 기구(器具). '상(觴)'은 술잔, '두(豆)'는 목제의 식기(食器).

恭,[372] 送迎拜乎三壽.[373] 敬愼威儀,[374] 示民不偸.[375] 我有嘉賓,[376] 其樂愉愉.[377] 聲敎布濩,[378] 盈溢天區.[379]

이 때에 황제의 수레는 아침 일찍 출행(出行)하여 동쪽 섬돌 아래에 멈추어 대놓습니다. 천자께선 계명성(啓明星)이 사라지고 아침노을이 스러지며 해가 부상(扶桑) 위로 떠 올라오길 기다리십니다. 천자께선 그제야 옥으로 장식한 수레에 오르셔, 시절에 따라 색깔에 맞는 여섯 필의 준마를 타십니다. 고래 모양의 공이[杵]를 들어 전문(篆文)이 새겨진 화종(華鐘)을 쳐서 울리면, 신선 대병(大丙)이 수레를 천천히 몰고 황제의 신하 풍후가 천자를 모시고 동승(同乘)합니다. 섭제성(攝提星)이 북두(北斗)의 옥형(玉衡)을 따라 천천히 운행하듯, 사례(射禮)를 거행하는 벽옹(辟雍) 학궁(學宮)에 서서히 이릅니다. 대사(大射)의 예의(禮儀)가 전개되고 악기가 갖춰져서, 〈왕하(王夏)〉의 악장(樂章)이 연주되고 나자 뒤이어 〈추우(騶虞)〉의 악장이 연주됩니다. 천자께서 오른쪽 엄지손가락에 깍지를 끼시고 왼쪽 소매에 팔찌를 두르신 절차를 이미 잘 마치시고서, 무늬를 새긴 조궁(彫弓)을 당겨 쏠 준비를 하십니다. 천자께서 활을 쏘아 늦봄에 마지막의 남은 새싹까지도 돋아나게 하시며, 천자의 성심(誠心)을 밝히 드러내어 심원(深遠)하게 깨우치십니다. 사례(射禮)를 진흥시켜 밝은 덕을 지닌 사람을 선발하고 도철(饕餮)과 같이 사악한

---

372 訓恭(훈공) : 공경의 도를 따르다. '훈(訓)'은 따르다.

373 三壽(삼수) : 곧 삼로(三老). 옛날에는 노인들을 나이에 따라 120세 이상의 상수(上壽), 100세 이상의 중수(中壽), 80세 이상의 하수(下壽) 세 등급으로 나누었다.

374 威儀(위의) : 장중한 의용거지(儀容擧止).

375 不偸(불투) : 순박하고 두터운 도(道). '투(偸)'는 가볍다, (인정이) 경박하다.

376 嘉賓(가빈) : 삼로(三老)와 오경(五更 : 연로하여 관직에서 물러난 경험 많은 장로) 등 빈객을 가리킨다. 『시경・소아(小雅)・녹명(鹿鳴)』 : "나에게 좋은 손님 있으셔슬 뜯고 생황 부네(我有嘉賓, 鼓瑟吹笙)".

377 愉愉(유유) : 마음이 화평하고 기쁜 모양.

378 聲敎布濩(성교포호) : '성교(聲敎)'는 천자의 성위(聲威)와 교화(敎化). '포호(布濩)'는 두루 퍼지다.

379 天區(천구) : 사방(四方)과 상하(上下)를 말한다.

자들의 탐욕을 제거하십니다. 인덕(仁德)의 바람이 널리 퍼져 역외(域外)로 유포되고 도의(道義)가 떨쳐져 멀리까지 퍼져갑니다. 해와 달이 맹동(孟冬) 10월에 용의 꼬리 별[龍猳]에 모일 때, 천자께서는 백성들의 농사짓는 수고로움을 위로하십니다. 그리하여 노동자들에게 휴식하고 부지런히 일하는 걸 쉬게 하고서, 봄술로 기쁨을 만끽하게 하십니다. 천자께서 경로(敬老)의 예로 난도(鑾刀)를 손수 잡고서 왼쪽 어깨를 드러내어 희생(犧牲)의 고기를 가르시고, 국가의 장로(長老)들에게 술과 고기를 받드십니다. 지극히 존엄한 신분을 버리고서 공경의 도(道)를 따르시어, 세 등급의 고수(高壽)[三壽]들에게 보내시고 맞이하는 절을 하십니다. 공경하고 삼가시는 장중한 의용거지(儀容擧止)로 백성들에게 두터운 도를 보여주십니다. 삼로(三老) 같은 좋은 손님 있으셔 그 즐거움이 융화되고 화목합니다. 천자의 성세(聲勢)와 교화가 널리 퍼져 사방 각지에 가득 차고 넘칩니다.

文德旣昭, 武節是宣.[380] 三農之隙,[381] 曜威中原.[382] 歲惟仲冬,[383] 大閱西園.[384] 虞人掌焉,[385] 先期戒事.[386] 悉率百禽, 鳩諸靈囿.[387] 獸之所

380 武節是宣(무절시선) : '무절(武節)'은 무덕(武德), 무도(武道). '선(宣)'은 펴다, 발양(發揚)되다.

381 三農之隙(삼농지극) : '삼농(三農)'은 봄・여름・가을 세 농사짓는 시기. '극(隙)'은 빈틈. 겨울을 가리킨다.

382 曜威中原(요위중원) : '요위(曜威)'는 위세를 빛내다, 곧 군대를 훈련하고 무예를 익히는 것을 가리킨다. '중원(中原)'은 평원(平原), 원야(原野).

383 仲冬(중동) : 겨울 세 달 중 한가운데인 음력 11월.

384 大閱西園(대열서원) : '대열(大閱)'은 천자가 군대를 검열하는 것을 말한다. '서원(西園)'은 낙양성 서쪽의 상림원(上林苑)을 가리킨다.

385 虞人(우인) : 산택(山澤)과 원유(苑囿) 및 수렵(狩獵)을 관장하는 관리.

386 戒事(계사) : 겨울이 되면 사전에 원유(苑囿)의 여러 관리들에게 수렵 도구를 수리하고 준비하도록 경계시키는 것을 가리킨다.

387 鳩諸靈囿(구저령유) : '구(鳩)'는 모으다[聚]. '저(諸)'는 '지어(之於)'의 합음자. '영유(靈囿)'는 원래는 문왕(文王)의 원유(苑囿)를 말하나, 여기서는 천자가 수렵할 상림원을 가리킨다.

同,[388] 是謂'告備'. 乃御小戎,[389] 撫輕軒.[390] 中畋四牡,[391] 旣佶且閑.[392] 戈矛若林, 牙旗繽紛.[393] 迄上林, 結徒營.[394] 次和樹表,[395] 司鐸授鉦.[396] 坐作進退,[397] 節以軍聲.[398] 三令五申,[399] 示戮斬牲.[400] 陳師鞠旅,[401] 教達禁成. 火列具擧,[402] 武士星敷. 鵝鸛魚麗,[403] 箕張翼舒. 軌塵掩迒,[404] 匪疾匪徐. 馭不詭遇,[405] 射不翦毛.[406] 升獻六禽,[407] 時膳四膏.[408] 馬足

---

388 同(동) : 앞의 '구(鳩)'와 같은 뜻으로 모으다, 모이다.

389 小戎(소융) : 고대 병거(兵車)의 일종.

390 撫輕軒(무경헌) : '무(撫)'는 기대다. 의미가 확대되어 '(수레를) 타다'는 뜻으로 쓰인다. '경헌(輕軒)'은 가볍고 날쌘 수레.

391 中畋(중전) : 사냥에서 중간에 있다는 뜻에서 나온, 일종의 수렵용 수레. 원거(轅車 : 두 마리의 말이 하나의 끌채를 끼고 있는 卿車), 곧 충전(衷甸)이라는 설도 있다.

392 佶且閑(길차한) : '길(佶)'은 건장하다. '한(閑)'은 한(嫻)과 통하여 익숙하다, 숙련(熟練)되다.

393 牙旗(아기) : 상아로 장식한 대장(大將)의 정기(旌旗). 옛날 천자가 출행하면 큰 '아기(牙旗)'를 세우는데, 깃대 위에 상아로 장식을 했다 해서 '아기(牙旗)'라고 불렀다.

394 徒(도) : 무리[衆].

395 次和樹表(차화수표) : '차화(次和)'의 '차(次)는 나란히 하다[比], '화(和)'는 군영(軍營)의 정문, 군문(軍門). 여기서는 좌우군(左右軍)의 군문을 가리킨다. '수표(樹表)'는 두 개의 정기를 세워서 군문(軍門)을 표시한 것을 말한다. '표(表)'는 문표(門表). 옛날에는 정기로 문표를 삼았었다.

396 司鐸授鉦(사탁수정) : '사(司)'는 사마(司馬)를 가리킨다. '탁(鐸)'은 군중에서 영을 내리는 기구(器具)로, 혀[舌]가 있어서 이것을 흔들면 소리를 낸다. '정(鉦)'은 징. 옛날에는 군대의 악기로 쓰였으며, 행군할 때 이것을 치면 군사는 정지했다.

397 坐作(좌작) : 앉고 일어서다. 본래는 사졸들을 가르치고 훈련시키는 과목이었으나 후에는 생활기거(生活起居)를 가리키는 말로 쓰인 것이다.

398 軍聲(군성) : 탁(鐸) · 징 · 북 등의 소리를 가리킨다.

399 三令五申(삼령오신) : 재삼 고하여 경계하다. 싸움에 내보낼 때에는 거듭 거듭 말하고 경계시킨 후에야 적에게 보냈던 것이다.

400 示戮斬牲(시륙참생) : 싸움에 임하기 전, 생축(牲畜)을 베어 장졸들에게 보여줌으로써 만일 명을 어긴 자가 있으면 이같이 한다는 것이다.

401 陳師鞠旅(진사국려) : '사(師)'는 주대(周代)의 군제에서는 오려(五旅) 곧 2,500명의 군사 단위이고, '여(旅)'는 500명의 군사. '국(鞠)'은 고하다, 알리다.

402 火列具擧(화렬구거) : 모두가 일제히 횃불을 들다. '화렬(火列)'은 횃불을 든 자들의 대열.

403 鵝鸛魚麗(아관어려) : 거위진[鵝陣] · 황새진[鸛陣] · 어려진[魚麗陣]. 옛날 싸움할 때의 펼친 진세(陣勢)의 이름들이다.

404 迒(항) : 자국[迹], 발자국.

405 詭遇(궤우) : 사냥할 때 예법의 규정에 따르지 않고 측면에서 금수를 쏘는 것을 말

未極, 輿徒不勞.[409] 成禮三敺,[410] 解罘放麟.[411] 不窮樂以訓儉,[412] 不殫物以昭仁. 慕天乙之弛罟,[413] 因教祝以懷民.[414] 儀姬伯之渭陽,[415] 失熊羆而獲人. 澤浸昆蟲, 威振八寓.[416] 好樂無荒, 允文允武.[417] 薄狩於

한다. 옛날 사냥에서는 금수가 도망할 때 뒤에서 쏘아야 예에 맞았으며, 정면에서 마주보며 다가오는 것이나 측면으로 지나가는 것을 쏘지 않았다.

406 翦毛(전모) : 활을 조수(鳥獸)의 곁에서 쏘아 깃이나 털을 파괴하거나 손상하다. '전(翦)'은 자르다.

407 六禽(육금) : 여섯 가지의 날짐승 곧 기러기[雁]·메추라기[鶉]·세가락메추라기[鷃]·꿩[雉]·비둘기[鳩]·집비둘기[鴿].

408 四膏(사고) : 네 가지 짐승의 유지(油脂) 곧 소·개·닭·양의 기름.

409 輿徒(여도) : 거졸(車卒), 거도(車徒).

410 三敺(삼구) : 곧 삼구(三驅). 옛날에 사냥할 때 삼면(三面)만을 둘러싸고 나머지 한 면의 길을 열어두어 금수(禽獸)들에게 도망할 길을 내줌으로써 인자(仁慈)함을 드러내는 사냥의 방법. 또 다른 설로는 옛날 사냥의 목적으로, 첫째 조상을 제사하기 위해서, 둘째 빈객을 대접하기 위해서, 셋째 군주의 주방을 채우기 위해서 사냥몰이를 하는 것이라는 주장도 있다.

411 麟(인) : 상서로움을 상징하는 기린(麒麟)이라는 설도 있으나, 설종(薛綜)의 주(注)에서는 큰 사슴[大鹿]이라 했다. 『설문(說文)』에서도 '인(麟)'이란 큰 암사슴[大牝鹿]이라 했다.

412 不窮樂以訓儉(불궁락이훈검) 이하 2구 : 〈서경부〉에서 서한(西漢)의 사치와 향락을 자랑한 것과 대비하여 〈동경부〉에서는 동한(東漢)의 절검(節儉)과 인의(仁義)를 높이 평가하고 있다. 예컨대 〈서경부〉에는 다음과 같은 문장이 있다. "위로는 도망가는 새가 없고 아래로는 달아나는 짐승이 없습니다. …… 단지 눈앞의 즐거움만을 취할 뿐 이후의 일을 어찌 돌아볼 틈이 있겠습니까!(上無逸飛, 下無遺走. …… 取樂今日, 遑恤我後!)".

413 慕天乙之弛罟(모천을지이고) : 『여씨춘추·이용편(異用篇)』에 따르면, 상(商)의 탕왕(湯王)이 한 번은 사냥하는 자가 사면에 그물을 놓는 것을 보고 삼면은 거두게 하고 일면만 놓게 하여 금수를 다 잡지 못하게 하니, 한남(漢南)의 나라에서 이 말을 듣고 탕임금의 덕이 금수에게까지 미친 것이라 하여 30개 나라가 귀부(歸附)했다고 한다. '천을(天乙)'은 성탕(成湯) 곧 상(商)의 탕왕(湯王).

414 教祝以懷民(교축이회민) : '축(祝)'은 사당에서 제사지내는 것을 관장하는 사람. '회(懷)'는 오다[來], 돌아오다, 귀부하다.

415 姬伯之渭陽(희백지위양) : 주(周) 문왕(文王)이 사냥을 나가 위양(渭陽) 곧 위수(渭水) 북쪽에서 태공망(太公望) 여상(呂尙)을 만나, 그와 말해보고 너무 기뻐 수레에 싣고 돌아와서 그를 스승으로 삼았던 일을 말한 것이다. 주의 문왕은 성이 희(姬)고 이름이 창(昌)으로, 은나라 때에 서백(西伯)이었기 때문에 '희백(姬伯)'이라 한 것이다. '양(陽)'은 산에 대해서 언급할 때에는 남쪽, 물에 대해서 언급할 때에는 북쪽을 가리킨다.

416 八寓(팔우) : 팔방(八方). '우(寓)'는 '우(宇)'와 같다.

敖,[418] 旣璅璅焉,[419] 岐陽之蒐,[420] 又何足數?

문덕(文德)이 이미 밝혀졌고 무도(武道)도 발양(發揚)됐습니다. 봄·여름·가을 농사짓고 난 후의 빈틈에 들판에서 병사들을 훈련합니다. 일 년 중 한겨울[仲冬]에 천자께서는 성 서쪽의 상림원(上林苑)에서 군대를 검열하십니다. 우인(虞人)이 산택(山澤)과 원유(苑囿)를 관장하여, 사전에 관리들에게 수렵 도구를 준비하는 등 해야 할 일을 경계시킵니다. 온갖 새와 짐승들을 다 한 곳으로 몰아서, 천자의 원유(苑囿) 안에 그것들을 모읍니다. 새와 짐승들이 한 곳에 모이면 이것을 가리켜 '보고준비가 끝났다[告備]'라고 말합니다. 이에 작은 병거(兵車)를 몰고 가고 가볍고 날쌘 수레를 타고 갑니다. 천자께선 네 필의 수말이 끄는 중간의 수렵용 수레를 타셨는데, 말들이 건장한데다 또한 숙련되어 있습니다. 수렵하는 대오(隊伍)의 창들이 수풀처럼 배열되었고 상아로 장식한 천자의 정기[牙旗]가 분분히 휘날립니다. 상림원(上林苑)에 이르러 군사들을 결집시키고서 숙영지(宿營地)를 정합니다. 그곳에 좌우 군문(軍門)을 나란히 하여 두 개의 정기를 세워서 표시를 했고, 사마(司馬)가 탁(鐸)을 흔들어 영(令)을 전하고 징을 쳐서 보행을 정지시킵니다. 병사들이 앉고 일어서고 전진하고 후퇴하는 것 등은 모두 군대 안의 탁(鐸)·징·북 등의 소리로 통제합니다. 싸움 전에 재삼 고하고 경계시켜서 명을

417 允文允武(윤문윤무) : '문(文)'은 주(周) 문왕(文王), '무(武)'는 주 무왕(武王)을 가리킨다. 문사(文事)와 무공(武功)을 겸비한 것이라 보는 설도 있다.

418 薄狩於敖(박수어오) : 주(周) 선왕(宣王)이 오(敖)에서 수렵의 예를 거행한 것을 가리킨다. '박(薄)'은 발어사. '오(敖)'는 정(鄭)나라 땅으로 지금의 하남성(河南省) 형양현(滎陽縣)에 있다. 선왕은 서주 말년에 중흥을 이루었던 왕으로, 안으로는 정사를 닦고 밖으로는 오랑캐를 물리쳐 동도(東都)에 제후들을 다시 모았던 군왕이다.

419 璅璅(소소) : 사소한 일, 작은 일. 또는 사소하여 언급할 만하지 않다.

420 岐陽之蒐(기양지수) : 주(周) 성왕(成王)이 기양(岐陽) 곧 기산(岐山) 남쪽에서 수렵의 예(禮)를 거행한 것을 가리킨다. '기양(岐陽)'은 오늘날 섬서성 기산현(岐山縣) 지역이다. '수(蒐 : 사냥하다)'는 곧 대수(大蒐)로, 옛날 군대에서는 오년 마다 한 차례씩 대검열(大檢閱)을 시행했는데 이것을 '대수(大蒐)'라 했다. 대검열을 할 때에는 수렵을 함으로써 군사들을 훈련시켰다.

어긴 자는 생축(牲畜)처럼 목을 베겠다고 보여줍니다. 수렵하기 전에 군사들을 진열시켜 놓고서 그들에게 고하니, 가르침이 하달되고 금령(禁令)이 이뤄집니다. 대열을 이룬 사병들이 일제히 횃불을 들었고, 무사들이 뭇 별들처럼 쫙 퍼져갑니다. 거위진[鵝陣]·황새진[鸛陣]·어려진[魚麗陣]이 펼쳐지고, 키[箕]와 같은 진이 펼쳐지는가 하면 새의 양 날개[雙翼]와 같은 진도 펼쳐집니다. 수레바퀴에서 일어난 먼지가 바퀴자국의 흔적을 덮으며, 달려가는 것은 빠르지도 않고 늦지도 않습니다. 수레를 몰아 측면에서는 쏘지 않으며, 활을 쏘아 깃털을 손상시키지 않습니다. 여섯 가지의 날짐승[六禽]을 종묘에 진헌하며, 시절에 따라 네 가지 짐승의 기름을 올립니다. 말의 발[足] 기력은 아직 다 소진되지 않았으며 거졸(車卒)들도 피로하지 않습니다. 삼면(三面)만을 둘러싸서 사냥몰이를 하고 나머지 한 면은 도망할 길을 열어주는 인자한 사냥법[三驅]에서 예(禮)를 이루며, 그물을 풀어 큰 암사슴을 놓아줍니다. 천자께서는 사냥의 즐거움을 다하지 않음으로써 절검(節儉)을 가르치시며 사냥물을 다 잡지 않음으로써 인자함을 밝히십니다. 상(商)의 탕왕(湯王)이 사면에 친 그물을 완화해서 한 면만 치게 했던 인자함을 사모하시며, 이를 통해 덕이 금수에게까지 미쳐 원국(遠國) 백성들을 돌아오게 했던 사실로 종묘제사를 관장하는 축(祝)에게 가르치십니다. 주(周) 문왕(文王)이었던 서백(西伯) 희창(姬昌)이 위수(渭水) 북쪽에서 현인(賢人)을 구한 것을 본받아, 사냥을 나가실 때 곰과 말곰[羆]을 잃지만 현인을 얻으십니다. 천자의 은택이 곤충에까지 스며들어 그 위세가 사방팔방에 진동합니다. 유락(遊樂)을 좋아하지만 탐닉하지는 않으시니, 그 공덕이 진실로 문왕(文王)과 같으시고 진실로 무왕(武王)과 같으십니다. 옛날 주(周) 선왕(宣王)께서 오(敖) 땅에서 수렵을 하셨는데 규모가 작아 말할 게 못되며, 주(周) 성왕(成王)께서도 기산(岐山) 남쪽[岐陽]에서 사냥을 함으로써 군대를 검열하셨는데 지금의 천자와 비교해볼 때 이 또한 어찌 헤아려볼만한 것이겠습니까?

爾乃卒歲大儺,[421] 毆除群厲.[422] 方相秉鉞,[423] 巫覡操茢,[424] 侲子萬童,[425] 丹首玄製.[426] 桃弧棘矢,[427] 所發無臬,[428] 飛礫雨散, 剛癉必斃.[429] 煌火馳而星流,[430] 逐赤疫於四裔.[431] 然後凌天池,[432] 絶飛梁.[433] 捎魑魅,[434]

421 卒歲大儺(졸세대나) : '졸세(卒歲)'는 한 해의 끝, 연말. '졸(卒)'은 마치다. '대나(大儺)'는 옛날 납월(臘月 : 섣달)에 역귀(疫鬼 : 전염병을 퍼뜨린다는 귀신)를 쫓아내는 의식.

422 厲(려) : 악귀(惡鬼).

423 方相(방상) : 신(神)의 모습을 꾸미고서 역병(疫病)과 사악함을 몰아내는 자를 말한다. 원래 '방상(方相)'은 주대(周代)의 관명(官名)이었다. 방상씨(方相氏)가 구나(驅儺) 의식을 거행할 때에는, 곰 가죽을 뒤집어쓰고 네 개의 황금 눈을 하고서, 검은 웃옷에 붉은 치마를 입고, 손에는 창과 방패를 들고 동자(童子)들을 거느리고 역귀를 쫓아냈다.

424 巫覡操茢(무격조렬) : '무격(巫覡)'은 남녀 무당의 합칭(合稱). 여자 무당을 '무(巫)'라 하고 남자 무당을 '격(覡)'이라 한다. 옛날 사람들은 무당은 귀신을 볼 수 있다고 생각했다. '조렬(操茢)'은 손에 빗자루를 들다. '열(茢)'은 상서롭지 못한 것을 쓸어낸다는 빗자루로, 갈대 이삭이나 기장 이삭으로 만든다.

425 侲子萬童(진자만동) : '진자(侲子)'는 동자(童子). 곧 동남(童男) 동녀(童女)를 가리킨다. '진(侲)'은 어린 아이. 동한 때에는 황문자제(黃門子弟) 중 10세 이상에서 12세 이하까지의 어린 아이 120명을 골라 '진자(侲子)'로 삼아 궁중에서 귀신을 쫓아내는 일을 하게 했다. '만동(萬童)'은 '춤추는 동자' 또는 '진자(侲子)가 추는 춤'의 뜻일 것으로 보인다.

426 玄製(현제) : 검은 옷. 곧 몸에 검은색 옷을 걸친 것을 뜻한다.

427 桃弧棘矢(도호극시) : 복숭아나무로 만든 활과 대추나무 가지로 만든 화살. 옛날 사람들은 복숭아나무가 귀신을 쫓을 수 있다고 믿었다.

428 臬(얼) : 과녁, 목표.

429 剛癉(강단) : 강하고 악한 귀신. 질병과 재앙을 가져오는 귀신을 가리킨다. '단(癉)'은 귀신.

430 煌火馳而星流(황화치이성류) : '황화(煌火)'는 (악귀를 좇는) 빛나는 횃불. '치(馳)'는 빨리 전달하다, 질주하다. '성류(星流)'는 유성(流星)처럼 날아가다. 빠르다는 것을 말한 것이다.

431 逐赤疫於四裔(축적역어사예) : 동한 궁중에서 대나(大儺) 의식을 거행할 때는 다음과 같이 했다. 먼저 황문령(黃門令)이 "진자(侲子)들이 준비되었으니, 역귀를 쫓길 청합니다"라고 상주(上奏)한 후 중황문(中黃門)이 역귀를 쫓는 노래를 한다. 그러면 진자들이 화답을 하고, 또 방상씨를 분장시켜 열둘의 짐승과 함께 춤을 추게 한다. 그런 후 크게 소리를 지르고 궁 안에서 세 번을 두루 돌고나서, 횃불을 들고 궁전의 정남문[端門]으로 보내면 추기(騶騎)가 횃불을 궁 밖으로 전달한다. 그러면 오영(五營)의 기사(騎士)가 불을 전하여 낙수(洛水)에 버린다. '적역(赤疫)'은 가장 악한 역귀(疫鬼). '사예(四裔)'는 사방의 극히 먼 지역, 곧 사해(四海) 밖.

432 凌天池(능천지) : 천지(天池)에 오르다. '능(凌)'은 오르다[升], '천지(天池)'는 낙수

斮獝狂.[435] 斬蝼蛇,[436] 腦方良.[437] 囚耕父於清泠,[438] 溺女魃於神潢.[439] 殘夔魖與罔像,[440] 殪野仲而殲游光.[441] 八靈爲之震慴,[442] 況魃蜮與畢方![443] 度朔作梗,[444] 守以鬱壘, 神荼副焉, 對操索葦.[445] 目察區陬,[446] 司

(洛水) 부근의 천연적으로 형성된 못[池]. '능천지(凌天池)'를 '바다를 건너다'로 보는 견해도 있다. 『장자·소요유(逍遙遊)』에 나온 환상적인 바다인 남명(南冥) 곧 남해(南海)를 가리키는 것이라는 설도 있다. 이럴 경우 '능(凌)'은 건너다[渡].

433 絶飛梁(절비량) : '절(絶)'은 끊다, '비량(飛梁)'은 공중 높은 곳에 설치한 다리. '비량(飛梁)'을 부교(浮橋)로 보는 설도 있다.

434 捎魑魅(소이매) : '소(捎)'는 죽이다[殺], '이매(魑魅)'는 전설에 등장하는 산택(山澤)의 신으로 일종의 악귀.

435 斮獝狂(착휼광) : '착(斮)'은 베다, 끊어 자르다[斬]. '휼광(獝狂)'은 목이 없는 악귀의 이름.

436 蝼蛇(위사) : 우언(寓言)에 나오는 큰 뱀이나 미꾸라지 등의 괴물로 일종의 악귀이다. 그 모양은 그 크기가 수레의 바퀴통 같고 길이는 끌채만하며 자색 옷에 붉은 관을 썼다 한다.

437 腦方良(뇌방량) : '뇌(腦)'는 두뇌를 깨뜨리다, '방량(方良)'은 산의 정령인 요괴의 이름으로, 사람의 뇌를 먹어서 죽인다 한다. '망량(魍魎)' 또는 '망량(罔兩)'이라고도 한다.

438 耕父(경보) : 『산해경(山海經)』에 나오는 풍산(豊山)에 사는 신의 이름. 가뭄을 주관하는 신으로 그것이 나타나면 나라가 망한다고 한다.

439 女魃於神潢(여발어신황) : '여발(女魃)'은 신화에 나오는 가뭄의 신으로 이 신이 머무는 곳에는 비가 오지 않는다 한다. 황제(黃帝)가 치우(蚩尤)와 싸울 때에 싸움이 불리하자 '발(魃)'이라고 하는 천녀(天女)를 땅으로 내려 보냈는데, 그녀가 가는 곳마다 비가 그쳐, 풍백(風伯)과 우사(雨師)의 도움을 받았던 치우를 결국 죽였다. 그러나 하늘로 올라가지 못하여 가는 곳마다 비가 오지 않게 되었다 한다. '신황(神潢)'은 물 이름.

440 殘夔魖與罔像(잔기허여망상) : '잔(殘)'은 '살(殺)'과 같다. '기(夔)'는 목석(木石)의 요괴. 용과 같으며 뿔과 비늘이 있고, 일월(日月)과 같이 빛나 이것이 나타나면 그 마을에 큰 가뭄이 든다고 한다. '허(魖)'는 전설에 따르면, 이 귀신이 이르는 곳마다 사람들에게 재물을 잃게 하고 창고를 텅 비게 만든다고 한다. '망상(罔像)'은 전설에 나오는 물속에 사는 요괴. 목석(木石)의 요괴라는 설도 있다.

441 殪野仲而殲游光(에야중이섬유광) : '에(殪)'는 다 없애다. '야중(野仲)'과 '유광(游光)'은 모두 악귀의 이름.

442 八靈(팔령) : 팔방의 신.

443 況魃蜮與畢方(황기역여필방) : '기(魃)'는 아기귀신[小兒鬼]. '역(蜮)'은 모래를 머금었다 사람에게 쏘아 병을 일으키게 한다는 물속에 사는 요괴. '필방(畢方)'은 화재의 요괴. 모양이 학과 같이 생겼는데 다리가 하나이며, 적색 무늬에 청색 바탕이고 부리가 하얗다는 요괴의 이름이다.

444 度朔作梗(도삭작경) : '도삭(度朔)'은 동해(東海) 가운데 있는 신산(神山)의 이름.

執遺鬼.[447] 京室密淸,[448] 罔有不韙.[449]

그리고 나서 연말에 대나(大儺) 의식을 거행하여 여러 악귀(惡鬼)들을 몰아냅니다. 방상씨(方相氏)가 손에 도끼를 들었고 여자 무당과 남자 무당이 손에 빗자루를 들었으며, 역귀를 쫓는 동자(童子)가 만무(萬舞)를 추는데, 머리에는 붉은 두건을 썼고 몸에는 검은 옷을 걸쳤습니다. 복숭아나무로 만든 활과 대추나무 가지로 만든 화살을 들고서 사방팔방으로 허공에 쏘니, 휙휙 나는 자갈들이 비 오듯이 흩어져서 떨어져 제아무리 강한 악귀(惡鬼)라도 반드시 넘어져 죽습니다. 기사(騎士)들이 악귀를 쫓는 빛나는 횃불을 유성(流星)처럼 빠르게 전달하여 가장 사악한 적역(赤疫) 악귀를 사해(四海) 밖으로 몰아냅니다. 그런 후에 천지(天池)에 올라, 공중 높은 곳에 설치한 다리를 끊어버려 악귀들이 돌아갈 길을 없애버립니다. 산택(山澤)의 악귀인 이매(魑魅)를 죽이고, 목이 없는 악귀 휼광(獝狂)을 베어버립니다. 괴물 악귀인 위사(蝼蛇)의 몸을 잘라버리고, 산에 사는 요괴 방량(方良)의 뇌를 뭉개버립니다. 나라의 망조(亡兆)를 드러내는 악신 경보(耕父)를 청랭(淸冷)한 깊은 연못에 가두고, 가뭄을 들게 하는 요괴 여발(女魃)을 신황(神潢)의 물 속에 빠뜨려 죽

이 산에는 큰 복숭아나무가 있는데 동북쪽으로 향한 나뭇가지 사이에 귀신들이 드나드는 문[鬼門]이 있어, 신도(神荼)와 울루(鬱壘)라는 두 신인(神人)이 항상 나무 아래에서 귀신들을 검열하여 해를 끼치는 귀신을 갈대 끈으로 묶어 호랑이 밥으로 던져 준다고 한다. 이러한 전설 때문에 관아에서는 항상 선달 그믐날 밤 복숭아 사람[桃人]을 분장시켜 손에 갈대를 꼬아 만든 끈을 드리우고 문 앞에 호랑이 그림을 그려놓음으로써 사악한 일을 물리치고자 했다. '작경(作梗)'의 '경(梗)'은 도경(桃梗), 곧 복숭아나무로 만든 나무인형을 가리킨다. 정월 초하룻날 복숭아나무로 인형 판자를 만들어 그 위에 신도(神荼)와 울루(鬱壘)라는 두 신(神)의 이름을 써서 문에 놓는 것을 도부(桃符)라고 하는데 이것이 곧 도경(桃梗)이다. '경(梗)'이라 함은 복숭아나무를 거칠게 대강 깎아 인형으로 만들었기 때문에 붙여진 말이다.

445 索葦(삭위) : 귀신을 묶는 데에 쓰는 갈대로 꼬아 만든 끈.

446 區陬(구추) : 구석. 옛날 사람들은 작은 귀신들은 인가(人家)의 구석에 산다고 여겼었다.

447 司執遺鬼(사집유귀) : '사(司)'는 주관하다, 맡아보다. '유귀(遺鬼)'는 도망한 귀신.

448 密淸(밀청) : '밀(密)'은 조용하다, 고요하다.

449 罔有不韙(망유불위) : '망(罔)'은 없다[無], '위(韙)'는 선(善)하다.

입니다. 목석(木石)의 요괴 기(夔) · 손재(損財)의 요괴 허(魖) 그리고 물 속의 요괴 망상(罔像)을 죽이며, 악귀 야중(野仲)을 없애고 요사한 짓을 벌이는 유광(游光)을 섬멸합니다. 팔방의 정령들이 이 때문에 벌벌 떨고 두려워하거늘, 하물며 아기귀신 기(魃) · 병을 일으키는 요괴 역(蜮) 그리고 화재의 요괴 필방(畢方) 쯤이야 어떻겠습니까! 동해(東海)의 도삭산(度朔山)에서 난 복숭아나무를 대충 깎아 나무인형을 만들어서, 신인(神人) 울루(鬱壘)가 문 앞에서 지키며 신도(神荼)가 그를 보좌하는 부(副)가 되어, 귀신을 묶는 갈대 끈을 손에 들고 둘이 마주 대하고 있습니다. 부릅뜬 눈은 구석구석을 살피면서 도망친 귀신들을 잡는 일을 주관합니다. 경도의 궁실(宮室)이 이로부터 조용하고 청결해져 악귀들의 나쁜 일이 더는 없습니다.

於是陰陽交和, 庶物時育. 卜征考祥,[450] 終然允淑. 乘輿巡乎岱嶽,[451] 勸稼穡於原陸.[452] 同衡律而壹軌量,[453] 齊急舒於寒燠.[454] 省幽明以黜陟,[455] 乃反旆而回復.[456] 望先帝之舊墟,[457] 慨長思而懷古.[458] 俟閶風而

450 卜征(복정) : 옛날에 황제는 5년마다 한 번씩 순행(巡行)하는데, 순행하기에 앞서 먼저 점을 쳐서 상서로운 것인지를 확인하려고 5년 동안 다섯 번 점을 쳐서 모두 상서로운 점괘가 나와야 떠났다. '정(征)'은 순행(巡行)하다, 순수(巡狩)하다.

451 乘輿巡乎岱嶽(승여순호대악) : '승여(乘輿)'는 본래는 천자의 수레를 가리키나 여기서는 천자를 대신 일컫는다. '대악(岱嶽)'은 동악(東嶽)인 태산(泰山).

452 勸稼穡於原陸(권가색어원륙) : 곡식을 심는 것을 '가(稼)'라 하고 거두는 것을 '색(穡)'이라 하는데, '가색(稼穡)'은 일반적으로 농사일을 가리킨다. '원륙(原陸)'은 전야(田野), 원야(原野).

453 同衡律而壹軌量(동형률이일궤량) : '형률(衡律)'의 '형(衡)'은 저울. '율(律)'은 법칙, 또는 '율도(律度)'의 뜻으로 재[尺]와 같은 길이를 재는 표준을 가리킨다. '궤량(軌量)'의 '궤(軌)'는 수레의 두 바퀴 사이의 거리를 말하며, '양(量)'은 말[斗]과 같은 계량의 단위.

454 齊急舒於寒燠(제급서어한욱) : '급서(急舒)'는 빠르고 느림, 완급(緩急). '한욱(寒燠)'은 냉난(冷暖). 괴로움이나 기쁨[苦樂]과 같은 것을 가리킨다.

455 黜陟(출척) : 공이 있는 사람을 승진시키고 공이 없는 사람을 강등시키다. 관직을 떨어뜨리는 것을 '출(黜)'이라 하고 승진시키는 것을 '척(陟)'이라 한다.

456 反旆(반패) : 개선(凱旋)하여 돌아오는 것을 '반패(反旆)'라 한다. '패(旆)'란 군전(軍

西遐,[459] 致恭祀乎高祖.[460] 旣春游以發生,[461] 啓諸蟄於潛戶. 度秋豫以收成,[462] 觀豊年之多稌.[463] 嘉田畯之匪懈,[464] 行致賚於九扈.[465]

이에 음양이 서로 융화하고 만물이 시절에 맞추어 생육(生育)합니다. 천자께서는 순행(巡行) 납시는 것을 점을 쳐서 상서로운 것인지를 고찰하시는데 마지막까지 실로 좋은 결과가 나옵니다. 천자께서는 동악(東嶽) 태산(泰山)을 순시하시면서 전야(田野)에서 농사일을 권면하십니다. 저울이나 자와 같은 도량형을 통일시키고 수레바퀴 사이의 폭이나 말[斗]과 같은 계량단위를 일치시켜서, 세상 사람들의 괴로움과 기쁨에 대해 가지런히 균형을 이루게 합니다. 어리석은가 현명한가를 살펴서 강등시키거나 승진시키고 나서 대기(大旗)를 돌려 경도(京都)로 되돌아오십니다. 선제(先帝)들의 옛 도성 장안(長安)을 바라보시고, 탄식하며 오래도록 생각에 잠기어 옛 시절을 그리워하십니다. 가을바람 일기를 기다리셨다 멀리 서쪽 장안에 가셔서 고조(高祖)의 묘당(廟堂)에 공경스런 제사를 드립니다. 천자께서 중춘(仲春)에 나들이 가셔 순시하시니

前)의 큰 기[大旗].

457 先帝之舊墟(선제지구허) : '선제(先帝)'는 서한(西漢)의 여러 황제들을 가리킨다. '구허(舊墟)'는 옛 도성 곧 장안을 가리킨다. '허(墟)'는 남은 터, 고성(故城).

458 古(고) : 서한 초의 융성한 시절이나 또는 고조 황제의 개국(開國) 초를 가리킨다고 볼 수 있다.

459 俟閶風而西遐(사창풍이서하) : '창풍(閶風)'은 창합풍(閶闔風), 곧 추풍(秋風). 추분(秋分)에 창합풍이 이르기 때문에 한 말이다. '서하(西遐)'는 멀리 서쪽에 가다. 장안(長安)에 가는 것을 가리킨다. '하(遐)'는 멀다.

460 致恭祀乎高祖(치공사호고조) : 영평(永平) 2년 10월 명제(明帝)는 장안에 가서 고조의 묘당(廟堂)과 11릉(陵)에 제사했다.

461 春游(춘유) : 중춘(仲春)에 태산(泰山)에 순행가는 것을 가리킨다.

462 度秋豫以收成(도추예이수성) : '도(度)'는 법도로 삼다. '추예(秋豫)'는 옛날 천자가 가을철 수확할 때에 순행(巡行)하여 농사를 시찰하는 것을 말한다. 천자가 가을에 순행하는 것을 '예(豫)'라 한다. '수성(收成)'은 추수(秋收)를 가리킨다.

463 稌(도) : 벼[稻].

464 田畯(전준) : 주대(周代)에 농사를 주관하는 관리. '준(畯)'은 밭을 순시하여 농사를 권하는 벼슬아치, 권농관(勸農官).

465 行致賚於九扈(행치뢰어구호) : '뇌(賚)'는 (상으로) 주다, 하사하다. '구호(九扈)'는 고대 소호씨(少皞氏) 때의 농사를 주관하는 관명(官名).

만물들의 싹을 돋게 하고 동면하던 여러 벌레들을 깊은 땅속에서 깨어나게 하십니다. 이어 가을에 순행(巡行)하시는 것을 법도로 삼아 추수(秋收)를 시찰하시는데, 풍년이 들어 벼가 많이 생산된 것을 보십니다. 농사를 주관하는 농관(農官) 전준(田畯)이 게으르지 않은 것을 칭찬하시고 권농관(勸農官)인 구호(九扈)에게 상을 하사(下賜)하십니다.

左瞰暘谷,[466] 右睨玄圃.[467] 眇天末以遠期,[468] 規萬世而大摹.[469] 且歸來以釋勞, 膺多福以安悆.[470] 總集瑞命,[471] 備致嘉祥.[472] 圉林氏之騶虞,[473] 擾澤馬與騰黃.[474] 鳴女床之鸞鳥,[475] 舞丹穴之鳳皇.[476] 植華平於春圃,[477] 豐朱草於中唐.[478] 惠風廣被, 澤洎幽荒.[479] 北燮丁令,[480] 南諧越

466 暘谷(양곡) : 동쪽의 해가 뜨는 곳. 해가 골짜기에서 떠올라 천하가 밝다는 뜻에서 붙여진 이름이다.

467 玄圃(현포) : 곤륜산(崑崙山) 꼭대기에 있는 신선이 산다는 곳.

468 眇天末(묘천말) : '묘(眇)'는 멀리 보다. '천말(天末)'은 하늘 가. 극히 먼 곳을 가리킨다.

469 大摹(대모) : 대법(大法).

470 安悆(안여) : 안녕(安寧).

471 瑞命(서명) : 천명을 드러내 보여주는 상서로운 징조.

472 嘉祥(가상) : 상서로운 징조.

473 圉林氏之騶虞(어임씨지추우) : '어(圉)'는 마구간, 길들여 기르다. '임씨(林氏)'는 신화에 나오는 나라 이름, 곧 임씨국(林氏國). '추우(騶虞)'는 의로운 짐승[義獸]의 이름. 크기는 호랑이만하고 오색 무늬가 갖추어져 있으며 꼬리가 몸보다도 긴 짐승으로, 이 짐승을 타면 하루에 천리를 간다고 한다.

474 擾澤馬與騰黃(요택마여등황) : '요(擾)'는 길들여 기르다. '택마(澤馬)'는 상서로운 신마(神馬). 참위설(讖緯說)에서는 군왕의 덕이 지극하면 연못에서 신마가 나온다고 한다. '등황(騰黃)'은 참위설에서 언급한 신마(神馬). 길량(吉良) 또는 길황(吉黃)이라고도 하는데 이 말을 타면 천년을 산다고 한다.

475 女床之鸞鳥(여상지란조) : '여상(女床)'은 산 이름. '난조(鸞鳥)'는 신조(神鳥)의 이름. 모양이 꿩과 같고 오색 무늬가 있으며 이 새가 나타나면 천하가 편안해진다고 한다.

476 丹穴之鳳皇(단혈지봉황) : '단혈(丹穴)'은 산 이름. '봉황(鳳皇)'은 곧 봉황(鳳凰). 전설에 따르면, 모양은 닭과 같고 오색 무늬가 있으며 절로 춤추고 노래하며, 이 새가 나타나면 천하가 편안해진다 한다.

477 植華平於春圃(식화평어춘포) : '화평(華平)'은 상서로움을 나타내는 나무[瑞木]. '화평(花平)'이라고도 표기한다. 천하가 평화로우면 이 꽃은 평평하게 피지만 평화롭지 않은 곳이 있으면 꽃이 그 쪽을 향해 기울어진다고 한다. '춘포(春圃)'는 봄의 동산.

裳.[481] 西包大秦,[482] 東過樂浪.[483] 重舌之人九譯,[484] 僉稽首而來王.[485]

왼쪽으로 동방의 해뜨는 양곡(暘谷)을 바라보시고 오른쪽으로 서방의 곤륜산(崑崙山) 꼭대기의 현포(玄圃)를 곁눈질해보십니다. 저 멀리 하늘 끝을 바라보고서 먼 훗날을 기약하시며 만대(萬代)에 이를 치국(治國)의 대법(大法)을 꾀하십니다. 잠시 순행에서 돌아오셔서 사졸들의 노고를 풀어주시고 많은 복을 받으시고서 편안해 하십니다. 이때에 천명을 드러내는 각종 길조(吉兆)들이 모두 모이고 상서로움의 징조들이 죄다 이릅니다. 임씨국(林氏國)에 나는 의로운 짐승 추우(騶虞)를 마구간에서 기르고, 신마(神馬)인 택마(澤馬)와 등황(騰黃)을 길들여서 기릅니다. 여상산(女床山)에서 나는 난조(鸞鳥)가 궁에 나타나 울며, 단혈산(丹穴山)에서 나는 봉황(鳳凰)이 춤을 춥니다. 궁 안의 동산 춘포(春圃)에는 상서로운 나무 화평(華平)이 심겨져 있고, 궁정의 길 가에는 상서로운 풀 주초(朱草)가 무성하게 자라고 있습니다. 황제의 은혜로우신 바람이 사방을

---

478 豊朱草於中唐(풍주초어중당) : '주초(朱草)'는 상서로운 풀[瑞草]의 이름. 성왕의 덕이 만령(萬靈)에 미칠 때에 자라난다는데, 길이는 세 자이고 가지와 잎이 모두 붉으며 줄기는 산호(珊瑚)와 같이 생겼다 한다. '중당(中唐)'은 대문에서 청당(廳堂)에 이르는 길.

479 幽荒(유황) : 멀리 떨어진 변방의 땅, 곧 구주(九州) 밖을 가리킨다.

480 北燮丁令(북섭정령) : '섭(燮)'은 화목하다. '정령(丁令)'은 나라 이름으로, '정령(丁零)' 또는 '정령(丁靈)'으로도 쓴다. 한대(漢代)에 흉노(匈奴)의 속국으로 중국의 북부와 서부의 광대한 지역에서 유목생활을 했다.

481 越裳(월상) : 옛날 남방의 나라 이름. 그 지역은 오늘날 베트남 경내에 있다. 전하는 바에 따르면 주공(周公)이 성왕(成王)을 도와 예악을 제정한 후 월상씨(越裳氏)가 흰 꿩을 바쳐왔다 한다.

482 大秦(대진) : 한대(漢代)의 '대진(大秦)'은 옛날의 로마(Rome)였다.

483 樂浪(낙랑) : 한(漢) 무제(武帝)가 원봉(元封) 3년에 설치한 낙랑군(樂浪郡). 군성(郡城)이 지금의 요동(遼東) 및 한반도 북부로 추정된다.

484 重舌之人九譯(중설지인구역) : '중설지인(重舌之人)'은 외족(外族)의 언어에 능통해서 말로 통역할 수 있는 사람, 곧 역관(譯官). 간략히 '설인(舌人)'이라고도 한다. '구역(九譯)'은 여러 차례 바꾸어서 번역하다. 아홉 번 말을 바꿔서야 비로소 중국에 이른다고 보는 설도 있다.

485 僉稽首而來王(첨계수이래왕) : '첨(僉)'은 모두, 다. '내왕(來王)'은 옛날에 제후가 정기적으로 경도(京都)에 가서 천자를 찾아뵙는 것을 가리키는 말.

널리 덮고, 은택(恩澤)이 변경(邊境)의 거친 오랑캐 땅에까지 미칩니다. 북쪽으로는 정령국(丁令國)과 화목하게 지내고 남쪽으로는 월상국(越裳國)과 화해하며, 서쪽으로는 대진국(大秦國)을 포용하고 동쪽으로는 강토가 낙랑(樂浪)을 넘었습니다. 통역하는 사람이 아홉 차례나 말을 바꿔서야 당도해, 모두 머리를 조아리고 절을 하면서 천자를 찾아뵙습니다.

是以論其遷邑易京, 則同規乎殷盤.[486] 改奢卽儉, 則合美乎〈斯干〉.[487] 登封降禪,[488] 則齊德乎黃軒.[489] 爲無爲,[490] 事無事, 永有民, 以孔安. 遵節儉, 尙素樸, 思仲尼之克己,[491] 履老氏之常足.[492] 將使心不亂其所在,[493] 目不見其可欲. 賤犀象, 簡珠玉, 藏金於山, 抵璧於谷. 翡翠不裂,

---

486 殷盤(은반) : 은상(殷商)의 군주 반경(盤庚)으로, 탕임금의 9세 손(孫)인 조정(祖丁)의 아들. 형 양갑(陽甲)을 이어 즉위했다. 당시 왕실은 쇠약하고 어지러워 반경은 백성들을 이끌고 엄(奄)에서 은(殷)으로 천도해 상(商)을 부흥케 했다.

487 斯干(사간) : 『시경 · 소아(小雅)』의 편명. 서주 말년 왕실이 사치스러웠는데 선왕(宣王)이 즉위하여 궁실을 줄여 절검(節儉)을 숭상하고 국세(國勢)가 중흥하자 시인이 이를 찬미하여 〈사간(斯干)〉의 시를 지었다 한다. 동한의 광무제가 서경의 사치스러움을 바꾸고 절검으로 나아간 것은 〈사간(斯干)〉의 시에서 찬미한 것과 같은 것임을 말한 것이다.

488 登封降禪(등봉강선) : 태산(泰山)에 올라 하늘에 제사지내고 양보산(梁父山)에 이르러 땅에 제사지낸 것을 말한다. 황제가 태산에 올라 단을 쌓고서 하늘에 제사지내는 것을 '봉(封)'이라 하며, 태산 남쪽의 좀 작은 양보산(梁父山)에 이르러 기초를 닦고서 땅에 제사지내는 것을 '선(禪)'이라 한다.

489 黃軒(황헌) : 황제(黃帝) 헌원씨(軒轅氏).

490 爲無爲(위무위) 이하 2구 : 도가(道家)에서 무위이치(無爲而治)를 주장하여 자연스러움에 순응할 것을 제창했지만, 유가(儒家)에서도 무위이치를 주장했다. 즉 덕정(德政)으로 백성들을 감화시키고 형벌의 다스림을 시행하지 말도록 했다. 예컨대 『논어 · 위령공』에 다음과 같은 글이 있다. "인위성이 없이 잘 다스린 분은 아마도 순임금일 것이다(無爲而治者, 其舜也與)".

491 仲尼之克己(중니지극기) : '중니(仲尼)'는 공자(孔子)의 자. 『논어 · 안연(顔淵)』 : "공자께서 말씀하시기를, '자기의 사욕을 이기고 예로 돌아가는 것이 인이다'라고 하셨다(子曰 : '克己復禮爲仁')". '극기(克己)'란 자기의 욕망을 이기고 억제하여 예로 몸을 닦는 것을 말한다.

492 老氏之常足(노씨지상족) : 『노자 · 46장』 : "재앙은 만족함을 모르는 것보다 더 큰 것이 없다. …… 그러므로 지족의 경지에서 만족하는 것이 참되고 영원한 만족이다(禍莫大於不知足. …… 故知足之足, 常足矣)".

瑇瑁不蔟.[494] 所貴惟賢, 所寶惟穀. 民去末而反本,[495] 咸懷忠而抱慤.[496] 于斯之時, 海內同悅, 曰 : '吁! 漢帝之德, 侯其禕而!'[497]

이러한 까닭에 도읍을 옮기고 경성(京城)을 바꾸는 문제를 논의한다면 은(殷)의 반경왕(盤庚王)과 그 규범이 똑같습니다. 광무제께서 서경의 사치스러움을 바꾸어 동경의 검박(儉朴)함으로 나아가신 것은 〈사간(斯干)〉 시에서 주(周) 선왕(宣王)을 찬미한 것과 합치합니다. 태산(泰山)에 올라 흙을 쌓아 하늘에 제사지내고 내려와서 양보산(梁父山)에서 땅에 제사지내셨으니, 황제(黃帝) 헌원씨(軒轅氏)와 광무(光武) 황제의 공덕이 똑같습니다. 무위(無爲)로 공(功)을 삼으시고 무사함으로 일을 삼으셔서, 영원히 백성들의 지지가 있어 이로써 매우 평안하셨습니다. 절검(節儉)을 준수하시고 소박함을 숭상하시어, 공자의 극기복례(克己復禮)의 가르침을 생각하시고, 노자의 참되고 영원한 만족[常足]의 사상을 이행하셨습니다. 마음을 음악이나 여색으로 어지럽게 하지 않으셨으며, 욕망을 불러일으키는 것을 눈으로 보지 않으셨습니다. 무소뿔[犀角]과 상아(象牙)를 천하게 여기셨고 주옥(珠玉)을 가려내어 버리셨으며, 황금을 산속에 묻어버리시고 벽옥(璧玉)을 골짜기에 던져버리셨습니다. 물총새의 깃털을 찢어서 장식하지 않으셨으며, 바다거북 대모(瑇

493 將使心不亂其所在(장사심불란기소재) 이하 2구 : 『노자 · 3장』 : "군주가 원하는 것을 드러내 보이지 않아야 백성들의 마음을 어지럽지 않게 한다(不見可欲, 使民心不亂)".

494 瑇瑁不蔟(대모부족) : '대모(瑇瑁)'는 거북과에 속하는 열대지방의 바다거북. 그 갑각(甲殼)은 귀하고도 이름이 나 있어 장식품으로 쓰인다. '대모(玳瑁)'라고도 쓴다. '부족(不蔟)'은 작살로 찔러 잡지 않다. '족(蔟)'은 '색(簎 : 작살질하다, 찌르다)'과 통한다.

495 去末而反本(거말이반본) : '말(末)'은 공상업이고 '본(本)'은 농업을 가리킨다. '말(末)'을 거짓 또는 부화(浮華)로 '본(本)'을 충신(忠信) 또는 질박(質樸)으로 보는 설도 있다.

496 慤(각) : 성실함, 근신(謹愼)함.

497 侯其禕而(후기의이) : '후(侯)'는 어수조사(語首助詞)로 '유(惟)'와 같으며, '의(禕)'는 '아름답다, 완미(完美)하다'는 뜻으로, '위(褘 : 아름답다)'로 된 판본도 있다. '이(而)'는 어조사(語助詞).

瑁)를 작살로 찔러 잡지 않으셨습니다. 귀하게 여기신 것은 오직 현인(賢人)이었고 보배로 여기셨던 것은 오직 곡식이었습니다. 백성들은 공상업(工商業) 같은 말단을 버리고 농업과 같은 근본으로 돌아갔으며, 모두 충성을 품고 성실한 마음을 가졌습니다. 이때에 천하 만민들은 다 함께 기뻐하며 말하기를, '아! 대한(大漢) 황제의 공덕이 실로 아름답도다!'라고 하였습니다.

蓋蓂莢爲難蒔也,[498] 故曠世而不覿,[499] 惟我后能殖之,[500] 以至和平, 方將數諸朝階.[501] 然則道胡不懷,[502] 化胡不柔? 聲與風翔,[503] 澤從雲游. 萬物我賴,[504] 亦又何求? 德寓天覆,[505] 輝烈火燭.[506] 狹三王之趢起,[507] 軼五帝之長驅.[508] 踵二皇之遐武,[509] 誰謂駕遲而不能屬?[510] 東京之懿

498 蓂莢爲難蒔(명협위난시) : '명협(蓂莢)'은 요(堯) 임금 때 조정의 섬돌을 끼고서 자란 서초(瑞草)의 이름으로 초하룻날부터 매일 한 잎씩 나서 자라고 열여섯째부터 매일 한 잎씩 져서 그믐에 이른다. 만일 작은 달이면 잎이 하나 남기 때문에 이것으로 달의 크고 작음을 알았던 것이다. 군주가 어질고 태평한 시절이 되면 이 풀이 자라난다고 한다. '시(蒔)'는 재배(栽培)하다, 이식(移植)하다.

499 曠世而不覿(광세이부적) : '광세(曠世)'는 오랜 시대를 지나다. '적(覿)'은 보다, 보이다.

500 后(후) : 황제를 가리킨다.

501 數(수) : 이 서초(瑞草)의 풀잎을 헤아려 보아서 일수(日數)와 달의 크고 작음을 계산한 것을 가리킨다.

502 懷(회) : 오다[來], 귀부(歸附)하다, 귀순하다.

503 聲(성) : 성교(聲敎), 곧 군주가 백성을 교화하는 덕(德).

504 我賴(아뢰) : '뇌아(賴我)'의 도치된 구조로, 만물이 황제의 은택에 의뢰(依賴)한다는 것을 가리킨다. '아(我)'는 우리의 황제, 우리의 천자를 뜻한다.

505 德寓天覆(덕우천복) : '덕우(德寓)'는 은덕의 비호, 은덕으로 덮어 가림. '우(寓)'는 '우(宇)'와 같으며 '덮다[蓋]'는 뜻이다. '천복(天覆)'은 하늘이 만물을 덮다. 제왕의 덕이 널리 덮어준다는 뜻으로도 쓰인다.

506 輝烈火燭(휘렬화촉) : 제왕의 덕이 위로부터 빛나, 마치 하늘이 해와 달을 드리워서 밝은 것과 같음을 말한 것이다.

507 三王之趢起(삼왕지녹촉) : '삼왕(三王)'은 하(夏)·상(商)·주(周)를 개국한 왕, 곧 우(禹)·탕(湯)·문왕(文王)과 무왕(武王). '녹촉(趢起)'은 좁은 모양.

508 軼五帝之長驅(질오제지장구) : '일(軼)'은 뛰어넘다, 앞지르다. '오제(五帝)'는 상고시대의 다섯 황제로 곧 황제(黃帝)·전욱(顓頊)·제곡(帝嚳)·요(堯)·순(舜). '장

未罄,[511] 値余有犬馬之疾,[512] 不能究其精詳, 故粗爲賓言其梗槪如此.

상서로운 풀[瑞草]인 명협(蓂莢)은 재배하기 어렵기 때문에 오랜 시대에 걸쳐서 보이지 않았던 것인데, 오직 우리의 황제만이 지극한 화평(和平)의 덕(德)을 가짐으로써 그 풀을 심어, 조정의 섬돌에서 일수(日數)와 달의 크고 작음을 헤아릴 수 있었던 것입니다. 그러니 황제의 도(道)가 어찌 사람들을 와서 복종토록 하지 않겠으며, 교화가 또한 어찌 사람들을 화순(和順)하게 하지 않겠습니까? 황제의 교화(敎化)의 덕(德)이 바람과 함께 멀리 퍼져가고 은택이 구름을 따라서 전파됩니다. 세상 만물이 모두 우리 황제의 은택에 의지하니, 이것 말고는 또한 무엇을 구할 것이 있겠습니까? 황제의 은덕은 하늘이 만물을 덮어주는 것과도 같으며, 해와 달의 광휘가 사방에 찬란한 것과 같습니다. 삼왕(三王)의 예법(禮法)을 좁은 것으로 드러나게 하시고, 오제(五帝)의 인애(仁愛)를 훌쩍 뛰어넘어 멀리 내달리십니다. 이황(二皇)의 먼 발자국을 계승하셨으니, 오늘 수레가 좀 늦다고 그들을 따라갈 수 없다 누가 감히 말하겠습니까? 동경(東京)의 아름다움을 아직 다 말하지 않았는데, 저에게 마침 견마(犬馬)의 질병이 있어 그 상세한 것을 다할 수 없기 때문에, 졸렬하게나마 빈객을 위해 이와 같은 대략적인 것을 말씀드리는 것입니다.

若乃流遁忘反,[513] 放心不覺, 樂而無節, 後離其戚.[514] 一言幾於喪國,[515]

구(長驅)'는 멀리 달리다.

509 二皇之遐武(이황지하무) : '이황(二皇)'은 복희(伏羲)와 신농(神農)을 가리킨다. '하무(遐武)'는 이황(二皇)이 옛날에 이룬 성업(盛業)을 가리킨다. '하(遐)'는 멀다, '무(武)'는 발자국.

510 屬(속) : 좇다, 따르다.

511 罄(경) : 다하다[盡].

512 犬馬之疾(견마지질) : 겸사(謙辭)로 신체에 병이 있음을 가리킨다.

513 遁(둔) : 음일(淫逸), 방종.

514 離(이) : '이(罹)'와 통하여 걸리다, 만나다.

515 一言幾於喪國(일언기어상국) : 한 마디의 말로써 거의 나라를 잃게 만든다는 뜻이다. 여기서는 〈서경부(西京賦)〉에서 빙허공자(憑虛公子)가 단지 목전의 향락만을

我未之學也. 且夫挈甁之智,[516] 守不假器, 況纂帝業, 而輕天位! 瞻仰二祖,[517] 厥庸孔肆.[518] 常翹翹以危懼,[519] 若乘奔而無轡. 白龍魚服,[520] 見困豫且. 雖萬乘之無懼, 猶怵惕於一夫.[521] 終日不離其輜重,[522] 獨微行其焉如?[523] 夫君人者, 黈纊塞耳,[524] 車中不內顧.[525] 佩以制容,[526] 鑾

말한 것을 가리킨다. '기(幾)'는 가깝다[近]. 『논어 · 자로(子路)』: "한 마디의 말로 나라를 잃게 한다(一言而喪邦)".

516 且夫挈甁之智(차부설병지지) 이하 4구 : 이것은 〈서경부〉에서 말한 "애제는 동현을 선양받은 순임금과 같은 자리에 이르게 할까 생각했습니다(思致董於有虞)"라는 문구에 대한 반박이다. 곧 제업(帝業)의 대사(大事)를 경시해서는 안 된다는 말이다. '설병지지(挈甁之智)' 이하 2구는 『좌전 · 소공(昭公) 7년』의 다음과 같은 기록을 인용한 것이다. "병을 끌어당겨 물을 긷는 지혜만 있어도 그릇을 고수하고서 남에게 빌려주지 않는 것이 예인 것이다(雖有挈甁之知, 守不假器, 禮也)". '천위(天位)'는 제위(帝位).

517 二祖(이조) : 고조(高祖) 유방(劉邦)과 세조(世祖)인 광무제(光武帝) 유수(劉秀).

518 厥庸孔肆(궐용공사) : '용(庸)'은 공(功), 공적. '사(肆)'는 힘쓰다, 수고하다.

519 翹翹以危懼(교교이위구) : '교교(翹翹)'는 높고 위험한 모양. '위구(危懼)'는 우려하고 두려워하다.

520 白龍魚服(백룡어복) 이하 2구 : 『설원(說苑) · 정간(正諫)』에 다음과 같은 내용의 문장이 있다. 오왕(吳王)이 백성을 따라가 술을 마시고자 하자 오자서(伍子胥)가 간언하길, '옛날에 백룡(白龍)이 연못에 내려와 물고기가 되었는데, 이때에 마침 예조(豫且)가 그의 눈을 쏘아 맞추니, 백룡이 천제께 상소했지만 예조에게 아무런 죄가 없다'는 천제의 말을 들려주면서, 군주가 일반 백성을 따라가 술을 마시면 예조와 같은 환란을 당할 수도 있다고 경고했던 것이다. 여기서는 이 고사를 인용하여 음일(淫逸)에 빠진 공자(公子)가 언급했던 "황제께서 호위를 담당하는 기문(期門)에게 살며시 알리고서 신분을 감추어 천한 행색으로 나가십니다(陰戒期門, 微行要屈)"라는 〈서경부〉의 문구에 대해 지적한 것이다. '어복(魚服)'은 물고기의 모습[魚形].

521 怵惕(출척) : '척계(惕戒)'가 되어야 한다는 설이 있다.

522 終日不離其輜重(종일불리기치중) : 『노자 · 26장』: "성인은 하루 종일 다녀도 치중을 벗어나지 않는다(聖人終日行, 不離輜重)". '치중(輜重)'은 곧 치거(輜車)로, 행군할 때 양식 등 보급물자를 싣는 짐수레. 여기서는 제왕은 어느 때나 권력을 손에 쥐고 있어야 함을 비유한 것이다.

523 微行其焉如(미행기언여) : '미행(微行)'은 존귀한 신분을 숨기고서 나다니다, 미복(微服)하고서 즉 변장하고서 다니다. '언여(焉如)'의 '언(焉)'은 어디[安], '여(如)'는 가다.

524 黈纊塞耳(주광색이) : 옛날에는 황색 솜뭉치를 꿴 실을 관(冠) 양쪽에 매달아 솜으로 귀를 막는 제도가 있었는데, 이것은 급하지 않는 말이나 무익한 말을 듣지 않겠다는 표시였다. '주(黈)'는 황색(黃色) 또는 황색의 귀막이솜, '광(纊)'은 솜.

525 不內顧(불내고) : 고개를 돌려 신하의 사사로운 것을 보지 않는다는 뜻이다. 『논

以節涂.[527] 行不變玉,[528] 駕不亂步. 卻走馬以糞車,[529] 何惜騕褭與飛兔![530] 方其用財取物,[531] 常畏生類之殄也.[532] 賦政任役,[533] 常畏人力之盡也. 取之以道, 用之以時. 山無槎蘖,[534] 畋不麑胎.[535] 草木蕃廡,[536] 鳥獸阜滋.[537] 民忘其勞, 樂輸其財. 百姓同於饒衍,[538] 上下共其雍熙.[539] 洪恩素蓄, 民心固結. 執誼顧主,[540] 夫懷貞節.

만약에 마음껏 노는 일에 휩쓸려 돌이킬 것을 잊으며 또한 방심하고

어 · 향당(鄕黨)』: "수레 안에서는 주변을 돌아보지 않으셨다(車中不內顧)". 『논어』에서나 『문선』에서도 '불(不)'은 없어야 하는 글자라는 설이 있다.

526 佩以制容(패이제용) : '패(佩)'는 옥패(玉佩). '제용(制容)'은 걸음을 절제하는 모습. 길을 갈 때에 절도가 있으면 패옥의 소리가 상응하기 때문에 이로써 거동을 절제한다.

527 鑾以節涂(난이절도) : '난(鑾)'은 수레에 장식하는 방울[鸞鈴]. '절도(節涂)'는 수레가 가는 것을 절제하는 것이다. 수레가 갈 때 절도가 있으면 방울소리가 조화롭게 들린다. '도(涂)'는 '도(塗)' 또는 '도(途)'와 통한다.

528 行不變玉(행불변옥) 이하 2구 : 길을 갈 때에 걸음을 절제하면 패옥의 소리가 이에 응하고 말의 걸음이 가지런하면 방울소리가 조화롭게 들린다는 것으로, 이것들은 다 군주의 예법을 말한 것이다.

529 卻走馬以糞車(각주마이분거) : '각(卻)'은 물리치다. '주마(走馬)'는 질주하는 말. 여기서는 전쟁에 사용되는 말 즉 전마(戰馬)를 가리킨다. '분거(糞車)'는 분뇨(糞尿)를 끄는 수레, 곧 농사용 수레를 가리킨다. 『노자 · 46장』: "천하에 도가 있으면 잘 달리는 전마를 물리쳐 똥을 끄는 농사용 수레로 바꾼다(天下有道, 卻走馬以糞)".

530 騕褭與飛兔(요뇨여비토) : '요뇨(騕褭)'와 '비토(飛兔)'는 모두 준마의 이름.

531 用財取物(용재취물) : 물고기를 잡고 사냥하고 나무를 베는 등의 일을 가리킨다. '재(財)'는 '재(材)'와 통하여 재료(材料), 원재(原材).

532 生類(생류) : 세상의 각종 생물들을 가리킨다.

533 賦政任役(부정임역) : '부정(賦政)'은 정무(政務)를 펴다, 정무를 분배하거나 처리하다. '정(政)'은 '징(徵)'과 통해 '부정(賦政)'을 징병(徵兵)으로 보는 설도 있다. '임역(任役)'은 일을 맡기다. 백성들에게 복역(服役)하게 함을 말한다.

534 槎蘖(사얼) : 그루터기에서 나는 싹. 나무를 엇비슷하게 찍은 것을 '사(槎)'라 하고 나무를 벤 후 그루터기에서 다시 나는 움을 '얼(蘖)'이라 한다.

535 麑胎(오태) : '오(麑)'는 순록의 새끼. '태(胎)'는 짐승의 태. 새끼를 밴 짐승으로 보는 설도 있다.

536 蕃廡(번무) : '번무(蕃蕪)'로도 쓴다. '무(廡)'는 무성하다.

537 阜滋(부자) : 번성(繁盛)하다.

538 饒衍(요연) : 풍요롭다.

539 雍熙(옹희) : 화락(和樂)한 모양.

540 誼顧主(의고주) : '의(誼)'는 '의(義)'와 통한다. '고주(顧主)'는 한실(漢室)의 황제를 돌아본다는 뜻이다.

서 깨닫지 못하며 즐김에 절제가 없다면, 나중에는 우환(憂患)을 만나게 될 것입니다. 한 마디의 말이 거의 나라를 잃게 한다는 것을 나는 아직 배운 적이 없어 감히 여쭙지 못했던 것입니다. 또한 사람이 병을 끌어당겨 물을 긷는 지혜만 있어도 그릇을 고수하고서 남에게 빌려주지 않거늘, 하물며 제왕의 대업(大業)을 계승하는 것인데 제위(帝位)를 경시해 허랑방탕한 말을 믿겠습니까! 고조(高祖)와 세조(世祖) 두 분을 우러러보는 것은 그 공적을 이루시는데 대단히 수고하셨기 때문입니다. 언제나 위태위태하여 걱정하고 두려워하셨으니 마치 내달리는 수레를 타셨는데 고삐가 없는 듯이 하셨습니다. 백룡(白龍)이 연못에 내려와 물고기의 모습으로 변하였기에 어부 예조(豫且)에게 곤욕을 당했던 것입니다. 만승(萬乘)의 군주는 비록 두려워할 게 없지만 그래도 난을 일으키는 한 사람의 사내에 대해 두려워하고 경계해야 합니다. 제왕은 종일토록 그 황위(皇位)에서 벗어나지 않아야 하거늘, 혼자서 변장하고서 비밀리에 나다니며 어디를 간다는 것입니까? 대저 일국의 군주 된 자는 누런 솜으로 귀를 막아 무익한 말을 듣지 않으며, 수레 안에서는 주변으로 눈을 돌려 신하의 사사로움을 보지 않습니다. 몸에는 패옥(佩玉)을 차서 거동을 절제하시며, 수레에는 방울[鸞鈴]을 달아 길을 가실 때 말의 걸음을 절제하십니다. 길을 가실 때 제왕의 의용(儀容)에 들어맞아 패옥소리가 변하지 않으며, 수레를 타실 때 말의 걸음이 가지런해 방울소리가 어지럽지 않습니다. 천하가 태평하여서 질주하는 군마(軍馬)를 물리쳐 똥을 끄는 농사용 수레로 바꾸셨으니, 어찌 요뇨(騕褭)와 비토(飛兔) 같은 준마까지도 아까워하셨겠습니까! 재료(材料)로써 사물들을 취하실 때에는 각종 생물들이 멸절(滅絕)할까를 항상 두려워하여 먼저 고려하십니다. 징병(徵兵)하고 복역하게 할 때에는 백성들의 힘이 소진되는 것을 늘 염려하십니다. 도리에 맞게 사물들을 취하시며 때에 맞게 그것들을 사용하십니다. 산에는 남벌(濫伐)함으로 인해 그루터기에서 싹이 나는 일은 없으며, 사냥할 때에는 순록의 새끼 같은 어린 짐승을 죽이지는 않습니다.

그리하여 풀과 나무들은 무성하게 자라났고 새와 짐승들은 몹시 번성하였습니다. 백성들은 나랏일에 그들의 수고로움을 잊고 재물을 즐거이 관부(官府)에 납부합니다. 또한 백성들은 부요(富饒)함에 있어서 조정과 똑같아, 윗사람이나 아랫사람이나 모두 함께 기뻐 즐거워합니다. 고조(高祖) 이래로 큰 은혜가 이미 평소부터 쌓여져서 민심이 굳게 단결되었습니다. 정의(正義)를 견지하고 한실(漢室)의 옛 군주들을 돌아보아, 필부(匹夫)들도 곧은 절개를 품었습니다.

忿奸慝之干命,[541] 怨皇統之見替.[542] 玄謀設而陰行,[543] 合二九而成譎.[544] 登聖皇於天階,[545] 章漢祚之有秩.[546] 若此, 故王業可樂焉.[547] 今公子苟好剿民以媮樂,[548] 忘民怨之爲仇也, 好殫物以窮寵,[549] 忽下叛而生憂也.[550] 夫水所以載舟,[551] 亦所以覆舟. 堅氷作於履霜,[552] 尋木起

541 奸慝之干命(간특지간명) : '간특(奸慝)'은 간사하고 사특한 사람 곧 왕망(王莽)을 가리킨다. '간명(干命)'은 천명을 범하다. 천명은 유씨(劉氏)를 황제로 삼았는데, 왕망(王莽)이 찬탈했기 때문에 천명을 범했다는 말이다.

542 皇統之見替(황통지견체) : '황통(皇統)'은 한조(漢朝)의 황제가 대대로 전하는 법통을 가리킨다. '체(替)'는 폐기(廢棄)하다, 폐하다, 교체하다.

543 陰行(음행) : 황위(皇位)를 훔치는 것을 가리킨다.

544 合二九而成譎(합이구이성휼) : '합이구(合二九)'는 왕망이 황위를 찬탈한 햇수가 모두 합해 18년임을 가리킨다. '휼(譎)'은 변고(變故).

545 天階(천계) : 제위(帝位)를 가리킨다.

546 漢祚(한조) : 대한(大漢)의 황위(皇位). '조(祚)'는 천자의 자리, 지위.

547 王業(왕업) : 제왕의 기업(基業).

548 媮樂(유락) : 잠시의 즐거움.

549 窮寵(궁총) : 극도로 교만하고 방자하다, 극도로 교사(驕奢)한 즐거움. '총(寵)'은 교만하다[驕].

550 忽(홀) : 홀시(忽視)하다, 잊다.

551 夫水所以載舟(부수소이재주) 이하 2구 : 『공자가어(孔子家語) · 오의(五儀)』: "군주는 배이고 서민은 물이다. 물은 배를 띄우는 것이기도 하지만 또한 배를 뒤엎는 것이기도 하다(夫君者舟也, 庶人者水也. 夫水所以載舟, 亦所以覆舟)".

552 堅氷作於履霜(견빙작어리상) 이하 2구 : 사물은 모두 작은 것으로부터 커지고 미세한 것으로부터 드러나게 되기 때문에 처음부터 신중해야 함을 말한 것이다. 여덟 자를 '심(尋)'이라 하기 때문에 '심목(尋木)'은 큰 나무. 양 팔을 벌려 나무를 껴안아서 여덟 자가 된 것을 가리킨다. '얼(櫱)'은 나무 싹, 움.

於蘖栽. 昧旦丕顯,[553] 後世猶怠, 況初制於甚泰,[554] 服者焉能改裁? 故相如壯上林之觀,[555] 楊雄騁羽獵之辭,[556] 雖系以"隤牆塡塹",[557] 亂以"收罝解罘",[558] 卒無補於風規,[559] 祇以昭其愆尤. 臣濟奓以陵君,[560] 忘經國之長基.[561] 故函谷擊柝於東,[562] 西朝顚覆而莫持.[563] 凡人心是所學, 體

---

553 昧旦丕顯(매단비현) 이하 2구 : 『좌전·소공(昭公) 3년』에 나오는 말로, '매단(昧旦)'은 날이 새려고 먼동이 틀 때, 동틀 무렵. '비현(丕顯)'은 크게 밝히다[大明]. '비(丕)'는 크다.

554 況初制於甚泰(황초제어심태) 이하 2구 : 처음 나라를 세울 때에 제도가 지나치게 사치스러우면 후세의 제왕은 고치기 어렵다는 것을 비유로 말한 것이다. '제(制)'는 마름질하다, 재단하다. '태(泰)'는 크다.

555 相如壯上林之觀(상여장상림지관) : 한 무제(武帝) 때 사마상여(司馬相如)는 〈상림부(上林賦)〉를 지어 천자의 사냥이 몹시 장관이었음을 묘사했다. 사마상여(司馬相如)는 자(字)가 장경(長卿)이며 성도(成都) 사람으로 한대(漢代)의 대표적인 사부(辭賦) 작가. 〈자허(子虛)〉·〈상림(上林)〉·〈대인(大人)〉 등의 부가 있다.

556 楊雄騁羽獵之辭(양웅빙우렵지사) : 성제(成帝) 때에 양웅(楊雄)은 〈우렵부(羽獵賦)〉를 지어 아름다운 문사(文辭)를 발휘하여 사냥이 자못 웅대하고 아름다웠음을 묘사했다. 촉군(蜀郡) 성도(成都) 사람인 양웅(揚雄)은 자가 자운(子雲)으로 서한의 유명한 사부(辭賦) 문학가. 〈감천(甘泉)〉·〈하동(河東)〉·〈장양(長楊)〉·〈우렵(羽獵)〉 등의 부가 있다.

557 系以"隤牆塡塹"(계이"퇴장전참") : 〈상림부〉의 거의 끝부분에 천자가 자신의 지나친 사치에 대해 후회하면서 유사(有司)에게 명하기를, "둘러친 담장을 무너뜨려 버리고 해자를 메우라(隤牆塡塹)". 는 말이 나오는데, 이것은 사실 작자가 무제(武帝)에게 풍간(諷諫)한 것이다. '계(系)'는 시부(詩賦)의 끝을 맺을 때에 쓰이는 용어.

558 亂以"收罝解罘"(난이"수저해부") : 〈우렵부(羽獵賦)〉의 끝부분에 천자의 어진 덕을 묘사하여 "꿩과 토끼를 놓아주고, 짐승을 잡는 그물을 회수하라(放雉兎, 收罝罘)". 는 말이 나오는데, 이것도 실은 작자가 풍간(諷諫)의 뜻을 드러낸 것일 뿐이다. '난(亂)'도 앞의 '계(系)'와 마찬가지로 시부(詩賦)의 끝을 맺을 때에 쓰이는 용어.

559 風規(풍규) : 풍간(諷諫)의 권고, 풍간의 규범(規範). '규(規)'는 '간(諫)'과 같다.

560 臣濟奓以陵君(신제사이릉군) : 이것은 서한(西漢)의 원제(元帝)·성제(成帝) 때에 왕씨(王氏) 제후의 사치가 황제보다 지나쳤음을 말한 것이다. '신(臣)'은 원제(元帝) 왕황후(王皇后)의 외가(外家)를 가리킨다. 왕망(王莽)도 이 집안 출신이지만 그가 대사마(大司馬)를 맡을 당시에는 아주 소박한 모습으로 위장했다. '제사(濟奓)'는 지나치게 사치하다. '사(奓)'는 '사(奢)'와 같다.

561 長基(장기) : 장구한 기업(基業). 여기서는 존비상하(尊卑上下)를 가리킨다.

562 函谷擊柝於東(함곡격탁어동) : '함곡(函谷)'은 관(關) 이름. 한 무제가 원정(元鼎) 3년에 당시 수도였던 장안 동쪽으로 옮겨다 설치했다. 지금의 하남성 신안현(新安縣) 동북쪽에 있다. '격탁(擊柝)'은 경계하며 지키는 것을 가리킨다. '탁(柝)'은 야경 돌 때 두드리는 나무 곧 딱딱이.

安所習, 鮑肆不知其臭,[564] 翫其所以先入.[565] 〈咸池〉不齊度於〈𩑶咬〉,[566] 而衆聽或疑.[567] 能不惑者, 其唯子野乎?"[568]

간사하고 사특한 자가 천명을 범한 것을 분개했고, 황통(皇統)이 폐기된 것을 원망했습니다. 깊은 음모가 꾸며져 몰래 행해졌으니 도합 18년간 큰 변고(變故)가 이뤄졌습니다. 거룩하신 광무(光武) 황제께서 천자의 자리에 오르셔서야, 대한(大漢)의 황위(皇位)가 다시 질서가 있게 됨을 밝히셨습니다. 이와 같았기 때문에 대한(大漢)의 왕업(王業)이 즐겁고 평안할 수 있었던 것입니다. 지금 공자(公子)께서 만일 백성들을 수고롭게 해서 잠시 동안의 즐거움을 좋아하신다면 백성들의 원망이 쌓여 적이 된다는 것을 잊으신 것이며, 재물을 다 써서 극히 호사스러운 즐거움을 좋아하신다면 아랫사람들이 배반하여 근심을 낳는다는 것을 홀시(忽視)하시는 것입니다. 대저 물은 배를 띄우는 것이기도 하지만 또한 배를 뒤엎는 것이기도 합니다. 딱딱한 얼음이 어는 추위는 발아래 서리를 밟을 때에 시작되는 것이고, 양 팔로 껴안아서 여덟 자가 되는 큰 나무는 나무의 어린 싹을 심는 데서 시작되는 법입니다. 동틀 무렵부터 일어나 힘써서 덕을 크게 밝힐지라도, 후세의 자손에

563 西朝顚覆(서조전복) : 왕망이 한(漢)을 찬탈하여 서경(西京) 조정이 전복된 것을 가리킨다.

564 鮑肆不知其臭(포사부지기취) : '포사(鮑肆)'는 건어물을 파는 가게, 소금에 절인 물고기를 파는 가게. '취(臭)'는 '취(臭 : 냄새)'와 같다.

565 翫其所以先入(완기소이선입) : '완(翫)'은 '완(玩)'과 통하는 글자로 ~에 습관이 되다. '소이선입(所以先入)'은 그가 처음에 먼저 몸을 들여놓았던 바. 즉 오랫동안 어떠한 습속(習俗)에 처(處)하여 있었다는 것을 가리킨다.

566 咸池不齊度於𩑶咬(함지부제도어와교) : '함지(咸池)'는 옛날의 악곡 이름. 황제 때의 악곡인데 요임금이 고치고 보태어 사용했다 한다. '와교(𩑶咬)'는 예악에 맞지 않는 음란한 속악(俗樂). '왜교(哇咬)'와 같다.

567 衆聽(중청) : 청중(聽衆).

568 子野(자야) : 춘추시대 진(晉)의 악사(樂師)인 사광(師曠)의 자(字). 태어나면서부터 장님으로 음악소리를 잘 분별했다 한다. 여기서는 안처선생(安處先生) 자신만이 서한의 사치스럽고 방자한 생활태도와 동한의 검박하고 예의에 따라 행한 것의 차이를 알 수 있을 것이라고 비유한 것이다.

가서는 오히려 게을리 하게 되는데, 하물며 처음에 너무 크게 옷을 지으면 그 옷을 입는 사람이 어떻게 고쳐 재단할 수가 있겠습니까? 나라를 세울 때의 처음 제도도 이와 같기 때문에, 사마상여(司馬相如)는 상림원(上林苑)에서의 사냥하는 모습을 웅장하게 묘사하고, 양웅(楊雄)은 수렵하는 장면에 대해 화려한 문사(文辭)를 발휘하면서, 비록 〈상림부〉에서 "둘러친 담장을 무너뜨려 버리고 해자를 메우라(隤牆塡壍)"는 말로 끝을 맺고, 〈우렵부(羽獵賦)〉에서도 "짐승을 잡는 그물을 회수하라(收罝罘)"는 말로 끝을 맺고 있지만, 결국에는 풍간(諷諫)의 규범에 아무런 보탬도 없고 단지 군주들의 허물을 밝혔을 뿐입니다. 신하가 지나치게 사치하여 군주를 능가하면 나라를 다스리는 장기적인 터전을 잊게 됩니다. 그러므로 장안 동쪽 함곡관(函谷關)에서 파수병(把守兵)이 딱딱이를 치며 경계하였건만, 서경(西京)의 조정은 전복되어 유지될 수가 없었던 것입니다. 무릇 사람의 마음은 자기가 배운 것을 옳다 여기고 몸은 익숙한 것에 편안해 하는 법이어서, 소금에 절인 물고기를 파는 가게 사람이 물고기 비린내를 맡지 못하는 것은, 그가 오래도록 처한 환경에 익숙해졌기 때문입니다. 옛날 성왕(聖王)의 음악인 〈함지(咸池)〉는 음란한 속악인 〈와교(諣咬)〉와는 법도가 같지 않은데도, 청중들 중에는 때로 분별하지 못해 의혹을 갖습니다. 미혹되지 않을 수 있는 사람은 아마도 오직 대음악가인 사광(師曠)뿐이겠지요?"

客既醉於大道,[569] 飽於文義.[570] 勸德畏戒,[571] 喜懼交爭. 罔然若酲,[572]

569 客既醉於大道(객기취어대도) : '객(客)'은 빙허공자(憑虛公子)를 가리킨다. '대도(大道)'는 안처선생이 앞에서 말한 도리(道理)를 가리킨다.

570 文義(문의) : 동경(東京)의 문교(文教)와 의리(義理)를 가리킨다. 안처선생의 말 중에 깊이 담긴 뜻으로 보는 설도 있다.

571 勸德畏戒(권덕외계) : '권덕(勸德)'은 빙허공자가 안처선생이 말한 동경의 예법을 듣고서 스스로를 권면하며 그 도덕을 행하려는 것을 말한다. '외계(畏戒)'는 사치나 할 줄 알지 예교를 모른다는 안처선생의 경고를 두려워한 것을 말한다.

572 罔然若酲(망연약정) : '망연(罔然)'은 정신이 황홀한 모양. '정(酲)'은 술에 취한 후에

朝罷夕倦, 奪氣褫魄之爲者, 忘其所以爲談, 失其所以爲誇. 良久乃言曰 : "鄙哉予乎! 習非而遂迷也, 幸見指南於吾子.[573] 若僕所聞,[574] 華而不實, 先生之言, 信而有徵. 鄙夫寡識, 而今而後, 乃知大漢之德馨, 咸在於此. 昔常恨『三墳』·『五典』旣泯,[575] 仰不睹炎帝·帝魁之美.[576] 得聞先生之餘論,[577] 則大庭氏何以尙玆![578] 走雖不敏,[579] 庶斯達矣."[580]

서경(西京)의 빈객은 안처선생(安處先生)이 말한 대도(大道)에 도취되고 또한 동경(東京)의 문교(文敎)와 의리(義理)에 대해 충분히 맛보았다. 그리하여 한 편으로는 동한(東漢)의 도덕을 스스로에게 권면하면서 다른 한편으로는 선생의 경고를 두려워했으니, 기쁨과 두려움이 흉중에서 다툴 듯 엇섞인 모습이었다. 마침내는 술 취한 사람처럼 정신이 몽롱하여, 아침부터 저녁까지 나른하고 기진맥진하며 마치 정기(精氣)가 빠져나가고 혼백이 몸에서 떠난 사람 같이 되어서, 자기가 이야기할 것을 잊고 자랑할 것을 잃어버렸다. 실로 한참이 지나서야 비로소 다음과 같이 말했다. "제가 비루(鄙陋)했습니다! 배운 것이 그릇되다보니 마침내 미혹되었었는데, 다행히도 선생에게 가르침을 받았습니다. 제가 들었던 바의 서경(西京)의 것들은 부화(浮華)하기만 하고 알맹이가

혼미(昏迷)한 것을 말한다.

573 指南(지남) : 정확한 방향을 가리켜 준다는 뜻으로 '지도(指導)' 또는 '지도자'를 비유한다.

574 僕(복) : 빙허공자의 자신에 대한 겸칭.

575 三墳·五典(삼분·오전) : '삼분(三墳)'은 전설에 따르면 중국에서 가장 오래되었다는 삼황(三皇)의 책. 복희(伏羲)·신농(神農)·황제(黃帝)의 책을『삼분(三墳)』이라 한다는 설이 있다. '오전(五典)'은 오제(五帝)의 책.

576 炎帝·帝魁(염제·제괴) : 둘 다 상고시대의 군주로, '염제(炎帝)'는 신농(神農)의 후예, '제괴(帝魁)'는 신농의 이름. 이 둘은 한 사람이라는 설도 있다.

577 餘論(여론) : 식견이 넓고 뛰어난 담론, 곧 굉론(宏論), 고론(高論).

578 大庭氏何以尙玆(대정씨하이상자) : '대정(大庭)'은 옛날 나라의 이름으로 '대정씨(大庭氏)'는 '염제(炎帝)'라는 설이 있는데, 이 부에서는 신농씨(神農氏)를 가리켜 말한 것으로 보인다. '상자(尙玆)'의 '상(尙)'은 높다[高], '자(玆)'는 이것[此].

579 走(주) : 노복(奴僕). 빙허공자가 자신을 겸손하게 표현하는 말이다.

580 庶(서) : 거의.

없는 것이었는데, 선생의 말씀은 신실(信實)하고 증거가 있으십니다. 이 비천한 사내는 견식이 적었는데 지금 이후에야 비로소 대한(大漢)의 덕(德)의 향기가 모두 여기에 있음을 알게 되었습니다. 『삼분(三墳)』과 『오전(五典)』의 책들이 이미 없어져 우러러도 염제(炎帝)와 제괴(帝魁)의 아름다운 덕을 보지 못한 것을 예전부터 항상 한스러워했었습니다. 그런데 선생의 높으신 담론(談論)을 들어보니 대정(大庭) 신농씨(神農氏)가 어찌 이보다 높겠습니까! 제가 비록 영민하지는 못하지만 거의 이해가 되옵니다."

김영식 역

卷四

남도부

南都賦

장평자(張平子)

□ 작자

권2 〈서경부(西京賦)〉 작자 소개 참조.

□ 해제

〈남도부(南都賦)〉는 장형(張衡)이 남양(南陽)의 경물(景物)을 화려하게 읊은 장편 부(賦)이다. 전설에 의하면 남양은 한(漢)나라의 먼 조상인 유루(劉累)가 거주한 곳이라고 한다. 또한 유루(劉累)는 요(堯) 임금의 후손이라고 알려졌기 때문에 한대(漢代)에는 남양에 한(漢)나라 선조들의 사당과 요(堯) 임금의 사당을 설치하여 제례를 받들게 하였다. 아울러 후한(後漢)을 건국한 광무제(光武帝) 유수(劉秀)도 남양 출신이어서 남양을 남도(南都)로 부르게 하고 더욱 중요한 도시로 존중하게 하였다. 장형은 바로 이 남양의 도시 경관과 역사 배경을 장편 대부(大賦)로 과장되게 묘사하면서, 부(賦) 형식의 특징을 남김없이 발휘하고 있다. 특히 장형은 이 〈남도부〉에서 앞에는 산천 지리와 자연경물을 묘사하고 뒤에는 인문 지리와 관련된 내용을 서술하였는데, 이러한 형식적 특징은 좌사(左思)의 〈삼도부(三都賦)〉에 큰 영향을 준 것으로 알려져 있다.

□ 역주

於顯樂都,[1] 旣麗且康! 陪京之南,[2] 居漢之陽. 割周・楚之豊壤,[3] 跨荊・豫而爲疆.[4] 體爽塏以閑敞, 紛郁郁其難詳.

아! 빛나도다! 저 안락한 도시 남양(南陽)이여! 화려하고 태평하도다! 수도 남쪽을 받쳐주며 한수(漢水) 북쪽에 자리했네. 주(周)나라와 초(楚)나라의 풍요로운 땅을 가르고, 형주(荊州)와 예주(豫州)의 경계에 걸터앉았네. 땅은 밝고 건조하며 드넓게 펼쳐져 있고, 삼라만상 번성하여 세세히 알기 어렵네.

爾其地勢, 則武闕關其西,[5] 桐柏揭其東.[6] 流滄浪而爲隍,[7] 廓方城而爲墉.[8] 湯谷涌其後,[9] 淯水蕩其胸.[10] 推淮引湍,[11] 三方是通.[12]

---

1 於顯樂都(오현락도) : '오(於)'는 감탄사. '낙도(樂都)'는 '남도(南都)' 즉 '남양(南陽)'.

2 陪京之南(배경지남) : '배경(陪京)'은 후한(後漢)의 수도인 낙양(洛陽)을 남쪽 뒤편에서 보좌해준다는 의미.

3 周・楚(주・초) : '주(周)'의 중심은 지금의 섬서성 서안(西安)과 하남성 낙양 지역이고, 초(楚)는 지금의 호북성과 호남성 지역. 남양(南陽)은 바로 하남성과 호북성의 경계 지역에 있음.

4 荊・豫(형・예) : '형주(荊州)'와 '예주(豫州)'. '형주'는 지금의 호북성과 호남성 및 그 남부 일대를 포괄하는 지역. '예주'는 대체로 지금의 하남성 지역을 가리킴.

5 武闕(무궐) : '무궐산(武闕山)'. 지금의 남양 서쪽 노군산(老君山) 지역.

6 桐柏(동백) : '동백산(桐柏山)'. 하남성 동남쪽 동백현(桐柏縣)에서 호북성과 경계를 이룸. 회수(淮水)의 발원지.

7 滄浪(창랑) : 한수(漢水)의 동쪽을 창랑수(滄浪水)라고 함.

8 方城(방성) : '방성산(方城山)'. 지금의 남양 북동쪽 방성현(方城縣)에 있음.

9 湯谷(탕곡) : 지금의 남양 의성산(醫聖山) 동쪽에서 발원하는 '당하(唐河)'. 남쪽으로 흘러 한수(漢水)에 합류함.

10 淯水(육수) : 지금의 남양 백하(白河). 남쪽으로 흘러 한수(漢水)에 합류함.

그 지세를 볼라치면, 무궐산(武闕山)이 서쪽으로 관문이 되고, 동백산(桐柏山)이 동쪽을 가로막았네. 창랑수(滄浪水)가 흘러서 해자가 되고 방성산(方城山)이 외곽 둘러 성벽이 되네. 탕곡(湯谷)이 그 뒤에서 용솟음치고, 육수(淯水)가 가슴 앞에 구비쳐 도네. 회수(淮水) 물결 밀어내며 단수(湍水) 흐름 끌어오니, 세 곳의 강물이 이곳 통해 흘러가네.

其寶利珍怪, 則金彩玉璞, 隨珠夜光.[13] 銅錫鉛錯, 赭堊流黃. 綠碧紫英, 靑雘丹粟.[14] 太一餘糧,[15] 中黃瑴玉. 松子神陂,[16] 赤靈解角.[17] 耕父揚光於淸泠之淵,[18] 遊女弄珠於漢皐之曲.[19]

보배롭고 진귀한 물건으로는, 채색 황금 고운 박옥(璞玉), 수후주(隨侯珠)와 야광주(夜光珠)라. 구리 · 주석 · 아연 · 백철, 홍토(紅土) 백토(白

11 推淮引湍(추회인단) : '회(淮)'는 '회수(淮水)'. 남양 동쪽 동백산에서 발원하여 동쪽으로 흐름. '단(湍)'은 '단하(湍河)'. 지금의 남양 서쪽 내향현(內鄕縣)을 관통하여 백하(白河)에 합류함.

12 三方(삼방) : 육수(淯水 : 白河) · 창랑수(滄浪水 : 漢水 지류) · 탕곡(湯谷 : 唐河)이 남양현을 통과하여 흐름.

13 隨珠夜光(수주야광) : '수후주(隨侯珠)'와 '야광주(夜光珠)'. 중국 전설에 의하면 수후(隨侯)가 큰 뱀의 상처를 치료해주자 그 뱀이 강 속에서 밝은 구슬을 물어와 그 은혜에 보답했다고 함. 『습유기(拾遺記)』에 의하면 우(禹) 임금이 치수할 때 용관산(龍關山)의 캄캄한 동굴에서 촛불처럼 밝은 빛을 내는 야광주(夜光珠)를 얻었다고 함. 혹은 화씨벽(和氏璧)을 야광주라 하기도 함.

14 靑雘丹粟(청확단속) : '청확(靑雘)'은 청색 진사(辰沙). '진사'는 안료로 쓰는 적황색의 찰흙. '단속(丹粟)'은 붉은 모래.

15 太一餘糧(태일여량) 이하 2구 : '태일(太一)' · '여량(餘糧)' · '중황(中黃)' · '각옥(瑴玉)'은 모두 옥석류(玉石類)의 광물성 약재.

16 松子神陂(송자신피) : '송자(松子)'는 정자의 이름. '신피(神陂)'는 송자정 아래에 있는 신비한 연못으로 채양현(蔡陽縣) 경계에 있다고 함.(이선 주)

17 赤靈(적령) : '적룡(赤龍)'.

18 耕父揚光於淸泠之淵(경보양광어청령지연) : '경보(耕父)'는 신(神)의 이름. 항상 청령(淸泠)의 연못에서 놀며 연못을 출입할 때 빛이 난다고 함(『산해경(山海經)· 중산경(中山經)』). '연(淵)'은 규장각본에 '천(泉)'으로 되어 있다.

19 遊女弄珠(유녀농주) : 정교보(鄭交甫)가 남쪽 초(楚)나라로 가다가 한수(漢水) 언덕을 지나는데 두 여인이 구슬을 두 개씩 차고 있었고 그 크기가 형계(荊鷄 : 越鷄)의 계란만 하였다.(이선 주, 『한시외전(韓詩外傳)』)

土)에 유황이라. 녹색 벽옥(碧玉) 자색(紫色) 석영, 푸른 진사(辰砂)에 붉은 모래라. 태일(太一)·여량(餘糧)·중황(中黃)·각옥(瑴玉)은 광물질 약재로다. 신비한 연못가엔 송자정(松子亭)이 자리 했고, 적룡(赤龍)이 그곳에서 뿔갈이 하는구나. 청령지(淸泠池) 연못에는 경보(耕父) 신령이 빛을 내고, 한수(漢水) 언덕 구비에는 물의 여신이 구슬 놀이.

其山則崆峴嶱嵑,[20] 嵣㟐嶛刺,[21] 岝峉㠑嵬,[22] 嶔巇屹嵲.[23] 幽谷嶜岑,[24] 夏含霜雪. 或輑嶙而纚連,[25] 或豁爾而中絶. 鞠巍巍其隱天,[26] 俯而觀乎雲霓. 若夫天封·大狐,[27] 列仙之陬, 上平衍而曠蕩, 下蒙籠而崎嶇, 坂坻巀嶭而成甗,[28] 谿壑錯繆而盤紆. 芝房菌蠢生其隈,[29] 玉膏滵溢流其隅.[30] 崑崙無以奓, 閬風不能踰.[31]

그 산세는, 험하고 가파르고 우뚝우뚝 얼기설기, 거대한 바위도 울퉁불퉁 치솟았고, 이리 삐죽 저리 삐죽 들쭉날쭉 엉켜 있고, 마주보는

20 崆峴嶱嵑(공앙갈갈) : '공앙(崆峴)'은 산세가 높고 험한 모양. '갈갈(嶱嵑)'은 산이 가파른 모양.

21 嵣㟐嶛刺(당망료랄) : '당망(嵣㟐)'은 산의 바위가 엄청나게 큰 모양. '요랄(嶛刺)'은 울퉁불퉁하게 치솟은 모양.

22 岝峉㠑嵬(작액죄외) : '작액(岝峉)'은 산의 봉우리가 가지런하지 않게 삐죽삐죽 솟은 모양. '죄외(㠑嵬)'는 산세가 평탄하지 않은 모양.

23 嶔巇屹嵲(금희흘얼) : '금희(嶔巇)'는 산이 서로 마주보며 가파르게 솟은 모양. '흘얼(屹嵲)'은 깎아지른 절벽.

24 嶜岑(침잠) : 까마득하게 높이 솟은 봉우리.

25 輑嶙而纚連(균린이리련) : '균린(輑嶙)'은 높은 산맥이 이어져 있는 모양. '리련(纚連)'은 규장각본에 '리련(纚聯)'으로 되어 있다. 산이 끊임없이 이어진 모양.

26 鞠巍巍(국외외) : 산이 높고 큰 모양.

27 天封·大狐(천봉·대호) : 모두 산 이름.

28 坂坻巀嶭而成甗(판지절배이성언) : '판지(坂坻)'는 산비탈. '절배(巀嶭)'는 산이 높고 가파른 모양. '언(甗)'은 규장각본에 '헌(巘)'으로 되어 있다. 시루. 가파른 산의 모양이 시루와 같다는 뜻.

29 芝房菌蠢(지방균준) : '지방(芝房)'은 영지버섯. '균준(菌蠢)'은 버섯이 총생(叢生)하는 모양.

30 玉膏(옥고) : 물이 맑아서 백옥(白玉)과 같다는 의미.

31 閬風(낭풍) : 산이름으로 곤륜산에 있다는 '낭풍전(閬風巓)'.

험봉 사이 깎아지른 낭떠러지. 깊숙한 계곡과 까마득한 봉우리엔 여름에도 눈과 서리 하얗게 덮여 있네. 즐비한 산맥들이 끝없이 이어지다, 어떤 곳은 휑하니 가운데가 끊어졌네. 높고 높은 봉우리는 하늘을 가렸는데, 고개 숙여 굽어보니 구름에 무지개 걸려 있네. 저 천봉산(天封山)과 대호산(大狐山)을 말할라치면 여러 신선 살아가는 구석진 마을이라, 산 위는 평탄하여 드넓게 열려 있고, 산 아래는 우거진 숲 경사도 가파르네. 산언덕 솟아올라 시루가 되고, 계곡은 얼기설기 굴곡 이뤘네. 구석진 산굽이엔 영지버섯 자라나고, 백옥(白玉)에서 흐르는 물 산모퉁이 넘쳐나네. 곤륜산(崑崙山)도 이보다 클 수는 없고, 낭풍전(閬風巓)도 이보다 나을 수 없네.

其木則樫松楔樴,[32] 槾柏杻橿,[33] 楓柙櫨櫪,[34] 帝女之桑,[35] 楈枒栟櫚,[36] 柍柘檍檀.[37] 結根竦本, 垂條嬋媛, 布綠葉之萋萋,[38] 敷華蕊之蓑蓑.[39] 玄雲合而重陰, 谷風起而增哀. 攢立叢駢, 青冥肝瞑.[40] 杳藹蓊鬱於谷底,[41] 森蕁蕁而刺天.[42] 虎豹黃熊遊其下, 瑴玃猱挺戲其巔.[43] 鸞鷟鵷鶵

32 樫松楔樴(정송설직) : '정(樫)'은 위성류(渭城柳). '설(楔)'은 형도(荊桃) 즉 앵도(櫻桃). '직(樴)'은 직목(樴木). 소나무와 비슷하며 가시가 있음.

33 槾柏杻橿(만백뉴강) : '만(槾)'은 가시나무의 일종. '뉴(杻)'는 감탕나무. '강(橿)'은 감탕나무과에 속하는 동청(冬青).

34 楓柙櫨櫪(풍합로력) : '합(柙)'은 향나무의 일종. '로(櫨)'는 거망옻나무. '력(櫪)'은 상수리나무.

35 帝女之桑(제녀지상) : 남양(南陽) 선산(宣山)에 큰 뽕나무가 있는데 남방 적제(赤帝)의 딸이 신선술을 배워서 그 옆에서 살았다고 한다. 따라서 그 뽕나무를 제녀상(帝女桑)으로 불렀다고 한다(『산해경·중산경』, 『광이기(廣異記)』).

36 楈枒栟櫚(서야병려) : '서야(楈枒)'는 야자나무. '병려(栟櫚)'는 종려나무.

37 柍柘檍檀(영자억단) : '영(柍)'은 살구나무, '자(柘)'는 산뽕나무, '억(檍)'은 참죽나무.

38 萋萋(처처) : 초목이 무성하게 우거진 모양.

39 蓑蓑(사사) : 초목이 아래로 휘늘어져 있는 모양.

40 肝(천) : 규장각본에는 '천(阡)'으로 되어 있다.

41 杳藹(묘애) : 골짜기가 깊어서 어렴풋하고 아득한 모양.

42 蕁蕁(준준) : 초목이 무성하게 높이 자란 모양.

43 瑴玃猱挺(혹확노정) : '혹(瑴)'은 호랑이나 표범과 비슷한 짐승으로 집이(執夷) 또

翔其上,[44] 騰猿飛蠝棲其間.[45] 其竹則鐘籠箽篾,[46] 篠簳箛篚,[47] 緣延坻坂, 澶漫陸離.[48] 阿那蓊茸,[49] 風靡雲披.

그 나무는, 위성류(渭城柳) · 소나무 · 앵두나무에 직목(樱木)이며, 만목(槾木)에 잣나무와 감탕나무 · 동청(冬青)나무, 단풍나무 · 향나무 · 거망옻나무 · 상수리나무, 제녀(帝女)의 뽕나무와 야자나무 · 종려나무, 살구나무 · 산뽕나무 · 참죽나무와 박달나무. 엉킨 뿌리 솟은 줄기에, 가는 가지 휘늘어져, 초록 잎이 푸릇푸릇 무성하게 펼쳐 있고, 화려한 꽃봉오리 가득히 드리웠네. 검은 구름 모여들어 그늘이 짙어지고 계곡 바람 일어나서 슬픔이 증가되네. 우뚝한 나무들이 우거져 즐비하니 푸르른 하늘도 어둑어둑 어렴풋하네. 골짜기 아래엔 깊은 숲이 우거졌고, 삼림(森林)은 치솟아서 하늘을 찌르고 있네. 호랑이 · 표범 · 누런 곰이 그 아래서 놀고 있고, 황요(黃腰)와 온갖 원숭이 산마루에서 놀고 있네. 봉황새와 원추(鵷鶵) 새가 그 위에서 비상하고, 뛰는 원숭이 날다람쥐 그 사이에 서식하네. 대나무는, 종롱죽(鐘籠竹)과 근죽(箽竹) · 도지죽(桃枝竹) 및 소죽(篠竹) · 간죽(簳竹) · 고죽(箛竹) · 추죽(篚竹)이, 높다란 산비탈에 연이어 자라나니, 넓게 퍼진 대나무 숲이 들쑥날쑥 우거졌네. 늘씬한 대나무가 무성하게 숲을 이뤄, 바람 가득 불어오니 초록 구름 피어나는 듯.

는 황요(黃腰)라 하기도 함. '확(玃)'은 큰 원숭이, '노(猱)'는 긴팔원숭이, '정(狌)'은 원숭이의 일종.

44 鸞鷟鵷鶵(난악원추) : '난악(鸞鷟)'은 봉황의 별명. '원추(鵷鶵)'는 봉황의 일종.

45 蠝(뢰) : 날다람쥐.

46 鐘籠箽篾(종롱근멸) : '종롱(鐘籠)'은 대나무의 일종. 영륜(伶倫)이 이 대나무로 피리를 만들었다고 함.(이선 주) '근(箽)'은 껍질이 하얀 대나무. '멸(篾)'은 도지죽(桃枝竹).

47 篠簳箛篚(소간고추) : '소(篠)'는 노군산(魯郡山)에서 나는 대나무로 생황의 재료가 된다고 함. '간(簳)'은 가는 대나무 즉 살대. '고(箛)'와 '추(篚)'도 모두 대나무의 일종.

48 陸離(육리) : '참치(參差)'와 통함. 들쑥날쑥 가지런하지 않은 모습.

49 阿那蓊茸(아나옹용) : '아나(阿那)'는 '아나(阿那)' 또는 '아나(婀娜)'와 같음. 날씬하고 부드러운 모습. '옹용(蓊茸)'은 무성하고 빽빽한 모양.

爾其川瀆, 則滍澧藥瀙,[50] 發源巖穴, 潛廅洞出,[51] 沒滑瀎潏.[52] 布濩漫汗, 漭沆洋溢. 總括趨歙,[53] 箭馳風疾. 流湍投濈,[54] 砏汃輣軋.[55] 長輸遠逝, 漻淚淢汨.[56] 其水蟲則有蠳龜鳴蛇,[57] 潛龍伏螭. 鱏鱣鰅鱅,[58] 黿鼉鮫鰅.[59] 巨蚌函珠,[60] 駮蝦蝼蛇.[61]

그 강물은, 치수(滍水) · 예수(澧水) · 약수(藥水) · 진수(瀙水)가 바위 굴에서 발원하니, 동굴에서 솟은 샘물 급류 이뤄 쏟아지네. 두루두루 넓게 퍼져 아득하게 넘쳐흐르네. 그 물길 한 데 모여 바다로 빨려가니, 화살처럼 치달리고 바람처럼 날아가네. 흐름이 신속하게 바깥세상 향해 가니, 콸콸콸 우당탕탕 물소리도 요란하네. 유장한 강물이 멀리까지 흘러가며 빠르고도 세찬 물살 바다로 달려가네. 그 수중 동물은, 거북과 명사(鳴蛇)에 잠룡(潛龍)과 교룡(蛟龍)이라. 가오리와 철갑상어 동자개와 전어에다, 자라와 악어도 있고 상어와 바다거북도 있네. 커다란 방합(蚌蛤)이 진주를 품고 있고, 왕새우는 기다란 몸 꿈틀꿈틀 움직이네.

---

50 滍澧藥瀙(치례약진) : '치(滍)'는 지금의 하남성 노산(魯山) 엽현(葉縣)에 있는 사하(沙河). '례(澧)'는 하남성 방성현(方城縣) 북쪽 복우산에서 발원하여 엽현과 무양(舞陽)을 거쳐 탑하시(漯河市)에서 사하(沙河)와 합류함. '약(藥)'은 물 이름으로 지금의 하남성 비양(泌陽)을 관통하여 흐름. '진(瀙)'도 물 이름으로 지금의 남양 남쪽인 호북성 조양시(棗陽市)에 있음.

51 潛廅(잠합) : 물이 산기슭 동굴에서 흘러나옴.

52 沒滑瀎潏(몰골말휼) : 물이 매우 세차고 급하게 흐르는 모양.

53 趨歙(추합) : 강물이 빨리 흐르는 모양이 마치 바다가 빨아들이는 것과 같다는 뜻.

54 投濈(투즙) : 물이 바깥을 향해 흘러감.

55 砏汃輣軋(빈팔팽알) : 물살이 콸콸 우당탕 세차게 부딪치며 내는 소리.

56 漻淚淢汨(유루역율) : 물살이 급한 모양.

57 蠳龜鳴蛇(영구명사) : '영구(蠳龜)'는 규장각본에 '앵구(鸚龜)'로 되어 있다. 거북의 일종. '명사(鳴蛇)'는 중국 전설에 나오는 동물. 몸은 뱀처럼 생겼고 네 개의 날개가 있으며 경쇠같은 울음 소리를 낸다고 함(『산해경 · 중산경』).

58 鱏鱣鰅鱅(심전옹용) : '심(鱏)'은 철갑상어의 일종인 심어(鱘魚), '전(鱣)'은 철갑상어, '옹(鰅)'은 동자개, '용(鱅)'은 용어(鱅魚).

59 黿鼉鮫鰅(원타교휴) : '원(黿)'은 자라, '타(鼉)'는 악어, '교(鮫)'는 상어, '휴(鰅)'는 바다거북.

60 蚌(방) : 방합 즉 씹조개.

61 駮蝦蝼蛇(박하위이) : '박하(駮蝦)'는 왕새우. '위이(蝼蛇)'는 꾸불꾸불하고 긴 모양.

於其陂澤, 則有鉗盧玉池,[62] 赭陽東陂.[63] 貯水渟洿,[64] 亘望無涯. 其草則藨苧蘋莞,[65] 蔣蒲蒹葭.[66] 藻茆菱芡,[67] 芙蓉含華. 從風發榮, 斐披芬葩. 其鳥則有鴛鴦鵠鷖,[68] 鴻鴇鴐鵝.[69] 鶪鶂鷿鷉,[70] 鷫鷞鵾鸕,[71] 嚶嚶和鳴,[72] 澹淡隨波. 其水則開竇灑流,[73] 浸彼稻田. 溝澮脈連, 堤塍相輶. 朝雲不興, 而潢潦獨臻. 決渫則暵, 爲漑爲陸. 冬稌夏穱,[74] 隨時代熟.

아! 저 연못은, 겸로지(鉗盧池) 옥지(玉池)에다, 자양(赭陽)·동피(東陂) 호수도 있네. 물을 가둬 멈춘 연못, 바라보니 끝이 없네. 그 풀은, 기름사초와 모시에다 청번(靑蘋)과 왕골이며, 줄풀과 부들풀에 물억새와 갈대로다. 조류(藻類)와 순채(蒓菜)와 마름과 가시연에, 연꽃 봉오리 아름답게 봉실봉실 맺혀 있네. 바람을 따라서 찬란하게 꽃이 피니 어여쁜 꽃잎에서 향기가 피어나네. 그 새는, 암수 한 쌍 원앙새와 고니와 갈매

62 鉗盧玉池(겸로옥지) : '겸로(鉗盧)'는 지금의 하남성 등주시(鄧州市) 남쪽에 있는 저수지 이름. 한(漢) 원제(元帝) 때 남양태수 소신신(召信臣)이 주관하여 축조함. '옥지(玉池)'도 호수 이름.

63 赭陽東陂(자양동피) : '자양(赭陽)'과 '동피(東陂)'도 모두 호수 이름.

64 渟洿(정오) : 물이 괴어 있는 곳.

65 藨苧蘋莞(표저번완) : '표(藨)'는 기름사초, '저(苧)'는 모시, '번(蘋)'은 청번(靑蘋)으로 향부자 비슷한 풀. '완(莞)'은 왕골.

66 蔣蒲蒹葭(장포겸가) : '장(蔣)'은 줄풀, '포(蒲)'는 부들, '겸(蒹)'은 물억새, '가(葭)'는 갈대.

67 藻茆菱芡(조묘릉검) : '조(藻)'는 물에 서식하는 조류(藻類) 식물의 총칭. '묘(茆)'는 수련과에 속하는 다년생 물풀. '릉(菱)'은 마름이고, '검(芡)'은 가시연.

68 鴛鴦鵠鷖(원앙곡예) : '원앙(鴛鴦)'은 각각 원앙새의 수컷과 암컷, '곡(鵠)'은 고니, '예(鷖)'는 갈매기.

69 鴻鴇鴐鵝(홍보가아) : '홍(鴻)'은 큰 기러기, '보(鴇)'는 너새, '가아(鴐鵝)'는 야생 들거위.

70 鶪鶂鷿鷉(결역벽제) : '결(鶪)'은 오리의 일종, '역(鶂)'은 물새의 일종, '벽(鷿)'은 농병아리, '제(鷉)'는 요응(鷂鷹) 즉 새매.

71 鷫鷞鵾鸕(숙상곤로) : '숙상(鷫鷞)'은 기러기의 일종. 또는 서방을 지키는 신조(神鳥)라 하기도 함. '곤(鵾)'은 학처럼 생긴 곤계(鵾鷄). '로(鸕)'는 가마우지.

72 嚶嚶(앵앵) : 새가 조화롭고 아름답게 우는 소리.

73 灑流(쇄류) : '분류(分流)'와 같음.

74 冬稌夏穱(동도하착) : '도(稌)'는 찰벼. '착(穱)'은 올벼나 올보리를 가리킴. 보리는 흔히 가을에 심어 봄에 거두므로 여기에서는 올벼로 번역하였다.

기에, 큰 기러기와 너새에다 야생 거위도 섞여 있네. 오리와 물새에 농병아리와 새매도 있고, 숙상(鷫鸘) 새와 곤계(鵾鷄)에다 가마우지도 날아와서, 재잘재잘 노래하며 맑은 물결 따라 노네. 그 물은, 물꼬 열고 물길 나눠 벼논에 물을 대네. 봇도랑이 맥맥이 끝없이 이어지고, 제방과 논두렁이 서로서로 연결되네. 아침에 비구름이 일어나지 않았어도, 연못에 담긴 물은 홀로 가득 출렁이네. 물을 빼서 농사 지어 연못 바닥이 보일 때까지, 논농사도 지어보고 밭농사도 지어보네. 겨울에는 찰벼 심고 여름에는 올벼 심으니 계절을 따라서 번갈아 익어가네.

其原野則有桑漆麻苧, 菽麥稷黍. 百穀蕃廡, 翼翼與與.[75] 若其園圃, 則有蓼蕺蘘荷,[76] 諸蔗薑蟠,[77] 菥蓂芋瓜.[78] 乃有櫻梅山柿, 侯桃梨栗.[79] 梬棗若留,[80] 穰橙鄧橘.[81] 其香草則有薜荔蕙若,[82] 薇蕪蓀萇.[83] 晻曖蓊蔚, 含芬吐芳.

그 들판엔, 뽕나무 · 옻나무 대마(大麻 : 삼)와 모시에다, 콩과 보리 차기장에 메기장도 자라나네. 온갖 곡식 우거져서 무성하고 번성하네. 그 과수원과 채소밭에는, 여뀌와 삼백초에 양하(蘘荷)도 있는 곳에, 사탕수수와 생강과 마늘도 심어 놓고, 냉이와 토란과 오이도 재배하네. 이에 또, 앵두나무 · 매화나무 · 감나무 즐비하고, 소귀나무 · 배나

---

75 翼翼與與(익익여여) : 무성한 모양.

76 蓼蕺蘘荷(요즙양하) : '요(蓼)'는 여뀌, '즙(蕺)'은 삼백초, '양하(蘘荷)'는 생강과에 딸린 여러 해 살이 풀.

77 諸蔗薑蟠(저자강번) : '저자(諸蔗)'는 규장각본에 '저자(諸柘)'로 되어 있다. 사탕수수. '강(薑)'은 생강. '번(蟠)'은 규장각본에 '번(蕃)'으로 되어 있다. 중국 재래종 마늘.

78 菥蓂芋瓜(석명우과) : '석명(菥蓂)'은 냉이, '우(芋)'는 토란, '과(瓜)'는 오이.

79 侯桃(후도) : '산도(山桃)' 즉 소귀나무.

80 梬棗若留(榴)(영조약류) : '영(梬)'은 고욤나무, '조(棗)'는 대추나무. '약류(若留)'는 규장각본에 '약류(若榴)'로 되어 있다. 석류(石榴).

81 穰橙鄧橘(양등등귤) : '양(穰)'과 '등(鄧)'은 모두 남양의 속현(屬縣).

82 薜荔(벽려) : 줄사철나무.

83 薇蕪蓀萇(미무장손) : '미무(薇蕪)'는 궁궁이, '손(蓀)'은 창포, '장(萇)'은 다래.

무・밤나무도 무성하네. 고욤나무・대추나무・석류나무도 섞여 있고, 양(穰) 지방엔 등자나무 등(鄧) 지방엔 귤도 있네. 그 향초로는, 줄사철나무・혜초・두약(杜若), 궁궁이와 창포・다래가, 더부룩하게 우거져서 머금은 향기 내뿜고 있네.

若其廚膳, 則有華薌重秬,[84] 滍皐香粳,[85] 歸雁鳴鵽,[86] 黃稻鮮魚, 以爲芍藥.[87] 酸甛滋味, 百種千名. 春卵夏筍,[88] 秋韭冬菁. 蘇蔱紫薑,[89] 拂徹羶腥. 酒則九醞甘醴,[90] 十旬兼清.[91] 醪敷徑寸, 浮蟻若蓱. 其甘不爽,[92] 醉而不酲.[93]

그 음식으로는, 화향(華薌)의 찰기장과, 치수(滍水) 언덕의 맛있는 메벼, 기러기 고기 탈구새 고기, 누런 벼와 신선한 해물로, 다섯 가지 다른 맛을 골고루 조화시키네. 신맛 단맛 감칠맛이 백 가지 천 가지라. 봄철에는 달래 나물 여름에는 죽순 요리, 가을에는 부추나물 겨울에는 순무 채소. 차조기와 수유(茱萸)와 생강에서 싹튼 싹은 누린내와 비린내를 말끔히 없애주네. 술에는, 구온주(九醞酒)는 달콤하고, 십순주(十旬酒)는 맑기까지, 막걸리엔 술지게미 한 치나 덮여 있어, 그 위에 뜬 개미

84 華薌重秬(화향중거) : '화향(華薌)'은 마을 이름. '중거(重秬)'는 찰기장. 일반적으로 곡물 앞에 '중(重)'을 쓰면 늦게 익는다는 뜻임.

85 滍皐香粳(치고향갱) : '치(滍)'는 물이름. 위의 각주 참조. '갱(粳)'은 규장각본에 '갱(秔)'으로 되어 있다. 메벼.

86 歸雁鳴鵽(귀안명탈) : '귀안(歸雁)'은 기러기, '명탈(鳴鵽)'은 탈구새. 비둘기와 비슷하며 북방의 사막 위를 떼 지어 날고 고기맛이 좋다고 함.

87 芍藥(작약) : '작약(芍藥)'으로 음식의 오미(五味)를 조화시킨다고 함.

88 春卵(춘란) : '난산(卵蒜)' 즉 달래 나물.

89 蘇蔱紫薑(소살자강) : '소(蘇)'는 차조기, '살(蔱)'은 수유, '자강(紫薑)'은 생강 싹.

90 九醞甘醴(구온감례) : '구온주(九醞酒)'는 맛이 달콤한 술이라는 뜻. '감례(甘醴)'는 규장각본에 '예감(醴甘)'으로 되어 있다. '구온주'는 3일에 한 번씩 발효시켜서 아홉 말[斗]이 되면 그만둔다고 함.

91 十旬兼淸(십순겸청) : '십순주(十旬酒)'는 달콤한 맛에 맑은 맛을 겸하였다는 의미. 10순(旬 : 100일)을 발효시켜 청주(淸酒)를 얻기 때문에 '십순주'라고 함.

92 爽(상) : '상(傷)'과 통함.

93 酲(정) : 숙취.

가 부평초와 진배없네. 그 맛은 달콤하나 몸에는 해침 없고, 아무리 취하여도 숙취가 남지 않네.

及其糾宗綏族, 禴祠蒸嘗,[94] 以速遠朋,[95] 嘉賓是將.[96] 揖讓而升, 宴於蘭堂,[97] 珍羞琅玕,[98] 充溢圓方.[99] 琢雕狎獵,[100] 金銀琳琅.[101] 侍者蠱媚,[102] 巾構鮮明,[103] 被服雜錯, 履躡華英. 儇才齊敏,[104] 受爵傳觴,[105] 獻酬既交, 率禮無違. 彈琴擫籥, 流風徘徊, 淸角發徵,[106] 聽者增哀. 客賦'醉言歸',[107] 主稱'露未晞'.[108] 接歡宴於日夜, 終愷樂之令儀.

종친들을 한 데 모아 편안하게 지내면서, 약제(禴祭)·사제(祠祭)·증제(蒸祭)·상제(嘗祭) 계절마다 거행하고, 먼 곳 친구 맞이하며 고운 손님 청해오네. 읍(揖)하고 양보하며 난당(蘭堂)에서 잔치하니, 진수성찬은 보옥(寶玉)처럼, 각종 그릇에 넘쳐나네. 그릇에 새긴 조각 겹겹이 새겨져 있고, 금그릇 은그릇과 옥그릇도 곱디 곱네. 시녀들은 아리땁고

94 禴祠蒸嘗(약사증상) : 종묘에서 지내는 사계절 제사의 명칭. 봄 제사는 '사(祀)', 여름 제사는 '약(禴)', 가을 제사는 '상(嘗)', 겨울 제사는 '증(蒸)'이라고 함.
95 速(속) : '소(召)', '영(迎)'과 통함.
96 將(장) : '청(請)'과 통함.
97 蘭堂(난당) : 향기롭고 깨끗한 대청.
98 琅玕(낭간) : '낭간(瑯玕)'으로도 씀. 아름다운 구슬인데, 진귀하고 아름다운 물건이나 맛있는 음식을 비유함.
99 圓方(원방) : 둥근 그릇, 네모난 그릇 등 온갖 식기(食器)를 가리킴.
100 琢雕狎獵(탁조압렵) : '탁조(琢雕)'는 규장각본에 '조탁(彫琢)'으로 되어 있다. '압렵(狎獵)'은 겹겹으로 아름답게 장식한 모양.
101 琳琅(임랑) : 정교하고 아름다운 옥(玉).
102 蠱媚(고미) : 시녀들이 고혹적으로 아름답다는 뜻.
103 巾構(건구) : 여성용 '의상(衣裳)'.
104 儇(현) : 경쾌하고 민첩한 모양.
105 受(수) : 규장각본에는 '수(授)'로 되어 있다.
106 淸角發徵(청각발치) : '청(淸)'과 '치(徵)'는 모두 오음(五音)에 속하는데 슬픈 음조임.
107 醉言歸(취언귀) : 『시경(詩經)·노송(魯頌)·유필(有駜)』: "북 소리 둥둥 울리고, 취하여 돌아가노니 모두들 즐겁도다(鼓咽咽, 醉言歸, 于胥樂兮)".
108 露未晞(로미희) : 『시경·소아·잠로(湛露)』: "촉촉하게 젖은 이슬, 태양이 아니 떠서 마르지를 않았네(湛湛露斯, 匪陽不晞)".

의상도 선명하며, 의복 무늬 현란하고 신발 장식 화려하네. 날랜 솜씨로 민첩하게 술잔을 주고받고, 권(勸)커니 작(酌)커니 권주(勸酒)하는 과정에도 예절을 따르면서 한 치도 어김없네. 금(琴)도 타고 피리도 부니, 음악소리 가득 흐르고, 맑은 각음(角音)에 치음(徵音)이 섞여, 듣는 사람 슬퍼지네. '취하여 돌아가오' 손님이 노래하니, '이슬 아직 안 말랐소' 주인이 화답하네. 즐거운 연회가 밤낮으로 이어지나 화락하고 좋은 예절로 잔치를 마감하네.

於是暮春之禊,[109] 元巳之辰,[110] 方軌齊軫,[111] 祓於陽瀕.[112] 朱帷連網,[113] 曜野映雲.[114] 男女姣服, 駱驛繽紛. 致飾程蠱, 偠紹便娟,[115] 微眺流睇, 蛾眉連卷.[116] 於是齊僮唱兮列趙女.[117] 坐南歌兮起鄭舞.[118] 白鶴飛兮繭曳緒. 脩袖繚繞而滿庭, 羅襪躡蹀而容與. 翩綿綿其若絶, 眩將墜而復擧. 翹遙遷延, 蹩躠蹁躚.[119] 結〈九秋〉之增傷,[120] 怨〈西荊〉之折盤.[121]

---

109 禊(계) : 중국 고대 풍속인 '수계(修禊)' 행사. 매년 음력 3월 상순 사일(巳日)에 깨끗한 물가로 가서 목욕을 하고 겨울 동안 몸에 깃든 음울하고 사악한 기운을 씻어내면서 음주가무를 즐기던 행사.

110 元巳(원사) : '상사(上巳)'라고도 함. 음력 3월 첫 번째 사일(巳日)을 가리켰으나 후대에는 음력 3월 3일을 상사일(上巳日)이라고 부르게 됨.

111 方軌齊軫(방궤제진) : '방(方)'과 '제(齊)'는 모두 나란하다는 뜻. '진(軫)'은 수레의 뒤턱나무로 수레를 총칭함.

112 祓於陽瀕(불어양빈) : '불(祓)'은 사악한 기운을 떨쳐냄. '빈(瀕)'은 규장각본에 '빈(濱)'으로 되어 있다.

113 網(망) : 규장각본에는 '강(綱)'으로 되어 있다.

114 映(영) : 규장각본에는 '영(英)'으로 되어 있다.

115 偠紹(요소) : 낭창낭창 고운 모습.

116 卷(권) : 규장각본에는 '권(婘)'으로 되어 있다.

117 齊僮唱兮列趙女(제동창혜열조녀) : '제동(齊僮)'은 가창(歌唱)을 맡은 제(齊)나라의 어린 노복들. '조녀(趙女)'는 춤을 잘 추는 조(趙)나라 미녀들.

118 南歌(남가) : 남쪽 초(楚)나라의 노래.

119 蹩躠蹁躚(별설편선) : '별설(蹩躠)'은 춤을 추며 선회하는 모양. '편선(蹁躚)'도 빙글빙글 도는 춤 동작.

120 九秋(구추) : 고악부(古樂府)의 하나인 〈역구추첩박명행(歷九秋妾薄命行)〉. 여기에 "제(齊)나라 노래와 초(楚)나라 춤이 분분하고, 노래 소리가 푸른 구름에까지 솟

彈箏吹笙, 更爲新聲, 寡婦悲吟,[122] 鵾鷄哀鳴. 坐者淒欷, 蕩魂傷精.

이리하여, 늦은 봄 수계(修禊) 날인 삼월 초사흘 상사일(上巳日)에, 나란하게 수레 몰아, 양지바른 물가로 가서, 나쁜 기운 털어내고 좋은 운수 맞이하네. 붉은 장막 이어서 치니, 들판 빛나고 구름도 영롱하네. 남자 여자 모두들 고운 옷을 차려입고, 끊임없이 오고가고 분주하게 왕래하네. 차림새는 고혹스럽고 낭창거림 어여뻐라, 은은한 눈길 던지는데 아미(蛾眉)가 동그랗네. 이리하여, 제(齊)나라 동자(童子)들은 구성지게 노래하고 조(趙)나라 여인은 열지어 늘어섰네. 앉은 이는 초(楚)나라 노래 부르고, 일어선 이 정(鄭)나라 춤을 추니. 백학이 날아가는 듯 누에가 실을 뽑는 듯. 긴 소매 휘어 돌며 뜰 안에 가득하고, 비단 버선 사뿐사뿐 맵시도 부드럽네. 나부낌이 이어지다 불현듯 끊어질 듯, 눈길은 떨어지다 또 다시 솟구치네. 가볍게 쳐든 발길 느릿느릿 옮기다가, 빙글빙글 맴돌며 율동을 이어가네. 〈구추곡(九秋曲)〉 노래에 슬픔이 더해지고, 〈서형무(西荊舞)〉 춤사위에 원망이 맺히네. 쟁(箏)을 타고 생황도 불며 다시 새 곡(曲) 연주하자 과부는 흐느끼고, 곤계(鵾雞)는 슬피 우네. 앉아서 듣는 사람 쓸쓸히 한탄하고, 유랑하는 나그네는 가슴이 찢어지네.

於是群士放逐, 馳乎沙場. 騄驥齊鑣,[123] 黃間機張.[124] 足逸驚飆, 鏃析

아오르네(齊謳楚舞紛紛, 歌聲上徹靑雲)"란 대목이 있다.

121 西荊之折盤(서형지절반) : '〈서형(西荊)〉'은 형초(荊楚) 지방의 서쪽을 가리키는데, 여기에서는 초(楚)나라 춤을 비유함. '절반(折盤)'은 꺾고 도는 춤사위.

122 寡婦悲吟(과부비음) 이하 2구 : 이선(李善) 주(注)와 오신(五臣) 주(注)에서는 '과부(寡婦)'와 '곤계(鵾鷄)'를 모두 악곡명으로 보았다. 그러나 문맥의 흐름으로 볼 때 고보영(高步瀛)이 『문선이주의소(文選李注義疏)』에서 밝힌 것처럼 이 두 단어를 모두 보통명사로 보는 것이 더 적절할 것으로 보인다.

123 騄驥齊鑣(녹기제표) : '녹기(騄驥)'는 규장각본에 '기록(驥騄)'으로 되어 있다. '표(鑣)'는 말재갈.

124 黃間機張(황간기장) '황간(黃間)'은 '황견(黃肩)'으로도 씀. 쇠뇌의 이름. '기(機)'는 '기아(機牙)' 즉 '노아(弩牙)'. 쇠뇌의 활시위를 거는 곳.

毫芒. 俯貫魴鱮,[125] 仰落雙鶬, 魚不及竄, 鳥不暇翔. 爾乃撫輕舟兮浮淸池,[126] 亂北渚兮揭南涯.[127] 汰瀺灂兮船容裔,[128] 陽侯澆兮掩鳧鷖.[129] 追水豹兮鞭蝄蜽,[130] 憚夔龍兮怖蛟螭. 於是日將逮昏,[131] 樂者未荒, 收歡命駕, 分背回塘. 車雷震而風厲, 馬鹿超而龍驤. 夕暮言歸,[132] 其樂難忘. 此乃游觀之好, 耳目之娛, 未睹其美者, 焉足稱擧.[133]

이리하여, 여러 선비 뛰어나가 백사장을 치달리네. 녹이(騄駬)와 천리마를 나란하게 몰면서 쇠뇌의 노아(弩牙)에 팽팽하게 줄을 거네. 말발굽 경쾌하게 질풍처럼 달려가며, 화살을 날려서 작은 터럭도 끊어놓네. 몸을 굽혀 활을 쏘아 방어・연어 꿰어놓고, 몸을 들어 쳐다보며 왜가리 한 쌍 떨어뜨리니, 물고기도 몸을 숨길 틈새가 없고, 저 새도 날아오를 겨를이 없네. 이에 또, 가벼운 배 노를 저어 밝은 못에 띄워 놓고, 북쪽 물가도 건너보고, 남쪽 물가도 건너보네. 물결은 찰랑찰랑 저 배는 흔들흔들, 파도는 소용돌이쳐 오리와 갈매기 침몰시키네. 물범을 뒤쫓으며 물귀신에 채찍질하여, 기룡(夔龍)을 꺼리게 하고 교룡(蛟龍)을 겁먹게 하네. 이리하여, 태양은 어느덧 황혼으로 접어드니, 즐거움이 아직도 지나치지 않을 때, 놀이를 거두고 수레 매라 명하고, 서로 서로 헤어져서 제방길로 돌아오네. 수레소리 우레같고 스치는 바람 사나운데, 사슴보다 빠른 말이 용처럼 치달리네. 저녁 무렵 돌아와서도 그 즐거움 잊기 어렵네. 이는 유람의 기쁨과 눈과 귀의 오락일 뿐이니, 이곳

125 魴鱮(방서) : '방(魴)'은 방어, '여(鱮)'는 연어.

126 淸池(청지) : 규장각본에는 '청지(靑池)'로 되어 있다.

127 亂(난) : 물을 가로 질러 건너는 것. '게(揭)'는 옷을 걷고 물을 건너는 것.

128 汰瀺灂兮船容裔(태참작혜선용예) : '태(汰)'는 수파(水波). '참작(瀺灂)'은 물결이 찰랑거리는 소리. '용예(容裔)'는 물결에 배가 흔들거리며 나아가는 모양.

129 陽侯(양후) : 중국 전설에서 큰 파도를 일으키는 물의 신. 이에 직접 파도를 가리키기도 함.

130 蝄蜽(망량) : 산천의 요정, 물귀신.

131 將(장) : 규장각본에는 '기(旣)'로 되어 있다.

132 言歸(언귀) : 규장각본에는 '이귀(而歸)'로 되어 있다.

133 擧(거) : 규장각본에는 '여(歟)'로 되어 있다.

의 아름다움 중에서 아직 다 보지 못한 것들을 어찌 다 일일이 열거할 수 있겠는가?

夫南陽者, 眞所謂漢之舊都也.[134] 遠世則劉后甘厥龍醢,[135] 覛魯縣而來遷.[136] 奉先帝而追孝,[137] 立唐祀乎堯山.[138] 固靈根於夏葉, 終三代而始蕃. 非純德之宏圖, 孰能揆而處旃?[139] 近則考侯思故,[140] 匪居匪寧, 穢長沙之無樂,[141] 歷江湘而北征. 曜朱光於白水, 會九世而飛榮.[142] 察茲邦之神偉,[143] 啓天心而寤靈.

대저 남양(南陽)이란 곳은 진정으로 한(漢)나라의 옛 고을이라. 아득히 먼 시대에는 유후(劉后 : 劉累)가 용 고기로 젓갈을 담갔다가 노현(魯

134 者也(자야) : 규장각본에는 '자(者)'가 없다.

135 劉后甘厥龍醢(유후감궐용해) : '유후(劉后)'는 한(漢)나라 왕족인 유씨(劉氏)의 조상이라고 알려져 있는 '유루(劉累)'. '유루'는 환룡씨(豢龍氏)에게서 용을 기르는 방법을 배워서 하(夏)나라 임금 공갑(孔甲)을 섬겼다. 그 뒤 암컷 용 한 마리가 죽자 유루가 그 고기로 몰래 젓갈을 담가서 하왕(夏王)에게 바쳤다. 하왕이 젓갈을 먹고 맛이 있자 다시 유루에게 그 젓갈을 요구하였다. 유루가 다시 젓갈을 담글 수가 없어서 남양(南陽) 땅 노현(魯縣)으로 피해가서 살았다(『좌전(左傳) · 소공(昭公)』 29년).

136 覛(맥) : '시(視)'와 같음.

137 先帝(선제) : 요(堯) 임금. 유루(劉累)는 요 임금의 후예로 한(漢)나라의 선조가 되므로 '선제(先帝)라고 하였다. 이에 한(漢)에서는 남양 노현(魯縣)에 요 임금을 제사지내는 사당을 세웠다(『한서(漢書) · 고제기(高帝紀)』).

138 堯山(요산) : 노현(魯縣)의 서산(西山)에 요사(堯祠)을 세우고 '요산(堯山)'이라고 불렀다고 함(『수경주(水經注)』).

139 旃(전) : '차(此)', '지(之)'와 통한다.

140 考侯(고후) : 규장각본에는 '효후(孝侯)'로 되어 있다. 용릉후(舂陵侯)인 고후(考侯) 유인(劉仁)이 전한(前漢) 원제(元帝) 때 용릉 땅이 저습(低濕)하여 거주할 만한 곳이 못된다고 여기고 남양(南陽) 백수향(白水鄉)으로 봉지(封地)를 옮겨줄 것을 조정에 요청하여 그 허락을 받았다. 옮긴 뒤에도 여전히 백수(白水)를 용릉으로 불렀다(『후한서(後漢書) · 종실사왕삼후열전(宗室四王三侯列傳)』).

141 長沙(장사) : 고후(考侯) 유인(劉仁)은 장사정왕(長沙定王)의 증손자. 유인의 조부 유매(劉買)가 처음으로 용릉(舂陵)에 분봉(分封)됨(『후한서 · 종실사왕삼후열전』).

142 九世(구세) : 한(漢) 고조(高祖) 유방(劉邦)으로부터 구세(九世)만에 광무제(光武帝) 유수(劉秀)가 태어나 한(漢)을 중흥시킴. 광무제는 고후 유인의 손자.

143 邦(방) : 규장각본에는 '도(都)'로 되어 있다.

縣)을 바라보고 이곳으로 옮겨 왔네. 요(堯) 임금을 받들어 효성을 다하려고 이곳 요산(堯山) 기슭에다 사당을 건립했네. 신령스러운 뿌리가 하대(夏代)에 다져져서, 삼대(三代)가 끝나고 비로소 번성했네. 깨끗한 덕망의 큰 계획이 아니라면, 누가 능히 앞을 헤아려 여기에 살았겠나? 근래에는 고후(考侯)가 옛 터전을 생각하고, 용릉(舂陵)은 살 곳 못되어 편안치 못한지라, 황량한 장사(長沙)에서 안락을 누릴 수 없어, 장강(長江)과 상수(湘水) 건너 북쪽으로 옮겨왔네. 백수(白水)의 언덕에서 화덕(火德)을 밝히고, 구세(九世)만에 때를 만나 광영을 드날렸네. 이 고을의 신성함을 자세히 살펴서, 천심(天心)을 크게 열고 영험함을 깨우쳤네.

於其宮室,[144] 則有園廬舊宅, 隆崇崔嵬. 御房穆以華麗, 連閣煥其相徽. 聖皇之所逍遙, 靈祇之所保綏. 章陵鬱以青蔥,[145] 清廟肅以微微. 皇祖歆而降福, 彌萬祀而無衰.[146] 帝王臧其擅美,[147] 詠南音以顧懷.[148] 且其君子, 弘懿明叡,[149] 允恭溫良, 容止可則, 出言有章. 進退屈伸, 與時抑揚.[150]

그 대궐에는, 광무제의 정원과 그 옛날 저택이, 웅장한 모습으로 하늘 높이 솟아있네. 황제의 옛 방은 엄숙하고 화려하며, 즐비한 누각들은 서로서로 빛을 뽐네. 신성한 광무제가 거닐던 고을이고, 영험한 신령들이 보호해준 도시일세. 장릉(章陵) 숲은 울창하게 푸른 빛을 띠고

144 其(기) : 규장각본에는 '시(是)'로 되어 있다.

145 章陵(장릉) : 광무제 6년에 용릉향(舂陵鄉)의 이름을 바꾸어 장릉현(章陵縣)이라고 하였고, 11년에 장릉으로 행차하여 조상의 사당에 제사를 지냄(『후한서 · 광무제기(光武帝紀)』).

146 祀(사) : '년(年)'과 통함.

147 臧(장) : '찬(贊)', '선(善)'과 통함.

148 南音(남음) : '남도(南都 : 南陽)'의 노래.

149 明叡(명예) : 규장각본에는 '예철(睿哲)'로 되어 있다.

150 抑揚(억양) : 시대의 변화에 따라 몸을 움츠리기도 하고 적극적으로 나서기도 하였다는 의미.

있고, 조상의 사당은 경건하고 그윽하네. 황실의 선조들이 흠향하며 복을 내리니, 자손만대 가득히 쇠퇴함이 없었네. 광무제는 이 고을의 아름다움 사랑하여, 남쪽 음악 노래하며 그리움에 젖었네. 아울러 그분에겐 군자의 풍모 있어, 넓고 고운 덕망에다 밝은 지혜도 갖추었네. 미덥고 공손하고 온화하고 어질어서, 행동거지 하나하나 규범이 될 만했고, 말하시는 언어마다 법도가 있었다네. 나아가고 물러나고 굽히고 펴는 행동, 시대의 상황 따라 대응을 달리했네.

方今天地之睢剌,[151] 帝亂其政,[152] 豺虎肆虐,[153] 眞人革命之秋也.[154] 爾其則有謀臣武將, 皆能攫戾執猛, 破堅摧剛. 排揵陷扃, 蹴蹈咸陽. 高祖階其塗,[155] 光武攬其英.[156] 是以關門反距,[157] 漢德久長. 及其去危乘安, 視人用遷. 周・召之儔,[158] 據鼎足焉,[159] 以庀王職. 縉紳之倫, 經綸

---

151 方今(방금) : '향시(向時)', '당시(當時)'와 통함.(이선 주, 오신 주)

152 帝亂其政(제란기정) : '제(帝)'는 광무제. '란(亂)'은 '치(治)'와 통함.

153 豺虎(시호) : 규장각본에는 '시랑(豺狼)'으로 되어 있다. 한(漢)의 제위(帝位)를 찬탈한 왕망(王莽)을 비유함.

154 眞人(진인) : 왕망은 한(漢)의 제위(帝位)를 찬탈한 후 유(劉)라는 글자를 기피하게 되었다. 이에 당시 돈에 새겨진 '금도(金刀)'라는 글씨도 '화천(貨泉)'으로 바꾸게 하였다. 왜냐하면 '유(劉)'라는 글자를 파자(破字)하면 '묘금도(卯金刀)'가 되기 때문이다. 그런데 흥미롭게도 '화천(貨泉)'의 '천(泉)'을 파자하면 '백수(白水)'가 되고 '화(貨)'를 파자하면 '인(亻)'과 '진(眞)'이 되므로 이는 '백수진인(白水眞人)'을 의미하게 된다. 따라서 백수향(白水鄕)의 진인(眞人)은 바로 광무제를 가리키게 된다(『후한서・광무제기』).

155 高祖階其塗(고조계기도) : 고조 유방이 진(秦)을 칠 때 남양(南陽)을 발판으로 삼았음을 가리킴(『한서・고제기』).

156 攬(람) : 규장각본에는 '람(覽)'으로 되어 있다. 광무제가 영웅들을 장악하고 한(漢)을 중흥시킨 사실을 가리킴.

157 關門(관문) : 함곡관(函谷關)을 관문으로 삼아 반대 지역을 제압했다는 의미. 즉 전한(前漢)은 수도가 함곡관 서쪽인 장안(長安)이었으므로 함곡관을 관문으로 삼아 그 동쪽 지역을 제압하였고, 후한(後漢)은 수도가 함곡관 동쪽인 낙양(洛陽)이므로 함곡관을 관문으로 삼아 그 서쪽 지역을 제압한 것이 된다.

158 周・召之儔(주・소지주) : 주(周)나라 주공(周公)과 소공(召公) 같은 어질고 능력 있는 종친(宗親)들을 가리킴.

159 鼎足(정족) : 세 개의 솥발처럼 나라를 지탱하는 삼공(三公)을 의미함.

訓典, 賦納以言. 是以朝無闕政, 風烈昭宣也. 於是乎鯢齒眉壽,[160] 鮐背之叟,[161] 皤皤然被黃發者,[162] 喟然相與歌曰 : "望翠華兮葳蕤,[163] 建太常兮裶裶.[164] 駟飛龍兮騤騤,[165] 振和鸞兮京師. 總萬乘兮徘徊, 按平路兮來歸." 豈不思天子南巡之辭者哉!

지난날, 천지가 혼란할 때 한(漢) 고조(高祖)가 정치를 안정시켰고, 이리와 호랑이가 함부로 날뛸 때는 백수진인(白水眞人) 광무제가 혁명을 하였다네. 그들에게는, 훌륭한 모사(謀士)와 뛰어난 무장(武將)이 있어, 모두들 흉포하고 사나운 무리를 잡아 없애고, 단단하고 강포한 역도들을 깰 수 있었네. 성문을 밀쳐내고 빗장을 깨부수어, 옛 수도 함양(咸陽)을 직접 밟고 평정했네. 한(漢) 고조(高祖)는 남양(南陽) 길로 천하통일 이루었고, 광무제는 그곳의 영웅들을 한 데 모아 성공했네. 이러한 까닭으로, 함곡관을 지키며 반대 지역을 제압하니, 한(漢)나라의 덕치(德治)가 오래오래 지속되었네. 위험을 제거하고 태평 시기로 접어들자, 민심을 살펴서 낙양(洛陽)으로 천도했네. 주공(周公)과 소공(召公)같은 현명한 신하들이 삼공(三公)의 자리에서 소임을 다하며 임금의 직무를 성실히 보좌했네. 관대(冠帶) 매고 홀(笏)을 꽂은 지체 높은 관리들은, 교훈 담긴 법전을 조리 있게 정리하고, 좋은 간언(諫言) 올려서 채택되게 하였네. 이 때문에 조정에선 빠진 정책이 없었고, 좋은 기풍과 높은 업적이 밝게 펼쳐졌다네. 이리하여 이빨이 다시 나고 눈썹이 긴 노인들

---

160 鯢齒(예치) : 규장각본에는 '예치(兒齒)'로 되어 있다. 장수한 사람이 이가 빠진 후 다시 돋아나는 것.

161 鮐背(태배) : 노인의 등에 복어의 무늬가 나타나는 것이라고 함. 장수의 상징.

162 被黃髮(피황발) : '피(被)'은 규장각본에 '피(披)'로 되어 있다. '황발(黃髮)'은 노인들의 머리칼이 백발에서 다시 누르스름한 색깔로 변하는 것을 가리킴.

163 望翠華兮葳蕤(망취화혜위유) : '취화(翠華)'는 천자의 기물 중에서 파랑새 깃으로 장식한 깃발. '위유(葳蕤)'는 색채가 선명한 모양.

164 建太常兮裶裶(건태상혜비비) : '태상(太常)'은 해와 달을 그린 천자의 깃발. '비비(裶裶)'은 길게 늘어진 모양.

165 騤騤(규규) : 말이 건장하고 씩씩한 모양.

과, 장수하여 등 뒤에 복어 무늬 생긴 노인들, 희끗희끗 누르스름 머리가 센 노인들이 서로 함께 칭송의 노래를 다음과 같이 불렀다. "파랑새 깃발 바라보니 선명하고 아름다운데. 해와 달을 그린 깃발도 길게 펄럭이네. 말 네 마리 비룡(飛龍)처럼 씩씩하게 황제의 수레 끌고. 말방울 소리도 조화롭게 도성에 울려퍼지네. 만승(萬乘)의 군대 이끌고 천천히 진군하여 평탄한 길을 따라서 고향으로 돌아오셨네." 이 어찌 광무제의 남쪽 순행을 그리워한 노래가 아니겠는가?

遂作頌曰 : "皇祖止焉, 光武起焉. 據彼河洛, 統四海焉. 本枝百世, 位天子焉. 永世克孝, 懷桑梓焉.[166] 眞人南巡, 睹舊里焉."

이에 마침내 다음과 같이 칭송한다. "고조(高祖)의 창업이 폐지될 무렵, 광무제(光武帝)가 이곳에서 일어났다네. 하수(河水)와 낙수(洛水)를 근거지 삼아, 사해를 합쳐서 통일하였네. 줄기와 가지가 백세(百世)를 잇고, 천자 지위 보존하길 기원했다네. 영원토록 효성을 다할 마음에, 고향 땅을 잊지 않고 그리워했네. 광무제가 남쪽으로 순행하여서, 옛날의 고향 동네 돌아보았네."

김영문 역

166 桑梓(상자) : 뽕나무와 가래나무. 옛날에는 집의 담장 근처에 이 나무들을 많이 심었으므로 '상자(桑梓)'는 흔히 고향을 가리키는 말로 쓰임.

삼도부서
三都賦序

좌태충(左太冲)

□ 작자

좌사(左思 : 250?~305?)는 자(字)가 태충(太冲)이며 임치(臨淄 : 지금의 산동성 淄博市) 사람이다. 서진(西晉)의 유명한 시인이며 사부가(辭賦家)이다. 빈한(貧寒)한 가문에서 태어났으나 어려서부터 학문에 매진하여 성취를 이루었다. 그의 여동생 좌분(左芬)이 서진 무제(武帝) 사마염(司馬炎)의 후궁으로 들어가자 좌사도 낙양으로 옮겨 벼슬살이에 나서게 되었다. 비서랑(秘書郎)을 역임하며 궁궐에 소장된 수많은 서적을 열람하여 그의 학문은 더욱 심도 깊고 광대해졌다. 이 무렵 10년에 걸쳐 〈삼도부(三都賦)〉를 창작하여 그의 명성이 더욱 높아졌다. 당시의 명사(名士)인 황보밀(皇甫謐)·장재(張載)·유수(劉秀)·위환(衛瓘) 등이 그의 〈삼도부〉에 서문을 쓰고 주석을 달자 낙양의 권문세가에서 이 작품을 베끼는 것이 유행이 되었고, 이 때문에 한 때 낙양의 지가(紙價)가 올랐다는 유명한 이야기가 전해지고 있다. 또 좌사의 〈영사(詠史)〉 시는 필치가 웅건하고 격조가 높아 '건안풍골(建安風骨)'을 이은 작품으로 평가되고 있으며 종영(鍾嶸)도 『시품(詩品)』에서 상품(上品)으로 인정하였다. 그러나 이러한 유명세에도 불구하고 좌사는 출신이 한미(寒微)했기 때문에 평생 미관말직으로 전전하며 높은 벼슬에 오르지 못하였다. 『수서(隋書)·경적지(經籍志)』에 의하면 『좌사집(左思集)』 3권이 있었다고 하나 지금은 전해지지 않고 있으며, 현재 〈백발부(白髮賦)〉·〈삼도부(三都賦)〉 및 〈제도부(齊都賦)〉 몇 구절과 고시(古詩) 40수(首)가 남아 있다. 『진서(晉書)·열전(列傳)』 권61에 소전(小傳)이 실려 있다.

□ 해제

〈삼도부서(三都賦序)〉는 좌사(左思)의 〈삼도부〉 맨 앞에 붙어 있는 서문이다. 좌사는 당시 중국 삼국시대 촉(蜀)의 수도 성도(成都), 위(魏)의 수도 업성(鄴城), 오(吳)의 수도 건업(建業 : 南京)의 문물을 장편 대부(大賦)의 형식으로 묘사해낸 뒤 그의 창작 의도를 설명하기 위하여 이 서문을 지었다. 좌사는 이 글에서 한(漢)의 장편 대부(大賦)가 지나친 과장과 수식, 현실에서 벗어난 허위적 조작에 빠져 문학으로서의 진실성을 잃어버렸다고 지적하고, 부(賦)는 마땅히 『시경(詩經)』 이래 고시(古詩)가 준수해온 정직성과 현실성을 지닐 것을 요청하고 있다. 좌사의 이러한 견해는 앞 시대의 장편 대부(大賦)의 허위성을 날카롭게 비판한 것이기는 하지만, 반고(班固)나 장형(張衡)처럼 부(賦)에 대해 비판적인 관점을 지니고 있으면서도 결국은 또 다시 장편 대부(大賦)창작에 몰두하고 있는 자기모순의 측면을 보여주고 있다. 그러나 장편 대부(大賦)에 대한 이러한 비판적 관점이 축적되면서 남북조 이래로 부(賦)가 단편 서정 형식 위주로 발전하게 되었다고 할 수 있다.

□ 역주

蓋詩有六義焉,[1] 其二曰賦.[2] 楊雄曰[3] : "詩人之賦麗以則."[4] 班固曰[5] : "賦者, 古詩之流也."[6] 先王采焉, 以觀土風. 見'綠竹猗猗',[7] 則知衛地淇澳之産, 見'在其版屋',[8] 則知秦野西戎之宅. 故能居然而辨八方. 然相如賦〈上林〉[9]而引'盧橘夏熟',[10] 雄賦〈甘泉〉[11]而陳'玉樹青葱',[12] 班固賦〈西都〉[13]而歎以'出比目',[14] 張衡賦〈西京〉[15]而述以'遊海若'.[16] 假稱珍怪, 以爲潤色, 若斯之類, 匪啻於茲. 考之果木, 則生非其壤, 校之神物, 則出非其所. 於辭則易爲藻飾, 於義則虛而無徵. 且夫玉巵無當, 雖寶非用, 侈言無驗, 雖麗非經. 而論者莫不詆訐其研精,[17] 作者大氐擧爲

1 六義(육의) : 『시경(詩經)』의 풍(風) · 아(雅) · 송(頌) · 부(賦) · 비(比) · 흥(興).

2 其二曰賦(기이왈부) : 『시경 · 대서(大序)』에는 '육의(六義)'의 순서가 풍(風) · 부(賦) · 비(比) · 흥(興) · 아(雅) · 송(頌)으로 되어 있음.

3 楊雄(양웅) : 권7 〈감천부(甘泉賦)〉 작자 소개 참조.

4 詩人之賦麗以則(시인지부려이칙) : 양웅의 『법언(法言) · 오자(吾子)』에 나옴.

5 班固(반고) : 권1 〈양도부(兩都賦)〉 작자 소개 참조.

6 古詩之流(고시지류) : 반고의 〈양도부서(兩都賦序)〉에 나옴.

7 綠竹猗猗(녹죽의의) : 『시경 · 위풍(衛風) · 기욱(淇奧)』: "저 기수(淇水) 물굽이를 바라보니, 푸른 대나무 치렁치렁 우거졌네(瞻彼淇奧, 綠竹猗猗)".

8 在其版屋(재기판옥) : 『시경 · 진풍(秦風) · 소융(小戎)』: "그리운 임 백옥과 같은데, 판축한 집에 계시니, 내 마음 심란해라(言念君子, 溫其如玉, 在其板屋, 亂我心曲)".

9 相如賦上林(상여부상림) : '사마상여(司馬相如)'에 대해서는 권7 〈자허부(子虛賦)〉 작자 소개 참조. '〈상림(上林)〉'은 사마상여의 〈상림부(上林賦)〉.

10 盧橘夏熟(노귤하숙) : 사마상여의 〈상림부〉에 나옴.

11 甘泉(감천) : 양웅의 〈감천부(甘泉賦)〉.

12 玉樹青葱(옥수청총) : 양웅의 〈감천부〉에 나옴.

13 西都(서도) : 반고의 〈서도부(西都賦)〉.

14 出比目(출비목) : 반고의 〈서도부〉에 나옴.

15 張衡賦西京(장형부서경) : '장형(張衡)'에 대해서는 권2 〈서경부(西京賦)〉 작자 소개 참조.

16 遊海若(유해약) : 장형의 〈서경부(西京賦)〉에 '해약유어현저(海若遊於玄渚)'라는 구절이 있음.

17 莫不(막불) : 청대(清代) 요내(姚鼐)는 '불(不)' 자를 잘못 들어간 글자로 보았다. 고보영(高步瀛)은 '불(不)' 대신 '감(敢)'으로 보았고 '알(訐)'을 잘못 들어간 글자라고 하였다.

憲章. 積習生常, 有自來矣.

대체로 『시경(詩經)』에는 육의(六義)가 있는데, 그 두 번째가 '부(賦)'이다. 양웅(楊雄)은 말하기를 "시인의 부(賦)는 아름다우면서도 정직하다"라고 하였고, 반고(班固)는 말하기를 "부(賦)는 고시(古詩)의 한 지류(支流)이다"라고 하였다. 옛 임금들은 부(賦)로 표현된 작품들을 채집하여 그 땅의 풍속을 살폈다. '푸른 대나무가 무성하네'라는 구절을 보고 위(衛)나라 기수(淇水) 연안에 녹죽(綠竹)이 자란다는 것을 알았으며, '판축한 집에 계시니'라는 구절을 보고는 진(秦)나라 들판에 서융(西戎)의 주택이 있음을 알았다. 따라서 집안에 편안히 거주하면서도 팔방(八方)의 상황을 판별할 수 있었다. 그러나 사마상여(司馬相如)는 〈상림부(上林賦)〉를 지어서 '검은 귤이 여름에 익고'라고 하였고, 양웅은 〈감천부(甘泉賦)〉를 지어서 '옥수(玉樹)가 푸르게 우거졌네'라고 하였다. 또 반고는 〈서도부(西都賦)〉를 지어서 '비목어(比目魚)가 나왔다'고 감탄하였고, 장형(張衡)은 〈서경부(西京賦)〉를 지어서 '바다 신과의 교유'를 서술하였다. 이것은 가공으로 진기한 사물을 거론하여 거짓으로 윤색한 것이다. 이와 같은 종류의 작품들은 여기에 그치지 않는다. 위의 과일나무를 고찰해봐도 그 땅에서 자라는 것이 아니며 신령(神靈)을 비교해봐도 그 땅에 존재하는 것이 아니다. 언어에 있어서도 안이하게 지나친 수식을 추구하고 있고, 뜻에 있어서도 허무맹랑하여 거의 증거를 찾을 수 없다. 또 대저 옥 술잔이 바닥이 없으면 비록 보배라 해도 아무 쓸모가 없는 것이며, 장황한 말이 증거가 없으면 아름답더라도 올바른 것이 아니다. 논자(論者)들도 형식만 곱게 다듬는 묘사 수법을 아무도 비판하지 않았고, 작자(作者)들도 대체로 이러한 수법을 모범으로 삼았으니, 악습이 쌓여서 일상화된 것이 그 유래가 아주 오래된 것이다.

余旣思摹〈二京〉而賦〈三都〉, 其山川城邑則稽之地圖, 其鳥獸草木則驗之方志. 風謠歌舞, 各附其俗, 魁梧長者, 莫非其舊. 何則? 發言爲詩者, 詠其所志也, 升高能賦者, 頌其所見也. 美物者貴依其本, 贊事者宜本其實. 匪本匪實,[18] 覽者奚信? 且夫任土作貢, 〈虞書〉所著,[19] 辨物居方, 『周易』所愼.[20] 聊擧其一隅, 攝其體統, 歸諸詁訓焉.

내 이제 〈이경부(二京賦)〉를 모방하여 〈삼도부(三都賦)〉를 짓고자 한다. 그곳의 산천과 성읍(城邑)은 지도에서 고찰하였고, 그곳의 조수(鳥獸)와 초목은 지방지(地方志)에서 증거를 찾았다. 또 민요와 춤도 각기 그곳 풍속과 부합되도록 하였고, 뛰어난 인물도 모두 그곳의 옛 명사(名士)들이 아닌 사람이 없도록 하였다. 왜 이렇게 하였는가? 언어로 시를 짓는 자는 가슴 속에 품은 뜻을 읊어내고, 높은 곳에 올라 부(賦)를 지을 수 있는 자는 자신이 본 것을 칭송한다. 사물을 찬미하는 자는 그 본질에 의거함을 귀하게 여기고, 어떤 일을 찬양하는 자는 반드시 그 진실에 근거해야 한다. 본질에 의거하지 않고, 진실에 근거하지 않으면 읽는 사람이 어떻게 믿을 수 있겠는가? 대저 그 땅의 특성에 따라 조공품을 정한다는 것은 『상서(尙書)·우서(虞書)』에 기록되어 있고, 사물을 잘 판별하여 바른 장소에 거(居)한다는 것은 『주역(周易)』에서 신중하게 여긴 바이다. 이제 다만 그 일각이라도 예를 들어 그 요강(要綱)을 지적하고, 옛 경전의 가르침으로 되돌아가고자 한다.

김영문 역

18 匪(비) : 규장각본에는 '비(非)로 되어 있다.

19 虞書所著(우서소저) : 지금의 『상서(尙書)·우서(虞書)』에는 〈요전(堯典)〉·〈고요모(皐陶謨)〉·〈순전(舜典)〉·〈대우모(大禹謨)〉·〈익직(益稷)〉이 포함되어 있음. 실제로 '임토작공(任土作貢)'의 구체적 내용이 보이는 것은 지금 전해지는 『상서』의 〈하서(夏書)·우공(禹貢)〉편에 실린 기록임.

20 周易所愼(주역소신) : 『주역(周易)·미제(未濟)』: "군자는 이로써 삼가 물건을 판별하여 바른 장소에 거한다(君子以愼辨物居方)".

촉도부

蜀都賦

좌태충(左太冲)

□ 작자

앞의 〈삼도부서(三都賦序)〉 작자 소개 참조.

□ 해제

〈촉도부(蜀都賦)〉는 좌사(左思)가 지은 〈삼도부(三都賦)〉의 제1편이다. 삼국시대 촉한(蜀漢)의 수도였던 성도(成都)의 문물을 찬양한 장편 대부(大賦)이다.

□ 역주

有西蜀公子者,[1] 言於東吳王孫, 曰 : "蓋聞天以日月爲綱, 地以四海爲

1 西蜀公子(서촉공자) 이하 2구 : '서촉공자(西蜀公子)'와 '동오왕손(東吳王孫)' 모두 가공의 인물.

紀. 九土星分,[2] 萬國錯跱. 崤・函有帝皇之宅,[3] 河・洛爲王者之里.[4] 吾子豈亦曾聞蜀都之事歟?[5] 請爲左右揚搉而陳之."[6]

서촉공자(西蜀公子)라는 사람이 동오왕손(東吳王孫)에게 다음과 같이 말하였다. "대체로 듣건대 하늘은 해와 달을 벼리로 삼고, 땅은 사해(四海)를 기강으로 삼는다고 합니다. 구주(九州)는 별자리에 따라 땅이 나뉘어져 있고 그 안에 만국이 엇섞여 자리잡고 있습니다. 이에 효산(崤山)과 함곡관(函谷關) 안에는 제왕의 저택이 있고, 하수(河水)와 낙수(洛水)는 임금의 마을이 되었습니다. 선생께서는 어떻게 또 촉(蜀)나라 도읍지에 관한 일을 들어본 적이 있으십니까? 청컨대 선생을 위해 그것을 대략이라도 말씀드리고자 합니다."

"夫蜀都者, 蓋兆基於上世,[7] 開國於中古.[8] 廓靈關以爲門,[9] 包玉壘而

---

2 九土星分(구토성분) : '구토(九土)'는 '구주(九州)'. 중국 전역을 가리킴. 『상서(尙書)・우공(禹貢)』에서는 구주(九州)를 기주(冀州)・연주(兗州)・청주(青州)・서주(徐州)・양주(揚州)・형주(荊州)・예주(豫州)・양주(梁州)・옹주(雍州)로 나누었음. '성분(星分)'은 하늘의 별자리에 각 지방의 땅을 나누어 배속시킨 것.

3 崤・函有帝皇之宅(효・함유제황지택) : '효(崤)'는 '효(殽)'로도 씀. '효산(殽山)'. '함(函)'은 '함곡관(函谷關)'. 함곡관은 효산의 골짜기에 있으며 험준한 요새. 장안(長安)으로 들어가는 동쪽 관문. '황(皇)'은 규장각본에 '왕(王)'으로 되어 있다.

4 河・洛(하・락) : 황하(黃河)와 낙수(洛水) 사이로 낙양(洛陽) 지역을 가리킴. 동주(東周)와 동한(東漢)의 수도였음.

5 蜀都(촉도) : 촉(蜀)의 수도로 지금의 사천성 '성도(成都)'.

6 左右(좌우) : 상대방에 대한 존칭. 감히 그 사람을 직접 부르지 못하고 좌우의 사람들에게 말을 대신 전하게 한다는 의미.

7 兆基於上世(조기어상세) : 양웅(楊雄)의 『촉왕본기(蜀王本紀)』에 의하면 촉왕(蜀王)의 선조는 잠총(蠶叢)・어부(魚鳧)・개명(開明) 등인데, 잠총에서 개명에 이르기까지 약 3만 4천년을 경과했다고 함. 이 때문에 '상세(上世)'에 터를 잡았다고 한 것임.(이선 주)

8 開國於中古(개국어중고) : 진(秦) 혜왕(惠王)이 촉(蜀)을 멸하고 공자(公子) 통(通)을 촉후(蜀侯)로 봉함. 또 혜왕 27년(B.C. 311)에 장약(張若)과 장의(張儀)를 시켜 성도(成都)에 성곽을 쌓게 하였으며, 그 후 촉군(蜀郡)을 설치하고 이빙(李氷)을 군수로 삼음.

9 靈關(영관) : 성도(成都) 서남쪽에 있는 '영관산(靈關山)'.

爲宇.[10] 帶二江之雙流,[11] 抗峨眉之重阻.[12] 水陸所湊,[13] 兼六合而交會焉.[14] 豊蔚所盛, 茂八區而菴藹焉."[15]

"대저 촉도(蜀都)라는 곳은 대체로 상고 시대에 터전을 잡았고 중고 시대에 제후국을 열었습니다. 영관(靈關)을 넓혀서 관문으로 삼고, 옥루(玉壘)를 포괄하여 집으로 삼았습니다. 민강이 두 물줄기를 거느리고 아미산(峨眉山)의 험난함을 떠받치고 있습니다. 강물과 땅이 모여들어 천지 사방을 한데 묶으며 교차하고 있습니다. 풍요로운 물산이 극성하여 팔방에 넘쳐나고 곳곳에 가득합니다."

"於前則跨躡犍牂,[16] 枕輢交趾.[17] 經途所亘, 五千餘里. 山阜相屬, 含谿懷谷. 岡巒糾紛, 觸石吐雲. 鬱葐蒀以翠微,[18] 崛巍巍以峨峨. 干靑霄而秀出, 舒丹氣而爲霞. 龍池澙瀑濆其隈,[19] 漏江伏流潰其阿.[20] 汨若湯

10 玉壘(옥루) : 성도(成都) 서북쪽에 있는 '옥루산(玉壘山)'.

11 二江(이강) : '민강(岷江)'. '민강'은 민산(岷山)에서 발원하여 내강(內江)과 외강(外江)으로 갈라져 성도를 통과하며 남쪽으로 흐름.

12 峨眉(아미) : 성도 남서쪽에 솟아 있는 '아미산(峨眉山)'.

13 湊(주) : 규장각본에는 '진(臻)'으로 되어 있다.

14 六合(육합) : 사방(四方)과 상하(上下)를 포함하여 '육합(六合)'이라고 함.

15 八區(팔구) : '팔방(八方)'. '팔방'은 사방(四方)과 사우(四隅).

16 犍牂(건장) : '건위(犍爲)'와 '장가(牂柯)' 지역. '건위'는 지금의 사천성 남쪽 건위현(犍爲縣) 일대이며, '장가'는 한대(漢代)에 야랑국(夜郞國)이 있던 지역으로 지금의 중경시(重慶市) 동남쪽 일대.

17 枕輢交趾(침의교지) : '의(輢)'은 규장각본에 '의(倚)'로 되어 있다. '침의(枕輢)'는 비스듬히 기대어 있다는 뜻. '교지(交趾)'는 한(漢) 무제(武帝) 때 설치한 13 자사부(刺史部)의 하나. 지금의 광동성과 광서성 일대. 후한(後漢) 말기에는 교주(交州)로 개칭함.

18 葐蒀(분온) : 생기가 왕성한 모양.

19 龍池(용지) : 유연림(劉淵林)의 주(注)에 의하면 '용지(龍池)'는 주제(朱提) 남쪽 10리 되는 곳에 있는 호수로 둘레가 47 리라고 함. 주제(朱提)는 한대(漢代)에 설치한 현(縣)으로 지금의 운남성 북부 소통현(昭通縣) 경계지역인데 사천성과 맞닿아 있음. 그러나 지금의 '용지(龍池)'라는 지명은 사천성 용지진(龍池鎭)에 남아 있음. 즉 용지하(龍池河)가 아미산(峨眉山)에서 발원하여 용지진(龍池鎭)을 거쳐 장강(長江) 지류 대도하(大渡河)에 합류함.

20 漏江(누강) : 강 이름. 지금의 운남성 통해현(通海縣)에 있음. 이선(李善) 주(注)에

谷之揚濤,[21] 沛若濛汜之涌波.[22] 於是乎邛竹緣嶺,[23] 菌桂臨崖.[24] 旁挺龍目,[25] 側生荔枝.[26] 布綠葉之萋萋, 結朱實之離離. 迎隆冬而不凋, 常曄曄以猗猗. 孔翠群翔,[27] 犀象競馳. 白雉朝雊,[28] 猩猩夜啼. 金馬騁光而絶景,[29] 碧雞倏忽而曜儀. 火井沈熒於幽泉,[30] 高爓飛煽於天垂. 其間則有虎珀丹青,[31] 江珠瑕英.[32] 金沙銀礫,[33] 符采彪炳,[34] 暉麗灼爍."

의하면 '누강(漏江)'은 건녕(建寧)에 있는데 물길이 땅 속을 복류(伏流)하여 수 리(里)를 흐른 후 다시 솟아오르기 때문에 누강(漏江)이라 부른다고 함.

21 湯谷(탕곡) : 규장각본에는 '양곡(暘谷)'으로 되어 있다. 중국 신화 속의 해뜨는 곳. 『산해경(山海經)·해내동경(海外東經)』: "탕곡 가에 부상 나무가 있고, 열 개의 태양이 그곳에서 목욕을 한다(湯谷上有扶桑, 十日所浴)".

22 濛汜(몽사) : '몽사(蒙汜)'라고도 씀. 중국 신화 속의 해지는 곳. 『초사(楚辭)·천문(天問)』: "해와 달은 어디에 속해 있고, 별자리는 어디에 펼쳐지나? 탕곡에서 나와서 몽사에서 멈추네(日月安屬, 列星安陳. 出自湯谷, 次于蒙汜)".

23 邛竹(공죽) : 공래산(邛崍山)에서 자라는 대나무. 속이 꽉 차 있고 마디가 드물어서 흔히 지팡이 재료로 쓰임.

24 菌桂(균계) : 향초(香草)로 약용 식물의 하나. 『초사·이소(離騷)』: "신초(申椒)와 균계(菌桂)도 섞여 있나니, 어찌 혜초(蕙草)와 백지(白芷)만 매었겠는가?(雜申椒與菌桂兮, 豈維紉夫蕙茝?)"

25 龍目(용목) : 약용식물. '용안(龍眼)'·'계원(桂圓)'·'원안(圓顔)'·'익지(益智)'라고도 함.

26 荔枝(여지) : 돌기가 있는 붉은 열매에 독특한 향기가 나는 과일의 일종.

27 孔翠(공취) : '공(孔)'은 공작이고 '취(翠)'는 비취새.

28 白雉(백치) : 하얀 색 꿩으로 길조(吉鳥)를 나타냄.

29 金馬騁光而絶景(금마빙광이절영) 이하 2구 : '금마(金馬)'는 말의 모습으로 생긴 금덩이. '빙광(騁光)'은 빛과 함께 치달리는 것처럼 신속하다는 뜻. '절영(絶景)'은 규장각본에 '절영(絶影)'으로 되어 있다. 그림자도 남기지 않는다는 뜻. '벽계(碧雞)'는 닭의 모습을 한 벽옥(碧玉). '숙홀(倏忽)'은 시간이나 속도가 매우 빠름을 나타내는 말. '요의(曜儀)'는 섬광처럼 번쩍 모습을 드러내었다가 순식간에 사라짐. '금마'와 '벽계'는 모두 중국 남방 전설에 나오는 신물(神物).

30 火井(화정) : 사천성 공래현(邛崍縣)과 천태산(天台山)의 중간에 있음. 옛날에는 임공현(臨邛縣)에 속해 있었음. 천연가스 우물인데 그 속에서 소금도 산출됨. 횃불을 그 속으로 던져 넣으면 우레 같은 소리를 내며 불길이 하늘로 치솟는다고 함.

31 虎珀丹青(호박단청) : '호박(虎珀)'은 규장각본에 '호백(虎魄)'으로 되어 있다. 흔히 '호박(琥珀)'으로 씀. '단청(丹青)'은 '주단(朱丹)'과 '석청(石青)'. 두 가지 모두 안료로 쓰임.

32 江珠瑕英(강주하영) : '강주(江珠)'는 호박(琥珀)의 일종. '하영(瑕英)'은 미옥(美玉)의 일종.

33 金沙銀礫(금사은력) : 강물의 모래와 자갈에 금과 은 성분이 많이 섞여 있다는 뜻.

"그 앞쪽으로는, 건위(犍爲)와 장가(牂柯) 땅을 타고 앉았고, 그 옆으로 교지(交趾) 땅에 비스듬히 기대앉았습니다. 도로가 뻗친 곳이 5천여리요, 산맥은 길게 이어지며 시내와 계곡을 품고 있습니다. 산등성이는 구불구불 얽혀 있고, 바위 봉우리마다 구름이 피어납니다. 울창한 수풀 기운차게 푸르스름 이어지고, 높은 봉우리 우뚝하게 삐죽삐죽 솟아 있고요. 푸른 하늘을 곧추 찌르며 맑게 솟은 봉우리에, 붉은 기운 펼쳐지며 노을이 되고 있습니다. 용지(龍池)의 샘물이 솟아올라 그 모퉁이를 흠뻑 적시고, 누강(漏江)의 물줄기가 복류(伏流)하여 그 언덕을 허뭅니다. 철석철석 튀는 물결 탕곡(湯谷)의 풍랑 같고, 넘실넘실 아득한 물 몽사(濛汜)의 파도 같네요. 그리고 공죽(邛竹)은 영마루로 이어지고 균계(菌桂)는 깎아지른 단애 끝에 자라납니다. 그 가장자리엔 용목(龍目)이 싱싱하고, 그 곁에는 여지(荔枝)가 성장합니다. 푸른 잎이 무성하게 펼쳐져 있고, 붉은 열매가 주렁주렁 열렸습니다. 한 겨울 맞아서도 시들지 않고, 사시사철 반짝반짝 아름답네요. 공작과 비취새가 떼를 지어 하늘 날고, 무소와 코끼리가 앞다투어 달립니다. 흰 꿩은 낮에 울고, 원숭이는 밤에 웁니다. 금마(金馬)는 빛과 함께 나타났다가 그림자도 남기지 않고, 벽계(碧雞)는 순식간에 번쩍하고 모습을 드러냅니다. 화정(火井)은 깊은 우물에 작은 불씨 간직하다가, 불길을 솟구쳐 올려 하늘위까지 날게 합니다. 그 사이엔, 호박(琥珀)・주단(朱丹)・석청(石靑)에다 강주(江珠)와 하영(瑕英)도 있고, 금 모래 은 자갈이 채색도 아름답게 너울너울 광채 내고, 고운 빛깔 찬란하게 반짝반짝 빛을 냅니다."

"於後則却背華容,[35] 北指崑崙.[36] 緣以劍閣,[37] 阻以石門.[38] 流漢湯湯,[39]

사천성에 금사강(金沙江)이란 지명이 있음.

34 符采彪炳(부채표병) : 채색이 표범의 가죽처럼 얼룩얼룩하게 아름답다는 뜻.

35 華容(화용) : 사천성 강유(江油) 북쪽에 있는 물 이름. 지금의 부강(涪江)이나 그 지류인 것으로 보임.

36 崑崙(곤륜) : '곤륜산맥(崑崙山脈)'.

驚浪雷奔. 望之天回, 卽之雲昏. 水物殊品, 鱗介異族.[40] 或藏蛟螭,[41] 或隱碧玉. 嘉魚出於丙穴,[42] 良木攢於褒谷.[43] 其樹則有木蘭梫桂, 杞櫹椅桐, 椶枒楔樅. 楩柟幽藹於谷底, 松柏蓊鬱於山峰. 擢脩幹, 竦長條. 扇飛雲, 拂輕霄. 羲和假道於峻岐,[44] 陽烏回翼乎高標.[45] 巢居棲翔,[46] 聿兼鄧林.[47] 穴宅奇獸, 窠宿異禽. 熊羆咆其陽,[48] 雕鶚鴥其陰.[49] 猿狖騰希而競捷,[50] 虎豹長嘯而永吟."

"그 뒤쪽엔 화용(華容)의 물줄기를 등에 지고 북쪽으로 곤륜산(崑崙山)을 가리킵니다. 그 옆으로 연이어 검각(劍閣)이 우뚝하고, 석문(石門)도

37 劍閣(검각) : 사천성 검각현(劍閣縣) 동북쪽에 있음. 대검산(大劍山)과 소검산(小劍山) 사이에 잔도(棧道)가 설치되어 천연의 요새를 이룸.

38 石門(석문) : 지금의 섬서성 면현(勉縣) 동북쪽에 있음. 중원에서 사천성으로 들어가는 관문.

39 流漢湯湯(유한탕탕) : : '한(漢)'은 '한수(漢水)'. 면현(勉縣) 석문산(石門山)에서 발원하여 동쪽으로 흐름. '탕탕(湯湯)'은 물이 넓고 세차게 흐르는 모양.

40 鱗介(인개) : '린(鱗)'은 용이나 물고기처럼 비늘 있는 수중동물, '개(介)'는 거북이나 자라처럼 껍질이 있는 수중동물.

41 蛟螭(교리) : '교(蛟)'는 '교룡(蛟龍)'. 홍수를 일으킨다고 함. '리(螭)'는 뿔이 없는 용.

42 嘉魚出於丙穴(가어출어병혈) : '가어(嘉魚)'는 이선(李善) 주(注)에서 송어[鱒魚] 비슷한 물고기라 함. 그러나 뒤 구절 '양목(良木)'의 대구로 쓰였으므로 맛있는 물고기로 봄이 타당할 것 같다. '병혈(丙穴)'은 한중(漢中) 면향현(沔陽縣) 북쪽에 있음. (이선 주)

43 攢於褒谷(찬어포곡) : '찬(攢)'은 모여 있다는 뜻. '포곡(褒谷)'은 사천성과 섬서성 사이에 있는 계곡 이름. 남쪽 입구를 '포곡(褒谷)'이라 하고, 북쪽 입구를 '사곡(斜谷)'이라고 함.

44 羲和(희화) : 신화에서 태양을 수레에 싣고 하늘을 난다는 여신.

45 陽烏(양오) : 신화에서 태양 속에 산다는 삼족오(三足烏).

46 巢居(소거) : 나무에 둥지를 틀고 사는 조류(鳥類)의 총칭.

47 聿兼鄧林(율겸등림) : '율(聿)'은 발어사(發語辭). '등림(鄧林)'은 중국 신화에 나오는 수풀로, 과보(夸父)가 해를 쫓다가 목이 말라서 죽었을 때, 그가 버린 지팡이가 변하여 등림이 되었다고 하며 그곳이 초(楚)나라 북쪽 경계에 있는 죽림(竹林)이라 하기도 함(『산해경(山海經)·해외북경상(海外北經上)』).

48 陽(양) : 산의 남쪽[山南], 물의 북쪽[水北]을 '양(陽)'이라고 함. 그 반대는 '음(陰)'.

49 鴥(율) : 빨리 나는 모양.

50 猿狖騰希(원유등희) : '원(猿)'은 보통 원숭이, '유(狖)'는 검은 원숭이. '등희(騰希)'는 산속 공터에서 펄펄 뛰며 치달린다는 뜻.

험하게 가로막고 있습니다. 한수(漢水)의 물줄기가 호탕하게 펼쳐지며 세찬 물결 우레처럼 힘차게 치달립니다. 먼 곳을 바라보니 하늘도 휘도는 듯, 근처를 바라보니 운무(雲霧)도 어둑합니다. 물에서 나는 산물(産物) 종류도 특이하니, 비늘 피부 갑옷 껍질, 품종도 기이합니다. 어떤 곳엔 교룡(蛟龍)과 이룡(螭龍)이 숨어 있고요, 어떤 곳엔 푸르른 옥돌이 감춰져 있습니다. 맛있는 물고기는 병혈(丙穴)에서 나오고, 양질의 목재는 포곡(褒谷)에 가득합니다. 그 나무로는 목란(木蘭)과 계수나무에다, 구기자 · 소(欀)나무 · 의(椅)나무 · 오동나무, 종려나무 · 야자나무 · 설(楔)나무 · 전나무. 편(楩)나무와 녹나무는 계곡 바닥에 무성하고, 소나무와 잣나무는 산꼭대기에 울창합니다. 높다란 줄기가 우뚝하게 자라 있고, 기다란 가지가 하늘위로 치솟았습니다. 구름이 휘날리며 하늘을 가볍게 쓸어갑니다. 희화(羲和)도 치솟은 나무 끝에 길을 빌리고, 양오(陽烏)도 높은 가지를 에둘러 날아갑니다. 나무 둥지에 사는 새들 앉았다가 비상하며, 저 등림(鄧林) 위로 높이 높이 날아갑니다. 동굴을 집을 삼아 기이한 짐승 살고 있고, 나무 위 보금자리엔 특이한 새들 깃듭니다. 작은 곰 큰 곰들이 산남(山南)에서 포효하고, 독수리 물수리는 산북(山北)에서 씽씽 납니다. 원숭이들 공터에서 펄펄 뛰며 경주하고, 범과 표범 길게 울며 오래도록 울부짖습니다."

"於東則左綿巴中,[51] 百濮所充.[52] 外負銅梁於宕渠,[53] 內函要害於膏腴. 其中則有巴菽巴戟,[54] 靈壽桃枝.[55] 樊以蒩圃,[56] 濱以鹽池.[57] 蟞蛦山

---

51 左綿巴中(좌면파중) : 북쪽에 앉아서 남쪽을 바라볼 때 왼쪽이 동쪽. '파중(巴中)'은 지금의 사천성 동쪽 '파중(巴中) 및 중경(重慶) 일대.

52 百濮(백복) : '복(濮)'은 파중(巴中)의 소수민족. 종류가 많으므로 '백복(百濮)'이라고 함.

53 銅梁於宕渠(돌량어탕거) : '동량(銅梁)'은 지금의 중경시(重慶市) 합천현(合川縣) 남쪽에 있는 산 이름. '탕거(宕渠)'는 한(漢)의 군명(郡名)으로 지금의 사천성 남충(南充)과 중경시 합천 일대.

54 巴菽巴戟(파숙파극) : '파숙(巴菽)'은 '파두(巴豆)'. 변비를 완화시키는 한방 약재로

棲,[58] 黿龜水處.[59] 潛龍蟠於沮澤, 應鳴鼓而興雨.[60] 丹沙赩熾出其阪,[61] 蜜房郁毓被其阜.[62] 山圖采而得道,[63] 赤斧服而不朽.[64] 若乃剛悍生其方,[65] 風謠尙其武. 奮之則賨旅,[66] 玩之則渝舞.[67] 銳氣剽於中葉,[68] 蹻容世於樂府."[69]

"그 동쪽엔 파중(巴中) 땅이 끝없이 이어지고, 수많은 족속들이 그 속

쓰임. '파극(巴戟)'은 '파극천(巴戟天)' 즉 부조초(不凋草).

55 靈壽桃枝(영수도지) : '영수(靈壽)'는 나무 이름. '도지(桃枝)'는 '도지죽(桃枝竹)'. 모두 지팡이의 재료.

56 葅(저) : 삼백초.

57 鹽池(염지) : 장강(長江) 상류 일부지역에는 강물에 소금기가 섞여 있어서 그 물을 강가로 퍼올려 염전을 마련하고 소금을 생산함.

58 蟞蛦(별이) : '별(蟞)'은 개미이고, '이(蛦)'는 가을매미. 규장각본에는 '별이(鷩鵜)'로 되어 있다. 오신(五臣) 주(注)에서는 산새 이름이라고 하였고, 유연림(劉淵林)의 주(注)에서는 산꿩이라고 하였음.

59 黿龜(원구) : '원(黿)'은 자라이고 '구(龜)'는 거북. 규장각본에는 '원구(元龜)'로 되어 있다.

60 應鳴鼓而興雨(응명고이흥우) : 전설에 의하면 파동(巴東)에 한 소택지가 있는데, 그곳에 신룡(神龍)이 살고 있고, 북소리에 감응하여 비를 내리게 한다고 함(劉淵林 注).

61 丹沙赩熾(단사혁치) : '단사(丹沙)'는 '주사(朱沙)'. '혁치(赩熾)'는 불꽃처럼 붉은 색.

62 蜜房郁毓(밀방욱육) : '밀방(蜜房)'은 야생 꿀벌 집. '욱육(郁毓)'은 가득하고 즐비한 모양.

63 山圖(산도) : 전설상의 신선으로 본래 농서(隴西) 사람이었다고 함(『열선전(列仙傳)·산도(山圖)』).

64 赤斧(적부) : 전설상의 신선으로 본래 파융(巴戎) 사람이었다고 함(『열선전·적부(赤斧)』).

65 若乃剛悍(약내강한) : '약내(若乃)'는 '지어(至於)'와 같음. '강한(剛悍)'은 강인하고 사나운 용사.

66 賨旅(종려) : 파(巴) 땅에 사는 종족(賨族)의 군대. 용맹하기로 이름이 나서 한(漢) 고조(高祖)가 그들의 원조를 받아 삼진(三秦)을 평정함(응소(應劭), 『풍속통(風俗通)』).

67 渝舞(투무) : 낭중(閬中)에 투수(渝水)가 있고 종족(賨族)이 그 좌우 연안에 살고 있으며, 씩씩한 기상에 춤을 좋아하여 한 고조가 자주 그 춤을 관람하였다고 함(『풍속통』).

68 中葉(중엽) : 이 글 첫머리에서는 중고(中古)라고 하였음. 진한(秦漢) 시대에 파촉(巴蜀) 땅에 제후국과 군현(郡縣)이 설치된 시기. 여기에서는 구체적으로 한 고조의 시기를 가리킴.

69 樂府(악부) : 한대(漢代)에 국가의 음악과 무용을 관장하던 관청.

에 가득합니다. 밖으로는 탕거(宕渠)에서 동량산(銅梁山)을 등에 지고, 안으로는 기름진 땅에 요새를 품었습니다. 그 가운데엔 파두(巴豆)와 파극천(巴戟天)이 자라나고, 영수(靈壽) 나무와 도지죽(桃枝竹)도 그곳에서 생장합니다. 채마밭 울타리는 삼백초로 구분 짓고, 강가에 인접하여 염전(鹽田)을 마련했습니다. 개미와 매미는 산에서 서식하고, 자라와 거북이는 물에서 살아갑니다. 물 가득한 소택지엔 숨은 용이 또아리 틀고, 북소리에 감응하여 비를 흠뻑 뿌려줍니다. 주사(朱沙)는 불그레하게 산비탈에서 출토되고, 꿀벌 집은 즐비하게 산언덕을 덮고 있네요. 산도(山圖) 선인(仙人) 그걸 따서 득도(得道)를 성취했고, 적부(赤斧) 선인 그걸 먹고 불로장생 하였답니다. 강인한 용사들이 그 땅에서 자라나니, 그곳의 민요도 씩씩함을 숭상합니다. 용기를 떨침에는 종족(賨族)의 군사들이요, 즐겁게 노님에는 투수(渝水) 연안의 춤입니다. 날카로운 기세는 중세(中世)에 사납게 떨쳤고, 씩씩한 춤사위는 악부(樂府)에 대대로 전해집니다."

"於西則右挾岷山,[70] 涌瀆發川. 陪以白狼,[71] 夷歌成章.[72] 坰野草昧, 林麓黝儵. 交讓所植,[73] 蹲鴟所伏.[74] 百藥灌叢, 寒卉冬馥. 異類衆夥, 于何不育? 其中則有靑珠黃環,[75] 碧砮芒消. 或豐綠荑,[76] 或蕃丹椒.[77] 蘖

70 右挾岷山(우협민산) : 북쪽에서 남쪽으로 바라볼 때 오른쪽이 서쪽이 됨. '민산(岷山)'은 사천성 서북쪽의 산맥으로 감숙성과 경계를 이룸. 여기에서 민강(岷江)이 발원함.

71 白狼(백랑) : 사천성 서쪽에 거주하던 '백랑족(白狼族)'.

72 夷歌成章(이가성장) : 한(漢) 명제(明帝) 때 백랑족이 그들의 언어로 3수의 시를 지어 한(漢)의 공덕을 찬양하였고 익주자사(益州刺史) 주보(朱輔)가 그것을 번역하여 조정에 올렸다고 함.(劉淵林 注)

73 交讓(교양) : 민산(岷山)에서 자라는 나무. 전설에 의하면 언제나 한 쌍의 나무가 한 그루가 시들면 한 그루가 자라는데 매년 한 번씩 바꿔가며 자란다고 함. 이 때문에 '교양(交讓)'이라는 이름이 붙었다고 함.

74 蹲鴟(준치) : 토란의 일종.

75 靑珠黃環(청주황환) 이하 2구 : 오신(五臣) 주(注)에서는 '청주(靑珠)'와 '황환(黃環)'을 모두 보석의 이름으로 보았다. 또 '벽노(碧砮)'는 화살촉을 만드는 벽옥(碧玉)이

蕪布濩於中阿,[78] 風連莚蔓於蘭皐.[79] 紅葩紫飾,[80] 柯葉漸苞.[81] 敷蕊葳蕤,[82] 落英飄颻. 神農是嘗,[83] 盧跗是料.[84] 芳追氣邪, 味蠲癘痟.

"그 서쪽엔 민산(岷山)을 옆에 끼고서 샘물이 솟아나고 강물이 발원합니다. 그곳에 백랑족(白狼族)이 거주하면서 오랑캐 노래로 악곡(樂曲)을 지었지요. 먼 교외 들판에는 초목이 어둑하고, 수풀 우거진 산비탈은 검푸른 빛에 덮였습니다. 교양(交讓) 나무도 심어져 있고, 커다란 토란도 땅속에 숨어 있고, 온갖 종류 약초들이 빽빽하게 자라나고, 추위에 강한 초목들이 겨울에도 향기 뿜네요. 서로 다른 사물들이 다양하게 존재하니, 어떤 사물인들 이곳에서 발육되지 않겠습니까? 그 가운데엔, 청주(青珠)와 황환(黃環)과 벽노(碧砮)와 망소(芒消)도 있습니다. 어떤 곳엔 자목련이 무성하고, 어떤 곳엔 붉은 산초가 가득합니다. 그 중간 산언덕엔 궁궁이 싹이 널려 있고, 난초 자란 강언덕엔 깽깽이풀도

라고 하였고, 망소(芒消)는 석약(石藥)이라고 하였다. 이선(李善) 주(注)에서는 유연림(劉淵林)의 주(注)를 인용하여 '청주(青珠)는 촉군(蜀郡) 평택(平澤)에서 생산되고, '황환(黃環)'도 촉군(蜀郡)에서 생산된다'고 하였으며, 벽석(碧石)은 월수군(越巂郡) 무회현(無會縣)에서, 망소(芒消)는 촉군(蜀郡) 함양산(咸陽山)에서 생산된다고 하였다. 문맥상으로 판단해 볼 때 이선도 이 네 가지를 보석의 종류로 본 것으로 보인다.

76 綠荑(녹이) : '신이(辛夷)' 즉 자목련.

77 丹椒(단초) : 붉은 산초.

78 蘪蕪(미무) : '미무(蘼蕪)'와 같음. 향초인 궁궁이 싹.

79 風連(풍련) : '황련(黃連)' 즉 깽깽이풀.

80 紅葩紫飾(홍파자식) : '홍파(紅葩)'는 붉은 꽃. '자식(紫飾)'은 자주색 열매. 산초[蜀椒]를 가리킴.

81 漸苞(점포) : 초목이 무성한 모양.

82 敷蕊葳蕤(부예위유) : '예(蕊)'는 규장각본에 '예(蘂)'로 되어 있다. 꽃술 또는 꽃봉오리. '위유(葳蕤)'는 꽃봉오리나 과일이 아래로 치렁치렁 늘어진 모양.

83 神農是嘗(신농시상) : 전설에 의하면 신농씨가 온갖 식물을 직접 맛보아 약초(藥草)를 구별했다고 함.

84 盧跗是料(노부시료) : '노부(盧跗)'는 규장각본에 '노부(盧附)'로 되어 있다. '편작(扁鵲)'과 유부(俞跗). '편작'은 전국시대 발해군(渤海郡) 정(鄭) 지방 사람이다. 그 집이 노(盧) 지역에 있었으므로 노의(盧醫)라고도 불렸다. '유부'는 전설상의 황제(黃帝) 때 명의. 병을 치료할 때 탕약을 쓰지 않고 피부를 갈라 내장을 씻었다고 한다.

가득합니다. 붉은 꽃 자주색 열매에 가지와 잎도 무성하고, 꽃봉오리 치렁치렁, 떨어진 꽃잎 나풀댑니다. 신농씨(神農氏)는 자신이 직접 약초를 맛보았고, 편작(扁鵲)과 유부(兪跗)는 그 약초로 약제를 지었습니다. 그 향기로는 사악한 기(氣)를 몰아내고, 또 그 맛으로는 사나운 병을 제거합니다."

其封域之內, 則有原隰墳衍,[85] 通望彌博.[86] 演以潛・沫,[87] 浸以綿・雒.[88] 溝洫脈散,[89] 疆里綺錯.[90] 黍稷油油,[91] 粳稻莫莫.[92] 指渠口以爲雲門,[93] 灑滮池而爲陸澤.[94] 雖星畢之滂沲,[95] 尙未齊其膏液.[96]

"그 강역 안에는, 평야와 습지와 제방과 무논이 끝이 없이 아득하게 펼쳐 있고, 잠수(潛水)와 말수(沫水)는 땅속으로 복류하고, 면수(綿水)와 낙수(雒水)는 땅위를 적셔줍니다. 수로가 사방으로 줄지어 퍼져나가고, 그 사이로 논두렁이 아름답게 교차합니다. 메기장과 차기장은 윤기가 반들거리고, 메벼와 보통 벼도 빽빽하게 자랐습니다. 도강언(都江堰)의

85 原隰墳衍(원습분연) : '원(原)'은 평야, '습(隰)'은 습지, '분(墳)'은 물가의 강언덕, '연(衍)'은 물가의 낮은 곳으로 물이 가득 담긴 논을 가리킴.

86 通望彌博(통망미박) : '통망(通望)'은 사방이 두루 통해 일망무제로 바라보이는 것. '미박(彌博)'은 아득하게 넓은 모양.

87 演以潛沫(연이잠말) : '연(演)'은 물이 지하로 복류하는 것. '잠(潛)'과 '말(沫)'은 모두 물 이름.

88 綿・雒(면・낙) : '면수(綿水)'는 면죽현(綿竹縣), '낙수(雒水)'는 상락현(上雒縣)에 있음.

89 溝洫(구혁) : 관개(灌漑)를 위한 수로(水路).

90 疆里(강리) : '전주(田疇)' 즉 논두렁.

91 油油(유유) : 반짝반짝 윤기가 나는 모양.

92 莫莫(막막) : '막막(漠漠)'과 같음. 빽빽하게 우거진 모양.

93 渠口(거구) : 진대(秦代)에 이빙(李氷)이 전산(湔山) 아래에 치수(治水)를 위해 쌓은 도강언(都江堰)의 수구(水口). 좌우 두 곳에 있으며 전붕(湔堋)이라고 함.

94 滮池(표지) : 중국 고대 관중(關中) 지방에 있던 저수지. 촉(蜀) 지방의 수리 사업을 비유함.

95 星畢之滂沲(성필지방타) : '성필(星畢)'은 필성(畢星). 비를 관장하는 별. '방타(滂沲)'는 '방타(滂沱)'로도 씀. 장맛비가 쏟아붓듯 내리는 모양.

96 膏液(고액) : 풍요로운 관개 시설.

수구(水口)는 구름이 이는 관문이 되고, 표지(滮池)처럼 관개(灌漑)하여 육지의 못을 만들었습니다. 필성(畢星)이 장맛비를 질펀하게 쏟는다 해도, 이곳 풍요한 저수지와 같지는 못할 겁니다."

"爾乃邑居隱賑,[97] 夾江傍山. 棟宇相望, 桑梓接連.[98] 家有鹽泉之井, 戶有橘柚之園. 其園則林檎枇杷,[99] 橙柿梬楟, 榹桃函列, 梅李羅生. 百果甲宅,[100] 異色同榮. 朱櫻春熟,[101] 素柰夏成.[102] 若乃大火流, 涼風厲, 白露凝, 微霜結. 紫梨津潤,[103] 樼栗罅發.[104] 蒲陶亂潰, 若榴競裂.[105] 甘至自零, 芬芬酷烈.[106] 其園則有蒟蒻茱萸,[107] 瓜疇芋區. 甘蔗辛薑, 陽蓲陰敷.[108] 日往菲微, 月來扶踈. 任土所麗,[109] 衆獻而儲.[110] 其沃瀛, 則有攢蔣叢蒲, 綠菱紅蓮. 雜以蘊藻, 糅以蘋蘩. 總莖柅柅,[111] 裛葉蓁蓁.[112]

---

97 爾乃邑居隱賑(이내읍거은진) : '이내(爾乃)'는 '어시(於是)'와 같음. '은(隱)'은 '은(殷)'과 통함. '은진(隱賑)'은 풍요롭게 번성함.

98 桑梓(상자) : '뽕나무[桑]'와 '가래나무[梓]'로 중국 고대에 주택 근처에 흔히 심던 나무. 따라서 고향이나 마을을 비유함.

99 林檎(임금) : '임금(林檎)'은 능금나무.

100 甲宅(갑택) : '갑탁(甲坼)'과 통함. 즉 '개화(開花)'.

101 熟(숙) : 규장각본에는 '취(就)'로 되어 있다.

102 柰(내) : 능금나무의 일종. 여기에서는 앞의 '임금(林檎)'과 중복을 피하여 사과로 번역함.

103 紫梨津潤(자리진윤) : '자리(紫梨)'은 신선들이 먹는 자줏빛 배라고 하며 한대(漢代) 상림원(上林苑)에도 심어져 있었다고 함. '진윤(津潤)'은 과일이 탐스럽고 윤기나게 익는 모양.

104 樼栗罅發(진율하발) : '진율(樼栗)'은 '진율(榛栗)' 즉 개암나무 열매. '하발(罅發)'은 밤이나 개암 등의 열매가 저절로 벌어져 떨어지는 것.

105 若榴(약류) : 규장각본에는 '석류(石榴)'로 되어 있다.

106 芬芬(분분) : 규장각본에는 '분방(芬芳)'으로 되어 있다.

107 園(원) : 규장각본에는 '포(圃)'로 되어 있다.

108 陽蓲陰敷(양구음부) : '구(蓲)'는 식물이 양지에서 햇볕을 받아 잘 자라는 모습. 사탕수수는 더운 곳에서 잘 자람. '부(敷)'는 식물이 무성하게 자라는 모습. 생강은 음지에서 잘 자람.

109 麗(려) : '부(附)'나 '계(繫)'와 통함. 땅에 뿌리를 내리고 널리 퍼져 자란다는 뜻.

110 衆獻而儲(중헌이저) : 조정에 헌상하는 공물(貢物)이 종류도 많고 수량도 풍부하며, 또 그것을 많이 저장하고 있다는 뜻.

蕡實時味,[113] 王公羞焉.[114] 其中則有鴻儔鵠侶, 鷩鷺鵜鶘.[115] 晨鳧旦至,[116] 候雁銜蘆. 木落南翔, 氷泮北徂. 雲飛水宿, 哢吭淸渠.[117] 其深則有白黿命鱉,[118] 玄獺上祭.[119] 鱣鮪鱒魴, 鮷鱧魦鱨. 差鱗次色,[120] 錦質報章.[121] 躍濤戲瀨, 中流相忘."[122]

"이에 이 마을들이 풍요롭게 번성하여, 강변을 끼고 돌며 산기슭 따라 즐비합니다. 건물의 지붕들이 서로서로 마주보고, 뽕나무와 가래나무가 계속하여 이어집니다. 집집마다 소금이 솟는 우물이 있고, 가가호호 감귤과 유자 정원이 있습니다. 그 정원에는 또 능금나무와 비파나무에, 등자나무・감나무・고욤나무・문배나무, 개복숭아와 참복숭아가 열지어 서 있고, 매화나무 오얏나무가 줄지어 자랍니다. 온갖 과일 꽃이 피니 상이한 색깔이 함께 찬란합니다. 붉은 앵두는 봄에 익고, 흰 사과는 여름에 성숙됩니다. 음력 칠월에 화성(火星 : 心宿)이 서쪽으로 흘러갈 때는, 찬 바람이 사나워지고, 하얀 이슬이 맺히고, 엷은 서리가 엉깁니다. 자줏빛 배는 윤기가 흐르고, 개암나무는 열매가 벌어집니다. 포도송이는 농익어 짓무르고, 석류는 쩍쩍 갈라집니다. 달콤

111 柅柅(니니) : 초목이 무성한 모양.

112 蓁蓁(진진) : 초목이 우거진 모양.

113 蕡實(분실) : 탐스럽게 열린 과일.

114 羞(수) : 맛있는 음식.

115 鷩鷺鵜鶘(진로제호) : '진로(鷩鷺)'은 '해오라기'. '제호(鵜鶘)'는 '사다새'.

116 晨鳧旦至(신부단지) : 야생 오리는 흔히 새벽이 날기 때문에 '신부(晨鳧)'라고 함. '단(旦)'은 규장각본에 '차(且)'로 되어 있다.

117 哢吭(농항) : 새가 우는 모습.

118 白黿命鱉(백원명별) : 전설에 의하면 큰 자라[黿]가 울면 다른 자라들이 그 소리에 호응한다고 함. '별(鱉)'은 '별(鼈)'과 같음.

119 玄獺上祭(현달상제) : 수달[獺]은 물고기를 잡아서 바위 위에 나란하게 늘어 놓은 뒤 먹으므로, 이를 흔히 수달의 제사라고 이름.

120 差鱗(치린) : 물고기 비늘이 들쑥날쑥 빽빽하게 엇섞여 있는 모습.

121 報章(보장) : 옷감에 수놓은 아름다운 무늬.

122 相忘(상망) : 『장자(莊子)・대종사(大宗師)』 : "물고기는 강과 호수에 살면서도 물을 잊는다(魚上忘乎江湖)". 서로 상관하지 않고 자신의 뜻대로 자유롭게 살아간다는 뜻.

한 과일이 너무 익어 저절로 떨어지니 그 향기가 짙게 퍼져갑니다. 그 정원에는 또 구약(蒟蒻)과 수유(茱萸)도 있고, 오이밭과 토란밭도 있습니다. 감미로운 사탕수수와 매콤한 생강은 양지에서 익어가고 음지에서 무성합니다. 날마다 조금씩 자라, 달이 갈수록 가지가 퍼집니다. 토질 따라 자란 산물 진상품도 많이 있네요. 물 가득한 호수에는, 빽빽한 줄 풀과 떨기 지은 부들 풀에, 초록빛 마름 풀과 붉은 연꽃도 있습니다. 그 사이에 갖가지 수조(水藻)류와 개구리밥 산흰쑥도 섞여 있습니다. 총총한 줄기가 무성하게 뻗어 있고, 향기로운 잎들이 틈도 없이 우거졌습니다. 탐스러운 과일들이 철에 맞게 맛을 내니 왕손과 귀족들이 진미로 즐깁니다. 그 가운데엔, 큰 기러기 떼와 백조 떼에 해오라기와 사다새도 있고, 야생의 물오리들은 아침에 날아오고, 철새인 기러기는 갈대를 물었습니다. 낙엽이 떨어질 때 남쪽으로 날아오고, 얼음이 녹을 때는 북쪽으로 날아갑니다. 구름 위를 날다가 물가에서 잠자는데, 애절한 울음소리 수로(水路) 위에 청아합니다. 그 깊은 곳에는, 커다란 흰 자라가 다른 자라를 부르고, 검은 색 수달은 제사를 올립니다. 철갑상어와 다랑어와 송어와 방어도 있고, 큰 메기와 가물치와 상어와 자가사리도 있네요. 비늘이 엇섞이어 고운 빛깔 이어지니 비단같은 바탕에 꽃무늬를 수놓은 듯. 파도 위로 뛰어오르고 여울 속을 노닐면서, 흐름에 몸 맡기고 만사를 잊었네요."

"於是乎金城石郭,[123] 兼匝中區. 旣麗且崇, 實號成都. 辟二九之通門,[124] 畫方軌之廣塗.[125] 營新宮於爽塏,[126] 擬承明而起廬.[127] 結陽城之

123 金城石郭(금성석곽) : '성(城)'은 도시의 내성(內城), '곽(郭)'은 도시의 외성(外城). '금성석곽(金城石郭)'은 성곽이 대단히 견고함을 비유하는 말.

124 辟二九之通門(벽이구지통문) : '벽(辟)'은 규장각본에 '벽(闢)'으로 되어 있다. '이구(二九)'는 18이다. 『후한서(後漢書) · 오개진장열전(吳蓋陳臧列傳) · 이현주(李賢注)』에서는 장재(張載)의 〈촉도부주(蜀都賦注)〉를 인용하여 "한(漢) 무제(武帝) 원정(元鼎) 3년에 성도(成都) 외성(外城)에 18개 문을 세웠다(漢武帝元鼎三年, 立成

延閣,[128] 飛觀榭乎雲中.[129] 開高軒以臨山,[130] 列綺窗而瞰江.[131] 內則議殿爵堂,[132] 武義・虎威.[133] 宣化之闥,[134] 崇禮之闈,[135] 華闕雙邈,[136] 重門洞開.[137] 金鋪交映,[138] 玉題相暉.[139] 外則軌躅八達,[140] 里閈對出.[141] 比屋連甍, 千廡萬室. 亦有甲第,[142] 當衢向術.[143] 壇宇顯敞,[144] 高門納駟. 庭扣鐘磬, 堂撫琴瑟. 匪葛匪姜,[145] 疇能是恤."[146]

都郭十八門)"라고 하였다.

125 方軌(방궤) : 수레 두 대가 동시에 함께 치달릴 수 있을 정도로 큰 길.

126 爽塏(상개) : '상개(塽塏)'라고도 씀. '상(爽)'은 밝다는 뜻, '개(塏)'는 지대가 높고 습하지 않다.

127 承明(승명) : 한대(漢代)의 궁궐 전각(殿閣)인 '승명려(承明廬)'. 임금을 모시는 신하들이 숙직하던 곳.

128 陽城之延閣(양성지연각) : '양성(陽城)'은 성도(成都) 성문의 하나. '연각(延閣)'은 궁궐에 길게 이어진 회랑(回廊)이나 잔도(棧道).

129 觀榭(관사) : '관(觀)'과 '사(榭)'는 모두 높은 건물.

130 高軒(고헌) : 높다란 추녀.

131 綺窗(기창) : 화려한 무늬를 조각한 창문.

132 議殿爵堂(의전작당) : '의전(議殿)'은 정사를 논의하는 건물. '작당(爵堂)'은 벼슬이나 작위(爵位)를 수여하는 건물.

133 武義虎威(무의호위) 이하 3구 : '무의(武義)'는 규장각본에 '호의(虎義)'로 되어 있다. '무의(武義)'・'호위(虎威)'・'선화(宣化)'・'숭례(崇禮)' 모두 궁궐의 문 이름.

134 闥(달) : 궁중의 소로(小路)에 세운 작은 문.

135 闈(위) : 대궐의 쪽문.

136 華闕雙邈(화궐쌍막) : '궐(闕)'은 궁문의 양 옆에 쌍으로 높게 세운 누대(樓臺). '막(邈)'은 까마득하게 높다는 뜻.

137 洞開(통개) : 궁궐의 문들이 활짝 열려 있다는 의미.

138 金鋪(금포) : 문고리를 다는데 붙이는 금속 장식.

139 玉題(옥제) : 서까래 끝을 장식한 옥장식.

140 軌躅(궤촉) : '궤(軌)'는 수레의 바퀴 자국, '촉(躅)'은 사람의 발자국. 대로(大路)를 비유함.

141 里閈(리한) : 마을의 출입문.

142 甲第(갑제) : 고대광실 대저택.

143 當衢向術(당구항술) : '당(當)'은 맞닿다, '구(衢)'는 네거리, '향(向)'은 향하다, '술(術)'은 커다란 통로.

144 壇宇(단우) : '단(壇)'은 높은 건물, '우(宇)'는 마당이나 정원.

145 匪葛匪姜(비갈비유) : '갈(葛)'은 촉한(蜀漢)의 승상 '제갈량(諸葛亮)', '강(姜)'은 제갈량 사후 그의 유지를 받들어 촉한의 부흥을 도모한 '강유(姜維)'. 모두 촉한의 충신이며 공신.

146 疇能是恤(주능시휼) : '주(疇)'는 '수(誰)', '휼(恤)'은 '안(安)'과 통함.

"그리하여, 강철 같은 내성(內城)과 바위 같은 외성(外城)이, 중앙의 도읍지를 두루 둘러쌌습니다. 화려하고 드높으니 명실상부 성도(成都)네요. 열여덟 개 성문을 여러 곳에 설치하고, 수레 두 대 다니는 길 넓게 마련했습니다. 밝고도 높은 땅에 새 궁전을 지어놓고, 승명려(承明廬)를 본떠서 숙직(宿直) 전각 세웠고요. 양성문(陽城門)에서 시작하여 긴 회랑(回廊)이 연결되고, 치솟은 궁궐 누각이 구름 속으로 비상합니다. 높은 추녀 넓게 열려 산과 마주 서 있고, 화려한 창이 열을 지어 강물을 내려봅니다. 그 안에는, 정사 논의 궁전과 작위(爵位) 수여 건물이 있고, 무의문(武義門)과 호위문(虎威門)도 설치되어 있습니다. 선화(宣化)라는 작은 문과 숭례(崇禮)라는 쪽문도 있네요. 화려한 궁문(宮門) 누대(樓臺) 쌍으로 솟아있고, 구중궁궐 많은 문들 활짝 열려 있습니다. 황금빛 문고리 장식이 어우러져 반짝이고, 서까래 끝 옥 장식이 서로 밝게 비춥니다. 그 바깥에는, 수레・사람 다니는 길 사통팔달 뻗어있고, 마을의 출입문은 마주보며 열렸네요. 가옥이 즐비하여 용마루도 연결되니, 천호만호 주택들이 끝없이 이어집니다. 아울러 이곳에는 고대광실 저택들도, 큰 길을 마주보고 지어져 있습니다. 저택들의 건물・정원 밝고도 넓직하며, 말 네 필이 끄는 수레 솟을 대문에 들어옵니다. 뜰에서는 종경(鐘磬)을 치고, 마루에서는 금슬(琴瑟)을 타는데, 제갈량(諸葛亮)도 아니고 강유(姜維)도 아니라면, 이러한 안락을 누가 능히 즐기리요?"

"亞以少城, 接乎其西. 市廛所會, 萬商之淵.[147] 列隧百重,[148] 羅肆巨千. 賄貨山積,[149] 纖麗星繁. 都人士女,[150] 袨服靚妝.[151] 賈貿墆鬻,[152] 舛錯

147 淵(연) : 호수의 물처럼 많음.
148 列隧(열수) : 빼곡하게 엇갈리며 나열되어 있는 시장의 통로.
149 賄貨(회화) : 매매에 필요한 수많은 물품.
150 都人(도인) : 도읍지의 미남과 미녀. '도(都)'는 '미(美)'와 통함. '도인(都人)'은 흔히 '미인(美人)'을 가리킴.
151 袨服靚妝(현복정장) : '현복(袨服)'은 잘 차려 입은 나들이옷. '정장(靚妝)'은 규장각

縱橫.[153] 異物崛詭,[154] 奇於八方.[155] 布有橦華,[156] 麵有桄榔.[157] 邛杖傳節於大夏之邑,[158] 蒟醬流味於番禺之鄉.[159] 輿輦雜沓, 冠帶混幷. 累轂疊跡, 叛衍相傾.[160] 諠譁鼎沸, 則哤聒宇宙,[161] 囂塵張天, 則埃壒曜靈.[162] 闤闠之裏,[163] 伎巧之家.[164] 百室離房, 機杼相和.[165] 貝錦斐成, 濯色江波.[166] 黃潤比筒,[167] 籝金所過."[168]

본에 '정장(靚莊)'으로 되어 있다. 옷을 잘 차려 입고 아름답게 화장한다는 뜻.

152 墆鬻(체죽) : 장사를 잘 하여 물건을 많이 비축해둠.

153 舛錯縱橫(천착종횡) : 오신(五臣) 주(注)에서는 '천착(舛錯)'을 '교착(交錯)'이라고 함. 많은 물건이 엇섞여 있는 모양. 그러나 귀주인민본(貴州人民本)과 길림문사본(吉林文史本)에서는 모두 이 부분을 사람들이 바쁜 모양으로 번역하였다. 문맥상으로 판단해볼 때 오신 주의 의미를 살려 많은 물건이 가로 세로 엇섞여 있는 모양으로 보는 것이 더 타당할 것으로 보인다.

154 崛詭(굴궤) : 규장각본에는 '궤휼(詭譎)'로 되어 있다. 물건들이 기이함.

155 八方(팔방) : 사방(四方)과 사우(四隅). 모든 방위를 가리킴.

156 橦華(동화) : '면화(棉花)'.

157 桄榔(광랑) : '광랑나무'. 열대 지방에 사는 나무로 줄기 속에 붉은 가루가 있는데 먹을 수 있음.

158 邛杖傳節於大夏(공장전절어대하) : '공장(邛杖)'은 규장각본에 '공죽(邛竹)'으로 되어 있다. 위의 각주 참조. '전절(傳節)'은 공죽(邛竹) 지팡이를 전한다는 뜻. '공죽'은 대나무 마디가 드물고 특이하기 때문에 '절(節)'로 공죽 지팡이를 지칭하고 있음. '대하(大夏)'는 고대 서역의 나라 이름. 『한서(漢書)・장건이광리전(張騫李廣利傳)』: "장건(張騫)이 말하기를 '신(臣)이 대하(大夏)에 있을 때 공죽 지팡이와 촉포(蜀布)를 보았습니다'(騫曰 : '臣在大夏時, 見邛竹杖・蜀布')".

159 蒟醬流味於番禺(구장류미어번우) : '구장(蒟醬)'은 나도후추로 담근 장. '류미(流味)'은 음식(맛)이 전해진다는 뜻. '번우(番禺)'는 지금의 광동성 번우(番禺)와 같은 지역.

160 叛衍相傾(반연상경) : '반연(叛衍)'은 '만연(漫衍)'과 같음. 붐비며 이어지는 모습. '상경(相傾)'은 길이 너무 붐벼서 수레를 비스듬하게 멈춰놓고 대기한다는 의미.

161 哤聒(방괄) : 떠들썩하고 난잡한 소리.

162 埃壒曜靈(애애요령) : '애애(埃壒)'는 자욱한 먼지. '요령(曜靈)'은 태양.

163 闤闠(환궤) : '환(闤)'은 본래 시장을 둘러싸고 있는 담장. '궤(闠)'는 시장 입구의 출입문. 따라서 '환궤(闤闠)'는 시장의 거리나 점포를 통칭함.

164 伎巧之家(기교지가) : 솜씨가 좋은 집, 여기에서는 문맥으로 볼 때 길삼[紡織] 솜씨가 좋은 집.

165 機杼相和(기저상화) : '기(機)'는 베틀, '저(杼)'는 베틀의 북. '상화(相和)'는 집집마다 베를 짜는 소리가 정겹게 화답하는 것처럼 들린다는 뜻.

166 濯色江波(탁색강파) : 전설에 의하면 사천성 성도(成都)의 강물에 비단을 씻으면 그 무늬가 더욱 선명하게 빛난다고 함(劉淵林 注, 譙周, 『익주지(益州志)』).

"다음으로 작은 성이 서쪽으로 이어집니다. 시장의 상점들이 이곳에 모여 있고, 수많은 상인들도 빼곡하게 모였네요. 나란한 통로들이 백 겹으로 지나가고, 벌려 놓은 점포들은 수천을 헤아립니다. 상품이 가득가득 산처럼 쌓여 있고, 섬세하고 고운 물품 별처럼 많습니다. 도성에 살고 있는 멋쟁이 남녀들은, 나들이옷 차려 입고 화장 곱게 하였네요. 무역으로 사잰 물건 가득히 쌓여 있어, 이리저리 엇섞이고 가로세로 얽혔네요. 색다른 물품들은 특별한 모습인데, 팔방에서 기이함을 자랑하던 것들입니다. 옷감으로는 면화(棉花)가 있고, 가루 음식엔 광랑(桄榔) 가루가 있습니다. 공죽(邛竹) 지팡이는 대하(大夏)의 도시에 전해졌고, 나도후추 장은 번우(番禺) 고을로 전해졌네요. 우마(牛馬) 수레와 손수레가 복잡하게 몰려들고, 관대(冠帶) 갖춘 사람들도 섞여 있습니다. 바퀴가 겹쳐오고 수레 자국 중첩되니, 빽빽하게 붐비는 길 줄지은 수레 비스듬히 비켜서 차례를 기다립니다. 왁자지껄 떠드는 소리 가마솥처럼 들끓어서 요란한 소음이 우주에까지 진동합니다. 잡음과 먼지가 하늘위로 가득 퍼져, 자욱한 티끌이 태양을 가립니다. 시장 거리 안쪽에는, 길쌈 솜씨 좋은 집들, 백 칸으로 나눈 방에, 베틀소리 정겹습니다. 조개 무늬 비단은 문양도 아름다운데, 성도(成都)의 강물에다 색깔 밝게 씻었네요. 결 고운 황윤(黃潤) 두루마리 즐비한데, 금덩이를 한 상자나 지불해야 살 수 있네요."

"侈侈隆富, 卓・鄭埒名,[169] 公擅山川, 貨殖私庭. 藏鏹巨萬,[170] 鉅摫兼

---

167 黃潤比筒(황윤비통) : '황윤(黃潤)'은 결이 고운 비단. '비통(比筒)'은 비단 두루마리가 즐비함. 비단은 흔히 둥글게 말아서 통 모양으로 보관하므로 '통(筒)'이라고 한 것임.

168 籯金所過(영금소과) : '영금(籯金)'은 금덩이를 가득 담은 상자. '과(過)'는 가격을 치름.

169 卓・鄭埒名(탁・정랄명) : '탁(卓)'은 '탁왕손(卓王孫)', '정(鄭)'은 '정정(程鄭)'. 모두 한초(漢初) 성도(成都)의 거부들. '랄명(埒名)'은 명성을 나란히 한다는 뜻.

170 鏹(강) : 동전을 꿴 돈꿰미.

呈.[171] 亦以財雄, 翕習邊城.[172] 三蜀之豪,[173] 時來時往, 養交都邑, 結儔附黨. 劇談戲論, 扼腕抵掌. 出則連騎, 歸從百兩.[174] 若其舊俗, 終冬始春, 吉日良辰, 置酒高堂, 以御嘉賓. 金罍中坐, 肴槅四陳.[175] 觴以清醥,[176] 鮮以紫鱗.[177] 羽爵執競,[178] 絲竹乃發. 巴姬彈弦,[179] 漢女擊節. 起〈西音〉於促柱,[180] 歌〈江上〉之飉厲.[181] 紆長袖而屢舞,[182] 翩躚躚以裔裔.[183] 合樽促席,[184] 引滿相罰. 樂飮今夕, 一醉累月."

"사치스럽던 이 땅의 거부로는, 탁왕손(卓王孫)과 정정(程鄭)이 명성을 함께 하며, 공공연히 산과 강을 마음대로 점유하고, 자기 집 마당에다 재물을 쌓았습니다. 동전 꿰미 수만 금을 집에다 모아두고도, 비싼

---

171 鋠摫兼呈(벽규겸정) : '벽(鋠)'은 나무를 깎아 목기를 만드는 것. '규(摫)'는 옷감을 재단하여 옷을 만드는 것(『방언(方言)』 第一). '겸정(兼呈)'은 두루 바침. 탁왕손과 정정이 소규모 수공업자들에게 일정한 세금을 걷었다는 뜻.

172 翕習(흡습) : 위세가 성대한 모양.

173 三蜀(삼촉) : 촉군(蜀郡) · 광한(廣漢) · 건위(犍爲) 세 곳을 합하여 삼촉(三蜀)이라고 부름.

174 兩(량) : '량(輛)'과 통함.

175 肴槅(효핵) : 규장각본에는 '효핵(肴核)'으로 되어 있다. '효(肴)'는 육류 안주, '핵(槅)'은 채소류 안주.

176 淸醥(청표) : 청주(淸酒).

177 鮮以紫鱗(선이자린) : '선(鮮)'은 신선한 생선회.(劉淵林 注) '자린(紫鱗)'은 물고기 종류.

178 羽爵執競(우작집경) : '우작(羽爵)'은 새 모양으로 만든 술잔으로 좌우의 모습이 새의 두 날개와 같았다고 함. 또 일설에는 술잔에 새 깃을 꽂아서 음주를 재촉했다고도 함. '우상(羽觴)'이라고도 부름. '집경(執競)'은 술잔을 다투어 잡는다는 뜻.

179 巴姬彈弦(파희탄현) 이하 2구 : '파희(巴姬)', '한녀(漢女)'는 모두 촉(蜀) 땅의 미녀들.

180 西音於促柱(서음어촉주) : '〈서음(西音)〉'은 악곡 이름. '촉주(促柱)'는 현악기를 탈 때 기러기발을 급하게 누른다는 뜻으로 음악의 가락이 매우 빠른 것을 가리킴.

181 江上之飉厲(〈강상〉지료려) : '〈강상(江上)〉'도 악곡 이름. '료려(飉厲)'는 '료려(嘹唳)' 또는 '료량(嘹亮)'과 같음. 청아하게 울리는 노랫소리.

182 紆(우) : 춤사위가 꺾이며 휘어도는 모습.

183 翩躚躚以裔裔(편선선이예예) : '편(翩)'은 가볍게 나풀거리는 동작. '선선(躚躚)'은 규장각본에 '선선(僊僊)'으로 되어 있다. 빙글빙글 도는 춤동작. '예예(裔裔)'는 어여쁘게 낭창거리는 모양.

184 合樽促席(합준촉석) : '합준(合樽)'은 '합준(合尊)'으로도 씀. 술통의 술을 합침. '촉(促)'은 '근(近)'과 통함. '촉석(促席)'은 서로 가까이 다가앉는다는 뜻.

목기 좋은 옷을 두루두루 바치라 했죠. 아울러 이밖의 엄청난 부자들도, 성대한 위세가 변방까지 미쳤습니다. 삼촉(三蜀) 땅의 부호들은 수시로 왕래하며, 도읍지에서 교분 맺고 파당을 지었습니다. 통쾌하게 대화하고 즐겁게 토론하며, 팔뚝을 휘두르고 손뼉을 쳤습니다. 외출할 땐 말머리를 나란하게 치달리고, 들어올 땐 수레 백 대 그 뒤를 따릅니다. 그곳의 오래된 풍속으로는, 겨울이 지나가고 새 봄이 다시 오면, 길한 날 좋은 때에, 높다란 마루에 술 단지를 마련하여, 좋은 손님 모셔와서 즐겁데 논답니다. 술자리 가운데에 금 술독을 안치하고, 육류와 채소 안주 사방에 차립니다. 술잔에다 맑은 술을 가득가득 채우고서, 자줏빛 물고기로 싱싱한 회를 뜹니다. 새 모양 술잔으로 다투어 술 마실 때, 현악기 관악기가 흥겹게 울립니다. 파희(巴姬)는 현(弦)을 타고 한녀(漢女)는 박자 넣고, 빠른 가락에 맞추어서 서음〈(西音)〉 곡을 연주하고, 청아한 목소리로 〈강상(江上)〉 곡을 노래합니다. 긴 소매 휘날리며 춤사위 반복하고, 가볍게 빙글빙글 낭창낭창 춤춥니다. 남은 술통 술을 합쳐 서로서로 가까이 앉아, 술잔 가득 채우고서 벌주 놀이 즐깁니다. 오늘 밤 즐겁게 음주를 즐기는데, 이 한 번의 만취함이 수개월을 가겠네요."

"若夫王孫之屬,[185] 却公之倫,[186] 從禽於外,[187] 巷無居人.[188] 幷乘驥子,[189] 俱服魚文.[190] 玄黃異校,[191] 結駟繽紛.[192] 西逾金隄,[193] 東越玉

185 王孫(왕손) : 한초(漢初) 촉(蜀) 지방의 거부 탁왕손(卓王孫).

186 却公(각공) : 한초(漢初) 촉(蜀) 지방의 부호.

187 從禽(종금) : 금수를 쫓는다는 뜻으로 사냥을 의미함.

188 巷無居人(항무거인) : 모두 교외로 사냥 구경을 가서 거리에 사람이 없다는 뜻.

189 驥子(기자) : 준마(駿馬)의 이름.

190 魚文(어문) : 화살을 넣는 전대(箭袋).

191 玄黃異校(현황이교) : '현황(玄黃)'은 검은 색 말과 누런 색 말. '교(校)'는 '대오(隊伍)'.

192 結駟繽紛(결사빈분) : '결사(結駟)'는 말 네 필이 끄는 큰 수레에 멍에를 메는 것. '빈분(繽紛)'은 많은 모양.

津.[194] 朔別期晦, 匪日匪旬.[195] 蹴蹈蒙籠,[196] 涉躐寥廓,[197] 鷹犬倏眒,[198] 罻羅絡幕.[199] 毛群陸離,[200] 羽族紛泊.[201] 翕響揮霍,[202] 中網林薄.[203] 屠麖麋,[204] 翦旄麈.[205] 帶文蛇,[206] 跨彫虎. 志未騁, 時欲晚. 追輕翼, 赴絶遠. 出彭門之闕,[207] 馳九折之坂.[208] 經三峽之崢嶸,[209] 躡五屼之蹇滻.[210] 戟食鐵之獸,[211] 射噬毒之鹿.[212] 皛貙氓於葽草,[213] 彈言鳥於森木.[214] 拔

---

193 西逾金隄(서유금제) : '유(逾)'는 규장각본에 '유(踰)'로 되어 있다. '금제(金隄)'는 민산(岷山) 도안현(都安縣) 서쪽으로 지금의 도강언(都江堰) 일대.

194 玉津(옥진) : '벽옥진(璧玉津)'. 건위현(犍爲縣) 동북쪽에 있음.

195 匪日匪旬(비일비순) : 하루나 열흘 정도 걸리는 짧은 일정이 아니라는 뜻.

196 蒙籠(몽롱) : 초목이 무성한 모양.

197 涉躐寥廓(섭갈료곽) : '섭갈(涉躐)'은 규장각본에 '섭렵(涉獵)'으로 되어 있다. '요곽(寥廓)'은 드넓은 광야.

198 倏眒(숙신) : 매우 신속함.

199 罻羅絡幕(위라락막) : '위라(罻羅)'는 새그물. '락막(絡幕)'은 그물을 넓게 침.

200 陸離(륙리) : 산짐승들이 흩어져 달아남.

201 紛泊(분박) : '박(泊)'은 '박(撲)'과 통함. 새들이 어지럽게 부딪힘.

202 翕響揮霍(흡향휘곽) : '흡향(翕響)'은 아주 짧은 순간. 순식간, 경각. 또는 어지럽게 들끓어 오르는 모양이라고도 함. '휘곽(揮霍)'은 재빨리[신속하게] 일을 처리함.

203 薄(박) : 야초가 빽빽하게 자란 숲.

204 麖麋(경미) : '경(麖)'과 '미(麋)'는 모두 큰사슴 종류.

205 旄麈(모주) : '모(旄)'는 긴 털을 가진 모우(旄牛), '주(麈)'는 큰 사슴의 일종인데 꼬리 털이 길어서 먼지떨이를 만들 수 있다고 함.

206 文蛇(문사) : 아름다운 무늬를 가진 뱀.

207 彭門(팽문) : 민산(岷山) 아래에 있는 지명. 계곡 입구에 두 봉우리가 마치 문처럼 버텨 서있음.

208 九折(구절) : 공래산(邛崍山)에 있는 언덕.

209 三峽(삼협) : 파동(巴東) 영안현(永安縣)에 있는 협곡.

210 五屼之蹇滻(오올지건산) : '오올(五屼)'은 사천성 건위현(犍爲縣) 남쪽에 있는 산. '건산(蹇滻)'은 규장각본에 '건산(蹇産)'으로 되어 있다. 산이 구비가 많고 가파른 모양.

211 食鐵之獸(식철지수) : 중국 전설에 나오는 '맥(貘)'이라는 맹수. 모습은 곰과 비슷하고 이빨이 단단하여 구리나 쇠를 먹을 수 있다고 함(『이아(爾雅)・석수(釋獸)』, 郭璞 注).

212 噬毒之鹿(서독지록) : 전설에 나오는 신록(神鹿)인데, 머리가 두 개 달려 있고 독초(毒草)를 주식으로 한다고 함(劉淵林 注, 위굉(魏宏), 『남중지(南中志)』).

213 皛貙氓於葽草(백추맹어요초) : '백(皛)'은 규장각본에 '박(拍)'으로 되어 있다. 이선(李善) 주(注)에서 발음을 '호료절(胡了切)'로 단 것은 착오로 보인다. 발음이 '효(皛)'일 때는 '교결(皎潔)'의 의미이며, 발음이 '백(皛)'일 때는 격살(擊殺)의 의미를

象齒, 戾犀角. 鳥鎩翮, 獸廢足."

"만약 저 탁왕손(卓王孫)의 족속과 각공(却公)의 무리들이, 교외(郊外)에서 커다란 사냥대회를 열게 되면, 도성의 거리에는 사람이 없어집니다. 모두들 준마 타고 전대(箭袋)도 함께 차고, 검은 말과 누런 말로 대오를 분리한 뒤, 말 네 필로 수레 메어 분분히 치달립니다. 서쪽으론 금제(金隄) 건너고, 동쪽으론 옥진(玉津) 넘어, 초하루에 사냥 떠나 그믐날을 기약하니, 하루 길도 아니고 열흘 길도 아닙니다. 무성한 숲을 밟고 드넓은 광야 지나, 송골매와 사냥개를 쏜살같이 풀어놓고, 그물도 빈틈없이 드넓게 쳐둡니다. 털 있는 짐승들은 이리저리 흩어지고, 날개 달린 새들은 어지럽게 부딪칩니다. 아주 짧은 순간에 신속한 동작으로, 저 수풀 가운데에 그물을 펼칩니다. 경(麖)이나 미(麋) 같은 큰 사슴들 잡아 놓고, 모우(旄牛)와 주(麈)에게선 긴 털을 자릅니다. 알록달록 뱀을 잡아 몸에다 걸치고, 얼룩무늬 호랑이는 걸터앉아 누릅니다. 마음속 품은 뜻을 다 펼치지 못했는데, 하루 해는 어느덧 저물어 갑니다. 경쾌한 새를 쫓아서, 까마득히 먼 곳까지 갑니다. 이에 팽문(彭門)의 높은 절벽 빠져나와서, 구절(九折)의 언덕길을 치달립니다. 삼협(三峽)의 험한 협곡 경과한 뒤에, 오올(五屼)의 가파른 산 뛰어넘네요. 쇠를 먹는 짐승에 창을 던지고, 독초 먹는 사슴에 활을 쏩니다. 우거진 풀숲에서 추인(貙人)을 잡고, 무성한 삼림에서 언조(言鳥)를 쏩니다. 꼬끼리의 상아를 뽑아내고, 무소의 단단한 뿔 꺾어냅니다. 새들은 깃촉이 부러지고, 짐승들은 다리가 꺾어집니다."

"殆而朅來,[215] 相與第如滇池,[216] 集於江洲.[217] 試水客, 艬輕舟.[218] 娉江

갖는다. 여기에서는 후자의 의미로 쓰였다. '추맹(貙氓)'은 '추인(貙人)'. 중국 고대 전설에서 장강(長江)과 한수(漢水) 유역에 살았다는 부족 이름. 호랑이로 변할 수 있었다고 한다(『수신기(搜神記)』). '요초(薆草)'는 무성한 풀 숲.

214 言鳥(언조) : 앵무새처럼 말을 할 수 있다는 새.

215 殆而朅來(태이걸래) : '태(殆)'는 '체(逮)'와 통함. '지(至)'나 '급(及)'의 의미. '걸(朅)'

婓,[219] 與神遊. 罨翡翠,[220] 釣鰋鮋.[221] 下高鵠, 出潛虯. 吹洞簫, 發棹謳.[222] 感鱏魚,[223] 動陽侯.[224] 騰波沸涌, 珠貝氾浮,[225] 若雲漢含星,[226] 而光耀洪流. 將饗獠者,[227] 張帟幕,[228] 會平原, 酌清酤,[229] 割芳鮮. 飲御酣,[230] 賓旅旋. 車馬雷駭, 轟轟闐闐.[231] 若風流雨散, 漫乎數百里間."

"벗들이 찾아오면 함께 어울려 전지(滇池)도 가보고 강주(江洲)에서도 모입니다. 강물 위 나그네 되어 가벼운 배를 대기도 하고, 강비(江婓)를 초빙하여 신녀(神女)와도 노닙니다. 비취새를 그물로 잡기도 하고, 메기 · 피라미를 낚시로 잡으며, 높이 나는 고니를 떨어뜨리고, 깊은 물속 규룡을 낚아냅니다. 퉁소를 불면서 뱃노래도 불러, 철갑상어 감동시켜 모이게 하고, 양후(陽侯) 마음 움직여서 오게 합니다. 파도가 치솟아 끓어오르면, 진주 조개 물위로 떠오르는데, 은하수가 뭇별들을 품

은 '거(去)'와 통함. '걸래(揭來)'는 오고 감인데, '래(來)'에 의미의 중점이 놓여 있음.

216 第如滇池(제여전지) : '제(第)'는 '차(且)'와 통함. '여(如)'는 '거(去)'와 통함 '전지(滇池)'는 지금의 운남성(雲南省) 곤명(昆明)에 있음. 운남(雲南)은 옛날 촉(蜀) 땅.

217 江洲(강주) : 지금의 중경시(重慶市) 일대.

218 艤(의) : 포구에 배를 정박시킴. '의(艤)'는 규장각본에 '양(漾)'으로 되어 있다.

219 娉江婓(빙강비) : '빙(娉)'은 '빙(聘)'과 통함. 또는 장가들다는 뜻도 있음. '강비(江婓)'는 규장각본에 '강비(江妃)'로 되어 있다. 전설에 의하면 장강(長江)과 한수(漢水) 유역에 산다는 신녀(神女)(『열선전(列仙傳)』).

220 罨(엄) : 새그물.

221 鰋鮋(언유) : '언(鰋)'은 메기, '유(鮋)'는 피라미.

222 棹謳(도구) : 규장각본에는 '도구(櫂謳)'로 되어 있다. 뱃노래.

223 感鱏魚(감심어) : '심어(鱏魚)'는 음악을 좋아하여 퉁소를 불거나 뱃노래를 불러도 그곳으로 모여든다고 함.

224 陽侯(양후) : 큰 파도를 일으키는 물의 신(神).

225 氾浮(범부) : 규장각본에는 '침부(沉浮)'로 되어 있다.

226 雲漢(운한) : '은한(銀漢)' · '천한(天漢)'이라고도 함. 은하수.

227 獠者(요자) : '엽인(獵人)' 즉 사냥꾼.

228 帟幕(역막) : 비교적 크기가 작고 지붕이 평평한 장막.

229 清酤(청고) : 규장각본에는 '료고(醪酤)'로 되어 있다. '고(酤)'는 하루 밤새에 익은 술.

230 飲御酣(음어감) : '음(飮)'은 술 마시는 일, '어(御)'는 음식을 먹는 일. '감(酣)'은 잔치 흥에 흠뻑 취하여 분위기가 무르익는 것.

231 轟轟闐闐(굉굉전전) : '굉굉(轟轟)'과 '전전(闐闐)' 모두 수레가 시끄럽게 굴러가는 의성어.

고 있는 듯, 거대한 물결 속에 반짝입니다. 장차 사냥꾼에게 잔치를 열 때는, 지붕이 평평한 장막을 치고, 드넓은 들판에 함께 모여서, 밤새 익은 청주(淸酒)를 따라 마시며, 향기롭고 신선한 고기 베어 먹네요. 마시고 먹는 잔치 흠뻑 취하여, 손님들은 즐겁게 돌아갑니다. 수레의 말굽 소리 천둥 치는 듯, 우르릉 우당탕탕 요란합니다. 바람이 몰아치고 비가 날리듯, 그 소리가 수백 리에 퍼져 갑니다."

"斯蓋宅土之所安樂.[232] 觀聽之所踊躍也.[233] 焉獨三川,[234] 爲世朝市? 若乃卓犖奇譎, 倜儻罔已.[235] 一經神怪, 一緯人理. 遠則岷山之精, 上爲井絡.[236] 天帝運期而會昌, 景福肸饗而興作.[237] 碧出萇弘之血,[238] 鳥生杜宇之魄.[239] 妄變化而非常,[240] 羌見偉於疇昔.[241] 近則江漢炳靈, 世載其英.[242] 蔚若相如,[243] 皭若君平,[244] 王褒韡曄而秀發,[245] 楊雄含章而

232 宅土(택토) : 본래 거주민들이 사는 땅.

233 觀聽之所踊躍(관청지소용약) : 외지 사람들이 보고 들은 후 이곳에 살고 싶어서 달려오는 것.

234 三川(삼천) : 낙양(洛陽)은 황하(黃河)·낙수(洛水)·이수(伊水)가 모이는 곳이므로 '삼천(三川)'이라고 함. 동주(東周)와 동한(東漢)의 수도였음.

235 倜儻(척당) : 비범하고 탁월한 사람의 품성. 여기에서는 촉(蜀) 땅의 비범한 사적을 비유함.

236 井絡(정락) : 이십사수(二十四宿)의 하나인 정수(井宿)의 구역. 남방을 관장함.

237 景福肸饗(경복힐향) : '경복(景福)'은 '대복(大福)' 즉 큰 복록. '힐향(肸饗)'은 규장각본에 '힐향(肸蠁)'으로 되어 있다. 널리 펼쳐진다는 뜻.

238 萇弘(장홍) : '장굉(萇宏)'이라고도 씀. 자(字)가 숙(叔)이어서 '장숙(萇叔)'이라고도 칭함. 주(周) 경왕(景王)과 경왕(敬王) 때의 대신이다. 전설에 의하면 장홍이 죽은 후 3년이 되자 그의 피가 화하여 벽옥(碧玉)이 되었다고 한다(『좌전(左傳)·애공(哀公)』 3년).

239 杜宇(두우) : 옛날 촉(蜀) 땅의 임금의 성(姓)은 두(杜)요, 이름은 '우(宇)'이며, 호(號)는 '망제(望帝)'였는데, 그가 죽어서 두견새가 되었다고 함(『촉왕본기(蜀王本紀)』).

240 妄(망) : 뒤의 구절 '강(羌)'의 대구이므로 접속사[連詞]로 봄이 타당함. '혹(或)', '억(抑)'과 통함. '이(而)'는 규장각본에 '어(於)'로 되어 있다.

241 羌(강) : 발어사.

242 載(재) : '생(生)'과 통함.

243 蔚若相如(울약상여) : 규장각본에는 '울(鬱)'로 되어 있다. 문장의 수식이 화려하고

挺生.[246] 幽思絢『道德』,[247] 摛藻掞天庭.[248] 考四海而爲俊,[249] 當中葉而擅名. 是故遊談者以爲譽,[250] 造作者以爲程也.[251] 至乎臨谷爲塞, 因山爲障, 峻岨塍埒長城,[252] 豁險呑若巨防.[253] 一人守隘, 萬夫莫向. 公孫躍馬而稱帝,[254] 劉宗下輦而自王.[255] 由此言之, 天下孰尙? 故雖兼諸夏之富有, 猶未若兹都之無量也."

"이곳은 대체로 본고을 사람들의 낙토(樂土)이면서, 외지 사람 소문 듣고 달려오는 곳. 어찌하여 오로지 삼천(三川) 땅만이, 이 세상의 조정과 시장이 되리요? 탁월하고 특이한 일 말할라치면 비범한 이야기가

빼어남. '상여(相如)'는 한(漢) 무제(武帝) 때의 사부(辭賦)의 대가 사마상여(司馬相如)임. 권7 〈자허부(子虛賦)〉 작자 소개 참조.

244 君平(군평) : 전한(前漢) 시대에 성도(成都)에 살았던 엄준(嚴遵). 자(字)가 '군평(君平)'. 성도에서 점을 쳐서 생계를 유지하였는데, 백전(百錢)을 모아 자급할 수 있게 되자 더 이상 점을 치지 않고 『도덕경(道德經)』을 연구하며 일생을 보냈다고 함(『한서·왕공량공포전(王貢兩龔鮑傳)』).

245 王褒韡曄(왕포위엽) : '왕포(王褒)'는 한(漢) 선제(宣帝) 때의 문학가. 권17 〈통소부(洞簫賦)〉 작자 소개 참조. '위엽(韡曄)'은 규장각본에 '위엽(暐曄)'으로 되어 있다.

246 楊雄含章而挺生(양웅함장이정생) : '양웅(楊雄)'은 한(漢) 성제(成帝) 때의 문장가이며 학자. 권7 〈감천부(甘泉賦)〉 작자 소개 참조. '함장(含章)'은 빼어나고 빛나는 자질을 품고 있다는 뜻. '정생(挺生)'은 빼어난 모습으로 성장한 것.

247 道德(도덕) : '『도덕(道德)』'은 노자(老子)의 '『도덕경(道德經)』'. 여기에서는 양웅(楊雄)이 『도덕경』을 모방하여 『태현경(太玄經)』을 지은 것을 말함.

248 摛藻掞天庭(이조섬천정) : '리조(摛藻)'는 문장의 수식을 화려하게 펼침. '섬(掞)'은 감정을 펼쳐내는 것인데, 여기에는 구체적으로 사마상여(司馬相如)의 〈자허부(子虛賦)〉가 무제(武帝)를 감동시킨 것. '천정(天庭)'은 황제가 있는 조정.

249 考(고) : '찰(察)' 또는 '비(比)'와 통함. '준(俊)'은 규장각본에 '준(儁)'으로 되어 있다.

250 譽(예) : 규장각본에는 '미(美)'로 되어 있다.

251 造作者以爲程也(조작자이위정야) : '조작자(造作者)'는 글을 쓰는 문필가들. '정(程)'은 모범·법도. 규장각본에는 이 구절 끝에 '야(也)'가 없다.

252 塍埒(승랄) : '승(塍)'은 밭두둑. '랄(埒)'은 바자울이나 낮은 담장.

253 豁險(활험) : '활(豁)'은 계곡이 깊고 넓은 것, '험(險)'은 계곡이 험준함.

254 公孫(공손) : 왕망(王莽)이 한(漢)의 정권을 탈취하자 촉(蜀)을 근거로 황제를 칭한 공손술(公孫述).

255 劉宗(유종) : 한(漢) 종실(宗室 : 皇室)의 자손인 유비(劉備). 『삼국지·촉서(蜀書)·선주전(先主傳)』에 의하면 유비는 한(漢) 경제(景帝)의 아들인 중산정왕(中山靖王)의 후예라고 함.

끝이 없지요. 신괴(神怪)의 사적이 날줄이 되고, 인간 세상 많은 행적 씨줄 됩니다. 멀리로는, 민산(岷山)의 정기가 모여들어서, 하늘 위 정수(井宿)로 뭉쳤습니다. 천제(天帝)의 대운(大運) 기약 이곳에 창성하여, 커다란 복록이 널리 퍼져 흥성합니다. 장홍(萇弘)의 피에서 벽옥(碧玉)이 생겨나고, 두우(杜宇)의 혼에서 두견새가 태어났죠. 이 또한 변화가 보통과 달라, 옛날부터 위대하다고 보았답니다. 가까이로는, 장강(長江)과 한수(漢水)의 영기(靈氣) 빛나며 대대로 영웅들이 태어났지요. 아름다운 문장으론 사마상여(司馬相如)요, 깨끗한 행적으론 엄군평(嚴君平)이요, 왕포(王褒)는 찬란하게 빼어났고요, 양웅(楊雄)은 빛나는 자질 우뚝했지요. 현묘(玄妙)한 생각은 『도덕경(道德經)』처럼 찬란했고, 화려한 사부(辭賦)는 황제를 감동시켰습니다. 사해(四海)를 다 살펴봐도 준걸이라 할 만 하며, 한(漢)나라 중엽에 이름을 떨쳤습니다. 이러한 까닭에 이야기꾼들이 칭송하고, 글을 쓰는 사람들도 모범으로 삼습니다. 협곡에 임하여 요새를 만들고, 산을 따라 장벽을 만들었으니, 험한 산세에 근거하여 만리장성을 밭두둑이나 바자울처럼 여겼고, 깊고 험한 계곡은 거대한 방어벽을 삼킬만 합니다. 좁은 협곡을 한 사람이 지키면 만 명의 군사도 통과할 수 없습니다. 공손술(公孫述)은 말을 달려와 황제를 칭하였고, 유비(劉備)는 가마를 내려 스스로 왕이 되었습니다. 이로써 논단해보건대, 천하의 어느 곳이 이보다 나으리요? 따라서 중원 여러 지방의 부유함을 겸해도, 이 도시의 무궁한 재부(財富)에는 미치지 못합니다.

김영문 역

卷五

오도부
吳都賦

좌태충(左太冲)

□ 작자

권4의 〈삼도부서(三都賦序)〉 작자 소개 참조.

□ 해제

〈오도부(吳都賦)〉는 위로 〈촉도부(蜀都賦)〉를 잇고 아래로 〈위도부(魏都賦)〉를 연결하기 위한 근간이 되는 작품으로 규모가 장대하고 기세가 충만하다. 작품의 첫머리에서 오(吳)나라의 유구한 역사를 찬양하고 덕(德)과 겸양으로 나라를 세우는 모범이 되었음을 노래하였다. 이어서 오나라의 도읍지가 번영하고 부귀하였던 배경을 서술하였다. 마치 화폭을 펼치듯이 심상치 않은 토지와 심상치 않은 사물을 묘사하면서 마지막으로 패왕(霸王)의 기초가 되는 오도(吳都)를 건설하는 것으로 끝맺음하였다.

이 작품의 빼어난 부분은 고대 남경(南京)에 대한 풍부하고 다채로운 묘사이다. 사방의 옥토, 지방의 부유함 등을 서술하면서 기상이 어린 도시의 규모, 화려한 궁전, 높은 누대, 길게 늘어선 백성들의 거리, 관공부서의 건축 등을 아울러 묘사하였다. 시가지의 수레, 상가의 운집 등 독특한 남국의 도시 모습이 드러나고 성 안에서 활약하던 비범한 가문들, 호걸, 협객, 장사치 등이 출현하여 당시의 생활이 생동감 있게 표현되었다. 독자에게 마치 한 폭의 도시 풍경도를 보고 그 광경 앞에 서 있는 듯한 느낌을 갖게 한다. 〈오도부〉는 한부(漢賦)의 전통을 계승하였지만 모방의 풍조를 벗어나지는 못했다. 그러나 좌사의 박학다재한 능력이 이 작품에 잘 드러나 있다고 말할 수 있을 것이다.

□ 역주

東吳王孫囅然而咍,[1] 曰 : 夫上圖景宿,[2] 辨於天文者也. 下料物土, 析於地理者也. 古先帝代,[3] 曾覽八紘之洪緒.[4] 一六合而光宅,[5] 翔集遐宇.[6] 鳥策篆素,[7] 玉牒石記.[8] 烏聞梁岷有陟方之館・行宮之基歟?[9] 而

1 東吳王孫(동오왕손) : 작자가 만들어 낸 가공의 인물이다. 囅然(천연) : 웃는 모양. 咍(해) : 비웃는다. 〈촉도부(蜀都賦)〉에서 서촉(西蜀)의 공자가 촉(蜀)땅을 칭찬하자, 동오왕손이 그것에 찬성하지 않고 비웃는다는 뜻이다.

2 景宿(경수) : 별자리.

3 帝代(제대) : '대(代)'자가 규장각본에는 '世'로 되어 있다. '제대(帝代)'는 우순(虞舜)의 시대를 가리킨다.

4 八紘之洪緒(팔굉지홍서) : '팔굉(八紘)'은 천지의 극한. 팔극(八極)과 같은 말이다. '홍서(洪緖)'는 대업.

5 六合(육합) : 사방과 상하. 光宅(광택) : 점유하다, 통제하다.

6 遐宇(하우) : 먼 곳.

7 鳥策(조책) : 고문자로 고대 제왕의 업적을 죽간 위에 새겨 놓은 것. 篆素(전소) : 전문(篆文)으로 비단에 기록한 것.

8 玉牒(옥첩) : '첩(牒)'자는 규장각본에 '諜(첩)'으로 되어 있다. '첩(諜)'은 널리 기록하다의 뜻.

9 梁岷(양민) : 양주(梁州)와 민산(岷山). 모두 촉(蜀)나라의 땅이다. 이것을 가지고 촉나라를 가리킨다. 陟方(척방) : 순(舜)이 재위 50년에 남쪽 지방을 순행하다가 창오(蒼梧)의 들에서 죽어 그곳에서 장사지냈다. '척(陟)'은 오르다. '방(方)'은 길. 나중에 왕이 순시하는 것을 가리키는 말이 되었다. 行宮(행궁) : 천자가 행차하여 이

吾子言蜀都之富,[10] 禺同之有.[11] 瑋其區域,[12] 美其林藪.[13] 矜巴漢之阻,[14] 則以爲襲險之右.[15] 徇蹲鴟之沃,[16] 則以爲世濟陽九.[17] 齷齪而算,[18] 顧亦曲士之所歎也.[19] 旁魄而論都,[20] 抑非大人之壯觀也.[21] 何則? 土壤不足以攝生, 山川不足以周衛. 公孫國之而破,[22] 諸葛家之而滅.[23] 茲乃喪亂之丘墟,[24] 顚覆之軌轍.[25] 安可以儷王公而著風烈也?[26] 玩其磧礫而不窺玉淵者,[27] 未知驪龍之所蟠也.[28] 習其弊邑而不睹上邦者,[29]

르는 곳의 궁실을 말한다.

10 吾子(오자) : 서촉(西蜀)의 공자에 대한 존칭. 2인칭.

11 禺同(우동) : 우산(禺山)과 동산(同山). 어디인지 알 수 없음.

12 瑋(위) : 찬미하다.

13 藪(수) : 연못, 호수. 촉지방의 하천을 범칭한다.

14 巴漢之阻(파한지조) : 파동(巴東)과 한중(漢中)의 험난함.

15 襲險(습험) : 대단히 험하다는 뜻. 右(우) : 제일, 으뜸이라는 뜻.

16 徇蹲鴟之沃(순준치지옥) : '순(徇)'은 현란함, 화려함을 뜻함. '준치(蹲鴟)'는 늙은 고구마. 그 모양이 웅크린 올빼미와 같아서 그렇게 부른다.

17 世濟陽九(세제양구) : 대대로 비옥한 들판에서 나는 고구마로 흉년을 넘길 수 있었다는 말이다. '양구(陽九)'는 재난이 닥친 해, 액운을 뜻함.

18 齷齪而算(악착이산) : '악착(齷齪)'은 모든 힘을 다 쏟아 자질구레한 것까지 신경을 쓰다.

19 曲士(곡사) : 시골의 선비. 지식이 협소한 사람을 가리킨다.

20 旁魄而論都(방백이론도) : '방백(旁魄)'은 두루 퍼지다. '도(都)'자는 쓸데없이 더해진 글자.

21 壯觀(장관) : 원대한 식견.

22 公孫(공손) : 공손술(公孫述)을 가리킨다. 왕망(王莽) 말년에 서촉(西蜀)에서 왕을 칭하였다가 광무제(光武帝)의 장수 오한(吳漢)에게 멸망당했다. 國之(국지) : 그곳에 나라를 세우다.

23 諸葛(제갈) : 제갈량(諸葛亮)을 가리킨다. 한(漢) 말엽에 유비(劉備)를 도와 촉 땅에서 나라를 세웠으나 제갈량이 죽고 오래지 않아 위(魏)나라의 장군 등애(鄧艾)에게 멸망당했다.

24 丘墟(구허) : 폐허.

25 軌轍(궤철) : 수레가 지나간 바퀴 자국. 선인들이 걸어간 길이나 행적을 비유한다.

26 儷(리) : 기대다, 의지하다. 著(저) : '奢(사)'로 써야 한다. 과장하다의 뜻. 風烈(풍열) : 공적.

27 磧礫(적력) : 얕은 물에서 드러나는 모래바닥. 玉淵(옥연) : 옥을 산출하는 깊은 연못.

28 驪龍(여룡) : 검은 용. 蟠(반) : 몸을 감고 있는 것. 용이 쉬고 있을 때 몸을 감아 구부리고 있는 모양.

未知英雄之所躔也.[30]

동오왕손(東吳王孫)이 빙그레 비웃으면서 말하였다. "하늘 위의 별자리를 살펴보면 천문을 구별할 수 있으며 땅 아래로 토산물을 헤아려 보면 지리를 분석할 수 있습니다. 옛날 순(舜) 임금의 시대에는 온 세상을 뒤덮을 만한 대업을 볼 수가 있었습니다. 천지 사방을 통합하여 다스렸기에 먼 곳의 나라들도 모여들었습니다. 그에 대해서는 조충서(鳥蟲書)와 전문(篆文)으로 업적을 기록한 것들과 옥과 돌에 새겨서 기록한 것들이 있습니다. 그렇지 않았다면 양주(梁州)와 민산(岷山) 등지의 촉(蜀)나라의 땅에서 순(舜)임금이 순행하면서 머물던 관서와 행궁(行宮)으로 사용하던 터에 대해서 어떻게 알 수 있었겠습니까? 그런데 그대는 촉도(蜀都)의 부유함과 우산(禺山)과 동산(同山)의 풍요로움을 말하였고 그 구역의 풍성함을 칭송하며 그곳의 자연을 찬미하였습니다. 파동(巴東)과 한중(漢中)의 험난함을 자랑하면서 험한 곳 가운데 으뜸이라고 하였습니다. 준치(蹲鴟)를 생산하는 비옥한 밭을 자랑하며 대대로 재난이 닥친 해를 넘길 수 있게 한다고 하였습니다. 그렇게 자질구레하게 따져보는 것은 협소한 시골선비의 감탄일 뿐입니다. 지역과 도성을 한꺼번에 논하는 것은 또한 대인(大人)의 원대한 식견이 아닙니다. 그 이유는 무엇입니까? 그곳의 토양은 섭생하기에 부족하고 산천은 주위를 방어하기에 부족하여 공손술(公孫述)은 그곳에 나라를 세웠다가 멸망당했으며 제갈량(諸葛亮)은 그곳에 국가를 세웠다가 망했습니다. 그곳은 어지럽고 패망한 폐허이며 나라가 뒤집혀진 전철이 있는 곳입니다. 어찌 왕공(王公)과 견주어 공적을 드러낼 수 있겠습니까? 모래바닥이 드러나는 얕은 물에서 놀면서 옥을 생산하는 깊은 연못을 보지 못하는 자는 검은 용이 몸을 감고 있는 것을 알지 못합니다. 그대의 도읍에 익

29 弊邑(폐읍) : 촉도(蜀都)를 겸양하여 칭한 말. 上邦(상방) : 오도(吳都)를 미화하여 부른 말.

30 躔(전) : 거하다의 뜻. 거주하는 곳을 말한다.

숙해져서 더 큰 나라를 보지 못하는 것은 영웅이 사는 곳을 알지 못하는 것입니다.

子獨未聞大吳之巨麗乎?[31] 且有吳之開國也,[32] 造自太伯,[33] 宣於延陵.[34] 蓋端委之所彰,[35] 高節之所興.[36] 建至德以剏洪業, 世無得而顯稱.[37] 由克讓以立風俗, 輕脫躧於千乘.[38] 若率土而論都,[39] 則非列國之所觖望也.[40] 故其經略,[41] 上當星紀.[42] 拓土畫疆, 卓犖兼幷.[43] 包括干

---

31 巨麗(거려) : 장엄하고 아름다움. 규장각본에는 '거(巨)'자가 '장(壯)'자로 되어 있다.

32 有吳(유오) : 오(吳)나라를 말한다.

33 太伯(태백) : 오나라가 태백(太伯)에게서 창시되었음을 말하고 있다. 태백은 주(周) 태왕(太王)의 맏아들. 『사기(史記)·오태백세가(吳太伯世家)』에 의하면 다음과 같은 이야기가 전한다. 태백은 아우 계력(季歷)이 현명하다고 여기고 왕위를 계력에게 양보하고 둘째 동생 중옹(仲雍)과 함께 달아났다. 형만(荊蠻)의 땅에 이르러서 스스로 구오(句吳)라 부르고 오(吳)나라를 창시하였다.

34 宣於延陵(선어연릉) : '선(宣)'은 드러나다. '연릉(延陵)'은 계찰(季札)을 가리킨다. 연릉에 봉해진 적이 있어서 사람들이 연릉계자(延陵季子)라고 불렀다. 춘추시대 유명한 오나라 공자였다. 『좌전(左傳)』·『사기』에 그에 대한 기록이 조금 다르다. 『사기』에 의하면 오(吳)왕 수몽(壽夢)이 계찰(季札)을 세우려고 했는데 계찰이 사양하였다고 하였다.

35 端委(단위) : '단(端)'은 현단(玄端)의 복식. '위(委)'는 예의를 갖춘 관. 주(周)는 전대의 예복을 통일한 후에 그것을 따랐다. 기록에 의하면 태백이 오 땅에 이르자 예복을 입고 주의 예를 행하였다. 이 구절은 태백의 공적을 찬미하였다.

36 高節之所興(고절지소흥) : '고절(高節)'은 고상한 절조. 이 구절은 연릉의 계찰이 겸양했던 고상한 풍격을 찬미한 것이다.

37 世無得而顯稱(세무득이현칭) : 『논어(論語)·태백(泰伯)』: "태백은 세 번 천하를 사양하였으니 사람들이 그를 칭송할 길이 없다(泰伯三以天下讓, 人無得而稱焉)". 태백이 천하를 사양하고 겸손히 물러나서 그의 자취에 대하여 알 수가 없기 때문에 사람들이 칭송할 수 없었다는 뜻.

38 脫躧(탈사) : 신발을 벗다. 이것은 오나라의 태백과 계찰이 왕위를 버린 것이 마치 신발을 가볍게 벗어버리듯이 하고 뒤돌아보지 않았음을 비유한다. 千乘(천승) : 천 대의 수레. 비교적 큰 제후의 나라를 가리킨다. 옛날에는 수레의 수로 국력을 상징하였다.

39 率土(솔토) : '솔토지빈(率土之濱)'이 생략된 말. 다스리는 영역 이내. 『시경(詩經)·소아(小雅)·북산(北山)』에 나오는 구절.

40 觖(결) : 바라다. 희망하다.

41 經略(경략) : 영토를 계획성 있게 나눈 것.

42 上當星紀(상당성기) : 오나라 땅은 하늘의 성기(星紀)로 분야(分野)를 삼는다. 옛날

越,[44] 跨躡蠻荊.[45] 婺女寄其曜,[46] 翼軫寓其精.[47] 指衡嶽以鎭野,[48] 目龍川而帶坰.[49]

그대는 오(吳)나라가 장엄하고 아름답다는 것에 대하여 들어본 적이 없습니까? 또 오나라가 처음 개국하였던 것은 태백에게서 창시된 것이었으며 계찰(季札)에 와서 위의를 떨쳤습니다. 태백은 예의를 갖춘 복식을 밝혀 주었고 계찰은 고상한 절개를 일으켰습니다. 태백은 지극한 덕을 세워서 대업을 창시하였으나 세상에서 그의 덕을 드러내 밝혀 칭송할 길이 없었으며, 계찰은 겸양함으로 올바른 풍속을 세웠으나 큰 나라를 버리기를 신발을 벗어버리듯이 가볍게 할 수 있었습니다. 만약 천하를 들어 도읍에 대해 논한다면 오나라야말로 열국이 바랄 수 있는 바가 아닙니다. 그러므로 천자가 토지를 구획할 때 오나라는 하늘 위

사람들은 하늘의 구역과 지리 구역을 구분할 때 하늘의 별자리와 땅 위의 주국(州國)을 서로 짝을 지웠는데 그것을 분야(分野)라고 부른다. 오(吳)・월(越) 지구의 분야는 두(斗)・우(牛)・녀(女)의 세 개 별자리이다. 옛날 사람들은 황도(黃道) 부근의 하늘을 12개 위치로 나누었고 매 자리에는 28수(宿)의 몇 개 별자리가 표지가 된다. 성기(星紀)는 그 열 두 개 가운데 하나이며 두(斗)・우(牛)・녀(女)의 세 개 별자리가 표지가 된다. 그래서 오월의 분야(分野)는 성기(星紀)이다.

43 卓犖(탁락) : 특출 나다, 일반보다 뛰어나다.

44 干(간) : 옛날 나라 이름. 본래는 한(邗)으로 쓴다. 오나라에 의해 병합되어 읍이 되었다.

45 跨躡蠻荊(과섭만형) : '과섭(跨躡)'은 점령하다. '만형(蠻荊)'은 춘추시대 초(楚)나라 땅을 말한다. 중원의 여러 나라들은 초나라를 남방의 낙후한 민족으로 경시하고 형만(荊蠻), 혹은 만형(蠻荊)이라고 불렀다. 삼국 시대에 오나라가 초나라 땅인 영릉(零陵)・계양(桂陽)・장사(長沙)・무릉(武陵) 네 개 군을 점령하였다.

46 婺女寄其曜(무녀기기요) : '무녀(婺女)'는 여수(女宿)를 말한다. 여수의 별빛이 오나라 땅에 깃들었다는 뜻이다. 여수는 본래는 춘추시대 월(越)의 분야(分野)였는데 삼국 시대에 동오(東吳)가 월 땅을 통치하였다.

47 翼軫寓其精(익진우기정) : '익진(翼軫)'은 28수(宿) 중의 두 개 별자리. 본래는 춘추시기 초나라의 분야였는데 삼국 시대 동오(東吳)가 초나라의 네 개 군을 점령하였다. 그래서 익진(翼軫)의 두 별의 광채가 오나라 땅에 깃든다고 하였다. '무녀기기요(婺女寄其曜)'. 이하 두 구절은 오나라가 국토를 개척한 것을 비유한 것이다.

48 衡嶽(형악) : 형산(衡山)을 가리킨다. 鎭野(진야) : 남방의 땅을 진압하였다.

49 龍川(용천) : 지명. 지금 광동(廣東)성 혜주(惠州)에 있다. 坰(경) : 멀리 있는 변방의 경계.

의 성기(星紀)로 짝하여 국토를 개척하였습니다. 특출하게 주변 지역을 겸병하였으니 간(干)과 월(越)을 포괄하고 만형(蠻荊)을 점령하였습니다. 무녀(婺女)가 그 빛을 오나라 땅에 비추었고 익(翼)과 진(軫)이 그 광채를 내렸습니다. 형악(衡嶽)을 가리키며 남쪽의 땅을 진압하였고 용천(龍川)을 바라보며 먼 곳의 변방을 둘렀습니다.

爾其山澤,[50] 則嵬嶷嶢屼,[51] 嵎冥鬱岪.[52] 潰渱泮汗,[53] 滇淰淼漫.[54] 或涌川而開瀆,[55] 或吞江而納漢.[56] 磈磈磈磈,[57] 滮滮漉漉.[58] 嶔崟碒乎數州之間,[59] 灌注乎天下之半.[60] 百川派別, 歸海而會. 控淸引濁,[61] 混濤幷瀨.[62] 濆薄沸騰,[63] 寂寥長邁.[64] 濞焉洶洶,[65] 隱焉磕磕.[66] 出乎大荒之

50 爾其(이기) : 구절 앞에 쓰이는 어조사.
51 嵬嶷嶢屼(외억요올) : 산세가 높고 웅장하며 험준한 모양.
52 嵎冥鬱岪(영명울불) : 산 기운이 어두침침하여 분명하지 않은 모양.
53 潰渱泮汗(궤홍반한) : 앞에 가리는 것 없이 바로 보이는 것. 물의 기세가 광대한 모양이다.
54 滇淰淼漫(전면묘만) : 산수가 광활하여 끝도 없는 모양.
55 涌川而開瀆(용천이개독) : '용천(涌川)'은 전당현(錢唐縣)의 무림수(武林水)가 나오는 곳이 있기 때문에 한 말이다. '개독(開瀆)'은 구강(九江)이 여산(廬山)을 거쳐 동쪽으로 흘러가기 때문에 한 말이다(유연림(劉淵林) 주).
56 吞江而納漢(탄강이납한) : '강(江)'은 장강(長江). '한(漢)'은 한수(漢水).
57 磈磈磈磈(외외뇌뇌) : 많은 돌을 모아 쌓아 놓은 모양.
58 滮滮漉漉(표표간간) : 강물이 빠르게 흘러가는 모양.
59 嶔崟(금흠) : 끝도 없이 산이 깊고 험준하여 이어진 모양. 碒(음) : 험준하게 이어져 있다는 뜻.
60 灌注乎天下之半(관주호천하지반) : 오(吳)지역의 하천이 천하의 반을 지나 흐른다는 뜻.
61 控淸引濁(공청인탁) : '공(控)'도 '인(引)'의 의미와 같이 끌어들인다는 뜻. 맑은 물과 흐린 물이 서로 섞여든다는 뜻.
62 瀨(뢰) : 급류가 돌 위에서 일으키는 물결.
63 濆薄(분박) : 물결이 격탕하는 것.
64 寂寥長邁(적료장매) : '적료(寂寥)'는 고요하여 아무 소리도 없음. '매(邁)'는 간다는 뜻. 여러 개의 하천이 모여 광대한 곳으로 흘러드니 물결치는 소리도 없이 고요히 길게 흘러간다는 뜻이다.(이주한(李周翰) 주)
65 濞焉洶洶(비언흉흉) : '비(濞)'는 물이 터져 나오는 소리. '흉흉(洶洶)'은 파도 소리.
66 隱焉磕磕(은언개개) : '은(隱)'은 세찬 물소리. '개개(磕磕)'도 물에서 나는 소리.

中,[67] 行乎東極之外.[68] 經扶桑之中林,[69] 包湯谷之滂沛.[70] 潮波汩起, 回復萬里.[71] 歊霧漨浡, 雲蒸昏昧.[72] 泓澄奫潫,[73] 澒溶沆瀁.[74] 莫測其深, 莫究其廣. 澶湉漠而無涯,[75] 揔有流而爲長.[76] 瓌異之所叢育,[77] 鱗甲之所集往.[78]

오나라의 산택(山澤)은, 산은 산세가 높고 험준하며 어둑어둑 깊어서 분명하지 않은 모양이며 물은 앞이 훤하고 광대하며 끝도 없이 펼쳐져 있습니다. 무림수(武林水)가 솟아나오고 구강(九江)이 동쪽으로 흘러들어가며 한수(漢水)를 받아들이고 장강(長江)을 삼켜서 돌 틈을 흐르고 흘러 콸콸 빠르게 흘러가고 있습니다. 깊고 깊은 산맥을 흐르는 그 물결은 몇 개 주(州)에 걸쳐서 흘러가서 천하의 반을 지나고 있습니다. 모든 물의 지류는 바다로 흘러가 모이게 됩니다. 맑은 물은 탁한 물을 끌어들여 함께 섞여 파도와 물결을 만들고 격탕하며 솟구치다가도 고요

---

67 大荒(대황) : 아주 먼 지역.

68 東極(동극) : 동쪽의 끝. 대황(大荒)과 동극(東極)에 대하여 이선(李善) 등은 모두 나라 이름으로 해석하였다.

69 扶桑(부상) : 전설에 나오는 신령한 나무로 해가 그곳에서 나온다고 알려져 있다. 나뭇잎이 뽕잎과 비슷하고 키가 수천 장(丈)에 달하고 둘레가 이천 위(圍)이며 두 개씩 뿌리가 함께 나고 서로 의지하기 때문에 부상(扶桑)이라고 불렀다고 한다.

70 湯谷(탕곡) : 전설에 의하면 이곳에서 해가 나온다고 한다. 滂沛(방패) :물이 광대하게 흘러가는 모양. '경부상지중림(經扶桑之中林)' 이하의 두 구절은 오나라의 동쪽 변방이 멀고도 광활하다는 것을 비유한 것이다.

71 潮波汩起(조파골기) 이하 2구 : 물이 불어나면 파도가 역류하여 위로 올라가기도 하고, 물러나면 순식간에 만 리(里)를 빠져나가기도 한다. '골(汩)은 물이 빠르게 흘러가는 것.

72 歊霧漨浡(효무봉발) 이하 2구 : '봉발(漨浡)'은 짙고 어두운 모양. 물안개의 기운이 짙게 일어나서 마치 구름을 찌는 듯하고 어두워 분명하지 않은 것이다(유연림 주).

73 泓澄(홍징) : 물이 넓고 맑고 깊음. 奫潫(윤만) : 물살이 소용돌이치는 것.

74 澒溶沆瀁(홍용항양) : 물의 기세가 깊고 넓은 모양.

75 澶湉漠(단첨막) : 세 글자를 연이어 발음하여야 한다. 단만(澶漫)하게 물이 넘쳐흐르는 소리가 들림을 뜻한다. 땅이 광대한 것을 단만(澶漫)이라고 하며 물이 광대한 것도 단만(澶漫)이라고 한다.

76 揔(총) : '총(揔)'은 속자(俗字)이다. '總(총)'과 같은 글자이다.

77 瓌異(괴이) : 진기한 물건. 叢育(총육) : 여러 하천 속에 살면서 생장하고 번식함.

78 鱗甲(인갑) : 물속에 사는 어류, 갑각류의 동물을 말함.

히 아무 소리도 없이 길게 흘러갑니다. 물이 터져 나오면서 슝슝 파도 소리가 나고 세차게 흐르며 콸콸 소리를 냅니다. 오나라의 강물은 저 먼 변방의 가운데에서 발원하여 동쪽의 끝까지 흘러온 것입니다. 그것은 부상(扶桑)이 있다는 숲속을 지나서 탕곡(湯谷)을 넓게 껴안고 있습니다. 파도가 급하게 일어나면 만 리(里)를 오고갑니다. 물안개가 짙게 일어나서 구름을 찌는 듯 어두워 분명하지 않게 되기도 합니다. 광대하고 맑은 물살이 소용돌이치며 기세도 당당하게 흘러갑니다. 그 깊이를 헤아릴 수 없고 그 넓이를 잴 수 없습니다. 물이 넘쳐 흘러가니 끝이 없으며 모든 지류가 합하여 있으니 장대합니다. 그곳에는 진기한 것들이 함께 자라고 물속의 갖가지 동물들이 모여듭니다.

於是乎長鯨呑航,[79] 修鯢吐浪.[80] 躍龍騰蛇,[81] 鮫鯔琵琶.[82] 王鮪鯸鮐,[83] 鮣龜鱕䱜.[84] 烏賊擁劍,[85] 鼊鼊鯖鱷.[86] 涵泳乎其中. 葺鱗鏤甲,[87] 詭類舛錯.[88] 泝洄順流,[89] 噞喁沈浮.[90]

79 長鯨(장경) : 큰 고래.

80 修鯢(수예) : '수(修)'는 길다[長]는 뜻. '예(鯢)'는 암코래.

81 騰蛇(등사) : 날 수 있는 뱀. 발이 없이 날아오를 수 있다고 한다.

82 鮫鯔琵琶(교치비파) : '교(鮫)'는 상어. 그 가죽으로 칼을 장식한다. '치(鯔)'는 암코래와 비슷한데 큰 것은 길이가 2척에 달하고 작은 것은 몇 촌에 불과하다. '비파(琵琶)'는 비파어(琵琶魚)로 상어의 일종이다. 모양이 비파와 비슷하고 비늘이 없다.

83 王鮪鯸鮐(왕유후태) : '왕유(王鮪)'는 철갑상어. '후태(鯸鮐)'는 복어. 하돈어(河豚魚)라고도 부르는데 독이 있지만 육질은 대단히 부드럽다.

84 鮣龜鱕䱜(인구번작) : '인(鮣)'은 인어(鮣魚). 길이가 3척 정도이고 비늘이 없다. '번작(鱕䱜)'은 고래의 일종. 코앞에 뼈가 있는데 도끼 모양으로 생겼다고 한다.

85 烏賊擁劍(오적옹검) : '오적(烏賊)'은 오징어. '옹검(擁劍)'은 게류 동물의 앞발이 칼과 같이 생겼다고 해서 '옹검'이라고 부른다.

86 鼊鼊鯖鱷(구벽청악) : '구벽(鼊鼊)'은 거북의 일종. '청(鯖)'은 청어. '악(鱷)'은 악어.

87 葺鱗鏤甲(집린루갑) : 비늘이 겹쳐 있고 껍질이 조각되어 있음. 물속의 어류가 아름다운 외형을 가지고 있음을 형용한 말.

88 詭類舛錯(궤류천착) : '궤류(詭類)'는 괴이한 종류. '천착(舛錯)'은 서로 섞여 있음.

89 泝洄(소회) : 물의 흐름을 거슬러 올라가는 것.

90 噞喁(엄옹) : 물고기들이 물 밖으로 입을 내밀고 숨을 쉬는 듯이 보이는 모양.

그래서 그곳에 사는 큰 고래는 배를 삼키고 몸집이 긴 암코래는 파도를 토해냅니다. 그곳에는 뛰어오르는 용과 날아다니는 뱀, 상어와 치어(鯔魚), 비파어(琵琶魚)가 있으며, 철갑상어와 복어, 인어(鯽魚)와 거북, 그리고 번작(鱕鰆)이 있습니다. 오징어와 게, 구벽(鼅鼊)과 청어(鯖魚), 악어(鱷魚)가 그 사이에서 헤엄치고 있습니다. 비늘이 겹쳐진 것들과 등에 아름다운 무늬가 새겨진 것 등 괴이한 종류의 물고기들이 섞여 있습니다. 그들은 물의 흐름을 거슬러 올라가 주둥이를 물 밖으로 내밀고 숨을 쉬듯이 나왔다 들어갔다 합니다.

鳥則鶡鷄鸀瑪,[91] 鸘鵠鷺鴻.[92] 鶢鶋避風,[93] 候雁造江.[94] 鸂鶒鸊鷉,[95] 鶄鶴鶖鶬.[96] 鸛鷗鷁鸕,[97] 氾濫乎其上.[98] 湛淡羽儀,[99] 隨波參差.[100] 理翮整翰,[101] 容與自玩.[102] 彫啄蔓藻,[103] 刷蕩漪瀾.[104] 魚鳥聱耴,[105] 萬物蠢

91 鶡鷄鸀瑪(개계촉옥) : '개계(鶡鷄)'는 학과 비슷하고 황백색이다. '촉옥(鸀瑪)'은 오리와 비슷한데 조금 더 크고 목이 길고 눈이 빨갛다.

92 鸘鵠鷺鴻(상곡로홍) : '상(鸘)'은 숙상(鷫鷞)을 말한다. 기러기의 일종. '곡(鵠)'은 고니. 기러기와 비슷한데 더 크고 목이 길며 깃털이 순백색이고 대단히 높이 난다. '로(鷺)'는 물새로 백로(白鷺)라고도 부른다. 다리가 길고 목이 길고 주둥이가 튼튼해서 물가에서 서식한다. '홍(鴻)'은 큰 기러기.

93 鶢鶋(원거) : 바닷새. 원거(爰居)라고도 쓴다.

94 候雁造江(후안조강) : 기러기는 계절을 알게 해주는 후조(候鳥)다. 계절이 되면 오강(吳江)으로 날아온다. '조(造)'는 이른다는 뜻.

95 鸂鶒鸊鷉(계칙용거) : '계칙(鸂鶒)'은 물새 이름으로 자원앙(紫鴛鴦)이라고도 불린다. '용거(鸊鷉)'는 물새로 오리와 비슷한데 회색이고 발이 닭처럼 생겼다.

96 鶄鶴鶖鶬(청학추창) : '청(鶄)'은 해오라기. 오리 비슷한데 다리가 길고 이마에 붉은 털이 나서 관을 쓴 것 같다. 교청(鵁鶄)이라고도 불린다. '추(鶖)'는 물새, 무수리. '창(鶬)'은 물새, 왜가리. 황앵(黃鶯), 창경(鶬鶊)이라고도 부른다.

97 鸛鷗鷁鸕(관구익로) : '관(鸛)'은 황새. '구(鷗)'는 갈매기. '익(鷁)'은 백로와 비슷하지만 더 크다. '노(鸕)'는 가마우지. 모두 물새다.

98 氾濫乎其上(범람호기상) : 많은 물새들이 이곳에 헤엄치고 날아다닌다는 뜻.

99 湛淡羽儀(담담우의) : '담담(湛淡)'은 파도를 일으켜 물을 튀김. '우의(羽儀)'는 새의 아름다운 깃털과 모습.

100 隨波參差(수파참치) : 파도를 따라 높고 낮은 정도를 달리하며 날아다님.

101 理翮整翰(이핵정한) : 새의 깃털을 정리한다. '핵(翮)과 '한(翰)'은 모두 깃털을 뜻함.

102 容與(용여) : 한가하고 여유로운 모양.

生.[106] 芒芒黖黖,[107] 慌罔奄欻,[108] 神化翕忽,[109] 函幽育明.[110] 窮性極形,[111] 盈虛自然.[112] 蚌蛤珠胎,[113] 與月虧全.[114] 巨鼇贔屓,[115] 首冠靈山.[116] 大鵬繽翻,[117] 翼若垂天. 振蕩汪流,[118] 雷抃重淵.[119] 殷動宇宙,[120] 胡可勝原![121]

새로는 개계(鶡鷄)와 촉옥(鸀鳿)이 있고, 기러기와 고니 백로, 큰 기러기가 있습니다. 바닷새 원거(鶢鶋)는 바람을 피해 다니고 계절을 알리는 기러기는 강가로 모여듭니다. 자원앙과 물오리, 해오라기와 무수리, 왜가리, 황새와 갈매기, 큰 백로와 가마우지가 그 위에서 헤엄치며 날아다닙니다. 새들은 물을 튀기고 깃털과 화려한 용모를 드러내며 파

---

103 彫啄(조탁) : '조(彫)'는 조(叼)와 같은 뜻. 새가 주둥이로 음식물을 쪼아 물고 있는 것.

104 刷蕩漪瀾(쇄탕의란) : '쇄(刷)'는 자르다. 새의 날개가 물살을 가르는 것. '의란(漪瀾)'은 물결. 새의 날개가 수면 위로 미끄러져서 생기는 물결을 뜻한다.

105 謷耴(오첩) : 물고기와 새가 즐겁게 소리를 지르는 것.

106 蠢(준) : 움직이다.

107 芒芒黖黖(망망기기) : 어두워서 분명하지 못한 모양.

108 慌罔奄欻(황망엄훌) : '황망(慌罔)'은 모호하여 맑지 않은 모양. '엄훌(奄欻)'은 가고 옴이 일정하지 않은 것.

109 神化翕忽(신화흡홀) : '신화(神化)'는 자연의 변화. '흡홀(翕忽)'은 매우 빠르게 변화하는 것.

110 函幽育明(함유육명) : 어둔 것은 포용하고 밝은 것은 길러준다.

111 窮性極形(궁성극형) : 만물의 본성을 다하게 하고 형상을 다 발전시킨다.

112 盈虛自然(영허자연) : 만물의 생장, 소멸, 차고 기울어짐이 자연에 합치한다.

113 蚌蛤珠胎(방합주태) : '방합(蚌蛤)'은 조개. 조개는 몸 안에 진주를 품고 있다.

114 與月虧全(여월휴전) : 옛날 사람들은 조개의 진주와 달이 차고 기우는 것이 관련이 있다고 생각했다. '휴(虧)'는 달이 둥글지 못한 것. '전(全)'은 보름달처럼 동그란 것.

115 巨鼇贔屓(거오비희) : '거오(巨鼇)'는 전설에 나오는 신령한 거북. '비희(贔屓)'는 용맹하고 힘이 있음을 뜻함.

116 靈山(영산) : 신선들이 사는 산. 선산(仙山)을 말한다.

117 大鵬繽翻(대붕빈번) : 큰 붕새가 날아오르는 것. '빈번(繽翻)'은 날아간다. 『장자(莊子)』에 곤(鯤)이라는 큰 물고기가 변하여 붕새가 되는데 화가 나서 날아가면 날개가 커서 하늘에 구름이 드리운 것 같았다는 이야기가 나온다.

118 汪流(왕류) : 물결이 크고 깊음.

119 雷抃(뇌변) : '뇌(雷)'자는 뢰(櫑)와 같은 글자로서, 친다는 뜻. '변(抃)'도 치다, 때리다.

120 殷動(은동) : 진동시키다.

121 胡可勝原(호가승원) : '원(原)'은 원(源)과 통함. 근원을 헤아리다[度]의 뜻. 누가 그 심오함을 다 헤아릴 수 있겠는가.

도를 따라 이리저리 날아다니기도 하고, 깃털을 정리하여 한가롭고 여유 있게 노닐기도 합니다. 새들은 물풀을 쪼아 먹으며 수면 위로 날아서 미끄러지면서 물살을 가르기도 합니다. 그곳에서 물고기와 새는 즐겁게 소리를 지르면 만물이 꿈틀거리며 소생하는 것 같습니다. 망망하여 흐릿하다가 모호하면서도 일정하지 않은 모양으로 자연의 조화는 불현듯 다가와 어둔 것을 포용하고 밝은 것을 길러줍니다. 만물의 본성을 다하게 하고 형상을 다 드러나게 해 주니 생장, 소멸, 차고 기울어짐이 자연에 따르게 됩니다. 그래서 조개가 품고 있는 진주는 달이 차고 기우는 것과 관련이 있습니다. 거오(巨鼇)는 용맹하고 굳건하여 신선들이 사는 산에서 으뜸이 됩니다. 대붕(大鵬)은 날아가면 그 날개가 하늘을 덮고 큰 물결을 일으키며 깊은 연못을 때립니다. 그 기세가 우주를 진동시키니 그 심오함을 어찌 다 헤아릴 수가 있겠습니까!

島嶼綿邈,[122] 洲渚馮隆.[123] 曠瞻迢遞,[124] 迥眺冥蒙.[125] 珍怪麗,[126] 奇隙充.[127] 徑路絶, 風雲通.[128] 洪桃屈盤,[129] 丹桂灌叢.[130] 瓊枝抗莖而敷蕊,[131] 珊瑚幽茂而玲瓏.[132] 增岡重阻,[133] 列眞之宇.[134] 玉堂對霤,[135] 石

122 綿邈(면막) : 아득히 멀다.

123 馮隆(풍륭) : 높고 큰 모양.

124 曠瞻迢遞(광첨초체) : '광첨(曠瞻)'은 멀리 바라보다. '초체(迢遞)'는 요원한 것.

125 迥眺冥蒙(형조명몽) : '형조(迥眺)'는 멀리 바라보다. '명몽(冥蒙)'은 모호하여 분명하지 않은 것.

126 珍怪麗(진괴려) : '려(麗)'는 의지하다, 딸려 있다. 진기한 물건들이 섬에 의지하고 있다.

127 奇隙充(기극충) : '극(隙)'은 기이하다, 다르다. 기이한 물건들이 섬을 가득 채웠다.

128 徑路絶(경로절) 이하 2구 : 사람이 가는 길은 끊어져 있고 바람과 구름만이 오간다.

129 洪桃屈盤(홍도굴반) : '홍도(洪桃)'는 전설에 나오는 거대한 복숭아나무. 구불구불한 둘레가 삼천리까지 자란다고 한다.

130 丹桂灌叢(단계관총) : '단계(丹桂)'는 붉은 계수나무. 총생(叢生)한다.

131 瓊枝抗莖而敷蕊(경지항경이부예) : '경지(瓊枝)'는 옥이 열리는 나무. '항경(抗莖)'은 가지가 꼿꼿하게 뻗어남. '부예(敷蕊)'는 꽃이 만개한 것.

132 珊瑚幽茂而玲瓏(산호유무이령롱) : '산호(珊瑚)'는 바다 속에서 나는 진귀한 물건. 붉은 색이며 가지만 있고 꽃은 없다. '유무(幽茂)'는 숨어서 무성한 것. '영롱(玲瓏)'

室相距.[136] 藹藹翠幄,[137] 嫋嫋素女.[138] 江婓於是往來,[139] 海童於是宴語.[140] 斯實神妙之響象,[141] 嗟難得而覼縷![142]

아득히 멀리 있는 섬들, 여기 저기 솟아있는 강가의 섬들은 아득히 멀리서 바라보면 모호하고 분명하지 않게 보입니다. 그러나 그곳에는 진기한 물건들이 의지하고 있고 기이한 물건들이 가득 차 있습니다. 그곳은 사람이 갈 수 있는 길은 끊어지고 바람과 구름만이 오가는 곳입니다. 거대한 복숭아나무가 구불구불하게 둘러치고 있고, 붉은 계수나무가 한 무더기씩 자라고 있습니다. 옥이 열리는 경지(瓊枝)가 가지를 뻗고 꽃을 만개하였으며 산호(珊瑚)가 숨어서 무성하여 영롱한 빛을 발합니다. 층을 이룬 산등성이는 겹겹이 험난하여 신선들의 집이 됩니다. 옥당(玉堂)에는 처마가 대칭을 이루고 석실(石室)은 서로 거리를 두고 있습니다. 그곳에는 무성한 푸르른 장막과 하늘하늘하고 아름다운 선녀들이 있습니다. 강비(江婓)가 그곳을 왕래하고 해동(海童)이 그곳에서 잔치를 벌입니다. 이는 실로 신묘한 상상이니 이루 다 설명하기 어려운 것이 한탄스럽습니다!

은 투명한 것.

133 增岡重阻(층강중조) : '층강(增岡)'은 층을 이룬 산등성이. '중조(重阻)'는 중복되고 험난함.

134 列眞(열진) : '진(眞)'은 신선을 가리킨다. 도가(道家)에서는 신선을 진인(眞人)이라고 부른다. '열진(列眞)'은 많은 신선들.

135 玉堂對霤(옥당대류) : '옥당(玉堂)'은 신선들이 사는 곳. '류(霤)'는 처마 아래 낙숫물이 떨어지는 곳.

136 石室(석실) : 신선들이 사는 곳.

137 藹藹翠幄(애애취악) : '애애(藹藹)'는 성한 모양. '취악(翠幄)'은 녹색의 장막.

138 嫋嫋素女(뇨뇨소녀) : '뇨뇨(嫋嫋)'는 하늘하늘하고 아름다움. '뇨뇨(裊裊)'라고도 쓴다. 하늘하늘하고 부드러운 선녀라는 뜻.

139 江婓(강비) : '강비(江婓)'는 강비(江妃). 강비는 전설에 나오는 여신. 일반적으로 아름다운 여신을 지칭한다.

140 海童(해동) : 바다의 신. 그가 백마를 타고 나오면 세상에 큰 비가 내린다고 한다. '연(宴)'은 즐기다.

141 響象(향상) : 상상하다의 뜻.

142 覼縷(나루) : 자세하게 알다, 다 설명할 수 있다는 뜻.

爾乃地勢坱圠,[143] 卉木䖵蔓.[144] 遭藪爲圃,[145] 値林爲苑.[146] 異荂蓲蘛,[147] 夏曄冬蒨.[148] 方志所辨,[149] 中州所羨.[150] 草則藿蒳豆蔻,[151] 薑彙非一.[152] 江蘺之屬,[153] 海苔之類.[154] 綸組紫絳,[155] 食葛香茅.[156] 石帆水松,[157] 東風扶留.[158] 布濩皐澤,[159] 蟬聯陵丘.[160] 夤緣山嶽之岊,[161] 冪歷江海之

---

143 爾乃地勢坱圠(이내지세앙알) : '이내(爾乃)'는 위의 단락에서 아래 단락으로 이어줄 때 사용하는 어기사(語氣詞). '앙알(坱圠)'은 높고 낮음이 고르지 않음.

144 卉木䖵蔓(훼목오만) : '훼(卉)'는 감상할 가치가 있는 풀을 총칭하는 말. '오만(䖵蔓)'은 초목이 번성한 것.

145 遭藪爲圃(조수위포) : 풀이 자라는 곳을 정원처럼 만들었다는 뜻. '수(藪)'는 야생초. '포(圃)'는 채소밭.

146 値林爲苑(치림위원) : 숲을 만나면 원림으로 만들었다는 뜻. '원(苑)'은 짐승과 수목을 기르는 원림(園林). 주로 귀족들이 즐겼다.

147 異荂蓲蘛(이과구육) : '과(荂)'는 꽃. '구육(蓲蘛)'은 꽃이 만발한 모양.

148 夏曄冬蒨(하엽동천) : 여름에 무성했던 초목이 겨울에도 시들지 않고 번성하는 것. '천(蒨)'자가 규장각본에는 '倩'으로 되어 있다.

149 方志所辨(방지소변) : '방지(方志)'는 지방지(地方志). 사방의 토산물, 풍속, 인정, 지리 등을 기록한 서적. '소변(所辨)'은 오나라 땅에 식물이 번성하여 지방지에서 상세하게 구별하여 기록해 놓았다는 뜻.

150 中州所羨(중주소선) : 중원 지역에서 오나라의 풍부한 특산물을 부러워한다.

151 藿蒳豆蔻(곽납두구) : '곽(藿)'은 곽향(藿香)으로 향조. '납(蒳)'도 향초. '두구(豆蔻)'는 향기로운 풀의 이름.

152 薑彙(강휘) : 생강 류.

153 江蘺(강리) : 향초.

154 海苔(해태) : 해조류. 바다에서 자라는 김 등을 말한다. 청색이며 흐트러진 머리카락처럼 생겼다.

155 綸組紫絳(윤조자강) : '륜(綸)'은 인끈[綬]. 옛날에는 인(印)을 매는 데에 청색의 끈을 사용하였다. '조(組)'는 섬유를 짠 것이 헐거운 모양. 해조류의 형상을 비유한 말이다. '자(紫)'는 자초(紫草). '강(絳)'은 강초(絳草). 모두 해초의 일종이다.

156 食葛香茅(식갈향모) : '식갈(食葛)'은 칡의 뿌리. 다년생 식물로서 그 뿌리를 먹을 수 있다. '향모(香茅)'는 띠풀의 일종이다.

157 石帆水松(석범수송) : '석범(石帆)'은 해초, 자주색이다. '수송(水松)'은 물풀인데 잎이 솔잎처럼 생겼다.

158 東風扶留(동풍부류) : '동풍(東風)'은 풀이름. '부류(扶留)'는 등나무[藤], 나무를 타고 자라며 먹을 수 있다.

159 布濩皐澤(포호고택) : '포호(布濩)'는 널리 퍼지다. '고택(皐澤)'은 물가의 높은 언덕.

160 蟬聯(선련) : 끝없이 이어져 있음.

161 夤緣山嶽之岊(인연산악지절) : '인연(夤緣)'은 타고 위로 올라감. '절(岊)'은 산에 높고 구부러진 곳.

流.[162] 扤白蔕,[163] 銜朱蕤.[164] 鬱兮茷茂,[165] 曄兮菲菲.[166] 光色炫晃,[167] 芬馥肹蠁.[168] 職貢納其包匭,[169] 離騷詠其宿莽.[170]

그리고 지세(地勢)는 높낮이가 고르지 않아 초목이 번성하고 있습니다. 풀이 자라는 곳은 정원을 만들고 숲을 만나게 되면 원림을 만들었습니다. 그곳엔 기이한 꽃들이 만발하고 여름에 무성했던 것은 겨울에도 시들지 않습니다. 지방지(地方志)가 상세하게 기록해 놓아 중원에서 부러워하는 것입니다. 풀로는 향초인 곽(藿)과 납(蒳)과 두구(豆蔻)가 있으며 생강 종류도 하나둘이 아닙니다. 강리(江蘺)와 같은 종류, 해태(海苔)와 같은 부류가 있으며 자초(紫草)와 강초(絳草)가 얼기설기 짜여 있습니다. 칡의 뿌리와 향기로운 띠풀, 물풀의 일종인 석범(石帆)과 수송(水松), 그리고 동풍(東風)과 등나무가 언덕과 연못에 고루 퍼져 있으며 구릉마다 끝도 없이 이어져 있습니다. 그것들은 구불구불한 산악을 타고 위로 올라가고 강과 바다의 물결에 널리 덮고 있습니다. 그곳에는 온갖 꽃들이 요동치고 아래로 드리운 붉은 꽃이 담겨 있습니다. 작고 어린 초목들이 무성하고 향기롭고 아름다운 화초가 드러납니다. 그 색이 찬란하게 빛나고 그 향기가 사방에 가득 차 있습니다. 천자에게 드리는 공납으로 모(茅)를 묶어 바쳤던 적이 있으며 〈이소(離騷)〉에서는 숙망(宿莽)을 노래한 적이 있었습니다.

---

162 羃歷(멱력) : 넓게 퍼져 덮고 있음.

163 扤白蔕(올백체) : '올(扤)'은 요동치는 것. '백체(白蔕)'는 온갖 종류의 꽃.

164 朱蕤(주유) : 아래로 드리워진 붉은 꽃.

165 茷(예) : 초목이 처음 생겨나서 작고 어린 모양.

166 曄兮菲菲(엽혜비비) : '엽(曄)'은 밝고 분명한 것. '비비(菲菲)'는 향기롭고 아름다운 화초.

167 炫晃(현황) : 빛이 번쩍거림.

168 芬馥肹蠁(분복힐향) : '분복(芬馥)'은 향기가 진한 것. '힐향(肹蠁)'은 가득 차 있는 것.

169 職貢納其包匭(직공납기포궤) : 고대에 속국들은 때에 맞추어 종주국에게 공납하였는데 그것을 '직공(職貢)'이라고 한다. '포궤(包匭)'는 끈으로 묶은 청모(菁茅). 주(周)왕조 때에 초(楚)나라는 항상 천자에게 모(茅)를 싸서 바쳤는데 그것으로 제사에 쓸 술을 빚었다고 한다.

170 宿莽(숙망) : 겨울에도 시들지 않는 풀.

木則楓柙櫲樟,[171] 栟櫚枸桹.[172] 緜杬杶櫨,[173] 文欀楨橿.[174] 平仲桾櫏,[175] 松梓古度.[176] 楠榴之木,[177] 相思之樹.[178] 宗生高岡,[179] 族茂幽阜.[180] 擢本千尋,[181] 垂蔭萬畝.[182] 攢柯挐莖,[183] 重葩殗葉.[184] 輪囷虯蟠,[185] 㙐㙞鱗接.[186] 榮色雜糅,[187] 綢繆縟繡.[188] 宵露霮霸,[189] 旭日晻時.[190] 與風飇

171 楓柙櫲樟(풍합여장) : '풍(楓)', '합(柙)' 모두 향목(香木). '여장(櫲樟)'은 나무 이름. 예장(豫章)이라고도 쓴다. 교목(喬木)으로 사철 시들지 않는다.

172 栟櫚枸桹(병려구랑) : '병려(栟櫚)'는 종려나무. '구랑(枸桹)'은 닥나무의 일종, 광주(廣州)에서 서식한다.

173 緜杬杶櫨(면원춘로) : '면(緜)'은 목면(木緜)나무. '원(杬)'은 거대한 교목으로 열매가 밤 비슷하다. '춘(杶)'은 참죽나무. '춘(椿)'이라고도 쓴다. '로(櫨)'는 황로(黃櫨)나무.

174 文欀楨橿(문양정강) : '문(文)'은 문목(文木), 목질이 견고하여 무소의 뿔과 같다고 한다. '양(欀)'은 굴거리나무. 사수(桫樹)라고도 한다. '정(楨)'은 광나무. 동청(冬靑)이라고도 불린다. '강(橿)'은 감탕나무. 목질이 견고하다.

175 平仲桾櫏(평중군천) : '평중(平仲)'은 은행나무. '군천(桾櫏)'은 고욤나무, 감나무와 비슷하다.

176 古度(고도) : 나무 이름. 꽃피지 않고 열매를 맺으며 씨가 껍질에서 밖으로 튀어나와 크기가 석류와 비슷하고 먹을 수 있다.

177 楠榴(남류) : 녹나무, 석류나무.

178 相思之樹(상사지수) : 나무이름. 일명 홍두수(紅豆樹).

179 宗生(종생) : 동류로 번식함.

180 族茂幽阜(족무유부) : '족무(族茂)'는 동족으로 무성함. '종생(宗生)'과 같은 말. '부(阜)'는 흙산.

181 擢本千尋(탁본천심) : '탁본(擢本)'은 높이 솟은 모양. '심(尋)'은 고대 길이를 재는 단위. 8척이 1심이다. 천심이라고 한 것은 나무가 키가 큰 것을 말한다.

182 垂蔭萬畝(수음만무) : 나무의 그림자가 드리워 만 무(畝)의 땅을 덮었다.

183 攢柯挐莖(찬가나경) : '찬(攢)'은 모으다. '가(柯)'는 나무 가지. '나(挐)'는 끌어오다.

184 重葩殗葉(중파엄엽) : '중파(重葩)'는 꽃송이가 겹겹이 쌓여 매우 번성한 모양. '엄(殗)'은 중첩된 모양.

185 輪囷虯蟠(윤균규반) : '윤균(輪囷)'은 구부러진 모양. '규반(虯蟠)'은 나무가 구불구불한 것이 용이 웅크리고 있는 모양과 같다는 뜻.

186 㙐㙞鱗接(칩칩린접) : '칩칩(㙐㙞)'은 가지가 중첩되어 있는 것. '인접(鱗接)'은 서로 겹친 것이 고기비늘이 이어진 것 같다는 뜻.

187 榮色雜糅(영색잡유) : 꽃의 색깔이 온갖 자주색과 붉은 색이 섞여 있음.

188 綢繆縟繡(주무욕수) : '주무(綢繆)'는 수많은 꽃송이가 한꺼번에 모여 있어서 색채가 화려함. '욕수(縟繡)'는 초목이 마치 수를 놓은 비단과 같다는 뜻.

189 宵露霮霸(소로담대) : '소로(宵露)'는 밤에 내린 이슬. '담대(霮霸)'는 이슬방울이 아래로 떨어지는 것.

颸, 颵瀏颼飀.[191] 鳴條律暢,[192] 飛音響亮. 蓋象琴筑幷奏,[193] 笙竽俱唱.[194]

나무는 풍(楓)나무, 합(柙)나무, 여장(櫲樟)나무, 종려나무와 닥나무, 목면나무와 원(杬)나무, 참죽나무와 황로나무, 문목(文木)과 굴거리나무, 광나무와 감탕나무, 은행나무와 고욤나무, 소나무와 박달나무, 그리고 고도(古度)나무와 녹나무와 석류나무, 홍두수(紅豆樹)들이 있습니다. 이것들은 동류로 높은 언덕에서 자라고 동종으로 흙산에서 무성하게 자랍니다. 높이 솟아 키가 천 심(尋)이나 되고 그늘을 드리운 것이 만 무(畝)의 땅을 덮습니다. 나뭇가지들이 서로 모여 끌어당기고 있으며 꽃송이가 겹겹이 쌓이고 잎들이 무성합니다. 나무들은 구부정하게 웅크리고 있는 모양이며 가지가 그 위에 겹쳐진 것이 비늘이 이어진 모양과 같습니다. 꽃들은 자주와 붉은 색이 섞여서 화려한 빛깔을 자랑하는 것이 마치 수를 놓은 비단과 같습니다. 밤이슬이 맺혀 떨어지고 밝던 해가 어두워지면 바람이 일어나 슈우슈우 바람소리를 냅니다. 그러면 나뭇가지들이 운율에 맞추어 합창하고 그 소리가 날아가 울려 퍼집니다. 마치 거문고와 아쟁이 합주하는 듯하고 생황과 피리가 합창하는 듯합니다.

其上則猨父哀吟,[195] 犨子長嘯.[196] 狖鼯猓然,[197] 騰趠飛超.[198] 爭接縣

190 晻昹(엄패) : 어두워지다.
191 颵瀏颼飀(유류수류) : 바람 소리.
192 鳴條律暢(명조율창) : 바람이 나무를 뒤흔드는 소리가 음악처럼 조화를 이룬다.
193 筑(축) : 쟁(箏)과 비슷한 고대의 악기.
194 俱唱(구창) : 합주하다.
195 猨父(원부) : 원숭이.
196 犨子(휘자) : 전설에 나오는 괴수. 원숭이 몸에 사람 얼굴을 하고 있으며 사람을 보면 길게 휘파람을 분다고 한다.
197 狖鼯猓然(유오과연) : '유(狖)'는 긴꼬리원숭이. '오(鼯)'는 속칭 비서(飛鼠)라고 하며 이유(夷由)라고도 부른다. 모양은 박쥐와 비슷하고 나무 사이로 날아다닐 수 있다. 과연(猓然) : 원숭이의 일종. 푸른색에 붉은 무늬가 있다. 과연(果然)이라고 하

垂,[199] 競游遠枝.[200] 驚透沸亂,[201] 牢落翬散.[202] 其下則有梟羊麡狼,[203] 猰㺄貙象.[204] 烏菟之族,[205] 犀兕之黨.[206] 鉤爪鋸牙,[207] 自成鋒穎.[208] 精若燿星,[209] 聲若震霆. 名載於山經,[210] 形鏤於夏鼎.[211]

그 나무 위에서는 원숭이가 슬피 울고 휘자(猈子)가 길게 휘파람을 붑니다. 긴꼬리원숭이와 날쥐, 푸른 원숭이가 훌쩍 뛰어 날아올라 늘어진 나뭇가지를 잡으려고 다투는데 서로 더 먼 가지로 날아가려고 경쟁합니다. 그러다가 소란스럽게 어지러워지면 여기 저기 후다닥 떨어집니다. 그 아래에는 비비원숭이와 뿔사슴, 그리고 알유(猰㺄)와 추상(貙象)이 있습니다. 그리고 호랑이의 무리와 무소의 떼들이 갈고리 같은 발톱과 톱니 같은 이빨을 가지고 스스로 날카로움을 세우고 있습니다. 그 눈빛은 별이 빛나는 것과 같고 울음소리는 우레가 진동하는 것

기도 한다.

198 騰趠(등초) : 뛰어 오르다.

199 爭接縣垂(쟁접현수) : 나무 위의 동물들이 다투어 늘어진 나뭇가지를 잡다. '현(縣)'은 '현(懸)'과 같은 뜻.

200 競游遠枝(경유원지) : 멀리 있는 나뭇가지로 뛰어 오르려고 경쟁하는 것.

201 驚透沸亂(경투비란) : '투(透)'는 당황하는 것. '비란(沸亂)'은 물이 끓어오르듯이 어지러운 것.

202 牢落翬散(뇌락휘산) : '뇌락(牢落)'은 여기 저기 떨어지는 것. '휘산(翬散)'은 떨어져 흩어지는 것.

203 梟羊麡狼(효양제랑) : '효양(梟羊)'은 비비(狒狒). 원숭이의 일종. '제랑(麡狼)'은 모양은 사슴과 비슷한데 뿔이 앞으로 향해 나고 숲에 들어가면 뿔을 걸어놓는다.

204 猰㺄貙象(알유추상) : '알유(猰㺄)'는 사람을 먹는다는 괴수. '추상(貙象)'은 크기는 개만한데 무늬는 이리와 같다.

205 烏菟(오도) : 춘추 시대 남쪽의 초(楚)지방 사람들이 호랑이를 부르는 이름.

206 犀兕(서시) : 고대 무소 류에 속한다. 뿔이 하나였고 길었다.

207 鉤爪鋸牙(구조거아) : 갈고리와 같은 발톱과 톱니 같은 이빨.

208 鋒穎(봉영) : 끝이 뾰족하고 날카로움.

209 精(정) : 눈동자에서 나오는 빛.

210 山經(산경) : 『산해경(山海經)』을 말한다.

211 形鏤於夏鼎(형루어하정) : 하(夏)나라의 솥에 그들의 형상을 새겨놓았다는 뜻. 『좌전(左傳) · 선공(宣公)』 3년의 기록에 의하면 하대(夏代)에 구정(九鼎)이 있었는데 그 표면에 각종 기이한 형태의 동물의 모양을 새겨서 백성들에게 구별하게 하였다고 한다.

같습니다. 이런 기이한 동물들의 이름은 『산해경(山海經)』에 전해지며, 형상이 하대(夏代)의 솥에 새겨져 있습니다.

其竹則篔簹箖箊,[212] 桂箭射筒.[213] 柚梧有篁,[214] 篻簩有叢.[215] 苞筍抽節,[216] 往往縈結.[217] 綠葉翠莖, 冒霜停雪.[218] 橚矗森萃,[219] 蓊茸蕭瑟.[220] 檀欒蟬蜎,[221] 玉潤碧鮮.[222] 梢雲無以踰,[223] 嶰谷弗能連.[224] 鸑鷟食其實,[225] 鵷鶵擾其間.[226]

그곳의 대나무로는 운당(篔簹)과 임어(箖箊), 계죽(桂竹)과 전죽(箭竹),

---

212 篔簹箖箊(운당림어) : '운당(篔簹)'은 대죽(大竹). 물가에서 자라며 길이가 수 장(丈)에 이르고 마디 사이가 6,7尺에 달한다고 한다. '임어(箖箊)'는 대나무 이름. 잎이 얇으며 넓다.

213 桂箭射筒(계전사통) : '계(桂)'는 계죽(桂竹). 키가 4,5장(丈)이며 잎이 넓고 마디가 크다. '전(箭)'은 전죽(箭竹). 절강(浙江)지방에서 나는 것 중 가장 아름답고 재질이 견고해서 화살을 만들 수 있다고 한다. '사통(射筒)'은 대나무 이름. 가늘고 길며 마디가 없다. 그것으로 사통(射筒)을 만든다고 한다.

214 柚梧有篁(유오유황) : '유오(柚梧)'는 대나무 이름. 길이가 3,4장에 이르며 그것으로 집의 기둥을 세울 수 있다. '유황(有篁)'은 대나무 숲.

215 篻簩(표로) : 대나무 이름. 튼튼하고 힘이 있으며 날카로워서 그것으로 창을 만든다.

216 苞筍抽節(포순추절) : '포순(苞筍)'은 동순(冬笋)을 말한다. 다른 계절에 나는 죽순보다 맛이 좋다. '추절(抽節)'은 마디가 솟아나는 것.

217 往往縈結(왕왕영결) : '왕왕(往往)'은 여기 저기. '영결(縈結)'은 얽혀서 자라나는 것.

218 冒霜停雪(모상정설) : 대나무는 푸른 잎을 내어 사계절 항상 푸르므로 추운 겨울에도 서리와 눈을 무릅쓰고 자란다는 뜻.

219 橚矗森萃(숙촉삼췌) : '숙촉(橚矗)'은 곧게 뻗어 자라는 것. '삼췌(森萃)'는 무성하게 모여서 번성하는 것.

220 蓊茸蕭瑟(옹용소슬) : '옹용(蓊茸)'은 초목이 무성한 것. '소슬(蕭瑟)'은 초목 위로 바람이 부는 소리.

221 檀欒蟬蜎(단란선연) : '선연(蟬蜎)'이 규장각본에는 '선연(嬋娟)'으로 되어 있다. '단란(檀欒)'이나 '선연(蟬蜎)'이나 모두 아름다운 모양을 뜻한다.

222 玉潤碧鮮(옥윤벽선) : 대나무의 색이 벽옥처럼 윤기 나고 아름답다는 뜻.

223 梢雲(소운) : 산 이름.

224 嶰谷(해곡) : 산 이름. 곤륜(崑崙)의 북쪽 계곡에 있다고 한다.

225 鸑鷟食其實(악작식기실) : '악작(鸑鷟)'은 봉황을 말하다. '실(實)'은 대나무 열매.

226 鵷鶵擾其間(원추요기간) : '원추(鵷鶵)'는 봉황에 속하는 새. '요(擾)'는 대나무 사이에 어지럽게 거한다는 뜻.

사통(射筒)이 있습니다. 그리고 유오(柚梧)의 숲이 있으며, 표로(篻簩)의 숲이 있습니다. 겨울 죽순이 가지가 나오면 여기 저기 넓게 퍼져 자라는데 푸른 가지와 파란 잎이 서리와 눈을 꿋꿋하게 이겨냅니다. 대나무들은 곧게 뻗어 무성하게 모여 자라고 그 위로 바람이 불어옵니다. 그 아름다운 모양은 윤기가 흐르며 벽옥처럼 선명합니다. 소운산(梢雲山)의 대나무도 그것을 능가할 수 없고 해곡산(嶰谷山)의 대나무도 비교할 수 없습니다. 봉황새인 악작(鸑鷟)이 그 열매를 먹고 원추(鵷鶵)가 그 사이에서 소란스럽습니다.

其果則丹橘餘甘,[227] 荔枝之林. 檳榔無柯,[228] 椰葉無陰.[229] 龍眼橄欖,[230] 棎榴禦霜.[231] 結根比景之陰,[232] 列挺衡山之陽.[233] 素華斐,[234] 丹秀芳.[235] 臨青壁,[236] 系紫房.[237] 鷓鴣南翥而中留,[238] 孔雀綷羽以翱翔.[239] 山雞歸飛而來棲, 翡翠列巢以重行.[240]

227 丹橘餘甘(단귤여감) : '단귤(丹橘)'은 과일 이름. '여김(餘甘)'은 금감(金柑), 크기가 탄환만하다. 과일 이름.
228 檳榔無柯(빈랑무가) : '빈랑(檳榔)'은 나무에 가지가 없고 맨 꼭대기에 잎에 나며 잎 아래에 열매가 맺는다.
229 椰葉無陰(야엽무음) : '야(椰)'는 야자(椰子)나무. 야자수도 가지가 없고 잎이 꼭대기에 나서 그늘이 없다고 한 것이다.
230 龍眼橄欖(용안감람) : '용안(龍眼)'은 상록의 교목으로 그 나무에서 나는 열매를 말하기도 한다. 계원(桂圓)이라고도 부른다. '감람(橄欖)'은 감람나무. 몸체가 높이 솟아 있고 깊은 가을에 열매를 맺는데 그 열매를 감람이라고 부른다.
231 棎榴(섬류) : '섬(棎)'은 팥배나무 열매. 배와 비슷한데 맛이 시다. '류(榴)'는 석류.
232 比景之陰(비경지음) : '비경(比景)'은 지명. 형산(衡山)의 남쪽에 있다. '음(陰)'은 북쪽.
233 列挺衡山之陽(열정형산지양) : '열정(列挺)'은 나란히 서 있음. '양(陽)'은 남쪽.
234 素華斐(소화비) : 하얀 꽃이 아름다움.
235 丹秀芳(단수방) : 붉은 꽃이 향기로움.
236 青壁(청벽) : 산의 석벽에 푸른 식물들이 가득히 자란 것.
237 系紫房(계자방) : 붉은 과실들이 매달려 있음.
238 鷓鴣(자고) : 새 이름. '저(翥)'는 날아가다.
239 綷羽(최우) : 오색의 깃털.
240 翡翠(비취) : 새 이름. 진귀한 새이다. 重行(중항) : 새 둥지가 나란히 줄을 맞추어 있음.

그곳의 과실수로는 단귤(丹橘)과 여감(餘甘)이 있고, 여지(荔枝)가 나는 숲이 있습니다. 빈랑(檳榔)나무는 가지가 없으며, 야자나무 잎은 그늘을 만들지 못합니다. 용안(龍眼)과 감람(橄欖)나무, 팔배나무와 석류나무가 있는데 비경(比景)의 북쪽에서 뿌리를 맺어 형산(衡山)의 남쪽에 늘어서 있습니다. 하얀 꽃은 아름답고 붉은 꽃은 향기로우며 산의 푸른 벽에 늘어서 붉은 과실을 매달고 있습니다. 자고(鷓鴣)새가 남쪽으로 날아가다 중간에 머무는 곳이며 공작(孔雀)이 오색 깃털을 펴고 날아다니는 곳입니다. 산꿩이 날아 돌아와 머무는 곳이며 비취(翡翠)새가 나란히 새 둥지를 만드는 곳입니다.

其琛賂則琨瑤之阜,[241] 銅鍇之垠.[242] 火齊之寶,[243] 駭雞之珍.[244] 頳丹明璣,[245] 金華銀樸.[246] 紫貝流黃,[247] 縹碧素玉.[248] 隱賑崴裹,[249] 雜插幽屏.[250] 精曜潛穎,[251] 碏硊山谷.[252] 碕岸爲之不枯,[253] 林木爲之潤黷.[254]

---

241 琛賂(침뢰) : 진귀한 보물. 琨瑤(곤요) : 아름다운 옥.

242 銅鍇之垠(동개지은) : 동과 철이 나는 들판. '개(鍇)'는 좋은 철. '은(垠)'은 언덕, 가장자리.

243 火齊(화제) : 민괴(玟瑰)와 같은 옥돌을 말함.

244 駭雞(해계) : 진귀한 무소뿔. 옛날 사람들이 이 뿔에 붉은 색의 줄무늬가 있어서 쌀을 채워서 닭에게 먹이면 닭이 놀라 도망간다고 해서 해계(駭雞)라고 불렀다 한다.

245 頳丹明璣(정단명기) : '정단(頳丹)'은 붉은 색의 단사. '기(璣)'는 진주.

246 金華銀樸(금화은박) : '금화(金華)'는 색이 화려한 금. '은박(銀樸)'은 은광석.

247 紫貝流黃(자패유황) : '자패(紫貝)'는 자주색 조개. '유황(流黃)'은 유황(硫黃)을 가리킨다.

248 縹碧素玉(표벽소옥) : 담청색의 옥. '표벽(縹碧)'은 담청색.

249 隱賑崴裹(은진외회) : '은진(隱賑)'은 진귀한 보배가 많다는 뜻. '외회(崴裹)'는 구불구불 고르지 않음.

250 雜插幽屏(잡삽유병) : 깊은 골짜기에 섞여서 나고 있음.

251 精曜潛穎(정요잠영) : 보배들이 뿜어내는 빛이 깊은 골짜기 속에서도 여전히 기이한 광채를 발하고 있음. '영(穎)'은 광채. 규장각본에는 '熲(경)'자로 되어 있다.

252 碏硊山谷(척치산곡) : '척치(碏硊)'는 드러나다. 보옥들이 산골짜기에서 나서 오랜 세월이 흐른 뒤에 돌 틈에서 드러나고 있다는 뜻.

253 碕岸爲之不枯(기안위지불고) : '기안(碕岸)'은 구불구불한 긴 절벽. 그곳에 진귀한 옥이 깊이 감추어져 있어서 초목이 시들지 않는다는 뜻이다.

隋侯於是鄙其夜光,[255] 宋王於是陋其結綠.[256]

그곳에서 나는 진기한 보옥으로는 곤요(琨瑤)가 나는 언덕과 동(銅)과 좋은 철이 나는 둔덕이 있습니다. 화제(火齊)와 같은 보옥, 무소뿔과 같은 진귀한 물건, 붉은 단사와 맑은 진주, 화려한 금과 은광석, 자주색 조개와 유황(流黃), 담청색의 벽옥과 흰 옥 등의 진기한 보배가 이리 저리 깊은 골짜기에서 섞여 박혀 있습니다. 보배들이 뿜어내는 빛이 골짜기 속에서도 광채를 발하여 산 계곡에서 모습을 드러냅니다. 그래서 구불구불한 긴 절벽의 초목이 시들지 않고 숲은 그 때문에 광채가 나고 검푸릅니다. 수후(隋侯)도 그 앞에서는 자신의 야광주(夜光珠)를 천시하게 되고, 송왕(宋王)도 그 앞에서는 자신의 결록(結綠)을 누추하게 여깁니다.

其荒陬譎詭,[257] 則有龍穴內蒸,[258] 雲雨所儲. 陵鯉若獸,[259] 浮石若桴.[260] 雙則比目,[261] 片則王餘.[262] 窮陸飮木,[263] 極沈水居.[264] 泉室潛織而卷

254 潤黷(윤독) : 광채가 나고 검푸르다. 숲이 무성하고 번창하는 것을 형용한 말.

255 隋侯於是鄙其夜光(수후어시비기야광) : 춘추시대에 수후(隋侯)가 자신의 야광주(夜光珠)를 진귀한 보배로 여겼다. 이 구절은 오나라 땅에서 생산되는 갖가지 보배들 앞에서 수후도 자신의 야광주를 천시한다는 뜻이다.

256 宋王於是陋其結綠(송왕어시루기결록) : 송왕(宋王)의 보옥(寶玉) 가운데 결록(結綠)이 있었는데 송왕도 오나라 땅에서 나오는 진귀한 보배들 앞에서는 자신의 보배를 누추하게 여긴다는 뜻이다.

257 荒陬譎詭(황추휼궤) : '황추(荒陬)'는 황량한 변방. '휼궤(譎詭)'는 괴이한 것.

258 龍穴內蒸(용혈내증) : '용혈(龍穴)'은 고대 전설 중에 상동(湘東) 지방에 있었다는 동굴. 영험이 있어서 가뭄이 들었을 때 물을 뿌려주면 곧 폭우가 쏟아졌다고 한다. '내증(內蒸)'은 동굴 안에 수증기가 올라오는 것을 뜻함.

259 陵鯉(능리) : '능리(鯪鯉)'라고도 쓴다. 발이 네 개이며 비늘달린 갑옷이 있어서 세속에서 천산갑(穿山甲)이라고도 부른다.

260 浮石(부석) : 무게가 가벼워서 수면에 떠오른다. 종유석(鐘乳石)과 같은 모양이며 부암(浮巖)이라고도 부른다. '부(桴)'는 뗏목.

261 雙則比目(쌍즉비목) : 쌍쌍이 헤엄쳐 다니는 비목어(比目魚). 일설에는 눈이 하나뿐이어서 쌍으로 다녀야만 헤엄칠 수 있다고 한다.

262 片則王餘(편즉왕여) : 몸이 반쪽인 왕여어(王餘魚). 전설에 의하며 오왕(吳王)이 물고기를 먹다가 나머지를 강에 버렸는데 그것이 변하여 다시 물고기 되었다고 해서

綃,[265] 淵客慷慨而泣珠.[266] 開北戶以向日,[267] 齊南冥於幽都.[268] 其四野則畛畷無數,[269] 膏腴兼倍.[270] 原隰殊品,[271] 窊隆異等.[272] 象耕鳥耘,[273] 此之自與.[274] 穱秀菰穗,[275] 於是乎在. 煮海爲鹽, 採山鑄錢. 國稅再熟之稻,[276] 鄕貢八蠶之緜.[277]

황량한 변방에서 볼 수 있는 기이한 것으로는 용혈(龍穴) 안에서 만들어지는 증기가 있는데 그곳은 비구름이 저장되어 있습니다. 능리(陵鯉)는 괴수와 같고 부석(浮石)은 뗏목과 같습니다. 쌍쌍이 헤엄쳐 다니는 것은 비목어(比目魚)이고 반쪽의 몸으로 다니는 것은 왕여(王餘)라는

왕여(王餘)라고 불렀다고 한다.

263 窮陸飮木(궁륙음목) : '궁륙(窮陸)'은 아주 멀리 있는 높은 땅. '음목(飮木)'은 그 땅에 물이 나지 않아서 나무를 잘라서 나무즙을 마신다는 뜻.

264 極沈水居(극침수거) : 가장 깊은 물속에 살고 있다. 그곳에 교인(鮫人)이 살고 있다고 한다.

265 泉室潛織而卷綃(천실잠직이권초) : 전설에 의하면 교인(鮫人)이 천실(泉室)에 잠수하여 천을 짜다가 인간 세상에 내다 판다고 한다.

266 淵客慷慨而泣珠(연객강개이읍주) : '연객(淵客)'은 교인(鮫人)을 가리킴. 전설에 의하면 인간 세상에 기거하던 교인이 이별할 때 아쉬워하면서 진주 눈물을 흘려 주인에게 바친다고 한다.

267 開北戶以向日(개북호이향일) : 고대 전설에는 태양의 남쪽에 살고 있는 사람들은 북쪽 문을 열어 태양을 향한다고 한다.

268 齊南冥於幽都(제남명어유도) : '제(齊)'는 균등하게 보다. '남명(南冥)'은 남해. '유도(幽都)'는 북쪽. 남쪽이나 북쪽이나 모두 평등하게 한다는 뜻.

269 畛畷(진철) : 천맥(阡陌)간에 난 길.

270 膏腴兼倍(고유겸배) : '고유(膏腴)'는 비옥한 토지. '겸배(兼倍)'는 배로 한다. 비옥한 토지의 수확량은 다른 곳의 두 배라는 뜻.

271 原隰(원습) : 낮고 습한 땅.

272 窊隆異等(와륭이등) : 고지대와 저지대가 다름. '와(窊)'는 낮고 습한 땅. '륭(隆)'은 높이 솟은 땅.

273 象耕鳥耘(상경조운) : 상경지(象耕地)와 조운전(鳥耘田). 고대 전설에 의하면 순(舜)을 창오(蒼梧)에 장사지냈더니 코끼리가 와서 땅을 갈았고 우(禹)를 회계(會稽)에 장사지냈더니 까마귀가 와서 김을 맸다고 한다.

274 此之自與(차지자여) : 여기에서부터 시작된 것이라는 뜻. '여(與)'는 의문사.

275 穱秀菰穗(착수고수) : 보리가 꽃이 피고 이삭을 드리운 것. '착(穱)'은 보리 중에 일찍 여문 것.

276 國稅再熟之稻(국세재숙지도) : 군국에 공납하는 조세는 일 년에 두 번 익는 쌀이다.

277 鄕貢八蠶之緜(향공팔잠지면) : 향에 바치는 공납은 일 년에 여덟 번 거두는 잠사다.

물고기입니다. 고원지대에서는 나무를 잘라 그 즙을 마시고, 가장 깊은 물속에서는 교인(鮫人)이 살고 있습니다. 그들은 천실(泉室)에 잠수하여 천을 짜고 비단을 말며 연객(淵客)으로 이별할 때에는 아쉬워하며 진주 눈물을 흘린다고 합니다. 북쪽 문을 열어 태양을 향하게 하니 남쪽이나 북쪽이나 (해를 향한다는 점에서는) 모두 평등합니다. 사방의 들에서는 가로 세로 구획지은 길들이 수없이 나 있으며 비옥한 밭에서는 수확량이 두 배입니다. 낮고 습한 땅에서는 생산품이 특이하고 고지대와 저지대는 등급이 다릅니다. 코끼리가 밭을 갈고 새가 김을 매는 것은 여기에서부터 시작한 것일 테지요. 보리가 꽃을 피우고 이삭을 드리운 것도 바로 이곳에서입니다. 바닷물을 말려 소금을 만들고 산에서 금속을 캐다가 돈을 주조합니다. 나라에 바치는 조세는 일 년에 두 번 수확하는 쌀이며, 향에 바치는 공납은 일 년에 여덟 번 거두는 누에 실입니다.

徒觀其郊隧之內奧,[278] 都邑之綱紀.[279] 霸王之所根柢,[280] 開國之所基趾. 郛郭周匝,[281] 重城結隅.[282] 通門二八,[283] 水道陸衢.[284] 所以經始, 用累千祀.[285] 憲紫宮以營室,[286] 廓廣庭之漫漫.[287] 寒暑隔閡於邃宇,[288] 虹

278 郊隧之內奧(교수지내오) : '교수(郊隧)'는 교외(郊外)의 지역을 지칭하는 말. '내오(內奧)'는 내부, 안.

279 都邑之綱紀(도읍지강기) : 오도(吳都)가 천하 도읍의 모범, 기준이 된다는 뜻.

280 霸王之所根柢(패왕지소근저) : 패왕(霸王)이 될 사업의 기틀이 된다.

281 郛郭周匝(부곽주잡) : '부곽(郛郭)'은 외성(外城). '주잡(周匝)'은 주위를 두르다.

282 重城結隅(중성결우) : '중성(重城)'은 성벽이 중첩되어 있음. '결우(結隅)'는 성의 모서리가 서로 대칭을 이룸.

283 通門二八(통문이팔) : 성의 안에 수문(水門)이 여덟 개, 육문(陸門)이 여덟 개가 있어서 모두 16개의 문으로 통하게 되어 있다.

284 陸衢(육구) : 육로.

285 所以經始, 用累千祀(소이경시, 용루천사) : 그것이 나라를 경영하는 시작으로 후손들이 대를 이어 오래도록 보전하게 한다. 오도(吳都)가 처음 만들어지고 경영되던 때에 이미 천년만대를 이어갈 계획을 가지고 있었다는 뜻.

286 憲紫宮以營室(헌자궁이영실) : '자궁(紫宮)'은 자미성(紫微星) 원(垣)을 말한다. 이

蜺回帶於雲館.[289] 所以跨跱煥炳萬里也.[290] 造姑蘇之高臺,[291] 臨四遠而特建,[292] 帶朝夕之濬池,[293] 佩長洲之茂苑.[294] 窺東山之府,[295] 則環寶溢目, 覿海陵之倉,[296] 則紅粟流衍.[297] 起寢廟於武昌,[298] 作離宮於建業.[299] 闡闔閭之所營, 采夫差之遺法.[300] 抗神龍之華殿,[301] 施榮楯而捷

것으로 황제가 거하는 장소를 비유하였다. 자미성을 본받아 궁실을 짓는다는 뜻.

287 廓廣庭之漫漫(확광정지만만) : '확광정(廓廣庭)'은 정원을 넓게 개척하다. '만만(漫漫)'은 넓고 여유 있는 모양.

288 寒暑隔閡於邃宇(한서격애어수우) : 정원이 깊어서 추위와 더위가 밖으로부터 차단되고 궁전안의 겨울 여름이 사람이 나기에 적합하다는 뜻.

289 虹蜺回帶於雲館(홍예회대어운관) : '홍예(虹蜺)'는 무지개. '회대(回帶)'는 두르다. '운관(雲館)'은 화려한 건물이 높이 솟아 구름에 들어간 것 같이 보인다는 뜻.

290 跨跱煥炳(과치환병) : '과치(跨跱)'는 우뚝 서다. '환병(煥炳)'은 빛이 번쩍거리다.

291 造姑蘇之高臺(조고소지고대) : '고소(姑蘇)'는 누대 이름. 오왕(吳王) 부차(夫差)가 고서대(姑胥臺)를 짓기 시작하여 오년 만에 완성했는데 높이 올라가면 삼백리가 보였다. 고서(姑胥)가 바로 고소(姑蘇)다.

292 臨四遠而特建(임사원이특건) : '임사원(臨四遠)'은 높은 고소대에서 아래를 향하여 사방을 조망함. '특건(特建)'은 누대가 높아 홀로 서있다는 뜻.

293 帶朝夕之濬池(대조석지준지) : '준(濬)'은 깊다는 뜻. 오(吳)나라에 조석지(朝夕池)가 있는데 조수가 있어서 아침에는 찼다가 저녁에는 빠진다고 하여 그렇게 이름 붙였다고 한다. 조석지가 고소성을 둘러싸고 있다는 뜻이다. '대(帶)'는 물이 허리띠처럼 흘러 돈다는 뜻. 조석지의 깊은 물살이 오도(吳都)의 허리띠가 된다는 뜻.

294 佩長洲之茂苑(패장주지무원) : 장주(長洲)의 무원(茂苑)을 장식으로 삼는다는 뜻. '장주(長洲)'는 태호(太湖)의 북변에 있다. '무원(茂苑)'은 한(漢)나라 때 명원(名苑)이었다. 오왕 합려(闔閭)가 사냥하던 곳이라고 알려져 있다.

295 東山(동산) : 지명. 府(부) : 재물을 저장하는 창고. 귀중한 보물이 동산의 창고에 가득하다는 뜻.

296 覿海陵之倉(여해릉지창) : '여(覿)'는 잘 살펴보다. '해릉(海陵)'은 지명.

297 紅粟(홍속) : 창고에 보관된 양식. 오래되면 색깔이 변하는데 붉은 색이 되면 부패한다.

298 寢廟(침묘) : 고대 제왕의 종묘.

299 離宮(이궁) : 제왕이 순행(巡行)할 때 임시 머물던 궁실. 建業(건업) : 지명. 지금의 남경(南京)시.

300 闡闔閭之所營(천합려지소영) 이하 2구 : 합려(闔閭)가 오(吳)의 성곽과 궁실을 만들고, 그의 아들 부차(夫差)가 그것을 계승하여 더욱 화려하고 웅장하게 하였다. 나중에 손권(孫權)이 건업(建業)에 도읍한 것도 모두 그것을 배운 것이다. '천(闡)'은 개발하다, 확대하다.

301 抗神龍之華殿(항신룡지화전) : 화려한 신룡전(神龍殿)을 높이 세우다. 신룡전은 오나라 궁궐의 정전(正殿) 이름.

獵.[302] 崇臨海之崔巍,[303] 飾赤烏之韡曄.[304] 東西膠葛,[305] 南北峥嶸.[306] 房櫳對櫎,[307] 連閣相經.[308] 閽闥譎詭,[309] 異出奇名.[310] 左稱彎碕, 右號臨硎.[311] 彫欒鏤楶,[312] 青瑣丹楹.[313] 圖以雲氣, 畫以仙靈. 雖茲宅之夸麗,[314] 曾未足以少寧.[315] 思比屋於傾宮,[316] 畢結瑤而構瓊.[317] 高闈有閌,[318] 洞門方軌.[319] 朱闕雙立,[320] 馳道如砥.[321] 樹以青槐, 亘以綠水.[322]

---

302 施榮楯而捷獵(시영순이첩렵) : '영(榮)'은 지붕 날개로, 지붕 처마 양쪽으로 높이 올라가게 만든 모양. '순(楯)'은 난간. '첩렵(捷獵)'은 차례대로 가지런히 배열된 모양.

303 崇臨海之崔巍(숭림해지최외) : '숭(崇)'은 높고 크게 하다. '임해(臨海)'는 궁전의 이름. '최외(崔巍)'는 높고 우뚝한 모양.

304 飾赤烏之韡曄(식적오지위엽) : '적오(赤烏)'는 궁전 이름. '위엽(韡曄)'은 찬란하게 빛나는 것.

305 膠葛(교갈) : 길쭉한 모양.

306 峥嶸(쟁영) : 깊숙한 모양.

307 房櫳對櫎(방롱대황) : '롱(櫳)'은 꽃이 새겨진 창문. '황(櫎)'은 창문을 가리는 장막.

308 連閣相經(연각상경) : 각(閣)이 서로 연결되고 통함.

309 閽闥譎詭(혼달휼궤) : '혼달(閽闥)'은 궁실의 문을 말함.

310 異出奇名(이출기명) : 궁실의 문호에 모두 기이한 이름이 있음.

311 左稱彎碕(좌칭만기) 이하 2구 : '만기(彎碕)', '임형(臨硎)' 모두 궁문의 이름이다. 만기(彎碕)는 궁의 동문, 임형(臨硎)은 궁의 서문.

312 彫欒鏤楶(조란루절) : '란(欒)'은 기둥 꼭대기에 대들보를 받치는 곡목(曲木). '절(楶)'은 기둥머리의 두공(斗拱).

313 青瑣丹楹(청쇄단영) : '청쇄(青瑣)'는 고대 궁문 위의 장식. '단영(丹楹)'은 전 앞의 붉은 색 기둥.

314 夸麗(과려) : 화려함.

315 曾未足以少寧(증미족이소녕) : 끝내 조금도 만족할 수가 없었다는 뜻.

316 思比屋於傾宮(사비옥어경궁) : 걸(桀)왕의 경궁(傾宮)과 아름다움을 비교하려고 생각한다는 뜻. 걸왕은 경궁을 건축하고 요대(瑤臺)를 장식하였다 한다.

317 畢結瑤而構瓊(필결요이구경) : 전부 아름다운 옥으로 궁을 짓고 누대를 쌓음. 화려함이 더 이상 비할 데가 없다는 뜻. 주(紂)왕이 경실(瓊室)을 짓고 옥문(玉門)을 세웠다고 한다.

318 高闈有閌(고위유항) : 궁중의 문을 闈(위)라고 한다. '항(閌)'은 궁문이 높고 큰 모양.

319 洞門方軌(통문방궤) : 궁문이 높고 커서 수레가 드나들 수 있을 정도이다. '통(洞)'은 통과하다.

320 朱闕雙立(주궐쌍립) : '주궐(朱闕)'은 고대 궁전 문 앞의 누대. 좌우에 각각 하나씩 있다. 그래서 '쌍립(雙立)'이라고 한 것이다.

321 馳道如砥(치도여지) : '치도(馳道)'는 진한(秦漢) 시대에 천자가 전용하던 도로. '여지(如砥)'는 숫돌처럼 평평하다는 뜻.

322 亘(긍) : 끌어들이다.

玄蔭眈眈,[323] 淸流亹亹.[324] 列寺七里,[325] 俠棟陽路.[326] 屯營櫛比,[327] 解署棊布.[328] 橫塘査下,[329] 邑屋隆夸.[330] 長干延屬,[331] 飛甍舛互.[332]

교외의 깊은 안쪽을 살펴보자면 오도(吳都)는 천하 도읍의 기준이 되며 패왕의 될 근간이 되며 나라를 일으킬 기틀이 됩니다. 외성이 주위를 둘러 성벽이 중첩되어 있고 각 모서리가 마주보고 있습니다. 성으로 통하는 문은 수문(水門)과 육문(陸門)의 열여섯 개이며 물길과 육로가 통하게 되어 있습니다. 그것은 나라를 경영할 수 있는 시작이 되며 그것으로 후손들은 천 세대를 이어 보전합니다. 자궁(紫宮)을 본받아 궁실을 지었으며, 정원을 넓고 여유롭게 확장하였는데 궁전 깊은 곳에서는 추위와 더위가 밖으로부터 차단되고 무지개는 구름 쌓인 건물을 띠처럼 두르고 있어서 우뚝 솟은 모습이 만 리(里)에서도 밝게 보입니다. 높이 지어놓은 고소대(姑蘇臺)가 사방을 멀리 조망하며 홀로 솟아 있으며, 깊은 조석지(朝夕池)를 허리띠로 두르고 장주(長洲)의 무원(茂苑)을 끼고 있습니다. 동산(東山)의 창고를 살펴보면 아름다운 보배가 눈을 가득 채우고, 해릉(海陵)의 곡창을 들여다보면 양식이 넘쳐흐릅니

---

323 玄蔭眈眈(현음탐탐) : '현음(玄蔭)'은 짙은 그늘. '탐탐(眈眈)'은 나무 그늘이 빽빽한 모양.

324 亹亹(미미) : 푸른 물이 앞을 향해 천천히 흘러가는 모양.

325 寺(사) : 옛날에는 관서(官署)를 사(寺)라고 불렀다.

326 俠棟陽路(협동양로) : 남쪽으로 향한 길 양 옆에 건물들이 빽빽이 들어찬 것. '협(俠)'은 '협(夾)'과 통한다. '양로(陽路)'는 남쪽으로 향하는 길.

327 屯營櫛比(둔영즐비) : '둔영(屯營)'은 병영. '즐비(櫛比)'는 빗살처럼 나란히 촘촘하게 배열된 것.

328 解署(해서) : 관서를 말한다. '해(解)'는 '해(廨)'자와 통한다.

329 橫塘査下(횡당사하) : '횡당(橫塘)'과 '사하(査下)'는 고대에 건업(建業)에 백성들이 거주하던 지역 이름.

330 隆夸(융과) : 번성하다. 그 지역의 주민들도 대단히 사치하여 집들이 높고 크며 아름다웠다.

331 長干延屬(장간연속) : '강간(長干)'은 지명. 서민들이 섞여 거주하던 거리와 마을. 건업(建業)에 있었다. '연속(延屬)'은 서로 이어져 있다.

332 飛甍舛互(비맹천호) : '비맹(飛甍)'은 집들이 높이 솟아 날아갈 듯하다. '천호(舛互)'는 서로 교차되어 있는 것. 화려한 집들이 모여 있음을 말한 것이다.

다. 침묘(寢廟)를 무창(武昌)에서 기초하고, 이궁(離宮)을 건업(建業)에 세웠으며 합려(闔閭)가 만든 궁실을 개척하고 부차(夫差)가 남긴 법을 화려하게 하였습니다. 화려한 신룡전(神龍殿)을 높이 세우고, 지붕과 난간을 만들어 가지런하게 하였습니다. 임해궁(臨海宮)을 높고 우뚝하게 세웠으며, 적오궁(赤烏宮)을 찬란하게 장식하였습니다. 그 모양이 좌우로는 길쭉하며 위아래로는 깊숙하고, 꽃이 새겨진 창문이 마주보며 휘장을 드리웠으며 각(閣)이 이어져 통하게 되어 있습니다. 궁실의 문들은 기이하여 모두 특이한 이름들이 있으니, 왼쪽은 만기(彎碕)라 부르고, 오른쪽은 임형(臨硎)이라고 부릅니다. 대들보 위의 곡목(曲木)과 두공(斗拱)을 조각하였으며 문은 장식을 하고 붉은 색의 기둥을 세웠는데 그곳에 구름을 도안해 넣고 신선들을 그려 넣었습니다. 궁궐이 이렇게 화려했지만 오(吳)왕은 조금도 만족할 수 없었으니 걸(桀)왕이 경궁(傾宮)을 지은 것과 비교해보고 주(紂)왕이 경실(瓊室)을 짓고 옥을 장식한 것을 이루고자 하였습니다. 궁문은 높고 컸으며, 그 문으로 큰 수레가 드나들었습니다. 궁문 앞의 누대는 쌍으로 서 있으며, 천자의 도로는 숫돌처럼 평평하였습니다. 그곳에는 청괴(青槐)나무를 심고 푸른 물을 끌어와서 나무 그늘은 짙고 빽빽하며 맑은 물결이 천천히 흘러가고 있습니다. 그 길가에는 관서들이 7리(里)에 늘어서 있고 남쪽으로 향한 길가에 집들이 바짝바짝 끼어 앉아 있으며, 병영이 촘촘하게 배열되어 있고 관서들이 펴져 있습니다. 횡당(横塘)과 사하(査下)지역의 집들은 대단히 화려하고, 장간(長干)에는 거리와 마을이 이어 붙어 있으며 화려한 집들이 솟아 날아갈 듯이 서로 모여 있습니다.

其居則高門鼎貴,[333] 魁岸豪傑.[334] 虞魏之昆, 顧陸之裔.[335] 岐嶷繼體,[336]

333 高門鼎貴(고문정귀) : 부귀하고 번성한 가문을 가리킨다.

334 魁岸(괴안) : 높이 웅장하게 우뚝 솟음.

335 虞魏之昆, 顧陸之裔(우위지곤, 고육지예) : '우(虞)'·'위(魏)'·'고(顧)'·'육(陸)'은

老成奕世.[337] 躍馬疊跡,[338] 朱輪累轍.[339] 陳兵而歸,[340] 蘭錡內設.[341] 冠蓋雲蔭,[342] 閭閻闐噎.[343] 其鄰則有任俠之靡,[344] 輕訬之客.[345] 締交翩翩,[346] 儐從奕奕.[347] 出躡珠履,[348] 動以千百. 里讌巷飮,[349] 飛觴擧白.[350] 翹關扛鼎,[351] 拚射壺博.[352] 鄱陽暴謔,[353] 中酒而作.[354] 於是樂只衎而歡

모두 오(吳) 지방의 귀한 성씨로서 권문세가의 후손들이었다. '곤(昆)'과 '예(裔)'는 후손, 후대.

336 歧嶷(기억) : 지혜가 있다는 뜻이다. 어려서부터 총명했다는 뜻. 繼體(계체) : 조상의 업을 계승하다.

337 老成(노성) : 나이가 들어 덕이 있는 사람. 奕世(혁세) : 세대를 거듭하다.

338 躍馬(약마) : 말을 채찍질하여 달리게 함. 부귀하여 뜻을 이루는 것을 비유한다. 疊跡(첩적) : 말발자국이 이어져 있다는 뜻. 큰 가문이 되어 뜻을 얻은 이가 많은 것을 비유한다.

339 朱輪(주륜) : 옛날에 고관들이 타던 수레. 수레바퀴가 붉은 색이었다. 累轍(누철) : 바퀴자국이 중첩되어 있음. 고귀한 가문 출신으로 고관이 된 사람이 많은 것을 뜻한다.

340 陳兵而歸(진병이귀) : 고귀한 가문으로 군대와 병기를 진열하며 지위가 높이 드러난 것을 말함.

341 蘭錡(난이) : 옛날에 활 등을 걸어 병기를 진열하던 곳. 번성한 가문을 가리킨다.

342 冠蓋雲蔭(관개운음) : 관과 수레 덮개가 많아서 구름이 태양을 가린 것과 같음. '관(冠)'은 예복으로 쓰던 갓. '개(蓋)'는 수레 덮개.

343 閭閻闐噎(여염전일) : 사람들이 두루두루 많은 모양을 뜻함. '여염(閭閻)'은 고을의 문을 뜻하는데 여기에서는 마을을 가리킨다. '전일(闐噎)'은 가득 찬 모양.

344 任俠之靡(임협지미) : '임협(任俠)'은 의롭게 불공평함을 처리하는 사람. '임(任)'은 의로움을 보여주기 때문에 사람들이 그를 믿어서 그렇게 부르는 것이다. '협(俠)'은 죽음을 가볍게 여기고 의를 중시하기 때문에 그렇게 부른다. '미(靡)'는 아름답다[美]는 뜻이다.

345 輕訬之客(경초지객) : '경초(輕訬)'는 가볍고 빠름. 위의 구절의 뜻과 어울려 좋은 뜻의 민첩함을 의미한다.

346 締交翩翩(체교편편) : '체(締)'는 교류를 맺다. '편편(翩翩)'은 서로 왕래함.

347 儐從奕奕(빈종혁혁) : '빈(儐)'은 손님을 영접하는 사람. '종(從)'은 시종. '혁혁(奕奕)'은 당당한 용모를 가리킨다. '혁혁(奕奕)'과 같은 말이다.

348 出躡珠履(출섭주리) : 문을 나설 때에는 발에 진주 장식이 있는 신발을 신는다는 뜻.

349 讌(연) : 잔치하며 술을 마시는 것.

350 觴(상) : 술잔. 白(백) : 벌주(罰酒)용으로 사용하는 술잔.

351 翹關扛鼎(교관강정) : '교관(翹關)'은 높이 들어 올려 문의 빗장을 닫음. '강정(扛鼎)'은 힘이 세서 솥을 들어 올림. 고귀한 가문과 교류를 맺은 사람들이 모두 장사(壯士)임을 가리킨다.

352 拚射壺博(변사호박) : '변(拚)'은 맨손으로 치고받는 것. 권투와 같은 일종의 게임.

飫無匱,[355] 都輦殷而四奧來曁.[356] 水浮陸行, 方舟結駟.[357] 唱櫂轉轂,[358] 昧旦永日.[359]

그곳에 살고 있는 사람들은 모두 부귀하고 번성한 가문의 사람들이고 뛰어난 영웅호걸들이며, 우(虞)와 위(魏)성씨의 후세이며 고(顧)와 육(陸)성씨의 자손들입니다. 그들은 어려서부터 총명하여 조상의 덕업을 계승하였으며 나이가 들수록 재주와 덕이 겸비되어 세대를 거듭하였습니다. 더욱 번성한 가문이 되어 달리는 말들이 그 발자취를 이었으며 고관들의 수레바퀴 자국이 겹쳐졌으며, 군대를 거느리며 출입하였고 안으로는 병기를 진열하는 곳으로 난의(蘭錡)를 두었습니다. 관과 수레 덮개가 구름처럼 덮으며 마을은 사람들로 북적거리고 그 이웃에는 의로운 사람들과 민첩한 협객들이 있습니다. 훌륭한 벗들과 서로 왕래하며 교류를 맺어 손님을 영접하는 시종들도 당당합니다. 문을 나설 때에는 진주장식 신발을 신으며 출동할 때에는 백 명, 천 명이 따라나섭니다. 마을에서 잔치를 할 때면 술잔을 이리저리 보내며 벌주용 술잔을 들어 통쾌하게 마시며, 문의 빗장을 번쩍 들어 올리고 솥을 높

'사(射)'는 활쏘기. '호(壺)'는 투호(投壺)로서 항아리에 화살을 던져서 많이 넣은 사람이 이기고 진 사람은 벌주를 마시는 놀이. '박(博)'은 돈을 걸어 승부를 가리는 놀이.

353 鄱陽暴謔(파양포학) : 옛날에 파양(鄱陽) 사람들이 성격이 조급하여 술이 반쯤 취하면 다른 사람을 괴롭히기를 좋아하였다고 한다. '포학(暴謔)'은 못된 짓을 하는 것.

354 中酒而作(중주이작) : 술을 마시다 반쯤 달아오르면 일어난다는 뜻.

355 樂只(낙지) : 즐거워하다. 衎(간) : 즐기고 기뻐함. 飫(어) : 즐겁게 마시고 배가 부름. 匱(궤) : 부족함. 결핍된 것.

356 都輦(도련) : 수도를 가리킨다. '련(輦)'은 제왕이 타는 수레. 殷(은) : 부유하고 번성함. 四奧(사오) : 사방의 먼 지역. 來曁(래기) : 이르다. 도착하다.

357 方舟結駟(방주결사) : '방주(方舟)'는 두 척의 나란한 배. '결사(結駟)'는 수레에 말 네 마리를 연결함. '사(駟)'는 하나의 수레에 딸린 네 마리 말을 뜻함. 여기에서는 수레와 말의 범칭.

358 唱櫂轉轂(창도전곡) : '창도(唱櫂)'는 노를 저으면서 뱃전을 두드리며 노래하는 것. '곡(轂)'은 수레바퀴 중심의 둥근 나무로 주위가 바퀴살과 이어져 있으며 가운데에 둥근 구멍이 있다. 여기에서는 수레바퀴를 가리킴.

359 昧旦永日(매단영일) : '매단(昧旦)'은 맑은 새벽. '영일(永日)'은 새벽부터 저녁까지 하루 종일 끝나지 않음을 뜻함.

이 들어 올리며 권투, 활쏘기, 투호, 도박 등의 놀이를 합니다. 파양(鄱陽)사람들은 성격이 사납고 급해서 술이 반쯤 오르면 벌떡 일어나는데 이때에 손님들은 즐거워하고 기뻐하여 부족함이 없이 맘껏 마십니다. 수도는 번창하여 사방에서 손님들이 이으니 수로를 이용해 배로 떠서 오기도 하고 육로로 수레와 말로 오기도 합니다. 배는 나란히 두 척씩, 수레는 네 마리 말을 끌고 오는데, 노를 저으며 노래하고 수레바퀴가 굴러오니 새벽부터 저녁까지 찾아오는 행렬이 끝나지 않습니다.

開市朝而幷納,[360] 橫闤闠而流溢.[361] 混品物而同廛,[362] 幷都鄙而爲一.[363] 士女佇眙,[364] 商賈駢坒.[365] 紵衣絺服,[366] 雜沓傱萃.[367] 輕輿按轡以經隧,[368] 樓船擧颿而過肆.[369] 果布輻湊而常然,[370] 致遠流離與珂

---

360 市朝(시조) : 시장을 뜻함. 시장의 줄 배열이 조정과 같아서 '시조(市朝)'라고 부른다. 幷納(병납) : 각종 물건들이 시장에 모여 들어 있다.

361 橫闤闠而流溢(횡환궤이유일) : 물건들이 시장에 물이 흘러가는 것처럼 흘러들어와 두루 가득하다는 뜻이다. '闤闠(환궤)'는 시장을 뜻한다. '환(闤)'은 시장의 벽. '궤(闠)'는 시장의 문을 뜻한다.

362 混品物而同廛(혼품물이동전) : 상점마다 서로 다른 물건들이 가득 차 있음. '전(廛)'은 시장에서 물건을 파는 가게를 뜻함.

363 幷都鄙而爲一(병도비이위일) : 도시와 교외의 사람들이 서로 물건을 교환하며 한 자리에서 무역을 한다는 뜻.

364 士女佇眙(사녀저이) : 시장에서 남녀가 오래도록 서서 멀리 물끄러미 바라봄.

365 商賈(상고) : 장사치. 駢坒(병비) : 서로 나란히 접해 있음.

366 紵衣(저의) : 모시 베 바탕의 옷. 絺服(치복) : 고운 갈포 바탕의 옷.

367 雜沓(잡답) : 많고 어지러운 모양. 傱萃(종췌) : 모여 있음.

368 輕輿按轡以經隧(경여안비이경대) : '경여(輕輿)'는 가벼운 수레. '안비(按轡)'는 느리게 가는 것. '경대(經隧)'는 시장을 통과하는 길. '대(隧)'는 '市(시)'에 있는 길을 가리킨다.

369 樓船擧颿而過肆(누선거범이과사) : '누선(樓船)'은 그 안에 누각이 있는 큰 배. '범(颿)'은 돛. 범(帆)과 같은 뜻. 누선이 돛을 날리며 시장을 지난다는 뜻의 문장. 이는 시장에 물길이 있어 관통했음을 말해준다. 강남 지역의 수성(水城)에는 물이 통하는 길이 있었으며 시장까지 이어지는 물길이 있었다.

370 果布輻湊而常然(과포폭주이상연) : 과실이나 베 등의 물건이 상점에 한꺼번에 모이는 것은 늘 있는 일이라는 뜻이다. '폭주(輻湊)'는 수레 바퀴살이 가운데 수레 구멍으로 다 모여드는 것처럼 오나라 도읍지에 각종의 물품이 모여 있는 것을 비유한

珬.[371] 緁賄紛紜,[372] 器用萬端.[373] 金鎰磊砢,[374] 珠琲闌干.[375] 桃笙象簟,[376] 韜於筒中.[377] 蕉葛升越,[378] 弱於羅紈.[379] 儑譶㗨㹦,[380] 交貿相競.[381] 諠譁喤呷,[382] 芬葩蔭映.[383] 揮袖風飄而紅塵晝昏,[384] 流汗霡霂而中逵泥濘.[385] 富中之甿,[386] 貨殖之選.[387] 乘時射利,[388] 財豊巨萬.[389] 競

것이다.

371 致遠(치원) : 멀리서 희귀한 물건이 오도(吳都)에 이름. 流離(유리) : '琉璃(유리)'라고도 한다. 색이 있는 반투명의 아름다운 돌의 일종. 珂珬(가술) : 옥처럼 생긴 아름다운 돌.

372 緁賄紛紜(집회분운) : '집회(緁賄)'는 물건을 모은다는 뜻. '집(緁)'은 '모으다[集]'는 뜻의 본래 글자. '회(賄)'는 재물. '분운(紛紜)'은 많은 모양.

373 器用萬端(기용만단) : 갖가지 물건이 만여 종이 됨.

374 金鎰磊砢(금일뇌라) : '금일(金鎰)'은 황금을 가리킴. '일(鎰)'은 고대 중량의 단위. 24량(兩)이 1일(鎰)이다. '뇌라(磊砢)'는 많은 모양.

375 珠琲闌干(주배난간) : '배(琲)'는 양을 세는 단위. 구슬을 열 개를 꿰어 1배(琲)라고 한다. '난간(闌干)'은 종횡으로 널려 있음. 구슬 꿴 것이 많아서 여기 저기 있음을 비유함.

376 桃笙象簟(도생상점) : '도생(桃笙)'은 도지죽(桃枝竹)으로 짠 아름다운 자리. '상점(象簟)'은 상아로 장식한 대나무 자리.

377 韜於筒中(도어통중) : '도(韜)'는 활집. 거두어들인다는 뜻을 가진다. '통중(筒中)'은 가는 베.

378 蕉葛升越(초갈승월) : '초갈(蕉葛)'은 감초(甘蕉)의 가지에서 뽑아낸 실로 짜서 만든 가는 베. '승월(升越)'도 가는 베의 일종이다.

379 弱於羅紈(약어나환) : '나환(羅紈)'은 비단. 비단보다 더 가늘고 얇다는 뜻.

380 儑譶㗨㹦(습답학교) : '습답(儑譶)'은 말하는 소리가 소란스러움. '학교(㗨㹦)'는 여럿이 섞여 있음.

381 交貿相競(교무상경) : 서로 물품을 바꾸며 서로 경쟁함.

382 諠譁喤呷(훤화황합) : '훤화(諠譁)'는 시끄럽게 떠드는 소리. '황합(喤呷)'은 여럿이 내는 소리.

383 芬葩蔭映(분파음영) : '분파(芬葩)'는 성대한 모양. 물주가 전시해 놓은 물건들이 서로 비추고 있음을 가리킨다.

384 揮袖風飄而紅塵晝昏(휘수풍표이홍진주혼) : 사람들이 소매를 흔들어 바람을 일으키고 먼지가 일어나 밝은 대낮이 어두워진다는 뜻.

385 流汗霡霂而中逵泥濘(유한맥목이중규니녕) : 사람들이 흘리는 땀이 비처럼 떨어져 길을 흥건하게 적신다는 뜻.

386 富中之甿(부중지맹) : 비옥한 토지를 경작하는 백성들.

387 貨殖之選(화식지선) : 상업을 장악해야 하는 시기.

388 乘時射利(승시석리) : 때를 이용하여 이득을 얻다.

389 財豊巨萬(재풍거만) : 재산이 많아 거만(巨萬)을 헤아린다. '거만(巨萬)'은 숫자가

其區宇,[390] 則幷疆兼巷.[391] 矜其宴居,[392] 則珠服玉饌.[393]

시장을 열면 각종 물건들이 들어오고 저자거리와 시장의 문을 가로질러 물건들이 흘러넘칩니다. 물품들이 서로 섞여 가게들이 하나가 되고 도시와 교외 사람들이 물건 교환하느라 한 무더기가 됩니다. 남녀가 오래도록 서서 바라보며 장사치들은 나란히 연접해 있고 모시 옷 입은 사람, 고운 갈포 옷을 입은 사람들이 어지럽게 섞여 빼곡하게 모여 있습니다. 가벼운 수레가 느릿느릿 시장 길목을 지나가고 누각을 가진 배가 돛을 올리고 상점 사이를 지나갑니다. 과실, 옷감 등이 시장으로 한꺼번에 몰려오는 것은 늘 있는 일이며, 멀리서 유리(流離), 가술(珂珬) 등 진귀한 옥돌이 들어오기도 합니다. 물품이 어지럽게 가득 쌓이는데 그것들은 만 여종의 갖가지 물건들이며, 황금이 가득하고 구슬들이 여기 저기 흔하게 널려 있습니다. 대나무 돗자리 도생(桃笙)과 상아 장식의 자리 상점(象簟)이 가는 베로 포장되어 있습니다. 감초가지 실의 가는 베 초갈(蕉葛)과 가는 베 승월(升越)은 비단보다도 가늘고 얇습니다. 장사하는 소리가 소란스럽고 여럿이 섞여서 물건을 교환하며 이익을 다투며 왁자지껄 서로 떠들고 있는데 많은 물건들이 아름다운 제 색깔을 서로 비추고 있습니다. 사람들이 소매를 흔들어 바람이 일어나 뽀얀 먼지 때문에 대낮이 어두워지고, 사람들이 흘리는 땀이 비처럼 떨어져 시장 거리를 흥건하게 적십니다. 부유한 백성들은 이익을 늘려야 하는 기회이니, 시기를 이용하여 이득을 얻으면 재산이 풍부해져서 거부가 되고, 다른 지역과도 경쟁하여 토지와 마을을 겸병하게도 되어 그 부유함을 자랑스럽게 여기며 진주장식 옷과 진기한 음식을 즐

매우 많음을 뜻함.

390 競其區宇(경기구우) : 다른 상업 지역과 이익을 다툰다.

391 幷疆兼巷(병강겸항) : 토지와 마을을 겸병하다.

392 矜其宴居(긍기연거) : 스스로 그 부유함을 자랑하다. '연거(宴居)'는 한가롭고 편안하게 거한다는 뜻.

393 珠服玉饌(주복옥찬) : '주복(珠服)'은 진주로 장식한 복식. '옥찬(玉饌)'은 진귀한 음식.

기게 됩니다.

趫材悍壯,[394] 此焉比廬.[395] 捷若慶忌,[396] 勇若專諸.[397] 危冠而出,[398] 竦劍而趨.[399] 扈帶鮫函,[400] 扶揄屬鏤.[401] 藏鍦於人,[402] 去瞂自閭.[403] 家有鶴膝,[404] 戶有犀渠.[405] 軍容蓄用,[406] 器械兼儲.[407] 吳鉤越棘,[408] 純鈞湛盧.[409] 戎車盈於石城,[410] 戈船掩乎江湖.[411]

---

394 趫材悍壯(교재한장) : 민첩하고 건장한 사람을 말한다.

395 此焉比廬(차언비려) : '비려(比廬)'는 집과 집이 나란히 있다는 뜻.

396 捷若慶忌(첩약경기) : 민첩하기가 경기(慶忌)와 같음. '경기(慶忌)'는 오(吳)나라의 왕 료[光僚]의 아들이다. 달리는 짐승을 쫓아가 잡고 날아가는 새를 손으로 잡을 정도로 빨랐다고 한다.

397 勇若專諸(용약전제) : 용감하기가 전제(專諸)와 같음. '전제(專諸)'는 오나라의 공자 광(光)을 위하여 오왕(吳王) 료(僚)를 죽였는데 삶은 물고기의 뱃속에 칼을 숨기고 들어가 오왕 료를 찔러 죽였으며 자신도 좌우의 시종들에게 죽임을 당했다.

398 危冠(위관) : 높은 솟은 모자.

399 竦劍(송검) : 칼을 잡다. '송(竦)'은 잡다[執]의 뜻.

400 扈帶鮫函(호대교함) : '호(扈)'는 입는다[被]의 뜻. '교함(鮫函)'은 상어 가죽으로 만든 갑옷.

401 扶揄屬鏤(부유촉루) : '부유(扶揄)'는 높이 들어 올리다. '촉루(屬鏤)'는 명검. 오왕 부차(夫差)가 오자서(伍子胥)에게 이 칼을 내려서 자살하라고 명했다.

402 藏鍦於人(장사어인) : '사(鍦)'는 창이다. 오월(吳越) 지방에서는 창을 '사(鍦)'라고 한다.

403 去瞂自閭(거벌자려) : 방패를 마을에서 가지고 가다의 뜻. '벌(瞂)'은 방패.

404 鶴膝(학슬) : 창을 말한다. 창자루가 학의 다리처럼 위는 굵고 아래는 가늘기 때문에 '학슬(鶴膝)'이라고 부른다.

405 犀渠(서거) : 방패를 말한다. 무소 가죽으로 만들었다고 한다.

406 軍容蓄用(군용축용) : '군용(軍容)'은 군대에서 들이는 창, 방패 등의 무기 장비를 말한다. '축용(蓄用)'은 사용하기 위하여 비축해 놓는 것.

407 器械兼儲(기계겸저) : '기계(器械)'는 무기를 말함. '겸저(兼儲)'는 두루 저장해 놓는다.

408 吳鉤越棘(오구월극) : '오구(吳鉤)'는 오나라에서 제작한 구부러진 칼. '월극(越棘)'은 월나라에서 제작한 창.

409 純鈞湛盧(순균담로) : '순균(純鈞)'과 '담로(湛盧)'는 모두 칼 이름이다. 월왕 구천(句踐)에게 다섯 자루의 보검이 있었는데 이것들이 그 중의 두 자루라고 한다.

410 戎車盈於石城(융거영어석성) : '융거(戎車)'는 병거(兵車). '석성(石城)'은 석두성(石頭城)으로 본명은 금릉성(金陵城). 손권(孫權)이 건업(建業)으로 천도할 때 이 성을 증축하고 이름을 바꾸었다. 지금 남경(南京)의 청량산(淸凉山)에 옛터가 있다.

411 戈船掩乎江湖(과선엄호강호) : '과선(戈船)'은 주로 무기를 실은 배. '엄(掩)'은 덮어

민첩하고 건장한 사람들이 이곳에는 집집마다 있는데 이들은 민첩하기가 경기(慶忌)와 같고, 용감하기가 전제(專諸)와 같습니다. 높은 관을 쓰고 나가서 칼을 잡고 좇으며 상어가죽 갑옷을 입고 명검 촉루(屬鏤)를 높이 들어 올립니다. 사람들에게 창을 거둬들이고 마을에서 방패를 가지고 가는데, 집집마다 학슬(鶴膝)이라는 창이 있고 무쇠가죽 방패인 서거(犀渠)가 있습니다. 이것들은 군대에 사용하는 무기로 비축해 놓은 것으로 창, 방패 등의 무기들은 다 갖추어져 있습니다. 오나라의 구부러진 칼과 월나라의 창, 그리고 보검 순균(純鈞)과 담로(湛盧)가 있으니 병거가 석성(石城)에 가득하고 무기를 실은 배가 강호(江湖)를 덮고 있습니다.

露往霜來,[412] 日月其除.[413] 草木節解,[414] 鳥獸腯膚.[415] 覩鷹隼, 誡征夫.[416] 坐組甲,[417] 建祀姑.[418] 命官帥而擁鐸,[419] 將校獵乎具區.[420] 烏滸狼䏾, 夫南西屠, 儋耳黑齒之酋,[421] 金鄰象郡之渠.[422] 驫駥飍矞,[423] 靸

가리다. '강호(江湖)'는 장강(長江)의 태호(太湖)를 가리킨다.

412 露往霜來(노왕상래) : 가을 이슬은 사라지고 들판에 서리가 내림. 계절이 변화하며 시간이 흘러감을 비유한다.

413 除(제) : 간다는 뜻이다.

414 節解(절해) : 초목이 시들어버린다는 뜻.

415 腯膚(돌부) : 살이 찌고 건장해짐.

416 誡征夫(계정부) : 출정하는 사람에게 경고를 함. 여기서는 대오를 정돈한다는 뜻이다.

417 組甲(조갑) : 끈으로 가죽이나 금속조각을 연결해서 만든 갑옷.

418 祀姑(사고) : 춘추시대 오(吳)나라 군대가 사용하던 큰 깃발.

419 命官帥而擁鐸(명관수이옹탁) : '관수(官帥)'는 '관사(官師)'가 되어야 한다. 관사(官師)는 군관을 뜻한다. '옹탁(擁鐸)'은 명령을 전달하는 큰 방울을 잡고 있다는 뜻.

420 將校獵乎具區(장교렵호구구) : '교렵(校獵)'은 나무로 울타리를 만들어서 짐승을 포위하여 사냥한다는 뜻이다. '구구(具區)'는 옛날 오(吳)나라 땅에 있던 큰 연못.

421 烏滸狼䏾(오호낭황) 이하 3구 : '오호(烏滸)'·'낭황(狼䏾)'·'부남(夫南)'·'서도(西屠)'·'담이(儋耳)'·'흑치(黑齒)'는 옛날 중국의 서남 지역에 있던 여섯 개 소수민족의 부락 이름. '추(酋)'는 추장.

422 金鄰象郡之渠(금린상군지거) : '금린(金鄰)'은 옛날의 나라 이름. '상군(象郡)'은 옛날 군(郡)의 이름. '거(渠)'는 우두머리, 수령.

423 驫駥飍矞(표술휴율) : 여러 마리 말들이 달리고 있는 모양.

霅警捷,[424] 先驅前塗.[425] 兪騎騁路,[426] 指南司方.[427] 出車檻檻,[428] 被練鏘鏘.[429] 吳王乃巾玉輅,[430] 軺驌驦.[431] 旂魚須,[432] 常重光.[433] 攝烏號,[434] 佩干將.[435] 羽旄揚蕤,[436] 雄戟耀芒.[437] 貝冑象弭,[438] 織文鳥章.[439] 六軍袀服,[440] 四騏龍驤.[441] 峭格周施,[442] 罿罻普張.[443] 罼罕瑣結,[444] 罠蹏連

424 靸霅警捷(삽삽경첩) : 여러 마리 말들이 달리고 있는 모양.

425 先驅前塗(선구전도) : 오랑캐의 추장들이 오(吳)나라 왕을 위해 선봉대로 나섬.

426 兪騎騁路(유기빙로) : '유기(兪騎)'는 앞에서 이끄는 기병. '빙로(騁路)'는 길을 달리는 것.

427 指南司方(지남사방) : 지남거(指南車)로 방향을 잡다. 지남거(指南車)는 고대에 방향을 가리키는 수레.

428 檻檻(감감) : 수레가 출발할 때 내는 소리.

429 被練鏘鏘(피련장장) : '피련(被練)'은 몸에 누인 명주로 된 갑옷을 입은 병사. '장장(鏘鏘)'은 군대가 행진하면서 가지런하고 절도가 있음.

430 乃巾玉輅(내건옥로) : '건(巾)'은 수레 장막을 내리다. 여기에서는 수레를 탄다는 뜻. '옥로(玉輅)'는 아름다운 옥으로 장식한 수레.

431 軺驌驦(초숙상) : '초(軺)'는 간편한 수레. 여기에서는 수레를 몬다는 뜻. '숙상(驌驦)'은 좋은 말의 이름.

432 旂魚須(기어수) : '기(旂)'는 깃발의 일종. '어수(魚須)'는 상어 가죽. 여기서는 상어 가죽으로 장식한 깃발.

433 常重光(상중광) : '상(常)'은 해와 달의 도형을 그려 넣은 깃발. '중광(重光)'은 깃발에 그린 해와 달의 모양.

434 攝烏號(섭오호) : '섭(攝)'은 잡다. '오호(烏號)'는 옛날 유명한 활의 이름.

435 佩干將(패간장) : '간장(干將)'은 오(吳)나라 왕 합려(闔閭)가 가지고 있었다고 전해지는 명검.

436 羽旄揚蕤(우모양유) : '우모(羽旄)'는 깃발. '양유(揚蕤)'는 깃발 장식이 바람에 날리는 것.

437 雄戟耀芒(웅극요망) : '웅극(雄戟)'은 세날창. 세 방향으로 날이 있는 창이다. '요망(耀芒)'은 번쩍거리는 것.

438 貝冑象弭(패주상미) : '패주(貝冑)'는 조개껍질로 장식한 투구. '상이(象弭)'는 활 끝단에 상아를 장식한 것. '弭(이)'는 활 끝에 구부러진 곳에 장식하는 것.

439 織文鳥章(직문조장) : 깃발에 새 모양의 그림을 짜 넣은 것. 대체로 깃발에 있는 그림은 모두 '장(章)'이라고 하였다.

440 六軍袀服(육군균복) : 춘추시대 주(周)의 천자(天子)는 '육군(六軍)'을 거느릴 수가 있었다. '균복(袀服)'은 군신이 같은 군복을 입는다는 뜻. 군복은 모두 까만색인 것을 가리키기도 한다.

441 四騏龍驤(사기용양) : '기(騏)'는 암청색 꽃무늬가 바둑판처럼 생긴 말. '용양(龍驤)'은 말이 용처럼 고개를 쳐든다는 뜻.

442 峭格周施(초격주시) : '초격(峭格)'은 짐승을 잡는 덫. '주시(周施)'는 여기저기 설치

綱.[445] 陆以九疑,[446] 禦以沅湘.[447] 輶軒蓼擾,[448] 轂騎煒煌.[449] 袒裼徒搏,[450] 拔距投石之部.[451] 猿臂骿脅,[452] 狂趭獷猤.[453] 鷹瞵鶚視,[454] 趻踔狁猶.[455] 若離若合者, 相與騰躍乎莽罠之野.[456] 干鹵殳鋋,[457] 暘夷勃盧之旅.[458] 長殺短兵,[459] 直髮馳騁.[460] 儇佻坌幷,[461] 銜枚無聲.[462] 悠悠旆

하다.

443 罿罻普張(동위보장) : '동(罿)'은 새잡는 그물. '위(罻)'는 새잡는 그물 가운데 작은 것. '보장(普張)'은 넓게 펼치다.

444 罼罕瑣結(필한쇄결) : '필(罼)'은 긴 막대가 달린 그물. '한(罕)'은 그보다 좀 작은 것. '쇄결(瑣結)'은 사슬처럼 연결되어 있는 것. 펼쳐 놓은 그물이 많음을 나타낸다.

445 罠蹏連綱(민제연강) : '민(罠)'은 새 잡는 그물. '제(蹏)'는 토끼 잡는 그물. '연강(連綱)'은 그물의 줄이 서로 이어져 있음. 망이 매우 촘촘한 것을 형용한다.

446 陆以九疑(거이구의) : '거(陆)'는 산골의 지형을 이용하여 설치한 우리. 여기서는 사냥터라는 뜻. '구의(九疑)'는 구의산(九嶷山)을 가리킨다. 지금 호남(湖南) 지방에 있다. 구의산을 사냥하는 우리로 삼았다는 뜻이다.

447 禦以沅湘(어이원상) : '원상(沅湘)'은 원수(沅水)와 상수(湘水). 두 강으로 들짐승이 도망가는 것을 막았다는 뜻.

448 輶軒蓼擾(유헌료요) : '유헌(輶軒)'은 간편한 수레. '료요(蓼擾)'는 어지럽게 흩어진 모양.

449 轂騎煒煌(구기위황) : '구기(轂騎)'는 활을 당겨 목표물을 쏘는 기병. '위황(煒煌)'은 기병이 빠르게 달리면서 번쩍거리는 빛을 내는 것.

450 袒裼徒搏(단석도박) : '단석(袒裼)'은 옷을 벗어 몸을 드러내는 것. '도박(徒搏)'은 맨손으로 치고받는 것.

451 拔距投石之部(발거투석지부) : '발거(拔距)'는 높고 멀리 뛰는 것. '부(部)'는 부대, 대오를 가리킴.

452 猿臂骿脅(원비변협) : 병사들의 긴 팔뚝은 원숭이와 같고 가슴의 근육은 건장하다는 뜻. '변협(骿脅)'은 원래 가슴의 갈비뼈가 이어져 있는 것을 가리키지만 여기에서는 근육이 발달한 모양을 뜻한다.

453 狂趭獷猤(광초광후) : '광초(狂趭)'는 광분하는 것. '광후(獷猤)'는 용감하고 사납고 건장한 것.

454 鷹瞵鶚視(응린악시) : 용사의 눈빛이 새매처럼 날카롭다. '린(瞵)'은 눈을 부릅뜨고 보는 것.

455 趻踔狁猶(참담납답) : '참담(趻踔)'은 이어져서 끊어지지 않는 모양. '납답(狁猶)'은 서로 어지럽게 쫓아가는 모양.

456 莽罠之野(망랑지야) : 광활한 들판. '망랑(莽罠)'은 들판이 넓고 끝이 없음을 뜻함.

457 干鹵殳鋋(간로수연) : '간(干)'은 작은 방패. '로(鹵)'는 큰 방패. '수(殳)'는 옛날 만든 병기로, 긴 창이다. '연(鋋)'은 쇠로 된 자루의 작은 창.

458 暘夷勃盧之旅(양이발로지려) : '양이(暘夷)'는 갑옷의 이름. '발로(勃盧)'는 창의 이름.

459 殺(혁) : 창

旌者,[463] 相與聊浪乎昧莫之坰.[464] 鉦鼓疊山,[465] 火烈熛林.[466] 飛爓浮煙,[467] 載霞載陰.[468] 拉攞雷硠,[469] 崩巒弛岑.[470] 鳥不擇木,[471] 獸不擇音.[472] 虣甝虪,[473] 絹麋麖.[474] 驀六駮,[475] 追飛生.[476] 彈鸞鵕,[477] 射猱挺.[478] 白雉落, 黑鴆零.[479] 陵絶嶛嶕,[480] 聿越巉險.[481] 跐蹻竹柏,[482] 獼猨杞

---

460 直髮馳騁(직발치빙) : 머리카락이 모두 위로 치솟아 올라온다는 뜻. 용사의 기개를 비유한다.

461 儇佻坌并(현조분병) : '현조(儇佻)'는 빠르게 달리다. '분병(坌并)'은 모여들다의 뜻.

462 銜枚無聲(함매무성) : '함매(銜枚)'는 옛날 병사들이 입에 물던 물건. 행군할 때 시끄럽게 말하는 것을 방지하기 위하여 병사들의 입에 매(枚)를 물게 하였다. 매(枚)는 젓가락 같이 생겼는데 가로로 입에 물었으며 끈이 있어서 목에 걸 수 있었다.

463 悠悠旆旌(유유패정) : '유유(悠悠)'는 깃발이 바람에 따라 날리는 것. '패(旆)'는 깃발의 총칭. '정(旌)'은 새 깃털로 장식한 깃발.

464 相與聊浪乎昧莫之坰(상여요랑호매막지경) : '요랑(聊浪)'은 온힘을 다해 사냥을 한다는 뜻. '매막지경(昧莫之坰)'은 광활한 교외의 들판.

465 鉦鼓疊山(정고첩산) : '정고(鉦鼓)'는 징과 북. 옛날 행군할 때 두 가지 악기를 사용하였다. '첩(疊)'은 진동시키다.

466 火烈熛林(화열표림) : '열(烈)'은 불꽃이 왕성하게 타오르는 것. '표(熛)'는 불꽃이 번쩍거림.

467 飛爓浮煙(비섬부연) : 불꽃이 날아가고 연기가 피어오름.

468 載霞載陰(재하재음) : 불꽃이 때로는 물든 노을처럼 비추어 밝게 하고 때로는 연기가 온 산을 구름처럼 덮어 어두워짐.

469 拉攞雷硠(납렵뇌랑) : 우르르 무너지는 소리.

470 崩巒弛岑(붕만이잠) : 산이 무너지고 벌어짐. '잠(岑)'은 작고 높은 산.

471 鳥不擇木(조불택목) : 상황이 급하여 겨를이 없음을 뜻한다. 새가 나무를 고를 겨를이 없음.

472 獸不擇音(수불택음) : 짐승들도 곤경에 처하여 마구 어지럽게 울부짖음.

473 虣甝虪(포함수) : '포(虣)'자는 '포(虓)'로 되어 있기도 하다. 사납다는 뜻. 맨손으로 호랑이와 격투할 정도로 사납다는 뜻. '함(甝)'은 흰 호랑이. '수(虪)'는 검은 호랑이

474 絹麋麖(수미경) : '수(絹)'는 짐승의 앞다리를 묶다. '미(麋)'는 고라니. '경(麖)'은 큰 사슴.

475 驀六駮(맥육박) : '맥(驀)'은 말을 타다의 뜻. '육박(六駮)'은 짐승의 이름.

476 飛生(비생) : 짐승의 이름.

477 鸞鵕(난경) : 모두 새의 이름.

478 猱挺(노정) : 원숭이류에 속하는 짐승.

479 黑鴆(흑짐) : 독조(毒鳥)의 일종.

480 陵絶嶛嶕(능절요초) : '능절(陵絶)'은 뛰어넘다. '요초(嶛嶕)'는 산세가 높고 험함.

481 聿越巉險(율월참험) : '율월(聿越)'은 매우 빠르게 빠져나감. '참험(巉險)은 산세가 높고 험한 모양.

柟.[483] 封豨豵,[484] 神螭掩.[485] 剛鏃潤,[486] 霜刃染.[487]

이슬이 사라지고 서리가 내리며 세월이 흘러가면 초목이 시들어지고 새와 짐승은 살찌고 건장해집니다. 새매를 바라보며 출정하는 사람에게 훈시하고 갑옷을 깔고 앉아 군대의 깃발을 세웁니다. 군관에게 명하여 명령을 전달하게 하고 나무 울타리를 만들어 연못가에서 짐승을 사냥하게 하는데, 오호(烏滸)・낭황(狼𦟀)・부남(夫南)・서도(西屠)・담이(儋耳)・흑치(黑齒)의 추장들과 금린(金鄰)과 상군(象郡)의 수령들이 빠르게 말을 달리고 신속하게 말을 몰고 와서 오나라 왕의 선봉대가 되었습니다. 앞에서 이끄는 기병이 길을 달리며 지남거(指南車)로 방향을 잡으니 수레는 덜컹덜컹 소리를 내고 군복 입은 병사들은 절도 있게 행진합니다. 오나라 왕이 옥로(玉輅)에 올라 장막을 치고, 숙상(驌驦)에게 수레를 몰게 하니 상어가죽으로 장식한 깃발과 해와 달의 모양을 그려 넣은 깃발이 펄럭입니다. 명궁 오호(烏號)를 잡고, 명검 간장(干將)을 찼으며 깃발은 바람에 날리고 날이 셋 있는 창은 번쩍거립니다. 투구는 조개로 장식하고 활 끝에는 상아를 장식하였으며 깃발에는 새 모양을 짜 넣었습니다. 모든 군대가 같은 군복을 입고 네 마리 명마는 용처럼 머리를 쳐듭니다. 짐승을 잡는 덫을 여기저기 설치하고 새잡는 그물을 넓게 펼치니 긴 막대 그물과 작은 그물이 사슬처럼 연결되고 새그물, 토끼그물이 촘촘히 이어져 있습니다. 구의산(九疑山)을 사냥터로 삼고, 원수(沅水)와 상수(湘水)로 짐승이 도망가는 것을 막으며, 날렵한 수레가 여기저기 쫓으며 활을 쏘는 기병이 번쩍거리며 빛을 냅니

482 跇踰(예유) : 뛰어넘다.
483 獮豯杞柟(연천기남) : '염천(獮豯)'은 빠르게 달리는 모양. '기남(杞柟)'은 모두 나무 이름.
484 封豨豵(봉희망) : '봉희(封豨)'는 큰 산돼지. '망(豵)'은 돼지가 울부짖는 소리.
485 神螭掩(신리엄) : '신리(神螭)'는 전설의 동물. '엄(掩)'은 가리다.
486 剛鏃潤(강족윤) : 견고한 화살촉이 짐승의 피로 적셔짐.
487 霜刃染(상인염) : 서리와 같은 흰 칼날이 짐승의 피로 물이 듦.

다. 웃통을 벗고 맨손으로 치고받으며 멀리 뛰어 올라 돌을 던지니 병사들의 긴 팔뚝은 원숭이와 같고 가슴의 근육은 건장하며 맹렬하고 용감합니다. 새매처럼 날카롭게 눈을 부릅뜨고 쳐다보며 계속해서 어지럽게 쫓아가는데, 떨어졌다 붙었다 하며 달려가니 광활한 들판에서 서로 뛰어 다닙니다. 크고 작은 방패와 길고 짧은 창, 양이(暘夷)갑옷, 발로(勃盧)창 등의 우수한 무기를 가지고 있으며, 긴 창이든 짧은 병기든 손에 잡히면, 머리카락이 치솟게 달려 나갑니다. 빠르게 달리며 모여들어 매(枚)를 물고 아무 소리도 내지 않습니다. 유유하게 깃발이 날리며 광활한 교외에서 온힘으로 사냥을 하니, 징과 북이 산을 울리면 불꽃이 타올라 숲에 번쩍거립니다. 불똥이 날아가고 연기가 피어올라 때로는 노을 진 듯하고 때론 구름 낀 듯합니다. 우르르 산이 무너지고 갈라지면 새는 나무를 고를 새도 없고 짐승은 소리를 가려서 낼 겨를이 없습니다. 호랑이와 격투하며 사슴의 앞다리를 묶고, 육박(六駮)을 타고 올라 비생(飛生)을 쫓으며, 난경(鸞鶊)에게 활을 쏘고, 원숭이에게 사격합니다. 흰 꿩은 맞아 떨어지고 흑짐(黑鴆)도 떨어집니다. 높고 험한 산을 뛰어 넘어 가파른 산세를 빠르게 빠져나가며, 대나무 숲을 뛰어넘고 기남(杞柟)나무 숲을 빠르게 달려가니 큰 산돼지가 울부짖고 신리(神螭)가 숨었으며 화살촉이 피로 적셔지고 칼날이 피로 물듭니다.

於是弭節頓轡,[488] 齊鑣駐蹕.[489] 徘徊倘佯,[490] 寓目幽蔚.[491] 覽將帥之拳

---

488 弭節頓轡(미절돈비) : '미절(弭節)'은 수레를 멈춘다는 뜻. '미(弭)'는 그치다, 멈추다. '절(節)'은 수레의 속도를 조절하는 것. 또는 채찍이라고 풀이하기도 한다. '돈비(頓轡)'는 말 모는 것을 멈추는 것.

489 齊鑣駐蹕(제표주필) : '제표(齊鑣)'는 수레와 말을 가지런히 정비하다. '표(鑣)'는 재갈. 여기서는 거마를 지칭한다. '주필(駐蹕)'은 멈추어 행인의 출입을 막는다. '필(蹕)'은 제왕이 출입할 때 행인의 통행을 금지하는 것.

490 徘徊倘佯(배회상양) : 이리 저리 움직여 다님. '상양(倘佯)'은 '배회(徘徊)'와 같은 뜻.

491 寓目幽蔚(우목유울) : 눈에 보이는 모든 것은 우거진 초목이다. '유울(幽蔚)'은 초목이 우거져있다는 뜻.

勇,[492] 與士卒之抑揚.[493] 羽族以觜距爲刀鈹,[494] 毛群以齒角爲矛鋏,[495] 皆體著而應卒.[496] 所以掛扢而爲創痏,[497] 衝踤而斷筋骨.[498] 莫不衄銳挫芒,[499] 拉捭摧藏.[500] 雖有石林之岝崿,[501] 請攘臂而靡之.[502] 雖有雄虺之九首,[503] 將抗足而跐之.[504] 顚覆巢居,[505] 剖破窟宅.[506] 仰攀鵔鸃,[507] 俯蹴豺貘.[508] 刦剞熊羆之室,[509] 剽掠虎豹之落.[510] 猩猩啼而就禽, 𥝱𥝱笑而被格.[511] 屠巴蛇,[512] 出象骼.[513] 斬鵬翼, 掩廣澤.[514] 輕禽狡獸,[515] 周

492 拳勇(권용) : 용기, 무용(武勇).

493 抑揚(억양) : 나가고 물러남. 군대의 위용을 가리킴.

494 羽族以觜距爲刀鈹(우족이자거위도피) : '우족(羽族)'은 새 종류를 가리킴. '자(觜)'는 새 주둥이. '거(距)'는 날짐승의 발톱. '피(鈹)'는 짧은 검.

495 毛群以齒角爲矛鋏(모군이치각위모협) : '모군(毛群)'은 들짐승 류. '협(鋏)'은 검.

496 體著而應卒(체착이응졸) : '체착(體著)'은 몸에 붙어서 자라남. '응졸(應卒)'은 긴급한 상황에 대처함.

497 所以掛扢而爲創痏(소이괘흘이위창유) : 짐승들이 자신의 몸에 붙어 있는 뿔, 발톱, 주둥이 등을 무기로 하여 걸고 문질러서 상대방에게 상처를 입혀 피가 흐르게 한다는 뜻. '흘(扢)'은 문지르다. '유(痏)'는 가죽이 터져 피가 흐르는 것.

498 衝踤而斷筋骨(충졸이단근골) : '충졸(衝踤)'은 차고 부딪치는 것.

499 衄銳挫芒(육예좌망) : 날카로운 예봉을 꺾다, 좌절시키다.

500 拉捭摧藏(납패최장) : '납패(拉捭)'는 끌어다 꺾고 치다. '최장(摧藏)'은 부러뜨려 상처를 입히다.

501 石林之岝崿(석림지작악) : '석림(石林)'은 지명이다. '작악(岝崿)'은 산이 높고 험한 것.

502 攘臂而靡之(양비이미지) : '양비(攘臂)'는 소매를 걷어붙이고, 팔뚝을 내밀다. '미지(靡之)'는 분쇄하다. 가루로 만들다.

503 雄虺之九首(웅훼지구수) : '웅훼(雄虺)'는 흉악한 독사.

504 抗足而跐之(항족이차지) : '항족(抗足)'은 발을 들다. '차(跐)'는 밟다.

505 巢居(소거) : 새의 둥지.

506 窟宅(굴택) : 들짐승의 동굴.

507 鵔鸃(준의) : 무늬가 있는 붉은 꿩.

508 豺貘(시맥) : 승냥이와 흰 표범.

509 刦剞熊羆之室(겁기웅비지실) : 곰들이 사는 동굴을 겁탈하다.

510 剽掠虎豹之落(표략호표지락) : '표략(剽掠)'은 겁주어 공략하다. '락(落)'은 사는 곳, 동굴.

511 𥝱𥝱笑而被格(불불소이피격) : '불불(𥝱𥝱)'은 짐승이름. '격(格)'은 죽다.

512 巴蛇(파사) : 코끼리를 삼킬 수 있다는 큰 뱀.

513 骼(격) : 뼈.

514 斬鵬翼(참붕익) 이하 2구 : 붕새의 날개를 잘라서 큰 연못을 덮을 수 있다는 뜻. 붕새의 날개가 그렇게 크다는 것을 말한 것.

章夷猶.[516] 狼跋乎紭中,[517] 忘其所以睒睗,[518] 失其所以去就.[519] 魂褫氣慴而自蹈跋者,[520] 應弦飮羽,[521] 形僨景僵者,[522] 累積而增益, 雜襲錯繆.[523] 傾藪薄, 倒岬岫.[524] 巖穴無豜豵,[525] 翳薈無鷹鷚.[526] 思假道於豊隆,[527] 披重霄而高狩.[528] 籠烏兎於日月,[529] 窮飛走之棲宿.[530]

수레의 속도를 조절하고 말을 멈추어 수레와 말을 정비하고 왕의 행차를 위해 행인의 통행을 금합니다. 이리저리 돌아다니니 눈에 보이는 것은 울창한 수목입니다. 장수의 무용과 병사들의 위용을 살펴보니, 새들이 부리와 발톱으로 칼을 삼은 듯하고 들짐승이 이빨과 뿔로 창검

---

515 輕禽狡獸(경금교수) : 민첩한 날짐승과 흉포한 야수.

516 周章夷猶(주장이유) : 두려워서 어찌할 줄을 모름. '이유(夷猶)'는 주저하다.

517 狼跋乎紭中(낭발호횡중) : '낭발(狼跋)'은 곤경에 빠져 진퇴가 불가능함. '횡(紭)'은 그물망.

518 忘其所以睒睗(망기소이섬석) : '섬석(睒睗)'은 노려보다.

519 失其所以去就(실기소이거취) : 놀라서 어디로 가야할 지를 모르는 것.

520 魂褫氣慴而自蹈跋(혼치기섭이자척복) : '혼치(魂褫)'는 놀라서 혼이 빠짐. '기섭(氣慴)'은 두려워서 굴복하는 기색이 있음. '척복(蹈跋)'은 넘어지다.

521 飮羽(음우) : 화살이 너무 깊이 박혀서 화살 끝의 깃털이 없어짐.

522 形僨景僵(형분영강) : 몸이 엎어지고 굳어짐. '분(僨)'은 넘어지다. '영(景)'은 그림자. '영(影)'의 옛 글자.

523 雜襲錯繆(잡습착무) : '잡습(雜襲)'은 중복되다, 겹치다. '착무(錯繆)'는 혼란스럽다. 짐승들이 넘어지고 겹쳐 있어서 대단히 혼란스러운 것.

524 傾藪薄(경수박)이하 2구 : '수박(藪薄)'은 물풀이 자라는 호수와 초목이 무성한 곳. '갑수(岬岫)'는 깊은 산골짜기와 동굴. 사냥한 짐승들을 호수와 수풀, 산골짜기 등에서 전부 옮겨옴.

525 豜豵(견종) : 크고 작은 들짐승.

526 翳薈無鷹鷚(예회무유류) : '예회(翳薈)'는 초목이 우거진 곳. '유류(鷹鷚)'는 작은 사슴과 새.

527 假道於豊隆(가도어풍륭) : '가도(假道)'는 길을 빌리는 것. '풍륭(豊隆)'은 전설 중의 구름신이라고 하기도 하고 우레신을 말하기도 한다.

528 披重霄而高狩(피중소이고수) : '피중소(披重霄)'는 아홉 겹의 구름 낀 하늘을 뚫다. '고수(高狩)'는 끝도 없이 높은 곳에서 사냥하다.

529 籠烏兎於日月(농오토어일월) : 해와 달에 있는 까마귀와 토끼를 짐승의 우리에 가두다. '오(烏)'는 태양에 살고 있다는 신령한 새, 삼족오. '토(兎)'는 달에 살고 있다는 옥토끼.

530 窮飛走之棲宿(궁비주지서숙) : '궁(窮)'은 다 뒤지다. '비주(飛走)'는 나는 짐승과 걷는 짐승. '서숙(棲宿)'은 사는 곳.

을 삼는 것과 같은데, 그것들은 몸에 붙은 것이라 긴급한 상황에 응용됩니다. 그것으로 걸거나 문질러서 상처가 나고 피가 흐르게 하며, 차고 부딪혀서 뼈가 부러지게 하니, 상대의 날카로움을 꺾고, 끌어 쳐서 부러뜨리지 않음이 없습니다. 석림(石林)의 산이 아무리 높고 험해도 소매를 걷어붙이고 팔뚝을 휘둘러 무찌르며 머리가 아홉 개 달리 흉악한 뱀이라고 해도 발을 올려 밟아 버립니다. 새둥지를 뒤집고 짐승의 동굴을 부수니, 위로는 붉은 꿩 준의(鵔鸃)를 잡으며, 아래로는 승냥이와 표범을 쫓으며, 곰들이 사는 동굴을 습격하고 호랑이와 표범이 사는 곳을 공략합니다. 원숭이는 울다가 잡히고, 불불(狒狒)은 웃다가 죽으며, 파사(巴蛇)를 죽이고 코끼리뼈를 꺼내며 붕새의 날개를 잘라 큰 연못을 가리니, 민첩한 날짐승과 교활한 야수가 두려워서 어쩔 줄 모릅니다. 그들은 그물에 걸려 곤경에 빠져서 무섭게 노려보는 것을 잊고 어디로 가야할 지를 몰라 혼이 빠지고 두려워하며 넘어집니다. 활을 쏘아 깊이 박히면 몸이 엎어지고 굳어지는 짐승들이 쌓이고 더해져서 어지럽게 겹쳐집니다. 호수와 초목을 뒤엎고 깊은 산골짜리와 동굴을 뒤집어 놓으니 동굴에서는 크고 작은 들짐승을 볼 수 없고 숲에서는 작은 사슴과 새를 볼 수 없어서 구름신에게 길을 빌려 하늘의 구름을 걷고 저 높은 곳에서 사냥하려 하며, 해와 달에서 까마귀와 토끼를 사로잡고 날짐승과 들짐승이 사는 곳을 끝까지 추적하려 합니다.

嶰澗闃,[531] 岡岵童.[532] 罾罘滿,[533] 効獲衆.[534] 迴靶乎行邪,[535] 睨觀魚乎

531 嶰澗闃(해간격) : '해(嶰)'는 산골짜기. '간(澗)'은 시냇물. '격(闃)'은 고요하다.
532 岡岵童(강호동) : '호(岵)'는 초목이 무성한 산. '동(童)'은 초목이 없는 민둥산.
533 罾罘滿(증부만) : '증(罾)'과 '부(罘)'는 모두 그물망.
534 効獲衆(효획중) : 잡아들인 것이 매우 많다.
535 迴靶乎行邪(회파호행사) : '회파(迴靶)'는 말머리를 돌리다. '파(靶)'는 말고삐. 귀주본에는 이 구절과 다음 구절이 "迴靶乎行睨, 觀魚乎三江."으로 되어 있다. '행예(行睨)'는 가면서 이리저리 구경하는 것.

三江.[536] 汎舟航於彭蠡,[537] 渾萬艘而旣同.[538] 弘舸連舳,[539] 巨檻接艫.[540] 飛雲蓋海,[541] 制非常模.[542] 疊華樓而島跱,[543] 時髣髴於方壺.[544] 比鷁首而有裕,[545] 邁餘皇於往初.[546] 張組幃,[547] 構流蘇.[548] 開軒幌,[549] 鏡水區.[550] 槁工檝師,[551] 選自閩禺.[552] 習禦長風,[553] 狎玩靈胥.[554] 責千里於寸陰, 聊先期而須臾.[555] 櫂謳唱,[556] 簫籟鳴.[557] 洪流響, 渚禽驚.[558] 弋磻

536 三江(삼강) : 오(吳)나라 땅에 있는 강과 호수를 범칭한다.

537 彭蠡(팽려) : 호수 이름. 파양호(鄱陽湖)의 옛 이름.

538 渾萬艘而旣同(혼만소이기동) : '소(艘)'는 배. 호수에 온갖 배들어 함께 모여들어 혼잡하게 떠 있음. 파양호의 광대함을 말한 것.

539 弘舸連舳(홍가련축) : '홍가(弘舸)'는 큰 배. '축(舳)'은 배 뒤의 키를 조종하는 곳. 배꼬리를 말함.

540 巨檻接艫(거함접로) : '거함(巨檻)'은 큰 배. '로(艫)'는 배의 앞머리.

541 飛雲蓋海(비운개해) : '비운(飛雲)'과 '개해(蓋海)'는 오나라의 유명한 누선(樓船). 화려한 그림이 새겨진 배라고 한다.

542 制非常模(제비상모) : 화려한 누선들의 형태는 다른 보통의 배와 다르다는 뜻.

543 疊華樓而島跱(첩화루이도치) : '비운(飛雲)'과 '개해(蓋海)'와 같은 화려한 누선들이 많이 쌓여서 섬처럼 호수 위에 솟아 있다.

544 時髣髴於方壺(시방불어방호) : '방호(方壺)'는 발해(渤海)의 선산(仙山) 이름. 때로 방호산의 궁궐처럼 어슴푸레하게 보인다는 뜻.

545 比鷁首而有裕(비익수이유유) : '익수(鷁首)'는 대단히 화려한 배를 말한다. '유유(有裕)'는 많다.

546 邁餘皇於往初(매여황어왕초) : '여황(餘皇)'도 대단히 화려한 배.

547 張組幃(장조위) : 화려한 색채의 비단으로 만들어진 휘장을 펼쳐놓다.

548 構流蘇(구류소) : 화려한 색깔의 실로 만들어진 장식물을 이어놓다.

549 開軒幌(개헌황) : 창문을 열고 휘장을 걷는다.

550 鏡水區(경수구) : 수면이 거울과 같이 맑음.

551 槁工檝師(고공즙사) : 배를 젓는 사람. '고(槁)'는 배를 두드리는 긴 장대. '즙(檝)'은 노.

552 選自閩禺(선자민우) : '민(閩)'과 '우(禺)'는 지명.

553 習禦長風(습어장풍) : 바람과 파도 속에서 배를 잘 저어 운행함. '장풍(長風)'은 큰 바람.

554 狎玩靈胥(압완영서) : '압완(狎玩)'은 희롱하다. '영서(靈胥)'는 오자서(伍子胥)의 신령. 오나라의 전설에 의하면 오나라 왕이 오자서를 죽이고 시체를 강물에 버렸는데 그가 신이 되었다고 한다. 강에서 노를 젓는 사람들은 모두 오자서의 신령을 두려워하였다. 그러나 여기에서는 수부가 기술이 뛰어나고 대담하여 노를 가지고 오자서의 신령을 희롱한다는 것이다.

555 責千里於寸陰(책천리어촌음) 이하 2구 : 천리의 먼 거리를 한 순간에 이르라고 독려하여 기약한 시간보다 앞서 어느 새 유유하게 이르러 있다는 뜻. 이것은 노를 젓는 사람이 아주 정교하게 배를 모는 것을 비유한 것. '수유(須臾)'는 유유하고 한가

放,[559] 稽鷦鵬.[560] 虞機發,[561] 留鳷鶄.[562] 鉤鉺縱橫,[563] 網罟接緒.[564] 術兼詹公,[565] 巧傾任父.[566] 筌絙鰽,[567] 鱺鰽魦.[568] 罩兩魪,[569] 罺鰝鰕.[570] 乘鱟黿鼉,[571] 同罛共羅.[572] 沈虎潛鹿,[573] 䍐龍僒束.[574] 徽鯨輩中於群犗,[575]

로운 모양.

556 櫂謳唱(도구창) : '도(櫂)'는 노 가운데 긴 것. 노를 두드리며 노래를 부름.

557 簫籟(소뢰) : 피리 등의 관악기.

558 渚禽(저금) : 물 섬에 사는 새들.

559 弋磻放(익반방) : '익(弋)'은 주살. 화살에 끈을 매어 사냥감에 맞춘 후 끈을 잡아당겨 잡는다. '반(磻)'은 주살에 다는 돌.

560 稽鷦鵬(계초명) : '계(稽)'는 활로 쏘아 맞힌다는 뜻. '초명(鷦鵬)'은 새 이름. 전설 속의 신령한 새로 봉황과 모양이 비슷하다고 한다.

561 虞機發(우기발) : '우(虞)'는 사냥터를 관리하는 사람. '기(機)'는 화살이 발사되는 것을 조절하는 곳.

562 鳷鶄(교청) : 물새 이름.

563 鉤鉺縱橫(구이종횡) : '구이(鉤鉺)'는 고기 잡는 갈고리와 미끼를 꿴 갈고리. '종횡(縱橫)'은 이리저리 많다는 뜻.

564 網罟接緒(망고접서) : 고기 잡는 그물이 서로 이어져 있음.

565 術兼詹公(술겸첨공) : 고기 잡는 기술이 첨공(詹公)보다 뛰어나다. '첨공(詹公)'은 첨하(詹何)를 말한다. 옛날에 낚시질을 잘 한다고 알려진 전설의 인물.

566 巧傾任父(교경임부) : 기교는 임부(任父)를 능가한다. '임부(任父)'는 임공자(任公子)로, 역시 전설상의 인물이다.『장자(莊子)·외물(外物)』의 기록에 의하면 그가 낚시 바늘에 소 오십 마리를 미끼로 달아서 동해(東海)에서 낚시를 하면 바닷물이 그 때문에 온통 출렁였다고 한다.

567 筌絙鰽(전긍몽) : '전(筌)'은 고기 잡는 기구, 통발. '긍몽(絙鰽)'은 다랑어 류.

568 鱺鰽魦(려상사) : '려(鱺)'는 키 모양의 그물. 뒷부분이 좁고 앞부분이 넓다. '리(纚)'자가 되어야 한다고 고증하기도 하였다. '상사(鰽魦)'는 동자개, 모래무지 종류의 물고기.

569 罩兩魪(조량개) : '조(罩)'는 가리, 고기 잡는 도구. 여기서는 고기를 잡는다는 뜻. '양개(兩魪)'는 비목어.

570 罺鰝鰕(조호하) : '조(罺)'는 산대, 고기 잡는 그물. '호하(鰝鰕)'는 매우 큰 새우.

571 乘鱟黿鼉(승후원타) : '승후(乘鱟)'는 참게, 게와 비슷한데 다리가 열두 개다. '원(黿)'은 등에 딱딱한 껍질이 있는 파충류. '타(鼉)'는 악어 종류.

572 同罛共羅(동고공라) : '고(罛)'는 큰 고기 그물. 모두 같은 그물 안으로 들어간다.

573 沈虎潛鹿(침호잠록) : 깊은 물속에서 잠수하는 호어(虎魚)와 녹어(鹿魚). 호어(虎魚)는 머리와 몸이 호랑이와 비슷하고 녹어(鹿魚)는 뿔이 있어서 사슴과 비슷하다.

574 䍐龍僒束(칩롱군속) : '칩(䍐)'은 말을 묶는 줄. '롱(龍)'은 끌어다 묶는 것. '군(僒)'은 군색한 것, 어려운 것. '束(속)'은 묶는 것.

575 徽鯨輩中於群犗(휘경배중어군개) : 아주 크고 건장한 고래의 무리가 소 미끼에 걸려 낚인다. '휘(徽)'는 크고 힘이 센 고기. '개(犗)'는 거세한 소. 이 소로 미끼를 삼는다.

攙搶暴出而相屬.[576] 雖復臨河而釣鯉, 無異射鮒於井谷.[577]

산골짜기 시냇물은 고요하고 산등성이에 초목이 없으며, 그물을 벌려 놓아 잡아들인 동물이 많습니다. 말머리를 돌려 이러 저리 살펴보며 오나라의 강과 호수를 구경합니다. 팽려(彭蠡)에 배를 띄우니 모든 배들이 섞여 하나가 되어 큰 배들이 꼬리를 잇고 거대한 함선의 앞머리가 닿았습니다. 비운(飛雲)과 개해(蓋海)같은 큰 배는 형태가 보통의 배와 달라 화려한 누각들이 겹쳐져 섬처럼 솟아있어, 때로 방호산(方壺山)의 모양과 비슷합니다. 익수(鷁首)처럼 화려한 배들이 줄지어 많이 모여 있으며 옛날 여황(餘皇)을 능가하니, 화려한 비단 휘장을 펼치고 색실 장식을 이어놓았습니다. 창문을 열고 장막을 걷으면 수면은 거울처럼 맑습니다. 배를 잘 젓는 사람을 민(閩)과 우(禺)에서 뽑아다 바람을 이기고 배를 저어서 오자서(伍子胥)의 신령을 희롱하여 천리를 한 순간에 재촉하여 기약보다 먼저 여유 있게 도착합니다. 노를 두드리면서 노래를 부르고 피리를 부니, 물결에 소리가 울리고 물새들이 놀라는데, 주살돌이 발사되면 초명(鷦鵬)을 맞추고, 활이 쏘아지면 교청(鵁鶄)에게 맞습니다. 고기 잡은 고리와 미끼를 끼운 고리가 여기저기 있으며 고기 그물이 이어져 있으며, 낚시 기술은 첨공(詹公)보다 뛰어나고, 기교는 임부(任父)를 능가합니다. 통발로 다랑어를 잡고 키 모양의 그물로 모래무지를 잡으며, 가리로 비목어를 잡고 산대로 큰 새우를 잡습니다. 참게와 자라가 모두 같은 그물에 걸리고 깊이 잠수하는 호어(虎魚)와 녹어(鹿魚)도 잡혀서 묶여 있으며, 힘센 고래도 소 미끼에 걸려드니 혜성이 갑자기 나타나 이어집니다. 아무리 강에서 잉어를 낚는다

576 攙搶暴出而相屬(참창폭출이상속) : 혜성이 빠르게 나타나 서로 이어지는 것. 옛날 사람들은 고래가 죽으면 혜성이 나타나고 그것이 장차 전쟁이 일어날 조짐이라고 생각했다.

577 雖復臨河而釣鯉(수복림하이조리) 이하 2구 : 강과 바다에서 이렇게 놀랄 만한 낚시질을 해 보았으니 아무리 큰 강에서 잉어를 낚아도 계곡에서 붕어를 낚은 것과 다르지 않다는 뜻. '부(鮒)'는 작은 고기, 붕어.

해도 그와 비교하면 작은 계곡에서 붕어를 낚는 것과 다르지 않을 것입니다.

結輕舟而競逐,[578] 迎潮水而振緡.[579] 想萍實之復形,[580] 訪靈夔於鮫人.[581] 精衛銜石而遇繳,[582] 文鰩夜飛而觸綸.[583] 北山亡其翔翼,[584] 西海失其遊鱗.[585] 雕題之士, 鏤身之卒.[586] 比飾虯龍, 蛟螭與對.[587] 簡其華質,[588] 則乿費錦績.[589] 料其虓勇,[590] 則雕悍狼戾.[591] 相與昧潛險,[592] 搜瓌

578 結輕舟而競逐(결경주이경축) : 가벼운 배들이 나란히 이어져서 강 건너기 경주를 한다.

579 迎潮水而振緡(영조수이진민) : 조수(潮水)를 맞이하면서 낚싯줄을 던진다. '민(緡)'은 낚싯줄.

580 想萍實之復形(상평실지부형) : 옛날에 초소왕(楚昭王)이 강을 건널 때 평실(萍實)이 배로 들어왔던 상서로운 일을 다시 볼 수 있기를 바란다. 『공자가어(孔子家語)・치사(致思)』에 의하면 초소왕이 강을 건널 때 강 속에서 국자같이 생긴 둥글고 붉은 것이 직접 왕의 배로 떨어졌다. 왕이 사자를 시켜 공자에게 물어보니 공자가 대답하기를 "그것이 평실(萍實)입니다. 그것을 쪼개서 먹을 수 있는데 좋은 일을 상징하며 오직 패자(霸者)만이 그것을 얻을 수 있습니다"라고 하자 초소왕이 그것을 먹었다고 한다.

581 訪靈夔於鮫人(방령기어교인) : '기(夔)'는 전설에 나오는 괴수. 이 야수는 소와 비슷한데 검은 색이고 뿔이 없으며 다리가 하나라고 한다. 물속에서만 살 수 있고 물에 들어가 큰 바람을 일으키며 우레와 같은 소리를 낸다. '교인(鮫人)'은 전설에 나오는 인어.

582 精衛銜石而遇繳(정위함석이우격) : '정위함석(精衛銜石)'은 정위조(精衛鳥)가 돌을 물어다 바닷물을 메운다는 뜻. 옛날 전설에 의하면 염제(炎帝)의 딸이 동해(東海)에서 헤엄을 치다가 물에 빠져 죽었는데 그녀가 변하여 정위조가 되었다고 한다. 그 새는 항상 서산의 나뭇가지와 돌을 물어다가 바다를 메우려고 하였다. '격(繳)'은 화살에 줄을 걸어놓은 것. 주살.

583 文鰩夜飛而觸綸(문요야비이촉륜) : '문요(文鰩)'는 비어(飛魚)라고도 한다. 남해(南海)에서 나며 날개와 꼬리가 있으며, 무리가 물 위에서 날거나 미끄러진다. '륜(綸)'은 고기 잡는 끈. 이것도 주살을 뜻한다.

584 翔翼(상익) : 비조(飛鳥). 여기서는 정위조(精衛鳥)를 가리킴.

585 遊鱗(유린) : 비어(飛魚). 여기서는 문요(文鰩)를 가리킴.

586 雕題之士(조제지사) 이하 2구 : 이마와 몸 위에 각종 꽃무늬 도형을 그려 넣은 병사들.

587 比飾虯龍(비식규룡) 이하 2구 : 병사들이 이마와 몸에 그린 화려한 무늬를 규룡, 교룡 등과 비교할 수 있음. '규(虯)', '룡(龍)', '교(蛟)', '리(螭)'는 모두 용을 부르는 말.

588 簡其華質(간기화질) : 아름다운 몸을 꼼꼼히 살피다.

589 乿費錦績(의비금궤) : '의비(乿費)'는 화려하고 광채가 남. '의(乿)'는 '懿(의)'와 통

奇.[593] 摸蝳蝐,[594] 捫蠵蠵.[595] 剖巨蚌於回淵,[596] 濯明月於漣漪.[597] 畢天下之至異, 訖無索而不臻.[598] 谿壑爲之一罄,[599] 川瀆爲之中貧.[600] 哂澹台之見謀,[601] 聊襲海而徇珍.[602] 載漢女於後舟,[603] 追晉賈而同塵.[604] 汨乘

함. '금궤(錦繢)'는 수놓은 비단.

590 料其虓勇(요기효용) : '료(料)'는 헤아리다. '효용(虓勇)'은 용맹스러움.

591 雕悍狼戾(조한랑려) : 흉악하고 포학하기가 독수리와 같고 이리와 같음.

592 相與昧潛險(상여매잠험) : '상여(相與)'는 함께. '매(昧)'는 모험을 하다의 뜻. '잠험(潛險)'은 깊고 험한 물속에 잠기는 것.

593 搜瓌奇(수괴기) : '괴(瓌)'는 둥글고 모양이 좋은 옥돌.

594 摸蝳蝐(모독모) : '독모(蝳蝐)'는 바다에 사는 거북이 종류의 동물. 아름답고 빛나는 껍질을 가짐.

595 捫蠵蠵(문자휴) : '자휴(蠵蠵)'는 큰 거북이.

596 剖巨蚌於回淵(부거방어회연) : '부거방(剖巨蚌)'은 큰 조개를 쪼개서 명주(明珠)를 꺼냄. '회연(回淵)'은 깊은 연못.

597 濯明月於漣漪(탁명월어련의) : '명월(明月)'은 명월주(明月珠). '련의(漣漪)'는 바람이 불어서 수면 위에 생기는 물결.

598 訖無索而不臻(흘무색이불진) : '흘(訖)'은 마침내, 끝내. '진(臻)'은 이르다, 도착하다.

599 谿壑爲之一罄(계학위지일경) : '경(罄)'은 텅 빈 것.

600 川瀆爲之中貧(천독위지중빈) : '빈(貧)'은 다하다, 없어지다.

601 哂澹台之見謀(신담태지견모) : 담태(澹台)의 옥벽을 하수(河水)의 신에게 강탈당할 뻔했던 일을 비웃는다. 『박문지(博物志)』의 기록에 다음과 같은 이야기가 나온다. 담태자우(澹台子羽)가 옥벽을 가지고 하수를 건너는데 하백(河伯)이 옥벽을 빼앗으려고 바람과 물결을 일으키며 두 마리 용이 배를 포위하게 하였다. 담태자우는 분연히 칼을 빼들고 용을 베어버렸다. 자우는 강을 건너 언덕에 오른 후 하수에 옥벽을 던졌는데 하백이 세 번 옥벽을 되돌려 주었다. 그러자 자우는 옥벽을 깨버리고 떠났다.

602 聊襲海而徇珍(요습해이순진) : '습해(襲海)'는 바다에 들어가다. '순진(徇珍)'은 진귀한 보배를 찾다.

603 載漢女於後舟(재한녀어후주) : '한녀(漢女)'는 전설의 신녀(神女), 한수(漢水) 부근에 살며 달걀처럼 큰 진주 두 개를 품고 있었다고 한다. 『한시내전(韓詩內傳)』에 다음의 이야기가 전한다. 정(鄭)나라 대부 교보(交甫)가 초(楚)나라로 가려고 한수(漢水)를 건너는데 우연히 한수의 신녀가 달걀처럼 큰 진주를 차고 있는 것을 보았다. 신녀는 그것을 정교보에게 주었으며 그는 그것을 받아서 품에 안았는데 잠시 후에는 진주도 신녀도 보이지 않았다.

604 追晉賈而同塵(추진가이동진) : '진가(晉賈)'는 진나라의 대부. '동진(同塵)'은 함께 먼지를 뒤집어쓰다. 『좌전 · 소공(昭公)』 28년에 다음의 이야기가 전한다. 가(賈)대부가 용모가 못생겼는데 아름다운 부인을 얻었다 그러나 그 처가 삼년 동안 말도 없고 웃지도 않았다. 가대부가 처를 데리고 언덕과 연못을 다니면서 꿩 사냥을 하고 동물을 잡아서 재능이 있음을 보여주자 비로소 그 처가 말하고 웃기 시작했다.

流以砰宕,[605] 翼颸風之䬀䬀.[606] 直衝濤而上瀨,[607] 常沛沛以悠悠.[608] 汔可休而凱歸,[609] 揖天吳與陽侯.[610]

가벼운 배들이 경주를 하고 조수를 맞으면서 낚싯줄을 던집니다. 옛날 평실(萍實)이 배로 들어왔던 일이 다시 일어날 것을 생각하며 인어에게 신령한 기(夔)의 소식을 묻습니다. 돌을 물고 있는 정위조(精衛鳥)가 주살을 맞고, 문요(文鰩)가 밤에 날아다니다 그물에 걸리니, 북산(北山)에서는 정위조가 날아다니는 일이 없어지고 서해(西海)에서는 문요가 헤엄치는 일이 없어졌습니다. 이마에 무늬 새긴 군사들, 몸에 그림을 그린 병사들을 규룡(虯龍), 교리(蛟螭)들과 장식을 비교하고 대비해보니, 그 화려한 몸을 살펴보면 아름답고 광채가 나는 수놓은 비단과 같고, 그 용맹함을 생각해보면 독수리나 이리와 같이 사납습니다. 함께 깊은 물속에 잠겨 기이한 옥돌을 찾고 거북껍질을 더듬으며 큰 바다 거북을 만져봅니다. 깊은 연못에서 큰 조개를 꺼내 가르면 밝은 달이 물결 위에서 빛납니다. 세상의 대단히 기이한 것들을 다 모으니 찾아내지 않는 것이 없으니, 계곡은 온통 비게 되고 시내와 하천도 다 비어버렸습니다. 담태(澹台)가 하수(河水)의 신에게 꿤을 당했던 일을 비웃고 바다에 들어가 진귀한 보배를 찾으니, 뒷배에는 한녀(漢女)를 싣고 진가(晉賈)를 쫓으며 먼지를 뒤집어씁니다. 우당탕탕 물결이 흘러가

605 汩乘流以砰宕(골승류이팽탕) : '골(汩)'은 물이 빠르게 흐르는 것. '팽탕(砰宕)'은 배가 가면서 물결을 때리는 소리.

606 翼颸風之䬀䬀(익시풍지류류) : '익시풍(翼颸風)'은 새가 양 날개를 펼치고 날아가는 것처럼 빠른 바람. 바람이 빠르게 부는 형세를 비유한 것. '류류(䬀䬀)'는 바람 소리.

607 直衝濤而上瀨(직충도이상뢰) : 배가 파도를 때리며 앞으로 용감하게 나아감. '뢰(瀨)'는 급류.

608 常沛沛以悠悠(상패패이유유) : '패패(沛沛)'는 표류하는 모양. '유유(悠悠)'는 아득히 멀리 감.

609 汔可休而凱歸(흘가휴이개귀) : '흘(汔)'은 거의. '개(凱)'는 기뻐하다.

610 揖天吳與陽侯(읍천오여양후) : '읍(揖)'은 절하다. 작별을 고하다. '천오(天吳)'는 전설의 수신(水神). '양후(陽侯)'도 양(陽)나라 제후, 전설의 인물. 그는 물에 빠져 죽었는데 파도의 신으로 변했다고 한다.

고 쉬쉬 바람이 빠르게 부는데, 파도를 바로 맞으며 배를 앞으로 저어 가서 이리저리 아득하게 흘러갑니다. 이제 그만두고 돌아갈 것이 즐거워 천오(天吳)와 양후(陽侯)에게 작별을 고하는 절을 합니다.

指包山而爲期,[611] 集洞庭而淹留.[612] 數軍實乎桂林之苑,[613] 饗戎旅乎落星之樓.[614] 置酒若淮泗,[615] 積肴若山丘.[616] 飛輕軒而酌綠醽,[617] 方雙轡而賦珍羞.[618] 飮烽起,[619] 釂鼓震.[620] 士遺倦, 衆懷欣.[621] 幸乎館娃之宮,[622] 張女樂而娛群臣.[623] 羅金石與絲竹,[624] 若鈞天之下陳.[625] 登東歌,

611 指包山而爲期(지포산이위기) : 포산(包山)을 지정하여 약속장소로 삼다. '포산(包山)'은 산 이름으로 태호(太湖)의 서남쪽에 있다.

612 集洞庭而淹留(집동정이엄류) : '동정(洞庭)'은 오나라의 태호, 다른 이름으로 동정호라고 한다. '엄류(淹留)'는 긴 시간을 머무르는 것.

613 數軍實乎桂林之苑(수군실호계림지원) : '수군실(數軍實)'은 군대가 수렵을 하여 얻은 성과물을 분명히 점검하는 것. '계림지원(桂林之苑)'은 계림원, 오나라의 명원(名苑).

614 饗戎旅乎落星之樓(향융려호낙성지루) : '향융려(饗戎旅)'는 술과 음식으로 군대를 위로하는 것. '낙성지루(落星之樓)'는 낙성루, 오나라의 유명한 누각.

615 酒若淮泗(주약회사) : 회수(淮水)와 사수(泗水)처럼 술이 많다.

616 肴若山丘(효약산구) : 안주 고기들이 산과 언덕처럼 쌓였다.

617 飛輕軒而酌綠醽(비경헌이작녹령) : 가벼운 수레에 술을 싣고 와서 녹령(綠醽)과 같은 좋은 술을 따라 준다는 뜻. '녹령(綠醽)'은 옛날 상주(湘州) 형양(衡陽)의 영호(醽湖)에서 나던 명주(名酒).

618 方雙轡而賦珍羞(방쌍비이부진수) : '방쌍비(方雙轡)'는 두 마리 말이 끄는 수레를 나란히 달리게 함. '부진수(賦珍羞)'는 맛있는 음식과 안주를 보냄.

619 飮烽起(음봉기) : 술을 마실 때에는 봉화를 올려 여러 사람에게 알림.

620 釂鼓震(조고진) : 마시던 술이 다 떨어지면 북을 울림. '조(釂)'는 잔에 있는 술을 다 마심.

621 士遺倦(사유권) 이하 2구 : 병사들은 피곤을 잊고 모두들 대단히 즐거워함.

622 幸乎館娃之宮(행호관왜지궁) : '행(幸)'은 제왕이 직접 오는 것. '관왜(館娃)'는 오나라의 궁전 이름. 오나라에서는 미녀를 '왜(娃)'라고 하였다.

623 張女樂而娛群臣(장녀악이오군신) : '장녀악(張女樂)'은 미녀 악단의 가무를 펼침.

624 羅金石與絲竹(나금석여사죽) : '나(羅)'는 나열하다. '금석(金石)'과 '사죽(絲竹)'은 쇠와 돌로 만든 종, 편경, 줄을 만든 현악기, 대나무로 만든 관악기 등을 말한다. 여기에서는 그것으로 연주하는 음악을 가리킴.

625 若鈞天之下陳(약균천지하진) : '균천(鈞天)'은 하늘 위의 신선들이 즐기는 음악.

操南音.[626] 胤陽阿,[627] 詠韎任.[628] 荊豔楚舞,[629] 吳愉越吟.[630] 翕習容裔,[631] 靡靡愔愔.[632] 若此者, 與夫唱和之隆響,[633] 動鍾鼓之鏗耾.[634] 有殷坻頹於前,[635] 曲度難勝.[636] 皆與謠俗汁協,[637] 律呂相應.[638] 其奏樂也, 則木石潤色.[639] 其吐哀也, 則淒風暴興.[640] 或超延露而駕辯,[641] 或踰綠水而采菱.[642] 軍馬弭髦而仰秣,[643] 淵魚竦鱗而上升.[644] 酣滑半,[645] 八音

626 登東歌(등동가) 이하 2구 : 동방의 가곡과 남방의 음악을 연주함.

627 胤陽阿(윤양아) : '윤(胤)'은 '인(引)'과 통하는 글자. 연주한다는 뜻. '양아(陽阿)'는 연주곡의 이름.

628 詠韎任(영매임) : '매(韎)'는 고대 동방의 악곡. '임(任)'은 고대 남방의 악곡.

629 荊豔楚舞(형염초무) : '형염(荊豔)'은 초나라의 노래. '염(豔)'은 곡(曲)의 다른 이름. '염(豔)'과 '염(艶)'이 서로 의미가 통한다.

630 吳愉越吟(오유월음) : '오유(吳愉)'는 오나라의 노래. '월음(越吟)'은 월나라의 노래.

631 翕習容裔(흡습용예) : '흡습(翕習)'은 성한 모양. 음악이 풍부하고 다채로움을 말함. '용예(容裔)'는 음악의 박자와 리듬이 기복이 다르고 변화무쌍함.

632 靡靡愔愔(미미음음) : '미미(靡靡)'는 유연하고 아름다움. 악곡이 아름다워서 감동을 줌. '음음(愔愔)'은 조화로움을 뜻함. 음악이 조화를 이루어 듣기에 좋음.

633 與夫唱和之隆響(여부창화지륭향) : '여부(與夫)'의 두 글자는 '거(擧)'자가 잘못된 것이라고 왕념손(王念孫)이 고증하였다(『讀書雜志』). '거(擧)'는 움직인다는 뜻. '융향(隆響)'은 높이 울리고 멀리 퍼지다.

634 動鍾鼓之鏗耾(동종고지갱굉) : '갱굉(鏗耾)'은 음악 소리가 대단히 커서 천둥소리 같음을 뜻함.

635 有殷坻頹於前(유은지퇴어전) : 음악 소리가 큰 것이 산언덕이 무너져 내리는 소리처럼 들린다. '은(殷)'은 소리가 큰 것. '지퇴(坻頹)'는 산이 무너지는 것을 가리킨다. 그 소리가 수백 리 밖까지 간다고 한다. '어전(於前)'은 왕념손이 쓸데없이 덧붙여진 것이라고 고증하였다(『讀書雜志』).

636 曲度難勝(곡도난승) : 가락을 견뎌 낼 수가 없다. 얼마나 더 크고 웅장해질 수 있는지 끝을 알 수가 없다는 뜻.

637 皆與謠俗汁協(개여요속즙협) : '요속(謠俗)'은 통속의 민간 가곡. '즙협(汁協)'은 조화를 이룸.

638 律呂相應(율려상응) : '율려(律呂)'는 음악 운율의 총칭. 양율(陽律)이 여섯, 음율(陰律)이 여섯, 모두 12율이다. 양(陽)을 '율'이라고 하고 음(陰)은 '려'라고 한다.

639 其奏樂也(기주악야) 이하 2구 : 음악이 감동적이어서 나무도 그로 인해 번성해지고 돌도 그로 인해 생기가 돈다.

640 其吐哀也(기토애야) 이하 2구 : 음악 소리가 슬프게 나오면 처연한 바람이 갑자기 일어난다.

641 超延露而駕辯(초연로이가변) : '연로(延露)'와 '가변(駕辯)'은 모두 옛날 악곡의 이름. '이(而)'는 여(與)와 같은 뜻.

642 踰綠水而采菱(유녹수이채릉) : '유(踰)'는 뛰어 넘다. '녹수(綠水)'와 '채릉(采菱)'은

幷.[646] 歡情留, 良辰征.[647] 魯陽揮戈而高麾,[648] 迴曜靈於太淸.[649] 將轉西日而再中,[650] 齊旣往之精誠.[651]

포산(包山)을 지정하여 약속장소로 삼고, 동정(洞庭)에 모여 긴 시간 머무르며, 군대의 수렵물을 점검하여 낙성루(落星樓)에서 군대를 위한 잔치를 엽니다. 회수(淮水)와 사수(泗水)처럼 많은 술을 가져다 놓고, 산처럼 안주고기를 쌓으며, 가벼운 수레로 술을 날라 녹령(綠酃)을 따르며, 수레를 나란히 달려 맛있는 음식을 보내옵니다. 술 마신다는 봉화를 올리고 술잔이 비면 북을 울리니 병사들은 피곤을 잊고 모두 즐거워하고, 왕은 관왜궁(館娃宮)으로 행차하여 미녀악단의 가무를 펼쳐 군신들을 즐겁게 합니다. 금석(金石)과 사죽(絲竹) 등의 여러 악기를 연주하게 하니, 신선들의 음악이 세상에서 펼쳐지는 듯합니다. 동방의 가곡을 올려 연주하고 남방의 음악을 연주하며, 양아(陽阿)를 연주하고

모두 옛날 악곡의 이름.

643 軍馬弭髦而仰秣(군마미모이앙말) : '미모(弭髦)'는 군마의 털이 부드럽고 아름다움. '앙말(仰秣)'은 말이 머리를 들고 꼴을 물고서 음악을 들음. 음악소리가 군마조차 도취하게 만든다는 뜻. '말(秣)'은 말의 사료, 꼴, 말먹이.

644 淵魚竦鱗而上升(연어송린이상승) : 깊은 연못의 고기도 음악 소리에 끌려 수면 위로 올라와 듣는다는 뜻.

645 酣湑半(감서반) : '감(酣)'은 대단히 즐겁게 술을 마심. '서(湑)'는 거른 술.

646 八音幷(팔음병) : 팔음(八音)이 서로 나란히 울림. 팔음(八音)은 금(金), 석(石), 사(絲), 죽(竹), 포(匏), 토(土), 혁(革), 목(木)으로 모두 악기를 만드는 재료. 종과 경쇠[磬], 거문고, 피리, 생황, 질나발[壎(훈)], 북, 목제 타악기 축어(柷敔)를 말한다.

647 歡情留(환정류) 이하 2구 : 즐거움은 오래도록 남아 있는데 좋은 밤은 빨리 지나간다는 뜻. '정(征)'은 지나가다. 가버리다.

648 魯陽揮戈而高麾(노양휘과이고휘) : 노양문자(魯陽文子)가 창을 휘두르며 높이 지휘하여 서쪽으로 지려고 하는 태양을 돌려놓았다. 『회남자(淮南子)・남명훈(覽冥訓)』에 다음의 이야기가 전한다. 초평왕(楚平王)의 손자인 노양문자가 한(韓)나라와 전투를 하다가 막 사기가 올랐는데 해가 서쪽으로 지려고 하자 창을 휘둘러 태양을 돌려놓으니 해가 끝내 돌아왔다고 한다.

649 迴曜靈於太淸(회요령어태청) : '요령(曜靈)'은 태양을 가리킴. '태청(太淸)'은 하늘.

650 將轉西日而再中(장전서일이재중) : '재중(再中)'은 태양이 하루에 두 번이나 중천에 떠오름.

651 齊旣往之精誠(제기왕지정성) : 옛날 노양문자처럼 해를 돌려놓을 정도로 마음과 뜻에 정성을 다한다. '기왕(旣往)'은 옛날.

매임(韎任)을 읊조리며, 형염(荊豔)을 노래하고 초나라의 춤을 추며, 오나라의 노래와 월나라의 노래를 부르니, 음악은 풍부하고 다채로우며 유연하고 아름답습니다. 이처럼 조화롭게 노래를 부르니 소리가 높고 멀리 퍼져 나가고, 종과 북을 울리는 소리가 우레와 같으니, 산언덕이 무너져 내리는 큰 소리가 나서, 노랫가락을 감당할 수가 없습니다. 모두 민속의 가곡과 어울리며, 운율이 서로 들어맞으니, 음악을 연주하면 나무와 돌에도 윤기가 돌며, 슬픈 소리를 토해내면 처연한 바람이 일어납니다. 연로(延露)와 가변(駕辯)보다 뛰어나고, 녹수(綠水)와 채릉(采菱)을 넘어서는 것이니 군마도 털을 유연하게 하고 머리를 들고 꼴을 먹으면서 음악을 듣고, 연못의 물고기도 비늘을 세우고 수면위로 올라와 음악을 듣습니다. 술을 마셔서 반쯤 취하고, 팔음(八音)이 나란히 울려 퍼져, 즐거운 마음은 오래도록 남아 있는데, 좋은 밤은 빨리 지나갑니다. 노양(魯陽)은 창을 들고 높이 휘둘러, 하늘에서 태양을 돌려놓았다는데, 서쪽으로 지는 해를 두 번 중천에 있게 하여 옛날 노양이 정성을 보인 것처럼 하려 합니다.

昔者夏后氏朝群臣於玆土, 而執玉帛者以萬國.[652] 蓋亦先生之所高會,[653] 而四方之所軌則.[654] 春秋之際, 要盟之主.[655] 闔閭信其威,[656] 夫差窮其武.[657] 內果伍員之謀,[658] 外騁孫子之奇.[659] 勝彊楚於柏擧,[660] 棲

652 昔者夏后氏朝群臣於玆土(석자하후씨조군신어자토) 이하 2구 : 옛날 하우(夏禹)가 이곳에서 군신들과 조회하고 만국의 제후들도 옥과 비단을 가지고 와서 알현하였다는 뜻. '자토(玆土)'는 도산(涂山), 오나라 땅에 있다.

653 高會(고회) : 성대하게 모이는 것.

654 軌則(궤칙) : 법칙, 모범.

655 要盟之主(요맹지주) : 제후들이 약속한 맹주(盟主).

656 闔閭信其威(합려신기위) : 합려(闔閭)가 그의 위력을 떨치다. '신(信)'은 '신(伸)'과 같은 뜻.

657 夫差窮其武(부차궁기무) : 부차(夫差)가 무력을 다 소진하다.

658 內果伍員之謀(내과오원지모) : '내(內)'는 내치에 힘쓰는 것을 말함. '과(果)'는 결단하다. '오원(伍員)'은 오자서.

勁越於會稽.[661] 闕溝乎商魯,[662] 爭長於黃池.[663] 徒以江湖嶮陂,[664] 物產殷充.[665] 繞霤未足言其固,[666] 鄭白未足語其豊.[667] 士有陷堅之銳,[668] 俗有節槪之風.[669] 睚眦則挺劍,[670] 喑嗚則彎弓.[671] 擁之者龍騰, 據之者虎視.[672] 麾城若振槁,[673] 搴旗若顧指.[674] 雖帶甲一朝, 而元功遠致.[675] 雖

---

659 外騁孫子之奇(외빙손자지기) : 밖의 전쟁에서는 손자(孫子) 병법의 기발함에 의지하다. 손자(孫子)는 손무(孫武). 손무는 본래 제(齊)나라 사람이었는데 오나라에 들어온 후 오왕 합려에게 병법을 가르쳤다.

660 勝彊楚於柏擧(승강초어백거) : 노(魯) 정공(定公) 4년에 오왕 합려의 아우 부개왕(夫槪王)이 오나라 군대를 이끌고 백거(柏擧)에서 초나라 군대를 크게 물리쳤다. '백거(柏擧)'는 백산(柏山)과 거수(擧水)를 합하여 부른 말이다.

661 棲勁越於會稽(서경월어회계) : 노(魯) 애공(哀公) 원년에 오왕 부차가 부초(夫椒)에서 월(越)나라를 크게 이기고 난 후에 월왕과 그 잔여 부대가 회계(會稽)에서 곤궁하게 지냈다. '경월(勁越)'은 강한 월나라.

662 闕溝乎商魯(궐구호상노) : 오왕 부차가 송(宋)나라와 노(魯)나라 사이에 큰 도랑을 파고 남북의 물길을 통하게 하였다. '궐(闕)'은 땅을 파다. '상(商)'은 송나라를 가리킴.

663 爭長於黃池(쟁장어황지) : 노(魯) 애공(哀公) 13년에 오왕 부차가 황지(黃池)에서 크게 제후들을 모으고 진(晉)나라와 맹주가 되는 것을 놓고 경쟁하였다. '쟁장(爭長)'은 맹주가 될 것을 두고 다투다.

664 嶮陂(험피) : 위태롭고 험난함.

665 殷充(은충) : 풍성하고 충족됨.

666 繞霤未足言其固(요류미족언기고) : 오나라 땅의 험난함과 비교하면 요류(繞霤)도 견고하다고 말할 수 없다. '요류(繞霤)'는 옛날에 험난한 요새로 유명했던 곳. 길이 구불구불하고 사방이 막혀 있으며 계곡의 물이 돌아 흐르고 있는 곳이다. 지금 섬서(陝西)성에 있다.

667 鄭白未足語其豊(정백미족어기풍) : 정(鄭)과 백(白)지역을 그 풍족함을 말하기에 부족하다. '정백(鄭白)'은 정거(鄭渠), 백거(白渠). 옛날부터 부유한 곳으로 관중(關中)을 꼽았는데 이곳들은 그곳에서도 가장 부유한 곳이다.

668 陷堅之銳(함견지예) : 강한 적을 공격하여 이길 수 있는 예기(銳氣).

669 節槪(절개) : 절조와 기개.

670 睚眦則挺劍(애자즉정검) : 조그만 일에도 화를 내며 칼을 뽑아 듦. '애자(睚眦)'는 노여운 눈빛으로 노려보는 것. 여기서는 작은 일에 분노한다는 뜻.

671 喑嗚則彎弓(암오즉만궁) : '암오(喑嗚)'는 화가 나서 내는 소리.

672 擁之者龍騰(옹지자용등) 이하 2구 : 오나라 땅이 험난하여 강함을 이룰 수 있고 비옥하여 부유함을 이룰 수 있으니 천하의 아름다운 것은 모두 오나라로 모여 패왕의 공업을 이룰 수 있게 된다. 그러므로 오나라 땅을 가진 사람은 용처럼 솟아오르고 호랑이처럼 노려볼 수 있다. '용등(龍騰)'과 '호시(虎視)'의 모양으로 오나라 군주의 기세를 비유하고 있다.

673 麾城若振槁(휘성약진고) : 성을 공략하는 것은 마르고 썩은 나무를 꺾어버리는 것

累葉百疊,[676] 而富彊相繼. 樂湑衎其方域,[677] 列仙集其土地.[678] 桂父練形而易色,[679] 赤須蟬蛻而附麗.[680] 中夏比焉, 畢世而罕見,[681] 丹靑圖其珍瑋,[682] 貴其寶利也.[683] 舜禹遊焉, 沒齒而忘歸,[684] 精靈留其山阿,[685] 玩其奇麗也.

옛날 하우(夏禹)는 이곳에서 군신들과 조회하였고, 만국의 제후들이 옥과 비단을 들고 와서 알현하였으니, 이곳은 조상들이 성대하게 모인

과 같이 쉽다. '휘성(麾城)'은 군사를 지휘하여 성을 공격하는 것.

674 搴旗若顧指(건기약고지) : '건기(搴旗)'는 적의 군기를 빼앗다. '고지(顧指)'는 눈으로 의도를 드러내어 지휘하는 것.

675 雖帶甲一朝(수대갑일조) 이하 2구 : 영웅이 갑옷을 입는 것은 하루아침의 일이지만 큰 공을 세우게 되면 그 명예가 만대에 이르게 된다는 뜻.

676 累葉百疊(누엽백첩) : 세대를 거듭하여 백 세대에 이름.

677 樂湑衎其方域(악서간기방역) : '악서(樂湑)'는 '악서(樂胥)'로, 군자를 가리킨다. 『시・소아(小雅)・원앙(鴛鴦)』에 "君子樂胥"라는 구절이 나온다. '간(衎)'은 기뻐하다, 좋아하다. '방역(方域)'은 오나라 땅을 가리킴.

678 列仙集其土地(열선집기토지) : 여러 신선들이 오나라 땅에서 회합한다. 오나라 땅이 군자와 신선들을 모으게 할 만큼 뛰어나다는 뜻.

679 桂父練形而易色(계부련형이역색) : '계부(桂父)'는 전설상의 신선. 『열선전(列仙傳)』에 의하면 계부는 상림(象林)사람으로, 얼굴이 검은 색, 흰 색, 빨간 색 등으로 색이 수시로 변했다고 한다. '연형이역색(練形而易色)'은 신체를 단련하여 얼굴색을 바꿀 수가 있었다는 뜻.

680 赤須蟬蛻而附麗(적수선태이부려) : '적수(赤須)'는 적수자(赤須子)로 전설상의 신선. 오래 살아서 이가 빠지고도 다시 났으며 가는 머리카락이 다시 돋아났다고 한다. '선태(蟬蛻)'는 적수자가 늙지 않고 오래 살았던 것이 매미가 껍질을 벗는 것과 같다는 뜻. '부려(附麗)'는 아름다운 오나라에 기거하였다는 뜻. 적수자가 본래 오나라 사람이 아닌데 오나라에 살았기 때문에 한 말이다.

681 中夏比焉(중하비언) 이하 2구 : 중원의 각국과 오나라를 비교하면 오나라 땅에서 나는 보배는 중원에서는 영원토록 보기가 힘들다는 뜻.

682 丹靑圖其珍瑋(단청도기진위) : 중원의 각국은 오나라의 보배를 귀하게 여기지만 실제로 가질 수 없어서 단청으로 그것을 그려놓고 흠모하는 마음을 표현하고 있다.

683 貴其寶利也(귀기보리야) : 기이하고 귀중한 오나라 보배를 중하게 여김.

684 舜禹遊焉(순우유언) 이하 2구 : 현명한 성군인 순(舜)과 우(禹)가 오나라 땅을 순행하고서 오나라의 아름다움을 귀하게 여기고 오래도록 머무르다가 죽을 때까지도 고향으로 돌아가려 하지 않았다. 순임금은 창오(蒼梧)의 구의산(九疑山)에서 장사지냈다고 전해지고 우임금은 회계에서 장사지냈다고 전해진다.

685 精靈留其山阿(정령류기산아) : '정령(精靈)'은 여러 신선들의 신령. '산아(山阿)'는 산굽이.

곳이며 사방의 제후국이 따라야 하는 모범입니다. 춘추(春秋) 시대 제후들이 맹약하여 맹주(盟主)를 세웠을 때, 합려(闔閭)가 그 위세를 떨쳤고 부차(夫差)가 그 무용을 다 발휘하였으며, 안으로는 오원(伍員)이 지모를 사용하여 결단하고, 밖으로는 손자(孫子)의 특출한 병법에 의지하였습니다. 백거(柏擧)에서 강한 초나라 군대를 크게 이기고, 굳건한 월나라를 회계(會稽)에서 곤경에 빠지게 하였으며, 송나라 노나라 사이에 큰 물길을 파고, 황지(黃池)에서 맹주가 되는 것을 다투었습니다. 강과 호수와 험난한 지형으로, 산물이 풍성하고 충족되었으니, 요류(繞霤)도 오나라의 견고함에 비하면 말하기에 부족하고, 정백(鄭白) 지역도 풍요로움을 말하기에 부족합니다. 병사들에게는 적을 함몰시킬 예기가 있고, 민속에는 절도와 기개가 있는 풍속이 있었으니, 작은 일도 노려보며 칼을 뽑고 화가 나 소리를 지르며 활을 당깁니다. 이 땅을 품은 자는 용처럼 솟아오르고, 이 땅을 점거한 자는 호랑이처럼 노려보았으니, 성을 공략하는 것은 마른 나뭇가지를 꺾는 일과 같고, 적의 군기를 빼앗는 것은 눈으로만 지시해도 되었습니다. 갑옷을 입는 것은 하루아침의 일이지만 큰 공을 세우면 그 명예가 오래가며, 세대를 거듭하여 백 세대에 이르러도 부강함을 계승할 수 있습니다. 군자들은 오나라 땅을 좋아하고, 신선들은 그 땅에서 회합하였고, 계부(桂父)는 오나라에 살면서 몸을 단련하여 얼굴색을 바꾸었고, 적수(赤須)는 껍질을 벗듯이 장수하여 아름다운 오나라에 기거하였습니다. 중원의 각국과 비교하면 오나라의 보배를 영원토록 보기 어려워, 단청(丹靑)으로 진기한 옥을 그려놓고 이로운 보배처럼 귀하게 여깁니다. 순(舜)임금과 우(禹)임금은 오나라를 여행하다가, 죽을 때까지 돌아가는 것을 잊었으며, 신령들은 오나라의 산굽이에서 오래 머물며 그 아름다움을 즐깁니다.

剖判庶士,[686] 商推萬俗.[687] 國有鬱鞅而顯敞,[688] 邦有湫阨而踡跼.[689] 伊茲都之函弘,[690] 傾神州而韞櫝.[691] 仰南斗以斟酌,[692] 兼二儀之優渥.[693]

繇此而揆之,[694] 西蜀之於東吳, 小大之相絶也,[695] 亦猶棘林螢燿,[696] 而與夫檮木龍燭也.[697] 否泰之相背也,[698] 亦猶帝之懸解,[699] 而與桎梏疏屬也[700]. 庸可共世而論巨細,[701] 同年而議豊確乎?[702] 暨其幽遐獨邃,[703]

686 剖判庶士(부판서사) : 여러 선비들을 판단해보다.

687 商搉萬俗(상각만속) : 각종의 풍속을 연구해보다.

688 國有鬱鞅而顯敞(국유울앙이현창) : '울앙(鬱鞅)'은 번성하다. '현창(顯敞)'은 크고 넓음.

689 邦有湫阨而踡跼(방유추액이권국) : '추액(湫阨)'은 아래가 협소한 것. '권국(踡跼)'은 구부러져서 펴지지 않는 것.

690 伊茲都之函弘(이자도지함홍) : '이(伊)'는 문두의 어기조사. '함홍(函弘)'은 넓다는 뜻.

691 傾神州而韞櫝(경신주이온독) : '경신주(傾神州)'는 신주(神州)를 비스듬하게 하다. '신주(神州)'는 중국을 말한다. '온독(韞櫝)'은 궤짝 속에 보관하다. 오나라 땅이 커서 중국을 포용할 수 있음을 과장해서 말한 것.

692 仰南斗以斟酌(앙남두이짐작) : 위로 우러러 남두성(南斗星)을 따다가 술을 따름. '남두(南斗)'는 별 이름. 북두성(北斗星)과 비교하여 남쪽에 위치하므로 남두라고 부른다. 남두(南斗)의 여섯 개 별을 이으면 국자 모양이 된다.

693 兼二儀之優渥(겸이의지우악) : '이의(二儀)'는 천지(天地)를 말한다. '우악(優渥)'은 풍부하고 여유가 있는 것.

694 繇此而揆之(요차이규지) : '요(繇)'는 그것을 통하다, 말미암다. '규(揆)'는 추측하고 헤아려 보다.

695 小大之相絶也(소대지상절야) : 작고 큰 것이 같지 않다.

696 亦猶棘林螢燿(역유극림형요) : 서촉(西蜀)은 가시나무 덤불과 같고 반딧불로 빛을 내는 것과 같으니 미미하여 말할 만한 것이 없음을 비유한 것.

697 與夫檮木龍燭也(여부심목용촉야) : '심목(檮木)'은 높고 큰 나무. '용촉(龍燭)'은 신룡이 물고 있다는 큰 횃불. 『산해경(山海經) · 대황북경(大荒北經)』에는 촉룡(燭龍)이라는 신룡이 나오는데, 사람의 얼굴에 뱀의 몸을 가졌으며 빨간 색이고 곧은 눈을 가졌는데 눈을 감으면 어두워지고 눈을 뜨면 밝아진다고 하였다.

698 否泰之相背也(부태지상배야) : '비(否)'와 '태(泰)'는 『역(易)』의 두 괘의 이름. 비(否)괘는 하늘과 땅이 교차하지 않아서 만물이 통하지 않는 것, 정치적으로 세상의 도가 쇠미해지는 것을 반영한다. 태(泰)괘는 천지가 교차하여 만물이 통하고 정치적으로도 세상의 도가 번창하는 것을 가리킴.

699 帝之懸解(제지현해) : 이 말은 『장자 · 대종사(大宗師)』에 나온다. "얻는 것은 때에 따르는 일이요 잃는 것은 순리에 따르는 일이다. 때를 편안히 여기고 순리에 처한다면 슬픔과 기쁨이 들어올 수가 없다. 그것을 예로부터 현해(懸解)라고 한다." '제(帝)'는 하늘을 가리킴. '현해(懸解)'는 인간세상의 속박을 풀어버려서 구속이 없고 자유자재로 소요하는 경지를 말한다.

700 桎梏疏屬(질곡소속) : 서촉(西蜀)의 구속과 속박은 벗어날 수 없음을 가리킴. '소속(疏屬)'은 산의 이름. 조룡산(雕龍山)이라고도 하며 지금 섬서성에 있다.

701 庸(용) : 어찌.

寥廓閑奧.[704] 耳目之所不該,[705] 足趾之所不蹈.[706] 倜儻之極異,[707] 詘詭之殊事,[708] 藏理於終古,[709] 而未寤於前覺也.[710] 若吾子之所傳,[711] 孟浪之遺言,[712] 略擧其梗槪, 而未得其要妙也.

여러 선비들을 판단해보고 각종의 풍속을 연구해보면 어떤 나라는 번성하고 현달하며, 어떤 나라는 협소하고 구부러져 있으니, 오도(吳都)의 넉넉함은 신주(神州)를 들어다 궤짝에 보관할 만합니다. 우러러 남두(南斗)를 가져다 술을 따르고, 하늘과 땅의 풍부함을 함께 하니 이것을 가지고 헤아려 보면 서촉(西蜀)은 동오(東吳)와 비교하여 규모의 크고 작음이 현저하게 다른 것은 가시덤불과 반딧불이 높고 큰 나무와 신룡의 횃불과 같이 있는 것과 같습니다. 비색함과 태평함이 다름은 하늘의 자유로운 경지와 질곡에 속박되어 있는 것이 다른 것과 같습니다. 어찌 같은 세상에서 굵고 가는 것을 논할 것이며, 같은 시기에 풍성함과 빈궁함을 이야기하겠습니까? 깊고 멀고 확 트이고 비어있는 것은 귀와 눈이 미치지 못하고 사람의 발자국도 미치지 못할 것들입니다. 우뚝 솟아 대단히 색다르고, 괴이하고 아주 다른 일들도 영원토록 숨

---

702 豊確(풍확) : 풍요롭고 빈궁한 것. '확(確)'은 빈곤한 것.

703 暨其幽遐獨邃(기기유하독수) : '기(暨)'는 미치다. '유하독수(幽遐獨邃)'는 깊고 멀고 넓은 곳. '독수(獨邃)'는 가장 깊고 먼 곳.

704 寥廓閑奧(요곽한오) : '요곽(寥廓)'은 쓸쓸하고 텅 빈 것. '한오(閑奧)'는 어둡고 깊은 것.

705 耳目之所不該(이목지소불해) : 귀와 눈이 미치지 못하는 곳. '該(해)'는 두루 갖추다.

706 足趾之所不蹈(족지지소불도) : 사람의 발자국이 미치지 못하는 곳.

707 倜儻(척당) : 우뚝 솟아나와 있음.

708 詘詭之殊事(굴궤지수사) : '궤수지사(詭之殊事)'는 보통과는 다른 괴이한 물건. '굴(詘)'은 굴(詘)의 이체자.

709 藏理於終古(장리어종고) : '리(理)'자는 '埋(매)'자가 되어야 한다. '종고(終古)'는 영원토록.

710 未寤於前覺(미오어전각) : '오(寤)'는 깨닫다. '전각(前覺)'은 먼저 깨달은 사람.

711 若吾子之所傳(약오자지소전) : 내가 전하는 ~과 같은 것은. '약(若)'은 '~과 같은 것은'의 뜻. '오(吾)'는 동오왕손을 자칭한다. 뒤의 '자(子)'자는 후대 사람들이 잘못 덧붙인 것 같다.

712 孟浪之遺言(맹랑지유언) : '맹랑(孟浪)'은 대강, 대체로. '유언(遺言)'은 전해 내려오는 말.

겨져 있어서 선각자도 이를 아직 알지 못합니다. 제가 전하는 것은 대충 전해 내려오는 말이며, 그 대략만 대강 들어 말한 것으로 그 정묘하고 오묘한 부분은 아직 말하지 못하였습니다.

염정삼 역

卷六

위도부

魏都賦

좌태충(左太冲)

□ 작자

권4의 〈삼도부서(三都賦序)〉 작자 소개 참조.

□ 해제

〈삼도부(三都賦)〉 세 편의 작품은 허구의 인물이 서로 형식을 과장하여 성대하게 꾸며 말하고 있다. 〈촉도부(蜀都賦)〉는 산천과 풍물을 소개하는 데 중점을 두고, 〈오도부(吳都賦)〉는 오도의 광활하고 번화함을 소개하는 데 치중하고, 〈위도부(魏都賦)〉는 위(魏)나라의 규모와 제도를 소개하는 데 치중하였다. 궁궐의 건축, 시장의 번화함, 백성들의 순박함 등을 잘 배치하여 그려내고 있다.

□ 역주

魏國先生有睟其容,[1] 乃盱衡而誥曰[2] : 異乎交益之士,[3] 蓋音有楚夏者,[4] 土風之乖也,[5] 情有險易者,[6] 習俗之殊也. 雖則生常,[7] 固非自得之謂也.[8] 昔市南宜僚弄丸, 而兩家之難解.[9] 聊爲吾子復翫德音,[10] 以釋二客競於辯囿者也.[11]

수려한 용모를 가진 위국선생(魏國先生)이 눈을 크게 뜨고 경고하며 말하였다. "위나라 사람들이 교주(交州)와 익주(益州)의 선비들과 달리 초(楚)와 중원지방의 말소리를 가진 것은 토양과 풍속이 다르기 때문이다. 성정에 편안함과 불편함이 있는 것은 습속에 차이가 있기 때문이다. 그러므로 일상적인 성정이라 해도 진실로 선천적인 성격은 아니라고 할 수 있다. 옛날 시남의료(市南宜僚)가 구슬을 가지고 놀면서 두 집안

---

1 魏國先生有睟其容(위국선생유수기용) : '위국선생(魏國先生)'은 부에 나오는 허구의 인물. '수기용(睟其容)'은 용모가 온화하고 윤택이 흐름.

2 盱衡而誥(우형이고) : '우(盱)'는 눈을 크게 뜨는 것. '형(衡)'은 눈썹 위. '고(誥)'는 경고하다, 경계하다.

3 異乎交益之士(이호교익지사) : '교익(交益)'은 교주(交州)와 익주(益州). 삼국시대에 교주(交州)는 오(吳)나라에 속해 있었고 익주(益州)는 촉(蜀)나라에 속해 있었다.

4 蓋音有楚夏者(개음유초하자) : '음(音)'은 말소리, 언어. '초하(楚夏)'는 초나라와 중원.

5 土風之乖(토풍지괴) : '토풍(土風)'은 토양과 풍속. '괴(乖)'는 어긋난다, 다르다.

6 情有險易者(정유험이자) : '험(險)'은 성정이 평안하지 않은 것. '이(易)'는 성정이 편안한 것.

7 生常(생상) : 일상적인 성정. '생(生)'은 '성(性)'과 통하는 글자.

8 自得(자득) : 태생적으로 가지고 있는 것. 선천적인 성격을 뜻한다.

9 昔市南宜僚弄丸(석시남의료농환) 이하 2구 : 『장자(莊子) · 서무귀(徐無鬼)』에 나오는 말이다. 옛날 시남의료(市南宜僚)가 구슬을 가지고 놀면서 권력자의 요구에 대꾸하지 않아 결국 두 집안이 난을 해결한 일을 두고 한 말이다. 여기에서는 위국선생이 시남의료와 같은 역할을 자처하여 경쟁하는 오나라와 촉나라의 객들을 화해시킨다는 뜻.

10 聊爲吾子復翫德音(요위오자복완덕음) : '완(翫)'은 즐겁게 보여주다, 감상하게 하다. '덕음(德音)'은 좋은 말.

11 釋二客競於辯囿者(석이객경어변유자) : 말을 잘하는 사람은 언어구사를 잘하고 어휘가 풍부하다. '변유(辯囿)'는 풍부한 언어를 가지고 있는 것을 다채로운 초목을 가진 정원에 비유한 말이다.

의 난을 해결하였던 것처럼 내 이제 그대를 위해 좋은 말[德音]을 감상하게 하여 말의 정원[辯囿]에서 다투고 있는 두 객의 의혹을 풀어주겠다.

夫泰極剖判,[12] 造化權輿.[13] 體兼晝夜,[14] 理包淸濁.[15] 流而爲江海, 結而爲山嶽. 列宿分其野, 荒裔帶其隅.[16] 巖岡潭淵,[17] 限蠻隔夷,[18] 峻危之竅也.[19] 蠻陬夷落,[20] 譯導而通,[21] 鳥獸之氓也.[22] 正位居體者,[23] 以中夏爲喉,[24] 不以邊垂爲襟也.[25] 長世字甿者,[26] 以道德爲藩,[27] 不以襲險爲

12 泰極剖判(태극부판) : '태극(泰極)'은 태극(太極). '부판(剖判)'은 열리다의 뜻. 혼돈의 상태에서 천지가 처음 열린 순간을 뜻함.

13 造化權輿(조화권여) : '조화(造化)'는 자연의 창조와 변화를 말함. '권여(權輿)'는 시작.

14 體兼晝夜(체겸주야) : 체제가 낮과 밤을 가지게 되었다. '체(體)'자는 다음 구절의 '리(理)'자와 대비되는 말이다.

15 理包淸濁(이포청탁) : 법칙은 천지를 포함한다는 뜻. '청탁(淸濁)'은 하늘과 땅을 가리킨다.

16 列宿分其野(열수분기야) 이하 2구 : 중원(中原)과 이적(夷狄)이 대세를 이루어 별자리들로 그 땅을 나누었는데 멀리 있는 지역은 가장자리에 띠처럼 둘러져 있다는 뜻. '열수(列宿)'는 별자리. '분기야(分其野)'는 옛날에 12개 별자리의 위치로 땅위의 지역을 나누어 배열하였는데 천문(天文)에서는 분성(分星)이라 하고 지리(地理)에서는 분야(分野)라고 하였다. '황예(荒裔)'는 변방의 먼 곳. '대기우(帶其隅)'는 그 모서리들이 허리띠처럼 이어져 있다는 뜻.

17 巖岡潭淵(암강담연) : '암강(巖岡)'은 산맥. '담연(潭淵)'은 강과 호수.

18 限蠻隔夷(한만격이) : '한(限)'과 '격(隔)'은 떨어져 있다는 뜻. '만(蠻)'과 '이(夷)'는 중원의 민족 이외의 이민족, 소수민족을 이르는 말.

19 峻危之竅也(준위지규야) : 높은 산에 있는 동굴. '위(危)'는 높다는 뜻. '규(竅)'는 동굴.

20 蠻陬夷落(만추이락) : '추(陬)'는 모여 사는 곳을 말함. 취락, 촌락의 뜻. '락(落)'도 취락, 촌락의 뜻.

21 譯導而通(역도이통) : 언어의 번역에 의지해서 인도되어야만 중원과 통할 수 있다는 뜻.

22 鳥獸之氓也(조수지맹야) : 아직 개화하지 못한 백성을 뜻함.

23 正位居體(정위거체) : '정위(正位)'는 중앙의 위치를 뜻하고 '거체(居體)'는 상체의 중앙에 있다는 말로써, 천자의 바른 지위에 처하고 국군(國君)의 자리에 거한다는 뜻.

24 以中夏爲喉(이중하위후) : '중하(中夏)'는 중원지방. '후(喉)'는 목구멍, 여기에서는 요지라는 뜻.

25 不以邊垂爲襟(불이변수위금) : '수(垂)'는 '수(陲)'와 같은 뜻. 변방. '금(襟)'은 옷깃. 중요한 곳을 뜻함.

26 長世字甿(장세자맹) : '장세(長世)'는 세상을 이끌다. '자맹(字甿)'은 백성을 기른다. '자(字)'는 기르다, 양육하다.

屛也.[28] 而子大夫之賢者,[29] 尙弗曾庶翼等威,[30] 附麗皇極.[31] 思稟正朔,[32] 樂率貢職.[33] 而徒務於詭隨匪人,[34] 宴安於絶域.[35] 榮其文身,[36] 驕其險棘.[37] 繆默語之常倫,[38] 牽膠言而踰侈.[39] 飾華離以矜然,[40] 假倔彊而攘臂.[41] 非醇粹之方壯,[42] 謀踳駮於王義.[43] 孰愈尋靡蓱於中逵,[44] 造

---

27 以道德爲藩(이도덕위번) : 도덕(道德)을 울타리로 삼는다.

28 不以襲險爲屛(불이습험위병) : '습(襲)'은 중첩되다. '습험(襲險)'은 대단히 험한 지형.

29 子大夫之賢者(자대부지현자) : 위국선생이 서촉공자(西蜀公子)와 동오왕손(東吳王孫)에 대하여 사용한 존칭.

30 尙弗曾庶翼等威(상불증서익등위) : '서익(庶翼)'은 모두가 힘써 군주를 보좌한다. '등위(等威)'는 오촉(吳蜀)과 위나라는 위의(威儀)의 등급에 차이가 있다는 뜻.

31 附麗皇極(부려황극) : '부려(附麗)'는 붙어있다는 뜻. '황극(皇極)'은 큰 중심의 도를 말한다. 여기에서는 위나라의 군주를 비유함.

32 思稟正朔(사품정삭) : '사(思)'는 동사 앞에 놓이는 발어사. '품(稟)'은 받다. '정삭(正朔)'은 한해의 처음 시작하는 날. '정(正)'은 일 년의 시작. '삭(朔)'은 한 달의 시작이다. 조대(朝代)가 바뀔 때마다 반드시 정삭을 다시 정하였다.

33 樂率貢職(악솔공직) : '솔(率)'은 백성들을 인도한다. '공직(貢職)'은 신분과 직별에 따라 조정에 바친다는 뜻.

34 徒務於詭隨匪人(도무어궤수비인) : '궤수(詭隨)'는 사기와 허위를 일삼는 사람. '비인(匪人)'은 행위가 바르지 못한 사람.

35 宴安於絶域(연안어절역) : '연안(宴安)'은 편안하다는 뜻. '절역(絶域)'은 멀리 떨어진 지역.

36 榮其文身(영기문신) : 몸에 문신하는 것을 영광으로 여기다. 고대 오월(吳越)지역 남쪽의 종족들은 몸에 아름다운 무늬를 새기고 머리카락을 짧게 자르는 것을 영예로 여겼다.

37 驕其險棘(교기험극) : 촉(蜀)나라 지형의 험난함을 가지고 교만하게 군다는 뜻.

38 繆默語之常倫(무묵어지상륜) : '무(繆)'는 어두움, 밝지 않음, 무지함. '묵어(默語)'는 말을 하지 않는 것과 말을 하는 것. '상륜(常倫)'은 떳떳한 이치, 도리.

39 牽膠言而踰侈(견교언이유치) : '견(牽)'은 끌어대다. '교언(膠言)'은 궤변으로 의리에 맞지 않는 말. '유치(踰侈)'는 과도하게 사치하는 것. 오나라와 촉나라의 객들이 지나치게 과장하여 실제에 맞지 않는 말을 한다는 뜻.

40 飾華離以矜然(식화리이긍연) : '화리(華離)'는 지형이 똑바르지 않고 비스듬히 길어서 이쪽저쪽이 멀리 떨어짐. 여기에서는 촉(蜀)나라 땅이 좁고 비스듬히 길게 생긴 것을 과장하여 옥토라고 말한다는 뜻. '긍연(矜然)'은 스스로 자랑스러워하는 모양.

41 假倔彊而攘臂(가굴강이양비) : '가(假)'는 빌리다. '굴강(倔彊)'은 오나라 병사들의 성정이 강포함을 말함. '양비(攘臂)'는 소매를 걷고 팔뚝을 내밂. 강포한 성격을 말한 것이다.

42 非醇粹之方壯(비순수지방장) : '순수(醇粹)'는 다른 것이 섞이지 않고 순수함. '방장(方壯)'은 크고 건장함.

沐猴於棘刺.[45] 劍閣雖嶛,[46] 憑之者蹶,[47] 非所以深根固蔕也.[48] 洞庭雖濬,[49] 負之者北,[50] 非所以愛人治國也. 彼桑榆之末光,[51] 踰長庚之初輝.[52] 況河冀之爽塏,[53] 與江介之湫湄.[54] 故將語子以神州之略,[55] 赤縣

---

43 謀踳駮於王義(모준박어왕의) : '모(謀)'는 방법을 생각하다. '준박(踳駮)'은 뒤섞여 어지러움, 혼란함. '왕의(王義)'는 왕이 된 자의 의리.

44 孰愈尋靡蓱於中逵(숙유심미평어중규) : '숙유(孰愈)'는 어느 것이 더 심하겠는가의 뜻. '미(靡)'는 길게 늘어짐. '평(蓱)'은 부평초, 마름. '중규(中逵)'는 아홉 갈래 길의 가운데. 이 구절은 오나라와 촉나라의 객들이 아홉 갈래 길 한가운데서 물풀을 찾고 있는 것과 같다는 뜻.

45 造沐猴於棘刺(조목후어극자) : 가시나무의 가시에 목후(沐猴)를 조각하여 만든다는 뜻. '목후(沐猴)'는 초나라 사람들이 원숭이를 부르는 말. 『한비자(韓非子)·외저설(外儲說)』에 그에 관한 이야기가 나온다. 연(燕)나라 왕이 정교한 세공품을 좋아하여 어떤 사람이 연나라 왕을 위하여 가시 끝에 원숭이 모양을 새기겠다고 청하였다. 그러나 연나라 왕이 그 사람에게 조각 도구를 보여 달라고 하자 그는 달아나 버렸고 거짓말을 한 것이 드러났다. 이 구절은 오촉의 두 객이 황당한 말을 하는 것이 가시 끝에 원숭이를 조각할 수 있다는 말처럼 터무니없다는 뜻.

46 劍閣雖嶛(검각수료) : '검각(劍閣)'은 험한 산에 나무로 만든 다리, 잔도(棧道)의 이름. 험한 산들이 이어진 곳에 누각들이 길을 통하게 되어 있어서 검각이라고 불렸다고 한다. 지금 사천(四川)성 검각(劍閣)현의 북쪽 대검산(大劍山)과 소검산(小劍山) 사이에 검각관이라고 불리는 곳이 있다. '료(嶛)'는 높고 험함.

47 憑之者蹶(빙지자궐) : '빙(憑)'은 의지하다. '궐(蹶)'은 넘어지다, 패하다.

48 非所以深根固蔕也(비소이심근고체야) : 그것은 국가가 오래 버틸 수 있는 길이 아님. '심근고체(深根固蔕)'는 깊은 뿌리와 견고한 가지.

49 洞庭雖濬(동정수준) : '동정(洞庭)'은 태호(太湖)를 말함. 그 안에 포산(苞山)이 있는데 석굴을 가지고 있으며 그 석굴이 그 끝을 알 수 없을 만큼 깊어서 동정(洞庭)이라고 부른다고 한다. '준(濬)'은 깊다.

50 負之者北(부지자배) : '부(負)'는 믿다, 기대다, 의지하다. '배(北)'는 옛날의 '背(배)'자로 패하여 등을 보이고 도망간다는 뜻.

51 桑榆之末光(상유지말광) : 해가 장차 서쪽으로 기우려고 한다는 뜻. '상유(桑榆)'는 뽕나무, 느릅나무. 해가 질 때 햇빛이 이 나뭇가지 끝에서 반짝인다는 뜻에서 일몰을 의미한다.

52 踰長庚之初輝(유장경지초휘) : '장경(長庚)'은 금성(金星)을 가리킨다. 옛날 사람들은 태백성(太白星)이라고 불렀다. 해가 질 무렵에 서쪽에 나타나면 장경성이라고 부르고 새벽에 동쪽에 나타나면 계명성(啓明星)이라고 불렀다. 이 구절은 '저녁에 금성이 처음 나타날 때의 별빛을 넘어서'라는 뜻이다.

53 河冀之爽塏(하기지상개) : '하기(河冀)'는 중원지역을 말한다. '상개(爽塏)'는 시원하고 높고 건조한 것.

54 江介之湫湄(강개지추미) : '강개(江介)'는 장강(長江) 일대를 말한다. '추미(湫湄)'는 바닥이 얕은 물, 늪지. 물가에 풀이 많이 나는 곳.

之畿.[56] 魏都之卓犖,[57] 六合之樞機.[58]

천지가 처음 열리고 자연의 조화가 시작되었다. 체제가 낮과 밤을 가지게 되었으며, 법칙은 맑은 하늘과 흐린 땅을 포함하였다. 기운이 흘러서 강과 바다가 되었으며, 맺어져서 산과 산맥을 이루었다. 별자리로 그 땅을 나누고, 먼 변방이 그 모서리를 둘렀다. 산맥과 강과 호수가 이민족을 격리시켰으니 그들은 높고 험한 동굴에 살았다. 만(蠻), 이(夷) 등의 이민족의 부락은 통역에 의지해서만 중원과 통할 수 있었으니 그들은 아직 개화하지 못한 백성이었다. 천자의 자리에 바르게 처하고 올바른 정체를 이룬 자는 중원지방을 요지로 삼았으며 변방을 요지로 삼지 않는다. 세상을 이끌어 백성을 양육하는 자는 도덕(道德)을 울타리로 삼으며 험한 지형을 가리개로 삼지 않는다. 그런데 그대들과 같은 현자가 오(吳)와 촉(蜀)과는 등급이 다른 위(魏)나라를 뭇 사람들과 함께 보좌하여 그 황제 폐하를 따르지 않는구나. 한해의 처음 시작하는 날을 받아서 백성들을 즐겁게 인도하고 신분과 직책에 따라 조공을 바쳐야 하는데, 사기와 허위, 남을 속이는 일에만 전념하여 멀리 떨어진 땅에서 편안히 지내는구나. 문신한 몸을 영광으로 여기고 지형의 험난함을 가지고 교만하게 군다. 침묵과 대화의 떳떳한 도리에는 무지하고, 궤변을 끌어다 과도하게 치장한다. 촉나라 지형이 비좁고 외진 것을 과장하여 말하면서 자랑스러워하고, 오나라 병사들이 강포한 것을 빌어 소매를 걷고 덤벼든다. 그것은 순수하고 건장한 것이 아니니 왕자의 의리를 뒤섞어 혼란스럽게 하려는 모략이다. 이것은 아홉 갈래 길에서 물풀을 찾는 것, 혹은 가시나무 끝의 가지에 원숭이를 조각하

55 神州之略(신주지략) : '신주(神州)'는 중원지역을 가리킴. '략(略)'은 경계.

56 赤縣之畿(적현지기) : '적현(赤縣)'도 중원지역을 가리킨다. '기(畿)'는 왕이 사는 구역, 도읍에 가까운 지역.

57 卓犖(탁락) : 뛰어나고 훌륭함.

58 六合之樞機(육합지추기) : '육합(六合)'은 천하, 세상. '추기(樞機)'는 사물의 관건이 되는 곳. 문이 열리고 닫히는 데 주요 역할을 지도리.

는 것처럼 터무니없는 것이니 어느 것이 더 심한 것인가? 검각(劍閣)처럼 산에 놓은 다리가 비록 험하다고는 하지만 그것에 의지하면 넘어질 것이니, 그것은 뿌리가 깊고 가지가 견고하지 못하기 때문이다. 동정(洞庭)호가 비록 깊다고 하지만 그것에 의지하는 자는 패배할 것이니, 그것은 사람을 사랑하고 나라를 올바로 다스리는 방법이 아니기 때문이다. 저 뽕나무, 느릅나무 가지에 걸려 장차 기우려고 하는 햇빛은 장경(長庚)성의 초저녁 별빛을 넘어선다. 하물며 위나라가 거한 중원의 높고 건조한 지역을 장강 일대의 얕은 늪지에 비교할 수 있는가! 그래서 그대들에게 중원의 경계와 왕이 사는 지역에 대해 말해주겠노라. 위도(魏都)는 뛰어나니 사방 천하의 중심이다.

于時運距陽九,[59] 漢網絶維.[60] 奸回內贔,[61] 兵纏紫微.[62] 翼翼京室,[63] 眈眈帝宇,[64] 巢焚原燎,[65] 變爲煨燼,[66] 故荊棘旅庭也.[67] 殷殷寰內,[68] 繩繩八區,[69] 鋒鏑縱橫,[70] 化爲戰場, 故麋鹿寓城也.[71] 伊洛榛曠,[72] 崤函荒

59 運距陽九(운거양구) : '운(運)'은 운수, 시운. '거(距)'는 이르다. '양구(陽九)'는 액운을 뜻함.

60 漢網絶維(한망절유) : '한망(漢網)'은 한의 왕실을 비유. '유(維)'는 사물을 붙들어 매는 큰 줄. 한나라의 정권을 비유한다.

61 奸回內贔(간회내비) : '간회(奸回)'는 간사한 소인. 한나라 말기에 조정을 혼란하게 한 환관과 외척들. '내비(內贔)'는 안에서 난을 일으키기를 힘쓰다.

62 兵纏紫微(병전자미) : '전(纏)'은 에워싸다. '자미(紫微)'는 제왕의 궁전.

63 翼翼京室(익익경실) : '익익(翼翼)'은 장엄하고 위엄이 있음. '경실(京室)'은 왕실.

64 眈眈帝宇(탐탐제우) : '탐탐(眈眈)'은 건축물이 깊숙하게 지어진 모양. '제우(帝宇)'는 제왕의 궁전을 가리킴.

65 巢焚原燎(소분원료) : 한나라 말기에 큰 혼란이 있어 낙양의 궁전들이 전화 중에 불타버린 것이 마치 새둥지가 타고 들판의 풀이 타버린 것과 같다는 뜻.

66 煨燼(외신) : 다 타서 재가 됨.

67 荊棘旅庭(형극려정) : '려(旅)'는 기생하는 것, 붙어사는 것. '정(庭)'은 궁정. 여기서는 폐허가 된 궁실을 가리킴.

68 殷殷寰內(은은환내) : '은은(殷殷)'은 많고 성한 모양. '환내(寰內)'는 경도 주위의 천리 이내의 땅을 말함.

69 繩繩八區(승승팔구) : '승승(繩繩)'은 많은 모양. '팔구(八區)'는 팔방.

70 鋒鏑縱橫(봉적종횡) : '봉적(鋒鏑)'은 무기나 활 등의 날카로운 끝. 무기를 지칭함.

蕪.[73] 臨菑牢落,[74] 鄢郢丘墟.[75] 而是有魏開國之日, 締構之初.[76] 萬邑譬焉, 亦獨犨糜之與子都.[77] 培塿之與方壺也.[78] 且魏地者, 畢昴之所應,[79] 虞夏之餘人.[80] 先王之桑梓,[81] 列聖之遺塵.[82] 考之四隈,[83] 則八埏之中.[84] 測之寒暑, 則霜露所均.[85] 卜偃前識而賞其隆,[86] 吳札聽歌而美其

여기에서는 전쟁을 비유.

71 糜鹿寓城(미록우성) : 경도 주위가 전쟁터로 변하여 사슴들이 성안에 기탁하여 삶.

72 伊洛榛曠(이락진광) : '이락(伊洛)'은 이수(伊水)와 낙수(洛水). '진광(榛曠)'은 황량하고 텅 빈 것.

73 崤函荒蕪(효함황무) : '효함(崤函)'은 효산(崤山)과 함곡관(函谷關). 서경(西京) 일대를 말한다.

74 臨菑牢落(임치뇌락) : '임치(臨菑)'는 제(齊)나라의 옛 도읍지. 산동(山東)성에 있다. 동쪽 지역을 가리킨다. '뇌락(牢落)'은 황폐해 진 것.

75 鄢郢丘墟(언영구허) : '언영(鄢郢)'은 초(楚)나라의 옛 도읍지. 호북(湖北)성에 있다. 남쪽 지역을 가리킨다.

76 締構之初(체구지초) : '체구(締構)'는 틀을 짜다. 위나라가 개국하여 수도를 세운 일을 가리킨다.

77 獨犨糜之與子都(독주미지여자도) : '주미(犨糜)'는 사람 이름. 용모가 너무 추악하여 감당할 수 없을 지경이었다고 전해진다. '자도(子都)'는 사람 이름. 대단한 미남자였다.

78 培塿之與方壺(배루지여방호) : '배루(培塿)'는 작은 흙산. '방호(方壺)'는 신선들이 산다는 산. 방장(方丈)이라고도 한다.

79 畢昴之所應(필묘지소응) : '필묘(畢昴)'는 필성(畢星)과 묘성(昴星). 땅의 분야와 하늘에서 나눈 별자리가 상응함.

80 虞夏之餘人(우하지여인) : '우하(虞夏)'는 우순(虞舜)과 하우(夏禹). 순임금과 우임금의 후손이라는 뜻. 즉 위나라 땅은 순과 우가 도읍을 만든 곳이라는 말이다. '여인(餘人)'은 후대, 후손.

81 先王之桑梓(선왕지상자) : '상자(桑梓)'는 뽕나무, 박달나무. 옛날에 집을 지을 때에는 가까이에 항상 나무를 심었는데 주로 뽕나무와 박달나무를 심었기 때문에 후에 그 말을 가지고 고향을 비유하게 되었다.

82 列聖之遺塵(열성지유진) : '열성(列聖)'은 앞에 열거한 성인들, 순임금과 우임금. '유진(遺塵)'은 남겨놓은 땅.

83 四隈(사외) : 사방. '외(隈)'는 모서리.

84 八埏(팔연) : 팔방. '연(埏)'은 땅의 가장자리. '중(中)'은 중앙. 위나라 땅이 밖의 땅의 중앙이 된다는 뜻.

85 測之寒暑(측지한서) 이하 2구 : 위나라 땅이 가운데에 있기 때문에 기후를 측량해 보면 추위와 더위가 균형을 이루고 있다는 말이다.

86 卜偃前識而賞其隆(복언전식이상기륭) : '복언(卜偃)'은 춘추시대 진(晉)나라 사람으로 점을 잘 보았다고 한다. 『국어(國語) · 진어(晉語)』의 기록에 의하면 진헌공

風.[87] 雖則衰世, 而盛德形於管弦.[88] 雖踰千祀, 而懷舊蘊於遐年.[89]

이때 천운이 액운을 만나, 한(漢) 왕실의 계통이 끊어졌다. 간사한 소인배가 안에서 난을 일으키고, 병사들이 황궁을 에워쌌다. 장엄하던 왕의 궁전, 깊숙하던 제왕의 집들이 전란 중에 새둥지처럼 불타고 들판의 풀처럼 다 타버려서, 모두 잿더미로 변하였다. 그래서 폐허가 된 궁전에는 가시나무만 기생하였다. 그 많고 성하던 경도 주변의 땅과 넓고 넓은 팔방의 지역에 전쟁이 여기저기 일어나 모두 전장으로 변해버려서 사슴들만 성 안에 깃들어 살게 되었다. 이수(伊水)와 낙수(洛水) 가는 황량하게 텅 비었으며, 효산(崤山)과 함곡관(函谷關)은 황폐해졌다. 임치(臨菑)도 몰락하였으며, 언영(鄢郢)도 폐허가 되었다. 이때가 위(魏)나라가 개국한 날이며, 처음으로 수도를 세워 나라의 기틀을 짰던 시기였다. 위나라를 다른 여러 많은 나라와 비교해 보는 것은 추악하다고 소문난 주미(犨麋)를 미남자였던 자도(子都)와 비교하는 것과도 같고, 작은 흙산을 신선이 사는 방호(方壺)산과 비교하는 것과 같다. 또한 위(魏)나라의 땅은 필성(畢星)과 묘성(昴星)이 상응하는 지역이며 순임금과 우임금의 후손들이 사는 땅이다. 선왕(先王)들이 뽕나무와 박달나무로 집짓고 살던 고향이며, 여러 성인들의 흔적이 남겨진 땅이다. 사방을 둘러보면 팔방의 가운데에 있으며, 추위와 더위를 측량해보면 서리와

(晉獻公)이 대부 필만(畢萬)에게 위나라 땅을 봉해주자 복언이 필만의 후대가 반드시 홍성 발전할 것이라고 이야기했다고 한다. '전식(前識)'은 미래를 미리 예견하는 것. '륭(隆)'은 홍성하다.

87 吳札聽歌而美其風(오찰청가이미기풍) : '오찰(吳札)'은 오나라 공자 계찰(季札). 노양공(魯襄公) 19년에 오나라 공자 계찰이 노나라를 방문하였는데 음악을 연주하고 위풍(魏風)을 노래할 때 매우 칭찬하면서 "성대하고도 아름답고 험난하면서도 실행하기가 쉬우니 덕을 가지고 그것을 보좌한다면 현명한 군주가 될 것입니다"라고 하였다고 한다.

88 盛德形於管弦(성덕형어관현) : '관현(管弦)'은 관악기와 현악기, 악기로 연주되는 음악. 악곡. 군주의 성덕이 음악 속에 표현된다는 뜻.

89 懷舊蘊於遐年(회구온어하년) : '회구(懷舊)'는 옛날을 생각하다. 우수한 전통을 계승하게 된 것을 가리킴. '온(蘊)'은 쌓다. '하년(遐年)'은 아주 먼 시대.

이슬이 고루 내리는 지역이다. 점을 잘 보던 복언(卜偃)은 미리 알아보고 그 땅이 융성하리라고 칭찬하였고, 오찰(吳札)은 위나라의 노래를 듣고 그 풍속을 찬미하였다. 비록 세태가 기울어도 군주의 성덕(盛德)이 음악 속에 표현될 것이며, 천년이 넘어가더라도 아주 먼 시대에 예전에 쌓은 공적을 생각하게 될 것이다.

爾其疆域,[90] 則旁極齊秦,[91] 結湊冀道.[92] 開胸殷衛,[93] 跨躡燕趙.[94] 山林幽峽,[95] 川澤回繚. 恒碣碪碍於青霄,[96] 河汾浩溎而皓溔.[97] 南瞻淇澳, 則綠竹純茂.[98] 北臨漳滏,[99] 則冬夏異沼.[100] 神鉦迢遰於高巒, 靈響時驚於四表.[101] 溫泉毖涌而自浪,[102] 華清蕩邪而難老.[103] 墨井鹽池,[104] 玄

90 爾其疆域(이기강역) : '강역(疆域)'은 다스리는 경계, 국경.
91 旁極齊秦(방극제진) : '극(極)'은 끝까지 다하다.
92 結湊冀道(결주기도) : '결주(結湊)'는 맺어서 모으다. '기도(冀道)'는 기(冀)와 도(道)라는 두 나라의 이름.
93 開胸殷衛(개흉은위) : '개흉(開胸)'은 앞으로 넓게 열어 펼치다. '은위(殷衛)'는 은(殷)과 위(衛)가 봉해 받은 땅.
94 跨躡燕趙(과섭연조) : '과섭(跨躡)'은 넘어가 섭렵하다. '연조(燕趙)'는 연(燕)과 조(趙)의 옛 땅.
95 幽峽(유앙) : 멀고 깊은 것.
96 恒碣碪碍於青霄(항갈침악어청소) : '항(恒)'은 항산(恒山). '갈(碣)'은 갈석산(碣石山). '침악(碪碍)'은 높고 험준한 모양.
97 河汾浩溎而皓溔(하분호간이호요) : '분(汾)'은 분수(汾水). '호간(浩溎)'은 물의 기세가 큰 것. '호요(皓溔)'는 수면이 끝없이 넓은 모양.
98 南瞻淇澳(남첨기오) 이하 2구 : '기(淇)'는 기수(淇水). '오(澳)'는 물가. '순(純)'은 아름답다. 『시(詩) · 위풍(衛風) · 기오(淇奧)』: "저 기수 물가를 바라보니 푸른 대나무가 아름답구나(瞻彼淇澳, 綠竹猗猗)".
99 北臨漳滏(북림장부) : '장(漳)'은 장수(漳水). 지금 하북(河北)성과 하남(河南)성의 경계에 있다. '부(滏)'는 부수(滏水). 지금의 부양하(滏陽河)이다. 샘에서 솟아나오는 물이라 겨울에는 따뜻하고 여름에는 시원하다.
100 冬夏異沼(동하이소) : 부수가 따뜻하기 때문에 장수와 대비되어 마치 겨울과 여름에 추위와 더위의 차이가 있는 것과 같다는 뜻이다. '소(沼)'는 물을 통칭하는 말.
101 神鉦迢遰於高巒(신정초체어고만) 이하 2구 : '신정(神鉦)'은 석고(石鼓)를 말한다. '초체(迢遰)'는 높고 먼 모양. '고만(高巒)'은 높은 산. '영향(靈響)'은 북이 저절로 울리는 것. '사표(四表)'는 사방. 『기주도경(冀州圖經)』에는 다음과 같은 이야기가 전해진다. 업성(鄴城) 서북쪽의 고산(鼓山) 위에 석고(石鼓)의 모양이 있었는데 사람

滋素液.[105] 厥田惟中, 厥壤惟白.[106] 原隰畇畇,[107] 墳衍斥斥.[108] 或嵬罍而複陸,[109] 或爣朗而拓落.[110] 乾坤交泰而絪縕,[111] 嘉祥徽顯而豫作.[112] 是以兆朕振古,[113] 萌柢疇昔.[114] 藏氣讖緯,[115] 閟象竹帛.[116] 迥時世而淵

들은 때로 그 북이 스스로 울려서 사방을 깜짝 놀라게 한다고 말한다.

102 毖湧而自浪(비용이자랑) : '비용(毖湧)'은 물이 좁은 곳을 급하게 흐르는 모양. '자랑(自浪)'은 물이 빠르게 흘러 스스로 물결을 일으킴.

103 華淸蕩邪而難老(화청탕사이난로) : '화청(華淸)'은 물이 아름답고 깨끗함. '탕사(蕩邪)'는 질병을 제거해 줌. '난로(難老)'는 온천에서 목욕하면 질병을 제거하고 사람의 수명을 연장할 수 있게 됨.

104 墨井鹽池(묵정염지) : '묵정(墨井)'은 석탄광, 우물 속의 돌이 먹같이 생겼기 때문에 그렇게 부른다. '염지(鹽池)'는 지명. 석염(石鹽)의 산출지로 유명하다. 지금 산서(山西)성 운성(運城)현의 경계에 있다.

105 玄滋素液(현자소액) : '현자(玄滋)'는 묵정(墨井)에서 나오는 검은 액. '소액(素液)'은 흰색의 소금물.

106 厥田惟中(궐전유중) 이하 2구 : 기주(冀州)가 구주(九州)의 땅 중 비옥함의 정도에서 가운데이며 기주의 토양이 흰색임을 말함. 『상서(尙書)・우공(禹貢)』: "기주(冀州)는 그 토양이 흰색이며 그 땅의 비옥함은 중중(中中 : 다섯번째)등급이다(冀州, 厥土惟白壤, 厥田惟中中)".

107 原隰畇畇(원습균균) : '원(原)'은 평지, 평원. '습(隰)'은 낮고 습한 땅. '균균(畇畇)'은 개간한 땅이 평평한 모양.

108 墳衍斥斥(분연척척) : '분(墳)'은 높은 땅. '연(衍)'은 낮고 평평한 땅. '척척(斥斥)'은 광대한 모양. '척(斥)'은 '척(㡿)'의 속자.

109 嵬罍而複陸(외뢰이복륙) : '외뢰(嵬罍)'는 높고 낮음이 고르지 않은 모양. 외뢰(魂磊), 외뢰(魂罍) 등으로도 쓴다. '복륙(複陸)'은 중첩되어 있다는 뜻.

110 爣朗而拓落(광랑이척락) : '광랑(爣朗)'은 밝다. '척락(拓落)'은 넓은 것.

111 乾坤交泰而絪縕(건곤교태이인온) : '건곤(乾坤)'은 천지(天地)를 가리킨다. '교태(交泰)'는 천지의 기운이 만나서 융합하고 관통하는 것. '인온(絪縕)'은 천지음양의 기운이 서로 섞여 만물이 생장 발전 변화하는 것.

112 嘉祥徽顯而豫作(가상휘현이예작) : 좋은 조짐이 은미하게 드러나고 미리 생겨남. 위나라가 흥성할 것에 대하여 미리 상서(祥瑞)가 드러났음을 뜻함.

113 兆朕振古(조짐진고) : '조짐(兆朕)'은 사물이나 사건이 발생할 것을 예견할 수 있는 미세한 흔적. '진고(振古)'는 '옛날부터'의 뜻.

114 萌柢疇昔(맹저주석) : '맹(萌)'은 시작. '저(柢)'는 근본, 뿌리. '주석(疇昔)'은 옛날. 앞의 구절의 '진고(振古)'와 함께 위나라의 상서로운 조짐이 미리 보였음을 뜻함.

115 藏氣讖緯(장기참위) : 기운이 참위(讖緯)에 숨겨져 있다. '참위(讖緯)'는 참서(讖書)와 위서(緯書). 제왕의 흥망을 예언하는 책들이다.

116 閟象竹帛(비상죽백) : 형상, 기상이 죽백(竹帛)에 감추어져 있다. '죽백(竹帛)'은 죽간과 비단.

默,[117] 應期運而光赫.[118] 暨聖武之龍飛,[119] 肇受命而光宅.[120]

위나라가 다스리는 경계는 제(齊)나라와 진(秦)나라까지 다하였으며, 기(冀)나라와 도(道)나라와 동맹을 맺어 모았다. 은(殷)과 위(衛)가 봉해 받은 땅을 앞으로 넓게 펼쳤으며, 연(燕)과 조(趙)의 옛 땅을 넘어가 점령하였다. 산과 숲은 아득하고 깊으며, 못과 강물은 주위를 휘돌고 있다. 항산(恒山)과 갈석산(碣石山)은 푸른 하늘에 높고 험준하게 서 있으며 하수(河水)와 분수(汾水)는 넘실넘실 끝없이 펼쳐져 있다. 남쪽으로 기수(淇水)가를 바라보니 푸른 대나무가 아름답고, 북쪽으로 장수(漳水)와 부수(滏水)를 바라보니 장수는 차고 부수는 따뜻한 것이 마치 겨울과 여름처럼 다르다. 신이 치는 징소리를 내는 석고(石鼓)는 높은 산위에서 아득히 보이는데, 사방에 저절로 신령스럽게 울려서 때로 놀라게 한다. 온천(溫泉)이 급하게 솟아올라 빠르게 흘러가고, 아름답고 깨끗한 물이 질병을 제거하고 늙는 것을 막아주네. 석탄이 나는 묵정(墨井)과 소금이 나는 염지(鹽池)에서 검은 액이 흘러나오고 흰 소금물이 나온다네. 그 밭은 중간급이며 그 토양은 흰 색이라네. 평지와 습지를 개간하여 평평하게 하고 높고 낮은 땅을 광대하게 개척하네. 혹은 높은 지형과 낮은 지형이 중첩되어 있고, 혹은 밝게 확 트이고 넓다네. 천지의 기운이 만나서 융합하여 만물의 성장과 발전을 꾀하고, 좋은 조짐은 은미하게 드러나 미리 알려주네. 그런 조짐은 옛날부터 있었던 것, 그 시초와 근원은 아주 오래된 것이라네. 왕자의 기운이 참위서(讖緯書)에 기록되어 있고, 제왕의 형상이 죽백(竹帛)에 새겨져 있네. 세상과 멀

117 逈時世而淵默(형시세이연묵) : '형(逈)'은 멀다. '연묵(淵默)'은 고요하고 가라앉아 있음.

118 應期運而光赫(응기운이광혁) : '기운(期運)'은 운수, 위나라가 개국하게 되는 운수는 하늘에서 받은 것임을 가리킴. '광혁(光赫)'은 크고 빛나는 것.

119 暨聖武之龍飛(기성무지용비) : '기(暨)'는 이르다. '성무(聖武)'는 위나라 무제(武帝) 조조(曹操)를 가리킨다. '용비(龍飛)'는 위무제의 즉위를 비유한 것. 성인의 흥기.

120 肇受命而光宅(조수명이광댁) : '조(肇)'는 시작하다. '수명(受命)'은 천명을 받아 제왕이 되다. '광택(光宅)'은 천하를 점거하다.

리 떨어져 있을 때에는 고요하게 침묵하다가, 운수에 응하여 크게 빛을 내네. 위나라의 무제(武帝)가 즉위하게 되면서부터 처음 천명을 받아 천하를 점거하였네.

爰初自臻,[121] 言占其良.[122] 謀龜謀筮,[123] 亦旣允臧.[124] 修其郛郭,[125] 繕其城隍.[126] 經始之制,[127] 牢籠百田.[128] 畫雍豫之居,[129] 寫八都之宇.[130] 鑒茅茨於陶唐,[131] 察卑宮於夏禹.[132] 古公草創,[133] 而高門有閌.[134] 宣王中興,[135] 而築室百堵.[136] 兼聖哲之軌,[137] 幷文質之狀.[138] 商豊約而折

121 爰初自臻(원초자진) : '원(爰)'은 문두의 조사. '진(臻)'은 이르다.
122 言占其良(언점기량) : '언(言)'은 문두의 조사. '량(良)'은 길한 조짐.
123 謀龜謀筮(모구모서) : 거북점과 산가지점으로 도성(都城)에 대하여 점쳐보다. '구(龜)'와 '서(筮)'는 길흉을 점치던 도구.
124 亦旣允臧(역기윤장) : '윤(允)'은 진실로. '장(臧)'은 좋다, 훌륭하다.
125 郛郭(부곽) : 외성(外城)을 말한다.
126 繕其城隍(선기성황) : '선(繕)'은 손보아 고치다. '성황(城隍)'은 성 밖의 둘러싼 연못터. 물이 있으면 '지(池)'라고 하고 물이 없으면 '황(隍)'이라고 한다.
127 經始之制(경시지제) : '경시(經始)'는 경영의 시작, 시초. '제(制)'는 법도.
128 牢籠(뇌롱) : 둘러싸다.
129 畫雍豫之居(화옹예지거) : '화(畫)'는 본뜨다, 모방하다. '옹(雍)'은 서경(西京) 장안(長安). '예(豫)'는 동도(東都) 낙양(洛陽).
130 寫八都之宇(사팔도지우) : '사(寫)'는 베끼다, 본뜨다. '팔도(八都)'는 천하의 모든 도성을 가리킴.
131 鑒茅茨於陶唐(감모자어도당) : '감(鑒)'은 잘 관찰하여 법칙, 모범으로 삼다. '모자(茅茨)'는 띠풀로 지붕을 엮은 집. 요(堯)임금의 거처는 매우 남루하여 띠풀도 다듬지 않고 지붕을 이었다고 한다. '도당(陶唐)'은 요(堯)임금을 가리킴.
132 察卑宮於夏禹(찰비궁어하우) : '비궁(卑宮)'은 우(禹)임금이 거주하던 곳을 가리킴. 우임금은 매우 누추하게 살면서 치수사업에 온 힘을 쏟았다.
133 古公草創(고공초창) : '고공(古公)'은 주(周)나라의 선조 고공단보(古公亶父). '초창(草創)'은 고공단보가 주나라 사람들을 이끌고 기산(岐山) 아래 기거하면서 처음으로 도읍을 세웠던 일을 말한다.
134 閌(항) : 문이 높은 모양.
135 宣王中興(선왕중흥) : '선왕(宣王)'은 주선왕(周宣王)을 말한다. 재상들의 보좌를 받고 선왕들의 유풍을 본받아 주나라를 중흥시키는데 성공하였다.
136 築室百堵(축실백도) : 궁전을 개수하였으며 높은 흙담으로 성을 쌓았다. '도(堵)'는 흙담의 길이와 높이가 각각 1장(丈)이 되는 것을 말한다.
137 軌(궤) : 법칙.

中,[139] 准當年而爲量.[140] 思重爻, 摹大壯.[141] 覽荀卿,[142] 采蕭相.[143] 僝拱木於林衡,[144] 授全模於梓匠.[145] 遐邇悅豫而子來,[146] 工徒擬議而騁巧.[147] 闡鉤繩之筌緖,[148] 承二分之正要.[149] 揆日晷, 考星耀.[150] 建社稷, 作淸廟.[151] 築曾宮以迴匝,[152] 比岡隒而無陂.[153] 造文昌之廣殿,[154] 極棟

138 幷文質之狀(병문질지상) : 질박함과 화려함이 서로 어우러지는 형상을 갖추게 되다. '병(幷)'은 갖추다.

139 商豊約而折中(상풍약이절중) : '상(商)'은 헤아리다. '풍약(豊約)'은 풍부하게 누리는 것과 검약하는 것.

140 准當年而爲量(준당년이위량) : '당년(當年)'은 예전, 이전. '량(量)'은 인력과 물자를 헤아려 사용하다.

141 思重爻(사중효) 이하 2구 : '중효(重爻)'는 『역(易)』을 가리킴. '모(摹)'는 모방하다. '대장(大壯)'은 『역』의 괘 이름. 대장괘는 건괘(乾卦)가 아래에 있고 우레[震]괘가 위에 있다. 하늘로 집을 비유하고 우레로 비바람을 비유하여 집으로 비바람을 피할 수 있다는 것을 뜻함.

142 覽荀卿(남순경) : 『순자(荀子)』를 열람하다. 순경(荀卿)은 궁실이 화려한 것을 숭상하지 않아야 한다고 주장하였다.

143 采蕭相(채소상) : 소하(蕭何)가 미앙궁(未央宮)을 건축할 때의 방법을 취한다. '소상(蕭相)'은 재상 소하(蕭何).

144 僝拱木於林衡(잔공목어임형) : '잔(僝)'은 갖추다, 구비하다. '잔(僝)'의 본자(本字)다. '공목(拱木)'은 두 손을 합하여 감싸고 있는 나무. '임형(林衡)' 은 산림을 주관하는 관리.

145 授全模於梓匠(수전모어재장) : '모(模)'는 규범, 법칙. '재장(梓匠)'은 목공.

146 遐邇悅豫而子來(하이열예이자래) : 위나라의 궁실을 짓기 시작하자 멀고 가까운 지역의 백성들이 모두 기뻐하면서 자식이 부모의 일을 성사시키는 것처럼 찾아왔다.

147 工徒擬議而騁巧(공도의의이빙교) : '공도(工徒)'는 장인의 무리. '의의(擬議)'는 참고하다, 설계하다. '빙교(騁巧)'는 정교한 기술을 전시하다.

148 闡鉤繩之筌緖(천구승지전서) : '천(闡)'은 설명하다, 밝히다. '구(鉤)'는 곱자. '승(繩)'은 목공예 도구, 먹줄. 그것으로 직선을 측량한다. '전(筌)'은 전(銓)과 통함. 저울질하여 순서를 매기다. '서(緖)'는 남겨진 것.

149 承二分之正要(승이분지정요) : '이분(二分)'은 춘분(春分)과 추분(秋分). '正要(정요)'는 춘분과 추분에 햇빛의 그림자를 가지고 남북의 위치를 정한다는 뜻.

150 揆日晷(규일귀) 이하 2구 : '규(揆)'는 측량하다. '일귀(日晷)'는 해 그림자. '성요(星耀)'는 별자리. 여기서는 북극성을 가리킴.

151 淸廟(청묘) : 종묘.

152 築曾宮以迴匝(축층궁이회잡) : '층(曾)'은 높다. '회잡(迴匝)'은 두르다.

153 比岡隒而無陂(비강엄이무피) : '엄(隒)'은 낭떠러지, 절벽. '피(陂)'는 산언덕. 산등성이의 비탈진 곳. 높이 솟은 궁실에는 산등성이 같은 비탈진 곳이 없음을 뜻함.

154 文昌(문창) : 위나라 궁실의 정전을 뜻함.

宇之弘規.[155] 嶭若崇山崫起以崔嵬,[156] 髧若玄雲舒蜺以高垂.[157] 瓌材巨世,[158] 埔塌參差.[159] 枌橑複結,[160] 欒櫨疊施.[161] 丹梁虹申以幷亘,[162] 朱桷森布而支離.[163] 綺井列踈以懸蔕,[164] 華蓮重葩而倒披.[165] 齊龍首而湧霤,[166] 時梗槪於滮池.[167] 旅楹閑列,[168] 暉鑒抰振.[169] 榱題黮䨴,[170] 階陾嶙峋.[171] 長庭砥平,[172] 鍾簴夾陳.[173] 風無纖埃, 雨無微津.[174] 巖巖

155 弘規(홍규) : 규모가 크고 웅장한 것.

156 嶭若崇山崫起以崔嵬(대약숭산굴기이최외) : '대(嶭)' 높고 험준할 것. '굴기(崫起)'는 높이 솟아오름, 돌출함. '최외(崔嵬)'는 높고 험한 것.

157 髧若玄雲舒蜺以高垂(담약현운서예이고수) : '담(髧)'은 머리카락이 아래로 드리운 모양. '현운서예(玄雲舒蜺)'는 궁전이 온갖 색채로 화려한 것이 검은 구름 속에 펼쳐진 무지개가 아래로 드리운 모양과 같다는 뜻.

158 瓌材巨世(괴재거세) : '괴(瓌)'는 진기하다. '거세(巨世)'는 세상에서 거대한 것.

159 埔塌參差(칩칩참치) : '칩칩(埔塌)'은 이어져 있다, 중첩되어 있다. '참치(參差)'는 들쭉날쭉한 모양.

160 枌橑複結(분료복결) : '분(枌)'은 분(棼)과 통하는 글자. 집의 마룻대, 대들보. '료(橑)'는 서까래. '복결(複結)'은 중복하여 매어놓음.

161 欒櫨疊施(난로첩시) : '난(欒)'은 기둥 위의 대들보를 받치는 굽은 나무. '로(櫨)'는 큰 기둥의 머리에서 대들보는 받치는 네모난 나무, 즉 두공(斗拱)이다.

162 丹梁虹申以幷亘(단량홍신이병긍) : '홍신(虹申)'은 무지개처럼 펼쳐져 있음. '긍(亘)'은 가로.

163 朱桷森布而支離(주각삼포이지리) : '각(桷)'은 모서리가 있는 서까래. '삼(森)'은 많다. '지리(支離)'는 흩어져 있다.

164 綺井列踈以懸蔕(기정열소이현체) : '기정(綺井)'은 조정(藻井)으로 천정에 돌출되어 나와서 엎어놓은 우물 모양의 무늬, 꽃무늬 도안으로 장식한다. '열소(列踈)'는 줄을 지어 포진함. '현체(懸蔕)'는 기정(綺井)이 아래로 드리워 꽃무늬가 거꾸로 걸린 것을 뜻함.

165 華蓮重葩而倒披(화련중파이도피) : 기정(綺井)에 그린 연꽃과 겹겹의 꽃장식이 거꾸로 흩어지는 것과 같다. '파(葩)'는 초목의 꽃.

166 齊龍首而湧霤(제룡수이용류) : 가지런한 용의 머리가 처마의 빗물을 받는다. 서까래의 끝에 용의 머리를 그려놓은 것이 낙숫물을 받는 것과 같다는 뜻. '류(霤)'는 낙숫물.

167 時梗槪於滮池(시경개어표지) : '경개(梗槪)'는 ~와 같다, 비슷하다. '표지(滮池)'는 지명. 물 이름. 지금 서안(西安)의 서북쪽에 있다.

168 旅楹閑列(여영한렬) : '여(旅)'는 진열하다, 많다. '영(楹)'은 앞 기둥.

169 暉鑒抰振(휘감앙진) : '휘감(暉鑒)'은 기둥의 광채가 멀리까지 비추다. '앙진(抰振)'은 왕념손(王念孫)이 '앙신(央宸)'이 되어야 한다고 고증하였다. 처마의 뜻.

170 榱題黮䨴(최제담대) : '최(榱)'는 서까래. '제(題)'는 머리. '담대(黮䨴)'는 대단히 검은 것.

北闕,[175] 南端逌遵.[176] 竦峭雙碣,[177] 方駕比輪.[178] 西辟延秋,[179] 東啓長春.[180] 用覲群后,[181] 觀享頤賓.[182]

처음부터 지금에 이르기까지 길한 조짐을 점칠 수 있었다. 거북점과 산가지점을 쳐보았더니 또한 진실로 좋았다. 그 외성을 수리하고 성황(城隍)을 손보아 고쳤다. 경영의 시초는 법제에 두었으며 그것으로 모든 밭을 포괄하게 하였다. 서경(西京)과 낙양(洛陽)의 주거지를 본뜨고, 천하의 모든 도성의 건축을 모방하였다. 요임금에게서 띠풀로 지어진 집을 잘 관찰하고, 우임금에게서 누추한 궁전을 살펴 모범으로 삼았다. 고공단보(古公亶父)가 처음으로 도읍을 세웠을 때에는 문을 높이 만들었으며, 그 뒤 주(周) 선왕(宣王)은 중흥하여 궁전을 높은 흙담으로 쌓았다. 이는 모두 성인과 철인의 법칙을 따른 것이었으며 질박함과 화려함을 서로 어우러지게 한 형상이었다. 풍부함과 검약함을 헤아려 절충하였고, 당시의 인력과 물자를 헤아려 기준량으로 삼았다. 『역

---

171 階隋嶙峋(계순린순) : '순(隋)'은 난간의 횡목. '인순(嶙峋)'은 대의 계단과 난간이 겹겹이 높게 포개어져 있음.

172 砥平(지평) : 숫돌처럼 평평하다. '지(砥)'는 칼을 가는 돌.

173 鍾簴夾陳(종거협진) : '종거(鍾簴)'는 종이나 북을 매다는 틀. '협진(夾陳)'은 뜰에 마주하고 늘어서 있음.

174 風無纖埃(풍무섬애) 이하 2구 : 궁전의 뜰은 바람이 불어도 먼지가 일지 않고 비가 내려도 젖지 않는다. '진(津)'은 젖다.

175 巖巖北闕(암암북궐) : '암암(巖巖)'은 높이 솟은 모양. '북궐(北闕)'은 북성루(北城樓).

176 南端逌遵(남단유준) : '남단(南端)'은 정남방향의 문. 남쪽의 정문을 뜻함. '유(逌)'는 유(攸)와 통하는 글자. 소(所)자의 뜻이다. '준(遵)'은 따르다, 본받다.

177 竦峭雙碣(송초쌍갈) : '송초(竦峭)'는 높고 험한 모양. '쌍갈(雙碣)'은 서로 마주보고 서 있음.

178 方駕比輪(방가비륜) : 두 대의 수레가 나란히 감. '방(方)'과 '비(比)'는 서로 나란하다는 뜻.

179 西辟延秋(서벽연추) : 서쪽으로 연추문(延秋門)을 연다는 뜻.

180 長春(장춘) : 장춘문(長春門).

181 用覲群后(용근군후) : '근(覲)'은 제후가 천자를 알현하는 것. '군후(群后)'는 제후, 열후.

182 享頤(향이) : 잔치를 베풀고 봉양하는 것.

(易)』을 가지고 생각해보면 대장(大壯)괘를 본받은 것이며, 『순자(荀子)』를 열람하는 동시에 소하(蕭何)가 재상으로서 사용했던 방법을 취한 것이었다. 산림을 주관하는 관리 임형(林衡)에게서 적당한 나무를 구비하고, 목공에게 온전한 법칙을 전수해주었다. 위나라의 궁실을 짓기 시작하자 멀고 가까운 지역의 백성들이 기뻐하면서 자식처럼 달려왔으며, 장인들은 서로 참고하며 정교한 기술을 전시하였다. 남겨진 것을 순서를 정하여 곱자와 먹줄로 밝혔으며, 춘분과 추분으로 남북의 위치를 정한 것을 이어받았다. 해 그림자를 측량하고 별자리를 참고하였으며, 사직(社稷)단을 건축하고 종묘를 지었다. 높은 궁을 지어서 두르게 하였으니, 산의 낭떠러지와 비교될 만큼 비탈진 곳이 없었다. 광대한 궁전인 문창전(文昌殿)을 지어, 규모가 크고 웅장한 건축물의 완성을 보여주었다. 그것은 높기가 숭산(崇山)처럼 우뚝 솟아올랐으며 높고 험하였다. 드리워진 모양은 검은 구름 속에 무지개가 펼쳐져 높이 드리워진 것과 같았다. 진기한 재질로 만들어진 세상에서 거대한 물건이 겹겹이 쌓여 들쭉날쭉한 모양이었다. 대들보와 서까래가 중복하여 걸려 있고 기둥받침나무와 두공(斗拱)이 겹겹이 펼쳐져 있다. 빨간 기둥은 무지개처럼 펼쳐져 가로로 걸려 있고, 붉은 서까래는 빽빽하게 배치되어 여기 저기 흩어져 있다. 천정의 우물 무늬는 줄을 지어 늘어서 꽃 장식을 매달았고, 연꽃이 화려한 꽃잎을 겹겹이 쌓아 거꾸로 흩어지는 모양이었다. 용의 머리가 가지런하게 처마의 물을 받아서, 때로 표지(滮池)와도 비슷한 형세가 되었다. 많은 기둥이 아름답게 늘어서 있고, 기둥의 광채가 처마에까지 비추었다. 서까래의 머리 부분은 까맣고, 난간의 횡목은 겹겹이 높이 포개어져 있다. 긴 정원은 숯돌처럼 평평하며, 종과 북을 다는 틀이 뜰에 마주하고 늘어서 있다. 궁전의 뜰은 바람이 불어도 먼지가 일지 않고 비가 내려도 젖지 않는다. 높고 높은 북성(北城)의 누각은 남쪽 끝의 정문을 따르고 있으며, 높고 아슬아슬하게 서로 마주보고 서 있으니 두 대의 수레가 나란히 걸어가는 듯

하다. 서쪽으로는 연추문(延秋門)이 열리고, 동쪽으로는 장춘문(長春門)이 열린다. 그곳은 제후들이 천자를 알현하는 곳이며, 잔치를 베풀고 빈객을 봉양하는 곳이다.

左則中朝有赩,[183] 聽政作寢.[184] 匪樸匪斲,[185] 去泰去甚.[186] 木無彫鎪,[187] 土無綈錦.[188] 玄化所甄,[189] 國風所稟.[190] 於前則宣明顯陽,[191] 順德崇禮.[192] 重闈洞出,[193] 鏘鏘濟濟.[194] 珍樹猗猗,[195] 奇卉萋萋.[196] 蕙風如薰,[197] 甘露如醴.[198] 禁臺省中,[199] 連闥對廊.[200] 直事所繇,[201] 典刑所

---

183 中朝有赩(중조유혁) : '중조(中朝)'는 내조(內朝). '혁(赩)'은 붉은 색. '석(奭)'과 같은 뜻.

184 聽政作寢(청정작침) : '청정(聽政)'은 전(殿)의 이름. '침(寢)'은 정전(正殿)을 뜻한다.

185 匪樸匪斲(비박비착) : '박(樸)'은 다듬는다. '착(斲)'은 깎는다. '박착(樸斲)'으로 다스린다는 뜻을 나타냄.

186 去泰去甚(거태거심) : 『노자(老子)』에 나오는 말이다. 너무 화려하거나 사치한 것을 없앤다는 뜻.

187 木無彫鎪(목무조수) : '조(彫)'는 '조(雕)'의 이체(異體)자. '수(鎪)'는 새기다, 조각하다.

188 土無綈錦(토무제금) : '토(土)'는 토공. '제(綈)'는 거칠고 두꺼운 비단. '금(錦)'은 꽃무늬가 있는 비단. 토공은 꽃무늬로 수식하지 않는다는 뜻.

189 玄化所甄(현화소견) : '현화(玄化)'는 지극히 높은 덕의 교화. '견(甄)'은 도공(陶工)이 도자기를 만드는 것. 여기서는 성인의 교화로 만들어진 것을 뜻함.

190 國風所稟(국풍소품) : 검약함은 〈국풍(國風)〉에서 받은 것이다. 〈국풍(國風)〉은 『시경』을 풍(風)·아(雅)·송(頌)으로 나누었을 때의 풍을 말한다. 15개국의 노래가 실려 있다.

191 宣明顯陽(선명현양) : '선명(宣明)'은 선명문(宣明門), '현양(顯陽)'은 현양문(顯陽門).

192 順德崇禮(순덕숭례) : 모두 문의 이름. 순덕문(順德門)과 숭례문(崇禮門).

193 重闈洞出(중위통출) : '위(闈)'는 궁중의 문. '통(洞)'은 통한다.

194 鏘鏘濟濟(장장제제) : '장장(鏘鏘)'은 걷는 모양. '제제(濟濟)'는 많은 모양. 의관이 성대하게 잘 갖추어진 모양.

195 猗猗(의의) : 무성한 모양.

196 萋萋(처처) : 무성하게 우거진 모양.

197 蕙風如薰(혜풍여훈) : '혜풍(蕙風)'은 혜풍(惠風). 조화로운 바람. 경풍(景風), 상풍(祥風)이라고도 한다. '훈(薰)'은 향초.

198 甘露如醴(감로여례) : 이슬이 단 술처럼 내린다는 뜻.

199 禁臺省中(금대성중) : '금(禁)'은 금중(禁中), 황제의 궁중을 말한다. '대(臺)'는 관서의 이름. '성중(省中)'은 금중을 이르는데 당시에 휘(諱)하느라 금(禁)자를 쓰지 못하여 성중(省中)이라고 하였다.

200 連闥對廊(연달대랑) : '연달(連闥)'은 궁중의 소로(小路)에 연달아 세운 문. '대랑(對

藏.[202] 藹藹列侍,[203] 金蜩齊光.[204] 詰朝陪幄,[205] 納言有章.[206] 亞以柱後,[207] 執法內侍.[208] 符節謁者,[209] 典璽儲吏.[210] 膳夫有官,[211] 藥劑有司.[212] 肴醳順時,[213] 腠理則治.[214] 於後則椒鶴文石,[215] 永巷壼術.[216] 楸梓木蘭,[217] 次舍甲乙.[218] 西南其戶,[219] 成之匪日.[220] 丹青煥炳,[221] 特有溫室.[222] 儀形宇宙, 曆像賢聖.[223] 圖以百瑞,[224] 綷以藻詠.[225] 芒芒終古,

---

廊)'은 마주한 복도.

201 直事所繇(직사소요) : '직사(直事)'는 수레와 말에 관한 일을 맡는 것. '요(繇)'는 유(由)의 뜻. 그것으로 출입한다는 뜻.

202 典刑所藏(전형소장) : '전(典)'은 전장(典章). '형(刑)'은 법제, 형법.

203 藹藹列侍(애애열시) : '애애(藹藹)'는 많고 성한 모양. '시(侍)'는 시중(侍中).

204 金蜩齊光(금조제광) : '금조(金蜩)'는 황금으로 만든 매미, 모자의 장식으로 사용한다.

205 詰朝陪幄(힐조배악) : '힐조(詰朝)'는 이른 아침, 맑은 새벽. '배악(陪幄)'은 천자를 모시는 장막의 안.

206 納言(납언) : 관직의 이름. 천자의 목과 혀가 되어 왕명을 들이고 내보내는 일을 한다. 아래의 말을 들어 위에 바치고 위에서 내린 말을 받아 천하에 알린다.

207 亞以柱後(아이주후) : '아(亞)'는 그 다음. '주후(柱後)'는 어사관(御史官)이 쓰는 모자의 일종.

208 內侍(내시) : 궁중에서 황제를 시중하고 심부름을 하는 관원.

209 符節謁者(부절알자) : '부절(符節)'은 한(漢)나라 때의 상부새(尙符璽). '알자(謁者)'는 관직의 이름.

210 典璽儲吏(전새저리) : '저리(儲吏)'는 알자(謁者)를 가리킴.

211 膳夫(선부) : 음식을 관장하는 관리.

212 有司(유사) : 관리.

213 肴醳順時(효역순시) : '효(肴)'는 고기 안주. '역(醳)'은 진한 술.

214 腠理(주리) : 피부의 결과 피부 아래 육질 사이의 공간을 가리킨다. 병이 초기라면 치료할 수 있다는 뜻.

215 椒鶴文石(초학문석) : '초(椒)'는 황후가 거처하는 곳. '학(鶴)'은 명학당(鳴鶴堂). 청정전(聽政殿)의 뒤에 있었다. '문석(文石)'은 문석실(文石室).

216 永巷壼術(영항곤술) : '영항(永巷)'은 궁중에 빈과 비들이 거주하는 곳. 후궁이다. '곤술(壼術)'은 궁중의 길.

217 楸梓木蘭(추재목란) : '추재(楸梓)'는 추재방(楸梓坊). '목란(木蘭)'은 목란방(木蘭坊). 모두 청정전의 뒤에 있었다.

218 次舍甲乙(차사갑을) : 한나라의 제도에서 궁중의 집들은 갑을(甲乙)로 상하의 등급을 나누었다. '차(次)'는 등급.

219 西南其戶(서남기호) : 궁중 건물의 문은 서향이거나 남향이다.

220 成之匪日(성지비일) : 하루가 되지 않아 공사가 완성되다. 궁전이 빠르게 지어진 것을 가리킴.

221 丹青煥炳(단청환병) : 온실전(溫室殿)의 무늬가 선명하고 화려한 것을 가리킴.

此焉則鏡.[226] 有虞作繪,[227] 茲亦等競.[228]

왼쪽으로는 붉은 색의 내조(內朝)가 있으며, 청정전(聽政殿)은 침소로 사용한다. 그것은 다듬거나 깎은 것이 아니며 너무 화려하거나 사치한 것을 없앴다. 기둥을 세운 목공은 조각하거나 새기지 않았으며 벽을 바른 토공은 꽃무늬로 수식하지 않았다. 이것은 지극히 높은 덕의 교화로 빚어진 것이며 검약함은 〈국풍(國風)〉에게서 받은 것이다. 그 앞에는 선명문(宣明門)과 현양문(顯陽門)이 있고, 순덕문(順德門)과 숭례문(崇禮門)이 있다. 궁중의 문은 겹겹이 통하게 되어 있고, 그 아래를 의관을 갖추어 입고 종종걸음으로 걷는다. 진기한 나무들이 무성하고 기이한 꽃들로 우거져 있다. 조화로운 바람이 향초처럼 불어오고 이슬이 단술처럼 내린다. 황제의 궁중에는 소로에 연달아 문을 세웠고 복도가 마주하고 있다. 수레와 말을 모는 이는 그곳으로 드나들고 전장과 형법이 그곳에 감추어져 있다. 시중(侍中)이 많아서 황금매미장식이 나란히 빛을 낸다. 이른 새벽 천자를 모시는 장막에서는 왕명을 들이고 내보내는 소리가 절도가 있으며, 어사관이 그 다음으로 들어오고 내시(內侍)가 법대로 집행한다. 부절(符節)을 들고 천자의 알현을 주관하는 자와, 상부새(尙符璽)를 받들고 보관하는 관리들이 들어선다. 음식을 관장하는 관리에게도 관직이 있고, 약을 조제하는 이에게도 직책이 있다.

---

222 特有溫室(특유온실) : '온실(溫室)'은 온실전. 명학당의 앞, 청정전의 뒤에 있었다. '특(特)'은 다른 것들과 다르다.

223 儀形宇宙(의형우주) 이하 2구 : 천지의 형상을 그리고 역대 성현들의 도상을 그리다. '의형(儀形)'은 형상.

224 百瑞(백서) : 갖가지 길한 물건.

225 綷以藻詠(최이조영) : '최(綷)'는 모으다. '조영(藻詠)'은 서찬(書贊), 화상찬(畵像贊). 말로 그것들을 아름답게 노래한 것. 사조(辭藻).

226 芒芒終古(망망종고) 이하 2구 : '망망(芒芒)'은 아득히 먼 것. '종고(終古)'는 영원함. '경(鏡)'은 사조로 화상을 노래한 것을 거울삼아 주상이 자신을 대조해 볼 수 있음을 뜻함.

227 有虞作繪(유우작회) : '유우(有虞)'는 순(舜)임금. 그림을 그려 경계로 삼았다.

228 茲亦等競(자역등경) : 온실전도 순임금과 나란히 경쟁할 만하다는 뜻.

고기 안주와 술은 때에 맞추어야 하며, 병이 아직 피부아래에 머물러 있다면 치료할 수 있어야 한다. 궁정의 뒤에는 황후가 거처하는 명학당(明鶴堂)과 문석실(文石室)이 있다. 그리고 비빈들이 거주하는 곳과 궁중의 길이 나있다. 추재방(楸梓坊)과 목란방(木蘭坊)이 있어서 갑을(甲乙)의 등급으로 나누어져 있다. 문은 서향이거나 남향이고 궁전이 완성되는 것은 오랜 시간이 걸리지 않는다. 단청으로 화려하게 빛나는 건물로는 특별히 온실전(溫室殿)이 있다. 천지의 형상을 그리고 역대 성현들의 도상을 그려 놓았다. 갖가지 길한 물건을 그리고, 아름다운 사조(辭藻)를 모아서 노래하였다. 아득하면서도 영원한 것은 여기에서 거울처럼 비교해볼 수 있을 것이다. 순임금이 그림을 그려 경계했던 것도 이것과 나란히 경쟁할 수 있을 것이다.

右則疏圃曲池,[229] 下畹高堂.[230] 蘭渚莓莓,[231] 石瀨湯湯.[232] 弱蔞係實,[233] 輕葉振芳. 奔龜躍魚, 有睽呂梁.[234] 馳道周屈於果下,[235] 延閣胤宇以經營.[236] 飛陛方輦而徑西,[237] 三臺列峙以崢嶸.[238] 亢陽臺於陰基,[239] 擬華

229 疏圃曲池(소포곡지) : '소(疏)'는 소(疎)와 통하는 글자. 확 트이다, 넓다는 뜻. '소포(疏圃)'는 채소밭. '곡지(曲池)'는 문창전(文昌殿) 서쪽에 있던 연못.

230 下畹高堂(하원고당) : '원(畹)'은 밭 30무(畝)를 말한다. '고당(高堂)'은 채소밭 가운데의 정자.

231 莓莓(매매) : 풀이 무성하게 자란 모양.

232 石瀨湯湯(석뢰상상) : '석뢰(石瀨)'는 돌 위로 급하게 흐르는 물살. '상상(湯湯)'은 물이 급하게 흐르는 모양.

233 弱蔞係實(약종계실) : '약종(弱蔞)'은 나무의 가는 가지.

234 有睽呂梁(유체여량) : '체(睽)'는 보다. '여량(呂梁)'은 지명. 아마도 연못 속에 돌이 높이 솟은 곳을 가리키는 듯함.

235 馳道周屈於果下(치도주굴어과하) : '치도(馳道)'는 황제의 말과 수레가 다니는 길. '주굴(周屈)'은 구불구불함. '과하(果下)'는 말 가운데 진기한 것. 키가 3척이나 되고 과실수 아래에서만 타고 다닐 수가 있어서 과하(果下)라고 부른다.

236 延閣胤宇以經營(연각윤우이경영) : '연각(延閣)'은 각을 연결해서 건물들이 서로 이어져 있는 것. '윤(胤)'은 끌다, 잇다. '경영(經營)'은 곧바로 가기도 하고 둘러서 가기도 하는 것.

237 飛陛方輦而徑西(비폐방련이경서) : '비폐(飛陛)'는 높은 궁전의 계단. '방련(方輦)'

山之削成.[240] 上累棟而重霤,[241] 下氷室而沍冥.[242] 周軒中天,[243] 丹墀臨猋.[244] 增搆峩峩,[245] 淸塵彯彯.[246] 雲雀踶甍而矯首,[247] 壯翼摛鏤於靑霄.[248] 雷雨窈冥而未半,[249] 皦日籠光於綺寮.[250] 習步頓以升降,[251] 御春服而逍遙.[252] 八極可圍於寸眸,[253] 萬物可齊於一朝.[254] 長塗牟首,[255] 豪

은 수레를 나란히 하고 갈 수 있음. '경서(徑西)'는 곧바로 서쪽으로 향함.

238 三臺列峙以崢嶸(삼대렬치이쟁영) : '삼대(三臺)'는 동작대(銅爵臺), 금봉대(金鳳臺), 북정대(北井臺). 업(鄴) 땅에 있던 유명한 세 누대. '쟁영(崢嶸)'은 가파르고 험한 모양.

239 亢陽臺於陰基(항양대어음기) : '항(亢)'은 높다. '음기(陰基)'는 땅의 터. 기반.

240 擬華山之削成(의화산지삭성) : 삼대가 화산(華山)을 깎아서 만든 것과 같다.

241 重霤(중류) : 집의 낙숫물 받는 곳.

242 下氷室而沍冥(하빙실이호명) : '빙실(氷室)'은 얼음을 저장하는 곳. '호명(沍冥)'은 차갑고 맑은 것.

243 周軒中天(주헌중천) : '주헌(周軒)'은 장랑(長廊)으로 창이 있고 돌아가는 모양을 하고 있음. '중천(中天)'은 장랑(長廊)이 하늘을 찌를 듯이 높다는 뜻.

244 丹墀臨猋(단지림표) : '단지(丹墀)'는 궁전에 단사로 붉은 칠을 한 계단이나 뜰. '표(猋)'는 회오리 바람.

245 增搆峩峩(증구아아) : '증(增)'은 층(層)과 통하는 말. '구(搆)'는 집. '아아(峩峩)'는 높은 모양.

246 淸塵彯彯(청진표표) : 집이 깊고 고요하여 먼지가 없었기 때문에 푸른 먼지가 가볍다고 한 것. '표표(彯彯)'는 가볍게 날아올라가는 것.

247 雲雀踶甍而矯首(운작제맹이교수) : '운작(雲雀)'은 봉황을 말한다. 지붕에 있는 장식을 가리킴. '제(踶)'는 밟다. '맹(甍)'은 용마루. '교수(矯首)'는 머리를 들다. 동으로 만든 봉황이 지붕에서 날아올라가는 듯하다.

248 壯翼摛鏤於靑霄(장익이루어청소) : '장익(壯翼)'은 날개를 펴다 '이루(摛鏤)'는 날개를 펼치는 것이 조각한 꽃무늬와 같다.

249 雷雨窈冥而未半(뇌우요명이미반) : '요명(窈冥)'은 어두운 것. '미반(未半)'은 대가 높아서 우레와 비가 어둡게 하여도 아랫부분만을 덮고 그 위는 반짝거리고 빛남.

250 皦日籠光於綺寮(교일롱광어기료) : '교일(皦日)'은 밝은 태양. '기료(綺寮)'는 꽃을 조각한 창.

251 習步頓以升降(습보돈이승강) : 대가 높아서 위험하고 두려워서 높이 올라가거나 아래로 내려올 때 걸음을 촘촘히 하며 조심하려고 한다. '습(習)'은 반복하다. 삼간다는 뜻.

252 御春服而逍遙(어춘복이소요) : '어(御)'는 입는다. '소요(逍遙)'는 한가하게 즐긴다.

253 八極可圍於寸眸(팔극가위어촌모) : 팔방의 지극히 먼 곳도 1촌의 눈동자에 맞출 수 있다.

254 萬物可齊於一朝(만물가제어일조) : 만물이 이때에 하나가 될 수 있다는 뜻.

255 長塗牟首(장도모수) : 긴긴 도로 위에 많은 누각들이 있다. '모수(牟首)'는 머리처럼

徼互經.[256] 晷漏肅唱,[257] 明宵有程.[258] 附以蘭錡,[259] 宿以禁兵.[260] 司衛閑邪,[261] 鉤陳罔驚.[262]

오른쪽에는 확 트인 채소밭과 곡지(曲池)가 있으며, 그 아래 30무의 밭에 정자인 고당(高堂)이 있다. 난은 물가에서 무성하게 자라고 물살이 돌 위로 졸졸졸 흘러가며, 가느다란 나뭇가지가 열매를 매달고, 가벼운 나뭇잎이 향기를 퍼뜨린다. 거북이가 뛰어오르고 물고기가 요동쳐 올라오니 연못 속의 돌이 솟아 오른 곳을 쳐다본다. 황제의 말과 수레가 다니는 길은 과하마(果下馬)에게는 구불구불하고, 누각과 집이 이어져 있는 것은 곧기도 하고 둘러쳐 있기도 하다. 높은 궁전의 계단은 수레를 나란히 하고 갈 수 있으며 서쪽으로 향하여 있고, 삼대(三臺)는 나란히 가파르고 위험하게 마주 서 있다. 땅의 기반 위에서 높이 솟은 누대는, 마치 화산(華山)을 깎아 만든 것 같으며, 위로 겹쳐진 건물의 낙숫물 받는 곳이 중첩되어 있고, 아래로 얼음저장고가 차갑고도 맑다. 주헌(周軒)은 하늘을 찌를 듯하고, 붉은 계단은 회오리바람을 만난 듯하다. 층층의 집은 높고, 푸른 먼지만이 가볍게 날아 올라가는데, 봉황은 용마루를 밟고 고개를 들고 있으며, 날개를 펴니 푸른 하늘에 조각해 놓은 꽃무늬와도 같구나. 우레와 비가 어둡게 만들어도 반박에는 가리지 못하며, 밝은 태양이 꽃으로 장식한 창문에 빛을 내뿜는다. 누대가 높아서 오르고 내릴 때에는 종종 걸음을 반복하며, 봄옷을 입고

솟은 누각들이 줄지어 있다는 뜻.

256 豪徼互經(호요호경) : '호(豪)'는 길다. '요(徼)'는 순찰하는 길. '호경(互經)'은 서로 교차하다.

257 晷漏肅唱(귀루숙창) : '귀루(晷漏)'는 해 그림자와 물시계. 시간을 측정하는 기구. '숙창(肅唱)'은 엄격하게 시간에 맞추어 소리 높여 알리다.

258 明宵有程(명소유정) : '명소(明宵)'는 밝은 낮과 늦은 밤. '정(程)'은 준칙.

259 蘭錡(난기) : 병기를 걸어두는 시렁.

260 禁兵(금병) : 황제를 보위하는 군대.

261 司衛閑邪(사위한사) : '사위(司衛)'는 호위하는 관직. '한사(閑邪)'는 사악한 것을 막다.

262 鉤陳罔驚(구진망경) : '구진(鉤陳)'은 별 이름. 고서에서는 그것을 가지고 후궁을 지칭하였다. '망(罔)'은 무(無)의 뜻.

한가하게 즐긴다. 팔방의 경치가 한 눈 안에 들어와서, 만물이 잠깐 사이에 하나가 된다. 길가 도로에는 누각들이 즐비하고 기다란 순찰 길에서 서로 교차하고 있다. 해 그림자와 물시계로 엄격하게 시간을 맞추어 소리 높여 알리면, 낮과 밤이 질서를 잡는다. 병기고를 설치하여, 황제의 보위 군대를 머물게 한다. 호위관이 사악한 짓을 못하게 막으면, 후궁들은 편안하여 놀라지 않게 된다.

於是崇墉濬洫,[263] 嬰堞帶涘.[264] 四門轇轕,[265] 隆厦重起.[266] 憑太淸以混成,[267] 越埃壒而資始.[268] 藐藐標危,[269] 亭亭峻趾.[270] 臨焦原而不怳,[271] 誰勁捷而無㤝?[272] 與岡岑而永固,[273] 非有期乎世祀.[274] 陽靈停曜於其

263 崇墉濬洫(숭용준혁) : '용(墉)'은 성벽. '준(濬)'은 깊다. '혁(洫)'은 도랑, 성 주위에 파 놓은 못.

264 嬰堞帶涘(영첩대사) : '영(嬰)'은 두르다. '첩(堞)'은 성 위에 드러난 이빨 모양의 낮은 담. '대(帶)'는 두르다. '사(涘)'는 물가.

265 轇轕(얼얼) : 높고 웅장한 모양.

266 隆厦重起(융하중기) : '융하(隆厦)'는 높은 집. '중기(重起)'는 중첩되어 올라간 것.

267 憑太淸以混成(빙태청이혼성) : '태청(太淸)'은 하늘을 가리킴. 높은 건물을 바라보니 하늘을 의지하고 있는 모양이 자연과 혼연하게 조화를 이루는 것 같다는 뜻.

268 越埃壒而資始(월애애이자시) : '애애(埃壒)'는 먼지, 티끌. 땅을 가리킨다. 땅의 먼지를 초월하여 혼연(混然)한 기운을 바탕으로 하여 건축의 시초를 삼다는 뜻.

269 藐藐標危(막막표위) : '막막(藐藐)'은 멀고 아득하다. '표위(標危)'는 높은 꼭대기.

270 亭亭峻趾(정정준지) : '정정(亭亭)'은 높고 먼 것. '준지(峻趾)'는 높고 높은 것의 토대, 기초.

271 臨焦原而不怳(임초원이불황) : '초원(焦原)'은 산 이름. 횡산(橫山)이라고도 하고 쟁영곡(崢嶸谷)이라고도 하는데 하나의 큰 돌로 만들어졌다고 한다. 『시자(尸子)』에 의하면 초원(焦原)이 넓고 깊어서 길이가 50보(25미터)이고, 백 길이나 되는 계곡을 마주하고 있었다고 한다. '황(怳)'은 마음이 불안한 것. '황(恍)'자와 의미가 통한다. 이 구절은 초원(焦原)을 마주대하고도 전혀 손색이 없다는 뜻.

272 誰勁捷而無㤝(수경첩이무시) : '경첩(勁捷)'은 굳센 것에 임하다, 마주 대하다. '시(㤝)'는 마음이 불안함, 두려워 함. 이 구절은 누가 굳센 것에 마주 대하여 두려워하지 않겠는가의 뜻.

273 與岡岑而永固(여강잠이영고) : '강잠(岡岑)'은 큰 산의 등성이와 봉우리. '영고(永固)'는 영구하고 견고함.

274 非有期乎世祀(비유기호세사) : '유기(有期)'는 정해진 기한이 있음. '세사(世祀)'는 대대로 지내는 제사. '여강잠이영고(與岡岑而永固)' 이하 두 구절은 장구하고 견고

表,[275] 陰祇濛霧於其裏.[276] 菀以玄武,[277] 陪以幽林.[278] 繚垣開囿,[279] 觀宇相臨.[280] 碩果灌叢,[281] 圍木竦尋.[282] 篁筱懷風,[283] 蒲陶結陰.[284] 回淵漼,[285] 積水深.[286] 蒹葭贙,[287] 雚蒻森.[288] 丹藕淩波而的皪,[289] 綠芰泛濤而浸潭.[290] 羽翮頡頏,[291] 鱗介浮沈.[292] 棲者擇木,[293] 雊者擇音.[294] 若咆渤

하기가 산과 같으니 인간의 제사에 정해진 기한이 있는 것과는 다르다는 뜻.

275 陽靈停曜於其表(양령정요어기표) : '양령(陽靈)'은 태양신, 해를 가리킴. '정요(停曜)'는 햇빛을 가리는 것.

276 陰祇濛霧於其裏(음기몽무어기리) : '음기(陰祇)'는 땅의 신. '몽무(濛霧)'는 흐리고 어두운 것.

277 菀以玄武(원이현무) : '원(菀)'은 원유(園囿)를 말함. '원(苑)'과 의미가 통하는 글자. '현무(玄武)'는 현무원(玄武苑). 지금 업성(鄴城)의 서쪽에 있다.

278 陪以幽林(배이유림) : '배(陪)'는 딸려 있음, 붙어있음. '유림(幽林)'은 빽빽한 나무 숲.

279 繚垣開囿(요원개유) : '요원(繚垣)'은 주위에 담이 둘러있음. '유(囿)'는 '원(苑)'을 말함.

280 觀宇相臨(관우상림) : '관우(觀宇)'는 궁전의 누각. '상림(相臨)'은 서로 마주대하고 있음.

281 碩果灌叢(석과관총) : '석과(碩果)'는 큰 과실. '관총(灌叢)'은 키가 낮은 나무들이 옹기종기 모인 것.

282 圍木竦尋(위목송심) : '위목(圍木)'은 큰 나무. '송(竦)'은 우뚝 서있다, 높이 솟아 있다. '심(尋)'은 길이 단위. 8척(尺)이 1심이다.

283 篁筱懷風(황소회풍) : '황소(篁筱)'는 대나무. '황(篁)'은 대숲을 뜻하고 '소(筱)'는 가는 대나무. '회풍(懷風)'은 바람을 품다. 바람이 대나무 숲에 분다는 뜻.

284 蒲陶結陰(포도결음) : '포도(蒲陶)'는 포도(葡萄). '결음(結陰)'은 포도 잎이 무성하여 그늘을 만든 것.

285 回淵漼(회연최) : '회연(回淵)'은 굽이도는 깊은 연못. '최(漼)'는 물이 맑은 모양.

286 積水深(적수심) : '적수(積水)'는 여러 지류가 모여 연못을 만든 것.

287 蒹葭贙(겸가현) : '겸가(蒹葭)'는 갈대의 일종. 수초들이다. '현(贙)'은 맞붙어 싸우다. 강한 힘을 가지고 땅과 싸워 그 싹을 내놓음. 갈대가 풀 가운데에서 강한 것이므로 이렇게 말한 것이다.

288 雚蒻森(환약삼) : '환(雚)'은 왕골 풀. 즉 갈대를 말한다. '약(蒻)'은 부들. '삼(森)'은 무성하다.

289 丹藕淩波而的皪(단우능파이적력) : '단우(丹藕)'는 붉은 연뿌리. '적력(的皪)'은 분명하고 아름다운 모양.

290 綠芰泛濤而浸潭(녹기범도이침담) : '기(芰)'는 세발 마름. 잎은 물 위에 떠 있고 꽃은 황백색이며 꽃이 떨어지고 그 자리에 열매가 맺는다. '범도(泛濤)'는 물결에 떠다니다. '침담(浸潭)'은 깊이 가라앉음.

291 羽翮頡頏(우핵힐항) : '우핵(羽翮)'은 날개달린 것. 조류. '힐항(頡頏)'은 새가 하늘에서 날아오르고 내리는 모양.

292 鱗介浮沈(인개부침) : '인개(鱗介)'는 비늘과 껍질이 있는 것. 물고기, 거북류. '부침

瀣與姑餘,[295] 常鳴鶴而在陰.[296] 表淸籞,[297] 勒虞箴.[298] 思國恤,[299] 忘從禽.[300] 樵蘇往而無忌,[301] 卽鹿縱而匪禁.[302] 腜腜坰野,[303] 奕奕菑畝.[304] 甘荼伊蠢,[305] 芒種斯阜.[306] 西門溉其前,[307] 史起灌其後.[308] 墱流十二,[309]

(浮沈)'은 물에서 물고기들이 떴다 가라앉았다 하는 모양.

293 棲者擇木(서자택목) : '서자(棲者)'는 날아다니는 새를 말함. 둥지를 찾는 것들이라는 뜻. '택목(擇木)'은 나무를 가린다는 뜻.

294 雊者擇音(구자택음) : '구자(雊者)'는 우는 놈들. 우는 꿩을 뜻함. '택음(擇音)'은 울음소리를 가린다. '서자택목(棲者擇木)' 이하 2구는 각종 작은 동물들이 자신들의 즐거움을 누리고 있음을 뜻함.

295 若咆渤瀣與姑餘(약포발해여고여) : '포(咆)'는 울다. '발해(渤瀣)'는 바다 이름. '고여(姑餘)'는 오(吳)나라의 산 이름.

296 常鳴鶴而在陰(상명학이재음) : 『역(易)·중부(中孚)』 九二 : "학이 그늘에서 우니, 그 새끼가 그에 화답하네(鳴鶴在陰, 其子和之)".

297 表淸籞(표청어) : '표(表)'는 표시하다. '어(籞)'는 금원(禁苑)을 뜻한다. 규장각본에는 '禦(어)'자로 되어 있다. '어(禦)'는 연못과 수풀에 짐승의 집이 있는 곳에는 표시를 하여 사람들이 마음대로 잡아가지 못하게 금한 것이다.

298 勒虞箴(늑우잠) : '늑(勒)'은 강제하는 것, 속박하려는 것을 경계하다. '우잠(虞箴)'은 우인(虞人)의 경계하는 말. 『좌전(左傳)·양공(襄公)』 4년의 기록에 의하면 주무왕(周武王)의 태사(太史) 신갑(辛甲)이 백관들에게 각각 경계하는 말[箴辭]을 바치라고 명령하자 우인(虞人)이 사냥하는 일을 가지고 잠(箴)을 만들었다고 한다. 후에 그것을 우잠(虞箴)이라고 부르게 되었다.

299 國恤(국휼) : 나라에 대한 근심 걱정.

300 忘從禽(망종금) : 짐승을 좇아다니는 일을 잊다. 이것은 사냥에 대하여 경계하는 말이다.

301 樵蘇往而無忌(초소왕이무기) : '초(樵)'는 땔나무. '소(蘇)'는 차조.

302 卽鹿縱而匪禁(즉록종이비금) : '즉록(卽鹿)'은 사슴을 쫓아다니다.

303 腜腜坰野(매매경야) : '매매(腜腜)'는 살찌고 좋은 모양. '경(坰)'은 교외를 뜻함.

304 奕奕菑畝(혁혁치무) : '혁혁(奕奕)'은 무성한 것. '치(菑)'는 경작한 지 일 년이 된 밭. '무(畝)'는 경작지.

305 甘荼伊蠢(감도이준) : '도(荼)'는 쓴 차. 여기에서는 야채를 총칭한다. '이(伊)'는 어조사. '준(蠢)'은 자라난다는 뜻.

306 芒種斯阜(망종사부) : '망종(芒種)'은 벼와 보리. '부(阜)'는 많다는 뜻.

307 西門溉其前(서문개기전) : '서문(西門)'은 인명, 서문표(西門豹)를 말함. 전국시대 위(魏)나라 사람.

308 史起灌其後(사기관기후) : '사기(史起)'는 인명. 전국시대 위나라 사람. 『태평어람(太平御覽)』(권73)에 『업중기(鄴中記)』의 기록을 인용하여 위문후(魏文侯) 때에 서문표(西門豹)가 업령(鄴令)이 되어 장수(漳水)의 물을 끌어다가 업 땅에 물을 대어 위나라의 하남(河南) 지역을 부유하게 하였으며, 후에는 사기(史起)가 업령(鄴令)이 되어 담수(潭水)의 물을 끌어다가 위나라 수백 경(頃)의 밭에 물을 대었다고

同源異口.[310] 畜爲屯雲,[311] 泄爲行雨.[312] 水澍稉稌,[313] 陸蒔稷黍.[314] 黝黝桑柘,[315] 油油麻紵.[316] 均田畫疇,[317] 蕃廬錯列.[318] 薑芋充茂,[319] 桃李蔭翳.[320] 家安其所,[321] 而服美自悅.[322] 邑屋相望,[323] 而隔踰奕世.[324]

높은 성벽과 깊은 도랑이 있고 성벽 위에 낮은 담이 물가를 따라 둘러쳐져 있으며, 네 개의 문은 높고 웅장하며 높은 집들은 겹쳐서 올라가 있다. 그것은 하늘을 의지하고 자연과 조화를 이루었으며, 혼탁한 땅을 초월하여 위대한 건물의 시초가 되었다. 이는 저 아득한 꼭대기가 되고 높고 높은 것을 받치는 받침이 되어, 초원(焦原)을 마주하고도 불안해하지 않으니 굳건한 것에 마주 대하여 누가 두려워하지 않을 수 있겠는가. 산

하였다. '西門漑其前(서문개기전)' 이하 두 구절은 이것을 가리킨 것이다.

309 墱流十二(등류십이) : '등(墱)'은 계단 형의 배수(排水) 계통. 산기슭에 나있는 돌층계.

310 同源異口(동원이구) : 하북(河北)의 도상주(道相州) 업현(鄴縣)의 자맥교(紫陌橋) 아래에 천정언(天井堰)이 있는데 20리 안에 12개의 등(墱)을 만들었다. 등(墱) 사이의 거리는 300보인데 서로 물을 댈 수 있도록 만들었다. '등류십이(墱流十二)'. 이하 2구는 이것에 대하여 말한 것이다(『태평환우기(太平寰宇記)』).

311 畜爲屯雲(축위둔운) : '축(畜)'은 물을 모으다. '둔운(屯雲)'은 구름이 모이다.

312 泄爲行雨(설위행우) : '설(泄)'은 물이 새어나오다. '행우(行雨)'는 비가 오다.

313 水澍稉稌(수주갱도) : '주(澍)'는 적시다. 윤택하게 하다. '갱(稉)'은 메벼. '도(稌)'는 찰벼.

314 陸蒔稷黍(육시직서) : '육(陸)'은 높은 땅. '시(蒔)'는 모종을 내다. '직서(稷黍)'는 기장.

315 黝黝桑柘(유유상자) : '유유(黝黝)'는 반질반질한 것. 곡식의 싹이 빛나는 모양. '상자(桑柘)'는 뽕나무.

316 油油麻紵(유유마저) : '유유(油油)'는 반지르르한 모양. '마저(麻紵)'는 삼.

317 均田畫疇(균전획주) : '균전(均田)'은 공경(公卿) 이하 백성에 이르기까지 품제에 따라 균등하게 밭을 분배함. '획주(畫疇)'는 밭의 경계를 그어 정함.

318 蕃廬錯列(번려착열) : '번(蕃)'은 울타리. '여(廬)'는 집. '착열(錯列)'은 섞여서 퍼져 있음.

319 薑芋充茂(강우충무) : '강우(薑芋)'는 생강과 토란. '충무(充茂)'는 무성하다.

320 蔭翳(음예) : 번성한 모양.

321 家安其所(가안기소) : 그곳을 집처럼 편안하게 여기다.

322 服美(복미) : 아름다운 옷을 입음.

323 邑屋相望(읍옥상망) : 마을의 집들이 서로 아득히 바라만 보고 있음.

324 隔踰奕世(격유혁세) : '격유(隔踰)'는 대단히 떨어져 있음. '혁세(奕世)'는 여러 세대를 거침. 너무나 태평하고 일이 없어서 마을의 집들이 서로 바라볼 뿐 멀리 떨어져 있고 세대가 바뀌어도 서로 왕래가 없었다는 뜻.

등성이와 봉우리는 영원히 견고하리니 인간의 세사(世祀)에 기한이 정해진 것과 다르다. 태양의 신은 그 표면에서 햇빛을 멈추었고 땅의 신도 그 안에서 흐리고 어두워진다. 현무원(玄武苑)은 빽빽한 나무 숲 옆에 붙어 있는데, 그곳에 담을 둘러치고 원유(苑囿)를 만드니 궁전의 누각과 서로 마주 대하고 있다. 현무원에는 과실나무와 키 작은 나무들이 옹기종기 모여 있고, 아름드리나무들이 우뚝 서 있으며, 대나무는 바람을 품고 포도 잎은 그늘을 만든다. 굽이도는 연못의 물이 맑으니 그것은 여러 지류가 모여드는 깊은 연못으로, 그 곳에는 수초들이 서로 다투어 갈대와 부들이 무성하고 붉은 연뿌리가 물결을 넘어 분명하고 아름다운 모습을 드러내며, 푸른 마름이 파도를 넘어 깊이 가라앉으려 한다. 그 위로는 새들이 날아 오르내리고, 물 위로는 물고기들이 물위로 떴다 가라앉았다 하며, 그곳에서 둥지를 찾는 새는 나무를 가리고 짝 찾아 우는 새는 울음소리로 가려낸다. 발해(渤澥)와 고여산(姑餘山)에서 우는 소리가 들리면, 그것은 학이 울고 그늘에 있는 새끼가 화답하는 것이다. 맑은 물에는 어획금지표지를 하고 사냥터에는 경계하는 말로 속박하여, 나라의 근심을 생각하게 하고 짐승 쫓는 일을 잊으라고 충고하니, 그곳에 땔나무가 자라나도 꺼리지 않으며 사슴이 뛰어놀아도 금하지 않는다. 풍족한 교외와 무성한 밭에서는 야채가 자라나고 곡식이 풍부하다. 이전에는 서문표(西門彪)가 물을 대었고 나중에는 사기(史起)가 밭에 물을 끌어대었으니, 물이 흐르는 돌층계 12개는 원천이 같으나 출구가 달라서, 구름이 모이듯이 물을 모아 비를 뿌리듯이 물을 흘려보내면, 물이 있는 땅은 벼를 담가 키우고 높은 땅은 기장의 모종을 낸다. 또한 반짝반짝 윤이 나는 뽕나무와 반질반질한 삼마도 있으며, 밭의 경계는 고르게 그어져 있고 오두막과 울타리가 늘어서 있다. 생강과 토란이 무성하고, 복숭아와 자두가 그늘을 만들고 있다. 그곳을 집처럼 편안히 여기며 아름다운 옷을 입고 스스로 즐거워하고, 마을의 집들을 아득히 바라볼 뿐 여러 세대를 거쳐도 멀리 왕래가 없다.

內則街衝輻輳,[325] 朱闕結隅.[326] 石杠飛梁,[327] 出控漳渠.[328] 疏通溝以濱路,[329] 羅靑槐以蔭塗.[330] 比滄浪而可濯,[331] 方步櫩而有踰.[332] 習習冠蓋,[333] 莘莘蒸徒.[334] 斑白不提,[335] 行旅讓衢.[336] 設官分職, 營處署居. 夾之以府寺,[337] 班之以里閭.[338] 其府寺則位副三事,[339] 官踰六卿.[340] 奉常

325 街衝輻輳(가충복주) : '충(衝)'은 요충지. 사통팔달의 거리. '폭주(輻輳)'는 바퀴살이 바퀴중심축으로 모이듯이 가운데로 집중한다는 뜻.

326 朱闕結隅(주궐결우) : 업성(鄴城) 안의 여러 거리에 적궐(赤闕)과 흑궐(黑闕)이 있어 동서남북의 성문에 해당되었다고 한다. '우(隅)'는 성의 모퉁이.

327 石杠飛梁(석강비량) : '석강(石杠)'은 돌로 만든 다리. 석두교(石竇橋)를 가리킴. 성의 동쪽에 있었다. '비량(飛梁)'은 공중에 띄워서 만든 다리.

328 出控漳渠(출공장거) : '장거(漳渠)'는 업성의 40리쯤에 있는 강으로 성의 동쪽으로 흘러들어와 궁을 지나 동쪽으로 흘러나가는데 그 때 석두교를 지난다. 그래서 '출공(出控)'이라고 하였다.

329 濱(빈) : 물의 가장자리, 물가.

330 羅靑槐以蔭塗(나청괴이음도) : '청괴(靑槐)'는 푸른 홰나무. '음(蔭)'은 가리다. '도(塗)'는 길.

331 比滄浪而可濯(비창랑이가탁) : '창랑(滄浪)'은 푸른 파도. 『초사(楚辭)·어부(漁父)』에 나오는 "창랑(滄浪)의 물이 맑으면 갓끈을 씻을 수 있다(滄浪之水淸兮, 可以濯吾纓)"는 구절을 두고 한 말. '비(比)'는 비교하다.

332 方步櫩而有踰(방보염이유유) : '방(方)'은 비교하다. '보염(步櫩)'은 긴 회랑. '유(踰)'는 넘다, 넘어가다.

333 習習冠蓋(습습관개) : '습습(習習)'은 성한 모양. '관개(冠蓋)'는 면류관과 수레덮개. 고관(高官)을 가리킨다.

334 莘莘蒸徒(신신증도) : '신신(莘莘)'은 많은 모양. '증(蒸)'은 많은 무리.

335 斑白不提(반백부제) : '반백(斑白)'은 머리털이 희끗희끗한 노인. '부제(不提)'는 물건을 주워들 수 없을 만큼 기운이 없음.

336 行旅讓衢(행려양구) : '양(讓)'은 길을 사양하다. 양보하다. '구(衢)'는 큰 길.

337 夾之以府寺(협지이부시) : '부시(府寺)'는 당시의 관사를 말한다. '寺'는 '시'로 발음한다. "사마(司馬)가 문의 남쪽으로 나가면 그 길의 왼쪽에서 가장 북동쪽은 상국부(相國府)로 향한다, 그 다음 남쪽은 어사대부부(禦史大夫府)로 가는 길이며 세 번째는 소부경시(少府卿寺)로 가는 길이다. 길의 오른쪽의 가장 북쪽에는 봉상시(奉常寺)가 있고 다음에는 남쪽 대농시(大農寺)가 있다. 동쪽으로 나와서 문을 끼고 정동의 방향으로 가면 길의 남서쪽 끝에 태복경시(太僕卿寺)가 있고 그 다음에 중위시(中尉寺)가 있다. 동쪽으로 나와 문을 끼고 궁의 동북쪽으로 가면 북쪽 성 아래 동쪽으로 대리시(大理寺)로 들어간다. 궁의 안에는 대사서랑중령부(大社西郎中令府)가 있다(當司馬門南出, 道西最北東向相國府. 第二南行禦史大夫府, 第三少府卿寺. 道東最北奉常寺, 次南大農寺. 出東掖門正東, 道南西頭太僕卿寺, 次中尉寺. 出東掖門, 宮東北行北城下, 東入大理寺. 宮內大社西郎中令府)".(이선 주) 이것

之號,[341] 大理之名.[342] 廈屋一揆,[343] 華屛齊榮.[344] 肅肅階闥,[345] 重門再扃.[346] 師尹爰止.[347] 毗代作楨.[348] 其閭閻則長壽吉陽, 永平思忠.[349] 亦有戚里,[350] 寘宮之東.[351] 閈出長者,[352] 巷苞諸公.[353] 都護之堂,[354] 殿居

으로 당시 관사들이 대단히 많았음을 보여준다.

338 班之以里閭(반지이리려) : '반(班)'은 순서대로 나열되다. '이려(里閭)'는 마을.

339 位副三事(위부삼사) : "위무제(魏武帝)가 위왕(魏王)이 되었을 때, 태상(太常)을 봉상(奉常)이라고 부르고, 정위(廷尉)를 대리(大理)라고 불렀다. 건안(建安) 18년에 처음으로 시중(侍中)·상서(尙書)·어사(禦史)·부절(符節)·알자(謁者)·낭중령(郎中令)·태복(太僕)·대리(大理)·대농(大農)·소부(少府)·중위(中尉)의 관직을 두었다. 21년에 대리(大理) 종요(鍾繇)가 상국(相國)이 되었을 때 처음으로 태상종정(太常宗正)이라는 관직을 두었다. 22년에 군사(軍師) 화흠(華歆)이 어사대부(禦史大夫)가 되어 처음으로 위위시(衛尉時)라는 관직을 두었다. 무제가 위왕(魏王)이 되어 상국(相國)과 어사대부(禦史大夫)를 두었기 때문에 직위가 삼사(三事)에 버금간다고 말한 것이다(魏武帝爲魏王時, 太常號奉常, 廷尉號大理. 建安十八年, 始置侍中·尙書·禦史·符節·謁者·郎中令·太僕·大理·大農·少府·中尉. 二十一年, 大理鍾繇爲相國, 始置太常宗正. 二十二年, 以軍師華歆爲禦史大夫. 初置衛尉時, 武帝爲魏王, 置相國, 禦史大夫, 故云位副三事)".(이선 주)

340 官踰六卿(관유육경) : 이선 주 : "경(卿)의 관직을 설치한 것이 거의 아홉에 가까웠기 때문에 관직은 육경(六卿)을 넘어갔다고 말한 것이다(置卿近九, 故曰官逾六卿)".

341 奉常之號(봉상지호) : '봉상(奉常)'은 종묘의 일을 주관하는 관직. 한(漢)나라 초기에는 태상(太常)이라고 부르다가 건안(建安) 중에 봉상이라고 불렀다.

342 大理之名(대리지명) : '대리(大理)'는 형벌을 처리하는 관직. 진(秦)나라 때에는 정위(廷尉)라고 부르던 것을 한(漢) 경제(景帝) 때 대리(大理)라고 이름을 바꾸었는데 위(魏)나라에서 그것을 이어받았다.

343 廈屋一揆(하옥일규) : '하옥(廈屋)'은 건축물. '규(揆)'는 재다, 헤아리다.

344 華屛齊榮(화병제영) : '화병(華屛)'은 꽃무늬를 장식한 문 앞의 작은 벽. '병(屛)'은 문 안쪽에 문을 마주보고 안이 들여다보이지 않게 세운 작은 벽을 뜻한다. '제(齊)'는 같다, 가지런하다.

345 肅肅階闥(숙숙계항) : '숙숙(肅肅)'은 단정하다. '항(闥)'은 계단의 사이.

346 重門再扃(중문재경) : '중문(重門)'은 겹겹이 문을 둔 것. '경(扃)'은 빗장.

347 師尹爰止(사윤원지) : '사윤(師尹)'은 나라 일을 주관하는 고급의 관료. '원지(爰止)'는 그곳에 머물다.

348 毗代作楨(비대작정) : '비(毗)'는 보좌하다. '정(楨)'은 담을 쌓을 때 양쪽에 세우는 기둥. 지주(支柱)라는 뜻으로 쓰인다.

349 其閭閻則長壽吉陽(기려염즉장수길양) 이하 2구 : '여염(閭閻)'은 마을. '장수(長壽)', '길양(吉陽)', '영평(永平)', '사충(思忠)'은 네 개 마을의 이름.

350 戚里(척리) : 외척들이 사는 지역. 군주와 인척(姻戚)의 관계에 있는 사람들이 거주하기 때문에 척리(戚里)라고 부른다.

351 寘(치) : 두다.

綺牕.[355] 輿騎朝猥,[356] 蹀敁其中.[357] 營客館以周坊,[358] 餝賓侶之所集.[359] 瑋豊樓之閈閎,[360] 起建安而首立.[361] 葺牆冪室,[362] 房廡雜襲.[363] 剞劂罔掇,[364] 匠斲積習.[365] 廣成之傳無以疇,[366] 槀街之邸不能及.[367]

도시의 안에서는 거리들이 바퀴살 모이듯이 모여들고, 주궐(朱闕)이 사방 모퉁이 경계마다에 서 있다. 공중에 띄워 만든 석두교(石竇橋)를 장거(漳渠)가 흘러나오며 건드리고 있는데, 도랑을 뚫어 가장자리 길가로 통하게 하고 푸른 홰나무를 그곳에 늘어서게 하였으니 그늘이 만들

---

352 閈(한) : 마을 어귀에 세우는 마을의 문.

353 巷苞諸公(항포제공) : 거리에도 여러 공후(公侯)의 집들이 포함되어 있다. '포(苞)'는 포괄하다.

354 都護(도호) : 관사의 이름. 여기에서는 궁궐을 뜻한다.

355 殿居綺牕(전거기창) : '전(殿)'은 집이 높고 큰 것. 옛날에는 높은 집을 전(殿)이라고 총칭하였으며 반드시 궁궐 안의 건물만 전(殿)이라고 부른 것은 아니다. '기창(綺牕)'은 비단 무늬의 창문.

356 輿騎朝猥(여기조외) : 조공으로 바치는 수레와 말이 대단히 많다. '여기(輿騎)'는 수레와 말. '외(猥)'는 많다.

357 蹀敁其中(접처기중) : '첩처(蹀敁)'는 쌓이다, 누적되다. '기중(其中)'은 도호부(都護府) 안을 뜻한다.

358 營客館以周坊(영객관이주방) : '영(營)'은 만들다, 짓다. '객관(客館)'은 객사. 제후들이 왕래하며 쉴 수 있는 객사를 뜻함. '주방(周坊)'은 마을 곳곳.

359 餝賓侶之所集(식빈려지소집) : '식(餝)'은 '飾(식)'과 같은 글자. '빈려(賓侶)'는 손님. '소집(所集)'은 객사를 가리킴.

360 瑋豊樓之閈閎(위풍루지한굉) : '위(瑋)'는 아름답다. '풍(豊)'은 크다. '한굉(閈閎)'은 문을 뜻함.

361 起建安而首立(기건안이수립) : 건안(建安) 시기에 처음 세워졌다는 뜻.

362 葺牆冪室(즙장멱실) : '즙(葺)'은 보수하다. '멱(冪)'은 바르다.

363 房廡雜襲(방무잡습) : '무(廡)'는 처마. '잡습(雜襲)'은 어지럽게 섞여서 이어짐.

364 剞劂罔掇(기궐망철) : '기궐(剞劂)'은 구부러진 칼. 조각을 하는 데 쓰인다. '철(掇)'은 그만두다, 중지하다. '輟(철)'과 통하는 글자.

365 匠斲積習(장착적습) : '장착(匠斲)'은 장인, 기술자. '적습(積習)'은 점차 쌓고 반복하여 수리함.

366 廣成之傳無以疇(광성지전무이주) : '광정지전(廣成之傳)'은 광성전사(廣成傳舍), 전국시대 진(秦)나라의 객사였다. 인상여(藺相如)가 광성전에 머문 적이 있었다. '전(傳)'은 역사(驛舍). '주(疇)'는 짝.

367 槀街之邸不能及(고가지저불능급) : '고가(槀街)'는 한(漢)나라 때 장안(長安)의 거리 이름. 각국 사신들의 관저가 이 거리에 있었다고 한다.

어졌다. 그 물은 창랑(滄浪)에 비교해도 씻을 만하고, 그 다리는 보염(步櫩)에 견주어 보아도 건너갈 만하다. 도시의 거리에는 풍성한 덮개 장식을 한 고관들의 수레가 지나가고, 많은 사람들이 떼를 지어 모여 있는데, 머리털이 희끗희끗한 노인이 물건을 들 기운도 없어 보이니, 지나가던 이가 큰길에서 양보한다. 관직을 나누어 설치하여 그 일을 경영하는 곳의 터를 잡았는데, 거리마다에 부시(府寺)를 끼게 하고 마을에 따라 순서지어 나열되게 하였다. 그 부시(府寺)들은 직위가 삼사(三事)에 버금가고 관직은 육경(六卿)의 숫자를 뛰어 넘어, 봉상(奉常)이란 호칭의 관직, 대리(大理)라는 이름의 관직이 있다. 건물을 한 번 살펴보면, 문의 화려한 내벽이 가지런하고 아름다우며, 단정한 계단 사이에는 겹겹의 문에 빗장이 걸려 있다. 고급의 관료들이 그곳에 머물며 대대로 보좌하여 나라의 기둥이 되었다. 그 안의 마을로는 장수(長壽)·길양(吉陽)·영평(永平)·사충(思忠) 등이 있으며, 외척의 마을도 있어서 궁의 동쪽에 위치한다. 마을 어귀의 문으로는 연장자들이 드나들고 거리에는 공후의 집들이 포함되어 있다. 궁궐의 건물 가운데 전(殿)들에는 비단 무늬 창문이 나 있으며, 조공으로 바치는 수레와 발이 대단히 많아 궁궐 안에 쌓여 있다. 그 안에는 객사를 지어 여기저기에 두고 손님들이 모이는 곳을 잘 꾸몄다. 아름답고 큰 누대의 문은 건안(建安) 시기에 처음으로 세워지기 시작했는데, 지금은 누실을 고치고 누대 벽을 잘 발라 수리하였으며 건물의 처마가 어지럽게 섞여 이어져 보인다. 그곳을 장인들이 조각칼 쓰는 것을 그만두지 않고 반복하여 수리하였으니 광성전사(廣成傳舍)와도 비교할 수 없고 고가(槀街)의 객사도 그에 미칠 수 없다.

廓三市而開廛,[368] 籍平逵而九達.[369] 班列肆以兼羅,[370] 設闤闠以襟

368 廓三市而開廛(곽삼시이개전) : '곽(廓)'은 열다. '삼시(三市)'는 대시(大市)·조시(朝市)·석시(夕市). 대시는 해가 기울면 열리는 시장, 조시는 아침에 열리는 시장,

帶.[371] 濟有無之常偏,[372] 距日中而畢會.[373] 抗旗亭之嶢薛,[374] 侈所覜之博大.[375] 百隧轂擊,[376] 連軫萬貫,[377] 憑軾捶馬,[378] 袖幕紛半.[379] 壹八方而混同,[380] 極風采之異觀.[381] 質劑平而交易,[382] 刀布貿而無算.[383] 財以

석시는 저녁에 열리는 시장. '전(廛)'은 시장 사이의 길.

369 籍平逵而九達(적평규이구달) : '적(籍)'은 '藉(자)'와 통하는 글자. 빌리다, 의지하다의 뜻. '平逵(평규)'는 평탄한 길, 큰길. '구달(九達)'은 모든 곳으로 통할 수 있다는 뜻.

370 班列肆以兼羅(반렬사이겸라) : '반(班)'은 퍼지다. '열(列)'은 진열하다. '사(肆)'는 가게. 점포.

371 設闤闠以襟帶(설환궤이금대) : '환(闤)'은 시가를 둘러싼 담. '궤(闠)'는 시장의 바깥문. '금대(襟帶)'는 옷깃이나 허리띠처럼 두르다. 옛날에 시장 길은 담과 문 사이에 있었다. 그래서 시장의 점포를 '환궤(闤闠)'라고 부른다. 여기에서는 아마도 시장거리를 가리키는 것 같다.

372 濟有無之常偏(제유무지상편) : '제(濟)'는 통하게 하다. 잘 섞다. '상편(常偏)'은 많고 적음이 다른 것. 혹은 몇 만금에 이르는 거부이고 혹은 무일푼의 가난뱅이인 것.

373 距日中而畢會(거일중이필회) : '거(距)'는 이르다. '일중(日中)'은 한 낮, 정오.

374 抗旗亭之嶢薛(항기정지요설) : '항(抗)'은 높다, 높이다. '기정(旗亭)'은 시장의 건물. '요설(嶢薛)'은 높고 험준함.

375 侈所覜之博大(치소조지박대) : '치(侈)'는 아름답다. '조(覜)'는 '眺(조)'와 통하는 글자, 바라보다. '박대(博大)'는 시장의 풍성하고 광대함을 가리킴.

376 百隧轂擊(백수곡격) : '수(隧)'는 길. '곡격(轂擊)'은 수레바퀴가 서로 부딪침. 수레가 많다는 뜻.

377 連軫萬貫(연진만관) : 수레와 수레가 수도 없이 이어져 있다는 뜻. '진(軫)'은 수레상자 뒷부분에 가로댄 나무. 여기서는 수레 뒤쪽을 가리킴.

378 憑軾捶馬(빙식추마) : '식(軾)'은 수레 앞쪽의 가로댄 나무, 교(較)보다 낮은 것을 가리킨다. 식(軾)은 수레 앞쪽에서 활을 쏘거나 말을 몰거나 무기를 잡을 때 편리하게 되어있다. 또한 그것에 기대어 예를 표시하기도 한다. '추(捶)'는 치다, 채찍질하다.

379 袖幕紛半(수막분반) : '수막(袖幕)'은 소매가 이어져 장막을 이루다. 시장 거리에 사람이 많음을 뜻함. '분반(紛半)'은 번성한 모양. '반(半)'은 '伴(반)'과 통하는 글자로 크다는 뜻.

380 壹八方而混同(일팔방이혼동) : 여덟 방향의 것이 하나로 섞여 한 군데로 모임. 사방팔방의 사람과 재화가 이곳으로 집중된다는 뜻.

381 風采(풍채) : 풍속. '풍(風)'은 풍속. '채(采)'는 여러 가지 일.

382 質劑平而交易(질제평이교역) : '질제(質劑)'는 물건을 교환하는 증서. 약속어음 같은 것. 『주례(周禮)·지관(地官)·사시(司市)』: "질제(質劑)로 신용을 맺어 소송을 그치게 한다(以質劑結信而止訟)". 정현(鄭玄)의 주 : "질제(質劑)는 두 문서를 똑같이 써서 나누어 가지는 것이다. 지금 지문 인장 등을 찍어 약속증서로 삼는 하수서(下手書)와 같은 것이니 물건을 보관했다가 돌려받을 때 사용한다. 질(質)은 큰 가격의 것이고, 제(劑)는 작은 가격의 것이다(鄭玄曰 : 質劑, 謂兩書一箚而別之也, 若今下手書, 保物要還矣. 質, 大賈也. 劑, 小賈也)".

工化,[384] 賄以商通.[385] 難得之貨,[386] 此則弗容. 器周用而長務,[387] 物背窳而就攻.[388] 不鬻邪而豫賈,[389] 著馴風之醇醲.[390] 白藏之藏,[391] 富有無隄.[392] 同賑大內,[393] 控引世資,[394] 賨幏積墆,[395] 琛幣充牣.[396] 關石之所和鈞,[397] 財賦之所底愼.[398] 燕弧盈庫而委勁,[399] 冀馬塡廐而駔駿.[400]

또한 삼시(三市)를 열어 시장 길을 내고 평탄한 길들로 팔방으로 통달하는 큰 거리를 만들었는데, 그곳에는 상점들이 나란히 늘어서 있고 시장의 담과 문을 만들어 띠처럼 둘렀다. 그곳은 있고 없고 많고 적음

383 刀布貿而無筭(도포무이무산) : '도포(刀布)'는 옛날 돈의 명칭. '산(筭)'은 '算(산)'과 통하는 글자. 계산하다.

384 財以工化(재이공화) : '재(財)'자는 '材(재)'자로 써야 한다. 물건을 만드는 재료. '공화(工化)'는 장인이 완성된 물건으로 만들어 내는 것.

385 賄(회) : 재화

386 難得之貨(난득지화) : 먼 곳에서 온 기이한 물건이나 보물 등을 가리킴.

387 器周用而長務(기주용이장무) : '주용(周用)'은 용도가 넓다, 두루 쓰이다. '장무(長務)'는 일상적으로 사용되다.

388 物背窳而就攻(물배유이취공) : '배유(背窳)'는 조잡하게 함부로 만들어지지 않았음. '유(窳)'는 약한 것, 하자가 있는 것. '취공(就攻)'은 견고하고 잘 견디는 물건이 되도록 연구하다.

389 不鬻邪而豫賈(불육사이예가) : '육(鬻)'은 내다 팔다. '사(邪)'는 나쁜 물건. '예가(豫賈)'는 불변의 가격. 정해진 가격.

390 著馴風之醇醲(저순풍지순농) : '순풍(馴風)'은 순치(馴致)의 뜻. 도(道)를 추구하여 이르게 한다는 뜻. '순농(醇醲)'은 정치의 교화가 두텁고 깊음.

391 白藏之藏(백장지장) : '백장(白藏)'은 창고의 이름. 174개의 방의 있었다고 한다.

392 富有無隄(부유무제) : 부유함에 제한이 없었다. '제(隄)'는 한계. 제한.

393 同賑大內(동진대내) : '진(賑)'은 풍부함. 가득함. '대내(大內)'는 나라의 보물창고.

394 控引世資(공인세자) : 천하의 재화와 물자를 끌어들임.

395 賨幏積墆(종가적체) : '종(賨)'은 옛날 파인(巴人)들의 조세를 부르는 말. 즉 그들이 바치는 공납을 가리킨다. '가(幏)'는 옛날 서남쪽의 파인(巴人)들이 바쳤던 직물. '체(墆)'는 쌓다.

396 琛幣充牣(침폐충인) : '침(琛)'은 구슬. '폐(幣)'는 폐백. '인(牣)'은 가득 차다.

397 關石之所和鈞(관석지소화균) : '관석(關石)'은 저울. '관(關)'은 '통(通)'의 뜻이다. 각 곳에 통할 수 있는 돌을 뜻함. 그것으로 양을 재는 기구를 뜻한다. '균(鈞)'은 고르다.

398 底愼(지신) : 규정을 신중하게 하다. '지(底)'는 정하다. 규정하다.

399 燕弧盈庫而委勁(연호영고이위경) : '연호(燕弧)'는 연(燕)나라에서 나는 활. '위(委)'는 쌓다. '경(勁)'은 튼튼한 활.

400 冀馬塡廐而駔駿(기마전구이장준) : '기마(冀馬)'는 기북(冀北) 지방의 명마. '구(廐)'는 마구간. '장준(駔駿)'은 좋은 품종의 건장한 말.

을 통하게 하는 곳이니, 한낮이 되면 모두들 모여든다. 시장에 높은 정자를 세우니 풍성하고 광대한 시장을 바라보기에 족하다. 시장 길에서는 수레바퀴가 부딪히고 수레와 수레가 만 대나 이어져 있으며, 수레꾼은 수레앞턱나무에 기대어 말을 채찍질하고 왕래하는 사람들의 소매가 이어져 장막을 이룰 만큼 번성한 모습이다. 시장에는 팔방이 하나가 되어 섞이니 기이한 풍속과 일들을 두루 볼 수 있다. 약속어음을 근거하여 서로 교환하고, 돈으로 바꾸면서 따지지 않는다. 재료를 가지고 장인이 물건을 만들어 내면 그 물건으로 상인들이 서로 교통시킨다. 얻기 어려운 재화는 여기에서 받아들이지 않는다. 기물은 용도가 넓은 것이 자주 사용되니, 약하고 하자가 있는 물건은 견고하게 잘 만들어져야 한다. 나쁜 물건을 팔지 않으면 가격이 정해져서 돈후하고 순종하는 풍속이 드러나게 된다. 거대한 창고인 백장(白藏)에 보관된 것은 끝도 없이 풍성하며, 넉넉한 나라의 보물창고는 세상의 모든 물자를 끌어들여 파인(巴人)들이 바친 조세와 직물이 쌓여있고 구슬과 폐백이 가득하다. 물건은 저울을 사용하여 잘 골라내고 조세는 신중하게 규정한다. 연(燕)지방의 활이 창고에 가득하니 그 활들은 매우 튼튼하고, 기(冀) 지방의 말이 마구간을 채우니 그 말들은 건장하다.

至乎勍敵糾紛,[401] 庶土罔寧.[402] 聖武興言,[403] 將曜威靈.[404] 介冑重襲,[405] 旃旗躍莖.[406] 弓珧解檠,[407] 矛鋋飄英.[408] 三屬之甲,[409] 縵胡之纓.[410] 控

401 勍敵糾紛(경적규분) : '경(勍)'은 강하다. '규분(糾紛)'은 어지럽다, 혼란되다.

402 庶土罔寧(서토망녕) : '서토(庶土)'는 천하를 가리킴. '망(罔)'은 없다.

403 聖武(성무) : 위무제(魏武帝) 조조(曹操)를 말한다.

404 曜(요) : 비추다.

405 介冑重襲(개주중습) : '개(介)'는 갑옷. '주(冑)'는 투구. '중습(重襲)'은 두 겹으로 껴입음.

406 旃旗躍莖(정기약경) : '정(旃)'은 깃발. '약(躍)'은 들다. '경(莖)'은 깃대.

407 弓珧解檠(궁요해경) : '요(珧)'는 활의 이름. 조개껍질로 양 끝을 장식하였다. '경(檠)'은 활을 바로잡아 교정하는 기구.

弦簡發,[411] 妙擬更嬴.[412] 齊被練而銛戈,[413] 襲偏裻以讃列.[414] 畢出征而中律,[415] 執奇正以四伐.[416] 碩畫精通,[417] 目無匪制.[418] 推鋒積紀,[419] 鋩氣彌銳.[420] 三接三捷,[421] 旣晝亦月.[422] 剋翦方命,[423] 呑滅咆烋.[424] 雲撤叛換,[425] 席卷虔劉.[426] 祲威八紘,[427] 荒阻率由.[428] 洗兵海島,[429] 刷馬江

408 矛鋋飄英(모연표영) : '연(鋋)'은 작은 창. '영(英)'은 창끝에 다는 깃 장식.
409 三屬之甲(삼속지갑) : 옛날 전사들의 갑옷. '속(屬)'은 잇다, 연결하다.
410 縵胡之纓(만호지영) : '만호(縵胡)'는 만호(曼胡)라고도 쓴다. '만(曼)'은 없다는 뜻. 장식이 없다는 말이다.
411 控弦簡發(공현간발) : '공현(控弦)'은 현을 당기다. '간발(簡發)'은 쏠 곳을 가려서 활을 발사한다는 뜻.
412 妙擬更嬴(묘의경영) : '경영(更嬴)'은 옛날에 활을 잘 쏘던 명사수.
413 齊被練而銛戈(제피련이섬과) : '피(被)'는 입다. '련(練)'은 백색의 정련된 비단. '섬과(銛戈)'는 창 등의 무기. 병사들이 모두 갑옷 속에 비단을 입고 창을 들었다는 뜻.
414 襲偏裻以讃列(습편독이회열) : '습(襲)'은 입다. '편독(偏裻)'은 군복의 이름. '회열(讃列)'은 멈추기도 하고 행렬하기도 하다. '회(讃)'는 멈추다.
415 中律(중률) : 승리하는 방법에 들어맞다.
416 執奇正以四伐(집기정이사벌) : 옛날의 병법은 진영을 마주 대하고 서로 교전하는 것을 '정(正)'이라고 하며 계책을 세워 급하게 기습하는 것을 '기(奇)'라고 하였다.
417 碩畫(석획) : 원대한 계책.
418 目無匪制(목무비제) : 눈으로 보는 것마다 모두 체제기 맞는다.
419 推鋒積紀(추봉적기) : '추봉(推鋒)'은 칼끝을 들다. 작전을 가리킴. '적기(積紀)'는 기(紀)를 쌓다. 12년을 1기(紀)라고 한다. 무제(武帝)가 전쟁을 시작한 때로부터 건안(建安) 25년에 이르면 1기의 시간이 흐른 것이다.
420 鋩氣(망기) : 칼날의 기운. '망(鋩)'은 칼끝.
421 三接三捷(삼접삼첩) : 여기에서 나오는 두 번의 '삼(三)'은 많다는 뜻. 전투가 빈번하다는 말이다.
422 旣晝亦月(기주역월) : 하루 낮과 한 달. '삼접삼첩(三接三捷)'. 이하 2구는 하루에 세 번 적과 싸우고 한 달에 세 번 승리한다는 뜻.
423 剋翦方命(극전방명) : '극(剋)'은 승리하다. '전(翦)'은 제거하다. '방명(方命)'은 왕의 명령을 저버리는 것.
424 咆烋(포휴) : 포효(咆哮)하는 것. 굴복하지 않으려고 굳게 버티는 것을 가리킴.
425 雲撤叛換(운철반환) : '운철(雲撤)'은 구름처럼 없어지는 것. '반환(叛換)'은 제멋대로 날뛰는 것, 발호(跋扈)하는 것.
426 虔劉(건류) : 죽이다. 여기에서는 살육을 일삼는 흉악한 무리.
427 祲威八紘(침위팔굉) : '침(祲)'은 성하다. '팔굉(八紘)'은 팔방의 대단히 먼 곳.
428 荒阻率由(황조솔유) : '황조(荒阻)'는 황폐하고 험난한 땅. '솔유(率由)'는 따르다. 따르게 하다.
429 洗兵海島(세병해도) : '해도(海島)'는 오(吳)나라를 암시함.

洲.[430] 振旅輷輷,[431] 反旆悠悠.[432] 凱歸同飮,[433] 疏爵普疇.[434] 朝無刓印,[435] 國無費留.[436] 喪亂旣弭而能宴,[437] 武人歸獸而去戰.[438] 蕭斧戢柯以柙刃,[439] 虹旍攝麾以就卷.[440] 斟洪範,[441] 酌典憲.[442] 觀所恒,[443] 通其變.[444] 上垂拱而司契,[445] 下緣督而自勸.[446] 道來斯貴,[447] 利往則賤.[448] 囹圄寂寥,[449] 京庾流衍.[450]

---

430 刷馬江洲(쇄마강주) : '강주(江洲)'는 촉(蜀)나라를 암시한다.

431 振旅輷輷(진려전전) : '진려(振旅)'는 군대가 돌아오는 것. '전전(輷輷)'은 많은 수레 소리.

432 反旆悠悠(반패유유) : '반패(反旆)'는 돌아오는 군대의 깃발. '유유(悠悠)'는 깃발이 날리며 춤추는 것.

433 凱歸同飮(개귀동음) : 개선하여 돌아와 함께 술을 마심.

434 疏爵普疇(소작보주) : '소작(疏爵)'은 작위를 나누어 줌. '보주(普疇)'는 두루 군공을 헤아려서 등급에 맞추어 상을 내림.

435 朝無刓印(조무완인) : 조정에서 상을 내리거나 봉지를 내려야 할 때 조금도 주저함이 없다는 뜻. '완인(刓印)'은 모서리가 깎인 도장. 옛날 항우(項羽)가 인색하여 공이 있는 사람에게 작위를 내려야 할 때에도 완인을 새기고 차마 수여하지 못했다고 한다.

436 費留(비류) : 공이 있으나 상을 내리지 않는 것.

437 喪亂旣弭而能宴(상란기미이능연) : '미(弭)'는 평정하다. '연(宴)'은 편안하다, 즐거워하다.

438 歸獸(귀수) : 말과 소를 산과 들에 풀어놓아 돌려보내는 것. 전쟁을 그만둠을 뜻함.

439 蕭斧戢柯以柙刃(소부집가이합인) : '소부(蕭斧)'는 긴 도끼. '집(戢)'은 거두어 들어다. '합인(柙刃)'은 날카로운 칼을 함에 보관하다.

440 虹旍攝麾以就卷(홍정섭휘이취권) : '홍정(虹旍)'은 무지개 빛깔의 깃발. '섭휘(攝麾)'는 휘두르는 것을 그만두다. '취권(就卷)'은 말아놓는다는 뜻.

441 斟洪範(짐홍범) : '홍범(洪範)'은 『상서(尙書)』의 편명. 기자(箕子)가 주무왕(周武王)을 위해 정치의 기술을 서술했다는 글.

442 典憲(전헌) : 전장, 제도.

443 恒(항) : 변하지 않는 일상의 이치. 상법.

444 通其變(통기변) : 변화하는 형세에 맞추어 가다.

445 上垂拱而司契(상수공이사계) : '수공(垂拱)'은 옷을 늘어뜨리고 팔짱을 낌. 직접 정치를 하지 않고도 세상이 잘 다스려지는 것을 비유함. '사계(司契)'는 위정자가 법률을 장악하고 있음을 비유함.

446 下緣督而自勸(하연독이자권) : '연독(緣督)'은 중도(中道)를 잘 지켜나감. '연(緣)'은 따르다. '독(督)'은 가운데.

447 道來斯貴(도래사귀) : 인간관계에서는 도(道)로써 왕래함을 귀히 여긴다.

448 利往則賤(이왕즉천) : 이익을 가지고 교제하는 것은 천시한다.

449 囹圄(영어) : 감옥.

강한 적들이 어지럽게 일어나 온 세상이 편안하지 않게 되었을 때에, 위무제(魏武帝)께서 군대를 일으키고 말씀하기시를 장차 위세가 높은 신령을 널리 비추리라고 하셨다. 그 때 갑옷과 투구를 두 겹으로 껴입고 깃발과 깃대를 높이 들어 올렸으며, 활은 교정기에서 풀려나왔으며 긴 창과 작은 창들은 장식을 휘날렸다. 세 번 이어 댄 갑옷과 장식이 없는 가슴걸이를 하고, 시위를 당겨 활을 쏘며 경영(更嬴)을 교묘하게 흉내 내었다. 군대는 가지런히 흰 비단을 입고 창을 들고서 군복을 입고 행렬하였다. 출정하면 반드시 승리하고 정법과 변법을 구사하여 사방을 정벌하였다. 원대한 계책은 일마다 정확히 순통하게 하였고 눈에 보이는 것은 모두가 체제가 갖추어져 있었다. 그렇게 전쟁을 시작한 지 12년이 지나니 칼끝의 기운이 날카로워졌으며, 많은 전투에 승리하며 하루가 가고 한 달이 갔다. 왕의 명령을 어기는 자는 제거하고 굴복하지 않으려는 자는 멸망시키니, 발호하는 세력을 구름을 거두듯이 없애고 살육을 일삼는 흉악한 무리를 제압하였다. 먼 팔방의 지역까지 위의를 떨치니 황폐한 땅의 사람들까지 따르게 되었으며, 오나라의 군대를 싹 씻어내고 촉나라의 기병들을 쓸어버렸다. 승전한 군대가 많은 수레를 끌고 돌아오니 돌아오는 군대의 깃발이 춤을 추었고, 개선하고 돌아와 함께 술을 마시며 등급에 맞추어 두루 작위를 내리셨다. 조정에서는 상을 내리는 데 주저함이 없었고, 나라에서는 공이 있는 사람을 그냥 남겨두지 않았다. 어지러움을 평정하고 잔치를 할 수 있게 되자, 군대는 짐승을 돌려보내고 전쟁을 그만두게 되었는데, 긴 도끼는 거두어 들여 함에 보관하고 무지개 깃발은 휘두르기를 그만두고 말아 놓았으며, 〈홍범(洪範)〉을 헤아려보며 평화로울 때의 전장과 제도를 살펴보았다. 변하지 않는 법을 보고 변화하는 형세에 통하게 하였으니, 위에서는 손을 놓고도 잘 다스려지고 아래에서는 중도를 잘 지켜나가

---

450 京庾流衍(경유유연) : '경(京)'은 크다. '유(庾)'는 곳집, 창고. '유연(流衍)'은 쌓아놓은 것이 많음.

며 스스로 권면하였다. 도(道)로써 서로 왕래함을 귀히 여기며 이익으로써 교제하는 것은 천시하게 되니, 감옥은 휑하니 비어있고 큰 창고는 물건이 넘쳐났다.

於時東鯷卽序,[451] 西傾順軌.[452] 荊南懷憓,[453] 朔北思韙.[454] 綿綿迥途,[455] 驟山驟水.[456] 襁負賮贄,[457] 重譯貢篚.[458] 髽首之豪,[459] 鐻耳之傑.[460] 服其荒服.[461] 斂衽魏闕.[462] 置酒文昌,[463] 高張宿設.[464] 其夜未遽,[465] 庭燎晣晣.[466] 有客祁祁,[467] 載華載裔.[468] 岌岌冠縰,[469] 纍纍辮髮.[470] 清酤如濟,[471] 濁醪如河.[472] 凍醴流澌,[473] 溫酎躍波.[474] 豊肴衍衍,[475] 行庖皤

451 東鯷卽序(동제즉서) : '동제(東鯷)'는 나라 이름. '즉서(卽序)'는 귀순하다, 의지하다.
452 西傾順軌(서경순궤) : '서경(西傾)'도 나라 이름. '순궤(順軌)'는 바른 길로 따르다.
453 荊南懷憓(형남회혜) : '형남(荊南)'은 형남 지역의 이민족. '혜(憓)'는 따르다.
454 朔北思韙(삭북사위) : '삭북(朔北)'은 변방 북쪽의 이민족. '위(韙)'는 올바름, 선함.
455 綿綿迥途(면면형도) : '면면(綿綿)'은 아주 먼 것. '형(迥)'은 길다.
456 驟(취) : 달리다.
457 襁負賮贄(강부신지) : '강(襁)'은 등에 물건을 매는 것. '신(賮)'은 전송할 때 드리는 예물. '지(贄)'는 처음 만날 때 바치는 예물.
458 重譯貢篚(중역공비) : '중역(重譯)'은 여러 번 번역되는 것. '비(篚)'는 대광주리.
459 髽首(좌수) : 머리에 상투를 틀어 올리는 것.
460 鐻耳(거이) : 귀를 뚫어 금은 장식을 다는 것.
461 服其荒服(복기황복) : 각각 자기 민족의 복식을 함.
462 斂衽魏闕(염임위궐) : '염임(斂衽)'은 옷깃을 여미는 것. 존경을 표시하는 행동이다. 각 나라에서 위나라에 귀순한 것을 기뻐하는 모양.
463 文昌(문창) : 전(殿)의 이름.
464 高張宿設(고장숙설) : 아직 밤이 오기 전에 음악을 먼저 연주하는 것.
465 遽(거) : '거(渠)', '거(腒)'와 통용된다. 오래다, 깊어 지다의 뜻.
466 庭燎晣晣(정료절절) : '정료(庭燎)'는 뜰을 밝히기 위한 횃불. '절절(晣晣)'은 불빛이 밝은 것.
467 祁祁(기기) : 많은 모양.
468 載華載裔(재화재예) : '재(載)'는 어조사. 강조하는 어기를 만든다. '화(華)'는 중화의 신하. '예(裔)'는 먼 곳 변방에서 온 이민족들.
469 岌岌冠縰(급급관쇄) : '급급(岌岌)'은 높은 모양. '쇄(縰)'는 머리카락을 묶는 검은 천. 주(周)나라 이후로는 그 위에 관을 썼다고 한다.
470 纍纍(유유) : 이어져 꿰어진 모양, 길고 끊어지지 않는 모양.
471 清酤如濟(청고여제) : '청고(清酤)'는 맑은 술. '제(濟)'는 제수(濟水).
472 濁醪如河(탁료여하) : '탁료(濁醪)'는 탁주. '하(河)'는 하수(河水).

皤.[476] 愔愔醧醼,[477] 酣湑無譁.[478] 延廣樂,[479] 奏九成.[480] 冠韶夏,[481] 冒六莖.[482] 僔轡起,[483] 疑震霆.[484] 天宇駭,[485] 地廬驚.[486] 億若大帝之所興作,[487] 二嬴之所曾聆.[488] 金石絲竹之恒韻,[489] 匏土革木之常調.[490] 干戚羽旄之飾好,[491] 淸謳微吟之要妙.[492] 世業之所日用,[493] 耳目之所聞

---

473 凍醴流澌(동례유시) : '동례(凍醴)'는 차가운 술. '시(澌)'는 해동할 때 물이 맺혀 흐르는 모양을 가리킴.

474 溫酎躍波(온주약파) : '온주(溫酎)'는 따뜻한 술.

475 衍衍(연연) : 풍요롭다. 풍성하다.

476 行庖皤皤(행포파파) : '행포(行庖)'는 음식을 주관하는 주방장. '파파(皤皤)'는 많은 모양.

477 愔愔醧醼(음음어연) : '음음(愔愔)'은 기뻐하며 편안한 모양. '어연(醧醼)'은 사사로운 잔치.

478 酣湑無譁(감서무화) : '감서(酣湑)'는 진탕 마시고 즐거워 함. '화(譁)'는 시끄러움, 떠들썩함.

479 延廣樂(연광악) : '연(延)'은 연주하다. '광악(廣樂)'은 균천(鈞天)의 광대한 음악. 균천은 상제(上帝)가 사는 곳이라 함.

480 奏九成(주구성) : 여러 차례 연주하다. 음악 한 곡조가 완주되는 것을 '성(成)'이라고 한다.

481 冠韶夏(관소하) : '관(冠)'은 으뜸으로 삼다. '소(韶)'는 순(舜)임금의 음악. '하(夏)'는 우(禹)임금의 음악.

482 冒六莖(모육경) : '모(冒)'는 포괄하다. '육경(六莖)'은 육영(六英)과 오경(五莖). 육영은 제곡(帝嚳) 시대의 악곡, 오경은 전욱(顓頊) 시대의 악곡이라고 한다.

483 僔(조) : '조(嘈)'와 통하는 글자. 많다, 무리.

484 疑震霆(의진정) : 천둥 번개 소리가 아닌가 하다.

485 天宇駭(천우해) : 하늘의 집도 놀라다.

486 地廬驚(지려경) : 땅의 초막도 놀라다.

487 億若大帝之所興作(억약대제지소흥작) : '억약(億若)'은 '抑(억)'과 통함. 어조사. '대제(大帝)'는 천제(天帝).

488 二嬴之所曾聆(이영지소증령) : '이영(二嬴)'은 진목공(秦穆公)과 조간자(趙簡子). 진(秦)과 조(趙)는 모두 성이 영(嬴)이어서 '이영(二嬴)'이라고 하였다. '소증령(所曾聆)'은 이전에 들었던 음악. 광악(廣樂)을 가리킴.

489 金石絲竹之恒韻(금석사죽지항운) : '금석사죽(金石絲竹)'은 고대 악기를 만드는 재료 네 가지. 징과 경쇠, 거문고, 피리를 가리킨다.

490 匏土革木之常調(포토혁목지상조) : '포토혁목(匏土革木)'도 네 가지 악기 재료. 생황, 질나발[壎], 북, 축어(柷敔)를 가리킴.

491 干戚羽旄之飾好(간척우모지식호) : '간척우모(干戚羽旄)'는 노래하고 춤추는 이가 잡고 있는 물건. 방패, 도끼, 깃털, 꿩의 깃. '식호(飾好)'는 아름답게 장식하다.

492 淸謳微吟之要妙(청구미음지요묘) : '구(謳)'는 노래하다. '요묘(要妙)'는 아름다움.

覺.[494] 雜糅紛錯,[495] 兼該泛博.[496] 鞮鞻所掌之音,[497] 韎昧任禁之曲.[498] 以娛四夷之君, 以睦八荒之俗.

이때에 동제(東鯷)는 귀의하고, 서경(西傾)은 바른 길로 따라오며, 남쪽의 이민족은 은혜를 그리워하고, 북쪽의 이민족은 올바른 일을 생각하게 되어, 아주 멀고 긴 길을 산을 넘고 물을 건너 달려와 모여들었다. 등에 예물을 짊어지고 여러 번 통역을 거쳐 가지고 온 대광주리를 바쳤으니, 그들은 상투를 틀어 올린 호걸과 귀에 금장식을 한 호걸이었다. 각자 자기 민족의 복식을 하고 위(魏)의 조정에 옷깃을 여미며 경의를 표하였다. 문창전(文昌殿)에 술을 바치니 밤이 오기 전에 음악을 먼저 연주하게 하며, 밤이 아직 깊지 않았지만 뜰의 횃불은 밝게 타올랐다. 궁전은 손님으로 북적거리니 조정의 신하들이요, 변방에서 찾아온 이민족들이었다. 그곳에는 높이 솟은 신하들의 관과 머리띠, 길게 이어져 있는 이민족의 변발이 보였다. 맑은 술은 제수(濟水)와 같고 탁한 술은 하수(河水)와 같으며, 차가운 술병에는 물방울이 맺히고 따뜻한 술에는 거품이 일어났다. 안주는 풍성하고 요리사는 많이 있었으며, 기쁘고 편안한 잔치이니 진탕 마시고 즐거우나 소란스럽지 않았다. 광악(廣樂)을 연주하니 아홉 곡조가 연주되었는데, 순(舜)과 우(禹)의 음악인 소하(韶夏)를 시작으로 하여 육영(六英)과 오경(五莖)을 포함하였다. 모든 소리가 일어나니 우레 소리가 아닐까 의심스러울 지경으로, 하늘의 집도 놀라고 땅의 오두막도 놀랄 정도였으니 이는 아마도 천제(天帝)

493 世業(세업) : 대대로 전해지는 사업. 왕자의 일을 가리킴.

494 耳目之所聞覺(이목지소문각) : 눈과 귀로 보고 듣는 것.

495 雜糅紛錯(잡유분착) : 각종 춤과 노래가 서로 어지럽게 나타나는 것. 가무가 성함을 뜻함.

496 兼該泛博(겸해범박) : '겸해(兼該)'는 모두 포용함. '범(泛)'은 광대하다는 뜻.

497 鞮鞻所掌之音(제루소장지음) : '제루(鞮鞻)'는 제루씨(鞮鞻氏). 주(周)대 악관의 이름. 사방 이민족의 음악을 관장하였다.

498 韎昧任禁之曲(매매임금지곡) : '매매(韎昧)'는 옛날 동쪽 이민족의 음악. '임(任)'은 남방 민족의 음악. '금(禁)'은 북방 민족의 음악.

가 일으킨 음악일 것이며 진목공(秦穆公)과 조간자(趙簡子)가 들어보았던 음악일 것이다. 금석사죽(金石絲竹)의 운율과 포토혁목(匏土革木)의 곡조가 어우러졌으며, 춤추는 이는 방패, 도끼, 깃털로 잘 장식하였고, 가수의 맑은 노래 소리가 아름답게 울려 퍼졌다. 그것은 세업(世業)에 일상적으로 사용되어야 하는 음악과 눈과 귀로 보고 들어야 하는 음악인데, 춤과 노래가 함께 어지럽게 섞여서 모두 광대하게 포용하고 있었다. 이는 제루씨(鞮鞻氏)가 관장하던 음악이며, 매매(韎昧)와 임(任)과 금(禁)의 악곡으로서 사방에서 온 군자들을 즐겁게 하고 팔방의 풍속을 화목하게 하였다.

旣苗旣狩,[499] 爰遊爰豫.[500] 藉田以禮動,[501] 大閱以義擧.[502] 備法駕,[503] 理秋御.[504] 顯文武之壯觀,[505] 邁梁騶之所著.[506] 林不槎蘖,[507] 澤不伐夭.[508] 斧㪺以時,[509] 罾罛以道.[510] 德連木理,[511] 仁挺芝草.[512] 皓獸爲之

499 旣苗旣狩(기묘기수) : '묘(苗)'는 여름 사냥, '수(狩)'는 겨울 사냥.

500 爰遊爰豫(원유원예) : '원(爰)'은 어조사. '유(遊)'는 천자(天子)가 봄에 나가는 것. '예(豫)'는 가을에 나가는 것.

501 藉田以禮動(적전이례동) : '적전(藉田)'은 천자나 제후가 백성들의 힘으로 농사를 하여 경작하던 밭. '적(藉)'은 '籍(적)'과 통한다. 고대에 제왕은 봄 농사가 시작되기 전에 몸소 사람을 이끌고 가서 밭을 갈고 의식을 거행하며 종묘에 제사를 드려 농사를 권장하였는데, 이것을 적례(籍禮)라고 부른다.

502 大閱以義擧(대열이의거) : '대열(大閱)'은 대규모로 군대를 검열하는 것. '의(義)'는 예법에 맞음을 뜻함.

503 法駕(법가) : 천자의 수레. '법거(法車)'라고도 한다. 큰 수레로 여섯 마리의 말이 끌었다.

504 秋御(추어) : 말을 모는 기술, 방법. '추가(秋駕)'라고도 한다.

505 顯文武之壯觀(현문무지장관) : '문(文)'은 예악을 가리키며 '무(武)'는 수렵과 무예를 가리킨다.

506 邁梁騶之所著(매양추지소저) : '매(邁)'는 뛰어 넘다. '양추(梁騶)'는 천자의 수렵지를 말한다. 혹은 천자의 사냥을 위한 악곡이라고도 한다. '소저(所著)'는 기록된 것, 고서에 기록되어 전하는 것을 뜻함.

507 林不槎蘖(임불사얼) : '사(槎)'는 나무를 베어버리다. '얼(蘖)'은 나무가 베어진 후에 새로 생겨나는 가지.

508 澤不伐夭(택불벌요) : '요(夭)'는 아직 다 자라지 않은 동물. '임불사얼(林不槎蘖)' 이

育藪,[513] 丹魚爲之生沼.[514] 矞雲翔龍,[515] 澤馬亍阜.[516] 山圖其石,[517] 川形其寶.[518] 莫黑匪烏,[519] 三趾而來儀.[520] 莫赤匪狐,[521] 九尾而自擾.[522] 嘉穎離合以蓴蓴,[523] 醴泉湧流而浩浩.[524] 顯禎祥以曲成,[525] 固觸物而

하 2구 : 『국어(國語)·노어(魯語)』 "산에서는 새순을 베지 않고 택지에서는 어린 동물을 잡지 않는다(山不槎蘖, 澤不伐夭)".

509 斧斨以時(부장이시) : '장(斨)'은 네모난 구멍이 있는 도끼. '이시(以時)'는 때를 맞추다.

510 罾罔以道(증망이도) : '증(罾)'은 고기 잡는 그물. '망(罔)'은 '网(망)'과 같은 글자.

511 德連木理(덕련목리) : '연리(連理)'는 나무 가지가 자라면서 붙은 나무. 이선 주 : "연강(延康) 원년에 악평군(樂平郡)에서 나뭇가지가 붙고 지초(芝草)가 자랐으며, 군국(郡國)에서 흰 사슴과 흰 노루가 나타났고, 태원군(太原郡)에서 빨간 물고기가 나타났다(延康元年, 木連理, 芝草生於樂平郡, 白鹿白獐見於郡國, 赤魚見於太原郡)".

512 仁挺芝草(인정지초) : '지초(芝草)'는 향기롭고 귀한 풀.

513 皓獸爲之育藪(호수위지육수) : '호수(皓獸)'는 위에서 말한 흰 사슴, 흰 노루를 가리킴. '수(藪)'는 택지.

514 丹魚爲之生沼(단어위지생소) : '단어(丹魚)'도 위에서 말한 빨간 물고기[赤魚]를 가리킴. '소(沼)'는 늪, 연못.

515 矞雲翔龍(율운상룡) : '율운(矞雲)'은 아름다운 색의 상서로운 구름. '상룡(翔龍)'도 상서로운 동물을 가리킴. 이선 주 : "황초(黃初) 원년 11월에 키가 4~5장(丈)되는 황룡(黃龍)이 구름 속에서 나타났다. 입은 길고 순수한 적색이었다(黃初元年十一月, 黃龍高四五丈, 出雲中, 張口, 正赤)".

516 澤馬亍阜(택마촉부) : '택마(澤馬)'는 물속에 있던 신령스러운 말. '촉(亍)'은 잰걸음으로 가는 것.

517 山圖其石(산도기석) : 산에는 황룡(黃龍)이 구름 속을 날아가는 모양이 돌에 그려져 있다.

518 川形其寶(천형기보) : 강에는 물속의 신마(神馬)가 달리는 모습을 형상화한다.

519 莫黑匪烏(막흑비오) : 검은 것은 까마귀가 아닌 것이 없다. '막흑비오(莫黑匪烏)'는 『시·패풍(邶風)·북풍(北風)』에 나오는 구절. 여기에서는 삼족오(三足烏)를 가리킨다.

520 三趾而來儀(삼지이래의) : '삼지(三趾)'는 발이 세 개인 것. 삼족오. 상서로운 동물. '내의(來儀)'는 날아오다.

521 莫赤匪狐(막적비호) : 빨간 것은 여우가 아닌 것이 없다. '막적비호(莫赤匪狐)'도 『시·패풍(邶風)·북풍(北風)』에 나오는 구절.

522 九尾而自擾(구미이자요) : '구미(九尾)'는 꼬리 아홉의 여우, 구미호(九尾狐). 역시 상서로운 동물이다. '요(擾)'는 유순하다. 복종하다.

523 嘉穎離合以蓴蓴(가영이합이준준) : '가영(嘉穎)'은 이삭이 합해진 곡식, 역시 상서로운 물건이다. '이합(離合)'은 모이다의 뜻. '준준(蓴蓴)'은 무성한 모양.

524 醴泉湧流而浩浩(예천용류이호호) : '예천(醴泉)'은 단물이 나오는 샘. 감천(甘泉). '호호(浩浩)'는 물이 많이 흐르는 모양.

525 顯禎祥以曲成(현정상이곡성) : '상정(禎祥)'은 길한 조짐. '곡성(曲成)'은 여러 방면

兼造.[526] 蓋亦明靈之所酬酢,[527] 休徵之所偉兆.[528] 旼旼率土,[529] 遷善罔匱.[530] 沐浴福應,[531] 宅心醰粹.[532] 餘糧棲畝而弗收,[533] 頌聲載路而洋溢.[534] 河洛開奧,[535] 符命用出.[536] 翩翩黃鳥,[537] 銜書來訊.[538] 人謀所尊,[539] 鬼謀所秩.[540] 劉宗委馭,[541] 巽其神器.[542] 闚玉策於金滕,[543] 案圖

의 상서로운 일들이 이루어져 위나라의 징조가 되었다는 뜻.

526 觸物而兼造(촉물이겸조) : '촉물(觸物)'은 사물이 서로 감응한다. '조(造)'는 창조, 변화하다.

527 明靈之所酬酢(명령지소수작) : '명령(明靈)'은 신령. '수작(酬酢)'은 본래 주인과 손님이 술잔을 주고받는 것을 의미한다. 여기에서는 위나라가 도리에 맞는 통치를 하여 상서로운 조짐이 보이니 그것이 신령이 감응한 이치임을 나타낸 것이다.

528 休徵之所偉兆(휴징지소위조) : '휴징(休徵)'은 이롭고 길한 징조. '위조(偉兆)'는 위대한 조짐. 위에서 나온 상서로운 물건들은 제왕으로서의 명을 받는 조짐임을 뜻한다.

529 旼旼率土(민민솔토) : '민민(旼旼)'은 화락한 모양. '솔토(率土)'는 모든 땅.

530 遷善罔匱(천선망궤) : 착한 일로 옮겨가며 악한 일을 제거하기를 끝없이 함.

531 沐浴福應(목욕복응) : '목욕(沐浴)'은 그 가운데 몸을 담금. '복응(福應)'은 길한 조짐이 응하는 것.

532 宅心醰粹(택심담수) : 순수하고 후덕한 교화가 사람들 마음속에 거주하고 있다. '택(宅)'은 살다. '담수(醰粹)'는 순수하고 후덕함. 민심이 어질고 사랑하는 것을 비유함.

533 餘糧棲畝而弗收(여량서무이불수) : 살기 좋은 시절이라 길에서도 사람들이 물건을 줍지 않고 사람들이 어질며 물건이 풍부함을 비유함.

534 頌聲載路而洋溢(송성재로이양일) : 왕의 정치를 칭찬하는 노래 소리가 거리에 넘쳐나다.

535 河洛開奧(하락개오) : '하락(河洛)'은 하도(河圖)와 낙서(洛書). 모두 성군이 될 이가 하늘에서 받은 길한 조짐을 가리킴. '오(奧)'는 심오한 이치.

536 符命(부명) : 하늘이 내린 조짐과 위(魏)나라가 명을 받은 것이 부합하다.

537 翩翩黃鳥(편편황조) : '편편(翩翩)'은 새가 펄럭거리는 모양. '황조(黃鳥)'는 위나라가 나라를 세우려고 할 때 출현하였다는 새.

538 銜書來訊(함서래신) : '함서(銜書)'는 황조가 물고 온 글. '신(訊)'은 알리다. 전설에 의하면 위나라가 개국하려고 할 때 황조가 붉은 서찰을 물고 왔다고 한다.

539 人謀所尊(인모소존) : 사람들이 칭송하여 부르던 노래를 비유한다.

540 鬼謀所秩(귀모소질) : 위에서 보인 여러 가지 상서로운 조짐을 뜻함. '질(秩)'은 차례, 순서대로 출현하였다는 뜻.

541 劉宗委馭(유종위어) : '유종(劉宗)'은 한(漢)나라 왕실. '위어(委馭)'는 자신의 통치를 버리고 남에게 맡김.

542 巽其神器(손기신기) : '손(巽)'은 사양하다. '신기(神器)'는 제왕의 자리를 비유.

543 闚玉策於金滕(규옥책어금등) : '규(闚)'는 보다. '옥책(玉策)'은 비밀스런 서적. 제왕

籙於石室.[544] 考曆數之所在,[545] 察五德之所蒞.[546] 量寸旬,[547] 涓吉日.[548] 陟中壇,[549] 卽帝位. 改正朔, 易服色.[550] 繼絶世, 脩廢職.[551] 徽幟以變,[552] 器械以革.[553] 顯仁翌明,[554] 藏用玄默.[555] 菲言厚行,[556] 陶化染學.[557] 讎校篆籒,[558] 篇章畢覿.[559] 優賢著於揚歷,[560] 匪孼形於親戚.[561]

여름과 겨울에는 사냥을 하고 봄과 가을에는 들로 나가는데, 그때에는 왕이 몸소 밭을 갈아 예(禮)로써 농사를 권장하고, 대규모로 군대를 사열하여 의(義)로써 맞추었다.(왕의 행차를 위해서) 천자의 수레를 준비

의 행적을 기록한 문헌. '금등(金縢)'은 금궤. 제왕의 글을 보관하는 금속의 상자.

544 案圖籙於石室(안도록어석실) : '안(案)'은 조사하다. '도록(圖籙)'은 도참(圖讖). '석실(石室)'은 귀중한 문서를 보관하는 곳.

545 曆數(역수) : 천도(天道)를 말하는 것으로 조대가 바뀌는 순서를 가리킨다. 천도 운행의 수, 제왕 흥망의 순서를 뜻함.

546 察五德之所蒞(찰오덕지소리) : '오덕(五德)'은 오행(五行). 오행 운행의 원리가 왕조의 운명과 부합한다고 하여 오덕이라고 부른다. '리(蒞)'는 임하다.

547 寸旬(촌순) : 잠깐 동안의 시간.

548 涓(연) : 가리다, 선택하다.

549 陟中壇(척중단) : '척(陟)'은 오르다. '중단(中壇)'은 제단.

550 改正朔(개정삭) 이하 2구 : 옛날 조대가 바뀌면 새롭게 역법을 정했으며 복식을 바꾸었다.

551 繼絶世(계절세) 이하 2구 : 후사가 끊어진 것을 잇게 하고 직분을 잃은 선비들을 복위시키는 것이 처음 제위를 받은 왕의 일이었다.

552 徽幟以變(휘치이변) : 깃발을 변경하다.

553 器械以革(기계이혁) : 기기를 개혁하다.

554 顯仁翌明(현인익명) : 인자하고 밝은 덕을 드러내다. '익(翌)'은 밝히다, 드러내다.

555 藏用玄默(장용현묵) : '장용(藏用)'은 공을 숨기다. '현묵(玄默)'은 침착하고 고요하게 무위의 정치를 하다.

556 菲言厚行(비언후행) : '비언(菲言)'은 과묵함, 말이 적음. '후행(厚行)'은 두터운 행실.

557 陶化染學(도화염학) : '도화(陶化)'는 닦는 것, 도야하는 것. '염(染)'은 변화하여 완성함.

558 讎校篆籒(수교전주) : '수교(讎校)'는 문자를 비교함. '전주(篆籒)'는 옛날의 문자로 쓰인 문헌을 가리킴.

559 篇章畢覿(편장필적) : '편장(篇章)'은 서적, 문장. '필적(畢覿)'은 모두 다 보다. 위문제(魏文帝)가 학문을 좋아했음을 말한다.

560 優賢著於揚歷(우현저어양력) : 현명한 재주를 아름답게 여겨서 널리 들어 알리고 씀.

561 匪孼形於親戚(비얼형어친척) : '비(匪)'는 아니다, ~하지 않다. '얼(孼)'은 사사로운 정. '형(形)'은 드러내다.

하고 말을 모는 기술을 닦았으니, 예악과 사냥의 장관을 드러내었고, 천자의 사냥에 대하여 고서에 기록된 것을 뛰어 넘었다. 숲에서는 새로 난 가지를 베지 않았고 택지에서는 어린 동물을 잡지 않았으며, 도끼를 사용할 때에는 때에 맞추어 하고 고기 잡는 그물은 도(道)에 맞추어 사용하였으니, 덕(德)이 연리목(連理木)에 이어지고, 인(仁)이 지초(芝草)에 뻗어나게 되었다. 그 때문에 신령한 동물이라는 흰 사슴은 숲에서 자라나고 붉은 물고기는 연못에서 살게 되었으며, 아름다운 구름 사이로는 황룡(黃龍)이 날아가고 물속의 신마(神馬)가 언덕을 달렸으며, 산에는 돌로 그림이 그려져 있고 강에는 보배들이 모양을 드러내었다. 검은 것은 모두 까마귀로서 삼족오(三足烏)가 되어 날아다녔으며, 붉은 것은 모두 여우로서 구미호(九尾狐)가 되어 유순하게 다가왔다. 아름다운 곡식이 모여서 무성하고 감천(甘泉)이 솟아나와 물이 호탕하게 흘렀다. 이렇게 길한 조짐들이 드러나 여러 방면에서 사업이 이루어지고, 사물이 서로 감응하여 함께 변화를 이루었으니, 이는 또한 신령의 응수이며 아름다운 징조의 위대한 조짐이었다. 모든 땅은 화락하고 착한 일을 실천함에 그 끝을 헤아릴 수 없었다. 그 가운데 몸을 담그니 복이 응하고, 마음을 그곳에 살게 하니 민심은 후덕하고 순수해져서, 남은 곡식이 밭에 떨어져도 줍지 않았고, 찬송하는 노래가 길에서 넘쳐났다. 하도(河圖)와 낙서(洛書)가 심오한 이치를 열어서 보여주고 하늘의 명령이 내려졌으며, 날아가는 황조(黃鳥)가 글을 물고 와서 알려주니 이는 사람들이 칭송하여 높이던 것이며 귀신들이 차례대로 보여주던 것들이었다.

그렇게 되자 한(漢) 유씨(劉氏)의 종실은 통치권을 넘기고 제왕의 자리를 사양하게 되었다. 마침내 금등(金縢)에서 비밀의 서적을 보고, 석실(石室)에서 도참(圖讖)의 책들을 조사하여, 하늘의 운수가 있는 곳을 살피고 오덕(五德)이 임하는 곳을 관찰하고 나서, 순식간에 길일(吉日)을 가려서 제단에 올라가 제위에 즉위하셨다. 왕께서는 새로운 해의 첫날을 바꾸고 복식을 바꾸었으며, 끊어진 세대를 잇게 하였으며 없어진 관직을 복원하였으니 이는 변화의 기치를 드날리며 제도의 변화를 일으키신 것이었다. 또한 인자하고 밝은 덕을 드러내고 공적을 숨기며 무위(無爲)의 정치를 하였으며, 과묵함과 두터운 행실로 도야하여 학문을 완성하셨다. 옛날 문자로 쓰인 문헌을 비교하고 역대의 문장들을 두루 보았으며, 현명한 재주는 칭찬하여 널리 들어 알리고 친척들에게는 사사로운 정을 드러내지 않으셨다.

本枝別幹,[562] 蕃屛皇家.[563] 勇若任城,[564] 才若東阿.[565] 抗旍則威嶮秋霜,[566] 摛翰則華縱春葩.[567] 英喆雄豪,[568] 佐命帝室. 相兼二八,[569] 將猛四七.[570] 赫赫震震,[571] 開務有謐.[572] 故令斯民覩泰階之平,[573] 可比屋而

562 本枝別幹(본지별간) : 근본 가지의 다른 줄기. 위나라 왕실과 근본을 같이 하는 제후들을 비유함.

563 蕃屛皇家(번병황가) : 번국(蕃國)으로 분봉되어 황실을 보위하다.

564 任城(임성) : 임성왕(任城王) 조창(曹彰)을 가리킴. 조비(曹丕)의 형이다. 용감하다고 이름이 났었다.

565 東阿(재약동아) : 동아왕(東阿王) 조식(曹植)을 가리킴. 조비의 아우다. 문재(文才)로 이름이 알려졌다.

566 抗旍則威嶮秋霜(항정즉위엄추상) : '항(抗)'은 들다. '정(旍)'은 깃발. '엄(嶮)'은 용맹함.

567 摛翰則華縱春葩(이한즉화종춘파) : '이한(摛翰)'은 붓을 잡고 글을 짓는 것. '종(縱)'은 밖으로 드러나다, 나오다. '파(葩)'는 꽃.

568 喆(철) : '철(哲)'과 같은 말이다. 밝다, 총명하다.

569 二八(이팔) : 팔원(八元)과 팔개(八愷). 『좌전(左傳) · 문공(文公)』 18년 : "옛날 고양씨(高陽氏)에게 재자(才子)가 여덟 사람 있었는데, 창서(蒼舒) · 퇴개(隤凱) · 도인(檮戭) · 대림(大臨) · 방강(尨降) · 정견(庭堅) · 중용(仲容) · 숙달(叔達)이다. 그들은 한결같고 성인다우며 도량이 넓고 깊으며 현명하고 믿음이 가며 돈독하고 성실하여 천하의 사람들이 그들을 팔개(八愷)라고 불렀다. 고신씨(高辛氏)에게 재자(才子) 여덟 사람이 있었는데, 백분(伯奮) · 중감(仲堪) · 숙헌(叔獻) · 계중(季仲) · 백호(伯虎) · 중웅(仲熊) · 숙표(叔豹) · 계리(季狸)이다. 그들은 충성스럽고 공손하며 공경하고 떳떳하며 베풀 줄 알며 인자하고 은혜로우며 화합할 줄 알아서 천하의 사람들이 그들을 팔원(八元)이라고 불렀다(昔高陽氏有才子八人, 蒼舒 · 隤凱 · 檮戭 · 大臨 · 尨降 · 庭堅 · 仲容 · 叔達, 齊 · 聖 · 廣 · 淵 · 明 · 允 · 篤 · 誠, 天下之民謂之八愷. 高辛氏有才子八人, 伯奮 · 仲堪 · 叔獻 · 季仲 · 伯虎 · 仲熊 · 叔豹 · 季狸, 忠 · 肅 · 共 · 懿 · 宣 · 慈 · 惠 · 和, 天下之民謂之八元)".

爲一.[574] 筭祀有紀,[575] 天祿有終.[576] 傳業禪祚,[577] 高謝萬邦. 皇恩綽矣,[578] 帝德沖矣.[579] 讓其天下, 臣至公矣.[580] 榮操行之獨得,[581] 超百王之庸庸.[582] 追亘卷領與結繩,[583] 睠留重華而比蹤.[584] 尊盧赫胥,[585] 羲農有熊,[586] 雖自以爲道洪化以爲隆,[587] 世篤玄同,[588] 奚遽不能與之踵武而齊其風?[589] 是故料其建國, 析其法度.[590] 諮其考室,[591] 議其擧厝.[592]

---

570 四七(사칠) : 후한(後漢) 광무제(光武帝)의 스물여덟 명의 장군을 가리킨다.

571 赫赫震震(혁혁진진) : '혁혁(赫赫)'은 성한 모양. '진진(震震)'은 장엄한 모양.

572 開務有謐(개무유밀) : '개무(開務)'는 일을 개창하여 천하의 일을 성취하는 것. '밀(謐)'은 평안한 것.

573 令斯民覩泰階之平(영사민도태계지평) : '태계(泰階)'는 별 이름. 즉 삼태(三台). 상태(上台), 중태(中台), 하태(下台)가 모두 여섯 개의 별인데 둘 씩 나란히 배열되어 비스듬하게 올라간 것이 계단의 모양과 같다고 하여 붙여진 이름이다.

574 可比屋而爲一(가비옥이위일) : '비옥(比屋)'은 가가호호. 모든 가호가 상을 받을 만함을 가리킴. '위일(爲一)'은 천하가 하나의 집안이 됨.

575 筭祀有紀(산사유기) : '산사(筭祀)'는 전해온 연대를 계산하다. '기(紀)'는 법칙으로 정함. 여기서는 기한을 가리킴.

576 天祿(천록) : 하늘이 내린 복. 위(魏)씨가 제왕의 자리에 오른 것.

577 傳業禪祚(전업선조) : '전업(傳業)'은 대업을 진(晉)에게 전하다. '선조(禪祚)'는 복을 선양하다. 역시 황위를 진에게 전한 일을 가리킴.

578 綽(작) : 너그럽다.

579 沖(충) : 깊다.

580 臣至公矣(신지공의) : 스스로 신하로 물러났으니 사실은 지극히 공정하였다.

581 榮操行之獨得(영조행지독득) : '영(榮)'은 아름답다, 찬미하다. '독득(獨得)'은 위나라 군주에게는 겸양의 덕이 있어서 고고한 행실을 지니고 있다고 찬미할 수 있는 바 이는 오직 그에게서만 볼 수 있는 일임을 강조한 것이다.

582 庸庸(용용) : 평범함, 범용함.

583 追亘卷領與結繩(추선권령여결승) : '선(亘)'은 뛰어넘다. '권령(卷領)'은 고대 제왕의 복식. '결승(結繩)'은 아주 먼 옛날의 군주의 통치 수단. 여기에서는 모두 옛날의 군주를 가리키는 말이다.

584 睠留重華而比蹤(권류중화이비종) : '권(睠)'은 돌아보다. '유(留)'는 유의하다. '중화(重華)'는 순(舜)임금을 부르는 말이다. '비종(比蹤)'은 순임금과 업적을 나란히 할 수 있다.

585 尊盧赫胥(존로혁서) : '존로(尊盧)'와 '혁서(赫胥)'는 모두 전설에 나오는 제왕의 이름이다. 『장자(莊子)・거협(胠篋)』 참조.

586 羲農有熊(희농유웅) : '희농(羲農)'은 복희(伏犧)와 신농(神農). '유웅(有熊)'은 황제(皇帝)를 부르는 말.

587 道洪化以爲隆(홍화이위륭) : 도가 크게 교화되어 번성함. '화(化)'는 교화를 가리킴.

588 世篤玄同(세독현동) : '독(篤)'은 두터움. '현동(玄同)'은 대동(大同)과 같은 말.

復之而無斁,[593] 申之而有裕.[594] 非踈糲之士所能精,[595] 非鄙俚之言所能具.[596]

왕실과 같은 뿌리의 다른 제후들이 번국으로 분봉되어 황실을 보위하였는데, 용맹하기로는 임성(任城)과 같은 이가 있고, 재주로는 동아왕(東阿王)같은 이가 있었다. 깃발을 들면 가을 서리와 같은 위엄이 드러나고, 붓을 잡고 글을 지으면 꽃들이 봄에 꽃망울을 틔웠다. 밝고 총명한 영웅호걸들이 황실을 보좌하게 되었으니, 재상으로는 팔원(八元)과 팔개(八愷)를 겸하여 갖추었고 장수로는 광무제(光武帝)의 스물여덟 명의 용감한 장수를 거느렸다. 빛나고 장엄하게 일을 시작하니 세상이 평안해져서, 백성들에게 태계(泰階)의 평안함을 보게 하였고 집집마다 나란히 하나가 되었다.

그러나 역대로 전해온 제사를 계산해보면 기한이 있으니, 하늘의 복은 마침이 있는 법이다. 그리하여 사업을 진(晉)에게 전하여 선양의 복을 이루고 만방에 높이 사양하게 되었으니, 황제의 은혜는 너그러웠고 덕은 충만하였다. 그 천하를 사양하였으니 신하가 되어서도 지극히 공정하였다. 그런 아름다운 행실은 이곳에서만 얻을 수 있으니 평범한 모든 왕들을 넘어서는 일이다. 고대 제왕의 복식과 통치 수단 등을 미루어 뛰어넘었으니 순(舜)임금의 행적과 돌아보아 비교하여도 나란할 만하다. 고대의 제왕인 존로(尊盧)와 혁서(赫胥), 복희(伏羲)와 신농(神農),

589 奚遽(해거) : '하거(何遽)'와 같은 말. 반문을 표시함. 踵武(종무) : 전인의 사업을 계승하는 것.

590 料其建國(요기건국) 이하 2구 : '요(料)'는 계산하다. '국(國)'은 국도. '석(析)'은 분석하다.

591 諮(자) : 모의하다, 자문을 구하다.

592 擧厝(거조) : '거조(擧措)'라고도 쓴다. 조처하다.

593 復之而無斁(복지이무역) : '복(復)'은 반복하다. '역(斁)'은 싫어하다.

594 申(신) : 중복하다, 다시하다.

595 踈糲之士(소려지사) : 지위가 낮고 천한 사람.

596 鄙俚之言(비리지언) : 마을에서 떠도는 말.

황제(黃帝)가 비록 스스로 도를 가지고 크게 교화를 이루어 융성하였다고 여겼으나, 위(魏)왕조가 세상을 두텁게 하여 대동(大同) 사회를 이루었으니 어찌 그들과 같이 전인의 사업을 계승하여 그 풍모를 나란히 하였다고 말할 수 없겠는가? 그러므로 나라를 세우는 일을 생각해보고 그 법도를 분석해보고, 왕실의 경영을 자문하며 그들의 조치를 의논하여 보면 자꾸 반복하여도 거슬림이 없고 다시 펴보아도 넉넉함이 있다. 이는 낮고 천한 선비들이 정통할 수 있는 것이 아니며 마을의 떠도는 말들이 갖출 수 있는 것이 아니다.

至於山川之倬詭,[597] 物產之魁殊.[598] 或名奇而見稱, 或實異而可書. 生生之所常厚,[599] 洵美之所不渝.[600] 其中則有鴛鴦交谷,[601] 虎澗龍山,[602] 掘鯉之淀,[603] 蓋節之淵.[604] 䚡䚡精衛,[605] 銜木償怨.[606] 常山平干,[607] 鉅

597 倬詭(탁궤) : 뛰어나고 기이하다.

598 魁殊(괴수) : 풍부하고 독특하다.

599 生生之所常厚(생생지소상후) : '생생(生生)'은 진화가 끊이지 않음. '상후(常厚)'는 늘 변화하는 실정에 적응하며 지중히는 것.

600 洵美之所不渝(순미지소불투) : '순(洵)'은 진실로. '투(渝)'는 변경하다, 위배하다.

601 鴛鴦交谷(원앙교곡) : '원앙(鴛鴦)'은 물 이름. '교곡(交谷)'은 물 이름.

602 虎澗龍山(호간룡산) : '호간(虎澗)'은 산골짜기의 이름. '용산(龍山)'은 산의 이름.

603 掘鯉之淀(굴리지전) : 굴리전(掘鯉淀)을 말함. '전(淀)'은 연못 가운데 물이 얕은 것. 지금 하북(河北) 하간현(河間縣)에 있다.

604 蓋節之淵(개절지연) : 개절연(蓋節淵)을 말함. 호수 이름. 지금 산동(山東) 덕주시(德州市)에 있다.

605 䚡䚡精衛(시시정위) : '시시(䚡䚡)'는 새가 날아가는 모양. '정위(精衛)'는 정위조(精衛鳥)를 말한다. 『산해경(山海經)·북산경(北山經)』의 기록에 의하면, 염제(炎帝)의 어린 딸이 동해(東海)에 놀러갔다가 물에 빠져 돌아오지 못하고 정위조(精衛鳥)가 되었는데 계속 서산(西山)의 나무와 돌을 물어 가져와서 동해를 메우려고 하였다고 한다. 그래서 다음 구절에서 '함목상원(銜木償怨)'이라고 하였다.

606 銜木償怨(함목상원) : 나뭇가지를 물어다 바닷물을 메워 원망하는 마음을 보상하려 하다.

607 常山平干(상산평간) : '상산(常山)'은 항산(恒山). 전설에 창용(昌容)이라는 신선이 있었는데 그를 상산도인(常山道人)이라고 불렀다. '평간(平干)'은 신선 사문(師門)의 출신지. 사문은 소보(嘯父)의 제자였는데 소보가 곡주(曲州)에 산 적이 있었다. 곡주는 한(漢) 무제 때에 평간국(平干國)이 되었으므로 소보의 제자인 사문은 평간

鹿河間.[608] 列眞非一,[609] 往往出焉.[610] 昌容練色,[611] 犢配眉連.[612] 玄俗無影, 木羽偶仙.[613] 琴高沈水而不濡,[614] 時乘赤鯉而周旋.[615] 師門使火以驗術,[616] 故將去而林燔.[617] 易陽壯容,[618] 衛之稚質.[619] 邯鄲躧步,[620]

출신이 된다.

608 鉅鹿河間(거록하간) : '거록(鉅鹿)'은 신선 목우(木羽)의 출신지. '하간(河間)'은 신선 현속(玄俗)의 출신지. 현속은 자칭 하간인(河間人)으로 시장에서 약을 팔며 살았는데 아홉 알에 1전이었으며 그것으로 모든 병을 치료할 수 있었다고 한다.

609 列眞(열진) : 여러 신선. 열선(列仙)과 같은 말.

610 往往(왕왕) : 여기저기, 이곳저곳.

611 昌容練色(창용련색) : 창용(昌容)은 신선의 이름. 자칭 은왕녀(殷王女)라고 하며 쑥과 넝쿨 뿌리를 먹고 살았는데 200여 년 사는 동안 스무 명의 용모를 하고 있었다고 한다. '연색(練色)'은 용모를 단련하다.

612 犢配眉連(독배미련) : 독자(犢子)가 미련(眉連)을 배필로 맞다. 『열선전(列仙傳)』에 다음과 같은 이야기가 나온다. 업(鄴) 땅의 사람으로 독자(犢子)가 있었는데 젊기도 하다가 늙기도 하다가 매우 잘 생기기도 하다가 굉장히 추하기도 하여 사람들이 그를 신선으로 생각하게 되었다. 또 양도녀(陽都女)라는 여인이 있었는데 두 눈썹이 서로 이어져 있었고 귀가 가늘고 길었다. 사람들이 그녀도 신선이라고 생각했다. 뒤에 두 사람은 우연히 만나 서로 좋아하게 되어 부부가 되었다. 문을 나서면 두 사람이 함께 송아지를 끌고 나갔는데 쫓아갈 수 있는 사람이 아무도 없었다.

613 玄俗無影(현속무영) 이하 2구 : '현속(玄俗)'은 앞에 나왔던 신선의 이름. 그는 형체는 있었지만 그림자가 없었다고 한다. '목우우선(木羽偶仙)'은 목우(木羽)가 어머니와 함께 신선이 되다. 이에 관해서는 『열선전』에 다음과 같은 이야기가 전한다. 목우의 어머니가 가난하여 산파의 일을 한 적이 있었다. 산모가 아이를 낳았는데 그 아이가 어머니를 물어 어머니가 크게 놀랐다. 그날 밤 꿈을 꾸었는데 큰 관을 쓰고 붉은 머리띠를 한 사람이 아이의 곁에서 지키면서 말하였다. "이 아이는 군주가 될 명을 받은 사람이다. 이제 그대의 은혜를 갚으려 하니 그대와 목우(木羽)를 모두 신선으로 만들어주겠노라." 어머니는 그것을 기억하고 있다가 뒤에 아들이 태어나자 그를 목우라고 이름 붙였다. 목우가 15살이 되었을 때 밤에 수레가 그들을 영접하러 찾아와 그들을 데리고 떠났다.

614 琴高沈水而不濡(금고침수이불유) : '금고(琴高)'는 신선의 이름. 『열선전』에 다음의 이야기가 전한다. 금고는 전국시대 사람으로 기주(冀州)지역을 200여 년 떠돌아다녔다. 후에 용을 잡겠다고 탁수(涿水)에 들어가면서 제자들과 어느 날에 돌아오겠다고 약속을 하였다. 그가 돌아왔을 때 과연 붉은 고기를 타고 나왔는데 한 달여를 머물다가 다시 물로 들어가 버렸다. '유(濡)'는 물에 젖다.

615 時乘赤鯉而周旋(시승적리이주선) : '적리(赤鯉)'는 금고(琴高)가 물속에서 타고 나왔다는 붉은 고기. '주선(周旋)'은 이리저리 돌아다니다.

616 師門使火以驗術(사문사화이험술) : '사문(師門)'은 신선의 이름. 그는 불을 다룰 줄 알았다. 후에 공갑(孔甲)에게 피살되어 교외에 묻혔는데 어느 날 비바람이 지나간 후에 보니 그 주위의 산림이 모두 불타서 재가 되었다고 한다. '사화(使火)'는 불을

趙之鳴瑟.[621] 眞定之梨,[622] 故安之栗.[623] 醇酎中山,[624] 流湎千日.[625] 淇洹之筍,[626] 信都之棗.[627] 雍丘之粱,[628] 清流之稻.[629] 錦纁襄邑,[630] 羅綺朝歌.[631] 綿纊房子,[632] 縑緫淸河.[633] 若此之屬, 繁富夥夠.[634] 非可單究,[635] 是以抑而未罄也.[636] 蓋比物以錯辭,[637] 述淸都之閑麗.[638] 雖選言

부리다. '험술(驗術)'은 재주, 기술을 보여주다.

617 故將去而林燔(고장거이림번) : '거(去)'는 죽다, 떠나다. '임번(林燔)'은 수풀을 불태우다.

618 易陽壯容(역양장용) : '역양(易陽)'은 역수(易水)의 남쪽. 그곳에 미인이 많았다고 한다. '장용(壯容)'은 소녀가 예쁘고 아름다운 용모를 한 것.

619 衛之稚質(위지치질) : 위(衛)나라 땅에도 아름다운 사람이 많다. '치질(稚質)'은 어린 얼굴을 뜻한다. 소녀의 용모가 아름다움을 가리킴.

620 邯鄲躧步(한단사보) : 한단(邯鄲)지역 소녀들의 경쾌하고 아름다운 걸음걸이. '사(躧)'는 신발.

621 鳴瑟(명슬) : 거문고를 타다.

622 眞定(진정) : 옛날 현의 이름. 지금 하북(河北) 정정(正定)현.

623 故安(고안) : 옛날 현의 이름. 지금 하북 고안(固安)현.

624 醇酎中山(순주중산) : '순주(醇酎)'는 진한 술. '중산(中山)'은 중산군(中山郡). 중산군에서는 좋은 술이 난다고 전해진다. 『수신기(搜神記)』에 다음과 같은 이야기가 전한다. 유현석(劉玄石)이라는 사람이 중산의 술집에서 천일주(千日酒)를 사서 마시고 집에 돌아와 취했는데 집안사람들이 모르고 그가 죽었다고 생각하고 관에 넣어 장사를 지냈다. 3년이 지난 후 술집에서 찾아와 무덤을 파서 관을 열어보니 그때서야 유현석이 술에서 깨었다.

625 流湎千日(유면천일) : '유면(流湎)'은 술을 마시고 취하다. '천일(千日)'은 삼 년.

626 淇洹之筍(기원지순) : '기(淇)'는 기원(淇園). 대나무의 산지로 유명하다. 지금의 하남(河南) 기현(淇縣)부근이다. '원(洹)'은 물 이름. 원수(洹水).

627 信都(신도) : 지명. 지금 하북 조강(棗强)현.

628 雍丘(옹구) : 지명. 지금 하남 기(杞)현.

629 淸流(청류) : 지명. 지금 하북 임장(臨漳)현 서쪽.

630 襄邑(양읍) : 지명. 지금 하남 휴(睢)현 서쪽.

631 朝歌(조가) : 은(殷)나라의 도성. 지금 하남 기(淇)현.

632 綿纊房子(면광방자) : '면광(綿纊)'은 가는 목화솜. '방자(房子)'는 지명. 지금 하북 고읍(高邑)현 서쪽. 방자성에서 나는 백토(白土)는 곱고 매끄러우며 윤기가 나서 그것으로 비단을 빨아서 아름답고 깨끗하게 할 수 있었다고 한다.

633 縑緫淸河(겸총청하) : '겸총(縑緫)'은 가볍고 고운 비단. '청하(淸河)'는 군 이름. 지금 하북 청하(淸河)현.

634 繁富夥夠(번부과구) : '과(夥)'와 '구(夠)'는 모두 많다는 뜻.

635 單究(단구) : 하나하나 연구하다.

636 是以抑而未罄也(시이억이미경야) : '억(抑)'은 억제하다. 감정을 누르다. '경(罄)'은

以簡章,[639] 徒九復而遺旨.[640] 覽大易與春秋,[641] 判殊隱而一致.[642] 末上林之隤牆,[643] 本前脩以作系.[644]

뛰어나고 기이한 산천의 모양과 풍부하고 독특한 산물에 이르면 혹은 기이하다 하여 칭찬을 받고 혹은 진실로 남다르다 하여 기록되기도 하였다. 그것은 끊이지 않는 변화에 적응한 것이었으며 진실한 아름다움에 위배되지 않는 것이었다. 그 가운데 원앙(鴛鴦)과 교곡(交谷)이 있고, 호간(虎澗)과 용산(龍山)이 있으며 굴리전(掘鯉澱)이 있고 개절연(蓋節淵)이 있다. 펄럭펄럭 날아가는 정위조(精衛鳥)는 나뭇가지를 물어다 바닷물을 메우고 원망하는 마음을 달래려 하였다. 또한 신선들의 출신지인 상산(常山)과 평간(平干)이 있고, 거록(鉅鹿)과 하간(河間)이 있으니 여러 신선들은 한 군데서가 아니라 여기저기에서 나왔다. 창용(昌容)은 용모를 바꿀 줄 알았고, 독자(犢子)는 미련(眉連)을 배필로 맞았으며, 현속(玄俗)은 그림자가 없었으며, 목우(木羽)는 신선을 만났다. 금고(琴高)

다하다.

637 蓋比物以錯辭(개비물이조사) : '비물(比物)'은 사물을 배열하여 비교하다. '조사(錯辭)'는 글자를 가지고 문장을 짓는 것.

638 述淸都之閑麗(술청도지한려) : '청도(淸都)'는 위도(魏都)를 말함. '한려(閑麗)'는 위대하고 웅장함. '한(閑)'은 큰 모양.

639 雖選言以簡章(수선언이간장) : '선언(選言)'은 글자를 뽑아 문장을 짓는 것. '간장(簡章)'은 문장.

640 徒九復而遺旨(도구복이유지) : '구복(九復)'은 여러 차례 반복하다. '지(旨)'는 아름다움.

641 覽大易與春秋(남대역여춘추) : 위대한 『역(易)』과 『춘추(春秋)』의 문장을 살펴보다.

642 判殊隱而一致(판수은이일치) : 드러난 것과 숨은 것이 현저하게 다르지만 그 이치는 같다는 뜻.

643 末上林之隤牆(말상림지퇴장) : '말(末)'은 자질구레하다고 여기다, 취할 만하지 않다. '상림(上林)'은 『상림부』. '퇴장(隤牆)'은 『상림부』에 나오는 '퇴장전참(頹墻塡塹)'이라는 구절. 이선(李善) 주에 의하면, 이 구절은 한(漢) 왕실의 원유(苑囿)가 너무 커서 무너뜨리려면 산택(山澤)의 사람들을 오게 해야 하지만 위나라는 그렇게 큰 원유가 없고 산천의 만물이 모두 자연에 기댄 것이므로 담을 무너뜨리는 일은 취할 만한 일이 아님을 뜻한다. 그래서 옛 성현들의 도를 지켜서 그것을 계승하는 것을 근본으로 삼겠다는 구절이 다음에 이어진다.

644 本前脩以作系(본전수이작계) : '전수(前脩)'는 이전의 현인. '계(系)'는 잇다, 계승하다.

는 물속에 들어가서도 젖지 않았으며, 때로 적리(赤鯉)를 타고 나와 돌아다녔다. 사문(師門)은 불을 다룰 줄 알아 재주를 보여주었으니, 죽으려고 할 때는 숲을 온통 불태웠다.

역수(易水)의 남쪽에는 소녀들이 아름답고, 위(衛)나라 땅에도 어리고 예쁜 얼굴이 많았다. 한단(邯鄲) 지역 소녀들의 경쾌한 걸음걸이, 조(趙) 지방에서 들리는 거문고 타는 소리, 진정(眞定)현에서 나는 맛있는 배, 고안(故安)현에서 나는 밤, 천일 동안 취해 있게 하는 중산(中山) 지방의 독주, 기원(淇園)과 원수(洹水)의 죽순, 신도(信都)의 대추, 옹구(雍丘)의 기장, 청류(淸流)의 쌀, 양읍(襄邑)의 수놓은 비단, 조가(朝歌)의 무늬 있는 비단 등과 방자(房子)의 가는 목화솜, 청하(淸河)의 가볍고 고운 비단 같은 물건은 풍부하고 다양하여 하나하나 다 살펴볼 수 없으므로 감정을 억제하고 말하지 않으려 한다.

사물을 나란히 비교하여 문장으로 지어내어 위도(魏都)의 웅장하고 아름다움을 서술하려고 하는데, 비록 글자를 뽑아 문장으로 만들려고 해도 여러 차례 반복하기만 할 뿐이라서 본래의 아름다움을 빠뜨리게 된다. 『역(易)』과 『춘추(春秋)』의 문장을 살펴보면 드러나고 숨음이 현저하게 다르지만 이치는 같은 것이니, 〈상림부(上林賦)〉의 '퇴장(隤牆)'과 같은 구절은 자질구레하여 취하지 않고 전인의 작업을 근본으로 하여 그것을 계승하려 한다.

其軍容弗犯,[645] 信其果毅.[646] 糾華綏戎,[647] 以戴公室. 元勳配管敬之績,[648] 歌鐘析邦君之肆.[649] 則魏絳之賢, 有令聞也.[650] 閑居隘巷, 室邇

645 軍容弗犯(군용불범) : '군용(軍容)'은 군대의 위용. '불범(弗犯)'은 불범(不犯), 윗사람을 범하여 죄를 짓지 않음.
646 信其果毅(신기과의) : '신(信)'은 펴다. '과의(果毅)'는 과감하고 강인함.
647 糾華綏戎(규화수융) : '규화(糾華)'는 화하지역을 잘 관찰하여 잘못을 저지르지 않게 함. '수융(綏戎)'은 변방의 이민족을 위로하여 난을 일으키지 않게 함.
648 元勳配管敬之績(원훈배관경지적) : '원훈(元勳)'은 큰 공. '배(配)'는 서로 나란함.

心遐.[651] 富仁寵義,[652] 職競弗羅.[653] 千乘爲之軾廬, 諸侯爲之止戈.[654] 則干木之德自解紛也. 貴非吾尊, 重士踰山.[655] 親御監門,[656] 嗛嗛同

'관경지적(管敬之績)'은 관중(管仲)의 공적. '경(敬)'은 관중의 시호.

649 歌鐘析邦君之肆(가종석방군지사) : '가종(歌鐘)'은 악기의 이름, 편종(編鐘). '방군(邦君)'은 진도공(晉悼公). '사(肆)'는 악기를 세는 단위로 달린 종 16개가 1사가 된다. 춘추시대에 정백(鄭伯)이 진도공에게 여자 악대 16인과 가종(歌鐘) 2사(肆)를 바쳤는데 진도공이 1사를 위강(魏絳)에게 하사하였다고 한다.

650 令聞(영문) : 아름다운 명성.

651 閑居隘巷(한거애항) 이하 2구 : '한거애항(閑居隘巷)'은 단간목(段干木)이 누추한 거리에 살았던 것을 가리킴. '실이심하(室邇心遐)'는 사는 곳은 가까웠지만 마음은 원대하였다는 뜻.

652 富仁寵義(부인총의) : 인자한 덕이 풍부하고 도의를 높이 받들었다.

653 職競弗羅(직경불라) : '직경(職競)'은 직위를 두고 다투는 것. 이 구절은 마음에 벼슬자리에 나가려는 다툼이 없었다는 뜻.

654 千乘爲之軾廬(천승위지식려) 이하 2구 : 천승(千乘)의 제후로 그의 오두막에 예를 표시하여 제후(諸侯)들이 그 때문에 전쟁을 멈추었다. 이것에 관한 이야기는 『여씨춘추(呂氏春秋)・기현(期賢)』에 전한다. 단간목(段干木)은 전국 시대 위(魏)나라 사람으로 은사(隱士)로 알려져 있었다. 위문후(魏文侯)가 단간목에게는 매우 정중하여 수레를 타고 그가 사는 곳을 지날 때면 수레 앞턱나무[軾]에 기대어 경의를 표시하였다. 말을 모는 이가 이해하지 못하자 위문후가 설명하였다. "단간목은 시류에 휩쓸리지 않는 사람이다. 군자의 도를 품고 있어 누추한 거리에 숨어살지만 명성이 천리의 밖에도 알려져 있다. 그러나 그는 과인의 신하가 되려고 하지 않는다. 내가 비록 권세는 있으나 단간목은 의로움을 풍부하게 가지고 있으니 권세는 귀한 덕만 못하고 재물은 고상한 의(義)만 못하다. 그래서 내가 단간목에게 존경을 표시하지 않을 수 없는 것이다." 그 후 진(秦)이 위나라를 공격하려고 하자 사마강(司馬康)이 간언하기를 "단간목은 현자인데 위왕이 그를 매우 존경하는 것은 세상 사람들이 다 아는 일입니다. 그 때문에 위나라와의 전쟁에 이길 수 없을 것입니다"라고 하니 진나라 왕이 그 말을 듣고 전쟁하려는 것을 멈추었다고 한다. '천승(千乘)'은 위나라의 문후(文侯)를 가리킴. '식려(軾廬)'는 수레가 어떤 사람의 집을 지날 때 수레 앞턱나무에 기대어 경의를 표하는 것. '식(軾)'은 수레 앞턱 가로댄 나무.

655 貴非吾尊(귀비오존) 이하 2구 : 신분의 귀함으로 자신을 높이지 않고 선비들을 중하게 여겨 그들이 산을 넘어 찾아왔다. 이것은 위(魏) 공자 무기(無忌)에 대한 이야기다. 그는 신릉군(信陵君)에 봉해지자 귀함으로 자신을 높이려고 하지 않고 멀리 산을 넘고 찾아온 어진 선비들을 중하게 여겼다.

656 親御監門(친어감문) 이하 2구 : '친어감문(親御監門)'은 몸소 수레를 몰아 성문지기를 영접하다. '겸겸동헌(嗛嗛同軒)'은 겸손하게 낮추어 수레를 함께 타다. 이에 관한 이야기는 『사기(史記)・위공자열전(魏公子列傳)』에 전한다. 위(魏) 공자 무기(無忌)가 크게 잔치를 베풀어 손님을 맞았는데 손님들이 자리를 잡고 앉자 수레를 따라오게 하고 왼쪽 자리를 비워둔 채 직접 말을 몰아 대량(大梁) 이문(夷門)의 문

軒. 搦秦起趙.[657] 威振八蕃.[658] 則信陵之名若蘭芬也.[659] 英辯榮枯,[660] 能濟其厄.[661] 位加將相, 窒隙之策.[662] 四海齊鋒, 一口所敵,[663] 張儀·張祿亦足云也.[664]

위강(魏絳)의 군대의 위용은 윗사람을 범하지 않고 과감하고 강인함을 펼쳐서, 화하(華夏)지역을 규찰하고 이민족을 위로하여 공실(公室)을 받들게 하였다. 그 큰 공적은 관중(管仲)의 업적과 짝할 만하여 군주가 그의 편종(編鐘)을 (위강에게) 나누어 주었으니, 그것은 위강(魏絳)이 현명하여 아름다운 명성이 있었기 때문이었다. 단간목(段干木)은 누추한 거리에서 살았으니 사는 곳은 세속에 가까웠지만 마음은 원대하였고, 인자함이 풍부하고 도의를 높이 받들어 직위를 두고 다투는 일에 끼어들지 않았다. 천승(千乘)의 군주가 그 때문에 그의 집 앞에서 예를 표하였고 제후들은 그 때문에 전쟁을 일으키려는 마음을 멈추었으니, 그것

지기인 후영(侯嬴)을 영접하였다. 나중에 후영은 무기(無忌)를 위하여 계책을 세워 대장 진비(晉鄙)의 군권을 빼앗고 조(趙)나라를 구하고 진(秦)의 군대를 물리치게 하였다. '감문(監門)'은 성문을 감시하는 사람. 후영을 가리킴. '겸(嗛)'은 '謙(겸)'과 같은 글자.

657 搦秦起趙(익진기조) : '익(搦)'은 억누르다. 이 구절은 신릉군이 조(趙)나라를 구하고 진(秦)의 군대를 격파하여 한단(邯鄲)을 수호한 것을 말한다.

658 威振八蕃(위진팔번) : 위의가 열국들에 떨쳐졌다. '팔번(八蕃)'은 여러 제후국.

659 蘭芬(난분) : 향기로운 난초.

660 英辯榮枯(영변영고) : 영웅의 변설은 한 왕조의 영화와 쇠망을 결정한다. '영고(榮枯)'는 정치적인 득실. 전국시대 위나라 사람 장의(張儀)와 범저(范雎)를 두고 한 말이다. 그들은 모두 빈한한 집안 출신으로 곤경을 겪었지만 그들의 말재주로 차례로 진(秦)나라의 재상이 되었다.

661 能濟其厄(능제기액) : 곤경을 이겨낼 수 있음. 범저는 위나라에서 음모를 받고 죽을 위기에 처했었으나 죽은 체하고 있다가 이름을 장록선생(張祿先生)으로 바꾸어 진(秦)나라로 달아나 목숨을 건졌다. 장의는 초(楚)의 재상에게 구슬을 훔쳤다는 혐의를 받고 수백 대의 매를 맞았으나 살아남아 풀려난 후 진(秦)으로 달아났다.

662 窒隙(질극) : 구멍을 메우는 것. 가볍고 쉽게 일을 처리함이 마치 물건 하나로 구멍을 막는 것과 같다는 뜻.

663 四海齊鋒(사해제봉) 이하 2구 : 사방의 제후들이 연합하여 진(秦)을 공격하려 한 것을 말함. 연횡(連橫)책.

664 張儀·張祿亦足云也(장의·장록역족운야) : '장록(張祿)'은 범저를 말함. 장록선생이라는 가명으로 행세했음.

은 단간목(段干木)의 덕으로 저절로 분란이 해결된 것이었다. (위(魏) 공자 무기(無忌)는) 신분의 귀함으로 자신을 높이지 않고 선비를 중히 여기니 그들이 산을 넘어 찾아왔다. 심지어 몸소 수레를 몰아 성문지기를 영접하여 겸손하게 함께 수레를 탔을 정도였으니, 그리하여 진(秦)을 억누르고 조(趙)나라를 구하여 위의를 팔방에 떨쳐서 신릉군(信陵君)의 이름을 난초의 향기처럼 아름답게 퍼지게 하였다. 영웅의 변설은 영화와 쇠락을 가져오나니 그것으로 능히 곤경을 구할 수 있는 법이다. 지위가 재상이 되어 구멍을 메우듯이 가볍게 대책을 세우자, 사방의 제후들이 일제히 공격하여 한 목소리로 진(秦)을 적으로 삼았으니, 장의(張儀)와 장록(張祿) 또한 언급할 만한 변사들이었다.

搉惟庸蜀與鴝鵲同窠,[665] 句吳與鼃黽同穴.[666] 一自以爲禽鳥, 一自以爲魚鼈. 山阜猥積而踦嶇,[667] 泉流迸集而咉咽.[668] 隰壤瀸漏而沮洳,[669] 林藪石留而蕪穢.[670] 窮岫泄雲,[671] 日月恒翳.[672] 宅土熇暑,[673] 封疆障癘.[674] 蔡莽螫剌,[675] 昆蟲毒噬.[676] 漢罪流禦, 秦餘徙帑.[677] 宵貌蕞陋,[678]

665 搉惟庸蜀與鴝鵲同窠(각유용촉여구작동과) : '각유(搉惟)'는 말을 시작할 때 쓰는 말. 대저(大氐), 대범(大凡) 등의 뜻. '용(庸)'은 나라 이름. 초(楚)에 속했던 작은 나라였다. '구작(鴝鵲)'은 부엉이와 까치.

666 句吳與鼃黽同穴(구오여와민동혈) : '구오(句吳)'는 오(吳) 태백(太伯)이 처음 살던 곳의 이름. 동오(東吳)를 가리킴. '와민(鼃黽)'은 개구리 류.

667 山阜猥積而踦嶇(산부외적이기구) : '산부외적(山阜猥積)'은 높은 산이 구부러지고 깊음. '외(猥)'는 구불구불하다. '적(積)'은 깊다. '기구(踦嶇)'는 기구(崎嶇). 산이 험하고 고르지 못함.

668 迸集而咉咽(병집이앙인) : '병집(迸集)'은 솟아올라 모이는 것. '앙인(咉咽)'은 물의 흐름이 통하지 않는 것.

669 隰壤瀸漏而沮洳(습양첨루이저여) : '습양(隰壤)'은 낮고 습한 곳. '첨루(瀸漏)'는 적시다, '저여(沮洳)'는 땅이 낮아 습한 것.

670 林藪石留而蕪穢(임수석류이무예) : '석류(石留)'는 땅에 돌이 많은 것을 비유한 것. '무예(蕪穢)'는 거칠고 더러움.

671 窮岫泄雲(궁수설운) : '궁수(窮岫)'는 멀리 있는 산. '설(泄)'은 내놓다.

672 翳(예) : 가리다, 덮다.

673 熇暑(고서) : 대단히 더운 것.

稟質遳脆.[679] 巷無杼首,[680] 里罕耆耋.[681] 或魋髻而左言,[682] 或鏤膚而鑽髮.[683] 或明發而嬥歌,[684] 或浮泳而卒歲.[685] 風俗以韰果爲嫿,[686] 人物以戕害爲藝.[687] 威儀所不攝,[688] 憲章所不綴.[689] 由重山之束阨,[690] 因長川之裾勢.[691] 距遠關以闚闇,[692] 時高櫟而陛制.[693] 薄戍綿冪,[694] 無異蛛蝥

---

674 封疆障癘(봉강장려) : '봉강(封疆)'은 오(吳) 초(楚) 지방의 경계. '장(障)'은 '瘴(장)', 장기, 풍토병, 전염병의 일종. '려(癘)'는 창질, 심한 염병.

675 蔡莽螫剌(채망석랄) : '채망(蔡莽)'은 들풀. '석랄(螫剌)'은 독초로 사람을 죽일 수 있다.

676 昆蟲(곤충) : 각종 벌레. '곤(昆)'은 많다는 뜻.

677 漢罪流禦(한죄유어) 이하 2구 : '한죄유어(漢罪流禦)'는 한(漢)나라 죄인들이 유배되어 귀신을 막던 곳. '진여사례(秦餘徙帮)'는 진(秦)의 죄인들의 후예가 옮겨와 전해진 곳. '예(帮)'는 나머지. 진한(秦漢) 시대에는 죄인들을 오촉(吳蜀)의 땅에 유배하여 도깨비를 막도록 하였는데, 그들이 전해 내려와 후손이 되었다.

678 宵貌蕞陋(소모최루) : '소(宵)'는 '肖(초)'와 통하는 글자, 같다는 뜻. '최루(蕞陋)'는 왜소하다는 뜻.

679 遳脆(좌취) : 취약하다. '좌(遳)'는 '脞(좌)'와 같은 말이다. 곧 '脆(취)'자와 뜻이 통하는 글자다.

680 巷無杼首(항무저수) : 거리에는 오래 사는 사람이 드물다. '저수(杼首)'는 긴 머리. 오래 사는 사람을 뜻한다.

681 里罕耆耋(이한기질) : 마을에는 60세 이상의 연장자가 드물다. '기질(耆耋)'은 예순살 이상의 노인.

682 魋髻而左言(퇴계이좌언) : '퇴계(魋髻)'는 머리를 하나로 묶어 몽치 모양으로 만드는 것. 추결(椎結), 또는 퇴결(魋結)이라고도 한다. '左言(좌언)'은 중원의 말과 서로 도움이 된다.

683 鏤膚而鑽髮(누부이찬발) : '누부(鏤膚)'는 피부에 새기는 것, 문신을 말한다. '찬발(鑽髮)'은 머리카락을 자르는 것.

684 明發而嬥歌(명발이조가) : '명발(明發)'은 해가 뜨기 직전, 해가 장차 뜨려고 빛이 나오기 시작하는 것. '조가(嬥歌)'는 옛날 파촉(巴蜀) 지방의 노래. 이 지역 민족은 노래할 때 손과 손을 잡아끌며 뛰었다고 한다.

685 浮泳而卒歲(부영이졸세) : 오(吳)나라 땅은 물이 많아서 헤엄을 쳐서 날을 보냈다고 한다.

686 以韰果爲嫿(이해과위획) : '해과(韰果)'는 편협하고 과감한 것. '획(嫿)'은 즐겁다, 기뻐하다(快)의 뜻.

687 以戕害爲藝(이장해위예) : '장해(戕害)'는 죽이고 해치는 것. 다른 사람을 잔인하게 죽이는 것을 능력이 있다고 여김.

688 威儀所不攝(위의소불섭) : '위의(威儀)'는 장엄한 위용과 행동. '섭(攝)'은 돕다, 보좌하다.

689 憲章所不綴(헌장소불철) : '헌장(憲章)'은 전장 제도. '철(綴)'은 이어주다, 약속하다.

690 束阨(속액) : 산들이 서로 이어져 형성된 험난한 요새.

之網.[695] 弱卒瑣甲,[696] 無異螳螂之衛.[697] 與先世而常然,[698] 雖信險而勦絶.[699] 揆旣往之前跡,[700] 卽將來之後轍. 成都迄已傾覆,[701] 建鄴則亦顚沛.[702] 顧非累卵於疊棊,[703] 焉至觀形而懷怛![704] 權假日以餘榮,[705] 比朝華而菴藹.[706] 覽麥秀與黍離,[707] 可作謠於吳會.[708]

---

691 裾勢(거세) : 형세에 의지함. '거(裾)'는 '据(거)'와 통함.

692 距遠關以闚闟(거원관이규유) : 먼 관문을 지키면서 중국을 넘보다. '관유(闚闟)'는 넘겨보다, 흘겨보다.

693 時高樔而陛制(시고소이폐제) : '시(時)'는 '跱(치)'로 써야 한다. 웅크리다[踞]의 뜻. '고소(高樔)'는 높은 둥지. 오촉 지방의 험난한 지형을 비유. '폐제(陛制)'는 잡아서 제재한다. '폐(陛)'는 잡아 가둔다는 뜻.

694 薄戍綿冪(박수면멱) : '박수(薄戍)'는 미약한 변방의 수자리. '면멱(綿冪)'은 약하다는 뜻.

695 蛛蝥(주모) : 거미와 해충.

696 瑣甲(쇄갑) : 부서지는 자질한 갑옷. '쇄(瑣)'는 '碎(쇄)'와 통함.

697 螳螂之衛(당랑지위) : 사마귀가 자신의 앞발로 수레를 막으려 한 것. 『장자(莊子)·인간세(人間世)』에 나오는 이야기다.

698 與先世而常然(여선세이상연) : '여(與)'는 어기사. '선세(先世)'는 선대, 조상. 춘추시대 오왕 부차(夫差)가 오땅을 믿었다가 패하고 동한(東漢)의 공손술(公孫述)이 촉땅을 다스렸다가 망했던 일을 가리킴.

699 勦絶(초절) : 죽고 끊어짐.

700 揆(규) : 헤아리다.

701 成都(성도) : 삼국 시대 촉나라의 도읍지.

702 建鄴(건업) : 삼국 시대 오나라의 도읍지.

703 累卵於疊棊(누란어첩기) : 바둑알을 쌓은 후에 계란을 겹쳐 놓는 것. 이것에 관한 이야기는 『설원(說苑)』에 전한다. 진영공(晉靈公)이 구층의 누대를 쌓으려고 하여 그에 대하여 간언하는 자는 죽여 버렸다. 순식(荀息)이 영공을 찾아가 "제가 열 개 바둑알을 쌓아올리고 그 위에 다시 아홉 개 계란을 쌓겠습니다"라고 말하고 과연 그렇게 만들었다. 그러자 진영공은 "위험하다!"라고 말하였다. 순식이 다시 말하기를 "그것은 위험하지 않습니다. 구층으로 쌓으려는 누대가 더 위험합니다. 삼년 동안 만들어서 완성하지 못하면 이웃 나라에서 반드시 군대를 일으킬 것이고 그렇게 되면 나라는 멸망할 것입니다. 임금께서는 무엇을 바라고 계십니까?"라고 하였다. 영공이 마침내 누대 쌓기를 그만두었다.

704 怛(달) : 두려워하다.

705 權假日以餘榮(권가일이여영) : '권(權)'은 구차하다. '가일(假日)'은 햇빛을 빌리다.

706 比朝華而菴藹(비조화이암애) : 아침에 피고 저녁에 시드는 꽃에 비유한 것. '암애(菴藹)'는 번성한 모양.

707 覽麥秀與黍離(남맥수여서리) : '맥수(麥秀)'는 망한 조국을 슬퍼하는 마음을 비유. 옛날 미자(微子)가 주(周)에 조회를 하러 가면서 은(殷)의 옛터를 지나며 보리 이삭

대저 용(庸)나라와 촉(蜀)나라는 부엉이, 까치들과 둥지를 함께 하였고 동오(東吳)는 개구리와 사는 구멍을 같이 하였으니, 하나는 스스로 새라고 여겼고 하나는 스스로 물고기라고 여겼을 정도의 미개한 나라였다. 그곳의 산은 구불구불하고 깊어서 험난하고, 물은 솟아올라 모여서 서로 통하지 않았으며, 낮은 지역은 물에 젖어 습하고, 수풀은 돌이 많아 황폐하였으며, 멀리 있는 산은 구름을 내어 놓아 해와 달을 항상 가렸다. 대지는 지나치게 더웠고 국경지역에는 역병이 창궐하였으며, 들에 난 풀은 사람을 죽이는 독초였고, 많은 벌레가 독을 내뿜었다. 한(漢)나라의 죄수들이 유배되어 귀신을 막았고 진(秦)나라 죄수의 후예가 옮겨와 살았던 곳이었다. 그들의 외모는 왜소하고 자질은 취약하였고, 거리에는 오래 사는 사람이 없었고 마을에는 60세 이상의 노인이 드물었으며, 혹은 몽치 모양의 머리를 하고 중원의 말을 도와주기도 하고, 혹은 문신을 하고 머리카락을 잘랐으며, 혹은 새벽에 손을 잡고 노래를 부르기도 하였으며, 혹은 헤엄을 치면서 한 해를 마치기도 하였다. 그 지방의 풍속은 편협하고 과감한 것을 좋다고 여겼으며 인물은 남을 죽이는 것을 재주라고 생각했으니, 위엄과 의례로도 그것을 구제하지 못하였으며 전장과 제도로도 그것을 그만두게 할 수 없었다. 이는 산이 중첩되어 험난한 요새가 되고 긴 강물이 흘러 지세에 의지하였기 때문이었다. 그들은 먼 관문을 지키며 중원을 넘보았고, 높은 둥지에 웅크리고 앉아서 제압하려 하였다. 그러나 미약한 변방의 수자리는 거미줄과 다름이 없었으며, 약한 병졸의 부서지는 갑옷은 사마귀가 지키는 것과 다르지 않았다. 조상 대대로부터 그래왔으니 지형의

이 패어있는 것을 보고 그곳이 종묘사직이 섰던 곳이라고 탄식하며 상심하였다고 한다. '서리(黍離)'도 망국의 슬픔을 비유한 것. 서주(西周)가 망한 후 주(周)의 대부가 이전의 종묘 궁실을 지나다 그곳에 벼가 자라는 것을 보고 배회하며 떠나지 못하고 〈서리(黍離)〉를 지었다고 한다. 『시경 · 왕풍(王風) · 서리(黍離)』 참조.

708 可作謠於吳會(가작요어오회) : 동오(東吳) 또한 맥수(麥秀)나 서리(黍離)의 노래를 지어 부를 수도 있다는 뜻. 동오가 망하리라는 것을 비유함.

험난함을 믿었으나 죽고 세대가 끊어지게 되었다. 이전의 행적을 헤아려 보면 앞으로 닥칠 일들의 본보기가 된다. 성도(成都)는 이미 함락되었고, 건업(建鄴) 또한 뒤집어졌는데, 바둑알 쌓은 위에 계란을 얹은 것처럼 위험한 것을 돌아보지 않았으니, 어찌 형세를 보고 두려움을 품을 수 있었겠는가! 저들은 구차히 햇빛을 빌려 영화를 남기려 하였고 아침저녁으로 피고 지는 꽃에 비교하여 번성하려 하였다. 맥수(麥秀)와 서리(黍離)의 한탄을 살펴보면, 오(吳)나라에서도 그런 노래를 지어 부를 수도 있을 것이다."

先生之言未卒, 吳蜀二客, 矆焉相顧,[709] 睢焉失所.[710] 有靦瞢容,[711] 神惢形茹.[712] 弛氣離坐,[713] 㥏墨而謝.[714] 曰 : 僕黨淸狂,[715] 怵迫閩濮.[716] 習蓼蟲之忘辛,[717] 翫進退之惟谷.[718] 非常寐而無覺,[719] 不覩皇輿之軌躅.[720]

709 矆(확) : 놀라 바라보는 모양.

710 睢(척) : 실의하여 바라보는 모양.

711 有靦瞢容(유전몽용) : '전(靦)'은 부끄러워하다. 얼굴에 부끄러워하는 기색이 있는 것. '몽용(瞢容)'은 부끄러워하는 기색.

712 神惢形茹(신쇄형여) : '쇄(惢)'는 마음에 의심이 드는 모양. '여(茹)'는 마음에 압박을 받아 안색이 초췌해지는 것.

713 弛(이) : 풀다.

714 㥏墨(전묵) : 부끄러운 마음에 얼굴색이 흑색으로 변함.

715 僕黨淸狂(복당청광) : '복당(僕黨)'은 우리 편의 사람들. '청광(淸狂)'은 병도 없이 미친 것.

716 怵迫閩濮(출박민복) : '출박(怵迫)'은 이익에 현혹되어 눈이 멀어지는 것. 오촉(吳蜀)에 핍박받으며 지낸 것을 가리킴. '민(閩)'은 지금의 복건성 및 절강성 일대. 여기에서는 오(吳)를 가리킴. '복(濮)'은 옛날 나라 이름. 여기에서는 촉(蜀)을 가리킴.

717 習蓼蟲之忘辛(습료충지망신) : '요충(蓼蟲)'은 여뀌를 먹는 벌래. 여뀌는 풀로 그 잎에 매운맛이 있다. 여기에서는 오촉(吳蜀)이 여뀌를 먹는 벌레처럼 매운 것을 먹으면서도 그 매운 맛을 알지 못함을 비유한 것.

718 翫進退之惟谷(완진퇴지유곡) : 나아가는 것과 물러나는 것이 모두 어렵다는 뜻. '곡(谷)'은 막혔다, 궁하다.

719 非常寐而無覺(비상매이무각) : 매우 몽매하여 깨닫지 못하였다. 습속이 그렇게 만든 것이다.

720 軌躅(궤촉) : 바퀴자국. '황여(皇輿)'는 임금이 타는 것이므로 나라를 비유한다. 여기에서는 위(魏)를 말한다.

過以仈剽之單慧,[721] 歷執古之醇聽.[722] 兼重惿以貤繆,[723] 偭辰光而罔定.[724] 先生玄識,[725] 深頌靡測.[726] 得聞上德之至盛,[727] 匪同憂於有聖.[728] 抑若春霆發響,[729] 而驚蟄飛競.[730] 潛龍浮景,[731] 而幽泉高鏡.[732] 雖星有風雨之好, 人有異同之性.[733] 庶覿蔀家與剝廬,[734] 非蘇世而居正.[735] 且夫寒谷豐黍,[736] 吹律暖之也.[737] 昏情爽曙,[738] 箴規顯之也.[739] 雖明珠兼

721 過以仈剽之單慧(과이범표지단혜) : '과(過)'는 잘못하다. '범표(仈剽)'는 경박함. '단혜(單慧)'는 자질구레한 재주.

722 歷執古之醇聽(역집고지순청) : '역(歷)'은 만나다. '집고(執古)'는 옛날의 도를 계승하는 것. '순청(醇聽)'은 순후한 도를 내가 듣게 된다는 뜻.

723 兼重惿以貤繆(겸중비이이무) : '비(惿)'는 어긋나다, 마음을 잘못 쓰다. '이(貤)'는 겹치다. 중복되다. '무(繆)'는 잘못된 말.

724 偭辰光而罔定(면진광이망정) : '면(偭)'은 마주하다. 향하다. '망(罔)'은 없다, 아니다.

725 玄識(현식) : 탁월한 식견, 고견.

726 深頌靡測(심송미측) : '심송(深頌)'은 높고 깊음. '미(靡)'는 아니다, 없다.

727 上德之至盛(상덕지지성) : 위(魏)의 덕이 지극히 성함을 비유함.

728 匪同憂於有聖(비동우어유성) : '비동(匪同)'은 어찌 같지 않겠는가[豈非同]라는 뜻. '유성(有聖)'은 성인.

729 抑若春霆發響(억약춘정발향) : '억약(抑若)'은 억(抑)과 같은 뜻으로 전환의 어기를 가지는 어사. '춘정(春霆)'은 봄의 번개소리.

730 驚蟄飛競(경칩비경) : 경칩(驚蟄)이면 어지럽게 날아가기를 다투다.

731 潛龍浮景(잠룡부경) : 잠룡(潛龍)이 승천하는 것처럼 날아서 해 그림자에서 노닐다. '경(景)'은 影(영)의 옛날 글자.

732 幽泉高鏡(유천고경) : 유천(幽泉)에서 그 용모를 비추어보다. '경(鏡)'은 비추다.

733 星有風雨之好(성유풍우지호) 이하 2구 : 별에 비를 좋아하는 것과 바람을 좋아하는 것이 있듯이 사람의 마음도 같지 않음을 비유한 것.

734 庶覿蔀家與剝廬(서적부가여박려) : '서(庶)'는 '幸(행)'의 뜻, 다행히. '적(覿)'은 보다. '부가(蔀家)'는 덮개를 덮은 집. 어두운 곳을 가리킨다. '박려(剝廬)'는 가난한 백성의 빈곤한 곳을 가리킨다.

735 非蘇世而居正(비소세이거정) : '소세(蘇世)'는 세상의 일을 밝히 알다. '거정(居正)'은 정도에 거하다.

736 寒谷豐黍(한곡풍서) : '한곡(寒谷)'은 연(燕)나라 땅. 곡식이 자라지 않았는데, 추연(鄒衍)이 음악을 연주하자 온기가 찾아와 기장이 자라났다고 한다.

737 吹律暖之也(취율난지야) : '취율(吹律)'은 음악을 연주하다. '律(율)'은 옛날 소리를 정하던 기구. 음악을 가리킨다. '난(暖)'은 따뜻하게 하다.

738 昏情爽曙(혼정상서) : '혼정(昏情)'은 망연히 무지한 것. '상서(爽曙)'는 분명하고 환한 것.

739 箴規(잠규) : 경계해야 할 지침.

寸,[740] 尺璧有盈.[741] 曜車二六,[742] 三傾五城,[743] 未若申錫典章之爲遠也.[744] 亮曰 : 日不雙麗,[745] 世不兩帝. 天經地緯, 理有大歸.[746] 安得齊給守其小辯也哉![747]

선생의 말이 끝나기도 전에 오(吳)와 촉(蜀)의 두 객은 놀라 서로 바라보며 실의하여 어찌할 바를 몰랐다. 얼굴에는 부끄러운 기색이 있었으며, 마음에 의심이 들어 형색이 초췌해졌다. 기운이 풀어져 자리를 떠나며 부끄러움에 얼굴이 흑색으로 변하여 인사를 하며 말하였다. "저희가 이유 없이 광기를 부려 이익에 현혹되어, 오나라와 촉나라에 몰려가서 살면서도, 여뀌를 먹는 벌레는 매운 맛을 잊는다는 것처럼 나가는 길도 물러갈 길도 모두 막혀 있는데도, 매우 몽매하여 깨닫지 못하고 위(魏) 임금의 수레의 바퀴자국을 보지 못하였습니다. 경박하게 자질구레한 재주로 잘못을 범했는데, 옛날 도의 순후한 가르침을 만났습니다. 잘못을 거듭하여 황당한 말을 계속하였으니 별빛을 마주하고 정할 곳이 없습니다. 선생의 탁월한 식견은 깊고 높아서 측량할 길이

740 明珠兼寸(명주겸촌) : 지름 1촌(寸)의 구슬을 말한다. 『사기 · 전경중완세가(田敬仲完世家)』에 다음의 이야기가 전한다. 제위왕(齊威王)이 위혜왕(魏惠王)을 만났다. 위혜왕이 제위왕에게 진귀한 보배가 있느냐고 묻자 제위왕이 없다고 대답하였다. 그러자 위혜왕이 말하였다. "제가 비록 작은 나라의 군주이나 앞뒤 열두 대의 수레를 비출 만한 지름 1촌의 진주를 열 개 가지고 있습니다. 그대는 만승의 나라이면서도 진귀한 보배가 없다는 말입니까?"

741 尺璧有盈(척벽유영) : 화씨벽(和氏璧)을 가리킨다. 『사기 · 염파인상여열전(廉頗藺相如列傳)』에 다음의 이야기가 전한다. 조혜문(趙惠文)이 초(楚)의 화씨벽을 얻었는데 진소왕(秦昭王)이 15개의 성(城)을 주고 그것과 바꾸려고 하였다.

742 曜車二六(요거이륙) : 앞의 위혜왕이 자신의 구슬을 자랑하면서 그 빛이 수레 열두 대를 비춘다고 한 말에서 나온 구절.

743 三傾五城(삼경오성) : 화씨벽이 15개의 성과 맞먹는다는 뜻에서 나온 구절. '삼경오성(三傾五城)'은 傾三五城으로 써야 하지만 운율에 맞추기 위해서 도치시킨 것이다.

744 申錫(신석) : 분명하게 가르쳐서 하사하는 것. '석(錫)'은 '賜(사)'의 뜻.

745 日不雙麗(일불쌍려) : 해는 쌍으로 걸려 있지 않음. 세상에 두 명의 황제가 있지 않음.

746 理有大歸(이유대귀) : 이치에는 올바르게 돌아오는 것이 있음. '대귀(大歸)'는 하늘과 사람들이 귀의하게 되는 마음.

747 齊給(제급) : 변설, 말을 잘 하는 것.

없습니다. 지극히 성한 덕을 얻어 들었으니 그것이 어찌 성인보다 뛰어난 것이 아니겠습니까. 마치 봄에 번개 치는 소리가 나서 벌레가 놀라 경쟁하듯 날아가는 것 같습니다. 잠룡(潛龍)이 해 그림자에서 떠다니다 유천(幽泉)에서 높이 거울을 비추어보는 것 같습니다. 비록 별에도 비와 바람을 좋아하는 것이 있듯이 사람에게도 같고 다른 성품이 있습니다. 우리가 다행히 어두운 곳과 가난한 곳을 살펴보았으나, 세상의 일을 밝히 알아 바른 곳에 거한 것은 아니었습니다. 저 한곡(寒谷)에서 기장이 풍성하게 자란 것은 음악을 연주하여 따뜻하게 하였기 때문입니다. 무지한 실정이 분명하게 밝아진 것은 경계해야 할 지침으로 밝혀주었기 때문입니다. 비록 지름 1촌의 구슬과 화씨(和氏)의 척벽(尺璧)이 수레를 열 두 대나 비출 수 있고 15 개성과 맞바꿀 수 있다 하였으나, 전장(典章)을 분명하게 가르쳐주는 원대함만은 못할 것입니다." 두 객은 매우 감복하여 말하였다. "태양은 하늘에 쌍으로 걸리지 않으며 세상에는 두 황제가 있지 않습니다. 하늘과 땅의 떳떳한 법은 그 이치가 크게 돌아가는 바가 있습니다. 우리가 어찌 한낱 말재주로 작은 도를 지킬 수 있겠습니까!"

염정삼 역

서울대학교 중국어문학연구소에 기금을 출연해 주신 분

김동환 (서울대 중문과 졸업)
김영우 (대전시 김영우내과 원장)
김창환 (서울대 중국어문학 연구소 선임연구원)
류종목 (서울대 중문과 교수)
송용준 (서울대 중문과 교수)
우중석 (서울대 중문과 졸업)
윤 창 (서울대 중문과 졸업)
이숙영 (서울 강남구 예화랑 대표)
이인영 (충남대 중문과 졸업)
임윤택 (서울대 중문과 졸업)
최순일 (주식회사 누리미디어 사장)
한진희 (대구 지방검찰청 검사)
홍경호 (서울대 중문과 졸업)
김성익 (남일벨트산업주식회사 전무이사)
김주인 (성남시 상공회의소 회장)
김학주 (서울대 중문과 명예교수)
변지원 (한국방송통신대 중국어과 교수)
신현국 (서울대 중문과 동창회장)
유항근 (중앙대 경제학부 교수)
이석제 (서울 구로구 연세세종외과 원장)
이영주 (서울대 중문과 교수)
이한준 (서울대 중문과 졸업)
최수경 (경기도 용인시 기흥구)
최재용, 김나래 (서울대 중문과 졸업)
허성도 (서울대 중문과 교수)
홍인표 (서울대 중문과 교수)

본 연구소에 기금을 출연해주신 분들에게 깊은 감사를 드립니다.
본 연구소는 이 분들의 숭고한 뜻을 영원히 간직할 것입니다.

서울대학교 중국어문학연구소